李广宇书话五种

行囊有书

李广宇 著

法律出版社
——北京——

图书在版编目(CIP)数据

行囊有书 / 李广宇著. -- 北京 : 法律出版社,
2022
(李广宇书话五种)
ISBN 978-7-5197-7018-1

Ⅰ. ①行… Ⅱ. ①李… Ⅲ. ①小品文—作品集—中国
—当代 Ⅳ. ①I267.3

中国版本图书馆 CIP 数据核字(2022)第 151310 号

行囊有书
XINGNANG YOUSHU

李广宇 著

策划编辑 许 睿
责任编辑 许 睿
装帧设计 乔智炜 李广宇

出版发行 法律出版社
编辑统筹 司法实务出版分社
责任校对 朱铁佳
责任印制 胡晓雅
经　　销 新华书店

开本 787 毫米×1092 毫米 1/32
印张 6.875 **字数** 95 千
版本 2022 年 10 月第 1 版
印次 2022 年 10 月第 1 次印刷
印刷 北京盛通印刷股份有限公司

地址:北京市丰台区莲花池西里 7 号(100073)
网址:www.lawpress.com.cn
投稿邮箱:info@lawpress.com.cn
举报盗版邮箱:jbwq@lawpress.com.cn
销售电话:010-83938349
客服电话:010-83938350
咨询电话:010-63939796

书号:ISBN 978-7-5197-7018-1
定价(全五册):468.00 元
凡购买本社图书,如有印装错误,我社负责退换。电话:010-83938349

目 录

从台北到台南

诚品敦南总店

晨六时半从机关出发去机场，九时许乘国航班机飞往台湾。抵桃园机场已是午后，径直给拉到一〇一大厦，在底层的鼎泰丰午餐。小笼蒸包是这里的特色，大家胃口颇好，一阵饕餮。进餐期间，外面飘起小雨，据说，前几日台北一直雨水不断。餐毕由快速电梯登上八十多层的观景台，眺望雾色笼罩的台北全景。

住宿安排在中山北路的老爷大酒店。晚餐后，一行人冒雨打车到诚品书店敦南总店。跟上次来的情形相仿，法律书架依旧相当贫瘠，文学类亦无几多值得买的。在美术画册区买了艺术家出版社出版、何正广主编的“世界名画家全集”中的两种，一是《珂勒维茨》，黄晓微著；二是《艾雪》，张光琪撰文。珂勒维茨是凯绥·珂勒惠支的台湾译法，这位德国重要的版画家，以其富于抗争精神和表现母爱的悲怆而深沉的版画，赢得了世界声誉。上世纪三十年代，鲁迅将她介绍到中国，对“新兴版画运动”产生了深远影响。艾雪是荷兰版画家，我们这边通常译作埃舍尔，他被称为“科学思维版画大师”，因为他像一个技艺高超的魔法师，利用缜密但又出人意料的逻辑，将绘画变成与人的视觉做的一场游戏。他的木刻都是用梨树依树干切开的木板刻成，即所谓的木口木版，因此很能够刻出细致的形象。另买一册James Gulliver Hancock 画的 *All The Buildings In New York*，系由纽约的 Universe Publishing 出版，彩绘的纽约地标性建筑，涵盖了曼哈顿、哈林、布朗士、皇后、布鲁克林、康尼岛等全部街区，但唯独不见世贸双塔。若不是九一一，这个标志性建筑可不会缺少。有关书的书，倒是发现了一些，精选了以下几本：《日本古书店的手绘旅行》，池谷伊佐夫著，高詹灿译，麦田出版。“个性书店 × 经典老书 × 重度书迷的痴狂记事。”这广告词儿整得真好！池谷伊佐夫，既是个天才的插画家，又是个天生的旧书迷，边逛边画，其何乐哉！《艺术中的阅读》，艺术家出版社出版，王庭枚、谢汝萱撰著。精选世界各国以阅读和读者为主题的一百幅名画，书的魅力在沉浸书中的读者百态中表露无遗，这些进入书中世界的读者，本身也成为艺术家眼中的一帧帧风景。原以为此书就是在波哥大买的那本《读书的女人最美》的中文译本，但分明不是。在诚品，真的摆着那本书的繁体中文本，只不过准确的译名却是《读书的女人危险》！郑振铎《失书记》，网路与书有限公司出版。这书的内容在《西谛书话》中本来都有，买下全是为了繁体竖排的韵味。在这本书的勒口广告上，还有两本与书有关的书，王强的《书之爱》与亨利·米勒的《我一生中的书》，不知日后能否有缘遇见。

重庆南路书店街

午后作别最高行政法院的诸同仁，向右一拐，即来到重庆南路一段的书店街。书店街鼎盛时期书香袭人，书店超过百多家，但随着经济的不景气，尤其是电子出版物的冲击，如今书店街的书店已是零星点点了。站在街口望过去，在餐饮百货的夹杂中，只依稀看到金石堂书店、世界书局、三民书局几家的店幌。不过内心依然兴奋不已，这里依然是书痴的圣地。由于时间无多，因此不遑多逛，只能一头扎进三民书局，直奔专业书籍而去。法律架子在一层店面的左手，行政法不似想像中那样丰富，譬如期待能有汤德宗有关资讯公开和个人资料保护方面的著作，却不见踪影。匆忙中，选书七种：陈慈阳《行政法总论》，翰芦图书有限公司出版。陈清秀《行政诉讼法》，元照出版公司出版。徐瑞晃《行政诉讼法》，五南图书出版公司出版。林三钦《“行政争讼制度”与“信赖保护原则”之课题》，新学林出版股份有限公司出版。翁岳生《法治国家之行政法与司法》，元照出版公司出版。林明锵《欧盟行政法》，新学林出版股份有限公司出版。还有台湾行政法学会主编的《资讯法制、土地规划与损失补偿之新趋势》。

停云书店

离开书店街，驱车前往故宫博物院。跨过基隆河，钻过自强隧道，由至善园入口直接将车开到了地下一层落客处。进来先逛多宝阁礼品店，并无稀罕可买之物。在大家参观展区时，独自跑到二层的停云书店。

书店不大，但非常静谧，一侧置有圆桌座椅，可将架上之书搬来，慢慢挑选，那一刻，好像云真的停了似的。这里似乎主要卖故宫博物院自出图书，有两本与书有关的书，非常不错，一是《大观：宋版图书特展》，二是《文艺绍兴：南宋艺术与文化·图书卷》，收入不少珍稀宋版书的书影，大开本精装，图版清晰，装帧气派。虽则很想买下，但思忖再三，最终作罢。一来每本一千多新台币的定价未免昂贵，但最主要的还是担心分量过重，不好携回。稍可宽慰的是，以三百新台币买下一册《寄情人间：香港中山图书馆捐赠善本旧籍特展》，所收善本旧籍书影年代跨度更大，印装质量也不坏。结完账，来到室外平台，小雨中拍了几张照片。导览图上说，在第二展览区设有图书文献馆，受制于这种集体安排，恐怕是去不成了，只能馋馋地向那里眺望一下。

澎湖去来

下午，来到仁爱路四段和逸仙路相汇处的台北中山纪念馆。馆外空间开阔，是全景欣赏一〇一大楼的最佳地点。进馆正值卫兵换岗仪式，观看了全过程。示意图显示，二层有一个逸仙博士图书馆，就趁其他人忙着拍照，跑了进去。馆内藏书的重点是有关逸仙博士生平和思想，民国史地和台湾史地亦很丰富。正在书架间浏览，催人的电话响了，只好下去与大家会合。直奔松山机场，乘复兴航空班机飞往澎湖。不足一个钟点就抵达澎湖县府所在的马公岛，在龙星海鲜餐厅用餐后入住百世多丽花园酒店，稍事休整即去观音亭观赏澎湖花火节烟火秀。远远向海的方向望去，隐约可辨西瀛虹桥的灯火。当地的主人说，澎湖是个小地方，但是，我们有一些跟台湾不太一样的地方，有特殊的岛屿风土人情。就在前不久，澎湖湾被联合国教科文组织评定为世界最美的海湾。澎湖列岛包括几十个大大小小的岛屿，其中有人岛九个，无人岛七十一个。澎湖县政府和澎湖地方法院设在马公岛，另辖湖西、白沙、西屿、望安、七美五乡。

次日参观澎湖跨海大桥。这是连接白沙、西屿两大岛的海上长龙，已成为澎湖的知名地标。还看了一株有三百年树龄的通梁古榕。中午在合苑日东海鲜餐厅用餐，享用了一顿土气又过瘾的地道澎湖海鲜餐。菜品计有：生鱼片，生鱿鱼，野红蚝粥，墨鱼香肠，丝瓜蛤蜊，蒜香明虾，南瓜米粉等。餐毕直奔码头登船，作南海三岛游，分别是望安、虎井和桶盘。澎湖县花天人菊处处盛开，一丛丛的仙人掌气概非凡，柱状节理玄武岩柱柱擎天，夕阳下的南海银鳞闪闪。澎湖除了盛产珊瑚，还号称云石故乡，大家在景点买了一些石头，但是否真的云石，谁也说不准。

晚餐后，当地朋友陪同我们去中正街商圈。当大家忙于挑选珊瑚时，我一人在街边闲走。小小的离岛，没指望能有什么书店，但不经意间发现，在一街兜售珊瑚和干贝酱的小店丛中，竟安插了一家文具店，迎门赫然摆着七八个书架。书的品种不说也罢，不说也能想像得出来，值得一说的是一本书的书名:《我这样的嫖书客》，作者还是位女史。封面印着这样一行字：“周旋众书诚然风流，可是寡情，有点像嫖客。”奇则奇矣，但也懒得去翻。拐过一条街，又有同伴大呼“书局”，进店一看，一色的日本漫画书，急急退出，才看见店招上“尚明书局”下面还有一行小字：“漫画便利屋”。

过高雄，去台南

早餐后退房去机场，九时许乘复兴航空班机离马公岛奔高雄，半个多小时就到了。地陪带我们去游爱河，一路所见街景，也无太多特色。泛舟爱河，倒是惊艳于沿岸火红的凤凰花。龙舟竞渡，鼓声铿锵，提醒我们：端午近了。午餐的馆子叫新台湾原味餐厅，店堂里到处都贴着古早的招贴画，门窗桌椅亦是老派风格，这里那里还放着不少老式电影放映机之类的古董。饭菜亦有特色，蹄膀、三杯鸡、柠檬鱼、菜脯蛋、槟榔花、炒野莲、铁板豆腐、月亮虾饼、麻油炒腰子、红烧狮子头、金线莲鸡汤，样样好吃。餐毕，乘大客北上台南。

台南旧名赤崁，位于台湾西南部嘉南平原，西临台湾海峡与澎湖相望。台南是台湾全岛开发最早的区域。

早年，荷兰人在此建“热兰遮城”（今安平古堡），作为在台的统治中心。郑成功取得台湾后，台南成为明清时期台湾首府。日据时期，台南厅舍（后改为州厅）、地方法院等公家机关相继成立，使台南有了现代化都市的雏形。台湾有“一府、二鹿、三艋岬”之说，“一府”，指的就是台南。

我们先来到西郊安平地区，先后看了赤崁楼、亿载金城和安平古堡，老街、旧聚落、古堡、炮台、行商洋楼、渔港……无不散发着幽幽古意。天擦黑时，挤进窄窄的老街，在安平贵记享用台南地方小吃。海产粥、蛤仔汤、棺材板、炸花枝丸、虾仁煎、炒蚌面，甜味豆花，都是那样味道古早。

金石堂书店

入住台南大饭店时，天已大黑。一撂下行李，就心急火燎地要打车去逛金石堂书店。门口一问，拐个弯儿就是！内心不禁暗叹天作之合。

出门转到热闹异常的中山路商业街，走不几步就看到了金石堂的招牌。台南不愧雅名府城，历史文化的积淀到底很深厚，这家金石堂，从店面规模到购书环境，几乎不输诚品。静静的店堂里，静静消磨了半个夜晚。法律书和诚品一样，都不是售卖的重点，这里更绝，和哲学书可怜地挤在一个架子上。华文创作和翻译文学倒是琳琅满目。强按住贪念，剔了又剔，选了又选，腋下夹走三五册而已。半数与杂志有关。一是十多年前《诚品好读》“杂志特刊”的复刻本，一是日本杂志界首席艺术指导藤本泰的首部自传《杂志上瘾症》。看着花花绿绿的老杂志的封面，总有一种想哭的冲动。杂志，按说是一种类似快餐的速朽的什物，为什么也给人一种前尘梦影般的冲击？难道是老之将至的症候？余下几种是：吕敬人《书艺问道》，果禾文化出版，虽然我已有简体字版，但还是没能忍住再添一本繁体字版。《查令十字路八十四号》，明报出版，同样已有译林出版社的简体字版，而且译者同为陈建铭，但繁体字版总是有味道些。还买下一本永井荷风的东京散策记，此公记叙明治时代的江户风情，无人堪与比肩。有一本《偷书贼》，据说曾在《纽约时报》畅销书榜独占鳌头，封面设计亦不坏，但让店员打开塑封，确信属于小说一类体裁，也就没有专为买这个书名掏几张新台币。在一本台南本地人写的书里，了解到孔庙附近有一家主营二手书的草祭书店，应该离这儿不远，向店员打听具体地址，她马上说那里正在翻修。又问诚品台南店远不远，她说很远。
谁知道呢，记忆里，但凡向店家打听同行冤家的信息，
几乎回回碰壁。也罢，不去找了，太累了。

草祭二手书店

在酒店早餐后前往明延平郡王祠。在台南，郑成功的痕迹像阳光一样无处不在。忠肝义胆、前无古人，是后世对他的评价。在纪念品商店买了一包府城素描明信片，包装用的花花纸，居然比椟里的珠子还要漂亮。真后悔没把珠子还给她。随后去孔庙。在南门路孔庙正对面，一眼就看见了草祭二手书店的蓝色招牌，于是兴冲冲奔去，近前一看，果然挂着内部装修暂停营业的告示。但玻璃橱窗还诱人地展示着花花绿绿的老版本。有两个戴口罩、穿工衣的人在忙碌，我猜年长一些的怕是店主蔡先生，一问果然就是，他递过来的名片上写着的名字是蔡汉忠。草祭，就是蔡字的拆分。草祭之外，他还在大学路西段经营一家墨林二手书店。他指着橱窗里最上边一溜儿《文星》杂志说，李敖当主编的《文星》，出了九十九期，第一百期还在印刷厂，就被查禁了。在当年，这都是禁书。他一直在四处搜求，也没凑成完整一套。看见当中的日文旧刊，我说，台湾的书籍装帧应当颇受日本的影响。他点头称是，并说，大陆的图书印刷质量提高很大，早年，一本简体字版，不及读完常常就散页了。如今，对简体字版的需求，大有超过繁体字版的趋势，因为，后者虽则装帧更加讲究，但内容的深度厚重，则有不及。谈兴方浓，无奈行程不允，依依不舍中，别草祭而去。

台湾文学馆

与孔庙隔一条友爱街，是一栋马萨式样的宏大建筑，落成于日据时期的一九一六年。台南本地出生的作家叶石涛，在其《斋堂传奇》中写道：“圆环对面的殿宇是日本仔所建筑的州厅大厦，在此地司空见惯的威风凛凛的衙门，采用荷兰东印度公司所喜欢的建筑风格而建成的；它有着巨大的圆形屋顶以及在夕阳红艳艳的光辉中闪亮的无数玻璃窗。”

经过数年的修复整建，这座历史悠久、蕴含着多元文化的建筑，于二〇〇三年被辟为“台湾文学馆”。且不说将城里最好的建筑留给文学，应当具有何等的情怀，能够选择在这里典藏展示从早期荷西、明郑、清领、日据、战后以来，艰困却多元成长的文学内涵，也真的是适得其所。我是从圆环一侧的正门进入馆内的。在展区一路走过，不仅叹服建筑内外的典雅与壮丽，更痴迷于布展形式的丰富和精致。一本本古早的初版名著，一叶叶秀美的原始手稿，一帧帧传神的作家肖像，在在让人唤醒久违了的对于文学的崇尚和贪恋。馆内还设有文学图书室、儿童文学书房、文学体验室等空间，各种文学讲座、专题展览的海报，也是那样充满诱惑。一路上，也真的碰上不少阅读、做笔记、参与互动的孩童和少年。想来，这里不仅是缤纷生活的去处，也不啻是丰厚心灵的胜地。展区的尽头，通向一间正门朝向大街的咖啡馆，除了售卖浓香的台湾咖啡和红玉红茶，还代卖文学馆的出版物，当下就选购了两种。一是须文蔚主编的《文学@台湾》，二是《遇见爱情：府城文学踏查地图》，都附有大量的图版。

日月潭

离开孔庙，急急奔往度小月。主人热情地向我们介绍度小月的来历。原来，在一百多年前，从漳州移民台南的洪芋头，靠打渔为生。每年从清明到中秋，正是台风季节，是打渔的淡季，当地叫“小月”。为了养家糊口，度过“小月”，洪芋头就一头挑着锅和灶，一头挑着米粉和面，沿街叫卖，由于口味独到，逐渐卖出名气，经过四代人的传承，度小月担仔面已经成为名闻遐迩的台南小吃。说话间，一大碗担仔面端了上来，秘方特制的肉燥，虾子熬煮的汤头，翠绿的香菜上面，摆着一尾红虾。一碗吃完几乎就饱了，后面的道道美食，像什么祥瑞赐珍宝、瑶柱凤凰翅、双味红鲟寿司、荫树海上鲜、和风九皇鲍、芝士奶焗明虾、炭烤朱子排、养身鲜鳗火锅、虾卷拼芋粿、鲜奶酪，真的都记不清什么滋味了。

餐毕，别过台南，驶向日月潭。途经中台禅寺，大家纷纷下车参拜，我独自留在下面，点了一杯台湾本地咖啡，享受了片刻宁静。车行至南投休息区，大家又是在购物大厅一阵扫荡，我买下四袋日月潭陈年红茶，号称一九七一年出品。进入日月潭景区，窗外雨点变急，天空中竟隐约出现一道彩虹。入住日月潭大涞阁，稍事休息，即去登船游潭。时近黄昏，鸟散人稀，波光不惊。上岸后，在大涞阁晚餐，菜品同样精致可口，计有：鸿运双味拼，翡翠海鲜羹，埔里绍兴虾，芋头扣上排，雪梅蒸鲜鱼，碧绿炒鲜贝，邵族竹香饭，应景鲜时蔬，上海小汤包，季节鲜水果。晚上在大堂天福茗茶盘桓，买茶壶两盏。

三民书局

离开台中，径往台北桃园机场。返程前，还有个把小时的富余，地陪领大家到机场附近的升恒昌免税店消磨时光。透过车窗，敏锐地捕捉到了一家三民书局醒目的店招，在免税店门口一问警察，就在往右拐复兴北路上。于是说好会合时间，偕三两书迷小跑奔去。店面比重庆南路那家不小，但在法律区，别的门类都有，唯独不见行政法。多了个心眼儿，转到另一侧的行政学碰碰运气，果然是把两个旁系血亲整到了一起。抱着几本书出门，正碰上两个当时没跟我来的家伙，眼见没有时间进去逛了，那个懊悔！

晚六时半，搭乘国航班机飞返北京。

台北访书记

三民与诚品

乘坐的是下午航班，抵达台北，已是黄昏。在台北花园大酒店办好入住，几位同伴相约放下行李即可出外访书。未及下楼，敬波的电话来了，说行政法学会的董保城理事长正在大堂等候，要与我等共进晚餐。自助晚餐颇可吃，但心思全在书店，草草对付完事，便要出发。细心的董老师特意安排在会上做义工的女生小吴和在此访学的浙大博士生陈锦波为我们带路。步行一刻钟左右，就来到位于重庆南路的三民书局。三民书局是拥有六七十年历史的出版老店，因是三人集资创立，故曰三民。几十年间，法学书刊没少出版。三民在台北共有两家门市，一在重庆南路，一在复兴北路，我都去过。重庆南路这家，地形更熟悉，所以进来直奔左前方的法学区，眼疾手快的功夫无人能比，刹那间，几种较新的行政法著述悉数收入怀中。锦波贤棣来台既久，熟稔书情，说有几种可暂时剔除，改日带我到东吴左近一家小书店，能有折扣。我岂不唯唯听从。说话间又来了几位大陆的教授，说宋华琳一等书蠹已经先来扫荡过了，心下不禁恨他们捷足先登。夜色已晚，细雨绵绵，本来说好再去诚品，担心大家怕累，我便征询是否就此打道回府，谁知他们兴致颇浓，于是继续诚品之旅。话说诚品书店我已到过多家，知道敦南信义两家最具规模。锦波建议去最近的台北火车站那家，到了才知竟是一间规模很小的便利店。大家很不尽兴，决计乘坐捷运前往信义店。不过我对诚品的期待已大不如前，加之较以往更懂节制，几层楼转下来果然颗粒无收，只是在收银台附近发现一本李志铭新著《装帧列传》，这才不虚此行。谁知这竟然是上天安排的一个伏笔，第二天我就神奇地遇见了李志铭先生。

旧香居

在台北，法律书店之外，艺文类的二手书店我只牵挂旧香居。旧香居我没去过，但我在《我在德国淘旧书》里写到过，那还是因为买了李志铭的书，李志铭则是旧香居的座上宾。那段文字是这样的："旧香居女主人本身便是店内可移动的风景。女主人名叫吴雅慧，因为去了趟法国留学，朋友们便开始称她法文名字卡密。旧香居可不只店主长得好看，书也好看，李志铭就在那儿淘到了几本非常好看的书。真羡慕李志铭，真羡慕台北有旧香居这样书痴的乐园。"到台北的次日，开了一整天会，晚上还要参加欢迎晚宴。美食可餐，阿美族的歌舞亦有风情，但心早已不在这边。甫一结束，即与几位同仁结伴打车前往。车子正好停在旧香居的门外，迎门就看到书台上立着几幅竹久梦二的美人画，店的尽头，恍惚就是吴卡密的修长身影，忍不住高喊一声：“吴老板在吗？”那边吴老板似乎小有惊愕，还来不及应答，我已穿过店面来到收银台前。心灵手快的泓已经快速为我扫了两册竹久梦二，我哪顾得上瞧一眼，只一心盯着墙上的几幅。“这些竹久梦二可都出卖？”这是我的第一句话。“有的卖有的不卖。”这是吴卡密的第一句回答。我再加端详，口里说道：“我的两本书的封面选的都是梦二版画，可惜这里没有那两幅，吴卡密眉毛一扬：“你是李广宇？”我还未及反应，她就从身后搬出了我那三本书，说：“刚刚买到的，还没来得及看，李志铭先看了，他说，里面写到你，写到旧香居。”我说：“我正是从李志铭的书里知道了你，知道了旧香居。”她一指旁边的沙发：“那里坐的就是李志铭。”我这才仔细打量沙发上那位一直默不作声的人，顿时想起他在一本书里的自我介绍：“具有天秤座理性的冷淡与分析倾向。平日素以逛书店为生活之必需，闲暇时偏嗜在旧书摊中窥探历史与人性。”

我说我昨晚逛诚品，只买了一本书，就是你的《装帧列传》。吴卡密则拿来两种李志铭的精装本，张罗着让他为我签名。也顾不上欣赏满店的插架琳琅，三个人就你一言我一语地开聊，聊竹久梦二，聊栋方志功，聊吴兴文，聊草木祭……就像每天都在一起的老友。吴卡密说："真是神奇，早半个小时晚半个小时，我们三个都不会凑到一起。"

汉兴与元照

在台北的会议，假东吴大学城中校区举办，由台北花园酒店出发，步行几分钟即到。路上，现任东吴大学副校长的董保城老师说，东吴在台复校后，校园设在士林外双溪，离故宫不远，依山傍水，甚是美丽。城中校区只有法学院，虽然地盘很小，但颇有地利，因为政府法院云集周边，邀请官员前来讲座与谈，格外方便。到了校园门外，看见隔着延平南路对面的巷子口高矗着一块汉兴书局的牌匾，心想恐怕就是陈锦波所说能够打折的地方了。趁着会前的间隙，和锦波前往侦察，店门上的营业时间却显示礼拜天不开门。隔天上午，最后的半天会议，因为担心会议一结束就要转场，所以就在大家茶歇时奔了过去。走近见店门大开，心里的一块石头才算落了地。店面虽不大，收获却不小。结账时掏出信用卡，店员说只收现金。看我有些愕然，店员莞尔一笑，说出门左转就是一家台北银行。取款回来结算时果然有折扣，听我说不要发票，还给刨去了税金。回到会场大家都说你是不是下去抽烟了，我乐颠颠地连说没有。这事可比抽烟来劲多了。

南开的宋华琳也是个书痴，听说同有台北之行，当时就约我一起去元照。可惜他到得早，等不及我来就先去扫荡了一番。但华琳并不是专美之人，慷慨地帮我加了元照职员曾如葳的微信。会议结束后，就有了元照之行。元照在中正区馆前路，那晚去三民时曾经路过，只是不营业。我们今天去，也是公司特意作出安排。行前与曾小姐约好，她在楼下优衣库门口等，车还没停就看到她婷婷的身影。穿过商场酒肆到了楼上，只见会议室里早有精心布置，桌上整齐摆放着各种元照出版物，书籍之外，法学期刊也有好多种，除了以往见过的《月旦法学杂志》，一本《月旦裁判时报》更引发我的兴趣。公司职员通过幻灯片为我们介绍了元照的主要业务，深感元照已经不是一个单纯的图书出版机构，数位影音、教育培训，均搞得热火朝天。与内地的合作也很广泛，燕大元照就是其中的成功一例。元照的内部门市在楼下，纪秋凤经理亲自带我们下去选书，只可惜很多元照的出品已经先期买到了。

新学林

在台北的最后半天，本来早与在此访学的浙大陈锦波同学相约去台大周边寻书，但在大堂集合时碰到了负责会务的张锟盛先生，他说："你已经去过三民和元照，第三家法学出版重镇新学林不能不去。"接下来一边介绍新学林如何新锐，一边忙着与那边电话联系。一番话打动了西北政法的小书虫赵哲，嚷嚷着也要一起去。三人打车来到和平东路二段 339 号，林静妙副总编辑已经在楼下等候，寒暄过后带我们来到位于九楼的出版公司。进得办公间，右侧一面书墙立刻映入眼帘。果然如锟盛先生所言，新学林的出版物，作者新，选题新，教材也有，专著更多。行政契约、私行政法、资讯公开、诉讼类型，都是感兴趣的话题。拿起一册厚重的《行政法总论》，林总说，这是陈敏先生自印，用的圣经纸。蓝布红签，厚如经典；钜细靡遗，洋洋大观。一排中研院的文集，林总说是为他们代售。逐册翻过，每一集都有汤德宗先生对年度资讯公开案例的评述。想起早些年为讨要他的一篇文章，曾经辗转请托，未料很快就收到了先生的邮件。一阵兴奋地挑选过后，林总一边交待员工给我们优惠，一边为我们沏上了茶水，宾主相向而坐，热烈闲话。林总说，台湾市场很小，我们又是小本经营，创业殊为艰难，但我们始终坚守品质。我虽是副总编辑，但一般的编辑业务，也要亲力亲为。说着话，从架上抽出一本王泽鉴先生的《民法总则》，说王先生的一些手稿都是由她负责誊清。果见王先生在“增订新版序”开篇就说：“本书增订再版，新学林出版公司同仁，尤其是林静妙女士及许承先生鼎力协助，并致最诚挚的谢意。”我说我再添购这本，请您签字，以为留念。林总嫣然一笑，道：“签字不敢，这本我送你了。”也是一段书缘。

台大周边

离出发去机场只剩下三小时时光，决定把它留给台大周边，于是和锦波、赵哲两位小书虫从新学林直奔公馆而去。车上开始设计路线，锦波正在台大访学，情况熟，提议先去古今书廊。在巷子口下车，肚子咕噜噜叫了，先在一家苍蝇店吃了份卤肉饭。两个孩子抢着买单，搞得厨师直翻白眼。古今书廊名气很大，号称看尽台湾半世纪的旧书业兴衰。已是曾祖母级的老板娘经常豪气地说："台大至少有一半的教授，都来过我这里找资料。"何帆也曾向我推荐："台大旁边的二手书店有很多经典老书，间或还有很多法院的出版品。"不知道他说的是不是这间。但在古今，的确看到了不少法政老书，其中包括史尚宽《行政法论》的初版。品相较为完好，索价却只几百新台币，但拿起放下几个回合，最终没有买下。赵哲倒是毫不含糊，两本管欧的行政法总论和分论，悉数收入囊中。心里惦念的是茉莉二手书店，于是把新学林的战利品暂存古今，一身轻松地前往。途中去了一家二楼旧书，了无意趣。经过知名的杂志疯，也没顾上进去。几经折返，终于在罗斯福路一个安静的短巷里找到了茉莉。茉莉之得名，是因为店主夫妇分别叫蔡谟利和戴莉珍。夫妇俩在光华商场经营茉莉许多年之后，又发豪情，在台大开了更大的分店，由于店面宽大，装潢雅致，一时颠覆了人们对传统二手书店的印象。但有句话讲得好，书店不能只是卖风格，我在店里优雅地环视了一圈，结局却是空手而出。唯一的收获是，结识了两位可爱的小书友。锦波、赵哲还偷拍了不少我在书间穿梭的背影，身背双肩，勇往直前，倒是十分传神，似乎寓意着，访书寻书，永远在路上。

我在德国淘旧书

科 隆

飞机降落杜塞尔多夫机场时，还是大清早，德方的接机人员说，酒店要到午后方能入住，加之周日所有的商店都关门，只好先去附近的科隆走走，好消磨掉这大半天的时光。于是出了机场径直上了前往科隆的高速。正是深秋时节，高速公路两侧层林尽染，绿草浅潭之上竟低低飘浮着团团白雾。车行四十分钟，没有任何过渡，就进入城市的街道，我问这就是科隆了？不等回答，果然就看见了科隆大教堂高耸入云的双塔的塔尖。教堂对面是一家建于一八五五年的青石楼房，在底层的咖啡馆用早餐，落地玻璃窗外就是教堂的正面，一边喝咖啡一边就在思忖：这个建筑怎么一修就修了六百多年。

窗外游人开始多起来的时候，预约的导游也如约而至，是一位六十多岁的德国绅士，自称有一个汉语名字，姓魏。听他说一口标准的普通话，我们都很好奇，他说他并没有在学校学习过汉语，因为他的妈妈有一半中国血统。他爷爷早年为了传教去了青岛，后来又在天津住了很多年。他的外祖父是烟台人，和一位德国女性结婚生下了他的妈妈。魏先生讲，一会儿要带我们从教堂出发，穿过老城，去到莱茵河边，参观河中半岛上利用码头旧址建造的巧克力博物馆。

我对观景兴致不大，只打听附近可有什么有名的书店。魏先生说很遗憾今天是周日，商店一律不开门，书店也是如此。他一指教堂右侧："那个写着 DB 字样的大楼是科隆火车站，里面倒是有家书店。"可他并没有带我们去的意思。教堂的左侧是一家博物馆，名叫 Romich Germenisches Museum，从玻璃窗望进去，隐约看见了书的影子，赶紧抓住这根稻草，央求魏先生带我们进去瞅瞅。魏先生按部就班地先带我们来到博物馆外一面玻璃窗前，拿手遮住光线看下去，才发现几米之下是一块五色斑斓的马赛克地面。魏先生说：这是古罗马时期留下来的原物。公元前一世纪，罗马帝国皇帝奥古斯都派驸马阿格里帕挥师北进，在莱茵河西建起军营要塞。又过了几十年，出生于此的阿格里帕的外孙女阿格里皮娜登上了皇后宝座，她恳请皇帝把她的故乡升格为市，并定名为科隆尼亚·克劳狄·阿拉·阿格里皮内西姆，再以后就把这一长串绕口的名字简化成了科隆。科隆在拉丁文里就是殖民地的意思。我在想，为什么罗马法在德国如此发扬光大，原来也是一种殖民地文化。

博物馆的大厅果然有一些书售卖，大都与科隆的古罗马文化有关，也有一些古罗马雕塑的小型复制品，却没有一眼看上去就喜欢的。往东走，是一栋红砖的现代建筑，玻璃橱窗的陈设分明显示出是一家书店。店招上写的是 Bucher Kosel，老魏说，Bucher 是书的意思，Kosel 则是老板的名字。隔着玻璃窗往里望，但见缥缃万卷，插架琳琅，这就更增添了一丝欲逛不能的不甘。但俗话说，上帝关上一扇门，必会打开一扇窗，百无聊赖地继续东行之际，忽地碰上一家博物馆，叫作 Wallraf das Museum。老魏给我们解释，Wallraf 是捐赠人，以他的捐赠品为基础，建起了这家艺术博物馆。虽说仍是计划外的，但在我的要求下，还是顺带进去歇了歇脚。首层大厅是附设的 Cedon 艺术书店，架上台上摆了那么多画册，让人兴奋得有些热血沸腾。时间有限，不遑细选，匆忙中只挑了两种。

第一种是 *Albrecht Durer: Aquarelle und Zeichnungen*。封面是丢勒画于一五〇二年的那幅具有划时代意义的《野兔》，内文收录丢勒传世水彩素描木板画数十幅。我本人尽管肖兔，但比较起来，还是觉着那幅《犀牛》更富美感。可能是因为《野兔》太写实，而《犀牛》更有装饰趣味。店里还有好几种丢勒的书，甚至还摆着丢勒野兔和犀牛的木雕模型。丢勒出生之地是纽伦堡，科隆的博物馆为什么对他情有独钟，倒是日后可以考据的一道题目。第二种是 *Kirchen: Verstandlich gemacht*，翻译赵阳说，可以译为如何读懂教堂。厚厚几百页，都是关于各色教堂外观和细部的文图介绍，图画之精美细致国内罕有，其中有不少是极富意境的老铜版画。书是特价，仅售不到十个欧元。

博物馆再往前走，就来到了老市政厅。这座楼宇分两个时期建成，所以就形成了哥特和文艺复兴双玉合璧的风格。魏先生说，“二战”当中，科隆遭到猛烈轰炸，全城几乎被夷为平地，这个老市政厅也是在毁损比较严重的情况下修复而成。快到莱茵河边时，遇见了新莱茵报社旧址。一八四八年到一八四九年，马克思和恩格斯就在这里出刊了三百零一期新莱茵报。那时，科隆还是莱茵省的中心。一百六七十年的光阴流过，从前的报馆如今成了咖啡馆。峥嵘岁月恰如春梦了无痕，阳光下的莱茵河却依旧汩汩流淌。

煤矿书店

午后两点半，结束在北莱茵 - 威斯特法伦州司法部的交流活动，遵从东道主的安排，前往埃森参观世界文化遗产——关税同盟煤矿（Zeche Zollverein）。埃森位于莱茵河 - 黑尔讷运河与鲁尔河之间，从十九世纪中叶起，随着煤铁资源开发的兴起，渐次成为鲁尔区的工业中心。所谓的鲁尔区，因莱茵河下游支流鲁尔河而得名，由一系列城市组成，其中较大的城市，除了埃森，还包括多特蒙德、杜伊斯堡、波鸿等。这一地带被称为“德国工业的心脏”，是德国发动两次世界大战的物质基础。车沿莱茵河向东北方向行驶，约三四十分钟，就到了关税同盟煤矿。甫一下车，成片的废旧厂房和大型煤矿机械就奔来眼底。高架巨臂、输运长廊，无不给我们以深深的震撼，当年洗煤炼焦的沸腾场面仿佛就在面前。而今，这里却安静得有如世外桃源，仍旧叫作“洗煤厂”的公交站牌下空无一人。

乘一部橙色露天滚梯扶摇直上，原来高入云端的车间，如今已经辟为游客中心。为我们引导讲解的是一位上年纪的夫人，她如数家珍地回顾起上世纪以来关税同盟煤矿辉煌的发展史，一直讲到一九八六年煤矿在资源并未枯竭的情况下自动关闭，并于二〇〇一年成功列入联合国世界遗产名录。我向她提问：是什么因素使它获此殊荣？是因为它的主动关停，还是因为它的本身？夫人说：怕是因了它的本身。煤矿生产线采用的工业流程和技术本身就极具现代性，它的工业建筑遗产也是具有包豪斯风格的现代建筑经典。我们登上了最高处的观光平台，放眼四望，整个鲁尔工业区尽收眼底。尽管远方仍有些许烟囱冒着白烟，但占据视野的，却是郁郁葱葱的丛林。究竟当时就有这么多林木，还是停产以后所植？“完全是自生自长，”夫人回答：“正可谓你退它进。

你不再往这儿堆煤，林木当然会自然地破土而出。”她指着一处处昔日的厂房说：“那个白色的是日本人搞的创意中心，那个正在搭着架子改造的，是一个设计学院。我们的改造策略不是废旧立新，而是旧物再利用。通过改变原有建筑、设施及场地的功能，既再现工业区的历史，又为人们提供有趣的文化、娱乐园地。”听到这里我灵机一动：“照这么说这儿也应该有艺术设计之类的书店啦？”夫人说：“有啊！就在刚才扶梯上来的大厅。”我立刻忍不住要下去逛店，陪在左右的高高帅帅的高礼善说我陪你去。

高礼善本名叫亚利山大·葛劳姆，是一位年轻法官，目前在北威州司法部借调工作。他跟我说，逛书店也是他的喜好。书店里书还真不少，尤以介绍关税同盟煤矿、鲁尔工业区以及埃森市历史人文的图书为多。高礼善在科隆大学自学的中文，简单能说几句，不会表达时我们就辅以英语。他不时从架上拿起一本书给我介绍，拿得最多的是有关军火大王克虏伯家族的书。听他一番介绍，才知道作为德意志军国主义柱石的克虏伯，其家族的摇篮就在埃森市。高礼善说，“在德国，克虏伯大炮无人不晓。甚至还有这样一句谚语：像克虏伯的钢一样好。”一边说一边又递给我一本书，打开的那页是李鸿章的一帧照相，上面有李鸿章本人的题款，上款题的是：“送克鹿卜飞子”，落款是：“太子太傅文华殿大学士北洋通商大臣直隶总督一等肃毅伯李”。高礼善说：“李鸿章访问埃森时，住的就是克虏伯家，为此克家还专门为他修造了中式房间。”

说句实话，我对克虏伯大炮知之不多，也无甚兴趣，我关心的只是版画。说来幸运，还真找到一本，也让我得以比较全面地了解了现代德国一位重要而有特色的版画家，这就是奥托·狄克斯（Otto Dix）。这是一本大型画册，德文书名是 *Das Auge der Welt. Otto Dix und die Neue Sachlichkeit*。奥托·狄克斯曾在“一战”和“二战”中两次应征入伍，毒气和阵地战使他深深感受到战争的残忍与恐怖，为此他创作了一组题为《战争》的蚀刻画，这组画也确立了他在德国乃至世界画坛不可或缺的地位。战后，他由写实主义转向现代派，成为表现主义的代表画家。他的画最大特点可以概括为“残酷的客观”。有人说，他的目光就像“一只粗暴的手”，撕下对方的面具，暴露出深藏的自我，为此他生涯之中屡惹官司。有一次，一位为女儿订购肖像的顾客觉得狄克斯画得太丑太不像了，因此拒绝付钱，狄克斯一怒之下把他告上法庭。犹太律师西蒙斯以艺术表达自由为论据为他辩护，终于为他打赢官司，讨回了定金。画家为表感激，特意为律师画了一幅肖像画，据说这是他唯一一幅流露出温情的作品，到今天几乎已成为稀世珍宝，他和西蒙斯之间的友谊据说也保持了一生。

另外一本是 *Japanese Erotic Art*（日本情色艺术），Thames & Hudson 于二〇一三年印行的英文版，原价四十五英镑，仅售二十九点八欧元，质量却比以前所购同类图书高出许多，特别是封面的那条纵向缝线，很能营造出一丝东方韵味。这本书让我想起故乡离这儿不远的荷兰汉学家高罗佩。高罗佩长期出使中日，对东方文化浸淫很深。他创作的小说《大唐狄公案》，使得这位东方福尔摩斯名噪四海。有趣的是，他的小说都由他自己设计，并且亲手绘制插图。正是在寻找插图范本的过程中，他接触到了明朝春宫图，这就引发了对于中国日本春宫画、秘戏图的搜集研究，并以此得享盛名。眼前的这位高礼善也姓高，也痴迷中国文化，有朝一日能否成为高罗佩第二，也是不可限量的事。

结账时，我问店员她们的书店有无名号，她在一个纸袋上为我盖了一个戳，我一看是：Walther K.nig。我说这不是巴尔特·肯尼西书店吗？在科隆我就听说了它，可惜没有时间去。她说是的，科隆那家的巴尔特·肯尼西开在路德维希博物馆，就在大教堂的后身。她又略带抱歉地说："科隆那家店艺术画册可多了，我们这里却没法摆太多，你想谁会专门来一个煤矿买画册呢？"我可不觉得有什么遗憾。一来在这里意外碰上书店还买到了便宜的好书，二来把在科隆没有逛到的巴尔特·肯尼西也给补上了。有此缘分，是不是高兴都来不及。

海涅的杜塞尔多夫

谁不说俺家乡好。这句在中国耳熟能详的谚语，在莱茵河畔的德国也得到了验证。我们在北莱茵 - 威斯特法伦州的访问从州司法部拉开序幕。北威州的首府是位于莱茵河下游的古城杜塞尔多夫，州司法部坐落在马丁 · 路德广场四十号，对面是红砖结构、有一个尖尖塔楼的马丁 · 路德教堂。司法部的乳白色三层大楼已经有数百年历史，从前是个法院。在欢迎会上，国务秘书卡尔 · 海因茨克雷姆斯充满自豪地说，杜塞尔多夫是他的家乡，并送我一册故乡街景的画册。考试局局长贝歇尔说他是科隆人，在波恩读的法律。“波恩是贝多芬的家乡，”他说：“所以我为你准备的礼物不仅有贝多芬的音乐唱片，还有介绍贝多芬故居的小册子。”我在答词中提到了杜塞尔多夫的名人——伟大的浪漫主义诗人海因里希·海涅。不想这不经意的一说，却让德国朋友顿感骄傲，也才有了此后德国朋友精心安排的海因里希·海涅之旅。隔天在杜塞尔多夫地方法院完成了大半天的交流活动，走出法院大楼，日已西斜。肖尔茨，一个出生在东德德累斯顿的青年法官，现在是北威州司法部负责国际事务的处长，说要陪我去老城参观海涅故居。他回望着法院大楼说："地方法院之前在老城，五年前才搬到这里，这里是杜塞比较差的区域，政府希望借由法院把这里带动起来。"我们要搭乘地铁到老城，肖尔茨却不买票径直带我们走下站台，走进车厢。原来车厢里就挂着投币售票机，就连在德国生活了多年的翻译赵阳，也直说第一次见到这种情况。只行三站就到达目的地，上到地面，正是海因里希·海涅大街。肖尔茨说，在杜塞，以海涅命名的街道、建筑和学校比比皆是，海涅成了这个城市的灵魂。长期流亡巴黎的海涅对家乡也是念念不忘，他曾说："我生于莱茵河畔的杜塞尔多夫——我之所以特别明确地说明这一点，是因为我已估计到在我逝世之后，还有七个城市为争夺成为我的故乡城市的荣誉而争斗。”但是，他的家乡一直没有欢迎他。一八八七年，当奥地利的茜茜皇后向她崇拜的诗人海涅的故乡赠送一座纪念碑时，五百名杜塞市民公开上书反对，在盛行一时的排犹和极端民族主义情绪影响下，为海涅立碑一事遭到拒绝。海涅的故居在杜塞老城 Alt-stadt 的中心，在老城边儿上，贝歇尔局长和高礼善正等着我们，我们踩着石铺的路面，走过几条窄窄的巷子，就来到了博尔科路（Bolker）。海涅曾经写道：“杜塞尔多夫这座城市非常美，如果在远方想起它，如果凑巧出生在那里，那种感觉是很妙的。我是在那里出生的，我觉得好像我总想立即回去。如果我说回去，我指的是博尔科路和我出生的那幢房子。”那幢房子是一栋三层的小楼，白色的墙壁，黑瓦的尖顶，门楣上有一个海涅的浮雕头像，头像下是 Heine Haus 的字样。旧居底层是一家书店，有人称它为“海涅书店”，但它的德文名字其实是 Muller & Bohm Literaturhandlung Literaturca。书店专营文学书籍，不只德语文学，在架上我还看到了许多其他欧美国家如雷贯耳的文学巨匠的名字，当然，海涅专柜必不可少，一些海涅的文集和诗集单行本制作还算精良，可惜并不是我要找的带插图的老版本。

空无所获地从海涅故居出来，未免有些怅然若失。深一脚浅一脚走在碎石路上，观赏着一家挨一家的露天酒吧，丝毫没有料到，随后而来的，还会有大惊喜。博尔科路走到尽头，是集市广场（Marktplatz），杜塞尔多夫历史悠久的市政厅（Rathaus）就坐落在这里。指着广场正中一尊青铜雕像，贝歇尔局长说："这是杜塞的选帝侯 Jan Wellem。这不仅是杜塞尔多夫的象征，也是阿尔卑斯山以北最重要的巴洛克风格的骑士雕像之一。"我想起海涅回忆录里多有对于选帝侯的描述，也想象着少年海涅怎样从家里跑到集市广场，牵着选帝侯的手，充满敬畏地仰望着骑在战马上的威风凛凛的拿破仑皇帝。市政厅的后面就是莱茵河，不过在来到河边之前，贝歇尔局长指着一条细得不能再细的水流问我："猜猜这是什么河？"我说："难道是杜塞尔河？"他哈哈乐了："是的，杜塞尔多夫就是因为这条河而得名，多夫在德语里是村庄的意思，杜塞尔多夫最初就是杜塞尔河边的一个小渔村。”我们来到莱茵河畔，落日正好把河对岸的西天染成红色，一群野鹅恰好腾空飞向远方。凝忘着莱茵河之波，我想起一位历史学家说过的那句名言：“整个欧洲没有一条河能与莱茵河匹敌。”我又想起海涅献给莱茵河的那首叫作《罗累莱》的名篇：“不知道什么缘故 / 我总是这么悲伤 / 一个古老的故事 / 它叫我没法遗忘 / 空气清冷，暮色苍茫 / 莱茵河静静流淌 / 映着傍晚的余晖 / 岩石在熠熠闪亮。”从莱茵河滨大道左转，穿过电影博物馆和陶瓷博物馆，就进入古风浓郁的画廊古董店区。黄昏的古巷几乎空无一人，一两百年前打造的街景，让人怀疑时间是不是在这里停止不动。有一栋房子，从窗里泻出暖暖的灯光，贝歇尔局长说，这是海涅早年读书的学校。而在学校的对面，竟是一间叫作海因里希・海涅古董店（Heinrich Heine Antiquariat）的旧书店！赵阳说，在德国，旧书店也是难找了。但这家旧书店，有一种一进门就能强烈地感受到的不凡气象，环屋摆放的书架，密密麻麻挤满了各色老书。赵阳替我跟老板说只要老版画书，老板东寻西找，不一会儿就搬来一堆。我精挑细选了四种。第一种是一九二三年在慕尼黑出版的以圣经故事为题材的版画集，共有珍稀图版四十幅。第二种是一九二一年在慕尼黑出版的古代德国插图集，共收入十五世纪以来木刻书籍插图一百零五帧。第三种是一本有关丢勒生平作品的老书，一八六一年在汉诺威出版。这本书虽然图片较少，但制作考究，三面书口都装饰着彩色花纹，书前还贴有一枚藏书票。第四种出版年代不祥，从装帧风格来看，至少是十九世纪的出品，内容是以丢勒领衔的六位经典画家绘制的圣经故事。书的价格嘛，实在比新书还要便宜。当我还想再看更多，店主肩膀一耸：“全给你了！”

马尔库斯买残书

莱茵河畔的城堡广场（Burgplatz），种植着成片的悬铃木，这是一种已经存在了一亿两千万年的植物，看着有些像法国梧桐，不晓得是不是一种东西。在城堡广场的边缘，有一个圆形的塔楼，贝歇尔局长说："这个塔楼叫作老宫殿塔楼。它本是建造于十三世纪的选帝侯宫殿的一部分，可惜宫殿毁于一八七二年的一场大火，只残留了这个塔楼。"据说，童年的海涅经常来此嬉戏，那时城堡的废墟尚未清理，到了晚上那里面常常闹鬼。常言说水火无情，在大火面前，巍峨的宫殿尚且不保，纸做的书本该会是何等脆弱也就可想而知。我这样想时，还根本没料到，片刻之后我竟会真的面对一堆残书。经过一座塔楼拧成麻花状的巴洛克风格教堂，就来到了骑士街（Ritterstrabe）。在一座浅灰色建筑前，高礼善神秘地跟我说，他们局长知道我爱逛古旧书店，特意向他的艺术家朋友打听到了这家店。我抬头打量，石砌的拱形门框，漆成墨绿色的双扇木门，门楣上方钉着一个铁艺店招，上面的花形文字是：Marcus：Buch und Kunst Antiquariat（马尔库斯：书和艺术古董店）。门紧闭着，局长打通电话，片刻之后才有一位女士为我们打开门。门厅很宽绰，局长说，早年，马车可以停在这里，下雨天在这儿下车不会淋雨。店铺在院里的一座青砖结构的老房子里，走五六级台街，又是一个双扇的墨绿色木门，进来是一个大开间，靠墙有几个书架，中间摆着一个笨重的原木抽屉柜，迎门处还有一套舒适的沙发茶几，看这阵势，与其说是一个书店，倒不如说是一个老式书香人家的客厅。店主是另一位女士，年纪接近古稀，非常亲切慈祥地把我们让进来。我把架上书大致扫了一遍，年纪最少大店主两倍以上。店主说，她店里的书最新的也在一八五〇年以前。我照例向她寻问版画，她引我走到屋子中央那个原木抽屉柜，拉开一只抽屉对我说："喏，这里都是。"我一个抽屉一个抽屉地看，里面全是分主题排放的老版画，有的以地名，有的以国名，有的以风景，有的以人物，看了几个抽屉我就眼花缭乱了，不知道从哪里下手。听说我来自中国，夫人搬出一堆画给我看，一色都是中国画日本画。中国画我不好确定年代真伪，就选了一幅日本画。这画很沧桑的样子，像是一张四周有些残破的棉纸，总之是一幅年代较久的日本画总错不了，价格也不比一本书更贵。正当店员为我细心包裹时，夫人突然又从柜子里搬出一个大纸包，小心拆开封，一大摞八开古书的散叶呈现在我眼前。夫人说："这是一四九三年纽伦堡出版的《世界史》的原物，因为残缺，所以按页出售。你不是喜欢丢勒的版画吗？这本书跟丢勒还真有关系，出版这部大书的那家书铺，正是丢勒学徒的作坊。"丢勒的生平我知道一些，他出生于纽纶堡的金银匠世家，在十五岁时成为当地最优秀的画家沃格穆特（Michaaeel Wolgemut）的徒弟。沃格穆特的大工作坊也为丢勒的教父、印刷商安东·柯贝尔格（Anton Koberger）制作木刻插画。丢勒出生于一四七一年，结束三年学徒那年是一四八九年，应该正值这部大书的制作当中。我充满敬意小心翼翼地欣赏着这部来自丢勒家乡丢勒年代的旧书，恍惚时光向回穿越了六百多年。试探着问问价格，夫人说按图论价，图越多越大越贵。我选的一页，图不算多，也不算大，但很有意义。赵阳和高礼善都懂拉丁文，知识面也宽，帮我逐一辨析上面三幅木刻的内容，让我越发觉得这页选对了。第一幅是一位专司黑死病的神。那个年代，丢勒的家乡黑死病肆虐，很多人不幸被夺去生命。丢勒的母亲就是因黑死病而死，他那幅木炭素描《母亲肖像》就作于母亲去世前的两个星期。丢勒本人几次去国远游，也是为了躲避黑死病。第二幅是一位中世纪意大利的法学家，他的主要贡献是商法。对于我辈法律工作者来说，这当然是鼻祖一级的人物。第三幅又与黑死病有关，是一个黑死病医生。我看中的不是他的身份，而是他手捧一本书的造型。

明斯特的书香

明斯特（Münster）在北威州的北部，过去是威斯特法伦省的首府，“二战”之后，这个地区与莱茵省的北半部分合并，组成北莱茵 - 威斯特法伦联邦州。还在杜塞尔多夫的时候，北威州司法部的朋友们就已频繁地提到它，他们中有不少人是在明斯特大学读的法律。他们说，明斯特公元八〇四年就见于记载，十二世纪建城，曾是汉萨同盟成员。他们又说，明斯特是大学城，全城三十万人，大学生就能占到八万。他们还说，明斯特是德国的自行车之都，自行车的数量超过人口，人行道涂成红色的部分专供自行车行驶，你们到那儿走路可要小心。德方陪同人员胡兰说，她在明斯特住过六七年，喜欢极了这座集古典建筑艺术和自然田园风光于一体的美丽古城。她特别怀念明斯特的环城林荫道，在那里跑步真是惬意极了。翻译赵阳则和我悄悄咬耳朵：既是大学城，肯定少不了旧书店，肯定充溢着迷人的书香。作为北威州之旅的最后一站，我们终于驶向这个令人神往的城市。

明斯特之行的促成，是因为北威州高等行政法院设在这里。入住的次日清晨，就去访问这家法院。步行穿过一条条童话一般的老街，双耳充盈的是东西南北各个方向传来的教堂钟声。在高等行政法院门前的小广场，行政官员海格斯女士为我们简单介绍法院历史。北威州高等行政法院成立于一九四九年，由于市内建筑在“二战”期间毁损严重，当时竟找不到一所合适的房子，只好分据几处办公。后来决定构筑专门的楼宇，于是从杜塞尔多夫请了一位年轻的设计师设计，经过招标施工，于一九六二年最终建成。这个地方从前是个修道院，拥有四百五十年的历史。法院门前的这个广场，正是从前修道院的后花园。草坪上分布着九个喷泉，是因为当时的高等行政法院共有九个庭，现在则已扩充到了二十个庭，最多时甚至达到过二十五个庭。法院大楼也经过了改建，在原来两层的基础上增加了一层。进入法院大楼，是个宽敞的天井，首先映入眼帘的，是一通到顶共有三层的透明图书馆。一位法官，同时兼任图书馆的馆长，他向我们介绍说，最初设计的时候，专门为图书馆辟出了房子，但后来不够用了，于是请原来的设计师在天井里加建了新图书馆，之所以使用玻璃幕墙，是为了突出司法的透明。当然，法官要有个适应的过程，因为这样一来哪个法官进去查什么书外边都会一目了然。馆长还跟我们透露，法院图书馆共藏有法律期刊一百二十种，法律释义和法学专著三万六千册。不光供法官使用，律师、当事人、法学院学生，所有有需要的，都可前来查阅。有趣的是，在图书馆的对面，一边蹲着一个硕大的麻布做的卡通人物，好像在凝视，又像在思考。海格斯女士说，这两个卡通人物是一个韩国青年艺术家创作的，他一九九七年来明斯特学艺术。最初放在学校的展室，展览结束后，放到哪里就成了问题，恰好学校的负责人跟我们院长聊天，院长也喜欢现代艺术，就把它们摆到了这里。开始是借地儿存放，后来法院就拥有了所有权。

法院都这样充满书香，明斯特城当然更值得期待。那天傍晚，忙完正事，我和赵阳、胡罗安就结伴出去访书。从我们住处往老城方向拐个弯，在一个教堂的对面，有一家叫作 Antiquariat Soder 的古董书店，面积虽说不大，老书却是叠床架屋。问明我们的兴趣，店家一口气搬来三部大书，都是十六开毛边精装插图本。第一本是歌德的《浮士德》，第二本是席勒的《华伦斯坦》，第三本是德国的叙事史诗《尼伯龙根》。三部大书都是上世纪四十年代之前的出品，都附有许多美轮美奂的木刻插图。问问价钱，每本要价三四百欧，论起文物价值绝对算得上便宜，可论起囊中通货，我只有默然不语。正要悻然而出时，突然发现靠窗的角落里很随意地扔着一本比亚兹莱画集，抓起来一看，是一九四九年在汉堡印行的德文版，长十六开，硬面精装，封面素白，只用黑色印了比氏的自画像和签名。我强按住内心的狂喜，故作随意地询问这书的售价，店家开口要十欧，最后砍到了七个半欧。出来之后我才敢笑出声来，告诉赵阳他们我拣了一个多么好的宝贝。

拐过弯去，是一家大学书店，赵阳说，基本都是教科书，而且以法律为主，因为明斯特大学最古老的看家学科就是法学、医学和神学。一边说着，一边就在橱窗里看见了哈特穆特·毛雷尔的《一般行政法》和弗里德赫尔穆·胡芬的《行政诉讼法》，这两部经典的中译本都是我平时翻烂了的书，真想买下，可想想我从日本买回的几本日文行政法著作尚且还在冷架上供着，一字不懂的德文版更只能成为摆设，这样也就省了四十欧元。但在随后碰上的一家大型书店里，还是把钱掏了出去。这家书店叫作 Medium，是在我们酒店到拱廊长街 Prinzipalmarkt 的途中。店面类似我们常见的新华书店，但这家店里不只卖新书，架子上也夹杂着不少有价值的旧书，我在艺术画册区逐一细翻，生是淘出了几种。一种是一九七〇年 Insel Verlag 出版社在法兰克福印行的 *Russische Graphik des 20 Jahrhunderts*（《二十世纪俄罗斯版画选集》）。一种是 Dover Publications，inc 一九八八年在纽约印行的 *Maillol Erotic Woodcuts*（《马约尔情色木刻》）。几本书最低的只有四欧元，最多的也只有八欧元。看来，店家那句 We Discount Books 的口号还真不是吹的。

古城买画

明斯特确实是个艺术之城，在老街上走，每隔几个商店，几乎就会看见一个画廊。那天晚上从 Medium 书店回酒店路上，遇上一家已经打烊的画店，从仍然亮着灯的橱窗里，看见了一尊凯绥·珂勒惠支的雕塑和一张介绍凯绥·珂勒惠支生平作品的卡纸，顿时心痒难耐，直盼着明天早日到来，能够进店看个究竟。

凯绥·珂勒惠支对中国版画的影响可以说是决定性的。鲁迅是第一个把凯绥·珂勒惠支介绍到中国的人。那是一九三一年，在柔石被害之后，鲁迅偶然看到德国书店的目录上有珂勒惠支的一幅木刻《牺牲》，便将它投寄给了《北斗》杂志，算是对柔石的无言的纪念。在这幅画里，瘦骨嶙峋的母亲愤怒地托起婴孩。年轻的生

SAFETY
ST
JUSTICE·F
ST
EG

命被战争褫夺，只有母亲兀自承担丧子之痛。这让人联想起中国那句俗话：白发人送黑发人。又让人联想起柔石那篇传世之作，作品的名字正是《为奴隶的母亲》。

鲁迅喜欢收藏珂勒惠支的版画，他曾委托美国记者史沫特莱去信求购珂勒惠支版画原作，先后收到二十二幅。一九三六年，他以这些原作为基础，自费印行了《凯绥·珂勒惠支版画选集》。在这本选集的序言中，鲁迅曾这样写道："她以深广的慈母之爱，为一切被侮辱和损害者悲哀、抗议、愤怒、斗争。"

叶灵凤也是喜欢珂勒惠支的。在太平洋战争爆发之前的一九四〇年，叶灵凤和郁风等几位南来香港的文人画家组织了一个耕耘社，除了两期图文并茂的《耕耘》杂志，还出版过一本《凯绥·珂勒惠支画册》，序文就是叶灵凤所写。在这篇序文中，叶灵凤回忆说，三十年代初，上海四川路桥附近有一家德文书店，曾经搞过一次小规模的版画展览会，展品中就有珂勒惠支的《反抗》和《突击》。他"从未见过一幅画面上表现着这样的紧张、有力和激奋。我站在这两幅画面前惊怔了。我很想拥有它，但每幅三十几块的定价，使我完全放弃了这种奢念”。

我自己对于珂勒惠支也是素来喜欢，但比叶灵凤先生还要可怜的是，不仅更加买不起，就是连她的原作，也不曾有机会亲炙，好像只在台湾买过一册何政广主编的珂氏的画集，后来在方家胡同子安的店里买了一张她的版画的复制品。要是能在明斯特收获一幅原版的珂勒惠支，该是何等的美事！

次日一天都在忙，快黄昏时终于自由了，我就拉着赵阳兴高采烈地奔往画店。画店的名字叫 Kunstkontor Dr. Doris M.llers。店主是位高高大大的女性，我说看来您就是 Dr. Doris M.llers 了，她含笑点头称是。赵阳在旁边跟我用汉语悄悄说：“兴许是位艺术博士。”我们跟她直入主题，点名要看凯绥·珂勒惠支。她拿来一尊雕塑，就是我昨晚在橱窗里看到的那个。我说我不要雕塑，要版画。她便搬出一个画框，小心地置于台上。我这一瞅，顿时血往上涌，原来是珂勒惠支的石版画《母亲们》的原拓！我让赵阳问价格，她说一万两千八百欧，不过已经被人订购了。我瞬时堕入失望的旋涡。不过转而又想，即便没被别人订购，这个价格你不是照样买不起？如此说来，被人订购还恰恰解了我的尴尬。我又问还有没有珂勒惠支其他作品，她摇摇头："只这一幅。珂勒惠支在我这儿是来一幅卖一幅。"我原来一直以为，珂勒惠支只是在中国被捧红，在她的故乡德国未必如此，现在看来，在德国她的画照样抢手。

珂勒惠支无望了，转而打探麦绥莱勒。和珂勒惠支一样，麦绥莱勒也很被鲁迅和叶灵凤重视。麦绥莱勒生于比利时的勃兰根堡，与德国有一定的地缘关系，德国人对他应该不会陌生。我记着叶灵凤三十年代初买的四本麦绥莱勒木刻连环故事，就是得自上海的一家德文书店。果然，Dr. Doris M.llers 从我的中文发音听懂了我说的是 Franc Masereel，她打开样品图册，翻开其中一页，正是麦绥莱勒，不过不是木刻，是油画。买麦氏的油画就没意思了，而且，那幅油画实在不好看，所以我也就没问价钱。

在店里四下看画，还都是难得的珍品，其中挂在墙柱上的一幅潘科克的木刻自画像吸引了我。奥托·潘科克（Otto Pankok）生于一八九三年，是德国二十世纪二三十年代表现主义的代表画家。他可能还是杜塞尔多夫人，因为诺贝尔文学奖得主君特·格拉斯早年在杜塞尔多夫艺术学院上学期间，就是跟他学习版画。这位君特·格拉斯也是一位有趣的人物，他以长篇小说《铁皮鼓》获得诺贝尔文学奖，但却说自己的第一职业是绘画。他认为，绘画与文学密不可分，两者之间是“一个有机的相互作用的过程”。他的许多诗集里都有他自己绘制的插图。在写作《比目鱼》期间，格拉斯制作了一大批与比目鱼有关的版画，并结集为《当比目鱼只剩下鱼刺的时候》，与作品同步发行。一九八〇年，当他写完《德国人会死绝？》之后，干脆宣布暂停写作，埋头从事版画和雕刻。格拉斯对于潘科克堪称师恩不忘，他曾创立一个“吉普赛基金会”，首次颁奖就颁给了他的老师潘科克，因为潘科克的木版画大量涉及吉普赛人，展现了吉普赛人浪漫的生活方式，反映了他们的历史苦难和不屈的反叛。

Dr. Doris M.llers 告诉我，潘科克的这幅自画像作于一九四七年，是有画家本人花押的原拓。我问了问价格，比珂勒惠支那幅便宜多了，完全在可以承受的范围以内，又让赵阳再砍砍价，她又让了百十来欧。抚摸着画框的边缘，Doris 说："不能再砍了，光这个镀银画框本身就值些钱，它完全是手工制作的。"然后是仔仔细细地包装，并且为我出具一份证明是原作的文件。

还想再逛逛别的画店，出门却发现天空飘起了细雨。胡兰那天说，初冬的明斯特几乎天天下雨，正像一句当地谚语所说：在明斯特，不是听教堂的钟声，就是在下雨。我们来北威州这几天，一直是阳光明媚，这时候突然下起雨来，分明是老天爷让我收手了。

书旅拾零

去杜塞尔多夫之前，就听说那里是全欧洲除伦敦之外最大的日本移民城市，在日本人聚居的一条街上，遍布日本的餐馆超市，有人还在商店里碰上过在德甲踢球的日本球员香川真司，就猜想，既然有这么多日本人，兴许会有日本书店。这个规律在香港已经得到过应验，在日本人扎堆儿的尖沙咀，日系书店就至少有两家：Tomato Books 以及智源书局。行前让懂德文的阿龙上网一搜，果然就搜出一家 Bookstore Nippon，是在伊默曼大街（Immermannstra.e）五十三号。入住杜塞尔多夫 Hotel Wyndham Garden 后，日已西斜，看看到晚饭时间还有一个半小时，心想何不去找找伊默曼大街。主意已定，就腾地从床上跳下来。虽然明知礼拜天商店几乎都不营业，但总还抱着一丝侥幸心理，就算事先熟悉熟悉地形，也是没有坏处。

在前台要了份杜塞街区图，侍应生帮我在地图上分别标出了酒店和伊默曼大街的位置，说步行过去也就十分钟。常言说，条条大路通罗马，好几条路都能通往伊默曼大街，在一个米字形的路口，我像弗罗斯特一样久久伫立，心中念着那熟悉的诗句："黄色的树林里分出两条路，可惜我不能同时涉足。"我选择了其中一条，后来证明我走了弯路。走着走着，看见一个建筑上标着DB字样，就知道走到了杜塞尔多夫火车总站。DB是德国联邦铁路公司（Deutsche Bahn）的简称，上午去科隆的时候，在大教堂的右手边就已见到了这标志。听德国朋友说，科隆火车站里面有家书店，趁着大家进大教堂参观的当儿，我还真过去找了，确有一大一小两家叫作Ludwig的书店，小的那家只卖报纸杂志，大的则类似传统的书店。我问店员艺术画册在什么地方，她告诉我在楼上，我到了楼上却没有找到任何这样的东西，只在文学区随便翻了几本书。书店旁边有个台阶，拾级而上，竟来到了站台。一辆红色的列车正整装待发。杜塞的火车站是不是也该有书店呢？我这样想着，就走错了路口，越走离伊默曼大街越远，等照着地图的指引终于来到伊默曼大街，离说好集合吃饭的时间只剩下了二十分钟，不敢再多耽搁了，就匆匆往回赶。归途中在 Bismarck 大街的街角倒是发现了一家叫作 Ankauf & Verkauf 的旧书古董店，隔着玻璃门望进去，坛坛罐罐旧书旧画倒是堆了不少，可惜营业时间都跟正事冲突，最终也没有逛成。

在我们酒店附近的弗里德里希大街（Friedrichstra.e）二十四号，有一家 Buchhaus Stern 书店，事先也去踩过点儿，最后还真去成了。那天在老城逛完旧书店，我有点“吃顶了”的感觉，但高礼善和赵阳倒来了劲，说他们也想去 Stern 看看。陪同者都不觉得累，我有何惧，就穿过国王大道，一路走过去。真是一个图书大卖场，店内的陈设布局也相当考究。最难得的是，这家书店不仅卖新书，还在二楼开设有古董书店，去的那天还碰上全场五折。赵阳他们问我先逛哪儿，我说当然先上二楼。有年头的古书真多，匆促间让人不知从何下手。高礼善还惦着刚买来的那张残页，真找出了一本完整的《世界史》，找到我买的那张的页码，内容却不相同。几个人一合计才搞明白，这一本是德文版，与拉丁文的图版顺序当然有所不同。旧版画也有不少，翻了几个抽屉之后，我选中了一枚藏书票，是十九世纪的旧物什，构图并不十分醒目，图得只是年代久远，而且便宜，打完折几个欧而已。

到了明斯特，虽然逛了好几家店，但也有遗珠之憾。当地人说，在高等行政法院的后身，就有一家旧书肆，我们连着两天都去那儿进行工作交流，就是抽不出时间去寻书店。到了最后一个傍晚，想去的时候，却突然下起了雨，赵阳担心我背的宝贝给雨打湿，也就打道回府了。不过雨来之前倒是碰上一家有趣的书店，是在拱廊长街起始处，一间的门面，专门经营珍稀古书的复制品。店家拿了几种豪华大书给我们瞅，原刻的年代都在中世纪前后，复制品一概系依原样手工做出。撇去价格不说，单说这种羊皮封面恨不得镶上珠宝的气派，我就很不喜欢，也许给土豪装点门面，更能派上用场。店家是位老先生，明明看出我们不是买茬，还是很和善地拿出一册书给我们看，书是德文，书名我连蒙带猜把它译为《插图宝典》，介绍的是公元四百年到一六〇〇年之间世界上最美的手绘插图。书是大十六开，五百零四页，几乎每一页都有一到多幅彩色插图，千百年间的手绘经典尽收眼底。店家要二十欧，我们又砍砍价，最后以十五欧成交。

马约尔与维吉尔

北威州之行即将结束，肖尔茨专程坐火车从杜塞尔多夫赶到明斯特，代表北威州司法部为我们饯行。晚餐结束后走出餐馆，在一家日本杂货店的橱窗外稍一逗留，就没有跟上大部队，低头急急往回走，越走越觉得走出了老城。我们住的那家酒店，并没有电子门卡，用的是老式的铜质大钥匙，每次出门都要交回前台，所以就连酒店叫什么名字也不知道。望着厚厚的夜色，心里就微微有点儿发慌，只能凭感觉左拐再左拐。在一个路口碰上一位骑自行车的女生，用英语问她 Downtown 怎么走，她说你所说的 Downtown 是指哪儿，我对自己说你以为这儿是纽约啊还 Downtown，于是赶忙改口说老城，她说你直行再向左拐。我只走了几步，一抬头竟然就站在我们酒店的门前，前边回来的几个人还坐在门厅闲聊呢。

惊魂甫定，就躺在床上闲翻白天买的画册。马约尔的这本情色木刻，实在谈不上情色，虽然是裸女居多，但都是简笔勾勒，丝毫没有淫亵的味道。由卷首的出版说明可知，这一百三十五幅木版画，其实是为古罗马诗人维吉尔的《牧歌》和《农事诗》等书所作的插图。阿里斯蒂德·马约尔 (Aristide Maillol)，也是叶灵凤喜欢的画家之一，一八六一年出生在法国西南部东比利牛斯省，是与罗丹齐名的雕塑家。说来也是有趣，马约尔能在雕塑方面闻名于世，很有几分无心插柳柳成荫的偶然成分。他曾去巴黎学画，但于绘画一途，一直难成气候。三十二岁那年突然迷上了织毯，于是在家乡开起了作坊，自己绘制底图并指导女工织造。不幸的是，狭窄幽暗的作坊和不知疲倦的劳作严重伤害了他的视力，到四十岁那年，眼睛几乎失明，无奈之下才转而投身不怎么费眼的雕塑，不想一炮打响。在所有美术门类中，我最缺兴趣的就是雕塑，但也不能不说，马约尔的雕塑真的很美。不过，作为版画控，我关注的还是马约尔的木刻作品。

他真正投入版画创作，比雕塑更晚。直到六十四岁的时候，他为维吉尔的《牧歌》创作的木刻插图才得以完整出版。据说，这些木板画的板材，是他家乡班雨勒的一棵老梨树，它在一场暴风雪中被不幸刮倒。

维吉尔的全名是蒲布里乌斯·维吉尔乌斯·马洛（Publius Vergilius Maro），是奥古斯都时代的古罗马诗人，与荷马、但丁、弥尔顿并称为“欧洲四大史诗诗人”。他的传世之作除了《牧歌》，还有《农事诗》和《埃涅阿斯纪》。据斯维托尼乌斯在《维吉尔传》中透露：维吉尔的母亲怀着他时，梦见自己分娩，生了一根月桂枝，那树根一着地便生了根，立即长成一棵成熟的大树，结出各种果实，开放出许多花朵。当时还出现了另一个预兆，那就是孩子出生后，按当地习俗立即在孩子出生的地方栽植一根杨树枝，那树枝瞬间便长得像很久以前栽种的杨树，由此那棵树被称为维吉尔树，甚至被孕妇和产妇视为圣树，虔诚地在那里生育和还愿。也许跟他是草木之命有关，他的诗里满是各色草木，像什么榉树、赤杨、黄槐、荆榛、泥蒲、泽兰、丁香、罂粟、腊李、芦草、藤萝、豆蔻、水仙、地丁、桑葚、百合、青藿、女贞花、覆盆子、常春藤、狐指草、番石榴、金花菜，简直是个开满奇花异草的缤纷田园。维吉尔当然不是在一味堆砌花果，在他的笔下，花木与人，浑然合一。读维吉尔的《牧歌》，那种人类早期的纯净和天然，总让我联想起中国的《诗经》。孔子说：“诗三百，一言以蔽之，曰：思无邪。”木心也是对诗三百推崇备至，他在《九月初九》一文中曾从诗三百入手，讨论人与自然之关系：“野果成全了果园，大河肥沃了大地，牛羊入栏，五粮丰登，然后群莺乱飞，而且幽阶一夜苔生。”“中国的‘人’和中国的‘自然’，从《诗经》起，历楚汉辞赋唐宋诗词，连绾表现着平等参透的关系，乐其乐亦宣泄于自然，忧其忧亦投诉于自然。在所谓‘三百篇’中，几乎都要先称植物动物之名义，才能开诚咏言；说是有内在的联系，更多的是不相干地相干着。”我猜想，马约尔之所以独独钟情维吉尔，为他一画再画，恰是在这自然天趣方面寻得了共鸣。看他那干净到了极致的线描木板画，或执鞭牧羊，或倚栏吹笙，或树下嬉水，或花前相拥，婀娜的人体与妙曼的枝叶水乳交融，与《牧歌》的原文堪称天造的一对儿地设的一双。《牧歌》在中国，有杨宪益译本行世，一九五七年由人民文学出版社一版一刷，我当时还没出生，当然没赶上买。我买到的是今年的新版，出版方已经改为上海人民出版社。新版总体感觉不坏，咖啡色的布面也还整洁素朴，但外封失之呆板单调，反不及老版本那绿色的花边图饰美术字更存几分天趣。说句实话，这些年纸材讲究了，工艺先进了，软件方便了，但做出书来的味道，反不及“文革”前，更比不上老民国。不说别的，单就插图来说，老版本有的，新版本也大多给减掉了。直到睡觉前还在想，要是我出维吉尔的《牧歌》，一定不能少了马约尔的插图，否则就真成了东飞伯劳西飞燕，棒打鸳鸯四下飞。

东京书事

纪伊国屋书店

住处安排在新宿的华盛顿饭店。还没住下，饿了一天的大家就吵吵着出去吃饭。在附近的一家快餐店饱食一顿，接着便到新宿车站一带闲逛。不意碰上已经听说过的纪伊国屋书店，与大家说好集合时间，便一头钻了进去。直奔五层艺术部，不出意外地搜得一堆竹久梦二的书，计有：六耀社《竹久梦二》、河出新房书社《竹久梦二のぉしやれ读本》、青幻社《竹久梦二》、东洋书林《竹久梦二：精神の遍历》、国书刊行会《竹久梦二“セノオ乐谱”表纸画大全集》、东方出版《梦二乡土美术馆所藏竹久梦二名品 100 选》、妇人之友社《竹久梦二》。又来到三层法律部，在行政法部分梭巡良久，最后购得三种：宇贺克也的《情报公开の理论と实务》、《新・情报公开法の逐条解说》以及桥本博之《要说行政诉讼》。

返回时一干人等摸索多时，待找到东京都厅，方知离酒店不远了。

竹久梦二美术馆

在法务省门口打上一辆出租，将目的地在地图上标注给驾驶员，不一会儿竟精准地把我拉到了竹久梦二美术馆（与弥生美术馆同体）门口。馆址位于东京大学弥生门外一条僻静的小街，是一座老式的二层建筑，几乎完全被一棵大树所遮蔽，大树周边是杂花疏木，共同组成了一个小小的前花园，房门侧的几株向日葵红火得赛过梵高的油画。花九百日元购得门票，便进馆独自享受竹久梦二的世界。

展区由楼上楼下两部分组成，墙上挂的是大幅画作的真迹，尤以仕女图居多；展柜里则多陈列刊有竹久梦二画文的原版书刊。此外，梦二爱恋的三个女人岸他万喜、笠井彦乃和叶子的不少老照片及部分遗物亦属珍贵。

不出意料，馆中有关于梦二的书籍出售，但品种算不上多。倒是画片、笺纸、徽章、手帕、布包等等梦二系列产品蔚成大观。选了五本书，连同一册蕗谷虹儿的画集，拿去结账，谁知店员说只收现金，虽然给我画了附近取款机的路线图，但想想终究无法买尽所有，也就没有再去取款。在门口向日葵边呆坐一会儿，吃了一支烟，方才依依不舍地离去。

弥生此馆的创设者是鹿野琢见先生，身份竟然是律师，还做过第二东京律师会的副会长。関谷定夫所著《竹久梦二：精神の遍历》显示，此馆之外，至少在冈山、日光、伊香保、金沢汤涌等处，还设有竹久梦二的美术馆或纪念馆。冈山县竹久梦二的生家、位于东京世田谷区松原的竹久梦二生前亲自设计建造的少年山庄，亦都有他的画作陈列。而笠井彦乃的墓碑，就在离弥生不远的高林寺。左近上野公园的不忍池，据说曾是梦二与彦乃散步的所在，但这次真的是无缘、毋宁说无暇前往了。

赤门外的旧书店街

离开竹久梦二美术馆，沿东京大学西围墙南行，就来到正门那边的本乡通街道。东大赤门对面的那一侧，旧书店几乎是鳞次栉比，像第一书屋、棚泽书店、井上书店、有裴阁法学教室等，店招都很汉化。进到一家主营法律旧书的伸松堂书店（本乡六丁目二十四番九号），迎门就见堆放着不少新旧判例百选，但唯独不见行政判例。跟女主人连说带写交流半天，她终于明白我之所想，便叫丈夫从库房找来一册有裴阁二〇〇六年出版的第五版《行政判例百选》，可惜只是两册当中的第一册，好在版本价值大于内容，便花一百七十五日元购下。书由小早川光郎、宇贺克也、交告尚史编，也算与宇贺克也君的缘分不浅。架上尚有不少行政法的旧椠，诸如美浓部达吉氏之类。还在最新一期的判例中，看到收录了今天上午小林先生提到的拒唱国歌案，迫于囊中羞涩，没再动解囊的念头。拿一册免费的《伸松堂目录》后，转身离开。在街边拍了一通东大赤门的照片。行至本乡三丁目，乘上地铁M线，在东京站下车，进入丸の内商场一顿乱逛，并无可买。旋又踅入地铁M线，在西新宿下车后步行回到酒店，倒头便睡。

首尔买画记

教保文库

直到出发前往赤腊角机场时，都在犹豫是否放弃这次首尔之行，因为两天前在城大的台阶上跌了一跤，摔破膝盖，连日奔波，无暇静养，竟致感染。但最终还是在简单包扎一番之后，一瘸一拐地登上了国泰航空的飞机。入住的酒店是萨莫赛特皇宫饭店，就在光化门的左近。韩国朋友说，这里正是首尔的中心位置。次日醒得早，太阳未出就忍着疼痛出去遛弯儿。出酒店左拐没几步，就来到光化门下。光化门是景福宫的正门，在日本殖民时期惨遭拆毁，现在的城楼则是复原工程。韩国作家薛义植在《拆了又建的光化门》一文中，曾记下当年那刻骨铭心的情形：“拆毁城楼时叮当作响的锤声穿越了古城，敲打着北岳山，敲打着白衣民族的胸膛……”。

光化门背后就是景福宫，远处一片连绵的青山应该就是北岳山了，据说青瓦台就在那半山上。由光化门向南，则是一条称作光化门广场的宽阔马路。一路走去，依次经过了大韩民国历史博物馆、美国大使馆、世宗文化会馆，格局还算大气。马路正中还矗立着世宗大王的巨型雕像。这位世宗大王姓李名祹，是李氏朝鲜第四代君王，据说韩国文字就是由他发明。令人兴奋的是找到了教保文库，这可是颇负盛名的图书大卖场。在门口观察一下营业时间，上午九点半一直开到晚上十点。默记一下方位，打算忙完事情专门来逛。

全天在高丽大学法学院培训。这所始建于一九〇五年的百年老校，与首尔大学、延世大学并称为韩国三大学府，校址位于首尔城北区安岩洞。开班仪式之后，校方安排两位本科学生引领我们雨中游览校园。由于地处山地，地面就有些高低起伏。建筑的风格十分统一，庄重之外又兼具欧陆和朝鲜特色。课间到法学院院史陈列室看了看，玻璃展柜里陈列着不少发黄的刊物、书籍、讲义、笔记，几乎全是汉字，年代最晚近的是在二十世纪六十年代初。其中还有一份首部大韩民国宪法的文本，据说起草者曾经做过高丽大学的校长，究竟姓甚名谁，也未加以考证。

晚餐在一家叫作“本家”的烧烤店，韩国朋友的斗酒本事丝毫不亚于我们国人。餐后沿清溪川西行回酒店，快到清溪川广场时，认出教保文库就在附近，便同大部队分手，拉上海亮急急奔去。教保文库（Kyobo Book Centre）据说是韩国首屈一指的大型连锁书店，光化门的这家是在教保生命大厦的地下，两千五百坪的规模号称亚洲第一。离打烊只有一小时时间，只好重点轰炸几个专柜，分别是韩文、英文、日文的美术区，但并无心仪的东西。话说这韩文书，虽则制作尚精，但怪模怪样的字符，着实让人丈二和尚摸不着头脑。反不如日文书，透过零星的汉字，总能猜出个大概。这种彻底的去汉化委实阻遏了文化的交流。

永丰文库

今天高丽大学安排大家游览首尔市容，我被允许独自去寻永丰文库。出酒店就看见斜对面一座不太高的丑丑的黄色建筑，四周警察满布，警车林立，走近一看，原来是日本驻韩大使馆。使馆对面人行道上，竖立着一尊一米多高的少女铜像，据称是韩国市民团体设立，以象征日本殖民时期被强征为随军慰安妇的受害女性。少女无分昼夜地凝视着日本使馆，真有几分做鬼也不放过你的惊悚感觉。一直向南，在清溪川的北岸，找到一座咖啡色建筑，按地图所示，正是永丰文库的所在，果然就在通往地库的入口处看到了 YP books 的店招。当时间来到开始营业的九点半时，并无一丝开门纳客的迹象，隔着玻璃门向一店员问询，他作出一个“十”的手势，这才明白今天因是地方选举日，营业时间也就采用了法定节假日的安排。

半小时的时间总要打发，就踩着石阶下到清溪川。那天晚上虽然走过，但黑灯瞎火的也不及细细观赏，光天化日之下终于看了个清晰。这一湾清水，虽则涓细，但从城市中心的高楼之间穿流而过，自是平添了一丝清凉。据说清溪川一度在经济增长及都市发展的驱动下惨遭覆盖，沦为臭气熏天的暗渠，此后更在上面兴建起了高架道路。到了新世纪，重视环境了，才将清溪高架道路拆除，并重新挖掘河道，遍植各种植物。清溪川绵延逾十公里，最终汇入中浪川后流往汉江。听着淙淙的水声，一路走到清溪川广场，再向南，就到了首尔广场。广场北端相互依偎着一新一旧两座建筑。较矮小的是旧市政厅，为日本殖民当局修建，日式风格非常明显。新市政厅则是一座颇具未来气息的玻璃大楼，此楼启用后，旧市政厅则被规划为市立图书馆。新旧市政厅之间有天桥连接，当中的文化设施也向公众开放。可惜因为时间关系不能进去一睹究竟。

回到永丰文库，已然门户大开。与教保文库相比，除了店号不同，基本都相似，同样是在地下，同样很大的规模，但在教保一无斩获，在永丰则有所得。照例先到美术区，只见韩文画册颇有几架。西洋美术方面，经典画家大抵都有，甚至哥伦比亚的波特罗（Botero）也在其中。有一本蒙克画集，制作得相当不错。中国画家也有一些，丰子恺的那本儿童画尤其别致。本来期待韩国本土的版画集，却没有找见。有两本关于韩国文人画和“岁画”的书，还算有趣。最终，只买下一册韩文版的世界版画百选。这个书名是我猜测得来，因为全部是朝鲜文字，能认得的只是其中的阿拉伯数字。所幸内文的画家人名附有英文，这才可以明白一二。所选世界经典版画，乃以画家的出生时间为序，最早的是生于一四三一年的意大利画家安德烈亚·曼特尼亚（Andrea Mantegna），最晚的是生于一九三七年的英国画家大卫·霍克尼（David Hockney）。左文右图，文字虽然看不懂，图却着实不坏。小十六开本，布面精装，定价两万五千韩元。在英文区，有一册 *The Book of Books: 500*

Years of Graphic Innovation，由 Thames Hudson 出版，讲的是五百年来的书籍设计，只可惜被十万韩元的要价吓得够呛，连塑封都没敢打开。

三清洞

首尔的地名中，许多都带个“洞”字，较有名的，就有明洞、狎鸥亭洞、三清洞、仁寺洞。曾向韩国朋友请教“洞”的含义，他们也是直摸后脑勺。大概的意思是，在韩国古代，“洞”指村子，发展到现代，城市化了，尽管沿袭了“洞”的称呼，意思却变成了“街”。明洞是时尚购物街，狎鸥亭洞是“整容一条街”，对我自然没有吸引力。三清洞却是非去不可。那天在餐桌上跟中央日报的一位张姓记者闲聊，他强烈推荐去年刚刚建成的韩国现代美术馆，说就在景福宫旁的三清洞。今天下午自由活动，中午略事休息，就去踏访。

其实三清洞就在我住的酒店的北面。每日凭窗北望，只看到近处的石砌围墙，远处的青山隐隐，殊不知里面还隐藏着一个如此绚烂多姿的世界。所谓的三清洞，是从景福宫东侧的那条街开始。话说这景福宫，是由朝鲜王朝的始祖李成桂所修，是朝鲜王朝的正宫。其名字得自于中国《诗经》中的“君子万年，介尔景福”。在景福宫东侧，临街处鳞次栉比地排列着创意十足的画廊、博物馆、书店和咖啡屋。首先迎来一间 Traveler's Bookshop，是在一座灰砖房子的地库，可惜没有营业。而这灰砖房子上镌有出版文化会馆的汉字，既是出版文化，想必会有书店什么的，但在大厅扫视一番，并未嗅到什么气味。紧邻这厢，是法莲寺，方石砌墙，明净庄严。寺旁竟有一间佛日书店，所售皆是宗教书籍，其种类之丰富，在我们国内从未遇见。书的装帧一如世俗读物，明快美观，不似我们的同类出版物，总给人一种阴曹地府的感觉。看上一尊石雕小佛像，身长头小，双耳垂肩，很有种后现代艺术的味道，可惜定价过高，只买下一小盒翠云香堂出品的多宝灶香和一枚核桃般大小的陶瓷香炉。临走瞥见墙上悬一汉字横幅：“书到今生读已迟”，越咂摸越有况味。

在景福宫建春门的对面，终于迎来国立现代美术馆。是一组简洁时尚的建筑群，借景远处敬近堂的雕梁画栋，构成一幅传统与现代水乳交融的画面。进去就找书店，可惜只有礼品店。找工作人员打听，无奈她的英语比我更蹩脚。索性不再想书，一头扎进风情万种的街巷，尽享三清洞的小资情调。有人说，三清洞就是首尔的南锣鼓巷。事实上，三清洞却比南锣鼓巷绚烂多姿了许多。千店千面，变化多端，古意新风，色彩斑斓。单说这数不尽的咖啡屋，就各个创意十足，古雅的韩屋辅以欧式的装饰，极尽情色之能事。选了街角一家红砖房子外面有露台的小店，咖啡飘香之外，更有浓郁的书香，不仅设有整墙的书架，进门处还张贴者首尔国际图书节的海报。一杯冰咖要价四千五百韩元，也只折合人民币三十多，还另外赠送一本制作考究的“我的绘画日记”。端一杯咖啡坐到露台，凝望着街头闲闲游走的潮男潮女，不禁瞎想，有些事情政府要管，有些事情政府又不能大包大揽，若是政府大肆征地拆迁，统一建成整齐划一的市场，三清洞也就不复有这般魅力了。

仁寺洞

仁寺洞是另一个别具特色的文化街。据称，在朝鲜时代，仁寺洞是官府和两班私宅密集的地方。日本占领韩国的后期起，仁寺洞没落的两班纷纷把家中的物品拿出来卖钱，于是这里也就应运而生了一些古董店。后来，又相继出现了画廊、书肆，渐渐地就发展成了一条文化街。韩国旅游发展局官网有一句经典广告词：“去仁寺洞可以买到韩国文化”。我在几天时间里起早贪黑总共去那里溜达过四次，觉得这句话还算靠谱。仁寺洞以一条南北街为主轴，横向里延伸出许多颇有味道的小小的巷子。有些像我们的琉璃厂，但又不似琉璃厂那么单调，那么曲高和寡，而是在古董文物之外穿插了许多时尚生活的元素，因此也就更加贴近现世的生活，游人如织也便成为自然而然的事情。

先前，仁寺洞的古书铺子据说很多，但如今尚存的已是凤毛麟角。有一家通文馆，非常出名，就在仁寺洞北口，但我去了几次，都是铁闸紧锁，也不知是否面临结业。离那不远，还有一家承文阁，楼上是咖啡馆，楼下是旧书店。第一次经过时并未开门，隔着窗玻璃狠劲儿往里瞅，能看见架上地下满是古书，大多属于汉文，看那模样少说也有近百年的历史。在首尔的最后一夜再去，门竟开着，推门进去，引来一阵风铃，楼上传来一声吆喝："不营业！"暗叹跟它的缘分也就如此了。可正如俗语所言，有所失就有所得，不意碰上一家韩国书刻馆，是一对老夫妻经营的传统版画店，整块的雕版就在那里摆着。当下就选购一幅。画面上是一个倦人抱膝蜷缩在树根裸露的原野，线条简洁古朴，极富装饰效果。

古董店转过几家，韩国本土的、外国的，杂七杂八，无所不有，看那品相，就知应当免开尊口，否则只会是自讨没趣。有一家叫作"古堂"的陶瓷店，风格倒是不俗，看中了一件暗红色的花瓶，经过一番讨价还价，以几万韩元成交。老板娘搬出厚厚的韩国美术全集，告诉我他们的陶瓷可是名见经传的。我也不懂，只图个便宜好玩而已。又碰到一家泥俑小店，隔着窗子就喜欢上了一个丑丑的造型却又色彩亮丽的身着传统韩服的小人儿，可惜几次去都是大门紧锁。最后那天去，门上贴一纸条，内容是去吃午饭，并留下联系电话，但这会儿分明都过了吃晚饭的时间。问邻店的老板娘，她说再过二十分钟兴许会回来。就坐在店外一条石凳上死等，终于等到了开门。店主是位温顺和蔼的女性，很仔细地为我包裹。瞅见架上另有一尊卧猫读书，着实有趣，但问清十二万韩元的价格，也就没再出手。

遛达到南口，想要打道回府了，不意碰上一拨同伴。爱武说有条小巷里可是有旧书摊，赶忙让她带去。却见巷底依墙排开十来个书架，满满地塞着旧书，旁边站着一个老汉，虽然看上去丝毫没有书卷气，却能说些英语。我问他有无版画之类，他说没有，我只好自己逐一检索。美术画册倒是不少，尤其架顶堆着的十几本日本平凡社昭和四年出版的《世界美术全集》，尚能算得上古董。

定价是一万韩元一册。翻弄一会儿，觉得也无买的必要。一是并不成套，二是即使成套也无法运回，三是品相不佳，四是单买一册也无价值。正在若有所失之间，突然发现一本《韩国春画》，套在一个牛皮纸匣之中，品相几乎全新。打开一看，见是二〇〇三年的出品，收录金弘道、申润福、崔禹锡的画作各十幅，并有局部大图和作品解说。金弘道、申润福与金得臣并称朝鲜三大风俗画家。却说这韩国春画的风格，与中日风格相类。作为背景的山水花卉屋宇陈设服装饰物，另有一番朝鲜特色。卷首的一图，只画着一栋房门紧闭的木屋和石槛上一黑一红两双鞋子，可谓不着一字，尽得风流。画册的制作极为精良，原价九万四千，要价五万，经过砍价，又给减了五千。买下这书，实与淫亵无涉，“去仁寺洞可以买到韩国文化”，如此而已。

北村韩屋村

午前就要赶往仁川机场，结束一个星期的首尔之旅。洛云和爱武却要利用这最后的两个多小时，去逛北村韩屋村。其实那天去三清洞，已经接近了北村的边缘，只不过没朝纵深行走。北村韩屋村指的是景福宫与昌德宫之间的一片区域，传说朝鲜时代那里是统治阶级也就是所谓的两班们的聚居之地，遗留下许多传统房屋。之所以称作“北村”，是以清溪川和钟路为坐标而得名。从两宫之间的一条街道向北行进，越走地势越高，越走房屋越发传统。既能看到配有数个车房的豪宅，也能看到小巧的普通人家，却无一例外地既保留了传统的形态，又赋予很强的现代装饰效果。小巷拐来拐去，不时碰上名目繁多却又小巧精致的博物馆，或者画廊、作坊。途中还遇到一家门口开在两进韩屋中间的天梯书店，可惜尚未到开张的时间。

听人说，北村有个制高点，可以俯瞰韩屋村的全貌以及景福昌德两宫的宫阙，我们就凭着感觉专拣上坡的路走。到了一个小店，看店的老妪似乎明白我们的心思，指指点点地说了一串韩语，我竟猜出她说的是前面左转到第七巷。按此路线行进，拐过弯果真就看到了观景台，站在此处，不仅可以俯瞰成片的错落有致的屋脊，还能将半个首尔尽收眼底。在另一处类似观景台的地方，被一个露天画廊占据。主人是一位头发花白非常安静儒雅的画家和他一直在悄悄忙碌的夫人。这里摆放着许多以韩屋村为题材的小幅速写，问问价格，画家说不带画框的一般是五千韩元一幅，带画框的则能达到两万。我一眼看中一幅，是一排细细高高的槟榔树，漂亮极了。他赶忙声明这是非卖品，是他前些年去泰国的写生，不似其他的复制品，而是只此一幅。我不死心，一直死缠烂打，最后他实在坚持不住，开价十万，我又还价到八万。成交之时一掏口袋，仅剩五千韩元，结果是洛云凑了五万，爱武凑了两万五，加上我自己的五千，硬是塞给了画家。经我请求，画家又在画框的背面为我题签。爱武观察得细，说他一直拿一块抹布仔细擦拭画框，肢体语言里透露出万般不舍。我也有些愧赧和感动，给画家留了我的电话号码，说你来北京时我请你喝酒。画家的工作室叫“作”，大名叫 Kim Hyunkwan。

哥伦比亚风

法兰克福机场

凌晨两点半和宝一起乘坐国航班机离京，经过十一小时飞行，始抵法兰克福机场。机上，除睡觉外，把随身带的一本董桥的《记忆的脚注》读了大半。此为广西师大版小精装，由陆智昌操刀设计，水蓝色的布纹封面，简得不能再简，却简成了极品。内页的轻型纸亦比常见的更觉柔韧，可以很自然地平摊在膝上。无论开本还是重量，都非常适宜旅次携带或卧读。董桥有一枝刻画民国女性的“妖笔”，这本书中描写汪精卫三个女人的那篇，更感凄艳。陈璧君战后判无期徒刑，女儿进了修道院；方君瑛早在陈璧君的羞辱下悬梁自尽；施旦则在九龙新界寓所长斋念佛，陪伴她的，是后园空地汪精卫的衣冠冢。董桥觉得，“汪精卫这个出名的美男子命中女人爱他确是爱得脱俗”。

机场要盘桓八小时之久，又没有安排过境，感觉一如困兽。好不容易找到一家叫作“Press and Books”的书店，倒是有几架德文和英文的图书，但多属流行读物和快餐平装本，并无可买。总算挨到黄昏，换乘汉莎航空，又经过十一小时穿越大西洋的飞行，到达哥伦比亚首都波哥大。在机场马上换乘哥伦比亚 Avianca 航空的国内班机，一小时后抵达加勒比海南端的海滨城市卡塔赫纳（Catagena）。坐上大巴，行几分钟便到了驻地 las America 酒店。房间面临加勒比海，一夜涛声中酣睡甚香。

小城书香

上午一个人去了卡塔赫纳老城。据说，这个老城曾经是西班牙殖民地的首都，历经两百多年沧桑，至今一切保留完好。一圈完整的老城墙，围起一座极具殖民地风格的老城。城墙拐弯处矗立的圆顶城堡，不仅成为加勒比海岸的美丽风景，也成为这座历史文化遗产的标志。城里，小街纵横，慵懒宁静。街道两旁的百岁老屋，或白、或黄，或蓝，或绿，或橙，用色之亮丽、大胆，直令人以为误入童话世界。老屋门口钉着一个个“某某旧址”的牌子，讲述着它们不凡的来历和说不尽的故事。斗转星移，现如今，这些老屋有的改作了博物馆，有的改作了古玩店，有的改作了旅馆，有的改作了酒吧，随便走进一家，都能从每一件陈设当中感受到深厚的文化底蕴。

小城也不乏书香。走进老城不远，就在 Centro de Convenciones 附近的街边，发现了一个旧书市场，沿街一字排开了十几家旧书摊。兴奋地扫视一周，想能找到几本当地的版画，却未能如愿。不过，在暖暖的阳光下翻弄翻弄这些异国老书，跟摊主连比划带说地交流一通，也不失为一种享受。离开书摊，便看见了一座黄色尖顶的塔形建筑，导游图上说，这是最具声名的钟塔。在钟塔之下的通道里，竟也散布着三两旧书摊。从书丛当中抽出一本哥伦比亚女诗人的诗集，扉页竟有诗人的亲笔题签，而且索价并不高，但考虑良久，还是因了不懂西班牙文，悻悻放手。

再往前走，街边遇上一座白色的两层建筑，透过玻璃窗可以清晰地看见里面的书架，知道遇上书店了。抬头看看门面上方，果然镌着“Libreria Nacional S.A.”的字样，揣摩大概类似于我国的新华书店。店面不小，布置还算雅致，方木的房梁涂成明黄的颜色，倒与老城的色调非常协调。图书的门类不少，在传记区，竟然显眼地摆放着西班牙文的毛泽东传记。心思主要扑在了艺术区，除了哥伦比亚、卡塔赫纳的大型风光图册，也有不少世界美术大师的画集和世界美术史之类的读物，但哥伦比亚本土画家的作品并不多，版画之类，更是难觅。倒是一本既大且厚的画集，引起了我的注意。画家名叫Botero，画中人物几乎都是胖胖的造型，个人特色非常鲜明。但碍于昂贵的定价，并没有慨然解囊。走出书店，沿路颇碰上几处画摊，挂的全是 Botero 的小胖人！当然一看便知就是仿制品。几个摊主热情地向我推介，不无骄傲地说，Botero 可是他们的国宝级人物。这就知道了Botero 在哥伦比亚的分量，也有几分钦佩自家眼光的犀利。

午后，和宝又去了古城。这次深入到了一些老宅的内部。无论是宾馆，还是古玩店，里面的布局、陈设，比之外面，还要有历史感。不管是房角摆放的一件老式家具，墙上挂的一帧发黄的小版画，还是架上躺着的一本布面烫金的初印版诗集，都似乎在讲述着遥远的殖民时代的历史。我们还走进了卡塔赫纳大学的校园。在一条普通的小街上，走进一个普通的门，进门之后，视觉豁然开朗，一个绿树掩映的庭院呈现在眼前。大学生们三三两两地在这历史小院儿里读书、闲聊、运动，也没人理会我们两个不速之客。离大学不远，有一家一间门脸的小小书店，架上整齐地码着不少世界文学名著的普及本。斑驳的店面，似乎比这些名著更加具有沧桑感。我们还攀上了城墙，城墙外面，加勒比海的潮水不停地涌向岸边。

战争与和平

上午观光。大巴首先拉我们游览了卡塔赫纳新城，绕过一个海军基地，沿老城墙前行，就来到矗立于圣拉扎罗山（San Lázaro Hill）峰顶的圣菲利普城堡（San Felipe Fortress）。这座整个南美最大的古堡，是当年西班牙军队构筑的军事要塞，始建于一五三六年，竣工于一六五七年，其坚不可摧自不待言。据说，英法军队都曾经试图征服这个工事，但结果自然是被无情地拒绝。离开古堡，车行山中，向La Popa Hill峰顶挺进。一路翠绿，如入仙境。在山巅之上，矗立着 La Popa o La Candelaria Convent 教堂。在一个高耸的十字架下，有一个很好的视野俯瞰整个城区和湾区。

下山之后，便进入了老城。第一站就是San Pedro Claver Church。这个地标性的教堂，其实那天晚宴时就来过了，只不过夜色中没能好好打量，也没有进入教堂内部。这次则见证了其宽敞的厅堂、壮丽的穹顶、神秘的窗画、苍翠的树植。当地人说，这座教堂建于十七世纪初年，一九二一年加上了现在的圆屋顶。这个美丽的圆屋顶，在老城的任何一个角落都能看到，甚至在海上，也能远远望见。教堂后身，依次建有海军博物馆和国际电影节组委会办公室，一样的红黄搭配的色调。海军博物馆的门前，安放着古老的火炮；国际电影节组委会办公室门前，则矗立着一尊被称作“India Catalina”的女性雕像。两者相映成趣，似乎寓意着战争与和平这一古老的主题。

现代艺术博物馆

回酒店午餐后略事休息，又和宝一起前往老城，以尽享这童话世界的最后一夕。首先路过旧书一条街，补拍了几张照片，然后径赴现代艺术博物馆。这个博物馆其实就在San Pedro Claver Church近邻，我们几次经过，竟然视而不见。也许是这座白色的两层房子看起来太过平凡了。但是，其内部的永久性收藏，却是那样多姿多彩，涵盖了几乎整个哥伦比亚先锋派艺术家的绘画和雕塑作品。我们在两层的展区里细细品味每一件作品，不光作品本身，就是作品背后的展板，颜色都是那样亮丽。馆外广场上，散布着一些铜雕，推想也是艺术博物馆的延伸。

从旅游地图上，我们发现了一处殖民地时代法院旧址（Law Court），决定前去寻访。这时，薄暮已经降临。路经号称全城最有活力的 Santo Domingo Square 广场，人们已经在习习海风下围桌饮宴。幸运的是，我们在薄薄的夜幕下竟然看到了 Botero 的著名雕塑“Gertrudis”。这是一个黑色的侧卧的裸体女人，照例是那种贴着鲜明 Botero 标签的胖胖的身材。

baco 书店

拐过一条街，突然，宝惊呼一声：“书店！”果然，街角那座老房子，透过玻璃窗，春光一样泄露出缕缕书香。一边打量着门楣上写着 baco 字样的招牌，一边轻轻推开店门，瞬间，就为里面的梦幻世界惊呆。这只是一间比普通人家的客厅稍大一些的房间，除了红砖砌成的墙柱和两进圆拱隔断造型，四壁整个就是书墙。书墙之内，又摆了几张台子，摆放的也是花花绿绿的新书。最里面的一角，倚窗安放着一把藤椅，上方的墙上，挂着几幅图片，分别是作家肖像和书店场景的速写。店里并无其他顾客，店员是位身穿红色恤衫的阳光帅气的小伙，腼腆地笑着向我们招呼。在他身后，既是收银台，又是一个迷你咖啡吧，墙壁涂成明黄色，挂了几张标志性的卡塔赫纳彩屋图片。宝要了一杯咖啡，坐到小圆桌旁啜饮，我则饿狼扑食一般，冲向里面书的世界。只一梭巡，便知小书店的不同凡俗。书的品种虽则难胜那天所去的国立书店，但本本堪称精品，不折不扣的独立书店。书籍的装帧印刷水平，也让我大吃一惊，想不到哥伦比亚这样一个国家，竟能达到几乎可超欧美的水平。

沉迷之中，突然听到一句轻轻的女声，抬头一看，一位儒雅端庄的中年偏上的女子正隔着书架向我微笑。她自我介绍是这家书店的店主。于是，我们开始了都非母语、非常费力、但又绝对明白彼此意思的有趣的闲谈。她说，她叫 Maria，十几年前从波哥大来到此地开书店。我们问她店名 baco 的涵义，她告诉我们，baco 就是算盘，她从前是搞计算机的，知道中国的算盘是世界上最早的计算机，所以就用它作了名字。说话间，真的拿出了一大一小两只算盘。宝注意到，上面都贴着上海的莲花牌商标。她说，对她来说，开书店不仅仅是生意，更是一桩事业。听我聊了不少有关书和书店的话题，她竟拿出贵宾簿让我留言，还一起合影，互留了邮箱地址。

眼见快到打烊时间了，我没忘掉买书的正事，精挑细选了两册精品，分别是 Javeriana 大学图书馆的馆藏老书书影集 *El libro de los libros I. Bibliotecas Pontificia Universidad Javeriana* 和馆藏版画精品集 *Grabados Antiguos de la Pontificia Universidad Javeriana*。当然，还有许多想要的好书，比如一册诺贝尔奖得主略萨的大型画传，就非常的精美，但因财政考虑，终于扼住了贪念。意犹未尽地走出小店，天已大黑，古城此时比白天更为宁静。

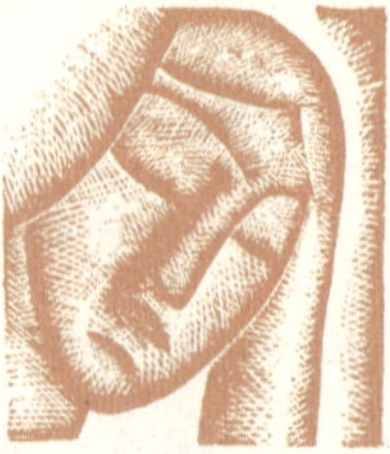

Botero 博物馆

凌晨四时许即起床赶往机场，睡眼惺忪地钻进哥伦比亚 Avianca 航空的机舱，一个小时后抵达波哥大，天刚蒙蒙亮。那个北京小伙接上我们，径直给拉到了蒙塞拉特山下的索道站。坐过缆车，但没坐过有铁轨的；坐过火车，但没坐过直上直下的。一路提心吊胆中，来到了半山腰，下缆车徒步上山。沿途都是只有此山才有的奇花异草。山路旁绵延竖立着十三组雕塑，讲述着耶稣受难的十三故事。尾声处，便是山巅的 Cerro de Monserrate 教堂。也算哥伦比亚的独特风光吧，无处不见荷枪实弹的军警，山顶平台上，也不例外。到教堂里面转了一遭，又在平台观景处远眺了位于山谷之间的波哥大全城，也就匆匆下山了，还要抓紧时间看看 Botero

博物馆呢。

Botero 博物馆位于市中心玻利瓦尔广场一侧的一条文化景观集中的街上，是一栋白灰色调的老房子，外观的感觉，就像普普通通的民居，还颇有几分我国的徽派风格。展馆共上下两层，围绕天井，环状分布成若干展室。一幅幅已经熟悉的画作，一尊尊同样具有肥派风格的雕塑，就这样如梦似幻地扑来眼底。除了 Botero 自己的作品，这里还辟有专室，陈列着 Botero 价值连城的珍藏，其中不乏毕加索、莫奈等大师的传世之作。Fernando Botero，一九三二年生于哥伦比亚小镇麦德林，直到十九岁那年才离开家乡，远赴欧洲学画。但是，山城麦德林的一切无疑给了他无比新鲜的视觉经验，斗牛、舞蹈、婚礼、葬礼、水果、野餐、教堂、监狱，题材世俗，但又充满一种神秘莫测的诡异。无一例外，他笔下的人物，包括经他重新演绎的蒙娜丽莎，都是那样“肥嘟嘟”的。即使是静物，譬如水果、乐器、烟头、文件，也都好像膨胀到快要爆炸。西西曾说他，“画什么人和物都像吹了气”，他自己说，“我画的不是胖子，而是想通过现实题材来表达一种体积带来的美感和塑性。艺术是变形和夸大的，跟胖子没有关系”。

设计家的黑社会

在 Botero 博物馆的侧院，有一间纪念品书店，书、画、明信片、笔记本、茶杯、恤衫、袋子……，所有的物件，几乎全印着 Botero 笔下的人物场景。这种情景，在东京的竹久梦二美术馆见过，但也比不上这阵势。老波给他们创造了多少财富啊！我的收获，则是一本老版画。西班牙文印刷，书名是 *Garbadores del Inframundo*。虽则不谙西文，但从内容推测，应该译作老版画，或版画经典。而有道翻译却将其译作“设计家的黑社会”，不知是故意诙谐，还是一词多意，无论如何，版画毕竟跟黑白世界还是有一点儿沾边。书里共收入四位大师的版画作品，距今都有三四百年的光景了。

第一位是雅克·卡洛（Jacques Callot）。他是法国人，一五九二年生于南锡，一六三五年故去，算得上短命。他早年在罗马学习雕版技艺，也曾在翡冷翠进行版画创作，后来回到故乡。他的版画以描写战争的恐怖著称，其中尤以一六三三年出版的系列铜版画《战争的苦难》为最著名。《基督山伯爵》一书中曾提到他的一幅版画《圣安东尼之诱惑》："在这种纷乱嘈杂之中，一只假面具向上揭了一下，象卡洛的《圣安东尼之诱惑》里所描绘的那样，露出了一个可爱的面孔。"据说，福楼拜曾以此画为灵感，写过一部同名小说。但我似乎更偏爱他那幅 *The Hospital, From The Suite The Miseries and Misfortunes of War*，既有场面的广大恢弘，又有细部的精雕细刻，真的是版画中的史诗。

第二位是威廉·布莱克（William Blake）。早年，读过这位英国诗人的诗集，但不知道，他还是一位版画鼻祖。一七五七年出生的布莱克，很小就去雕版印刷作坊当了一名学徒。他与花匠的女儿凯瑟琳结婚，夫唱妇随，曾经一个在铜版上刻自己创作的诗和画，一个负责压印、上色和装订，联袂推出了诗画集《纯真之歌》。就这样，他一生都与妻子相依为命，靠绘画和雕版的劳酬清贫为生。去世多年后，他的诗名和画名才大噪于天下，为后世所景仰迷醉。他写有著名诗句“在荒原尽头，手指可以触天”。他的版画，神秘、梦幻、充满幻想。

第三位是弗朗西斯科·戈雅（Francisco Goya）。戈雅在中国，名头似乎要响得多。他曾被查理四世赐予“西班牙第一位画家”头衔，美术史也说，“近代欧洲的绘画是从戈雅开始的”。他被称为世界上最全面的画家之一，画风一生都在改变。除了肖像画、风景画，他在一八〇八年至一八二〇年期间创作的版画集达到了创作上的高峰。这本书的封面，选用的就是戈雅的“戴着镣铐的囚徒”。

第四位是Honoré-Victorin Daumier。奥诺雷·杜米埃是法国多产的画家、讽刺漫画家、版画家和雕塑家。为了真理和正义，他一生坎坷，蹲过监狱，挨过罚，作品遭过禁毁，还参加过巴黎公社革命。六岁时就被父亲送到一位书商那里学习石版画技巧，后来又师从于石版画家拉米列。他的石版画，据统计多达三千九百五十八幅，画风夸张、讽刺，多描写底层生活场景。其人物面貌，依稀能看出几分丁聪的师承。这倒值得日后考证一下。

在波哥大逛书店

来哥伦比亚之前，对于这个国家的认识，充斥脑中的，只有大毒枭、反政府军、足球暴力这样的概念。如果说，卡塔赫纳的算盘书店初步改变了我对这片土地的认识，那么，到波哥大逛过书店之后，简直就称得上震撼了。从 Botero 博物馆出来，马路对面就看到了一家规模很大的书店。外面围墙上，雕刻着加夫列尔·加西亚·马尔克斯文化中心的字样，落款却是墨西哥和哥伦比亚联署。原来，马大师虽说是土生土长的哥伦比亚人，但后来曾经长期移居墨西哥，也成了半个墨西哥人，所以，马尔克斯也就成了哥伦比亚和墨西哥两国共同的财富，这个文化中心有墨西哥投资，也就不足为奇了。

书店的名号，写作 Fondo de Cultura Economica，面

积非常大。有趣的是，建筑师将其设计成一个圆圈，中心地方是个露天的圆形水池，以落地玻璃幕墙相隔，店面就整整绕了它一周。两人相反而行，一圈下来，就会迎面相逢。书的类别，可以说应有尽有。装帧制作的档次，也绝对不输东西两洋。其中有一套哥伦比亚诗人系列，装订别致，用色亮丽，内文亦诗亦画，几为书中尤物。当地人说，波哥大每年都要举办国际图书节，届时，全球各地的作家、编辑、出版商、读者，都会云集于此，共襄盛事。二〇〇七年，波哥大甚至被命名为世界图书之都。以今观之，还绝非浪得虚名。

看着眼前一本又一本精美的书物，恨不能悉数搬回，但摸摸瘪瘪的口袋，也只有咽几口唾沫了事。最终，只买下两本画册，以充尝鼎一脔。两本书全是西班牙文。一本是德国人斯特凡·博尔曼（Stefan Bollman）写的 *Las mujeres que escriben tambien son peligrosas*（《写作的女人危险》）的西班牙语译本，由 Maeva Edicones 出版社于二〇〇七年出版。封面是伍尔芙肖像。犹记当年在纽约，邦斯和诺堡书店墙上挂了不少作家肖像，最显眼的，就是伍尔芙这张。后来陆续见到不少她的照片，但都不及这一幅楚楚动人。为什么说写作的女人危险？单以伍尔芙为例，就能说明问题。看起来风华绝代的伍尔芙，却患了严重的抑郁症，最终她在将自己的口袋装满石头之后，投入她家附近的欧塞河（River Ouse）自尽。书中还写了勃朗特三姊妹。三姊妹无疑造就了一个天才家庭，但同时也造就了一个悲剧家庭。写了《简爱》的夏洛蒂三十八岁辞世，写了《呼啸山庄》的艾米莉三十岁病逝，写了《荒野庄园的房客》的安妮二十九岁猝死。所以据说曾有人苦口婆心地劝告乔治·桑："我就坦白说了，女人不应该写作……你就听我的劝诫，别写书了，去生几个小孩吧！"但天才恐怕永远不会只满足于生几个小孩。忘了是哪位女作家说的了，"充满热情的生活和写作无疑与风险紧紧相连，但是它会令生命丰富有趣，并因此更加自由。"

另一本是《写作的女人危险》的姊妹篇，叫作 *Las mujeres que leen son peligrosas*（《读书的女人危险》），同样出自斯特凡·博尔曼之手。书中收入了大量世界名画中风姿各异的读书的女人。为什么说读书的女人危险？女作家艾柯·海顿莱希将危险归为两种：一种是在刻板的社会性别认定下，男性对读书的女性所抱持的不安；另一种是身在变革下的女性，对自身所前往道路的不安。因为阅读让女人偏离男人所设定的轨道，开始去到另一个世界拓荒。这种“危险”说应该是出于男权主义的视角，在我看来，毋宁说读书的女人最美。

与这家书店相邻，还有一家艺术书店，正式的店名是 The Luis Angel Arango Library，透过玻璃橱窗，便能体会到里面的图书是如何优美。由于大使馆中午还要请饭，心想下午再来不迟，谁知到了下午，地陪借口方向相反，时间不够，不拉我来了。这种擦肩之憾，直令人心口阵阵作痛。

接下来，在玻利瓦尔广场小驻，建筑老旧，沧桑无限，满地都是鸽子。去使馆路上，越走越深入到富人区，大多属于建在半山腰的丛林掩映中的别墅或低层公寓。据说，波哥大以贫富等级划分为六个区。在最穷的贫民区，水电是免予收费的。午餐在一家新开的中餐馆，店主是来自香港的当地华商首领。傍晚，赶往机场，作别波哥大，作别神奇的美洲大陆。

纽约寻书记

纽约寻书记

能在有生之年负笈纽约，为我始料所不及。所以直到登上联合航空的那一刻，我都平静得跟个局外人似的，全然没有出远门的感觉。只是想起一位作家说过的话："我们向着东方飞，却来到了西方。"是呵，转眼之间，便真的置身在了地球的另一端，想想人这一生也怪有趣。

原打算给家乡的报纸写一组书话，聊解思乡之苦，但今晚坐在灯下，翻翻半年来的日记，忽然觉得这些信笔涂鸦的文字，倒颇存一些自然天趣，不似正规文章那般，一味削足适履，便决定抄几段，以公同好。

（一九九三年）二月五日

连日来忙于租屋，总算安顿下来。房子就在哥大向北几条街，街道非常整洁安静，街尾是一座有着尖尖的塔顶的教堂。今天情绪好，便在哥大附近逛书店。一般说，大学校园附近，最是书肆云集的地方，哥伦比亚大学亦不例外。其中百老汇大道哥大对面有一家规模较大的书店，里面布置相当拥挤，书架高可达天花板，取书的话须援梯而上。有趣的是，它不称书店，而叫图书广场，莫非在极言其大？但校门南侧的哥大书店规模似乎更大些，且布局也较疏朗，感觉上很舒服。此书店还兼卖文具和哥大纪念品，如运动衣裤和恤衫之类，但价格均极昂贵，一件短袖恤衫便要二十美元。地下室卖教科书, 部头都很大, 价格一般在五十美元上下, 所谓的“used book”（用过的书）也不便宜，岂敢问津。其他几家书店规模要小些，兼卖文具是其普遍特点。有一家专卖旧书和旧唱片的，进去转了转，也无甚可买。街头也有旧书摊, 其中文学书有海明威《老人与海》、左拉《娜娜》、费尔丁《汤姆·琼斯》和荷马《伊利亚特》等，售价在两三美元之间，而书店里卖的这类新书，则有平装本的企鹅古典丛书，一般每本要卖七八美元。

二月十日

上午又往东亚图书馆看杂志。翻阅之下，发现还是台湾的杂志水准更高一些。譬如《联合文学》《幼狮文艺》等，光是那漂亮的设计就让人爱不释手。一个刊物能不能吸引人，装帧设计也是非常重要的一个方面，例如《黄面志》，若不是比亚兹莱，未必有那么大的名气。

二月十三日

又往中国城，决意要搜出书店。中国城食肆茶楼林立，烟火气浓得很。走街串巷，总算寻到几家书铺，规模都不算大，且多兼售文具和报刊。书的品种极少，多为港台出版的通俗小说，如金庸、古龙的武侠，琼瑶、亦舒的言情，还有一些生活类的书，如中医、食谱等。有家书店陈列风水命相的书不少，倒是前所未见，但欲搜寻格调较高一些的读物，却根本没有。只发现几本香港明窗出版社和勤+缘出版社的书，尚属散文随笔一类，但作者多属无名，题材也不甚喜欢，所以无一可买。最后只购得香港《文汇报》《大公报》《星岛日报》及《人民日报海外版》等报纸数份，以不虚此行。

二月十六日

本来天气刚刚雪后放晴，不意今晨开窗，又发现雪花纷纷飘起。纽约真是有趣，冬天将尽，竟如此多雪，在我来后两周里，此已是第三次大雪了。不过天气的确暖了，今天的雪虽不小，但落到地上马上也便融化了，所以并无太多积雪。尽管不甚冷，但见一着短裙的女士匆匆行走于雪中，还是有几分狼狈，几分滑稽。

早餐只食几粒饼干后便冒雪出去。因参加一英语班学习，要求买教材，便在伯纳图书广场花四十美元购得了三种。这个数字，在国内差不多能购置一车。花钱多不算，还享受不到买心爱之书的乐趣，真是叫人难受的事情。

下课后去法学院图书馆查目录。卡片柜在这里是取消了的，只需操作电脑检索，方便极了。终于找到了美国行政法学著作之所在，整整一书架，足够一年的研究了。

二月十七日

昨夜迟睡，今日迟醒。早饭后便去东亚图书馆，翻看今年的香港《大公报》。因该报曾连载过巴金的《随想录》，所以慕名已久。但一读之下，发现也不似想象的那般好。就文学版和副刊来说，较内地报纸并不高明。近期内地报刊颇火，一些周末版不说，就《中国青年报》而言，就很令人耳目一新。不独文风新鲜，跟生活亦贴近了许多。上海的《文汇报》也破天荒在第一版以整版篇幅刊登广告。东亚图书馆订购中国报纸甚多，通常都是一卷一卷的寄来，馆员日常的工作就包括一件一件地拆封，有时拆得不及时了，我都恨不得上去搭把手。

早就注意到日本出版物之精美，那天在东京成田机场停留候机时，三个小时的时间就几乎全用在了瞧书上。今日在东亚图书馆书库逡巡整整一下午后，这种印象更为强烈，忙不迭地后悔没学日文。不独书物精美，而且日本人的爱书趣味亦很浓厚，与书文化有关的图书和刊物极多。吾以为，西洋书尽管装订考究，但商业气息太浓，总不及东洋书散发着一种内在的书香，一种浓浓的文化氛围。这也许因为日本跟吾国同文同种的缘故罢，爱书的趣味也大抵相近。

在书架上检索一番，发现我素来爱读的那几种书话著作，例如黄裳的《榆下说书》、郑振铎的《西谛书话》、唐弢的《晦庵书话》、周作人的《知堂书话》等，东亚图书馆均有收藏，这样我可以随时抽读，异国之旅亦不复寂寞矣。

二月二十一日

今天是礼拜天，计划去东亚图书馆读一天港台图书，为即将开写的《港台书话》拉个计划。出门后却发现天又是阴阴的，又有下雪的迹象，而东亚图书馆星期天开馆时间是下午二时，现在还早，只好去街上先解决点吃的。顺百老汇往下，直走到一一〇街附近，才发现一卖早点的商店，进去左打手势右比画才买得面包一只，奇硬，里面抹上点起司，便就是所谓的三明治了，真是不敢恭维西人的吃食。这时刻，多么怀念故乡的煎饼果子、馄饨摊儿……难怪有些人宁愿放弃国外优裕的生活条件而往国内跑，除了报效祖国这一崇高的字眼之外，最真实的怕还是不堪异域文化的煎熬、血液中的中国情结在作怪。那让你恨又让你爱、让你惧怕又不愿拒绝，让你思让你念让你梦让你无法忘怀的古老而又神秘的文化……

一个三明治惹来一场思乡呓语。就这样吃着，走到了东亚图书馆。进得书库，将文学图书逐一搜索一遍，这才发现以前被表面的繁荣和丰富欺骗了，要想写《港台书话》，可供评介的图书实在不多，这无疑对我雄心勃勃的计划颇为不利。在情绪不甚高的情况下，看了会儿秦松的《很不风景的人》和黄裳的《晚春的行旅》，转眼便到了闭馆时间，只好抽身回去。出得馆门，才发现雪已半尺多厚，依旧在下。深一脚浅一脚地走着，雪粒打到脸上疼痛难忍。街道上、公寓前也不知是些什么人边下边扫开了雪，直到夜半时分，扫雪声仍复不断。

二月二十二日

要说度日如年，心情可以理解，实际上的感觉却并非如此，反而觉得一周一周过得飞快，这不，一个星期又开始了。而且本月只有二十八天，转眼来美的第一个月将成为过去。为何有快的感觉，怕是跟美国人一周休息两天有关。虽说休息两天，但一般星期五就不安排课了，所以只要星期四一过，也就感到这一礼拜又到了尽头。

今天午饭后便去了哥大，先在法学院图书馆看英语语法，为周三的考试做些准备，又去巴特勒图书馆查找几本书。在电脑上敲打了半天，竟然没有。便到报刊阅览室翻了翻《纽约书评》《美国书评》和《伦敦书评》，觉得作为介乎报纸和刊物之间的一类东西，编排也一般。似乎书摘居多，没多少书卷气。这类报刊我还是推崇港台的出品，譬如香港的《读者良友》和台湾的《书评书目》。英美东西似乎更注重实际，而不偏向于外表的形式。这恐怕也是东西方文化的差异之一。内地的《读书》杂志我向来喜欢，但最近两年不知不觉中它的风格有些变了，不再像以前那样亲切、那样闲在，而成了一只严肃有余的大鸵鸟。虽然今年它的印刷质量有提高，封面设计也讲究些了，但文章的可读性却大不如前。

二月二十五日

连日来读书写字的热情一日高过一日，唯觉时间不够用。故今晨起床后即赶往哥大，在东亚图书馆埋首终日，看完郁风的《急转的陀螺》，并作书话《画眼情心》。郁风是郁达夫侄女，本身是资深画家，但写得一首好散文。其夫黄苗子先生亦是能文擅画，著有《敬惜字纸》。画家散文，风情独具，向来为我爱读。像黄永玉的《太阳下的风景》、韩羽的《闲话闲画集》、叶浅予的《细叙沧桑记流年》等，均是我藏书中的珍爱。今天另有一收获，就是从书堆中搜出香港作家许定铭的《醉书闲话》，为香港三联书店出版的《读者良友文库》的一种。许氏二十年来搜购新文学绝版书颇多，书话写得亦清新流利。我曾在《香港书话三作家》中介绍了杜渐、林真、黄俊东，这次又得补写一篇《香江书话又一家》了。

二月二十六日

今日在东亚，又意外发现一批感兴趣的书，如香港三联书店出版的唐琼《京华小记》就很有意思。该书是唐琼在《大公报》所写同名专栏的结集，内中有《陈原速写》《范用素描》《怀唐弢》等篇，均我喜欢的文化人也。翻《香港文学》杂志，知唐琼本名潘际坰，这个名字倒更熟悉一些。此公过去久居京城，如今移居香港也。但查遍作家辞典，均不收他的名字，欲知更多情况而不能。不过意外的收获是，知道了因写《你一定要读董桥》等文而名噪一时的柳苏和编辑叶灵凤《读书随笔》的丝韦竟是同一个人。这“两位”的身世对我来说一直是个谜，想不到一齐解决了。丝韦即柳苏，本名罗承勋，是四十年代初就开始写作生涯的著名专栏作家，长期生活在香港，难怪对香港文坛掌故那么熟悉。最近他将毕生所作文章选出三百五十一篇编成一部《丝韦卷》，已由香港三联书店出版。《香港文学》在他的名字前冠以“北京”字样，料是此公晚年已移居京华。跟唐琼正好相反。看来，在香港混应是北京通，在北京混又应是香港通，远来的和尚好念经，如此才有人称权威。

黄昏时分听到一惊人的消息：世界贸易中心一百多层的摩天大楼中午十二点半发生爆炸事件，炸穿六层，五人丧生，近千人受伤。我来美后，一直感觉纽约秩序尚可，不似想象的那般可怕，今天的一炸则打破了这种宁静，纽约城陷入一片恐慌。

二月二十七日

今天天气很好。午前往哥大去的路上，特意选择百老汇大道走，在阳光下感到格外放松，一周来略感紧张、疲惫的身体和精神，都感到有所恢复。在报摊儿买《世界日报》、《星岛日报》和《纽约时报》各一份，当然都在大肆渲染昨日世贸中心的爆炸事件。有趣的是，《星岛日报》有一《每周星座运程》的栏目，按出生月份，我属双子座，上周的建议是："周内宜留在家中稍事休息，并替家人服务，打扫一下房间。"恭敬不如从命，我真的将房间认真收拾了一番。本周的建议则是："忙碌令你消耗太多能量，因此需要争取时间休息，精神状态好时才可签署重要文件。”我哑然失笑：一介草民，有什么重要文件可签？不过连日来读书写作倒的确是紧锣密鼓，这不，周末也懒得出去观光了，蹲在书库里看完了厚厚的一册《京华小记》。随后又于卡片柜中检出叶灵凤著作一批，计有：《红豆集》《晚晴杂记》《文艺随笔》《香江旧事》《鸠绿媚》《香港方物志》等，正是我久在寻觅的！可以想见我当时激动的情形，心都在怦怦乱跳了。谁知一问馆员，竟说这些书全在一三一街的附属图书馆，需提前打电话预订，方可借阅，心又凉了一半。

今天没有开伙，只在快餐摊儿买面包圈一个，奇硬，只有盐味，味道类似山东厚饼，但远没有后者可口。又买塞温纳普一听，就这样三顿合作一顿。

昨夜梦频，又梦见回国事。

二月二十八日

本欲再往东亚看书作文，消磨周日，但下午二时才能开馆，上午只好另作安排。纽约近日因爆炸事件，一片惊恐，故不愿到下城惹事，在家完成一英语作文后，径往伯纳图书广场，以十二美元购《正宗文章》一册，如割肉一般心疼。但课堂要用，总不能不买。又逛一家超级市场，所卖皆日用百货，其中纸张文具颇精美喜人。本拟买一叠拍纸簿，但算算价钱，在国内可买好几本书，便作罢。下午在东亚完成未竟之《小记京华有唐琼》，又作一篇《郁达夫游记五种》。本打算再写一篇《茶事与茶史》，因腹饥无心再作，只好留待明日。因今日房东在家，厨房小煮食不便，乃于成都菜馆购宫保鸡丁一份，一尝才知不是滋味，叫作油煮三丁怕更合适。

到今天，来美后所作短文已达十篇，差不多相当于过去一年的成绩，由此可知以往荒废了多少大好光阴。

三月二日

连日来，因世贸中心爆炸而带来的阴影一直徘徊不散，今天在图书馆，就遇到一场虚惊。我正在地下室的最底一层埋首读书，突然警铃大作。开始并没理会，但随即听见楼上脚步声乱作一团，这才意识到问题的严重，忙收拾东西往外跑。外面已站满了人，有好几名警察在门口，不让任何人进入，头上则有数架直升机不停地盘旋，气氛相当紧张。看看表，中午十二点半，正是上周五爆炸的那一时刻。一会儿听警察说是在进行侦查，大约过了四十多分钟，警察宣布可以重新进去了，一场虚惊方以平安无事而告结束。后来听说可能有人打电话声称在图书馆置放了炸弹。我倒没觉得有多害怕，第一个冲进了馆里，继续在地下室书库看书。

晚上回家途中，在一个旧书摊前停留片刻，见有一册五十年代在巴黎出版的《梵高画集》，倒很精致可爱。摊主跟我要两美金，我只肯出一美金，老头儿就有些不高兴，说你到百老汇那边看看，起码要四元。买卖终于没有做成。

三月四日

昨夜雨疏风骤，寒气袭人，辗转不得好睡。今天风雨犹自肆虐了一天，便不出去，在家乱翻闲书。

《香港文学》披露的一段郁达夫鲜为人知的情史颇

有趣，说的是浪漫诗人在槟榔屿与一风尘女子的数日情缘。才子配佳人，古来如此，达夫亦是福分不浅。但发展到今天，文人是再也不吃香了，今天的“妙龄女子”谁个还肯钟情于穷书生？她们爱慕的是腰缠万贯、手持大哥大的款爷。难怪作家们纷纷下海经商，除了经济窘迫这一实际问题外，想另辟战场，重新找回昔日的风光，怕才是更深刻的动机。试想这班“舞文弄墨”之辈，哪个耐得住寂寞？下海就下海去得了，亦不必多加指责，中国的作家本来就够多了，倒是那些真正能山雨欲来风满楼，我自岿然不动的人，才有大出息。不过话说回来，下海经商亦与写作互不冲突，反而能增加些人生的体验，没准能写出传世的巨作，也未可知。以写财经小说出名的梁凤仪小姐，不正大红大紫于京城吗？总之，萝卜青菜各有所爱，各人干自己爱干的事情去就是。

原打算去听魏绍昌讲鸳鸯蝴蝶派小说，一看表时间已经过了，真是有些懊悔。魏是上海社科院的研究员，对清末民初文学颇有研究。

三月七日

难得一个晴好的周日，草坪眼看出绿来了。办公楼前长长的石阶上坐满了三五成群的男女学生，很满足地享受着阳光的沐浴。此建筑乃哥大的象征，好几年前我就由王蒙访问哥大的照片上见过了。印象最深的是那一排高耸的圆柱，跟人民大会堂有些相仿，屋顶却是圆的。此处原为图书馆，至今仍刻有哥大图书馆的字样。

说到图书馆，感到中西最大的差异是它的开放性。中国的图书馆很封闭，书库一般是绝对不可进去的，只能将索书单递上，由馆员为你找出，而且还要限量。有一个时期我在北京图书馆查资料，就深受这种制度之苦。先要排队换座位牌，然后才能递索书单，等到最后书出来，差不多到了闭馆时间，哪里还能耐下心来研究？有时苦等良久，却被告知书被借出，结果白白耗去一天，哥大的图书馆就不同了，它不仅允许你进书库自己挑选，而且干脆就在那里设置了书案，任你尽兴地阅读。我即在东亚图书馆觅得了一个座位，它类似于写字台，却用隔板将三面封闭，顶上则横一木板，作书架用，可并排置三列书。我将要读的书悉数抱来，分类摆开，慢慢做我的研究，感觉特别过瘾。但这种坐拥书城的待遇也有一个缺点，那就是容易使你眼花缭乱，面对那么多好书，哪本都想读，只恨自己不多长两只眼。

三月十日

看了一些香港文学的资料，感觉香港文坛对叶灵凤先生有些冷漠，尊敬不够，心中极为不快。其实叶灵凤的几本读书随笔、香港掌故，有不少人还是在暗中模仿的，但他们却似乎讳言这种影响。其实，翻翻那些人的作品，没有谁能超过叶灵凤的价值。曹聚仁的命运似乎类似，但结局更惨，竟是贫病而死。而差不多同一时期由内地去香港的刘以鬯、李辉英、徐訏等人，似乎更热闹些。这大概跟有些人的观念有关，以为只有小说，特别是长篇小说，才是文学的正宗。殊不知经过时间的汰选，能留传后世的，多是那些言之有物的文史杂著。大陆的黄裳先生，亦被重视不够。远在一九四八年，唐弢先生就称黄裳为“文体家”，真是慧眼独具，但对于黄裳著作的研究，与他所取得的辉煌成就极不相称。真正的学问家往往是寂寞的，而一般人拥戴的那些所谓大师，其实倒贫乏得可怜。

三月十二日

按预定计划，今天专程去世界书局访书。据《联合文学》提供的地址，该书局在百老汇大道三七七号。但百老汇纵贯曼哈顿岛，三七七号又在哪一部位呢？昨夜便拿出地图研究，按地图上提供的换算方法，得出结论：在四十八街。午前便乘地铁前往。为保险计，在六十街便下车，一路探索。可一直走到时报广场，也没寻见。见路边有几位警察，乃过去探询。警察说三七七号在下城，远着呢。看看路边的门牌号，可不是，都在一千五六百以上。但不想再乘车，乃一路步行朝下城走。一直走了几十条街，甚至都过了中国城，这才在怀特街与百老汇的交叉处寻见了世界书局。待进去一看，果然气象不同。看看架上所陈，正是我要寻找的。来不及细看，转身便跑出去，到银行提款。提了三百美金，心想以此为限。便开始了令人振奋的细淘，不断地有令人惊喜的发现。最后将挑选出的书一汇总，已近四十本。以一本十元计，钱怕是不够，只得剔除了几本。最后一结算：二百几十块八毛！购得的书中，香港出版的包括：三联书店香港分店《中国现代作家选集》四种、《读者良友文库》二种。台湾出版的包括：中国文化名人传记丛书三种、阿盛著作四种、隐地著作八种、尔雅丛书三种、苏精《近代藏书三十家》、杨绛《干校六记》等。

结完账问店员此地还有其他中文书店没有，她为我指出两家东方书局：一在孔子大厦附近，一在伊丽莎白街，后者专卖内地出版的简体字版。我乃提着两捆沉重的书继续去寻找，但转了足有一个小时也没寻到。便乘N线地铁准备到时报广场转一线地铁回寓。于车上埋头读李辉《恩怨沧桑》，不觉坐过了两站，只好出来，索性在影院看电影，名为《哭泣的游戏》。

回家后便将所购书悉数摆于几案，倒上一杯可乐，燃起一支香烟，一本本细细欣赏。因茶杯紧挨烟缸而放，担心将烟灰弹错地方，但因沉迷于书中，懒得去动它，这样读了一会儿，便拿起杯子一饮而尽。喝到最后觉得不对味儿，仔细一看，杯底全是烟灰，而烟灰缸却空空如也。

今天空着肚子，走了怕有大几十里的路，要在平时怕早就晕过去了，但由于这一堆漂亮的书，却使我全然忘记了疲劳。

三月十五日

因惦着那家东方书局，今天课后突然又生访书的念头，乃乘地铁直奔华埠而去。在伊丽莎白街来回踅了半天，总算找着了“东方文化事业公司”的招牌。进去一看，规模甚大，主要经营中国大陆书刊，也间有港台地区出品。文史哲经、理工农医，样样都有。录音机里回旋着中国流行音乐，听来很亲切，如在国内一般。径直跑到现代文学柜前，一看架上所陈，兴奋得险些晕过去。它依作家顺序，井井有条地陈列着在国内都少见的那么多精品。当下就选了香港所出柯灵的几本书，如《长相思》《文苑漫游录》《柯灵》，都是久在寻觅的。又发现另一端陈列着几乎全套的香港三联版《回忆与随想文丛》和《读者良友文库》，兴奋至极，乃选了黄裳的《晚春的行旅》、《珠还集》、《山川·历史·人物》和《河里子集》，又选了许定铭的《醉书闲话》、吴其敏的《坐井集》《园边叶》、郑朝宗的《梦痕录》、徐铸成的《炸弹与水果》。果然不出所料，有许多国内已成绝版的书，这里都有，像唐弢《晦庵书话》、姜德明《书叶集》等等。本来寄希望能买到黄裳的《榆下说书》，但没有发现。叶灵凤的倒买了两种。一是上海书店影印的《灵凤小品集》，一是香港中华书局版《香岛沧桑录》。唐弢的也见了几种，但只买了《落帆集》，乃花城出版社重印本。曹聚仁的《文思》也买了，王了一的《龙虫并雕斋琐语》也买了，还有陈从周的《书边人语》、钱钟书的《谈艺录》、董鼎山的《西窗拾叶》、毛春翔的《辛亥以来藏书纪事诗》、阿盛的《春风不识字》、魏绍昌的《我看鸳鸯蝴蝶派》。最漂亮的两书，大概要算黄永玉的《吴世茫论坛》和《沿着赛纳河到翡冷翠》，但也极贵，后者高达二十美金。由于资金问题，许多想买的，最后只得都剔除了。如钱锺书的《七缀集》、郁风的《急转的陀螺》等。所持的一个原则是，能在国内买到的，不花冤枉钱在这里买。主要买港台版书，而且要求内容又好，装帧又精美的。

与世界书局相比，这家书店要热闹许多。但看书者多，买书者少。而且书价明显比那边贵，一般都在十美金以上，有的达到了二三十美金。店员的服务态度亦差。闭路电视监控不算，还贼眉鼠眼地盯着你。当我好不容易拣了一批书，再去别处淘时，回来已经给重新插架了，只得重来。当我又细淘慢翻时，一位老太过来说："你有完没有？”我一听肺都气炸了。尽管她后来一直道歉，我再也不想搭理她。

三月十七日

今天一天都在下雨，不得出门，正好落得个雨天读闲书。到黄昏时分，读完了黄永玉的《沿着塞纳河到翡冷翠》，感觉是一次美妙绝伦的艺术享受。作者本人透露：当这些文章在《壹周刊》连载时，他每周四都要迫不及待地去报摊买一本先睹为快。并且自我陶醉地骂一声：“妈的！写得真不错！”除了显示出永玉乃真正的性情中人之外，也说明了文章是多么好，连作者本人都毫不避嫌地自卖自夸了。乘着兴致，写了一篇书评，惭愧的是，我竟不能骂一声“妈的！”晚间闲翻了数种杂书，又开读魏绍昌的《我看鸳鸯蝴蝶派》，虽是学术著作，但以小品的笔墨写出，且掌故颇多，叙述流畅，感觉也颇不坏，所以一读便读到了凌晨二时，还是没有睡意。读书当中，经常冒出一些古怪的念头，如鸳鸯蝴蝶派既有五虎将之说，那么，书话作家有没有四大天王呢？

当冒出这一奇怪的念头时，我自己都忍不住大笑起来，真是想入非非也。

三月十八日

来美月余，一直未去领馆报到，每念及此，便感惶恐，趁着仍在春假，午前前往，终于在四十二街的哈德逊河畔寻到了领馆大楼。五星红旗高高飘扬，觉甚亲切。不巧的是，领馆正在午休。真是有趣，国内的生活作风即便在异国他乡也不能有丝毫的变动。便不耐烦，抽身奔华埠寻书去也。在东百老汇找到了东方图书文具公司，规模尚可，楼上卖文具，地下室卖书。可资一记的收获是，买到了叶灵凤的《香港的失落》和《香海浮沉录》，这样加上前买《香岛沧桑录》，正好将叶氏香港掌故三书凑齐。又于书架的最底层，觅到灵凤的《文艺随笔》，乃香港南苑书屋一九七九年版本，能买到十几年前的叶氏旧著，实属不易。书内有后记一篇，阐发了对读书随笔的看法，极为珍贵。另购金性尧《清代笔祸录》一册，乃香港中华书局版，与前购魏绍昌《我看鸳鸯蝴蝶派》

均属百家丛书。该丛书尚有钟叔河一本，内容不太喜欢，未买。此行另一收获是终于买到了墨水和方格稿纸。稿纸特棒，竖排五百格，以鱼尾分作左右两栏，中间有“原稿纸”字样，国内从未见过如此漂亮的东西。

三月二十日

午前本拟往报摊买报，可买完报纸，双脚又不由自主地进了地铁——又去访书。不过这次倒是拿定主意，不再大批购书。先到了世界书局，发现又有两册阿盛著作，一是《如歌的行板》，一是《春秋麻黄》，但因上架太久，已觉脏破不堪，犹豫再三，最终还是没买。又往东方文化事业公司，竟意想不到地发现了我曾经买而复失的姜德明《书梦录》。书梦在纽约得圆，甚感欣慰。另购花城出版社重印的刘西渭《咀华集》。好在这两本书都不算太贵，两三美元而已。又购了上次想购未购的侣伦《向水屋笔语》，从中发现不少有关叶灵凤生平创作的资料，多亏补购，免了遗珠之憾。晚间又将《灵凤小品集》翻读一过，其中有的篇章亦是记述与郭林凤的爱情婚姻生活，不知何故两人终于分手，而林凤不久竟抑郁而死，真是凄然。双凤的恩怨始末，侣伦略有透露，但仅点到为止，并未详说个中原委。据称郭林凤离开上海前曾在一刊物上发表《别柬》，记叙的是夫妻反目的缘由，但不知此刊物的名称，不太好找。《向水屋笔语》里有灵凤和林凤的两帧照片，弥足珍贵。从照片看，郭林凤倒颇清丽。吴其敏在《园边叶》中，亦有文章回忆灵凤，说叶氏乃他所编辑的《乡土》和《新语》两刊物的台柱人物。

三月二十五日

自由自在的春假结束了，心情骤然紧张起来。中午在法学院咖啡厅，与美籍研究生马克和玛莎晤，商谈下周就中国法律发表演讲事。旋至图书馆，翻了十几卷台湾的《书评书目》杂志。它号称是台湾地区第一家书评刊物，创刊于一九七二年，开本与《读书》相仿佛，封面采单色印刷，但颇有书卷气，朴素中透出几分娟秀。栏目设置亦丰富多彩，既有较长的正规书评，亦有短小的读书随笔，还有作家专访、书店出版社介绍和各种个人专栏，尤注重书目的编纂。只可惜因销路问题，终于停刊了。

课后回寓，已是晚上八时。小睡片刻，便接着读陈从周的《书边人语》。陈不啻一位奇人，身为园林专家，却喜散文创作，出书不少，如《书带集》《随宜集》《春苔集》《廉青集》等，我还藏有他的《说园》和《徐志摩年谱》。由于他半生湖海，故作纪游文字较多，但多属有所思才有所作，并不讲究布局、谋篇，故终究无法望黄裳和黄永玉诸文体家之项背。

四月四日

由于昨夜迟睡、今晨梦频，至午时方起。在报摊购《世界日报》，今日的《世界周刊》仍在连载罗孚的《北京十年》。作家多笔名并不罕见，但像罗孚这样，每个笔名都具知名度，便就少有了。罗孚、柳苏、丝韦，对于我同样如雷贯耳，直到最近，方知这三位原来都是罗承勋其人的化名。丝韦，四维也，罗也；柳苏，据说则是柳宗元和苏东坡的合称，取“流放”之意。柳苏在十年的艰苦岁月中写下那么多脍炙人口的佳作，得知内情，不免为以往自己的轻率感到大不敬。去哥大路上，进伯纳图书广场，购牛津版*essay*一册，也许将尝试一下翻译。晚间倚枕读书至凌晨三时，本欲睡去，但总不能进入梦乡，索性扭亮电灯，读完《爱路跋涉——萧红传》的大部，又读曹聚仁的《文思》。现在弄书话的一些人，取书名时都喜欢拿“书”和“人”这两个字排列组合，最早这样用的，怕还是曹聚仁。这本一九三七年出版的《文思》，中卷的名字就叫《书与人》。这是已具雏形的书话，写法上受周作人影响很重，其中就有评介《夜读抄》的一篇，对知堂书话极为推崇。曹氏对这一文体注意颇早，以后又出过一册《书林新话》。

四月五日

直睡到中午方才起床，算算也不过睡了五六个钟头，而且很不安稳。午后去了哥大，本来希望有信来的，但信夹里空无一物，未免有些扫兴。在东亚的地下室翻了一通各种版本的新文学史，无一例外地写成鲁郭茅、巴老曹的专论，一时感觉气闷非常，这种单纯以政治标准评价作家的史观，真是片面极了。多少有艺术成就的作家不得片语只字，而一些标榜革命的人，尽管没有什么作品能经受时间的汰选，却占据了文学史的大部分篇幅。至今没有一部此类著作堪称全面公允。台湾史家的偏狭，如苏雪林辈，更令人生厌。倒是在一本《香港新文学简史》中，发现了一些抗战期间叶灵凤在香港文学活动的记载。他曾连续三届当选为香港文协的理事，做过不少抗战宣传工作，但总有人拿他的曾被“左联”开除大做文章。其实，搞一些个文学组织未必对创作有什么促进，反而使一些投机分子成为欺压作家的官僚，难怪孙犁一直主张文人宜散不宜聚。作一个散兵游勇没什么不好，倒真能静心写出一些东西，不必把精力无谓地浪费到文人相轻的角斗和无聊的倾轧中。

四月六日

参加完讨论后径奔华埠，先后逛了世界书局和东方文化事业公司。此番访书，是查阅几本有关叶灵凤的书籍，并不打算买书，所以身上没有带钱。虽然有几种想买的书，但因为囊中空虚，总算克制住了。看来这种访书的方法倒可取，不然身上带多少钱都会掏出来的。欲控制买书，只有“穷逛”。几种想买的书，一是阿盛的《满天星》，因为想搜全阿盛著述；一是《刘以鬯卷》，因为该书收有《记叶灵凤》这篇长文，对灵凤在港生活颇多透露，但此书定价太高，达二十美金。又想起我在国内所藏刘以鬯《短绠集》亦收有此篇，何必破费？姜德明先生的《书廊小品》，亦有几篇写叶灵凤的，分别谈了夏衍为他辩诬、他的爱书、他的汉奸问题。

今日《侨报》有一篇介绍《六艺茶话图》的文字。该图是一九三〇年二月高明、姚苏凤、穆时英、刘呐鸥所编《六艺》杂志创刊号上所登，由鲁少飞创作，用漫画笔法设想了一次文艺界名流的茶话会，当时比较有名的作家，包括左中右三派，都在画内。其中较珍贵的是叶灵凤的出现，他与高明、徐霞村、穆时英、刘呐鸥站在一起，说明了他与现代派作家的较亲密的关系。有趣的是他手里还不忘拿着一本书，极为传神地描绘出了他爱书的一面。

四月七日

昨夜读书，又读到凌晨四时半，把一本《爱路跋涉——萧红传》读完了。这本书与陈思和的《人格的发展——巴金传》，都可称为学者风格的传记，其特点是不作无边无际的猜测和虚构，客观的叙述乃建立在详加考证的基础上，力争做到每一事件每一细节都有所根据，当然由于传主经历的不同和传记作者性别的差异，两本书也存在各自的特点。陈思和着重写巴金人格的发展轨迹，章节安排上也沿这么一条主线，力求写出一个独特的二十世纪中国知识分子的心灵轨迹。他的文笔多的是客观的分析、理性的思辨，而不注重对细枝末节的渲染。丁言昭则从女性的视角出发，着重点放在萧红在爱的路上艰辛跋涉的始末。她的笔触是细腻的，对一些生活细节的描写，不厌其烦。他们的写作态度都是认真负责的，并不把传主人为地理想化、伟人化，并不避讳他们性格上的一些弱点，对于与传主有牵连的一些人和事也并不企图加以掩饰和回避。遗憾的是陈思和只写了巴金的前半生，巴金人格大循环的最后两个阶段没能得到显示。

四月十一日

昨夜一时多上床后，又倚枕读朱金顺《新文学资料引论》，两百页的书，到凌晨四时许就读完了。这是第一本从理论上探讨新文学版本、目录、考据之学的书。尽管早在一九三六年阿英就提出了新文学版本之说，以后唐弢等人的书话也颇涉及新书版本，但真正从理论上对此总结阐述的学术著作却一直没有，这便是此书的价值之所在。朱金顺研究新文学有年，他的书并不是空对空地侈谈理论，而是以平实朴素的语言，联系新文学研究中的实践，以大量的例证来说明问题。这之中颇引用了几例他自己失败的教训，能做到这一点诚属不易。他还对书话这一文体作了简单论述，尽管篇幅只有几页，所论还是允当的。

午后去华埠理发，只把头发剪短，便花费五美元。

然后逛了一家小书店。这书店我以前去过的，印象很不好，多卖庸俗读物，但心想淘一淘兴许有意外发现，果真在高高书架的最顶端，发现了曹聚仁的《文坛五十年》，又意想不到地淘到叶灵凤的《香港方物志》，都有些破旧了。叶著定价五美元，而曹著却无定价，几个店家商量后，要四元。我说太贵，他们马上把书拿走，放回架上。这几个店家均为五六十岁的壮汉，贼眉鼠眼，一直跟在你身后，唯恐偷书，印象很不好。不过能意外淘到七十年代初出版的灵凤著作，内心还是颇为欣喜的。随后又到东百老汇的东方图书文具公司，那里店口的两个年轻女店员就颇为清丽可人。据店内贴的告示，正在举行多少年店庆，图书一律八五折。在地下室转了一圈，竟没有想买的书，兴许他们把好书预先收起来了，也未可知。想买两叠原稿纸，问店家是否文具也打折，见摇首，便作罢。

路经哥大的师范学院书店，进去买下了久在向往的比亚兹莱书籍插图选集，为伦敦出版，十六开本，其中不少画作已很熟悉。我之买比亚兹莱，除了自己也真心喜欢外，还有一层叶灵凤的作用在内，实在可称作爱屋及乌。叶氏的画风得益于比氏颇多，因此曾招来鲁迅先生“生吞琵亚词侣、活剥蕗谷虹儿”的讥讽，不过我以为这种模仿没什么不好，何况在当时，由于叶氏的引进，使比亚兹莱深受文艺青年的喜爱。鲁迅先生本人亦很欣赏比氏。

四月十五日

今天周末，日间仍在学校看书，下午得妻信，甚慰。妻对我上封信里对书倾注的感情超过了对她，感到受了冷落，说好心酸。这便是我的不是了。当初写信时，我就有所发觉，不过纯属真实感情的流露，又奈何？尽管有些“吃醋”，可她亦同样爱书，带孩子上街，也不忘给我买一册《书的梦》，又叫我好生感激。

晚间应几位美国朋友邀请，在一家西班牙餐馆吃饭。饭后一起前往林肯中心，看《秋菊打官司》。电影我在国内已看过，再看只是为了大家在一起热闹。几位金发碧眼的姑娘小伙亦如此痴迷于巩俐，真让我大开眼界。

四月二十日

每天经过的那家旧唱片书店，这几天一直在搞清仓大甩卖，许多旧书堆在门前，声称两毛五分钱就可买一本。翻了半天，见多是理工类的书，以及德文法文书。其中有一本一九五六年版哈代的《卡斯特桥市长》，书品倒不甚坏，但在手里掂弄了半天，最终还是没买。书蠹的脾气真是无法捉摸，整天抱怨书价太高，碰上如此便宜的，又不肯买，实在是伊于胡底。望一眼黑洞洞的店铺，发现已空空如也。问店主是不是要关门大吉，他耸耸肩："永远。"不知是无奈还是轻松。看来旧书业在纽约亦是不甚景气。

四月二十五日

一个天气非常好的周日，太阳暖烘烘的，吃过早饭就去逛格林威治村。在克里斯托弗街下地铁，看情形，知已在村内。此村因作家、艺术家的聚居而出名，街旁的店铺，多为书店、画店、工艺品商店，颇富艺术气息。闲逛了半日，感觉很惬意。出得村来，沿第六大道向南走，远远望见了世贸中心的双塔，不禁想起不久前骇人听闻的爆炸案。正是：炸声犹在昨天，双塔依然故我。走了一会儿，还没到双塔跟前，坚尼路却到了，便打消了去世贸中心的念头，索性到世界书局访书。书的品种还是那些，新增的无非一些名人传记。其中有一本台湾地区出版的《诗霸人狂毛泽东》，印装极精美。把毛诗配以解说，再插印照片和手迹，这种编排方法，无疑是用了些心思的。

晚上独处陋室，一股空前的空虚和烦躁突然袭来，这原因，便是因了“书读完了”。往后的日子，恐怕要转而苦读洋文了。

六月九日

昨夜睡前服药四粒，结果一夜都睡得很安稳。今晨起来，病痛稍减。午后去华埠，在东方文化事业公司翻了一通书刊，见有黄裳新著《榆下杂说》，不免感叹出口之神速，刚刚黄先生还在上海的凤鸣书店签名售书。书由上海古籍出版社出版，大三十二开，黄色的压膜封面。这样的设计，庄重有余，灵气却荡然无存了。内容则多是近年所写关于古书的题跋，其中有不少在《读书》杂志发表时即拜读过了。售价则达八美元，高出国内十来倍。说到黄裳的书，我以为设计最具匠心的，还是北京三联的《银鱼集》，不记得是不是出自范用老板的手笔了。《榆下说书》虽则封面有些沉闷，但整体设计也还不错。香港三联所出《山川·历史·人物》《珠还集》《晚春的行旅》三书，纸墨之精良，在以往的黄裳著作中是不多见的。人民文学出版社出版的《过去的足迹》，则以大方、舒朗见长。我本来已有一册平装本，后来在北京古籍书市上，又碰到一册精装本，也买了来。哪一本都舍不得放弃。

六月十七日

晨八时起床，即往联邦地区法院，但要听的案子，今天没有开庭。又试了几间法庭，都不见有人，便去州最高法院。此处建筑显得老旧，法庭也较空旷。有几处，法官正在接待律师，另有不少人坐在一旁等候，也不似

开庭的样子，便出去。远远望见世贸中心双塔，心想索性逛逛真正的下城。没走多远，便到了跟前。这儿倒颇有几分大都市的气派。摩天楼下乃一广场，有喷泉什么的，但游人很少，所以绝不似中国那般闹。进去，底层则是巨大的购物中心，隔成了许多独立的分部。逛了两家书店，其中一家叫古典书店，与一般书店也并无二致。还有一家杂志店，花花绿绿的，陈列期刊甚多。出得世贸，便继续往下走，穿行于摩天大楼之间，真似在峡谷中一般。只差一步就是华尔街，却没进去，径直到了南街海港的十七码头。援梯而上，是一层又一层的平台，除了酒吧和快餐店外，靠边儿放置了许多躺椅，躺于其上，观海、晒太阳、吹海风、闻那种腥腥的海味儿，倒别有一番情趣。不远处，便见曼哈顿大桥和布鲁克林大桥相傍横跨海面，自是巍峨壮观。返寓已是午后二时。得妻信，称《孙犁的〈秀露集〉》已发《今晚报》。这倒让我惦念起老人的近况，这一段他发东西好像愈来愈少了。

六月十九日

是一个燥热的上午，与二三友人相约参观大都会艺术博物馆。上巴士前，在报摊儿买份《侨报》，则见我发表在《光明日报》的那篇《叶灵凤在香港》，这里也转载了。重读一过，不免脸红，因为实在不够全面，有不少资料，又在作完此文后发现。

博物馆建于一八七〇年，一八八〇年迁至中央公园中的现址，由美国建筑师亨特设计完成。荟萃了全世界艺术之精华的藏品，陈列于两层主要楼面。走马观花地看下来，也花去大半天的时间。印象较深的，有古希腊罗马的雕塑、英法的室内装饰艺术、古埃及的丹铎庙。兵器盔甲厅有几匹兵马，甚为壮观。乐器馆所藏品种亦很多。欧洲绘画部分，则令人目不暇接，梵高、德加、莫奈等艺术大师的作品，都是我久已喜欢的，这次亲炙真品，真恍如梦中一般。而所谓的二十世纪艺术，就不敢恭维了，怎么也看不出高明在哪里。陈从周教授设计的中国庭院明轩，则显得精致、小巧、清清爽爽。纽约的博物馆一般都设有书店，这里的书店则以印制精美的艺术画册见长，也有不少经典名画的复制品，但价格都不算低廉，穷困如我者，只能饱饱眼福了。

七月九日

连日来纽约遇到了几十年不见的持续高热，气温超过了华氏百度。在老旧不通风的公寓里，既没空调，又无电扇，不动便是一身汗，且伴有阵阵恶心，似是中暑的先兆。到哥大，图书馆倒是有冷气，但也无心干正经事，闲翻些书报而已。本拟重读张宗子的《娜嬛文集》，却见手边有一册李敖的《中国性研究》，粗粗翻了一遍，真是肆无忌惮得可以。李敖比之柏杨，更加口无遮拦，也难怪出那么多书，因为什么话都可以说。不过，从香港影人梁家辉的专栏文章中得知，李敖现如今也开始改变形象了，不仅娶妻生子，更在自己六十大寿来临之前，忍口暂不骂人，潜心著述一部有关中国民间思想的学术著作。放下李敖，又见《瞭望》周刊第十五期，载有徐城北写黄裳和姜德明的一篇文章，长达两页，小字密排，但也并无太多情趣，只是文前配有丁聪为两位书人所造漫像，倒值得收藏，便去复印，不想复印机坏了。

七月十一日

昨夜倒颇感得些许凉风。今晨听广播，气温略有下降，但还是逼近华氏百度。上午抄了几篇短稿，又去报摊买了份《世界日报》，午后一时就上街了。先来到林肯表演艺术中心，到久已慕名的大都会歌剧厅转了转，果然是奢华无比。这里一年四季上演全世界最优秀的芭蕾和歌剧，门票亦贵得出奇，最高可达四五百美金，最低的也在百元上下，自然不是我辈可以光顾的地方。

随后来到百老汇大道夹八十二街的邦斯和诺堡书店。这是全美最大的一家书店，始建于一八七三年，到今天，已有五百多家连锁店遍布北美。八十二街的这家分店，也有了近百年的历史。建筑古色古香，营业面积也非常大。书籍的琳琅满目是不消说的，最吸引人的，还是那富于艺术性的布置和优雅宁馨的气氛。它所在的纽约上西城，曾居住过不少著名作家，他们都是这家书店的常客，至今书店的墙上还挂了不少作家肖像，显示了它与天才作家们的传统友谊。当中弗吉尼亚·伍尔夫的侧面肖像清丽极了，令我过目难忘。只是不解何以拿英国作家王尔德的肖像作了书店标志，这之中必有一段特殊的因缘。

与一般书店不同的是，这里不仅不反对只看不买，甚至还在书架之间的空地上，放置了许多造型古朴的桌椅，让你坐下来慢慢读个够。即使铺开纸本明目张胆地摘抄，也不会有人干涉。儿童图书区的布置更具有童话色彩，一些画册随意地盛在一只只竹篮里，地毯的花色也是绚丽多姿，有不少年轻的母亲推着婴儿车来此逍遥，一些孩童索性趴在地毯上，沉迷于书的世界。外面正是酷暑，书店却凉气怡人。在此盘桓竟日，不啻一种莫大的享受。一楼半的那间小巧别致的咖啡厅，恐怕就是专为这些作竟日游的书迷而设的罢。

书店还免费提供图书介绍和活动月历，印刷很精美，上面记载着一月内将举行的作家签名售书、读书讨论会等等的活动安排。书价之低，也是其他书店所不能比，譬如它专设有“五元以下小说”专柜，那里陈设着莎士比亚的戏剧、狄更斯的《双城记》、勃朗特的《简·爱》、马克·吐温的《汤姆索亚历险记》、惠特曼的《草叶集》、奥斯汀的《傲慢与偏见》等，都是精装巨册，非常漂亮，售价却都不超过五美元，真是便宜得很了。

七月十七日

自五月初放暑假，转眼已两个多月。今天周末，则又是假期中的假期了。午前仍去寻访书店，穿过中央公园，便来到了第五大道。这里是大书店云集的地方，邦斯和诺堡、道顿书店、双日书局等纽约三大书店的总部均设于此处。邦斯和诺堡在第五大道至少有三个分号，规模都与八十二街那家不相上下，气氛则略显逊色。双日书局亦极富规模，它也有了八十多年的历史。道顿书店没有发现，却逛了一家布兰泰诺，在第五大道夹四十八街。向东拐，便来到了联合国总部，大厦紧傍东河，进内参观，安检甚严。这里亦设有一间书店，图书以各国概况、能源、环保、儿童类居多。旁边的邮局发售仅限在此间使用的联合国邮票。眺望了一番东河，并不比哈德逊河来得宽阔。出联合国向北，穿过一片环境幽静的高雅住宅，便到了东五十九街，远远望见由曼哈顿驶向罗斯福岛的空中缆车。跑到站台上边看了看，单程票价是一元四角。车站下边是史传德旧书店的流动书摊，几只漆成红色的书架一摆，便形成一个小小的临时书亭。向西便又回到了第五大道。中央公园的南入口处非常热闹，一辆辆游览马车停在那里，马粪味甚嚣尘上。在通往公园的甬道上，有不少画家在为游人画像，也有的将自己创作的纽约风景画摆得到处都是。一位女画家不停地喊着："肖像，十分钟就得！"

七月十九日

晨起仍去南区法院，到那里才知那个案子已经审结。此时天色阴沉，开始落下淅淅沥沥的雨丝，索性冒雨拐到了唐人街，在东方书局翻书。从一本散文鉴赏词典中，发现了叶灵凤的两篇散文，其中一篇叫作《能不忆江南》，原收在《晚晴杂记》一书中，此番乃首次得见。放下此书，抬头便见书架上夹杂有一册薄薄的小书，书名叫《能不忆江南》，书脊上却没有作者姓名，抽下来一看，正是叶灵凤所著，乃江苏古籍出版社出版，由姜德明选编灵凤回忆故乡的散文而成。书前有序，论述灵凤著作颇详。索价二元八角，极欲买下，但囊中只剩回寓的车资，只好留待改日了。

归途又去了嘉年图书公司，见高高架上有叶灵凤的一本《花木虫鱼丛谈》，乃香港南粤出版公司一九八九年初版。翻翻内容，不过是《香港方物志》的新版，只是改了书名；又把原来朴素简洁的篇名，均改作格式统一的联语式，徒增了几分商业气。记得北京三联亦出有此书，我已购下，不久前又买到了《香港方物志》，所以便没有再花十美元重复购买，如果手头宽绰，实在各种版本都应购下的。

七月二十二日

虽然仍是盛夏，但近几日纽约的天气，却总给人以秋天的感觉。常常回想起故国的清秋，一般来说，总是些略带伤感的回忆。最近总爱在黄昏时分，到河滨公园林木遮天的小径上走一个时辰，然后，便择一视野开阔处，坐下来呆呆地看哈德逊河，看河上的落日。此时，什么都可能想，有时可能什么都不想，直看得天边的微红渐渐淡去，河面漾起一层耀眼的银波。

去哥大的这段百老汇的人行道上，这几日旧书摊儿日见其多。其中的一个格调较不俗，所卖多文学名著，都是些纸面平装的很精巧的开本，一般售价在一元五角到三元之间。其中奥斯汀的《傲慢与偏见》书品不错，售价只一元五角，康拉德的几本小书亦很清新别致，很想买下来长夜解闷，但终于没有买下。最后花一块钱买狄更斯的《双城记》一本，乃纽约埃尔蒙出版公司一九六三年的版本，年龄恰好跟我一般大了。另一黑人摊儿上有一册《比亚兹莱早期画选》，十六开，厚厚的一册，尽管外面的纸封套有些破损，但布面的精装封面却很完好，索价六元多。但翻到其中一页，却赫然看见一只早已干枯的金黄色昆虫，疑是蟑螂，顿觉恶心，赶忙放下走了。

七月二十五日

清早起来，又将《思乡的花束》的段落次序大大地调整了一番，感觉较前顺畅了许多，并且誊抄了一份，但寄给哪里，却没有最后决定。午后又沿百老汇南下，步行到八十二街的邦斯和诺堡。此番主要欣赏画册，选了几种自己喜爱的，坐在黑色小桌旁慢慢翻看，倒很像置身仙境一般。这之中两巨册一套的梵高画集，是就连梵高的素描也都搜罗殆尽的，却只卖二十四元，是不算贵的。想找比亚兹莱，总也找不到。又去第五大道，总算觅见道顿书店，原来就在洛克菲勒中心左近，却没有开门。从玻璃门窗望进去，规模确实不小，布置亦相当奢华。他日当再来寻访。

七月二十八日

昨夜倚枕读黄裳《晚春的行旅》，差不多到了凌晨两点多。除了几篇绍兴游记外，又重读了那组入蜀日记《过灌县、上青城》。已说不清是第几遍读了，总觉得是新鲜的。黄裳游历河山甚多，每到一地，先将该地方的史志掌故浏览一过，再去实地体味，加之他对于历代诗文词曲的了熟于心，所以就能够涉笔成趣，且具有了一种历史感。事实上他除了作为藏书家外，对于历史，特别是晚明历史也是颇有研究的。黄先生还是一位很懂得品味生活的人，一盆八宝粥、一壶青城茶，在他笔下，往往具备了一层文化的况味。我尤其爱读黄氏日记，这里极详尽真实地显露了作者多彩多姿的心曲。其实，他所有的文字，又都像日记。他总是在那里独白，在那里絮絮私语。一砖一瓦、一颦一笑，都被作家细致的眼睛摄下。这位表面木讷寡言的老人的敏感心细，曾让他的好友姜德明惊叹不置。

七月三十一日

午后出发，乘地铁在时报广场下车，沿四十二街进入第五大道，再向南行，便到了东三十六街。由此向东，就在麦迪臣街角发现了那座颇有古风的摩根图书馆。进来，先存包，门票五美金，学生优惠，三个美金。大厅左手，便是一展室，展览的是小摩根自一九一三年到一九四三年间的收藏。这之中有不少珍稀古书和作家手迹，其中印象深刻的是白朗宁夫人抒情诗的手稿，字迹颇秀丽，不禁想起年轻时读过的那些震撼心灵的情诗。向北走，便是一东西向的长长的画廊，这里陈列的，乃摩根夫人的收藏。她和乃夫乃子一样，也是一位热心的收藏家。除了不少有关植物、园艺、农业的珍贵图书外，还有一些她自己的绘画作品。穿过画廊，这才来到了建于一九〇六年的旧馆。建筑风格是文艺复兴式，即便在今天，仍觉得雅致堂皇无比。圆厅全由漂亮的大理石砌就，圆形的屋顶上绘满了中世纪风格的图画，还有不少栩栩如生的浮雕。西屋乃摩根书房，墙壁全用红色的锦缎贴就，上面悬挂着摩根父子的肖像和一些名画，四面环以高仅及肩的书橱，摩根生前用过的大书桌静静地放在北窗下。东屋则是藏书室，冲门壁炉的上方是一幅巨型挂毯，遮住墙壁的书橱分作三层，每层都有一圈走廊，但却不见楼梯，经过打听，才知楼梯隐藏在书橱后面，其中一只书橱也就是活动的房门。陈列柜中有不少价值连城的书籍，其古朴和雅致，正不亚于我们的宋刻明椠。

附属建筑的北面，有一花园式庭院，地面和四周的墙壁，全是白色的大理石，上面爬满了青翠的藤萝。院中有四株不大不小的树，细小的叶片，有些像丁香，问问馆员，他说他们都叫它黑橄榄。在漆成墨绿色的圆桌小坐，感到非常的幽雅和快意。花园北侧的“摩根房子”中，除了两间会议室外，便是那间书店了。自然有不少介绍摩根图书馆的画册、明信片之类，所经售的图书，一律纸墨精良、装帧考究，但价钱也都不菲，有两种限定版的诗集，每种只印一百三十五册，版权页上有诗人亲笔签名和编号，虽只二十来页，却索价三十美金。不出我意料的是，这里有不少关于西洋图书装帧史的著作，印装之精美，所附珍贵书影之多，真让人目瞪口呆。其中约瑟夫·布鲁门瑟尔所著的《印本书的艺术》，十六开巨册，漂亮得无法言说，但看看五十美金的定价，也只有徒唤奈何。最后只购得明信片一枚、贺卡一枚、摩根图书馆藏品介绍一本，还有一本一美元一册的微型小书，只花了三个多美金。要是经济宽裕的话，真不知有多少精品值得购买。我虽非富翁，但对摩根这样的懂文化、爱艺术的富翁，却从内心里尊敬。跟他相比，那些只知海吃山喝、夸富比阔的暴富儿，真是粗鄙极了。

出得馆门，已近下午五时，又在街对面，将图书馆的外观细细审视了一番，还请一家公寓的门房，帮我拍了一张照片。

八月五日

经上午约定，午后时分前往哥大附属图书馆。电话中说在一三一街，百老汇和河滨之间，到得那里，却只见废弃不用的旧工房，和一些汽车修理行，总也不见哪一幢建筑像图书馆。乃往东走，一直过了“阿姆斯特丹”，见一绿树掩映的高地气氛倒很文雅，走近才知是教堂。又返回原来的地方，这才发现图书馆就在一幢旧工房的三楼。进去后，但见硕大的书库中书架林立，略略巡视之后，竟发现有不少的三四十年代新文学的初版书，这倒是一个意想不到的天地。终于找到了叶灵凤的《晚晴杂记》。书的封面是白色压膜，左上角一红色剪纸风格的夕阳图案，右下方是手写体的书名，由香港上海书局印行，共收文八十篇。将篇目逐一抄下，却见已有不少分别收进《读书随笔》和《能不忆江南》中，过去少见的几篇，有记叙灵凤少年时读书地九江、昆山、镇江等地风物的，自是珍贵，但全书既无前言，又无后语，书页也有些发脆泛黄了。我所藏的灵凤《文艺随笔》，乃一九七九年的再版本，这次见到一九六三年的初版。封面、版式和篇目均无变化，只是初版的卷首有一《〈南苑文丛〉缘起》，卷末空白页上印有该文丛其他两种的预告，分别是高伯雨《听雨楼丛谈》和曹聚仁《小说新语》，再版本都给删去了。另有一册灵凤和另外五位作家的散文合集《红豆集》，却是以前在北大见过的，这次也将叶灵凤的篇目抄了下来。至于《鸠绿媚》，却给人借走了，《香江旧事》也未寻到。坐在我对面的一位，借了不少沈从文的著作，我乃跟他攀谈，他说二十多年前来自中国，现在美国某大学任教授。我跟他侃了不少沈从文的逸闻，但他所知似乎并不甚多。闭馆后又去了东亚图书馆，翻了一周来的新报。《光明日报》有一整版长文记陈忠实写《白鹿原》，另有一文写贾平凹在京签名售《废都》的情形，可见近期陕军之火。陈作此书，耗时五年，贾也是东躲西藏，在乡间完成的《废都》，再联想到路遥因一部《平凡的世界》而猝然早逝，真让人感叹文字经营的不易。

八月六日

总起来说，纽约的气候还是颇为宜人，虽是盛夏，但今晨起来，却感到一种清秋的凉爽，走在河边的树荫里，亦踩得满地的落叶沙沙作响，不免萌生一种浸着微愁的秋日的惆怅。仍去旧工房看书，故意选择了河滨公园这条路，由于时间尚早，有意走走停停，以享受难得的一份清闲。在靠近河边教堂的那片区域，因了地势起伏颇大，亦使得河岸风景增添了几分意趣。满眼的绿色不消说很舒服，零零落落的建筑，亦较别处幽静和整洁。一位工人在用机器吹扫落叶，嗡嗡作响中，树叶便纷纷扬扬地聚到一起。不远处便是著名的华盛顿大桥，东西飞架，便将曼哈顿和新泽西连为一体。十点整图书馆开门，穿梭于书架之间，将绝版旧书搜罗了几十本，包括冯亦代《书人书事》初版、俞平伯线装诗集《忆》。另有一本上海千秋出版社辑印的《作家腻事》，尽管有些庸俗，但若细细研读，还能发现不少前所未闻的文坛掌故。我就将其中《叶灵凤与赵克臻先行交易》一文复印下来，聊作研究的参考。记得曹聚仁说过：诗人住在历史上几乎等于神仙，要是住在我们楼上，便是一个疯人。其实不少的文人墨客，生活中常会有一些迹近荒唐的举动，不似后人想象的那般道貌岸然，不食人间烟火。所以对这类专记作家“另一面”的小册子，虽不可全信，亦不可不信。即使这一切都属实，作家在我们心中的位置，也不至于发生大的动摇，只有会心的一笑而已。

八月七日

从纽约公共图书馆门前经过多次，都因星期日不开馆而未能进去。印象中，只觉得那一对石雕的卧狮，和那高高的台阶，有一种威武庄严的气氛。不过，畅游书城的愿望，总算在今天成为现实。

坐落在第五大道夹四十二街的这座建筑，已经有了八十多年的历史。在十九世纪末，纽约市还没有一家全市性的公共图书馆。虽然有几家著名的私人图书馆，像阿斯特图书馆、列那克斯图书馆，都免费向公众开放，但终究因场地和藏书的限制，而满足不了众多读书人的需要。一八九五年，这两家图书馆和另一位有志于建立一座公共图书馆的蒂尔登先生的遗产联合，构成了现在的公共图书馆的基础。一八九七年，纽约州议会批准市政府在克柔顿水库的旧址建造一座图书馆，此建筑由坎若里和哈斯汀设计，于一九一一年正式建成。这是美国历史上的一个重大事件，当年五月二十三日建成开馆典礼那天，许多名人要员，包括当时的美国总统塔夫脱都亲临祝贺。从当年所拍的照片看，这座雄伟殿堂巍然屹立，四周则显得有些空旷。如今，许多摩天大楼拔地而起，它却显得有些矮小了。但如果走进馆内，还依稀能感到它的雄伟和辉煌。

门前的两尊卧狮，由爱德华·克拉克·波特创作，和本馆建筑同时完成。它不仅成为该馆的象征，而且在近百年间，发生过不少与狮子有关的趣事。现在的馆内画廊上，有一个“此时与彼时的狮子”的橱窗，展示的是各种有关狮子的图画和照片。其中一幅照片给它们戴上了巨大的礼帽，系上了黑色的领结，颇有几分绅士派头。这是一九八六年为纪念该馆中央建筑七十五周年年庆而搞的恶作剧。理查德·泰勒作于一九三八年的一幅画，则使它戴上副老花镜，手捧书本，俨然一个老学究。另一幅作者未详的画，则描绘它正在一手执书，一手持扫帚，拼命打扫着书上的灰尘。是对卫生条件差的不满，还是讽刺人们不爱读书，恐怕只有当时的人们才能明白。

中央大楼的地上建筑共有三层，宽敞的门厅里，照例设有咨询台，提供许多有关该馆服务项目的资料。大厅右侧，便是一间书店，我照旧迫不及待地进去，以求先睹为快。图书品种并不比纪念品多，其中有一种根据一八五五年版重印的豪华本《草叶集》，售价高达九十五美金，漂亮是十分漂亮，但又岂敢问津。倒是多佛公司出版的一套平装本世界文学名著引起了我的注意。这套书设计也还精美，不知何故，却便宜得让人不敢相信，不论厚薄，一律售价一美金。当下就选了十种。

图书馆分作不少的专题阅览室，如地图部、科学和公共事务部、东方部等等，因不能直接进入书库，便不能更深切地感觉这个世界最大的研究图书馆之一的藏品是多么浩瀚。目录厅和流通台很大，跟建筑的古色古香形成鲜明对照的是，设备非常的现代化，一九七五年以后出版的新书全部将目录输入电脑，要查找一本书，只需敲动键盘。更有趣的是，一九七五年以前的旧书目录也不像其他图书馆那样制成许多的卡片柜，而是将卡片影印在一本本八开的硬皮大书中，一排排地列在那里，倒活像是百科全书。

纽约公共图书馆不仅是世界五大学术研究图书馆之一，更具有着博物馆的性质。它辟有不少展室，定期展览各种馆藏珍品。正在展示的，就有“一八九〇—一九〇〇不列颠作家”。使我兴奋不已的是，竟在这里见到了由比亚兹莱插图的王尔德《莎乐美》英文版的最初版本。早就熟悉了比氏的那些奇特的黑白装饰画，现在得睹真容，真是恍如梦中。也见到了由比氏担任美术编辑的《黄面志》的最初四期，还有另一种由他作插图的著名杂志《萨伏伊》。《黄面志》的封面果真是黄色。《萨伏伊》的开本却比前者整整大出一倍。叶芝的诗集《心愿之地》亦由比设计。另外一位短命的英国作家道生，亦是我久已仰慕的，这里则陈列着他的手稿和几种著作的最初版本。他和比亚兹莱都属于《黄面志》的一群，所以，他的诗集和剧本，亦由比亚兹莱绘制插图。这些文学珍品均由美国学者伯格捐赠，隔壁的伯格专室中就悬挂着他的肖像。而整个图书馆的奠基人，阿斯特、列那克斯和蒂尔登三位先生的名字，亦醒目地镌刻在中央大楼大门的上方。那些为人类文明做出过无私奉献的先辈，将和这些文化瑰宝一道，万古流芳，惠泽百世。

埃里克·吉尔（*Eric Gill，1882–1940*）

后记

李广宇

我爱读书话，自己也写过几种勉强可以称作“书话”的小册子。若按出版时间为序，分别是：《纽约寻书》（一九九八年）、《香港寻书》（二〇一四年）、《行囊有书》（二〇一四年）、《我在德国淘旧书》（二〇一七年）、《猎书家的假日》（二〇一七年）。除了《纽约寻书》是由国际文化出版公司出版，其余几种都是由法律出版社印行。事实上，《纽约寻书》也于二〇一七年由法律出版社出了修订版。现在，法律出版社又慨允将这五种小书一并再版，感激之余，做了一些修订和重新编排。新版的“书话五种”，保留了《香港寻书》、《行囊有书》和《猎书家的假日》；将《纽约寻书》更名为《蠹鱼漫记》；《香港书店鳞爪》是新增加的，其中两

辑是由别的书挪来，另一辑为新写；《我在德国淘旧书》则不再有了，原书中有关德国淘书的部分划给了《行囊有书》，有关香港淘书的部分划给了《香港书店鳞爪》，有关叶灵凤的部分则与其他类似篇什一道编成一本《爱书也爱叶灵凤》。这一本因为离书话相对较远，将与《叶灵凤传略》和《叶灵凤香港出书记》一起，凑成另外一个叫作“叶灵凤叙传三种”的系列。

《香港寻书》的修订工作有以下几个方面：一是做减法，将原书中与寻书关系不大的几篇狠心删除，但一些关于听课、参访乃至日常生活琐事的记载还是予以适当保留，因为寻书毕竟只是生活的一部分，任何一个寻书人都不会是不食人间烟火之辈，书店也不是脱离一个城市、一个社会的整体环境而孤立存在的。二是适当补充一点背景材料，但这工作是绝对克制的，旧文不宜大改，因为人们的认知总是有时空局限，一时有一时的识见，一时也有一时的心境。原来的图版也一律不要了，而让一位心仪的版画家一以贯之，这或许也是晚来一种心境的体现：不要太复杂，尽可能简单。

本书的插画作者是英国画家罗伯特·吉宾斯（Robert Gibbings，1889–1958）。吉宾斯不仅是风格独具的木刻画家，也是散文高手，出版了许多自写自画的文集。他同时还是一位出版家，长期担任金鸡出版社掌门人。这是一家专门与版画家合作出版限量精装插图本的小型出版社，许多著名的版画家，包括吉尔（Eric Gill）、莱特（John Buckland Wright）、塞维林（Mark Severin）等，都曾为其绘制过精美插图。

《行囊有书》算是我的书话类小书中卖得最好的一个，库存早就清零了，出版社一直有再版的动议，拖延了几年才终于实施。趁着这次再版，做了一些较大的调整。删除了其中的四辑，分别是“北京书店地图”、“几个城”、“懂桥”和“囊中书”，既然鸡零狗碎，又何必敝帚自珍。这样就只剩下“从台北到台南”“东京书事”“首尔买画记”和“哥伦比亚风”，既然都属境外访书的文字，索性就把“我在德国淘旧书”和“纽约寻书记”这两组类似的篇什也拿来归拢到一起。这样做的结果，是把《我在德国淘旧书》那本书拆没了，因为另

外几组文字也依其内容性质，分别划给了《香港书店鳞爪》和《爱书也爱叶灵凤》。“台北访书记”这一组，则是首次结集。旧版《行囊有书》是有插图的，这次修订，按照统一体例均予删除，代之以我所喜欢的英国画家埃里克·吉尔（Eric Gill，1882–1940）的画作。

叶灵凤日记中提到过 Gill，他买过他的画集。萧乾编选的《英国版画选》也收入了 Gill 的作品，他所用的译名是爱立克 · 盖尔。萧乾说，Gill“在当代英国插画艺术中是最不在光暗上玩花样的。他管他的插图叫印匠的花朵。他大部分作品都是简单的白地黑线条而已。他的想象力并不强，但装饰书册则绰绰有余。” Gill 亦擅雕塑，还是字体设计师，他为 Jacob Weiss 设计的藏书票，一经董桥推介，瞬时在中国名声大噪。我也稀里糊涂收集了不少 Gill 的书，感觉特别别致，非同凡俗，就是宗教色彩过于浓烈了一些。他还为中国的话本小说《醒世恒言》做过插绘，黑白线条真是运用到了极致。一直以为，木刻与书是绝配，谈书的书更是如此。

在这回修订再版的五本小书中，《猎书家的假日》

是调整最小的，只是本着不凑数的原则，删去了个别意思不大的篇目。这样说，并不可以理解为剩下的就都是意思大的，其实很多是可以做些改写的。比如当时买到一本竹久梦二就欣喜若狂，殊不知在那以后我的梦二集藏足足塞满了一个架子。但要这样修改，一辈子都改不完。贫穷有贫穷时的欢乐，富足了未必就天天幸福。说句实话，这一本小书的风格，是我最为私淑的，因为它最文艺。书话毕竟不同于书目，在意的不是文献的多寡，而是一点点回忆，一点点情绪，一点点抒情的气息。

从前这本书没有后记，这次就利用这机会，说说书名的由来。《猎书家的假日》，本是美国古书商人罗逊巴哈博士一本书的名字，英文叫作 *A Bookhunter's Holiday*，我第一次知道这书，是由叶灵凤先生的《忘忧草》。上海沦陷后，叶灵凤随《救亡日报》转战广州，随身只带了几册书，都是谈论书物版本聚散变迁的"关于书的书"，《猎书家的假日》就是其中之一。"白麻布装订，红皮题签，有插图，我是托上海中美图书公司直接向原出版家订购的，是一册内容和外表都使我满意的好书。”不料这样的一本心爱之物也成了战争的牺牲品，埋在了广州的劫灰中。叶灵凤一面吟咏“忘记了吧，像忘记一朵开过了的花”，一面也许下一个心愿，将来也要出一本《猎书家的假日》。香港纸贵，出书不易，他的愿望终于落空，却被我拿来完成了浴火重生。

初版时没有插图，这次精心选择了美国画家洛克韦尔·肯特（Rockwell Kent，1882–1971）的一些版画作为装饰。就像喜欢比亚兹莱一样，叶灵凤也同样喜欢肯特，认为他是“当代美国最杰出的版画家”。他不仅喜欢他给定期刊物和世界名著所作的那些单幅插画和装饰画，更对他的自写自画情有独钟，认为这些由他自己写作自己插画的游记，“在美国许多庸俗的出版物中，许多年以来是独放异彩的”，认为“仅凭了这几本书，世人已经认识了肯特是一位第一流的插画家和装帧设计家，又是一位能独创一格的游记作家”。肯特终身都是一位猎奇冒险家，始终充满了生活的朝气。猎书亦是猎奇，有时也需要冒险，我替《猎书家的假日》选择了肯特，也是希望肯特的版画不仅能为这本小书增色，更能使我将

猎奇冒险的朝气一直保持下去。

《纽约寻书》是我的第一本书话性质的集子，稚嫩青涩可想而知。没有料到的是，竟会迎来第二次再版的机会。第一次修订，就做了一些减法，这次减得更厉害：一是把有关叶灵凤的部分，汇总到一个新的组合《爱书也爱叶灵凤》；二是把“纽约寻书记”拿到《行囊有书》，后者直接导致原来的书名不成立了。尽管这些文字基本都是在纽约旅次写成，但既然没了直接写纽约的内容，不好再挂羊头卖狗肉，就拿其中一辑的名字做了书名。“蠹鱼漫记”，尚够切题，也算是恢复了本来面目。前两版都没有插图，这次选取了英国著名画家和书籍装帧家琼·哈塞尔（Joan Hassall，1906–1988）的插画做装饰，她为许多名著绘制过插画。做成之后，有朋友提醒：哈塞尔的画虽则很美，但还没有公版权。只好忍痛割爱，重新选择了比亚兹莱。做版的时候我说：“比亚兹莱真的命大。”乔智炜兄则说：“一切都是最好的安排。”

《香港书店鳞爪》总共三辑，《书香香港》和《港九访书五日记》原来分别见于《行囊有书》和《我在德

国淘旧书》，本来根据内容的类属将它们合并到了《香港寻书》，但排完版一看，比其他几种厚了许多，就想独立成编；考虑到只这两辑尚嫌单薄，就新写了一辑“香港书店鳞爪”，并以此作了全书的名字。这两万多字，是在我一周的居家隔离中初步形成的，内容有些像是香港旧书店简史，但不敢贸然打出这个旗号，于是采用了更为低调的“鳞爪”。虽说基本是东拼西凑的“文抄公”，但自认在谋篇布局和材料取舍上还是颇费了一番心思，通过聚焦香港旧书店史上几个历史性节点，大致勾勒出其发展脉络和独有特色。材料的来源主要包括叶灵凤、戴望舒、陈君葆、侣伦、方宽烈、罗隼、小思、欧阳文利、许定铭等名家前辈的著述。这一本的插图出自英国画家格温·拉弗拉（Gwen Raverat，1885–1957），她出身于剑桥的望族，是进化论奠基人达尔文的孙女。她从Slade 艺术学校毕业后，嫁给法国画家雅克·拉弗拉，夫妻俩都是布鲁姆斯伯里文化圈的活跃分子。她是英国木刻艺术家协会的创始人之一，为很多名著做过插图。她自写自画的回忆录《碧河彼时》影响很大，有中文译本。

封面是一本书的门面，好的封面必然会与文字水乳交融，甚至会超越文本，给人以极强的视觉冲击，有的还可能成为独立的艺术品。我虽然不懂美术，不会设计，但对书籍装帧向来关注，自己的每一本书写迄，心思也都会集中到未来封面的样子。这一回，本来打算尊重设计师的意见，走一走朴实无华的路子，但不少读者表示，还是喜欢旧版《香港寻书》那种风格，于是又搬出一大堆竹久梦二画集，再从他那里找寻灵感。竹久梦二无疑是一个用之不竭的宝藏，我的偏爱，他当会欣喜。

最后，再一次感谢法律出版社，感谢许睿、乔智炜、王菊萍几位长期合作的朋友。尤其要感谢和我一样喜欢书的读者诸君。

二〇二二年七月三十日

李广宇书话五种

香港书店鳞爪

李广宇 著

法律出版社
——北京——

图书在版编目(CIP)数据

香港书店鳞爪 / 李广宇著. -- 北京 : 法律出版社, 2022

(李广宇书话五种)

ISBN 978-7-5197-7018-1

Ⅰ. ①香… Ⅱ. ①李… Ⅲ. ①小品文—作品集—中国—当代 Ⅳ. ①I267.3

中国版本图书馆 CIP 数据核字(2022)第 151963 号

香港书店鳞爪
XIANGGANG SHUDIAN LINZHAO

李广宇 著

策划编辑 许 睿
责任编辑 许 睿
装帧设计 乔智炜 李广宇

出版发行 法律出版社
编辑统筹 司法实务出版分社
责任校对 朱铁佳
责任印制 胡晓雅
经　　销 新华书店

开本 787 毫米×1092 毫米 1/32
印张 6.125 **字数** 85 千
版本 2022 年 10 月第 1 版
印次 2022 年 10 月第 1 次印刷
印刷 北京盛通印刷股份有限公司

地址:北京市丰台区莲花池西里 7 号(100073)
网址:www.lawpress.com.cn
投稿邮箱:info@lawpress.com.cn
举报盗版邮箱:jbwq@lawpress.com.cn
销售电话:010-83938349
客服电话:010-83938350
咨询电话:010-63939796

书号:ISBN 978-7-5197-7018-1 **定价(全五册)**:468.00 元
凡购买本社图书,如有印装错误,我社负责退换。电话:010-83938349

目 录

书香香港

慵懒的下午

出一本好书也不易。这是昨晚从叶壹堂出来时口中咕哝的一句话。又一城的这家叶壹堂，上次来香港没少逛，有时午休的一个小时时间，就是在这里打发。这次来港，公寓就在城大校园通往又一城的隧道旁，逛叶壹堂也就方便了许多。所以昨晚入住之后，收拾停当吃过饭，一转身就踱去了那里。离开香港小半年，却没有想象中满眼新书应接不暇的狂喜，有的架子，甚至比以往还要空荡许多。就想，真正的经典，莫不是千年百年的点滴积攒，希望每天都有好书问世，未免有些不切实际。这一寻思，也便释然。下午没课，回舍午休。赖床之际，突然想起，陀螺一样的日子里，竟是很久没这样懒懒地赖过床了。舒国治在《理想的下午》中这样写赖床："赖过床的脸，比较有一番怡然自得之态，像是似有所寄、似有所遥想，却又不甚费力的那种遥想。”这一遥想，也就遥想到了上次在香港小住时发愿逛遍全港书店的勃勃雄心，有些怀念，有些后悔当时没留下一些，以便日后细水长流，但也乐得这样一个没有了躁动的慵懒的下午。

借来的

命中属于你的，总有一天会在一个地方等着你。这话时常应验。曾经在香港理工大学逛书店，碰上一册有趣的英文旧书，*Hong Kong and Its Many Faces*，我把它译作《多面香港》，本想买下，因了店员有些不甚礼貌的举动，赌气没给他们做贡献。但这书却一直没有忘怀。傍晚下课后去乐道的辰衝书店小逛，一眼就看到它静静躺在书台上。是一九七六年的修订版，快四十年了，面容却跟刚刚出炉一样。当时的定价是港币二十，如今还卖这个价，真是厚道极了。这书的副题是 *Borrowed Place, Borrowed Time*，借来的地方，借来的时间。用来比喻香港受殖民统治的岁月，实在贴切传神。但作者 Richard Hughes 并不贪功，在书前坦承，首次说这话的是韩素音。这我倒是第一次知道。韩素音又是一个奇女子，名头太响了，但我好像只买过她一本《无鸟的夏天》。有类似韩素音这样传奇经历的，在动荡但又多元的民国，实在是数也数不过来。民族多难，却也成就了一个个不一般的人物和故事。晚上接着读傅高义的《共产主义下的广州》，读到新政权把最后一拨金发碧眼的护士商人传教士从沙面驱走，就想，几代人的梦想终于实现了，但往后的故事里也就不可能再出韩素音了。

买张五常

张五常在《学术上的老人与海》中说：“学术真理的追寻，与大海钓鱼如出一辙。”需要勤，也需要缘。对书的追寻，大概也是如此。上午去金钟的韩国领馆办签证，出奇的顺利。省下点儿时间，就顺脚去了铜锣湾，逛逛乐文书店。离开门尚有几分钟，就闲看张贴于墙上的剪报，其中有梁文道写乐文书店的一篇长文，对旺角、铜锣湾两家乐文的风格刻画甚详。我是有同感的，觉得在香港的二楼书店中，乐义是最能让人心地得到沉静充实的。因为这里极少有那些粗制滥造的红墙秘闻之类八卦读物，主打的是台版港版的人文社科。上次来香港，没少从这儿淘宝。

第一个进到店里，准确说，是到点之后敲开门进去的。一个人慢慢徜徉，顺手就从一排花千树版的五常文

集中抽出一本《学术上的老人与海》，翻到扉页，倏然看见张五常的蓝色笔迹，写的是“仙丽小姐存正。五常”。五常的字体龙飞凤舞，那小姐的芳名一时难以辨认，但遇见了签名本确是事实。看看四十五港币的定价，知道遇上了大鱼。长了个心眼儿，先结账，再请店家帮着辨认笔迹。她看到那扉页，大惊失色，嘴里不免嘟囔：“肯定是出版社发错了。真不知道这是幸还是不幸。”但她也是只好认命，换上学津书店那老头，肯定把书一夺：“这书不卖了！”我使劲儿掩饰着得意，跟店家闲聊五常。她说：“张五常可能在出版社有股份，过去每逢书展都去签名售书，书卖得很火很便宜。但那是十多年前的事了，这些年他不怎么写了，好像因为经济上出了点儿什么变故。听说书也不教了。”

回到五常这本书。一如书名，书里以谈学术的文字为主。五常回答后学如何写博士论文，说得好不轻松，甚至狂言他有三十年不读别人的书了。其实呢，他早就完成了以图书馆为家的积累。不过有句话他倒是透露了真经，那就是博与专的关系。要想在一门学科中把全部问题都搞透，毕竟精力达不到，你一定要在某一问题上有一招儿鲜。这观点几天前在北京时跟振宇碰巧聊过。有时候，表面看来一个理论的得来非常偶然，似乎全不费工夫，比如五常的《蜜蜂的神话》，就是在饭桌上听到一则人家女婿养蜂的故事，启发了灵感。但虽则看似一挥而就，却既要有之前多少年的知识积累，更要真的去苹果园里做上好多天的笨功课。五常写《佃农理论》时，参考了不知多少前人的农业研究成果，其中他援引很多的一位美国教授，为了写中国的农业问题，拉家带口在南京呆了十年。

从港大到精神书局

上次在香港，西环去了几次，都过了西边街，离屈地街只一步之遥了，却一直没去精神书局。快离开时碰上端洪，他瞪大眼睛：“你都没去精神书局？”我笑笑，还来呢。阴雨淅淅沥沥下了几天，早晨起来推窗，透过细叶榕稠密的枝叶，看见雨丝还在兀自飘着。房里枯坐半日，傍午时终于一跺脚，拿上雨伞奔屈地街而去。在中环出地铁，正碰上五十五路小巴，决定上去先往港大。车一拐弯儿，就进入了皇后大道，走走停停，晃得我都睡着了。驾驶员是个老派大叔，车上放的都是可以舒缓情绪的邓丽君老歌，但他瞅着前面车的长龙，还是忍不住直抱脑袋。又在薄扶林道行了一阵，终于来到港大附近，下车正是一个校门，却不是上次来时走的冯平山楼那边。由于依山就势，上去下来的，港大的校园真像迷宫。拐上去才知，这里是新开发的百周年校区。不太费力地找见了大学书店新址，店面果然大了不少，也更明快。正在埋首搜猎，突然过来一个马来裔的店员，跟我说他们要打烊了。我一看表，这才午后两点，在香港，也才是一般二楼书店的开门时间。只能不舍地离开。沿着架在半空的红砖铺就的大学道，一直走到了老校园，想去书店旧址碰碰运气，却见里面已搬迁一空。外面雨正急，一片空地上有两株大树，淡紫色的碎花落了一地，冒雨跑到近前看了看，说是蓝花楹。

凭着感觉去找港大美术博物馆，竟然直接走对了路径。进到徐展堂楼，却见大堂里有个售书角，上次来因为正在装修并未开放。虽说只是楼梯下面的一个小小角落，却颇有一些画册，几乎都是美术馆自行出版的画展结集。抽出几本看看价格，竟都在三头二十之间，便宜得近于白送。不过，主人可不是不识货，有一本巨册精印的《香港早期旅游（一八八〇— 一九三八）》，满是早年香港的文物图片，且是限量发行版（只印一千一百册），别提多喜欢，但定价却高达一千两百港币。还好，发现了一本《中国现代版画》和一本《钱君匋》，都才十元，高高兴兴收下了。又挑了一册 *Postcards of Old Hong Kong*，四联一页，共四十八幅老香港明信片。结账时我问店家为什么书价这么便宜，是不是都有赞助？他说博物馆是政府开的，不是为了牟利。我说你那本《香港早期旅游》可是太贵了，有没有打折的可能，他直说抱歉。出港大，正冲着的是水街，在一家日餐馆要了一客台式肉燥拼日式饺子加白米饭，吃完顺便向店伙打听屈地街怎么走，他在一张小纸片上给我画图，说出门第二个路口左转再左转就是了。

屈地街很短，也就域多利皇后街似的，一眼能望到头。走了几步就看到了精神书局的招牌，像极了铅字印刷年代的风格。书店虽小，却是很有来头，是父子两代五十年光阴做的一盘生意。一九五八年开张后，一直在旺角扎寨，那个时候，旺角满条街都是书店。后来地价猛升，只能搬来港岛这地近海隅的小街。二代传人黄达财说，他们五兄弟有时开玩笑，以其诚意和实力，早知不如做餐饮，民以食为天，一定很好赚。偏偏父亲苦其一生，经营什么二手书局。二手书局，倒是有些大书店里难觅的旧物什，今儿个我就淘到了两种。一是三联书店一九七九年初版的王冶秋著《琉璃厂史话》，十个港币的定价，在北京怕是难找了。二是张五常的《凭阑集》，壹出版有限公司一九九二年的二版，二十五元。本来架上还有几种五常的文集，但数这本品相好，而且带有回忆录性质，还写到了他曾经的芝大老师高斯、艾智仁、赫舒拉发等人的当年行状，对治学自有益处。当然，黄黑蛮的插图，也是买下的一个因素。出精神书局，雨终于歇了。

忘年交

忘年交，总要差出二十郎当岁才算吧。因为差不多差出了一个年代，所以那感觉，差不多是介于朋友和叔侄之间。黄永玉和叶灵凤大抵如此。黄永玉先在台湾晃荡了一阵儿，到香港时是一九四八年，那年他二十四岁。这时节，叶灵凤已来港岛整整十年，已经洗尽铅华，年逾不惑。他是一九〇五年生人，比黄永玉整整大了十九岁。他们能够成为朋友，怕是靠了相同的对于美术的兴趣。那时黄永玉正痴迷木刻，小荷才露尖尖角，同样喜欢版画的叶灵凤怎能不喜欢。叶灵凤一直住在罗便臣道，有一个大大的房子，满室皆书也，其中尤以美术画册居多。黄永玉可是如鱼得水，常常来叶宅看书。据他回忆，那里有很多外国画册，古典、现代的都有。现代绘画是

马蒂斯、毕加索，美国的本·沙恩，还有个非常重要的版画家罗克韦尔·肯特。但跟黄永玉、叶灵凤最有机缘的，还算是麦绥莱勒了。用黄永玉的话说，“对木刻界来讲他简直是圣人”。当年赵家璧的良友图书公司在上海出版麦绥莱勒一套四本的木刻连环画，用的就是叶灵凤的原版珍藏。叶灵凤还和鲁迅、郁达夫、赵家璧一起写文导读。解放后黄永玉居然在北京接待过麦氏，并获赠一幅原作，你说多巧！有人问，叶灵凤和陈啸高、黄苗子他们，都是不喜欢借书给人的“孤寒种”，但你在三位先生那里看了很多书，为什么？黄永玉说，他们觉得我这个小孩还比较诚恳，而且真实地在读书。叶灵凤先生在香港有一个大房子，藏书非常多，我随便要借，他都借给我。他相信我的信用，借了不会弄坏，会还给他。江湖上还盛传一个笑话，香港当年有一家叫“美利坚”的馆子，童子鸡做得很出名，黄永玉常和朋友在这里小叙。有一次吃到半中腰时才清楚大家口袋里都没有钱，黄永玉匆忙地对着饭馆里饲养的热带鱼画了一张速写，用手指头蘸酱油抹在画上算是色调。画完给叶灵凤打了一个电话。没过多久，叶灵凤笑眯眯地来了，黄永玉交上稿，叶灵凤预支的稿费付清“童子鸡”钱还有剩余，宾主尽欢而散。黄永玉承认这事。他在《速写因缘》中感叹：“仿佛这事就发生在昨天。”那时叶灵凤是在《星岛日报》编《星座》副刊，推想也未必真需要这幅速写，更多地应该是对这个顽皮的晚辈的呵护和爱怜。黄永玉更是深知叶灵凤的长者之风慈爱之怀。许多年后，他又回到铭刻着青春印记的香港，在《天荒野谭》专栏里又忍不住回忆起这位故人：“叶灵凤先生过世很久了。老獭是他的忘年之交，向他求教，得到他的教诲许多年。他的音容笑貌实在令人难忘。”他还说：“他是香港这座宝岛之宝。一个有用的人过早地告别历史，伤痕就会像山谷那么深。”上个周末，我在细雨中行走在薄扶林道上，心里咂摸的就是黄永玉叶灵凤他们当年的这些令人艳羡的传奇。罗便臣道叶家的房子离那儿不远，原来想去打探来着，但听灵凤先生的爱女叶中敏说，房子早拆了。

厂房里的神州旧书

神州旧书，全称是神州旧书文玩有限公司。深圳书篦胡洪侠在《很香的港，很旧的书》中曾经浓墨重彩地写过它，因为他在这儿淘到了黄俊东《猎书小记》的初版本，当然值得大书特书一下。上次来香港的时候，我就慕名去半山的摆花街找神州。街在一个斜坡之上，短得不能再短，找了好几个来回，也挖不出什么神州来。倒是借此知道了些摆花街的掌故。原来，摆花街最早本叫伦核士街，是为了纪念一位名叫伦核士的男爵而有此名，这位男爵据说还是位大法官。早年，伦核士街乃洋妓集中地，男士来这儿买欢，照例都要先买束花带进去，所以吸引了一众小贩摆摊卖花，街的名字也渐渐改成了摆花街。但原来的英文名 Lyndhurst Terrace 继续使用。之所以不用 Street，而称 Terrace，就是取其“斜坡上的平地”之涵义。当地人说，摆花街经常会出现在香港的警匪电影和流行歌曲当中，这个我就是外行了。再来香港，对神州的心未死。网上一搜，说是由摆花街搬到了柴湾，在利众街上一个工业大厦内。柴湾可是在港岛的最东头，地铁港岛线的终点站了。工业大厦于我也是有过惨痛回忆的。上次去黄大仙那边一个工业大厦找掏书馆，费了一天周折，也没在工房里找到哪怕半页旧书的踪影。所以长个心眼儿，先打个电话过去问清楚，别又搬家了或者干脆歇业了。但打了几次都是嘟嘟的忙音，这就更强化了我的狐疑。

下午没课，还是下决心去闯一趟。一路地铁，不消半个钟头就出了柴湾站。话说这个柴湾的来历，是因为此地三面环山，一面临海，盛产树木，所以此“湾”也就有得“柴”烧。但出站四望，全然不见什么青山乔木，满眼都是废弃的或者貌似废弃的工业大厦。出地铁

C口倒就是利众街，但门牌号码却是从二十几号开始，原来修这地铁站，整整占去了半条街。很快找到了神州旧书所在的富诚工业大厦，进得大厂房，从忙碌着运货的工友身边挤过，进入电梯，按二十三字，晃晃悠悠就升了上去。推开门那一刹那，几乎被眼前的场景撼倒：一个偌大的旧厂房里，一排排高大的书架顶天立地。书架与书架之间也就尺把距离，试着走了几步，脚下踩的也几乎都是书。一位身材不高的老先生招呼我："你可以把背包放到这儿再慢慢瞧。"看看也是，不卸下来根本就从架子间走不过去。寻思着老先生一定就是大名鼎鼎的老板欧阳文利了。

关于欧阳文利，江湖上有许多传说。说他十三岁小学刚毕业就到旧书店当了学徒，摸爬滚打十年生生炼成一个旧书业的在行人。一九六六年他自立门户在深水埗鸭寮街创办神州，随着香港租金上涨，他的店一搬再搬，"已多到不记得几多次，起码搬了五、六次，试过搬到旺角、九龙塘、中环等。"最后才落户到这个旧厂房里。也多亏他有眼力埋下了这个旧厂房，才使得神州屹立不倒，并且成就了香港旧书界几个熬人的之“最”：店主资历最老，书店面积最大，藏书品种最多，人手最为充裕。这些个“最”，只有到了现场才能有最为直观的体会。

一进门就是整整两架关于书的书，品种之齐全，在内地任何一家书店都没见过，有不少是我听说过没见过或者干脆就没听说过的。倒有几种值得收下。一是许定铭的《书人书事》。这位许定铭可以称作香港书话写手里继黄俊东之后的二号人物了。早年我在《博览群书》上发过一篇《香港书话又一家》，就是写他。如今黄俊东的书已是一册难求，许定铭的书也就成了新的抢手货。这一本是香港作家协会一九九八年的初版本，品相极好。说起来，许定铭也是开过书店的，他自己曾说：“我在香港开书店二十年，主要目的是方便自己阅读。”

二是谷林答张阿泉问的《答客问》，止庵编，东方出版社二〇〇四年出版。书做得挺棒，还收有不少珍贵的照片手迹。有了这本，谷林的书我大概是收齐了。谷林本名劳祖德，作了大半辈子会计，快六十了才给调到历史博物馆，整理文献，像什么《郑孝胥日记》之类，就是他的劳作成果。他在《读书》上的补白文章，一出手，就迷倒了一大片。记得当时有两个老头儿刮旋风，另一个是张中行。让人倾倒的原因就是说话的方式跟一般流行的套路不一样。我本人，当年也是痴迷的。比较起来，两位也不是一个路子。负翁更有名士气，老了老了突然又跟当年的爱人，小说里叫作林道静的，扯上了笔墨官司。劳先生则由外及里都像个老实记账的会计，文章也更干净厚朴。这本《答客问》，答的是小友对于自己人生经历的提问，人说真有几分六朝气象。答问搜书一途，他引的是元白的联句："饮余有兴徐添酒，读日无多慎买书"。但他转而又坦承：虽则三番四次誓天告鬼，说再不买书，但走过特价书店，却又忍不住带两本回家。这之后是懊恼，懊恼的是老米仍住两间筒子楼，无处放书。不过他也从不曾为别人的一套三居眼红面赤。唯其如此，也才有不死的谷林。

三是谢其章的《梦影集》。谢其章是当今北京的大藏书家，好像就住在我家往北昆玉河畔的玲珑塔下。这本之外，谢氏著述我好像还差两种没有寻到。

正式的出版物之外，架上还有一些民间读书内刊，选了一本《芳草地》，还是毛边，编者是北京朝阳区文化馆的谭宗远，也是个读书种子，早年我好像跟着靳飞一起在金台路那边见过他一面。有趣的是，插架中还有一本我的旧著《书文化大观》，保存完好，定价四十五港币，比那几种要贵出一倍，也一并买下了。倒不是自恋，而是我自己都没有存货了。

这两个架子也只是沧海一粟，但我感兴趣的，无非是美术版画、香港史地、政治法律，选了几种，又狠狠地淘汰了一些，好书是想买也买不尽的，花钱多了也会挨训。其中一本比较得意的，是《香港历史明信片精选》，香港三联一九九三年的出品，四六版方背附书盒，内文加厚宣纸彩印，筒子叶装订。买回去之后看版权页，才发现是陆智昌装帧，他那时正供职香港三联，还是出道未久的时候。所收一百五十多帧历史明信片，是从五位明信片收藏大家的珍贵藏品中精选而出，形象地反映出香港的成长之旅和昔日风情。所配文字亦颇具史料价值，譬如介绍香港高等法院大楼旧址的一篇就说：“高等法院大楼于一九一二年建成，其前身是创立于威灵顿街，时为一八四四年，当时按察司一职由港督兼任。后来，法院于一九八四年迁往金钟，原有的大楼遂为立法局所用。”看香港的老照片，山总是那么突出，如今置身于摩天大楼的丛林，竟难见到山的踪影。此书索价两百五十港币，想让店家打打折，欧阳老板非常诚恳地说：“这书很难觅啦，市上炒得远不是这价啦。”想想倒也是，便不再坚持。

倒是另一本书，非常便宜又非常好，这就是《深刻人间：黄新波的艺术历程》，仅售二十港元，尽管它最初可能只是非卖品（香港康乐及文化事物署二〇一一年出版），但也唯其如此，才更珍稀。黄新波虽然没有终老香港，可他无疑属于香港。香港不但是他童年时生活的地方，他亦曾在抗战爆发后三度来港，直到新中国成立之际才和许多南来文人一道离港北上。他是鲁迅非常看重的第一代新兴版画家，许多重要作品都是在香港完成。他一度画过少量油画，虽说当时不为世人所识，但委实是现代主义的先驱，而这短暂的油画创作实践，也是在香港完成。所以，他的后人一直很想有机会在香港举办黄新波的艺术展览，这愿望终于在二〇一一年的春天实现。这本小书，也正是那次令人难忘的展览的记录。黄新波是叶灵凤的小师弟，他晚于师兄十年入读上海美专，出于同样对于美术特别是版画的挚爱，在港期间他们交往甚笃。我也正是通过叶灵凤的文字，喜欢上黄新波其画其人。前几年曾买过他一本厚厚的《刀笔·画笔·文笔》，也是港版，黑白对比的装帧风格别提有多迷人。

明知叶灵凤、黄俊东、董桥是不可得，还是试着问了问。欧阳老板停下手里理书的活，拖着啦啦的港音，跟我闲聊。他说，那些热门，根本就不可能有啦。好书基本上没有货源啦。偶尔有个一本半本，我们一般也会放到孔网啦。说着他下颌一点：“收银台那里有几本民国的初版，也只有那些啦。”我过去一看，几个纸盒子里有一些书刊，比一般的书多了一个塑封，有些旧杂志，偶尔有一本半本创刊号，也不是什么名刊。民国旧椠，只有一本开明版的《冰心小说集》，还算齐整，一百五十元，但也不值得动念。临了我问欧阳，摆花街那边不开啦？他说不开了，只此一家了。想想也是，这么占地方而又不赚钱的东西，不到这工业区，场地哪儿租得起啊！

补记：二〇二一年，中华书局（香港）有限公司出版了欧阳文利先生的《贩书追忆》，中华总编辑侯明先生第一时间快递我两本，其中一本还特意请欧阳先生为我题了上款，落款前的一个“友”字，洋溢着老一辈人的风范，让人备感温暖。欧阳先生在《前言》中说，这本书之能问世，全赖小思老师的“半邀半逼”。他说：“老师笑说我从事旧书业五十多年，可谓见证了旧书业的变迁及兴衰，鼓励我把知道的、经历过的写出来，让后人也多一个机会涉猎旧书业在香港的旧迹与现状；以我在这行打滚几十年的经历，告诉年轻一辈，香港这现代都市还存在差点被世人遗忘的一小众旧书店的历史。于是我硬着头皮以有限的文笔着手书写，把旧的回忆、旧的经历一点一点地以文字呈现出来，每完成一篇我都电邮给老师看，多得老师不辞劳苦地帮我修改文字，考究正误，还出心出力联系出版社，她的热诚令我感动！”

小思、许定铭、林冠中分别为这本难得的好书作序，他们都说，欧阳文利的《贩书追忆》，既是个人生涯的回忆录，也是香港旧书业的见证史。我虽然难有机会再去香港，再去神州，但通过网络也还时时在神州买书，前一阵子就买了很多期早年的《文艺世纪》，又托神州为我找来罗琅主编的《炉峰文集》中的五本。我还请神州继续为我找一本《罗隼短调》，他们答应留意一下。

书若蜉蝣

都说文似看山不喜平，城市也是如此，地势过于平坦的话，总是有些白开水的感觉。每次去铜锣湾的诚品书店，本来可走轩尼诗道上希慎广场的正门，但我总喜欢从启超道那边进，就是因为这条短街高低起伏，比之那些通衢，更加味道十足。第一次听说香港铜锣湾也有了诚品，还是在台北的敦南总店，墙上挂着一幅巨大的黑白海报，典型的香港老式街景，真的让人神往得有些心痒。等真的来到铜锣湾，才知书店并非临街而开，而是在一个时尚的商场里占据了八九十整整三层。书店当然要主营图书，可诚品的统一风格，却是兼卖些新潮的生活用品。譬如铜锣湾店，一进来就是一家专营台湾茶的王德传，每次来逛几乎先要在这儿略作盘桓，有一搭无一搭地聊上几句，走时兴许真的捎上几小包手采金萱乌龙什么的。也算是买书的前奏吧，与古人读书前照例沐浴焚香，也无太大的差异。

这次去诚品，颇收获了一堆与书有关的书。先要一记的是叶辉的这本《书若蜉蝣》。叶辉在香港读书界，还算有几分老派风格的一个。之前买过他的《晒书记》，印象究属不坏。这本书书卷气浓，做工也精，当然也要买，尤其是看到书中竟有一篇《外来者与方物志——记叶灵凤、香乐思与亥乌德》，更是不容错过。原来叶辉曾于岭南大学主讲三场新界风物书写，第一讲就是从叶灵凤的《香港方物志》说起。这一篇里则详述叶灵凤经常提到过的两个英国人，一个是香乐思（G.A.C.Herklots），另一个是亥乌德（G.S.P.Heywood）。他们的著作，都是叶灵凤香港史地笔记的重要资料来源。

至于书名，典出《诗经》。《曹诗・蜉蝣》曰：“蜉蝣之羽，衣裳楚楚。”蜉蝣嘛，据说是一种朝生暮死的生物。叶辉说，“蜉蝣对照龟鹤，或如一天之于一生一世，书是缘，是缘就合该终有了期，人世倥偬，亦不过如是”。这话说得我不免心凉。好在他接着又说，“因为短暂，所以珍惜”，就恰如拨云见日，顿然有悟。珍惜心爱的书，珍惜心爱的人，珍惜心爱的世界，大抵才不会虚掷这本来短暂如蜉蝣的一世一生。但话又说回来，珍惜这珍惜那，也未必都是甜美的过程，短命微小如蜉蝣，也是饱尝了所有的苦辣酸甜呢。

叶灵凤在《香港方物志》里也有一篇《朝生暮死的蜉蝣》，引了很多经，据了不少典，但他觉着李时珍《本草纲目》中那一句说得最好：“或曰，蜉蝣水虫也，状似蚕蛾，朝生暮死。”他接着说：“古人说它不饮不食，朝生暮死。这已经将它说得太长命了。事实上是，蜉蝣的生命仅有几小时，然而在这几小时内，要经过两次蜕壳，练习飞行，恋爱，交尾，产卵，非常忙碌，生命过程虽短，却十分充实。”叶辉的这个书名，没准儿就是受了叶灵凤此文的启发呢。

理想的书店

理想的书店，不应该开在又大又蠢的大卖场里，而应该静静地深藏在一条窄窄的老街，最好那里的地势是个并不太陡的半坡，当你从一条小街拾级而上，几步就置身在头顶上的另一条小街，瞬时感到它更为老旧，而树荫能遮住半边街的老树，看上去比这条街还要年长，树干那么沧桑，树叶却嫩得像初春的新芽。一片葱绿中，忽地发现一块红色招牌，手写的英文字能够依稀认得是一家古董书店，专营以远东为主题的英文法文稀见旧书档案，还有旧书旧刊中剪下的版画。轻轻推门进去，两架略显老旧的硬皮书满满地遮住视线，再往里拐，才看到高高个子的白人店主埋首整理着书物。店里一直就只这两个人，一个只顾理他的书，一个蹲下站起，翻书看画。时间静流，静得如水。那条街叫荷李活道，在半山上蜿蜒，蜿蜒得一如望不透的人生。

其实到了这时光，再理想的书店也难淘到理想的书了。在不太久的过去，满大街可能还都是艳遇呢。且说离荷李活不远的庄士敦，也有旧书店，有一天董桥就在那旧书店里看到摆着一套齐全的《黄面志》，可那时的董桥还不富足，面对这样的艳遇，也是徒流口水而已，“问都不敢问价钱”。董桥还说过，英国人 Christopher Bailey 在中环太子大厦开了一家 Picture This 新店，卖老地图老版画老电影海报，还有两三架子的老英文书，不少初版绝版的惊喜。这也不知道说的是哪个年代的事。在香港，很多书店，今儿开了，明儿又关了，你若照着书上说的地址去，一准儿会扑空。荷李活道的这家古董书店，对于我实在是误打误撞的偶遇。

签名本

那天去中银大厦餐聚，窗外港岛中西区的风景尽收眼底。正是日落时分，维湾上空火烧云别提有多美。谁知落座之后很快就被另一道风景吸引。席间大家调侃我的寻书经，那位来自泉州现在香港供职的从前的法官同行见远先生站起身就朝我走来，给我看手机里存的他在这儿淘到的宝贝。先是一本《围城》，是再熟悉不过的一九八〇年人民文学出版社的版本，扉页上是毛笔手书的“钱锺书”和一枚红色的“中书君”的闲章。接下来的一本几乎把我雷倒，原来是我朝思暮想的《猎书小记》！暗叹碰上高人了。果然他一出言就知是个行家，竟也对暗号一般跟我聊起黄俊东当年将整整一捆《猎书小记》弃至垃圾筒边的豪举。我问这是在哪儿挖出来的，他说是精神书局。我说我前几日刚刚去过，怎么就没这好运气。末了我尝试以五常的签名本跟他交换，他嘿嘿一乐："五常我有了。"

隔天傍黑，决定去新亚书店试试运气，因为数来数去也就这家有料。上次新亚的拍卖会上就有《猎书小记》的签名本，不搞拍卖的日子里，没准儿会有一册漏网之鱼夹在书堆里也未可知。在西洋菜街找了会儿书店所在的好望角大厦，所幸来过一回，记忆大抵不差。依旧是苏赓哲的老妈妈看店，不过比上次多了一位店伙，是位中年偏上的妇女。差不多翻了个底儿朝天，当然不会有。忍不住问那位大姐到底有没有，她说拍卖时才有。我问上次那本最终拍了什么价，她一劲儿跟我打哈哈。接下来，好戏就出现了，竟翻出来一本蔡澜一九九七年签名的《四乐也》。书品非常不错，还有插图，但只有原定价，没有如其他书那样用铅笔写上实价。结账时多嘴问店伙这本书的价格，她警觉地一翻，立刻看见了扉页上的签名，转身就向老太太汇报，老太太只瞥一眼，就说不卖。我故意问：为什么不卖了？她不吭声。再问，则答："这是刚收的一批旧书，还来不及整理好。"眼看着一桩便宜买卖就这样泡汤了，但也没有办法，总不能硬抢吧。再一想，奇货积得再多，终究是身外之物，就更加释然了。

日文书店

在香港，日文书店颇有几家。之前在香港小住的两个月，我先后觅到了铜锣湾恩平道的写乐堂、崇光百货顶层的旭屋以及尖沙咀金巴利道的智源书局。写乐堂是二手书店，旧书却一点儿也不觉得旧。旭屋里的杂志多过书。见到几种日文版画期刊，嫌贵没买。智源书局很有历史，据说是专营日文书刊的开山鼻祖，但现在的店面和书刊的品种都显得脂粉气太浓。当时听说尖沙咀弥敦道文逊大厦的四层还有一家 Tomato Books，但上到四层，只看见一家什么公司，并没有书店的踪影。这次来仍不死心，又去找，却在四层一个空房子的门上发现一张告示，说书店新址已迁到漆咸道南。不禁松了一口气，还好不是关张了。

几分钟的路就到了漆咸道那边，快靠近香港历史博物馆了。在街角的华美达酒店外墙上，一眼看见了书店的巨幅宣传画。书店是在地下，楼梯一侧的墙上，绘着一些书店内景照片和店史介绍。然后就看见宽敞的店面和雅致的布置。漆咸道这一带游人如织，金店林立，能有这么大规模的一家特色书店，真的不容易。书的品种比那几家丰富多了，老牌作家，像渡边淳一、松本清张、东野圭吾、村上春树，几乎应有尽有，足足有几架。更多的还是各种文库本和漫画集，所谓的“实用书”也数量可观。这些年，日文书籍上的汉字越来越少，我也越来越看不出名堂，逛日文书店，原本目的就很单纯，就是寻找竹久梦二，可这里岂但没有，就是一般的美术画册，也几乎不见。倒是在五元特价区捞到一条大鱼，那是一本厚达千页的《服饰词典》，精装之外，还有一个纸函，考究极了。内文收入各个国家、历朝历代的服饰图画，随手一翻，竟翻出一幅比亚兹莱的画作。港币五元，真不知道店家慷的是哪门子慨。

西洋菜街的莎乐美

旺角的西洋菜街，是二楼书店云集的地方。站在街口一望，五颜六色的街幌当中，几家书店的招牌特别打眼。乐文书店是黄的、田园书屋是绿的、序言书室是蓝的，梅馨书舍是褐的，别提有多好看。上次住在旺角，每日去学校，上地铁下地铁，顺脚就来逛逛。爬着窄窄陡陡的楼梯，坐着哆哆嗦嗦的电梯，那种感觉，真的非常特别。这次来港，住到九龙塘那边学校公寓，不像往常那么便利了，但逢到去港岛由旺角转车时，也常常钻出地面，到西洋菜街消磨一会儿。行囊中有一册插图版的《莎乐美》，肯定是在西洋菜街淘来，但无论如何也记不起究竟是在哪家了。封底价签上的标志是 SUP，倒不是惯常见到的。有一点倒是肯定，在香港淘书，主要淘的是港台外文；内地版的，除非是旧版难寻，或者是不问青红皂白都要收的比亚兹莱们。这一本《莎乐美》，就是安徽人民出版社的本子。港币六十一元的定价，比原定价的三十八元人民币，稍稍高出一些。

见过的中文版《莎乐美》，这一本当属最好，当然是因了比亚兹莱的因素。比氏的插画简直成了《莎乐美》无法分割的一部分，每当只剩王尔德时，简直就如莎乐美在希律王前跳舞时忘了穿上七层纱。卷末写《莎乐美的七层纱之舞》的遼存磊，不知何方神圣，反正是个懂行的家伙。他说："若论及美术作品与文学著作的浑然融合，莫有超过比亚兹莱的插图与《莎乐美》的搭配了。比亚兹莱的作品之卓尔不群，诡异、罪恶、颓废，而于中又透露出一种令人不安的华丽的美，与王尔德的《莎乐美》何其相似，简直不做第二人想。"但他可能出于故意，没提到王尔德与比氏闹掰的一节。据说是王尔德觉得那些插画抢了他剧本的风头，就不愿理这个比他年轻的兄弟了。史家说，之后两位天才确实再无交会，只有一次不巧在巴黎入住了同一家旅店。这都是一百多年前的旧事了，我们后人不过当作饭后的谈资一笑而已，但在当年，两人不意碰上，想必还是有些别扭。前阵子去鲁迅故居，看了老虎尾巴，也曾在脑中闪过他和启明的兄弟反目，心说即便这样的伟人、如此的手足，也是难免有所误会，或者解不开的疙瘩。料想他们都会赌气，都欲睚眦必报，但伤的却是两颗心。一颗是兄弟的，另一颗是自己的。

别发印书馆

上次在香港，正在整理叶灵凤日记的小思老师跟我说，早年，叶灵凤几乎每天都去一个叫作“别发”的书店，他日记里写，他在别发可以赊账，每个月领了薪水总是先去书店还债。但这个“别发”书店可让小思难住了，经过考证，原来“别发”最早可以追溯到十九世纪六十年代后期，当时，英商在上海外滩开设了一家外文书店，名为 Kelly and Company 。一八七六年，与本地另一家书店 F.& C.Walsh 合并，并在香港注册，定名为英商别发印书馆有限公司，英文名 Kelly & Walsh ,Limited ，俗称别发洋行。按小思说，沃尔什兄弟当中的一个又出去开了辰衝书店。辰衝书店现在还有，在尖沙咀的乐道，上次来香港我去过，那时以为别发已被辰衝取代。但我在辰衝买的书上发现过 Kelly & Walsh LTD 的价签，而辰衝书店的英文名则为 Swindon Book Co. Ltd，显然，别发可能仍还存在。这次来港，便在网上搜索，发现果真还有三家店，不过中文名改作了必发图书有限公司，可能是觉得“别发”不如“必发”来得吉利。其中的一家在金钟的太古广场，在一个周末兴冲冲去逛。

金钟的港铁站直接通到太古广场，是个规模很大也较高档的商场，但并没有找到书店所在的二三六号商铺，向导购打听，她手一指，“就在直梯后面”。是商场比较安静的一角，铺面不小，整个环境雍容而清新，很见百年老店的气度。也许是外文书店的缘故，除我之外，只有三两个顾客，全没有商务三联那些中文书店的门庭若市。与以往去过的外文书店不同，文学区并不只卖简陋的纸皮普及本，颇有一些装帧考究的皮面经典，但都是新书。美术画册很有气象，整整一排架子，慢慢翻弄，竟也淘出一本 *In Black and White : Prints From Africa and the Diaspora*。非洲版画，这倒是第一次碰上。结账时跟收银员打听必发与辰衡的关系，他递过一张辰衡的名片，说我们属辰衡旗下。我说你们究竟是叫别发还是必发，他答，我们只叫英文的名字 Kelly & Walsh 。我心里话，你这年轻人可真是闹不清那些前尘旧事啊。

溢记旧书

在香港的最后一个周末了，满怀着告别的心情，再作一次淘书之旅。第一站是实现会社。实现会社历史不长，但名气不小。曾经看过书店经理陈可乐的《实现会社富德楼开幕辞》，很有一些充满哲理的话。比如他说："如果书是一本护照，她的痕迹就告诉你她去过的地方，接触过的人。看书的人，有时只是过客。自被印刷出来开始，她的生命就注定超越她的物质生命，或你我的物质生命，而进入不朽。"他深知，"香港的书店，总是如花开花落"，"在香港开书店是亏本的生意"，但他把开书店看作是"必要的知识介入"，"在历史的综观下，我们完成了彼此”。书店所在的富德楼，是在湾仔的轩尼诗道三六五号。午后一点准时来到楼下，门房却说书店还没开门。太阳下晒了好大一会儿，还是不见人来，就索性去寻溢记旧书。

跟轩尼诗道平行的一条街，就是湾仔道。上坡下坡地走了一程，就到了溢记旧书所在的国泰商场。楼梯上坐着不少周末逛街歇脚的菲佣。上到三楼，一眼就看到了溢记。是一个三角形的铺面，面积也就两平米，一横一竖立着两个书架。店家是个瘦弱的老头儿，蔫儿蔫儿地坐在一把椅子上听粤语广播。我问是不是还有一个铺面，他说只此一处。只好围着这两架书时蹲时站地翻腾起来。倒是有几种有些年头的旧书，但也没有十分有价值的。有一本费孝通的《民族与社会》，是人民出版社一九八一年的本子，只卖十五元，犹豫了一会儿，觉得也无买下的必要。翻腾完了，就跟店家闲聊，他先递过来一张名片，是叫张和坚。他说，“你来晚了，三年前还有不少好书。如今，要想淘到不错的，只能去大马、新加坡那边了。像槟城、马六甲，都有许多华人，就有一些人家舍弃不要的旧物。”我说是啊，都让陈子善胡洪侠他们给炒的。他还真拿出胡洪侠的一张名片，说，“深圳来我这儿买书的，除了胡洪侠，还有一个侯军，一个夏雨。”说到门脸儿之小，他不住叹气，直说台湾的旧书店又多又气派。“茉莉二手书店的经理到我这儿买过书，是个女孩儿，很漂亮，听说她每到下班，门外都有几个男生等着送她。”茉莉的经理我好像见过照片，没觉得惊为天人，索性不加反驳，继续听他讲古。他讲得兴起，甚至拉过一把椅子，请我对面坐下。

说起香港的旧书店，我说有个朋友竟在精神书局淘到了黄俊东的《猎书小记》。张先生说，“那不容易，少说也要三五百。内地那些淘书的，一来就找黄俊东董桥，哪儿还有？”听说我去过的精神书局是在屈地街，他说北角还有一家，你可去看看。说着就拿出手机替我搜索地址。这种同行不避冤家的作派，我倒是头一遭碰到，为了他这番热心，无论如何也要跑一趟，就下楼跳上驶往北角的电车。到了终点，电车拐到一个安静一些的街头停下。下来走到渣华道与北角道十字路口，往左一扭头，正看到精神书局的招牌。店内布置与屈地街那边几乎完全一样，三四个店员不停地整理着成堆的等待上架的新品，倒是比屈地街那边繁荣多了。搜罗一遍，还真挑出几种，每本也只十五二十港币，品相全都不错。分别是，张五常《卖橘者言》二〇〇六年的增订七版、同样是花千树出版的《五常印象》、前香港律政司总法庭检控主任古松的《法律与文学》、台湾远流版朱元发著《涂尔干社会学引论》。回到湾仔那边，实现会社依旧锁门，有俩人也在等，他们拨通了店家留在门上的电话，那边说今天不会回来了。隔着门玻璃往里瞅了一眼，心想，跟实现会社的缘分恐怕也就如此了。

补记：后来买到黄晓南的《香港旧书店地图》，对溢记旧书又多了几分了解。原来张和坚与香港老牌大牌旧书店三益书店还有缘分，这缘分的起源，是他与三益掌门人萧安都喜欢书法，而且同为沈尹默的再传弟子。萧安移民国外前曾建议把三益转让予张和坚，但当时三益单月租就要三万元，张和坚哪里敢接？这样三益就不幸结业了。但经过那次之后，“自己开一间旧书店”这个念头就一直在他脑海，挥之不去。后来借着沙士疫情爆发，市面租金大幅回落，“胆粗粗终于开了旧书店”。溢记旧书的“溢”，就含着向三益致敬的意思。三益的萧安，又与叶灵凤交情不浅，据香港藏书家方宽烈讲：“香港沦陷时期，他才十三岁，跟随廿多岁的哥哥在西环看店，叶灵凤每天经过，都进去搜购旧书，风雨不改，因为叶住在西环山道，卑路乍街是返家必经之路。沦陷期间，生活十分困苦，有时没有好的书售给叶，叶会暗中询问萧安：‘小孩子，今天吃过东西没有’，顺手塞几块钱军票给萧安，让他买面包果腹。”

港九访书五日记

第一日

乙未年的初冬再来香港，直到出发的前一天才将行程确定下来。城市大学和香港三联都问我要不要安排住处，我不好意思添麻烦，更主要的，是想尽量节俭些钱好去满足自己的买书癖。在携程网上专拣尖沙咀一代的廉价客房搜索，不想懵懂之间做了一件非常冒险的事情——我把住所定在了重庆大厦！重庆大厦有什么好惊讶的？它就是热传一时的北京女大学生在公共浴室洗澡被外籍男子跟踪强暴的地方。这事我当时有听说，但没有特别留意事件发生的地点。

我是到了重庆大厦之后才感觉这地方有着不一般的诡异氛围。门口马路上南亚人非洲人三五成群，进来之后是一个破破烂烂的批发市场，低劣的小商品横七竖八，空中还充溢着令人作呕的咖喱气味。七拐八拐找到E座的电梯，并排两部，上方悬挂着电梯内部实时监控的显示器。上电梯之后才发现没有我要到的九字，全是双号。在十楼下来想从楼梯走下一层，却找不见楼梯。这时不知从哪儿传来讲英语的声音，对我详加盘问，我跟他打听楼梯，他说你必须下楼再坐另一部电梯上来。旅馆的名字叫 Unique Hotel，其实就是住宅楼的一个单元，像这样的单元旅馆，一层就有好几家，偌大的重庆大厦里少说也有几百家。房间小得坐在床上穿鞋要把双脚举向天空。

是到晚上才好奇地上网搜索重庆大厦，不光知道了这里曾是强奸案的现场，还知道了王家卫导演的《重庆森林》就是在此取景拍摄。香港中文大学人类学教授麦高登在吃遍住遍重庆大厦之后写了一本书——《世界中心的贫民窟》，麦高登说，重庆大厦是他到过的最为奇特的地方。"你在这里可以从一个克什米尔店主手里同时买到性援助服务、盗版周杰伦唱片和新版皮制封面的《古兰经》，并且他可以用五块硬币满足你任何找零需要。”美国《时代》杂志曾评论重庆大厦是最能反映全球化，最能反映香港多元文化特色的地方，因为里面的住户和商户来自全球一百多个国家，简直就是个“小联合国”。看到这里我先是倒吸了一口冷气，接着忍不住笑出声来——许多文青还专门来此体验呢，我误打误撞住进来也未必不是一次有趣的经历。

重庆大厦破则破矣，位置却格外得好，在弥敦道上紧邻地铁站，向南百十来米，就是维多利亚湾边的星光大道。更重要的是，周边的大小书店星罗棋布，比方说，叶灵凤先生生前爱逛的辰衝书店，就在它对面的乐道上。所以我撂下行李，就直奔辰衝而去。辰衝书店也是家百年老店了，英文名字叫作 Swindon Book Co. Ltd.，主要经营英文书，也有少量中文书。我在这里捡到过大便宜。那还是第一次来的时候，在书架的转角处看到一本有些泛黄的书，拿起一看，是辰衝书店自印的唐英伟《版画与雕塑》，虽说是一九七〇年的初版本，定价却只有七十五港币。第二次去，又见摆着三本，我不假思索就把它们连锅端了。唐英伟是鲁迅极为器重的木刻画家，他一九一五年出生于广东潮安，毕业于广州市立美术学校国画系，曾与李桦等人在广州共同发起组织了现代版画会，并创办了被鲁迅誉为“内容以至装订，无比优美”的《现代版画》。唐英伟还是中国第一位出版个人藏书票专辑的作家。第二次世界大战的突然爆发，使得他的作品全部被焚毁。经过了一段颠沛流离的生活，劫后余生的他定居香港。叶灵凤一九六八年春上曾买到一本由唐英伟绘制插图的关于本港食用鱼的书，叶当时说过这样一句话：“他在本港渔业农林处任职多年，已很少与过去诸人来往了。”唐英伟不独在港“神龙见首不见尾”，对于内地读者来说更为“神秘”，所以这本堪称罕见的《版画与雕塑》颇让我引以为得意，也更加深了对于辰衝的好感。

好运气不会总有，这次在辰衝就一无所获，这也是意料之中的事。略带惆怅地往尖东方向走，想去漆咸道逛逛那家叫作 Tomato Books 的日文书店，到了地方却不见画满整面外墙的红绿两色的 Tomato 广告，以为走错了地方，可是转了一个回字形，还是回到了这里。仔细打量了一番通往地库的那个门，确信地点并没搞错，就知道八成是不幸歇业了。有些惆怅，但也不觉得奇怪，这种事在香港可能每天都会发生。本来周边还有几家小书店，但谁敢保证就没有歇业呢，所以也就不去冒险，干脆直奔铜锣湾的诚品，那样一个书界巨鳄总不至于说歇就歇。诚品主要卖台湾出版的书，设计制作很有东洋风，但总体来说，却是形式好于内容，花花绿绿地挑了好几本，犹豫再三之后还是忍痛割爱了。只留下了两种：一种是何政广主编的世界名画家全集中的《麦约》。麦约是马约尔的港台译法，叶灵凤日记中提到他时用的就是这个译名。这本书的图版以绘画和素描为主，雕塑所占比重反而不大。当中收入了布拉塞撰写的《麦约的工作室探访笔记》，很有现场感，从中也了解了麦约晚年的专职模特蒂娜·维约尼。说起来，画家与模特之间多存暧昧，越是大画家，似乎越是如此。叶灵凤曾在《同毕加索在一起的生活》中读到模特吉诺这样一段自述：“毕加索借口上午人多，示意吉诺在下午来。毕加索指示她看版画，然后带她入睡房说看看她的肉体是否如他所想象的那样，动手脱去她的衣服。”叶灵凤感叹：“即使是当代第一名的大画家，他想向一个女子入手，所采用的也仍是这一套。”吉诺还写道：有一次，毕加索带着她去拜访马蒂斯，推门进去，发现马蒂斯正在同他的女秘书调情。双方皆甚尴尬。云云。

在诚品买到的第二种，是联经出版新近推出的李志铭的《旧书浪漫》。这个李志铭也真是能写，差不多每次来香港总要碰上他有新书出版。这个李志铭也真是有料，每一本书都能给人提供炫目的书窗风景。台北旧香居书店店主吴卡密在给这本书写的序里说：“每个书痴书虫的演变过程，大抵不外乎从一开始买书是出于需求，买需要读的书、特定作家的书，接下来是从新书买到旧书，想搜尽所喜欢类别的书，并立志要读完所有的书！最后是追求特殊版本：限量毛边、装帧特别、书封美丽，甚至到即便是看不懂的文字也统统纳入书架，买书、玩书、藏书一次到位，书痴书奴已经确立！严格说，十多年累积下来，志铭已离最后阶段不远矣！”旧香居在台北城南龙泉街八十一号，李志铭说：“旧香居女主人人本身便是店内可移动的风景。”女主人名叫吴雅慧，因为去了趟法国留学，朋友们便开始称呼她法文名字“卡密”。旧香居可不只店主长得好看，书也好看，李志铭就在那儿淘到了几本非常好看的书——谷崎润一郎的《梦の浮桥》《键》与《疯癫老人日记》的初版本。“装帧形式采用平背书盒精装，搭配封面版画作品的刀痕墨印幽黑交错，形成了线条流动和斑斓色块对比，由内而外迸发着一股不可思议的魅力及律动，其间佐以朴拙饱满的木刻文字点缀，仿佛布满鬼气似的生命感，不惟气势磅礴如滔滔大河奔流，且极富有禅味、意韵绵长。”书的设计者是日本天才的木板画家栋方志功。虽说我有一大卷栋方志功木刻大栅，也还是被这些封面设计所营造的夺目惊艳所震撼。真羡慕李志铭，真羡慕台北有旧香居这样的书痴的乐园。

第二日

从上午到晚上都在城市大学办事，忙中偷闲，竟也就近逛了两家书店。首先是叶壹堂。叶壹堂的英文名字是 Page One，便是在北京也有好几家了。香港的叶壹堂，除了机场的几家不能看外，海港城和又一城这两家都还有些规模。又一城与城市大学通过一条过街隧道连成一体，在城大念书那会儿，上下地铁或者午间休息时段在叶壹堂消磨一番，几乎成为保留节目。但这家书店和北京三里屯的那家一样，书的品种越来越少，以至于越来越不愿意涉足。此次前来，亦是如此。好像美术画册区还在进一步萎缩，完全没有可看的东西。

然后就是城大的校园书店，这家书店是商务印书馆所开，就设在学术楼的首层，邵逸夫图书馆的门外。比较起来，城大的书店多了些平民气，港大的书店则洋味儿更浓。不过我在城大买书远远多过港大，印象中只在港大买过一册 Austin Coates 的 *Myself a madarin*，是一九八七年的纸皮本，不过也只趁着热乎劲儿翻过一两篇，到现在为止一直束之高阁。说来有趣的是，我最初写这本书的时候，还没有把它跟叶灵凤联系起来，其实叶的那篇文章就收在《读书随笔》中。由此也可以看出，叶灵凤读书有多么广多么杂。

大半年不来城大书店，感觉还是那个格局，没有多少变化，好多书好像也一直待在原来的位置上没动。新书当中特别感兴趣的不多，先是凑了一抱，然后是躲到一个角落里复审，最后，只留下两本薄薄的小册子，一是《孤星泪》，二是《顽童汤姆》，每本才十几个港币，花钱不多也算过了买书瘾。二十世纪五六十年代，香港中华书局曾经推出一套普及性的“中华通俗文库”，数年之间共出版三百二十种。最近精选了其中十种，依原样复刻发行，《孤星泪》和《顽童汤姆》就是当中的两本。这套小书不光充满怀旧情愫，插图也颇有几分古风。买这书之后一小时，在环形广场行走时突然后背被人拍了一掌，惊回首看到一个熟悉的面孔。我说这一拍像回到七十年代，她说是啊，那个年代多真诚啊。

晚餐在又一城的八月花，洒干人散时书店也都锁门了，只好回重庆大厦那个斗室上床躺着，睡着之前把一本《孤星泪》读完了。雨果的《悲惨世界》有洋洋五大卷，竟给缩写成短短的三十八页，整个故事还是那么完整动人，这位名叫承先的缩写者真的让人佩服。我是三十多年前在大二时读的《悲惨世界》，如今再买这个小册子，首先还是冲着里面的老插图。小珂赛特，那个还不到六岁的可怜的孩子，衣衫褴褛，在寒气中战栗，天还没亮，便拿着一把大扫帚，用她的小红手紧紧握着它打扫街道。我相信，珂赛特的形象之所以令人难忘，插图的作用绝对不亚于小说本身，巴亚德的插图实在称得上经典。

第三日

在大角咀橡树街住的那两个月，西洋菜街不知跑了多少趟，那可是二楼书店云集的地方。所谓二楼书店，并非都在二楼，也许是三楼，也许更高，像新亚书店就在十六楼，反正能在迎街的底商开书店的实在不多。西洋菜街是个步行街，游客摩肩接踵，在各种时兴商品的丛林中，那几个二楼书店的招牌看起来是那么亲切。二楼书店一般开门较晚，十点的较多，十一点的也有，学津书店那个怪老头，有时日斜西天还不见踪影。时光流转到今天早晨，好不容易挨到了时辰，兴冲冲奔西洋菜街而去，第一站当然会选我印象最好的乐文书店。那个胖乎乎不太会说普通话的老板依然把着收银台，店伙们是否换了一茬没太注意，注意力从一开始就集中在了书上。但说句实话，这一次的收获却创下了我逛乐文的历史最低点——走的时候只揣着一本。

这一册“孤本”，就是钟芳玲的《四季访书》，台湾远景出版公司刚刚推出的新书。钟芳玲是一个传奇一般的书女，潇洒地游走天下，逛遍了世界各个角落有趣的书店。她此前出版过三本关于书的书：《书店风景》、《书天堂》和《书店传奇》，前两种我都买了，到了《书店传奇》突然不想买了，或许是审美疲劳，或许是不喜欢越来越豪华的书装，或许只是因为作者小照里面钟芳玲头上增加的那一顶白色的包头巾。所以，这本《四季访书》买不买，一直觉着是个问题。直到读了书中的几篇文字之后，才确信买得还值。钟芳玲自己也说：“看过、写过无数家书店之后，这些旅游明信片似的影像让我产生审美疲劳，如今能在我心中深深烙印者，是与我有互动、能激起我阅读兴趣、让我巧遇或寻觅新旧好书之处所。”看来钟芳玲终于不再只是一个耽于看景的丫头片子了。

深刻犹如秋季的残荷，春天的花热闹归热闹，总是有些肤浅。书也如此，旧书有味；书店也如此，旧书店也似一瓶陈年的老酒。钟芳玲写伦敦的旧书街西索弄堂，一家一家的老店，每家都有一大本的故事。可最让人动容的，还是那一组“消失的书店风景”，七家书店，各家各有自己消失的理由，有些是店主人年迈退休，有些是店主人离世，有些是迁移他乡，有些则像是一出有计划、有时间表上演与落幕的实验剧，还有些当然是因网络冲击所造成的常见案例。其实这些消失的书店也就如一叶一叶的残荷，凄婉，但绝对真实。池塘里哪有不败的莲花，天底下哪有不落幕的戏剧。

乐文书店之外，西洋菜街口的二楼书店就属田园书屋有得逛了。这两家店的布局风格大体相近，但说不上什么原因，总觉得乐文更舒服一些。不过今天在田园的收获要大于乐文。两本书都与香港史地有关。第一本是苏子夏编《香港地理》。它本是一九四〇年出版的中小学地理教辅读物，在纪念香港重光七十周年之际，商务印书馆将它原样复刻。全书不过百页，又很好读，所以连夜就将它看了一遍。正如本书的副标题所言，“山海依旧风物在”，七十多年过去，香港也有非常大的变化，尤其是重新回到了祖国怀抱，但念起书中一个个熟悉的地名，就好似这书刚刚写就一般。编者苏子夏北大出身，任职商务印书馆达三十余年，好学而渊博，尤以史地擅长。他本名锡昌，子夏的笔名乃取《礼记》“子夏丧其子而丧其明”之典，用以纪念突然患病离世的长子。那个年代的人写的书真是简练隽永，普及知识之外也能获得阅读的美感。尤其喜欢苏先生写香港蝴蝶的这段：“昆虫以蝴蝶最足注意，有颜色极美丽者。荔枝角东北之谷中，终年有蝴蝶蹁跹，故有蝴蝶谷之名。”第二本是关礼雄所著《日占时期的香港》。这本书一九九三年的初版本我有，是古今香港系列的一种。这次再版，香港三联书店请作者进行了增订。关礼雄是一位执业律师，能够写出这样一本香港沦陷史的经典著作，亦属多才多艺。

从田园书屋下来，才看到香港三联侯明老总半小时前发的微信，问我走到哪儿了，后边又补了一条，说约了叶中敏老师一起在北角的曼谷泰菜吃饭。赶忙坐地铁赶到北角，侯明老总已经在等，过一会儿叶中敏老师也匆匆赶来，说昨晚熬夜看球凌晨六点才睡。她将一个袋子放我旁边座位，我一眼看到了她答应送我的她妈妈也就是叶灵凤夫人赵克臻的诗集，迫不及待地埋头翻看起来。诗集为自刊本，名曰《自我诗草》，书名和作者名都是作者题署。卷首有赵克臻先生写于一九七九年三月六日的《自序》，不仅讲述了自己学诗写诗的经历，还透露了一些她与叶灵凤先生在现代书局相识进而结婚的珍贵史实。赵克臻六岁已能背诵唐诗一百首，高中毕业那年就有诗作发表在上海的《大报》。后来为了自己的爱好而放弃读法科大学的志愿，考进了现代书局，担任由田汉和夏衍主编的《舞台与银幕》的助理编辑。那时，叶灵凤是现代书局的总编辑，有一日赵克臻将《大报》给他看，以为他一定也会称赞一番，谁知他看后只是淡淡一笑，并且说他不喜欢旧诗。赵克臻写道："这是我第一次受到教训”，“真使我十分气恼，好像给他泼了一盆冷水，因为没有任何人向我说过这样的话”。但在叶灵凤和赵克臻身上，似也应验了那句古话：“不是冤家不聚首”，现代书局改组后，赵克臻和叶灵凤同时离开，不久他们就结婚了。那是一九三七年的一月一日。婚后第二年，他们来到了香港，按照赵克臻的说法，“我们终于相对了三十九年”。

中敏老师说：“你别光顾着看书，我这儿还找出了一件老古董呢，餐馆里不方便看，待会儿去三联侯明的办公室看。”我问是什么宝贝，她说是她爸爸妈妈七十八年前的结婚证书，还有一本结婚典礼的礼金册。到了侯总的办公室，大家迫不及待地欣赏那件老古董。结婚证书装在一个画筒一样的东西里，纸筒外面的印刷字样显示，这还是上海中华书局的出品。结婚证书是一面八开的铜版纸，保存得就跟刚刚印好一样。以牡丹喜鹊的图案围成一个栏框，中间毛笔小楷书写的文字是：

叶灵凤．江苏省江宁县人现年三十二岁 中华

民国纪元前七年四月九日寅时生

赵克臻．浙江省吴兴县人现年二十三岁 中华民国三年五月一日已时生

今以双方同意订为夫妇于中华民国二十六年一月一日下午吉时在上海行结婚礼永敦和好偕老百年此证

证婚人．吴铁城

介绍人．顾苍生．周壬林

主婚人．叶性甫．赵伯瑛

订婚人．叶灵凤．赵克臻

中华民国二十六年一月一日订

叶中敏说："吴铁城是当时的上海市长，黄苗子做过他的秘书。两位主婚人叶性甫和赵伯瑛，应该分别是男方和女方的家长。"至于顾苍生、周壬林，应该是两位律师，结婚证之外，还有一份律师证明，署名的就是他们二人。顾苍生还是邵洵美的好友同窗。方韶毅发表在《东方早报》的《婚房不速客：读邵洵美手札》

一文说："苍生者，顾苍生也，邵洵美的中学同窗。人家新婚燕尔，苍生占据书桌习字作画，可见交往不浅。一九二七年，邵洵美为南京特别市市长刘纪文邀请担任秘书长，便带了顾苍生做助手。邵洵美开办时代图书公司，出版《十日谈》《人言》《见闻》等杂志，顾苍生都曾参与编辑。上海沦陷时期，邵洵美生活拮据，与办律师事务所的顾苍生一起炒股票，维持生计。上海解放后，时代印刷厂的设备被新政府收购，邵洵美得了一笔钱，还与顾苍生等合作办过时代书局。"邵洵美的那幅手札写得也很有趣："苍生本不俗，而犹虚心求雅。偶得时人墨宝，如获至珍。丁卯年，余新婚未久，闺中情多，少出酬应。而苍生辄据余书案临书法、习画稿，讨厌非凡。当时不速之客尚有诗人志摩，见笔动而手痒，窃余扇面录新诗以赠之。苍生爱诗而不识诗中真义，志摩因以故宫衰况告，并谓此诗乃借老年人口吻道溥仪被逼出走事也。苍生大悟，喜不自胜。早夕京话连篇，大有旧殿鹦哥情趣。而今志摩去矣，睹物思人，因志其始末，以道我三人之一段因缘，而付苍生也。"

邵洵美与叶灵凤关系也不浅，但在那本礼金册上，却不见他的名字。本子上记载的当时文人，有戴望舒、穆时英、刘呐鸥、戴杜衡、施蛰存、赵景深等，一般都是礼金四元。画漫画的张光宇、张正宇、黄苗子、鲁少飞等人是集体致礼。有一位李浩然，是上海《新闻报》的社长，他与《大公报》社长张季鸾齐名，一时有北张南李之说。中敏老师说，李浩然的女儿跟她妈妈是上海智仁勇女子中学的同学，当年她去上海采访，她妈妈还托她去看望过这位李小姐和另一位同学白小姐。礼金最高的是周尚夫妇，送了二十元。中敏老师说，周尚是她爸爸的姐夫，他在国民党政府里做官，所以爸爸不怎么喜欢他。这个礼金册是个粉红的线装本子，封皮上写着“百年好合 二十六年元旦 吉口”。叶中敏说，这套结婚证书妈妈一直郑重地珍藏，搬家的时候也不忘先抱着它。我们后来把它混到一堆画卷里了，所以怎么找也找不到，直到最近才又发现了它。

这趟三联也没白来，侯明老总送我他们出版社今年新出的一本大书，周家建、张顺光合著的《坐困愁城：

日据香港的大众生活》。日占时期的三年零八个月是香港百年历史上一个最黑暗的片段，也是香港史研究中一个较薄弱的环节。借着今年香港重光七十周年，香港各家出版机构颇推出了几种相关著述，这一本《坐困愁城》可说是另辟蹊径，透过一百多件稀见的旧单据、旧报纸、旧照片、旧明信片等文物，还原了那段黑暗的岁月。我感兴趣的是当中两枚堀内书店发行的香港风景明信片的封套。堀内书店是日据时期香港有名的日文书店，位于毕打街十二号。香港文学研究者黄振威说，沦陷时期叶灵凤供职的大同图书印务局就在毕打街的毕打行，与堀内书店近在咫尺，所以堀内书店成为他沦陷时期逛得最多的书店。

侯明老总还送我一册丘东平的《向敌人的腹背进军》，以抗战时期木刻画作封面的设计我非常喜欢。丘东平是中国现代战争文学的开拓者，他在抗战中加入了叶挺领导的新四军，并跟随陈毅挺进江南，转战苏北，最后在掩护华中“鲁艺”师生突围时壮烈牺牲，年仅三十一岁。丘东平的《向敌人的腹背进军》一九四〇年由新四军战文社出版，白棉土纸印刷，毛边本。丘东平研究者张业松教授曾经写过一篇《寻找东平佚书》，担心此书已经永久失传。不意一位喜好藏书的王政先生藏有此书，且保存完整，毛边犹存，并且愿意拿出来由香港三联影印出版。这倒真是一段有趣的书林佳话。

既然来到北角，精神书局不能不去。离开三联，从英皇道拐到渣华道，过不了几个街口就看到了精神书局那熟悉的店招。但好书实在没有，挑来拣去，勉强拿了一本白先勇的《台北人》，也算不虚此行。《台北人》不知道有多少个版本了，我曾买过陆智昌为广西师大出版社设计的小精装，这一本则是台北的文学出版社一九七六年的第十一版。虽然有些简陋，但目录页和篇名页上的花卉装饰还是很有几分古早味道。精神书局从五十年代在旺角奶路臣街的街口挂墙铺开始，一直经营了五十多年，目前的店主已经是第三代传人。除了北角这家，在香港大学附近还有一家西环店。我本来次日要去西环逛逛的，但在乐文书店拿了一份免费赠阅的《读书好》月刊，却从头条文章《留住精神》里看到一则惊人的消息：西环那家店已经在上个月光荣歇业！在这篇访谈中，精神书局第三代传人黄宝龙透露，歇业的最直接原因是港铁通车，“港铁通车的确令整个社区的交通变得方便，不过也没有为书局带来什么帮助，很少人会因为有了港铁而特意过来买书，真正有心的读者，哪怕没有港铁也会照样过来，反而饮食生意就真的会受惠的。”事实上也正是因为饮食生意的升温，造成了租金的上扬，导致西环店难以续租。我晚来一个月，没有赶上西环店结业前组织的不眠夜读，只希望下次来时北角店还在，或者，黄宝龙又在其他什么地方开起了分店。

第四日

去油麻地众坊街的中华书局，必须有一个齐整的时间，必须带着非常郑重的心情。在我那次长住香港时，这家店一开始并未发现，一旦发现了就特别喜欢，卖场较大且不说，书的品种也偏向学术，而且国版港版台版兼容并包。总之在这个书店打书钉，心情会格外的宁静。今天没有别的安排，可以心无旁骛，所以最适合到众坊街去。去得有些早，门还未开，于是沿众坊街向西，到庙街一带随意漫步。庙街之得名，是因为临近一座天后庙。天后庙外面的广场有一棵老榕树，所以这个地方又被称为榕树头。庙街是著名的夜市，每日掌灯时分就开始挤不动了，现在这个点儿却清静得很。听人说庙街上也有一家小书店，有天晚上在这儿喝酒，特意沿街找了找，熙熙攘攘的根本见不到踪影。

估摸着时间差不多了，乃停止漫步，兴冲冲进了书局。首层的新书陈列简单一浏览，就径直上了三楼。三楼的空间最大，学术书籍主要集中在这里。依兴趣先后把文学、史地、美术几个区逐个扫了一遍，共得书五种，全与香港史料和文事相关，而且或多或少对叶灵凤都有涉及。

首先吸引我目光的是《浊世消磨》，封面是一个着和服的女子和一个着现代裙装的女子并肩站在山脚下的池塘边看人游泳。这幅照片系借用日据时期出版的《大同画报》第一卷第二期的封面，那个画报正是由叶灵凤供职的大同图书印务局出版。《浊世消磨》也赶上了纪念“二战”胜利和香港重光这股出版热潮。书由中华书局印行，作者周家建任职岭南大学，是治香港沦陷史的专家，此前曾与别人合著过一本《吞声忍语》。周家建说，日据时期的岁月是一个浊世，“浊世消磨，看似给人一种‘吃喝玩乐’的印象，但内里却可能存在着屈辱与辛酸”。叶灵凤在三年零八个月里滞留香港，自然也要消磨浊世，自然少不了屈辱与辛酸，自然也少不了时人后人对他的臧否评判。这本书的卷首就有一篇香港大学文学院名誉副教授刘润和写的《浊世消磨》，对日据时期的叶灵凤作出一番振聋发聩的评价：

> 战前不少文艺工作者都反对亲日主张的“和平文艺”论，戴望舒、叶灵凤就是其中两个例子，但于日治时期，为了苟存性命于浊世，及为了生活，也难免走上同一消磨志气的汉奸路途上。话虽如此，由于叶灵凤始终没有片言只字交代过这段岁月的经历，我们怀着对他至深的同情与敬意，才说了上面“为了苟存性命于浊世，及为了生活”的结论，其实单看一些他当时刊于《大众周报》的社论及小说评论如《中国人之心》《骑虎果难下乎》《圣战礼

赞》等等篇章，其中的汉奸嘴脸实在难看，而他所负的汉奸污名，最多只能算是一件悬案，尚未能彻底清洗干净。

不过本书作者周家建却在《收编报章　控制言论》一章中指出："文化人在副刊内发表的作品，虽然要切合当时政治环境而难以自由地创作，但在他们的作品中，亦可感受到那种生活在浊世的无奈。"他援引了张咏梅对于日据时期《华侨日报·文艺周刊》的研究成果："她表示叶灵凤散文《乡愁》引用屈原《九章·哀郢》以自况，表白自己思念故国的心迹。另外，叶灵凤《读独漉堂诗》则隐喻自己身处异国统治的地方，带着前朝移民的亡国郁结。"比较有史料价值的是，除了《大同画报》之外，本书还披露了另外两种过去并不多见于著录的日据时期的杂志，分别是《写真情报》和《读物と解说》。《写真情报》由香港占领地总督部报道部编辑，堀内书店发行。第一卷第一号发行于一九四三年十月十四日，该期有叶灵凤的《时代诗话》（署名白门秋生）。《读物と解说》是日语月刊，发行者是香港日报社。香港日报则分别有中文版和日语版。《读物と解说》第一卷第一号发行于一九四五年四月一日，有叶灵凤的《香港植物志》。第二号发行于五月一日，有叶灵凤的《江南を忆ふ》。第三号发行于六月一日，有叶灵凤的《江南を忆ふ（续）》。我曾询问过叶灵凤的女儿叶中敏，她父亲是否懂日文，她说不懂，应该是别人翻译的。

接下来的一本是《炉峰古今》，这是珠海学院香港历史文化研究中心出版的香港历史文化论集的二〇一三年卷，主编是萧国健和游子安。炉峰指的是港岛的太平山。清代的时候，香港岛亦称红香炉，据说从前有一红香炉自海上漂至今铜锣湾天后古庙前，为当地人拾获，以其为天后显灵，遂建庙供奉天后，并于神坛前置放，还把庙后之山称作红香炉山，以后更简化为香炉峰和炉峰。现在的山顶仍有炉峰峡景点，是位于扯旗山和歌赋山之间的一个山坳。这本《炉峰古今》属于论文集性质，所以刚开始我并不十分着意，翻弄目录时突然有一篇文章跳入眼帘，标题是《香港史上被遗忘的英雄——香乐思》，我心想定会牵扯到叶灵凤，一看果然。香乐思本名 G.A.C.Herklots，一九〇二年出生在喜马拉雅山下印度北阿坎德邦的湖岸山城奈尼塔尔，一九二八年十二月，二十六岁的香乐思来到香港大学生物系任职，从此开启了一段不凡历程。有人说，香乐思“很可能是香港有史以来最伟大的博物学家”，他出版的《野外香港》更成为香港本地自然写作的经典。战后叶灵凤进行香港方物研究，受香乐思的影响很大，就连香乐思这个音意俱佳的汉名，也是出自叶灵凤的手笔。我们查叶灵凤的日记，见到一九五一年一月十四日记载：“在别发书店，见有前香港大学教授香乐思新出版之 *H.K.Countryside*，系杂谈本港之草木虫鱼者，价二十五元，以近日余钱不多，未敢即购。”过了两周，他终于又去别发把这本书买了下来。在这之间的一月十八日，他便拟定了“以《草木虫鱼》为题，写关于香港的小文”的计划，并着手搜集资料。二月十三日，他还写了一篇介绍香乐思新著的短文。这一天的日记也少见地有闲笔描写花木：“瓶中碧桃怒放，盆中水仙亦盛开，满室春意盎然。”到了一九五三年九月十一日，更直言：“写《香港的鸟类》，系以香乐思的小册子作根据。”

论文的作者彭玉文说：“香乐思写此书以欧美人士为读者，断想不到，最会欣赏此书，并把本书发扬光大的一位读者，是从上海南来的‘新感觉派’‘都市派’‘浪漫唯美’作家叶灵凤。叶灵凤把《野外香港》很多内容都转化以至节译在他传世之作《香港方物志》。”彭玉文还说，越来越多年轻一辈爱上这本老书，最主要原因是叶灵凤对香乐思作品进行文本置换，把西方自然文学的实证传统，作为营养，注入中国草木虫鱼小品中，一改感慨多观察少、无病呻吟、缺乏生动真实的细节、堆砌概念之旧貌，所以才令有识见的读者惊艳。

叶灵凤对于香港史地的研究颇为着力，这也反映了他对于香港本土的融入，与此相应，香港本地对于叶灵凤也就比其他候鸟一样来来去去的内地文人更为接纳。今天买到的一本《早期香港新文学作品选》，就选了叶灵凤的文章五篇，其他南来文人得享这种待遇的，只有戴望舒和许地山。这书的编者郑树森、黄继持、卢玮銮在卷首的编选报告中专门谈到了这一问题，对于众多南来文人的取舍，他们大致采用了这样几个标准：居港时间的长短、产生影响的深浅、作品取材的本土性。例如死于斯葬于斯的萧红，竟没有一篇入选，就因为“他们这群人的取材多与香港无关”，他们写的仍然是中原文学而不是香港文学。三位编者还谈到一个有趣的现象：在香港，左中右都有生存空间，这也是为什么台湾和大陆都能在这里找到某种认同感。

说起来，“本土意识”近年来又成为香港的热门话题。整整八年没有写过文章的沈西城也在董桥主政的《苹果日报》副刊《苹果树下》开起了专栏，结集成书时还取了一个时兴的名字：《本土文化圈沧桑史》。在《文坛掌故专家方宽烈》一文中，沈西城透露，一九七二年夏天，他曾在中环万宜大厦的红宝石餐厅见过叶灵凤。沈西城回忆：

> 当年我跟也斯、小克、覃权等志同道合的年轻友人合办《四季》月刊，因有一篇文章提及六十年代上海新感觉派先锋穆时英，为了验明真相，丰富

内容，特意拜托刘以鬯先生约晤叶灵凤。叶灵凤那时已有目疾，出入不便，很少接受访问，可为了老友穆时英，他还是由他的女儿中娴搀扶着来见我们。席间，叶灵凤畅论了当年日本新感觉派在上海发展的情况，提到穆时英和刘呐鸥这两位老朋友，叶灵凤的声音开始哽咽，眼睛也红了起来。

沈西城所说的“小克”，怀疑就是克亮也即黄俊东，黄俊东自己也曾多次谈及《四季》专访叶灵凤这件事情，在《关于〈四季〉》一文中，黄俊东说：“这事由我与叶灵凤联络，因为那时候我与叶先生常有来往，经过我提出《四季》的意愿后，他略加考虑便答应了。”“提起穆时英，的确勾起叶先生一些记忆来，访问过后，隔了一段时间，他在电话里叫我到他工作的报馆去一趟，我依约前去，在报社的编辑部见面，原来他要当面写一封信给《四季》的编委。”但黄俊东显然不是“小克”，“小克”似乎另有其人。因为黄俊东接着说：“四季社的组织，我因为是外人，始终弄不清楚。”

叶灵凤与穆时英的关系，按照叶灵凤自己的说法，是曾经和他有过“相当”的友谊。当他们共同痴迷于新感觉派小说的创作时，都住在上海虹口的公园坊，称得上朝夕相处，如切如磋。他们俩还共同主编过《文艺画报》。然而乱世无常，抗战开始后，穆时英竟沦为叛国的奸逆，一九四〇年六月二十八日，被潜伏上海的“锄奸”组织射杀，“短短六个月的小汉奸的生命，就断送了一个二十九岁的青年生命”。今天买到的《早期香港新文学作品选》恰巧收入叶灵凤事隔三日所写的《哀穆时英》。文中写道：“在只有抗战到底才是整个国家民族，甚至个人的唯一的活路的当前，其他妥协投降的途径都是死路。一个人走上这一条路无异于是自杀，而一个人一旦真的踏上这一路之后，他已非我族类，他的存在与否早已不值得加以考虑了。”言之凿凿，犹如在耳，仅仅过去一年半，叶灵凤便突然转向，附逆于日本占领军，总觉得不合逻辑。

坊间还有一个说法，穆时英也是“卧底”，是被中统误杀，但终究也是一个谜团。许多历史谜团需要探本索微，有些可能永远无法还原真相了。在中华书局所买的最后一本书，正好也起了个《探本索微》的名字，这是萧国健教授的香港早期历史论集，由中华书局（香港）于本月新鲜出炉。

谈到香港史之研究，亦无法回避叶灵凤。萧国健在《近五十年来之香港史研究》一章就写道：“叶灵凤先生及吴灞陵先生亦常于各大报章发表香港史迹考证文章。各学者之考证多偏重香港前代宋明间之史事，他们掀起香港史研究之风气，厥功甚伟。”也许是受到叶灵凤先生的影响，也许是进行叶灵凤研究的需要，我对于香港史地方物之类的著述搜求较多，在香港的几乎每一个书店里，都会有一到几个香港研究专架，那是我最感兴趣的部分。萧国健先生的书我已买过多种，另一位香港史地专家饶玖才先生的书也买过，他对于港岛九龙新界地名的考证，是我一直喜爱的读物。萧国健提到的吴灞陵，更是一位自学成才的港史掌故大家，虽然无缘买到他的旧著，但也间接享受了他丰富的香港旧报珍藏，我所购置的杨国雄《香港战前报业》，据说就是依据吴灞陵的丰富藏品写作完成。

逛完中华书局，坐地铁回到尖沙咀，向南跨过梳士巴利道，就来到了星光大道。本来的计划是，先逛逛香港美术馆的纪念品商店，然后过海去港岛。从前，香港美术馆的大堂西侧有个大业艺苑，专门售卖美术书籍，后来不知什么原因迁到了香港历史博物馆。历史博物馆那边我也逛过，以很大的折扣买了好几本进口版画，可时间不长也改头换面了，店堂布置讲究了许多，内容却变得了无趣味。美术馆这边虽然没了大业，新的商店也还值得一逛，书画之外还有些茶壶茶罐之类的小物什可供把玩。谁料走近了才知，美术馆正在施工改造，门前的宣传牌上写着不久将会以全新面貌示人之类的文字。索性不折回去坐地铁，沿着维湾观景带慢行，片刻就到了天星码头，见渡轮上没几个人，就上了船，一袋烟工夫就到了对岸的中环。

来中环的主要目标是集古斋，来集古斋的主要目标是黄蒙田，因为他曾长期担任集古斋的顾问，还主编过集古斋出品的《美术家》杂志，总该遗留下一点儿凤毛麟角在这里，即使没有，跟店家聊聊黄蒙田也总可以。集古斋与原来的三联书店香港总店毗邻而居，都在域多利皇后街九号，我轻车熟路地上到三楼，却感到气氛有些不太对头，跟忙作一团的工作人员一打听，果然有事，集古斋附属的淳浩拍卖公司今天搞艺术品拍卖，所以集古斋停止营业一天。

接连吃了两次闭门羹，也够扫兴，只能去逛隔壁的三联。还好有所斩获，淘到一本本港老画家欧阳乃霑作画的《香港素描》。这本四十八开的袖珍画集由香港三联于二〇〇一年初版二刷，从序言得知，《香港素描》是一套小画册，共分四本：都市、乡镇、怀旧和海港。我买到的这本是怀旧，倒正合我的胃口。画家笔下那些古庙旧寮残屋，让人喜欢，让人怜惜，又让人不住地伤感。买到的另一本书是李欧梵的《上海摩登》，这书的简体字版好多年前就买了，这本繁体字版由牛津香港出版，号称是增订本，具体增订了哪些内容，除了三篇附录，其他的也无法对照。看见有一章专写邵洵美和叶灵凤，是不是新加的，也是没有印象了。李欧梵最早提出

“香港作为上海的‘他者’”的概念，他还认为，“也许上海作家中（除了张爱玲）最认同香港的是叶灵凤”。叶灵凤前半生在上海，后半生在香港，这一生也确实上演了一出沪港“双城记”。

域多利皇后街西边那条街，叫祖庇利街，那里有家香港上海印书馆，也算得上骨灰级的旧书肆了，既然到了跟前，没有不看之理。坐电梯上到顺联大厦的二字楼，大吃一惊，映入眼帘的哪是什么书店，而是顺德联谊会的会所！望着门里的一张张餐桌，我心说这家老店也终于寿终正寝了。带着沉重的心情回到地下，还想跟门房坐着的那位老者问个究竟，一听我打听书店，他马上抛过来一句：“你上一楼！”我才明白原来是多上了一层，造成虚惊一场。

书店还是那个有些旧书霉味儿的书店，书还是那些中医八卦风水武侠之类的旧书，书店的老板还是那对儿多少有点儿倔的老夫妻，搜索一遍了无所获正要出门，突然瞥见收银台边一个装满中医命理的小书架上，鹤立鸡群一本杜渐的《长相忆》，马上抄在手中。收款时老太太有一搭无一搭地说：“你知道这个作者？”我说：“我买过他好几本书。”我反问她是不是跟杜渐很熟，她说：“不熟，但这个人在香港很有名。”其实杜渐在香港有名也是很多年前的事了，当年他不仅主编《开卷》和《读者良友》，还为三联书店香港分店编辑了一系列精美的随笔。后来据说由于不堪人事纷争，移居到了海外，事隔多年才又以一本《岁月黄花》宣告在香港文坛的“回归”。

杜渐到香港晚，没有来得及认识叶灵凤，但他在求购叶灵凤旧藏方面倒是有一番豪举，据《长相忆》透露，有一天严庆澍（唐人）告诉他，叶灵凤先生去世后，他的藏书家人打算处理，杜渐知道叶灵凤有一套李察·褒顿英译的《一千零一夜》，且是限定本，就拿出全部的存款，托严庆澍找叶灵凤的家人把它买了下来。严庆澍直笑杜渐是个书痴。

淘旧书的瘾既然没过成，就在中环坐上地铁去了柴湾。利众街上那一片工业大厦还是老样子，最靠近地铁车站的那栋一直在改造的楼宇还没有完工。我不清楚神州旧书文玩公司是否还活着，等上到工业大厦的二十三层，隔门望见那些密密麻麻的书架，心里才算一块石头落了地。照例是先在迎门的那片地方看美术书，架子上并没有稀罕东西，便挤到角落里一本本翻弄那些摞在一起看不到书名的大本，突然就翻出一本有意思的来，是一九八二年初香港包兆龙画廊举行的卡路·加拿版画展的展览场刊，算上封面那幅铜板蚀刻画《马与骑士》，总共收入版画三十八幅。卡路·加拿（Carlo Carra）在中国内地被译作卡洛·卡拉，他于一八八一年出生于意大利北部，一九六六年去世，活了八十五岁。加拿起初参与未来主义运动，但他的画风也很有立体派的特点，后来，他又和契里柯共同创立和发展了形而上画派，因此被称为意大利未来主义绘画和形而上绘画之间的桥梁。但我更喜欢的是那一幅不那么形而上的《蒙妮加利亚的沙堤》，帆影两点，波谲云诡，有意境极了。加拿好像也比较爱画马，那幅《马儿》，画的是一匹母马和她的幼马在原野上相向而立，风的猎猎和母子之间的宁静构成一幅非常温馨的画面。

柜台那里照样有一些套着塑封的珍稀书刊，其中有几种民国年间的老杂志，定价倒是不贵，但品相内容均无吸引人的地方，也就不必为了收藏而收藏。大陆地区七八十年代的出品倒是汗牛充栋，买了一本王观泉编的《鲁迅美术系年》，是人民美术出版社一九七九年的初版。该系年起自一九二七年十月三日鲁迅定居上海，所以翻到第三面，也就看到了鲁迅到内山书店买《蕗谷虹儿画谱》的记载。鲁迅是十月八日上午从共和旅店移居景云里的，下午就到开在这条街上的内山书店买了两种蕗谷虹儿。这一时期，鲁迅频繁出入内山书店，所买基本都是美术书刊。这时不禁想起刚刚买的李欧梵那本《上海摩登》中的一段话："在一连串的文章里鲁迅直面攻击了叶灵凤和他的同党。不过同时，鲁迅自己也对比亚兹莱的艺术情有独钟。""这个奇怪的举措揭示了鲁迅一生中许多'相冲突'的一面：他的个人艺术趣味看来和他在政治认同上的公众姿态是相抵触的。似乎这位中国文人领袖，一个以不倦地提倡苏联马克思主义和社会现实主义而知名的坚定的左翼人士，自己也不知觉地已深为颓废的艺术风格所吸引。”

由王观泉的《鲁迅美术系年》，我想起黄蒙田也曾出版过一本《鲁迅与美术》，而我此番来神州，主要也还是想试试能否淘到一两本黄氏著述，便向店员打听。那个年纪大一些的店员还真在电脑上查到了，正要帮我去找，那边蹲地上理书的欧阳文利老板开腔了：“早就卖出去了！”我又问柳存仁的不知有没有，他说那个更早了。这个结果当然是在意料之中。但也让我领略了欧阳老板的过人之处，他的存货据说足足有几十万本，每一本的行踪似乎都在他的掌控之中。

回去的路上，分别在湾仔和铜锣湾下车逗留。到湾仔主要是为了天地图书，因为曾听叶中敏老师说起天地最近为黄蒙田出了本书。天地图书成立于一九七六年，不仅开店卖书，也是一家出版社，其产品比三联、商务、中华这些内地迁港的老字号更多本港特色，有些花街风月之类的“次文化”读物也有出版。湾仔的这家天地在庄士敦道三十号，店面宽绰，也很安静，可是一圈儿看下来，根本没有找到黄蒙田，倒是买到了早就求购的邵洵美夫人盛佩玉写的《一个女人的笔记》。这本书早些年内地的人民文学出版社曾出过简体字版，书名用的是《盛氏家族·邵洵美与我》，台湾印刻文学的这本繁体字版则将原书名用作了副题。诗经云："佩玉锵锵，洵美且都。"佩玉洵美，一个是中国商父盛宣怀的孙女，一个是一品巡抚邵友濂的孙子，不仅门当户对，还是亲上加亲，邵洵美本人同时还是盛宣怀的外孙。这位大家闺秀跟随自己才高貌美的夫君，亲历了一个大家族的盛衰兴废，尝尽了人世间的冷暖甘苦。当世界稍稍宁静下来的时候，她已年届七十，曾经享尽荣华却也坎坷多变的邵洵美早已在贫病交迫中撒手人寰。她开始在纸上书写历历往事，并且直言："我记这些，绝不是留恋和夸耀富贵之家，为的是在我脑子还清醒时，分辨好坏。""我只想讲给亲人听。"有一位老者读了手稿之后，曾撂下这样一句话："虽不华妙，却是张爱玲也写不出的，更不用说别人了。"施蛰存说邵洵美"富而不骄，贫而不丐"，这本书通过无数细节为这句话做了生动直观的注脚。这位"海上孟尝君"，结交文人画家无数，意气风发之时更是一掷千金。作为“茶姊”，盛佩玉自然要忙前忙后，所以见识过的近代名人也是无数，仅在这本书中有名有姓提到的，就不下一百多位。我特意找了找叶灵凤，也真找到了两三处。有趣的是，邵洵美与盛佩玉的小女儿邵阳在编者注中还援引了我二〇〇二年发表在《长城》的一篇文章。我那篇文章提到，晚年的徐訏、叶灵凤、曹聚仁等作家常在香港餐聚，一次茶叙时追忆起邵洵美逸事，谈兴甚浓。叶灵凤还回忆起香港停战那一年，邵洵美从上海到香港，在他的书房参观与畅谈的往事。其实我也是道听途说而已。盛佩玉透露，邵洵美临死之前写下这样一首诗：“天堂有路随便走，地狱日夜不关门；小别居然不永诀，回家已是隔世人。”不清楚是不是他的绝笔。

铜锣湾去的是骆克道，因天色已晚，只看了一家乐文书店。这家分店比旺角那家略小，书的品种也更少更杂，不过我曾在这里捡过漏，到手一本张五常的签名本。但这种艳遇不会常有，踅摸半天，也只买了一册台湾印刻版的《木心谈木心》。木心在台湾似乎更有市场，木心的文章最初也确实更多地投给台湾的报章。木心的文字印成繁体字，似乎更能体现它的魅力，由于用纸的原因，这个小精装拿在手里，也更有沉甸甸的感觉。

第五日

来香港之前就从媒体上听说，诚品上个月又在香港开了第二家店，地点位于尖沙咀的星光行。星光行就在天星码头左近，与九广铁路老车站的钟楼只隔着一条梳士巴利道。我住的重庆大厦步行到那里只消几分钟，可一连几天根本没有去逛的欲望，原因大概有三：一是，有媒体报道，尖沙咀诚品竟然卖鞋和农产品，无形中对我施予了消极影响。二是，能够猜得到它的货品与铜锣湾店不会有二致，毕竟新开的店，可淘的陈货不会太多。三是，诚品以卖台湾出版的书为主，书的装帧确实漂亮，但在内容上与我们总有一些隔膜，反不及香港出版物与内地有更多的交集。

昨晚很晚了叶中敏老师打来电话，约我今天中午一点到中环云咸街吃上海菜。十点多出门，本想到乐道那家理发馆剪个发再去中环，可这个点儿了竟然还是大门紧锁，就决定利用这点儿时间去把诚品新店看了。向西走到广州道，一路向南，不一会儿就看到了钟楼的尖顶，乘自动扶梯上到星光行的三楼，一眼就看见“诚品生活”的招牌。这个名字没白叫，生活气息果真浓得很。具体来讲，可以说一边是书，一边是生活杂品。看见了炒锅，也看见了有机蔬菜，寥寥几册书也多是面向家庭主妇的育儿烹调园艺宠物之类。所以也不看书，只是在一个卖台湾茶的地盘儿打量了半天。墙上的指示说，再上一层，还有诚品精品馆，但我已经没时间了，于是下楼，奔天星码头坐船去。

叶中敏老师又迟到了，不过这次不是熬夜看球，而是看粤剧。到上海总会时，中敏的妹妹中美和她的夫婿黄先生已经坐在餐厅等我，说了会儿话叶中敏才风风火火地赶来，还没落座就抢着说：“又有新的发现！昨晚在多伦多的大姐中绚过生日，我给她打电话时，她讲了父亲去世那天在医院的一些情形。”坐定之后，中敏将整整四十年前的往事慢慢道来：“我父亲入住的是养和医院，去世的前一天，由于肾功能萎缩，一直半睡半醒，医生说你们要早做准备。十一月二十三日早上，我姐姐中绚从家里来医院，在楼下碰上了吴羊璧，吴羊璧的家就在医院附近的跑马地凤辉台。吴羊璧说你干嘛，我姐姐说我爸爸在这儿住院。吴羊璧说哎呀怎么不知道，就一起去病房看我爸爸，在床前站了会儿，说了一些问候的话就走了。我姐姐送吴羊璧下去，回到病房是十一点二十几分，护士说情况不好了，随后我爸爸就走了。所以吴羊璧是最后一个见到的。年青一代中，我爸爸喜欢黄俊东和吴羊璧，尤其喜欢吴羊璧。他是吴其敏的公子，在文汇报负责副刊，不仅会写文章，长得也英俊，现在也退休了。他的太太黄子玲，也当过文汇报娱乐版的主编。”中美这时在旁补充：“那天早上我也去医院了，到了病房，中绚和护士正围在床头看仪器，中绚让我赶快去打电话，我走了很长的路才穿过长长的走廊，打电话给妈妈说：‘不行了！不行了！’”

中敏说，爸爸去世后，骨灰安放在柴湾歌连臣角火葬场，我往骨灰盒里放了一副眼镜、一个钢笔、一个放大镜和几张原稿纸。我妈妈于二〇〇三年三月十六日去世的，和我爸爸葬在了一起。我往她的骨灰盒里放了一副耳环、一个别针、一个粉盒、一把梳子。妈妈长得比我们都漂亮，也很注重生活情趣。她从来不让人过不去，其实她心里什么都清楚，就是不说出来。她很欣赏父亲的才华，也很在意爸爸对她的评价，到了晚年的时候，有一次爸爸说你的诗有进步，她为此高兴了好几天。他们俩，一个内向，一个外向，相互弥补，能热闹些。

与叶家姐妹在云咸街口的台阶下分别，转身进入了置地广场，向导购打听 Kelly & Walsh（别发书店）在什么位置，她说在地库，下来却发现这家别发只是窄窄的一点儿门面，跟我上次所逛的并不是一家，使劲儿回忆，才想起上次逛的很大很讲究的那家是在金钟道的太子广场。这家虽然很小，倒是有一架英文画册，见我扭头弯腰在那里打探，一位操英语长相似马来人的女店员就问我找什么书，我其实并无特别明确的目标，随口说了一个 Maillol（马约尔），她便在电脑上查，然后告诉我这里没有但她们另一家店有。我还以为她说的另一家是太子广场那家，谁知她说的是乐道的辰衝书店。辰衝的英文名并不和别发一样叫 Kelly & Walsh，而叫 Swindon Book，但与别发同属一个旗下，我这次来港第一天就去了辰衝，分明在美术区一本挨一本地"篦"过一遍，竟没有发现这本马约尔，可见即使是"书篦"也有眨眼漏网的时候。这位店员要说也真负责，当下拿起电话拨通辰衝那边让我跟他们约时间。可能那边听出我的英语所来何自，突然转成普通话说你能讲国语吗？我瞬间觉得畅快无比，跟她讲八点打烊前肯定会去。

其实没有等到打烊前，从置地广场地下我直接就上了地铁，坐一站到金钟转荃湾线再坐一站，就到了尖沙咀。进到辰衝，见那本马约尔已经在收银台上放好，付账前我拿起来翻看，见是 Thames and Hudson 一九九五年在伦敦和纽约同时出版，虽然已经面世二十年，但从里到外纤尘不染。全书文字以外共收图版一百九十二幅，其中五十九幅是彩图。马约尔的生平、绘画、织毯、雕塑、版画均有介绍，但以雕塑所占比例最重，版画方面只有少量几幅，其中包括牧童吹箫那幅。比较起来，我在明斯特买的那本《马约尔情色木刻》，收版画当属最多，只可惜制作有些简陋，那种杂志型的开本像极了美术专业的应考资料。

乐道只有短短一截，它的最北端就是九龙公园墙外的海防道。我突然想起记事本上记着一家叫作洪叶的二楼书店，就在海防道上，从前找没找过记不得了，但始终没有进过这家店，倒是确切无疑。沿着海防道一家门脸儿一家门脸儿地瞅，终于找见了五十二号，但那门是需要门禁卡或密码才能进入的，越看越不像楼上有书店的样子，就明白洪叶书店这片叶子也已经在风中飘零了。这种事情在香港可能每天都有发生，根本来不及为它叹息，然而晚上上网查到一段资料，还是忍不住唏嘘了一把。原来这洪叶书店之所以叫洪叶，取自书店主人夫妇两人的姓氏。书店的女老板叫叶桂好，她的前夫则叫洪朝丰。洪叶还是他们两个所生的儿子的姓名。洪朝丰被誉为香港演艺界四大癫王之一，据闻与叶桂好好合六年之后却投入一个富婆的怀抱，最后人真的疯癫了。叶桂好最初在田园书屋工作，随后与拍档吴钧庭共创乐文书店，一九九七年，她更自立门户，于旺角开设了洪叶。全盛时期，在旺角、尖沙咀、中环及铜锣湾拥有四家分号，一时人称香港二楼书店的大姐大。谁知一场沙士使得书店由盛转衰，勉力支撑了两年，终于在二〇〇五年全线结业。

但世间并非只有悲剧没有喜剧，从海防道转入弥敦道，埋首向北行进之时，不经意地一抬头，竟看到一块熟悉的店招，低调地张贴在一家大厦的门口里侧，正是我以为已死的 Tomato Books——日本综合书店。原来它还活着，只是在跟我躲猫猫而已。这家大厦叫作文逊大厦，书店所在的二楼南侧，正是搬到漆咸道之前的老地方，我曾在这里看到过一纸搬迁文告。也许那个短暂的搬迁，只是为了这边腾出空来装修，也未可知。店面比漆咸道那边小了很多，原来的特价书专柜也没了，但我还是在一架“中古本”当中看上三本靓眼的，其中两本是椎名诚的书，我打开书想看看是不是又是菊地信义装帧，结果全部猜中。尽管每本只要价二十四港元，我还是只挑了更漂亮些的《马追い旅日记》，这一本不光书衣内封都很别致，更有不少很有味道的速写插图。只可惜我很喜欢的那本《菜の花物语》不在这里。菊地信义之外，另有一本新潮社出版的《文士的友情》，平装带盒套，里里外外极富装饰感，喜欢得不得了，但因为要价近百，还是舍弃没买。又有一本好像是各种印刷纸样的书，塑料纸包裹得严严实实，由于定价不菲，不能就这样贸然买下，就试探着问收银员可否给我打开看看，那女孩儿脸长得像日本人却能说普通话，为难地说不能打开，我也就把它放回架上了。

明天就要离开香港了，今晚当是最后的疯狂，最后的疯狂给了商务印书馆尖沙咀图书中心，地点就在弥敦道穆斯林教堂北行右手的美丽华商场地库。在香港去过很多家商务，感觉这家最为宽敞大气，所以会再来。书店分成左右两区，左边英文，右边中文。先看的英文区，不意碰上一本不贵且好的佳品——Thames & Hudson 出版的 *Chinese Graphic Design*，介绍的是“五四”以来直到八十年代末中国的书刊设计。封面用的是徐志摩散文集《自剖》的局部，设计者江小鹣亦称得上英年早逝的奇才。内文中的书影质量明显高于内地的同类著作，比如陶元庆为许钦文的小说《故乡》设计的大红袍，就没见过这么完整清晰的。在中文区也有斩获。首先选了一册《表现派绘画》，刘振源著，台湾艺术图书公司印行。书中说："象征派、分离派、颓废派，与表现派，以前大家都统称为表现派，或象征表现派，近二十年来由于新新人类族，特别喜欢这世纪末艺术，大家开始分际，划清界限。象征派以宗教为题，分离派沉湎性与爱，表现派在画悲苦人生，颓废派挤在各派夹缝中生存。"总的来说，我喜欢半抽象的"桥派"，胜于抽象的"青骑士派"。为什么艺术越来越抽象？克利将其归罪于外在的世界，他在日记中曾经这样写道："世界愈可怕，艺术愈抽象。"可我觉着，世界本来已经很可怕了，干嘛还要把艺术整得也那么可怕？

香港书店鳞爪

新式书店的出现

侣伦是香港第一代新文学作家，一九二六年，在他还只有十五岁的时候，就在汉口的《大光报》发表新诗《睡狮集》。一九二九年，又在上海的《现代小说》发表小说《以丽沙白》和《烟》，并且得到主编叶灵凤的肯定和指点。此后，他和一群爱好文学、志趣相投的年青人发起成立了岛上社。为什么取名“岛上”呢？侣伦解释说：“因为在那时候的香港，搞文艺工作的人只是这么一小撮，没有同路人，没有支持者，作为一个小集体，是很孤立的。”所以，罗孚称他为“香港文坛拓荒人”，绝对不是过誉。侣伦一九八八年方才过世，经历了沧桑巨变，一直笔耕不辍，因此，袁良骏说他“是一部活生生的香港小说史、文学史”，也是恰如其分的。

“文人之爱书成癖，古今中外都不乏例子。”侣伦曾经这样说。他自己既是一个典型的文人，亦是一个十足的爱书成癖的爱书家。就像他自己说的：“我不是爱书狂，也说不上是爱书家；因为我还缺乏这方面的好多条件。但是对于书有着特殊的偏爱，却是不可否认的事。这也只是一个文人起码的一种趣味而已。”在他的散文集《向水屋笔语》中，专门有一辑“书漫话”，写尽了爱书、猎书、偷书、借书、散书的苦乐心事，倾吐了诸般能让天下爱书人都能会意共鸣的“书感情”。但是，最有史料价值的，恐怕还是那一组对于“香港新文化滋长期”书店状况的琐忆。

“新文化能够在香港滋长，书店是最大的功臣。”以这句话开头，侣伦打开了他的书店之忆的大门。在过去很长的一段时期，荷李活道曾经被称为香港的文化区，也有一些书店，“但那些书店几乎全是出售中英文课本和文房用品的，至多也只是兼售一些通俗小说，或是木鱼书之类的东西。因此书店虽然不少，对于文化的宣扬却不能发挥甚么大作用。”香港有一家存世很久的五桂堂书店，就有些像是这类老式书店的活标本，它不卖新文学，不卖课本，只售卖自己出版的“通胜”以及标点小说。什么是通胜？也就是旧时的黄历，简明的天文历书加上启蒙读物。通胜古已有之，本称“通书”，但广东人认为“书”同“输”音，不吉利，故取其反义，名之曰“通胜”。罗隼在《香港文化脚印二集》中曾经描绘过五桂堂出品的通胜《包罗万有》：

《包罗万有》通胜，除了主角是日历宜忌外，还附有日用参考知识，包括医卜星相，消灾解难诸法，还有人情世道文章如：《增广贤文》、《廿四孝子行状》、《百家姓》，甚至教人学英文，用四邑话注音，这类东西主要是供应农村以及识字不多的人看，作为百科全书之用。

一九四九年后，国内认为通胜是迷信落后的东西，停止出版，但在香港仍然很有市场。海外特别是东南亚华侨，习惯每年买一本查日脚宜忌，香港的出品就提供了货源。市场需求是一方面，香港的文化大背景亦为这类国粹营造了生存土壤。蔡荣芬的《香港人之香港史》说："港英政府之文化政策，一向非常保守，始终强调社会秩序。奖励华人保存国粹，维护传统儒家旧道德。华人殷商与港府合作，刻意维持半封建之殖民体系。在保守势力的笼罩下，一九二〇年代香港文艺期刊是国粹派的大本营，甚少有白话文作品。大多是吟风弄月的文言，或新旧参半的文体。新文学姗姗来迟。"

叶灵凤在《香港与文化》一文中说得更不客气：

> 过去的香港在英国人统治下，他们只知道根据殖民政策来榨取当地居民的血汗，哪里管你什么文化不文化，因此文化水准很低或根本没有文化可言，都是当然的事实。我们不仅可以慨乎言之，而且还可藉此不负责任的加以痛骂。

书店是文化的晴雨表，正有如“春江水暖鸭先知”。“在那种文化窒息的状态下，最先透出一点新的气息的，是一家‘萃文书坊’。它虽然规模不大，只是一间普通的铺位”，但却是“香港最先也是唯一向本地读者介绍新文化的书店”。主持这家书店的是两父子，老先生原来是“同盟会”老同志，“也许因为这老板的本质和一般书商有所不同，所以连他的书店也带有革命性”。“还有一点难得的是，那时卖新文化书籍和思想性刊物的，在他可说是独市生意，可是他并不以奇货自居，价钱仍旧照当时的‘大洋’伸算港币，甚至那些半公开出售的东西，也不额外取偿。”萃文书坊后来由老板的儿子主持，到了战争结束后，书店也关门了。

随着爱好新文艺的人一天天增多，经售新文艺书籍的书店便逐渐出现了。侣伦特别提到的有两家。一家是“荷李活图书公司”，铺址在荷李活道中段。这家店最突出的特色是，特地在书店中央设置一只摊台，把各种书公开陈列出来。侣伦说：“这个情况，在今天的书店中已经是普遍现象，一点不算新奇；可是在三四十年前的香港书店，却是很新鲜的作风，这是对于顾客一种精神上的解放。”

另一家“绿波书店”就在“荷李活图书公司”隔壁，侣伦说：“这家书店在精神上比‘荷李活’更要鲜明。它不做课本生意，纯粹经售新文化书籍和杂志。开张之始，就在门面橱窗和店内的书架上贴了字条：声明他们的宗旨是为文化事业服务，欢迎顾客随意取书翻阅，店员决不干涉。不管这是出于书店老板的原意还是招徕生意的一种手法，这种开明态度在香港书店史上算得是破天荒的创举，对于旧式书店那种顽固作风无形中是个讽刺。”

侣伦曾说：“书之不因时代的演变而有所演变的固定形式，正象征了它屹立于人类精神领域的永远不变的雄姿。”但在时代面前，书的形式可以固定不变，书的命运却是变幻莫测。就在香港新式书店渐具规模，侣伦的藏书也渐具规模之时，香港迎来了三年零八个月的灾难岁月，侣伦也迎来了挥泪对宫娥的悲情时刻。他在《九龙沦陷前后散记》中记录下日军攻陷九龙时那孤城的末夜：

薄暮的天气是阴暗而又寒冷，整个城市蒙上了灰色的面幕。街道上是一片静寂，静寂得叫人恐怖，好像一个突然绝灭了人烟的荒城。至少，生活在这城市的人，从来没有看见过比这薄暮更萧条，更愁惨，更凄凉的景象。点缀着这景象的，只有满街满巷丢弃着的东西：那是撕了封面的书籍，四分五裂的画报，书页，刊物的封面，和种种色色的纸碎；随了晚风轻轻的飘动。

他自己的一室珍藏同样难逃厄运。他在《战时·书与生活》中这样写道：

对于自己生活下来的地方，我是没有什么留恋的，使我挂心的东西只是我的书籍。我们是相依的度过那么悠长的年月；在远行的时候却不能把它们带在身边。为了减轻别人的负累，我把大部分的书籍卖掉了，只留下一小部分装进一只箱子，放在屋里。我知道要想保存那只箱子，比把一箱珍宝埋进海底更渺茫；然而要决绝地把剩下来的仅有的部分书籍舍弃，我可没有支持那种刺激的能力。我像一个残忍的母亲丢下她的孤零的儿女一般，踏上流亡的路。

沦陷时期的香港书店

在香港沦陷的那个黑色圣诞节，被迫散书焚书的又岂止侣伦一人。叶灵凤在香港沦陷后次年写的《火线下的“火线下”》说：“当香港战事爆发后，正如大多数的西区居民一样，立即仓皇从西区避难到东区”，在跑马地防空洞里领受了十几日的交织炮火的滋味。等回到遗弃在西区的家，“仔细一检点，作为文人的我，所蒙受的意外损失可有点惊人了。”“由于邻人的好意，我的架上的书籍，‘抗战大事记’也罢，丘吉尔的言论集‘汗血眼泪’也罢，凡是有点那个的，都不翼而飞了。……总之，凡是有字的东西，几乎全都不见了。”“哪里去了呢？邻人笑嘻嘻的说，说是恐怕有人来查问时有点那个。有些给我烧了，有些来不及烧的都扔在后边山沟里了。”苏子一九四四年九月二十九日发表于《香岛日报》的《记冯平山图书馆》更说：“香港攻略战后，丛书有散失于民间，撕毁作包裹落花生之用者，文献损失，斯诚不免，亦吾国文化之劫厄。”卢玮銮在《沦陷时期香港文学资料选》中说：“一九四二年二月十二日的《华侨日报》就见民间烧书扔书，小贩执来贩卖的消息。当时烧的卖的不只洋书还有中国线装书。”

沦陷时期的香港，见于文献资料的书店仅有两所。张年发表于一九四二年十二月八日《南华日报》的《大东亚战争一年来新香港的文化建设》说：“关于出版业方面，编行中日文化丛书，为沟通中日文化必读的要籍，已可于各书局见之。本港尚有堀内书店及兴亚书店两所，该店罗列各种有关兴亚建亚的图书。”这时期出现在叶灵凤日记里唯一的书店正是堀内书店，这一天是一九四三年的十月七日：“今日见堀内书店有《吉田松阴集》，他的名句是：虽然我的躯壳被丢掉了去腐烂，在那武藏的平原上，我那日本人的精神却将永远长存。”那时，香港正处于水深火热的日据时期，能够堂而皇之开书店的，肯定是日资无疑。香港文学研究者黄振威则说，堀内书店是日据时期叶灵凤和陈君葆常逛的日文书店，位于毕打街十二号。沦陷时期叶灵凤供职的大同图书印务局就在毕打街的毕打行，与堀内书店近在咫尺，所以出出进进的必定很方便。

遗憾的是，有关堀内书店的资料很难找，我只在周家建、张顺光所著《坐困愁城：日占香港的大众生活》中见到由堀内书店发行的两套明信片的封套，一套是“香港”，封面绘有悬挂日本国旗的“香港占领地总督部”（原为汇丰银行大厦），封底底部印有“堀内书店发行（八枚一组）定价二十五钱”的字样。另一套是“香港风景”，封面和封底连成一幅完整的椭圆形的手绘港岛风景，封底的文字与第一套相同。由此可知，堀内书店除了售书，也是兼营出版发行业务的。香港老一辈文化人李育中在《四月的香港》里还写到一家日文书店，文章说：“独一的日文书店，它没有关门，并且生意比从前好。”他这篇文章发表在一九三七年三月香港《南风》出世号，写的显然是香港沦陷前的事情，是不是堀内书店，显然不好说。

小思曾说："叶灵凤是著名小说家，更是知名的藏书家，无论来港前或来港后，买书藏书读书，已成为他生命重要的元素。在平静的日子里如是，在烽火漫天、朝不保夕、不易为人理解的三年零八个月，香港陷入日寇之手的困境中更如是。"不过，在屈辱的日子里逛书店当是另一番心情，所以叶灵凤关于逛堀内书店的记载也只这么一条，这么简单一句话。他在沦陷时期所写的有关书和书店的文字，也更多是对往昔的追怀。例如在《爱书随笔》中，他再一次回忆起广州沦陷时永远失去的那七册"关于书的书"，并且发出这样的慨叹："七年的炮火，曾经毁灭了许多生命和城市，当然更毁灭了不少可珍贵的典籍。"

也有研究者说，日据时期中华、商务尚还存在，不过书店的经营是非常困难的，一方面要应付日军的审查搜查，一方面要饱尝轰炸的危险。以中华书局为例，虽然仍继续经营，但却困难重重。沦陷时期陈君葆与中华书局过从甚密，在他的日记中可以见到一些记录，例如一九四二年九月二十二日的日记说：

> 与沼田、清水泓到中华书局与商务印书馆问讯关于西南中国研究与抗战一类书类及出版物，据谓后者已交报道部或宪兵队焚毁，前一项材料亦实在不多，当时军调查班已尽量搜集去了，余亦无几。

研究者梁伟基说："当时被搜查的不只港局、商务印书馆香港分馆，还有其他书店。"陈君葆一九四二年十月八日的日记就记载了尖沙咀恒利书店店员的口述："是一位姓李的女士当老板，香港沦陷后一切关于政治或涉及那些性质的书籍都烧掉了，她自己也回乡下去了，只剩下一点书转卖给他人。"至于轰炸的危险，陈君葆日记亦有述及，一九四五年一月十七日载："中华的木门被轰炸时的风力扯去了，弹落在亚细亚行大楼。"香港旧书界曾有一位传奇人物何老大，罗隼、许定铭、欧阳文利都写过他，其中犹以许定铭的描绘最为传神：

他的书，一眼望过去，是座十尺八尺高的小山岗。何老大搬张凳坐在门口，他通常只把店最外的一二平方尺之地的书扎解开，供你选择。未解开的，一定要整扎买，不理是什么，从不散卖。人客到来买书，何老大永远是半睡不醒，带醉的摇晃着，瞥一瞥你的书，胡乱开个价，绝不讨价还价。你最好买，不买，他会低声嘀咕，不知是否在咒骂你，然后把你选的书一手扔回书山，不再睬你。

人人都看到他坐拥书山，气定神闲，却不一定知道他在沦陷时期也险遭杀身之祸呢。方宽烈《香港文坛往事》就讲述了他的前世今生：

原来他本名叫何庚生，浙江宁波人，抗战前在上海商务印书馆任职员，在汕头分馆当经理，三十年代被派到广州分馆任营业主任兼收账员。曾跑遍广东省各大县市，接受书店的订货单。抗战发生，他辞职到香港，和他同行还有同乡好友宝静法师，宝静在新界粉岭创立观宗寺，他却在香港荷李活道一一四号开了一家儿童书局，代理上海出版的青少年读物，业务不错，可惜一九四一年十一月日军突侵香港，在艰苦经营下，因店里代人寄存了一批抗日书刊，差点给宪兵拉去枪毙，坐了几个月牢，直到和平后得宝静法师帮忙才投入书业。

摩啰街

叶灵凤在回顾香港沦陷那段灾难岁月时曾说：“有时闲得难受，有时饿得几乎不能安贫，便只有拼命的买旧书，读旧书……”那个时期的叶灵凤日记很不完整，即使有一些日子有记载，按照卢玮銮的说法，也“多似提纲”，“未见实纪生活”，所以关于买旧书，虽然有“年来昏昏然，买书甚多”这样的说法，但具体的行脚，则语焉不详。在香港土生土长的方宽烈，曾在《香港文坛往事》中提到：“四十年代以前旧书贩多聚集在上环摩啰街一带，不过四五家而已。”叶灵凤日记首次提及摩啰街，则已是香港重光的次年，在一九四六年元旦这一天，叶灵凤出外逛店淘书，逛的正是摩啰街，而且颇有斩获。

逛摩啰街，有相识之旧书贾打招呼，谓有书若干，颇合我所好，邀往一看。检视之下，乃郑振铎所印之《中国版画史》等，皆购求多时而未得之书，不禁大喜，价钱亦不贵，遂尽量购下。计有版画史第一辑，第二辑，版画史外辑，顾氏画谱，北平荣宝斋所刊笺谱。光绪三十一年印校《钦定书经图说》，有图五百余幅，系写本石印，颇精致。又 Roger Fry 等所著《中国艺术》一册，系根据布宁顿美术杂志号外扩大而成，有彩色图二十六幅，颇精，又朱偰所编《金陵名胜古迹影集》一册。新年出行即得此，颇觉高兴。整夜披阅，未读书。

书贾阿董并谓另有旧书一批，俟接洽妥当后，当约期往看。

摩啰街，又分为摩啰上街和摩啰下街，是荷李活道下面的两条窄巷。早年香港的小学课本里曾有这样的妙句："摩啰上街在摩啰下街之上，摩啰下街在摩啰上街之下。"一时传为笑谈。如果你去过香港，自会对这样的地形有所会意。这个古怪的街名又是什么意思呢？本港掌故专家多有考证，据说，“摩啰”是香港人对印度人的称谓，就跟摩啰街的英文名 Lascar Row 中的 Lascar 是一个意思。香港开埠之后，“东印度洋公司”的船只带来了很多印度人，他们在船上担任水手及杂工职位。这些印度水手上岸之后，就聚居在摩啰上街和摩啰下街，因为那时皇后大道中尚未填海兴建，此处下临水域，登船开航方便。一些印度海员还常常带来一些水货，就在街边摆地摊售卖，由于价钱甚廉，吸引不少港人前来游逛，就打那时起，摩啰街就开始卖起杂货旧物来了。

十九世纪末二十世纪初，印度人撤出摩啰街，华人穷汉和收买佬乘虚而入，摩啰街风景骤变。香港掌故家吴昊在《老香港·逝水无声》一书中说：“于是地摊、那些档口所摆卖的东西，愈加来历不明，可能是贼赃，可能是走私货，港人俗称为‘鼠货’便是。”洋人爱叫吞鼠货者为猫，这样摩啰街就又有了一个洋花名，叫作 Cat Street（猫街）。“鼠货”花样繁多，不一定限于旧书。根据吴昊的考证，摩啰街旧书业的黄金时期是在三十年代，“其时旧书店也特别多”：

> 三十年代香港面临着新旧交替，很多古老的建筑物都要拆卸，于是旧报纸、旧书籍等都卖给了收书佬，收书佬又转售给摩啰街的旧书店，而其中亦有珍贵的孤本，所以学者及作家辈亦经常逛摩啰街，翻这翻那的，说不定有意外惊喜呢！

有人猜测，叶灵凤珍藏的那部海外孤本《新安县志》，没准儿就是得自摩啰街的旧书摊，如果说这是“意外惊喜”，倒不如说是抢救文物之举。战乱时期，很多华人从内地避难来港，他们随身携来的古董珍本，有许多就流入摩啰街市场。香港沦入日军之手之后，摩啰街不幸迎来“书劫”。就如吴昊说的：“当人人都在捱饿，生命朝不保夕，谁有闲情看书？旧书店都怕乌蝇了。”更惨的一幕是：“天气冷了，燃料缺乏，旧书店把旧报纸和旧书贱价出售，‘买来当柴烧呀！’”叶灵凤他们就是在这样的情况下，奋力从灰烬中抢救珍宝。方宽烈在《香港文坛往事》中对此颇加称许：“叶灵凤和戴望舒，在香港给日本占领时期，为了抢救有价值的书籍，免致沦为废纸燃料，先在中环利源东街开了一家旧书店，又在报纸刊登广告，收购沦陷时期难民家中或准备回乡的藏书，那册孤本的木板《新安县志》就是在这情况下，获得叶灵凤保存的。”

一直到六七十年代，摩啰街一带仍是重要的旧书集散地。欧阳文利在《贩书追忆》里说：“沿着荷李活道向西往文武庙方向走，到楼梯街往下走到摩啰上街与水池巷交界处，是著名的旧书集散地。这里存在已久，抗日战争时期已开始有旧书买卖，《陈君葆日记》中也曾记述过。”我为此专门查了《陈君葆日记》，确实有一些记载。例如一九三八年十月十六日说：“下午到摩啰街去看看地摊的旧书，买了一本《克尔特民族的神话故事》和一部《沧浪书话》。”这是香港沦陷之前的事，沦陷期间也还去过，一九四三年十月二十六日说：“午间与黄国光到黄密弓处看他的书店，顺路到摩啰街去走了一遭，买了一部明清史料丙编十册。”一九四四年五月三十日，则是到东亚研究所，日本人小川“给以几本从摩啰街买来的书看”，有尼赫鲁赠给孙夫人宋庆龄的，有史诺亲笔签赠的。“看了这几本书，许多感想都禁不住油然而生，但又不便对小川说。”这不便说的话，肯定是对文物珍籍流失的心痛，同时又有无力回天的无助，就在同一天的日记中，他还写下这样的话：“这一向都不曾到地摊去买书了，原因之一是袋里没有钱。”

欧阳文利来摩啰街的时候，冲的主要不是书摊了，因为到了六七十年代，“摩啰街其他小地摊则以售卖旧物文玩为主，旧书较少，因此我在摩啰街小档收书并不多。”他冲的主要是人称“四大天王”的收买佬，这也是香港旧书业的一道风情：

> 他们每天中午十二点半开档，我们一众买家则围成一个圆圈，待“四大天王”点名谁人先看货，俗称看头盘。凡能看到头盘的人，都是与“四大天王”关系较亲近及熟络的常客。如何才能成为常客？那就要在“四大天王”遇到打风下雨天气不好，收不

到货，赌钱输了连饭钱都没有着落时识做；他们会向熟客们借钱，有时我会请他们饮酒食饭。这“四大天王”借了别人的钱通常不怎么归还，也不喜欢以货抵扣，试过有人因追讨还钱不果，买货时按货品价格扣数，后来他们就不给这位人士看货了。

寒夜中的一丝温情

离摩啰街不远，皇后大道中央戏院附近的楼梯街一带，是旧书摊云集的地方。三四十年代之交，戴望舒写过一篇《香港的旧书市》，像导游一样引着读者一家家将那些书摊看过去。他说："那里卖旧书的仅是一些变相的地摊，沿街靠壁钉一两个木板架子，搭一个避风雨的遮棚，如此而已。"从皇后大道拾级上去，依次是龄记、焯记、季记，上去一点，在摩啰街口，是德信书店，德信书店隔壁是华记。当楼梯街走到尽头，沿着荷李活道走两三百步，就来到鸭巴甸街口。戴望舒说："鸭巴甸街的书摊名声还远不及楼梯街的大，规模也比较小一点，书类也比较新一点，可是那里的书，一般的说来，是比较便宜点。”他提到的书摊，有黄沛记、董荧光和萧建英，萧建英是两条街上唯一有店铺的。

有店铺的书摊，还有一家三益书店，是沦陷时期叶灵凤经常光顾的。据方宽烈讲：“抗战胜利后，叶灵凤在《星岛日报》专栏里，写了一篇谈旧书店三益的文章，虽然只数百字，已给我留下深刻的印象。”可惜这篇文章并没有收到文集当中，遂成了遗珠之憾。不过方宽烈本人后来也经常到三益购书，认识了老板，知道了它的历史，在《香港文坛往事》中有详细介绍。香港神州旧书店老板欧阳文利在《贩书追忆》一书中也给了三益许多笔墨，他说，三益书店在鸭巴甸街十八号，原来是一间酱油铺，店主萧金每天需要大量纸张包裹酱油，所以他经常到街市购买大本过期的年鉴和和旧书刊来包扎，而这种书刊堆放多了，居然引来行人和同业挑选。他发现原来旧书都可经营，于是逐渐把酱油店转为书铺，让他弟弟萧安打理，萧金自己出外购货。萧安是一个很聪明的人，欧阳文利回忆说：“萧安铺面的图书不分类排列，按收货时间向铺内延伸，我曾问他为何这样排列？他说旧书是要淘的淘书是一种乐趣。说得也有道理。”

欧阳还提及，“香港著名的书话家黄俊东和许定铭都喜欢到三益淘书”。可是，叶灵凤在三益淘书的故事才最感人，这事见于方宽烈《叶灵凤的双重性格》：

> 三益的老板叫萧金，死后由弟弟萧安继承，最初的地址在西环卑路乍街，五十年代迁到湾仔轩尼诗街，我因经常购书，和他们相当熟稔。六十年代香港《星岛日报》刊载叶灵凤一篇记叙三益书店的文章，那天我恰到三益，和萧安谈及叶灵凤，萧说叶的为人不错，香港沦陷时期，他才十三岁，跟随廿多岁的哥哥看店，叶灵凤每天经过，都进去搜购旧书，风雨不改，因为叶住在西环山道，卑路乍街是返家必经之路。沦陷期间，生活十分困苦，有时没有好的书售给叶，叶会暗中询问萧安：“小孩子，今天吃过东西没有”，顺手塞几块钱军票给萧安，让他买面包果腹，从这点看来，叶又不是一个冷酷

无情的人呢。

这个轶事许定铭在《书人书事·珍贵的资料》里也写过，他没明说哪个书店哪个老板，但肯定是三益的萧安无疑：

老板谈得兴起，告诉我很多他卖旧书的旧事，其中一段是卖书几遭杀身之祸。

他说："那是沦陷时期，我不过七八岁。一日来了个宪兵，随意付港币一百，就想拿了我们两本值十倍过外的书，我死抢着不放，宪兵拔出剑来要斩我，幸好刚巧我大哥回来，一把拉开，否则……"

他还告诉我一段叶灵凤的轶事。他说那时候叶天天黄昏都来书店，提着水火灯摸着书架慢慢选，就算书要得少，也总给他们五斤米的粮票。他这种习惯是风雨不改，每天必到。

其实是日日为他们送粮，令老板感激不已。

旧书摊逛多了，自然成为惹眼的人物。叶灵凤的《卖书的女人》就记载了一次奇遇，这篇文章发表在沦陷时期的《华侨日报·文艺周刊》，由于不太好找，索性就全文抄在下边：

傍晚，夹着一包沉重的书，很吃力的从街角走上石级的时候，有一个声音很胆怯的从后面喊着：

“先生，先生”！

我回过头去，后面是一个妇人，一个很憔悴的我不相识的四十几岁的妇人。我懊悔了，我想，路上该被称作先生的决不止我一个，我为什么愚蠢得听见有人用这称呼便以为是喊自己？

可是这妇人却走了近来，趑趄着：

“先生……”

我明白了，望着她那憔悴的颜容和那已经消失了色泽的灰黑色的上衣，我明白了。

“先生，很对不起”，她低声的说，似乎很胆怯。“我每天看见你从这条街上走过，每天总看见

你挟着一包书，他们说你是很喜欢买书的，我这里有几本书，很值钱很好的书，买给你罢。”

听了这话，我才注意到她胁下果然挟着一个两寸多厚的纸包。从面积推测起来其中该是三四册三十二开本的书。她一面打开着纸包，一面向我说：

“这是很好很值钱的书，可是他们不识货，你先生买了罢”。

纸包打开了，我接过来一看，厚厚的两册却是我自己早年写作的选集。这太出乎我的意外，我怔住了。

“是不是？这不是很好很值钱的书吗？他们那有你先生识货！”

我问她是那里来的？她说，这是她女儿的遗物，女儿今年春初染病死了。平时最喜欢看的就是这两本，所以她知道一定是很好很值钱的书。

我想对她说，这是世间最坏最不值钱的书，但是我没有这勇气，我不想破坏她对于已死的女儿的记忆，这未免太残酷了。我终于给了她一个使她意外欢喜的价钱，将这两册对我自己是一无所用的书换回，令她高兴的走了。

这篇文章的副题是“都市的忧郁”，可以说道尽了彼时的心境。香江月冷，浊世消磨，乐享之中自有无尽忧郁，寒夜之中亦可见一丝温情。无论是书市，抑或是书本身，从来不是孤立于人之外的没有生命的物品，而是永远和人世间的死离生别纠缠不清。

怀旧斋迷云

开一个旧书铺子，可能是大多数文人都曾有过的一个梦。徐迟就是其中的一个。他发表在一九四〇年五月二十日香港《大风》第六十七期的《故纸堆》一文说：“我曾经希望过一个书斋，一个音乐室，甚至计划过一个旧书铺子，计划过开在北平，计划过开在上海，计划过开在昆明，计划过开在香港。计划香港旧书铺时，已经有人嘲笑我，说我‘又来了’。”

戴望舒也是有这梦想的。香港沦陷那几年，他过着“辛酸蒙垢的生活”，遭受着“家庭风波和病魔的侵扰”，同时还要承受没有书店可逛的寂寞，只好靠着回忆在巴黎逛书摊的往事填补精神的空虚。刊载于一九四五年七月二十三日《香岛日报·日曜文艺》的《巴黎的书摊》，不厌其烦地描绘了塞纳河左岸各个地段的书摊，宛如一场爱书人的流动的盛宴；另一篇发表在一九四五年三月十一日《华侨日报·文艺周刊》的《记玛德里的书市》，则又带入了几分此时此地的阴郁和惆怅：

> 然而十月在不知不觉之中快流尽了。树叶子开始凋零，夹衣在风中也感到微寒了。玛德里的残秋是忧郁的，有几天简直不想闲逛了。接着，有一天你打叠起精神，再踱到书市去，想看看有什么合意的书，或仅看看那青色的忧悒的眼睛。可是，出乎意外地，那些木屋都已紧闭着了。小路显得更宽敞，更清冷，而在路上，凋零的残叶杂着纸片书页，给冷冷的风吹了过来，又吹了过去。

香江冷月，比玛德里的残秋更为萧索。戴望舒在《香港的旧书市》里如数家珍的楼梯街、鸭巴甸街那些旧书肆也都是大门紧闭。耐不住寂寞的戴望舒索性自己开起了书店，合伙人据称竟是他的挚友叶灵凤。陈智德在《板荡时代的抒情：抗战时期的香港与文学》一书里说："戴望舒出狱后一度与叶灵凤、黄鲁等人合股经营书店。"香港大藏书家方宽烈在《叶灵凤的双重性格》中说得更是有鼻子有眼儿："香港给日本统治三年零八个月当中，叶除了经常到三益书店搜购书刊之外，曾和戴望舒在中环利源东街十号，开设一家专门买卖旧书的怀旧斋，并在《大众周报》刊登广告，以南方出版社文化服务部名义代客征求和销售珍本书籍，因此沦陷期间散在市面的好书，不少落在叶手里，像一套被称孤本的《新安县志》。"方宽烈感叹："在战乱时期，叶能凭他的眼光和手腕，收存不少宝贵的文史书籍，正如郑振铎沦陷期间在上海抢购善本书一样，都可以说是文化界的功臣。"

叶灵凤收藏的嘉庆版《新安县志》，的确是一部海外孤本，而且十有八九是在战时的乱世入手的。叶灵凤生前拒绝了向外国人转让这部价值连城的珍籍，他死后由他的家人将它捐献给了广东的中山图书馆，因此，说他是"文化界的功臣"也恰如其分。但是，说他与戴望舒合股经营怀旧斋，却像一个扑朔迷离的疑案。因为叶灵凤始终不曾提到和戴望舒一起开书店，并且，就在怀旧斋事件之后的一九四四年，他还写过一篇《书斋随步》，承认开书店只是一个梦想。文章说：“十多年来，始终想经营一间这样为了读者和作家打算，同时也不抹杀出版者利益的文艺书店。可惜这梦想至今还不曾有机会给我实现。”那么，怀旧斋究竟是怎么一回事呢？黎明起的一篇《回忆望舒》给出了答案：

> 最使我永志不忘的是一九四二年春季我们合股经营的一家旧书店“怀旧斋”，这家旧书店虽然仅仅经营了四个多月的短期间，可是却把我们的友谊搞得更密切。“怀旧斋”的股东一共三人，我、望舒和万扬，当时的资本是每人一百元军票，由望舒的介绍，向一个姓沈的朋友购进一批旧书，数目总在千多二千本以上，同时我们自己又拿出一些用不着的旧书来，我们既然有了这么一大批货色，于是“怀旧斋”便很快的开张了。当时的“怀旧斋”是

开设在利源东街的一家洋服店前面，店务全由我一人主持，因为万扬另有事务，没有空闲，望舒又是外省人，买卖间语言诸多不便，不过，望舒却时常在店里帮忙，比如抄录新购进的书目、定价以及计算账目等。“怀旧斋”第一个月的生意总算不错。赚了一点钱，我们三股东都欢喜不已，但是从第二个月起，我们的生意却渐渐的走向下坡了，第四个月就完全不能再支撑下去，于是便只有关门大吉，关门的原因自然很多，但最主要还是由于我们不善经营之道，平日大家只知摇笔杆，一旦拿起算盘来便不期然的感到手足无措了。

黎明起是何许人也？小思《香港文学散步》中有一句话的注释：“黎明起，戴望舒的友人，生卒年不详。”这等于没有注释。后来查小思的长文《灾难的里程碑——戴望舒在香港的日子》，则见到另一条注释：“黎明起是广州诗人黄鲁的笔名。”于是就顺着“广州诗人”这一线索，找来了何楚雄写的《陈残云评传》，果然寻到了黄鲁的行踪。《评传》说：抗战爆发前夕，陈残云在广州“结识了一批年轻的革命诗人，如黄宁婴、陈芦荻、夏子(叶春)等中山大学的学生和更年轻的中学生黄鲁。”这些“诗友们一起，走进了抗敌救国的新诗歌运动的行列”。他们一起参加广州艺术工作者协会诗歌组的活动，一起创办《今日诗歌》和《广州诗坛》，之后不久，又一起创办了诗歌刊物《诗场》，还自费出版了一套“诗场丛书”，四本诗集中就包括黄鲁的《赤道线上》。

《陈残云评传》还说：“《诗场》第四期编好后，恰遇‘七七’事变，于是赶出号外，便宣布停刊。”黄鲁大概就是在这之后不久从广州来到了香港。据陈智德在《板荡时代的抒情：抗战时期的香港与文学》中说，黄鲁到香港后，也曾参与《中国诗坛》在港复刊的工作，出版诗集《红河》，并在戴望舒主编的《星岛日报》副刊《星座》发表作品。《香港文学大系新诗卷》收录黄鲁诗五首，该卷并有关于黄鲁的更为详细的介绍：

黄鲁（1919–1951）另有笔名黎明起、孔武，三〇年代中在广州参加广州艺术工作者协会（广州艺协）诗歌组及广州诗坛社的活动，其后广州诗坛社改组为中国诗坛社，出版《中国诗坛》，黄鲁也是当中的主要成员，稍后再和陈残云、黄宁婴、鸥外鸥等合办《诗场》，出版诗场丛书，著有诗集《赤道线上》。

抗战期间，黄鲁从广州来港，在《星岛日报·星座》、《大公报·文艺》、《国民日报·文萃》、《华侨日报·华岳》发表诗作及散文，四一年后香港沦陷后留居香港，四二年一度遭日军拘禁，后曾与戴望舒合营书店，四四年至四五年间在《华侨日报》副刊“文艺周刊”及《香岛日报》副刊“日曜文艺”发表散文，战后仍居香港，一九五〇年在《华侨日报》发表《回忆望舒》一文，五一年病逝。

同是天涯沦落人，黄鲁与叶灵凤也是很相熟的。陈智德在《板荡时代的抒情：抗战时期的香港与文学》一书里说：“香港沦陷之后，在港文化人纷纷计划逃亡，有的自行组队乘船离开香港，有的经由东江纵队护送，从水陆两路逃亡；但也有部分作家没有离开香港，如戴望舒、叶灵凤、黄鲁，他们都曾参与抗战文艺工作，香港沦陷之后，戴望舒、叶灵凤与黄鲁都先后被日军拘捕下狱。”但他们三个并不是同时期的难友，叶灵凤在先，他出来后戴望舒又进去，在外面的叶灵凤还曾设法营救，黄鲁应该是与戴望舒是同一批。日据时期的文章入选《香港文学大系》散文卷的只有四人，叶灵凤、戴望舒、陈君葆之外的第四人，便是黄鲁。但也正是这些文章，战后险些成为“附敌”的证据。在司马文森、陈残云、黄宁婴等人联名签署的《留港澳文艺作家为检举戴望舒附敌向中华全国文艺协会重庆总会建议书》的附件中，就有黄鲁的“罪证”，而且是和叶灵凤并列一起。原文是：“伪文化刊物《南方文丛》第一辑一本。该刊于‘昭和廿年八月十日发行’，载有周作人、陈季博、叶灵凤、黄鲁、罗拔高及敌作家火野苇平等之文字。”

在那篇《回忆望舒》中，黄鲁也写到了叶灵凤。他说：一九四九年二月末尾，戴望舒毅然决定北上解放区的北平，三月九日那天来找他话别，可惜他不在家，“后来据我的家人说他走到我家里竟然哮喘得连上三楼的气力也没有，在楼梯口坐了差不多三十分钟才稍稍恢复气力。当天晚上我赶到罗便臣道叶兄家里（那时他寄居在叶兄处）去见他，当时他哮喘着的辛苦的情形真使人见了难过……”不顾黄鲁等人的劝阻，戴望舒抱着病体毅然登上北去的货船，讵料这一走就是永诀，不到一年，戴望舒就因哮喘症突发病逝于北京。

战后的一个时期，黄鲁频繁地出现在叶灵凤日记当中。一九五一年二月十二日，“傍晚，苗秀、黄鲁、黄茅、尊古斋潘氏兄弟，及顺记雪糕店主吕顺，一起来拜年，少顷，郑家镇亦来。一同看新买的画集，炒上海年糕，并冷盆酒肴款客，至晚九时始散。”一九五一年五月八日，“与黄茅、黄鲁等喝茶闲话。”一九五一年五月三十一日，“与苗秀黄鲁等在高升饮茶，谓《南洋商报》挽人来邀写稿。”一九五二年七月二十二日亦写到黄鲁，却是一个噩耗：“上午出外，得悉文友黄鲁因心脏病突发已在昨日下午去世。明早出殡。苗秀已代我送了一个花圈，他有两个孩子，听说太太已有孕，下月就要分娩了，境况很不好，此是人间最凄切事也。”不禁让人想起望舒去世时黄鲁的感叹：“说人生如梦，而回忆中的友谊，更使人生出造梦一般的感觉啊！”叶灵凤日记最后一次提到黄鲁，是在一九五二年八月七日：“源克平来访，为黄鲁的太太发起一点捐款，我捐了五十元。”

怀旧斋的两位股东，竟然都和他们的书店一样短命，不能不令人感叹造化弄人。心里憋了许多话要讲，又不知从何讲起，只好抄几句黄继持的话结束这篇短文：“历史有情，人间有意。……不过，历史的嘲弄，也的确似修辞的反讽。……才未尽，志未酬；匡时救国，书生素志，襟抱可敬而遭际可伤。”但若往积极方面想，戴望舒、黄鲁还让我辈羡慕呢，毕竟他们圆过书店梦。在我们，是连梦都不敢梦了。

书店也分左中右

罗琅主编的《炉峰文集 2008》收有车越乔一篇《怀念大公书局》，文章说：五十年代香港，“很多出版社和好多南来的作家，都接受花园道绿背的津贴。”什么是“花园道绿背”？一开始我也丈二和尚摸不着头脑，后来才搞明白，“花园道”指代美国驻港澳总领事馆，因它位于香港半山花园道二十六号；“绿背”则是美元的一种说法，源于一八六三年美国财政部开始发行的钞票背面印成绿色。罗隼在《香港文化脚印二集》中回忆了大公书局当年争取美元津贴的具体情形。

五十年代后期，香港文化界出现反共阵线，以

“自由”为旗号，可以拿到一些美元津贴，大公书局便印行一些反共的文学作品，争取津贴，自此以后，他的旗帜鲜明，也许拿到一些美元，却吓走了一部分原来的读者。当时来说，左派书店、右派书店被学校发觉这间书店有政治色彩，左派的固然敬而远之，右派悬挂青天白日旗，整天以自由为口号，也可避则避，反正香港还有许多两头不得罪，两边不讨好，只做生意的书店，尤其是那些专售课本字典参考书文具的书店也不少。

书店也分左中右，罗隼的描述可以说非常生动，这正是五十年代以降香港书市的一大特色。至于大公书局，跟《大公报》没有任何关系，他的老板是上海人徐少眉，徐少眉的哥哥是香港工业界闻名的大华铁工厂老板徐季良。大公书局在战后本来很有名，但因为接受“绿背”津贴，课本生意受到了影响，“有些好的伙计离开的离开，搞得货色不全，人家买这缺那，而领得的津贴，杯水车薪，也难以维持开销，终于要结束营业。”不过，徐少眉究竟是否接受过花园道绿背，也是存在不同说法的，前面提到的车越乔，他曾是大公书局的老员工，他就说：“徐少眉先生的为人，有两点是很难得的”，其中一点就是“他没有接受任何一方的津贴”。值得注意的是，主编《炉峰文集 2008》的罗琅与罗隼是同一人，车越乔专门在罗琅的地盘上写这篇文章是否有为徐少眉正名的动机呢？也未可知。无论如何，花园道向有些书店派发“绿背”总是事实，当年接受“绿背”津贴出了不少书的易君左对此就不掩饰，他在《海角天涯十八年》一书中是这样说的：

> 那时自由出版界的情形是这样的：最初有一家“自由出版社”，拥有实力相当雄厚的“美援”，规模相当大，主其事的是青年党的朋友，实际负责的是谢澄平先生。我住牛池湾时，这个出版机构已经开始活跃，出版的书自然是反共的。我正式写书是受了他们的约请。

易君左还承认：“另外一个比自由出版社产生较迟一点而一样拥有相当雄厚的‘美援’的自由文化机构是‘亚洲出版社’。”“也是从侯王道时期起，亚洲出版社约我先后写了一共五本专书。”“当时写作的心情和环境，站在反共文化的前哨，我固然要著书，为着一家生活的维持，我也得著书。”有趣的是，易君左也承认大公书局老板徐少眉曾向他约稿，他还见证了大公书局因倒闭被索债的尴尬场景。他说：

在《祖国江山恋》出版后，香港大公书局老板徐少眉先生一定要我替他们写几本书，于是先后完成了四本。……后来大公书局关门，债权人组织索债团向徐少眉追追，因为我有相当多而未付的版税，也邀我参加，我毅然拒绝了，而且劝他们不必这样“落井下石”，书局倒闭是万不得已，徐老板又是一个标准好人，何必如此反面无情？索债团受了我的感动，才无形涣散。我在香港总算做了一件合乎道义的事。

“绿背”满天飞的同时，白色恐怖如影随形。新中国建立之初，香港和东南亚反“赤化”气氛异常浓厚，一九五二年一月十二日，叶灵凤日记有一则记事：“马国亮、司马文森及影星刘琼、舒适等忽于今日为香港政府递解出境。据说指他们有政治活动。”他们从事了什么政治活动呢？前此一天的《星岛晚报》云：“最大原因是司马等曾在电影界组织了一个‘读书会’，研究马列主义，并广泛推动电影从业员加入研讨。曾经有一次被警方突袭搜查，检去书籍刊物多种，司马等四人则为该‘读书会’之主干人物。港府或以为他们有煽动政治活动的嫌疑。”不仅内地出版物不敢卖，本港出版物也有许多禁忌，学生书店一九五四年印了一本《学生日记》，装潢美观大方，内容设计也精致，就因为插图及文字都是谈苏联及内地的事，因此“除了左派学校学生，其他人则不容易接受”。

李辉英曾说起过这样一个有趣现象：“历年以来做中文出版业务的生意人说，香港的中文书籍销场，重点从来都在新加坡和马来西亚那方面。新加坡的华人不过百多万人，但那边华人购买中文书的购买力，远远超过三百九十万数目的香港中国人。”但在冷战时期，销往那里的图书却常常受阻。南洋各国对左派书刊的审查很严，例如吴其敏督印、陆无涯主编的综合性半月刊《乡土》，很受南洋华侨欢迎，销量相当不错，却因为经常报道国内的新建设、新事物，又多邀国内名家执笔，终于遭到查禁。许定铭在《向河居书事》中说：“五〇年代末，南洋多地政府突然颁布新政策，禁止《乡土》等有关中国的刊物和书籍发售，《乡土》只好停刊，连出版社也受牵连关闭了。”许定铭还透露：销往南洋的书刊，不仅不能用内地名家署名的文章，“就连香港左派名家的文章，也得用化名才行。据说当年南洋的海关是一见到‘熟悉’的笔名，即扣起禁止入口，此所以才会出现某出版社把‘端木蕻良’改成‘端良’的笑话。”

不仅作家常常要改名，出版社有时也要乔装打扮，例如大光书店就是由学文书店“变身”而来。罗隼在《香港文化脚印》一书中说：……后来上海北京等地出版社，陆续出版新书，香港书市由初期输出，变成输入，这类东西香港销路不成问题，但泰国、星洲、马来亚等南洋地区，却对新中国的出版物检查严格起来，许多东西都禁止进口。“而香港出版的作品又少，于是由一班友好，凑钱组织了一个出版社，这就是‘学文书店’……学文书店后来在东南亚被禁入口，改名为大光出版社，经营了几十年，终于一九九三年结束，算是完成历史任务。”

即使面临白色恐怖，还是有勇敢的书店，罗隼就谈到过一家售卖进步书刊的青年书店：“在白色恐怖时代，他们竟敢在警署附近开书店，即使不是有意，但道德勇气，不顾个人安危，表现那一代文化人有自己的使命感，既不怕艰苦生活，也无视横逆。”当时还有一家初步书店，虽然规模不大，却在进步青年中很有名气。黄蒙田曾经这样回忆：

> 几乎从不间断的是逛书店。记得踏出高升大门，越过马路再走几步斜坡，就是一家殊不起眼的初步书店。这书店不像一家正规的店家，没有什么装修，如果说它是书店，不如说是书报摊更恰当些。据诗

人黄鲁说，它的前身的确曾经是一家旧书铺，那是沦陷时期，店主之一是一位南来的诗人，黄鲁曾经为他提供货源——那就是自己的藏书。初步书店卖的是进步书刊，它的品种没有三联齐全，但中午上班之前和晚上下班后挤满了白领，我想正是因为它好像书报摊而不是一家正规书店，在那里随便翻看，来去自如从来没有人理会，感到很亲切。

初步书店的老板叫胡铁民，他不仅售卖进步书籍，自己也向往回到祖国。罗隼回忆说："大概是一九五二年或是五三年初，那时许多人都争取回祖国参加建设新中国，胡铁民告诉我们，说他要回国参加工作了，我们对他这样举动自然十分钦佩，除了大家开会相送外，他北上之日我同许多人一起到尖沙咀车站送行，大家都是二十上下的人，热情亲切，难免依依不舍，对于能北上者更感到羡慕。"

左翼书店对于香港青年的影响是不容低估的，杜渐本来是个"蕃书仔"，他后来到内地接受大学教育，很难说没有左翼书店的影响。他曾在《长相忆：师友回眸》一书中充满深情地回忆生活书店对他的启蒙：

> 那是六十多年前的事了，当时我还是个十二三岁的蕃书仔，记得是刚过春节，口袋里有几个利是钱，大姐约我一块去逛书店。她带我走进隔着中华书局一条小巷的一个侧门，走上一条颇为宽阔，踏上去每步都会发出咯吱咯吱声响的木楼梯，上到二楼，通过一道玻璃门，里面竟是一间书店。我可想不到书店竟然会开在二楼，这间生活书店大概是香港第一间二楼书店吧？对我而言，生活书店是个新世界，进门是三张大桌子，上面陈列着新书，四周是高高的书架，摆满了各种各样的书籍，全是我从未见过的。我抬头见墙上有一幅人像，我问大姐："那人是什么人？"大姐告诉我："他就是这间生活书店的创办人邹韬奋先生。那天我真是如入宝山，大开眼界。……我知道了这样一个好去处，自此我几乎每个星期六放学，都一定上生活书店跑一趟，

成了一种习惯。”

掌故家许礼平自幼生活在澳门，他到香港逛左翼书店的经历，则有几分谍战戏的色彩。在《旧日风云三集》中，他写道：

笔者喜打书钉，六、七十年代之交常到中环皇后大道中三十五号商务印书馆、雪厂街中和行二楼的集古斋，动辄半日地大打其书钉（偶尔也帮衬若干）。那时是香港暴动后期，左翼系统人士，多染神经过敏症候群，敌情观念重，把“阶级斗争”这根弦绷得紧紧，于是笔者的“多打钉”、“少买书”、且是“常常去”，去则梭巡流连，习惯搜视全店每一行书架几乎每一册书，与一般读者随意浏览迥异，于是引起商务员工的警惕，视为疑似阶级敌人（美蒋特务或港英密侦）在此伺机。既然有了“敌情”，即是“阶级斗争新动向”，那当然要上报业界最高领导，蓝真乃亲临书店伺机观察，当侦知笔者来自澳门，又派澳门星光书店经理林苹调查（一九七一年澳门关万里老师函告），此后或者觉得笔者身家清白，既好此道，于是“收编”笔者入行，挂在中华书局海外办事处工作。

蓝真是生活书店的老员工，亲身参与了生活书店与读书、新知书店的合并，此后并担任了三联书店香港分店的总经理，联合出版集团成立后，他又成为集团的领导人，是香港出版界“教父”级的人物。蓝真在为许礼平《旧日风云》写的序中，也从他的视角讲述了他与许礼平那段“说来奇特”的“认识之始”：

好几回听到商务印书馆、集古斋的职工说及一个怪人，常到他们的门市部。我听到的印象是此人与其他读者大不一样，穿唐装，留胡子，指甲长长，还时常挟着《中央日报》、《香港时报》等报刊。这个后生仔到底是何方神圣？立时想起当时流行八个样板戏中《沙家浜》阿庆嫂的台词：“到底是姓蒋，还是姓汪？”是姓英，还是姓美？警惕性加上好奇心驱使，我就到大道中三十五号商务印书馆实地观察。有一次，果然碰到他们怀疑为阶级敌人的后生仔，与他交谈之下，觉得思路清晰，知识面颇广，喜欢看书买书，所以常到书店转来转去，不像差人，不像密侦。还道及由澳门来港不久。为了弄清底细，托澳门星光书店林苹经理去调查了解，原来是澳门颇有名气的许世元先生的公子，心中踏实了。

由许礼平的这一则佚事，也可看出那个年代左翼书店的生存环境。并不是左翼书店过于“神经过敏”，有些时候确实“如临大敌”。就在前此不久的六七风暴中，就有不少左翼文化人罹患牢狱之灾，就连有着“香港出版界教父”之誉的蓝真，也险遭港英拘捕。这事许礼平也有详述：

六七暴动，港英拟搜捕左翼各系统骨干，开列有黑名单，蓝公榜上有名。当年港英核心部门，亦有中共地下党人员潜伏，而有关搜捕情报，亦为共党探悉，左派各头领急忙闪避。如港英海陆空三路包围侨冠大厦搜捕左翼骨干，吴康民文即携夫人黄宁由一年轻人陪同逃上天台躲避，直升机探射灯照射天台，吴校长等在暗角避过。后来港英追踪吴校长座驾，截停捕人，却误抓了另一副校长和司机，把这两位无辜者投入黑狱。蓝公当时亦要东躲西藏，一九六七年八月五日，蓝公避居西摩道美丽台J座他的持恒老同学翟公暖晖寓所。六日晚上离开，转移到另一吴姓教育界人士家中。蓝公离开翟公寓所才几个钟头（七日凌晨），港英警察已掩至，抓捕翟公，设若蓝公在场，必被捕无疑。

左有左的难处，右有右的苦恼，想走不左不右的中间路线，也非易事。罗隼回忆说："旺角一带的弥敦道靠海这一边，在旧丽声戏院至胡社生行，一连有几间书店相连，他们是世界书局、大东书局、天利行……等。主要经营一年两季课本，平时则以卖文具为主，除了一些字典参考书外，根本不卖杂书，对面从旺角警署起一带，几家书店如青年书店、南方书店、学生书店、三育图书公司等则以售杂书为主，而且售的在当时被认为是左派刊物。在这系列左派书店书店中间开了一家色彩不左不右的书店，就是启文书局。当时的主持人梁性灵，是梁财信药局后人。”这位梁性灵脑子也确实“灵光”，他“大概是想做课本又卖杂书，表现出对政治不左不右”，但事与愿违，到头来却落得个两头不是人，“虽然辛苦经营却拿不到学校课本书单”，“校长、老师为了避嫌也少进左派书店”，同样，“想买进步书刊的读者，又觉得他们书种不多，至于文具也不齐全，经营一段时间就结束九龙门市。”

到了七十年代，情势发生了变化，走中间路线的就有市场。这当中业绩比较好的是宏图和天地。罗隼说：“当时国内正在‘批林批孔’，接着便是批‘纳吉’，政治气候很沉重，宏图决定售书除大陆版外，亦售港、台出版物，以方便不想进左派书店，又不想进右派书店的读者，可以选购他们所要的书籍，开幕时有人看不惯，说三道四，但路是对的，读者不少，便坚持下去。半年后，天地图书公司开张，也走这样的路，而且走得更彻底。”左中右的图书都能买到，可能也是香港图书市场吸引海外客户的特色之一。欧阳文利就曾说：“自行到香港选购书刊的买家们，通常到台北、东京和香港三地选购。买家特别喜欢在香港购买，是因为可以在香港买到左中右观点不同的中文书。”

到一九七〇年代中，在香港买内地新书不再是什么忌讳的事了。长期以来，卖内地新书的当然是三联、中华、商务，简称“三中商”，但后来也有其他小店加入，例如苏赓哲的“新亚”。许定铭回忆说：“一九七〇年代中，阿赓忽地在三五九那层二楼挂起‘新亚’那块老招牌，卖起内地新书来，并以八折招。那年代很少小型的二楼书店卖内地书，要买，只能去三中商照他们的定价买。新亚照价卖八折，很快就吸引到大量买家，其门如市。”如今，“三中商”已发展成香港书店的巨舰，不仅店面宏大，分店亦星罗棋布，卖“国版书”更成为堂而皇之的事情。

旧书业的黄金时代

二十世纪六十年代，香港旧书业渐具规模，“行业中枢逐步由‘旧书摊’和‘旧书档’，转移向正式登堂入室的‘旧书店’”。黄晓南在《香港旧书店地图》里转述新业书店创办人苏赓哲的话说，在这个全盛时期，全港旧书店超过一百家，单是旺角奶路臣街已有十多家。“当时旧书生意很好做，任何人不需要有门路，只要够胆、购勤力，就可以一个人租个铺位，自己开一家旧书店，再走到深水埗鸭寮街、上环摩啰街的杂货摊入货，断斤秤地买旧书，然后带回店里分类出售。而且很容易赚钱，因为当时大陆不少知识分子南下，大家也没什么娱乐，就算是新出版的书也很有限，所以对旧书的需求很大。”黄晓南将背后的因素归于“香港人口急剧增加”，“经济亦走向起飞跑道”，固然是一方面，但另一方面，却直接受惠于国内“文革”的甚嚣尘上，图书市场的一片荒芜。对此，香港著名藏书家和书话作家许定铭在《醉书闲话》中说得分明：

> 六十年代后期，文化大革命进行得如火如荼，国内全没有好书运到香港来，售卖国内书的书店，摆的都是毫无意义的宣传书，或内容空洞的口号之作，大家都感到无书可读，便向旧书店着手，希望买到一些“文革”前，或解放前所出版的好书。又因为“文革”刺激起外国人的“中国热”，外国的图书馆首先掀起了抢旧书的热潮，他们买书不问价钱，只要是旧版书，尤其是政治、经济类的，或是被批斗的作家底作品，都在抢购之列。香港是华人社会，与中国大陆毗邻，关系密切，自然成为外国人抢购中国

旧书的重要市场。这两个因素，造成了香港旧书业由六十年代后期至七十年代初期的黄金时代。

许定铭在《醉书闲话·从一叠资料想起》中更具体生动地讲述了那一时期香港书业的“怪异情况”。

> 某日书店里来了个日本游客，从旧书架里挑出来一本二三百页有关中国社会经济的小书问价。由于语言不通，店主人竖起两只手指，心里想：日本人最有钱，狠狠敲他一笔，就二百吧！岂料来客二话不说，就掏出两张金牛，把书取去。店主人接过二千大元，呆了好一阵子才定过神，从心里笑出来。

许定铭说：“这件事说明了当时对有关中国的绝版书的需求，已达到疯狂的地步。”他还以书店的变迁印证这一黄金时代的样貌。他说：“这类旧书店原本不多，最初只有上环摩啰街的地摊、深水埗南昌街的地档和荷李活道的几所小店子。后来，地摊不见了，原本的小店子都演变成大书店，地区也更为扩大了。较为有名气而又可以买到好书的，有荷李活道的‘康记’，士丹利街的‘神州’，上环的‘德记’，湾仔的‘三益’和旺角的‘新亚’了。那几年这些旧书店都很兴旺，有的开了分店，有的买了铺位……”

海外对于中文书的不竭需求，还催生了一种新的书店样态——出口书庄。虽然有老照片显示，曾有一家“中华书庄”于一九二〇年代落脚于香港荷李活道（见郑宏泰、周文港主编《荷李活道：寻觅往日风华》，香港中华书局二〇一八年版），但后来兴起的“书庄”完全是另一码事，当年负责向各大书庄提供货源的神州旧书老板欧阳文利，二〇二一年由中华书局（香港）有限公司出版了一本《贩书追忆》，其中就有专章记述出口书庄的兴衰。他说：“我查过《辞海》《辞源》《汉语大字典》，都未见有以‘书庄’作为独立的辞目，故只是行家口传辞目。”“出口书庄的经营运作与文化界的图书门市、批发和出版不同。”“以报价为主，即编写目录寄给海外买家，部分买家自选需要的项目，如上海资料、新文学、宋史研究等，告知出口书庄，委托出口书庄报价给他们，让他们再挑选购买。”“百分之八十的出口书庄是自己没有购货和存货的，而是靠我神州提供书刊。”由欧阳文利下面的一段描述，可以感知当年颇有些“全民下海做书庄”的况味：

> 大部分出口书庄同业都另有正职，有教师、十四座小巴司机，甚至水电工程师傅也会兼职做书庄。若他们的买家来港看货买书，就带到神州。试过最大笔交易是一位同业带一位买家来店，买了过百箱用苹果箱装的书。又有出口书庄的买家来港购货，但他没有经营地址，我就借出我柴湾的货仓作书庄地址，也促成了一些生意。

由此也可以看出，香港旧书业的兴衰，也与香港自身一样，与内地的情势几乎命运相连；即使属于“此消彼长”，也是一种“息息相关”。“文革”期间，香港利用内地的休眠或者真空，扮演了一个替身或者“他者”

的角色。等到“文革”结束，情况骤然变化，“国内出版事业突然蓬勃起来，新书如潮涌至，一般读书人连新书也买不胜买了，谁还要旧书？以前高价抢书的外国也与国内有直接的交易，香港的旧书业也就自然式微了。”

许定铭还提到香港旧书业另一个“式微”原因，那就是货源逐渐不足。货源可说是旧书店的源头活水，没有货源，书店也就成了空皮囊，所以善于经营的店主，每天都要亲自外出找寻货源，留下家人店伙看店，像三益的老板萧金、神州的老板欧阳文利，都是如此。欧阳曾说：“我养成巡旧书摊的习惯，至少用了二十多年时间。……创立神州后，到外巡书摊买货更成为我每天工作的核心。”万有图书当年还专门聘请一个叫王海滨的人负责外出收书，这个王海滨见货就买，所以落得个“大扫把”的绰号。至于旧书店的货源，许定铭说：“据说只有两个：其一是拆旧楼，很多人将家里前人留下的旧书搬出来当废物卖到旧书店去。其二是一些饱学之士或藏书家的百年归老。人死了，他底藏书自然像流水般从旧书店分散了。”许定铭就不时遇到这样的散书壮举。

他在另一本《醉书室谈书论人》中，有一篇《喜得旧书一批》，文章说：

在一个饭局上遇到藏书家某，他悄悄对我说：“我已经七十几，有些书跟了我几十年，怕将来会流落旧书摊，被人当废纸处理，几经思考，你是最好的接手人。有无兴趣买一批？”我虽然连声说好，但心中却不寄厚望，因为一般藏书家多是“不到黄河心不死”的，怎肯在自己无病无痛之时，把心爱的好书出让？直至我收到藏书家寄给我，他要卖的书目时，才眼前一亮，急急约他看书。

赶到藏书家大宅，他不肯让我参观书房里的精品，只叫我在堆满书的客厅地板上选书，少说也有好几百本，我匆匆看了一遍，三四百本书中，总有百来本是绝版的好书……

这种喜事当然不可能每天都发生，就像许定铭自己说的那样：“香港只是弹丸之地，旧楼已拆得八八九九了，而学者和藏书家又非常建康，有的就算去世了，孝顺的后人也懂得将书捐到图书馆去，于是，旧书的货源便成了很大的困难。”欧阳文利还讲了一个情况：“九十年代末，旧书的货源已少得多了。这段时间才移民的人，离开时也把书带走，因为外国地方大，可利用地牢作藏书房；而香港拆楼改建也逐渐少了，货源自然少。”这个道理，梁文道也曾讲得明白，在《读者·旧书哪里去了》中他说：“旧书买卖，确实是个生态系统，要有进有出。没了源头活水，再清澈的池子很快也就成了霉臭的枯井。香港旧书业曾经兴旺过一段日子，但维持到南来的老人走得差不多，地价铺租又随着大楼不断高升，现在只能剩下一片颓垣败象了。所以我现在不大逛香港那仅余几家的旧书店，怕见了难过。”

有意思的是，内地的形势变化还能影响到香港书价的变化。在香港的旧书市场上，民国版的新文学书一直是奇货可居，一来是当时就印数不多，加之年代久远，频遭战乱，存货自然不多；二来是内地搞“文革”，这类书都给当成“毒草”，不被焚书坑儒，也会打入冷宫；

三来是香港旧书店老板热衷于出“翻版书”，因此把原版书都藏起来作“书稿”，这就造成市面上一册难求，即使偶尔上架，价格也会很惊人。但情况也会有变化，有一次，许定铭到旺角办事，顺脚逛了一所旧书店，“不料却让我在书架上发现了几本难得一见的好书。我紧张得连心跳也加速了，立即把它们攫在手里，仿佛抓不牢它们就会逃跑了似的。从来没有试过一下子买到那么多本好书；要知道，时至今日，三四十年代的文学创作，绝版而我又没有的，简直是凤毛麟角了。”

为什么能捡到这个大漏？许定铭在这篇《书缘》中也道出了原委：“自从国内大量出书以后，绝版新文学的旧书是跌价很多了，书商恐防他们的‘奇货’被重印了出来，书价可得要下跌百倍，因此都希望更快脱手。”但是，这种担忧恐怕是目光短浅的，那是只从书的内容也就是实用角度考虑，没有想到绝版旧书还有收藏和版本价值。果然，后来的国内藏家就将目光瞄向了香港书市，这类书就又洛阳纸贵、身价百倍了。面对这种变故，那些匆忙将宝贝出手的卖家，肠子估计都悔青了。

至暗时刻

曾经读过一本叶辉、马家辉编的《活在书堆下》。这本绿皮书，本意是为怀人而编，却不意成了香港“二楼书店”史的重要文献。为什么叫作《活在书堆下》？这源于一个真实却很凄冷的故事。主人公就是副题当中“我们”所“怀念”的“罗志华”。罗志华生于一九六四年，原来是香港三联书店的店员，一九八八年起接手经营二楼书店青文书屋，独力支撑了将近二十个年头。到了二〇〇六年八月，青文书屋因为租约问题暂停营业，书籍暂存在九龙大角咀的货仓。二〇〇八年二月四日，正是旧历春节期间，罗志华去货仓整理书籍，不幸被塌下的书箱压住，意外辞世，年仅四十四岁。

罗志华经营的青文书屋，不仅标志着香港二楼书店的启蒙时代，他作为独立出版人，亦为香港文化和香港文学做了许多幕后推手的工作。他的死，引发无数爱书人的悲恸与追思，这本《活在书堆下》，就是叶辉和马家辉于罗志华周年之际编成的纪念文集。书名是马家辉提议的，寓意是：“如果书堆真的是太沉重了，我们希望这本纪念文集能为罗志华解咒，让他在世界的某一处‘活’得轻省一些；如果书堆早已成为罗志华生命里不可分割得一部分，但愿这本书可以肯定沉重的价值，让他在未完成的书梦里‘活’得更充实。”

有一位叫作小西的曾经感到好奇：为什么跟罗志华并不熟的会有那么多的悼念文章？叶辉说：“在悼念罗志华的同时，我们也在悼念自己。”罗绮萍则说：“青文是我们的集体回忆。”在众人的集体回忆中，青文书屋以及他的主人罗志华就成为香港二楼书店史中一个渐次清晰的个案。正如叶坚耀所说：“一家坚持自己风格的书店、一个与商品市场不同调的老板……罗志华的理想从书店开始，生命也在书堆中消失，以一种奇怪而暴烈的方式向读者告别。”

罗志华是第一个葬身书堆的书店主人，但青文书屋却不是第一家不幸结业的二楼书店。还有一位同名的梁志华，开过一家同样出名的东岸书店，不幸也迎来结业。陈子谦写到过结业时的场景：“我记得自己当年在那里打书钉，还无耻地跟店长说：‘这家书店什么都好，只欠一张借书证。’后来书店结业，他们比我想象中更慷慨，居然让人免费取书。我得承认，那天我从那里捧走的书，可能比以前买下的更多。取书者一律陷入极露骨的狂欢气氛，有人租车运书，有人问店主梁志华还有没有大胶袋……现在想起，总觉得我们太残忍了。”

在《活在书堆下》的第四辑，收入了潘诗韵写的《香港二楼书店简史》，从五十年代开始，细数了二楼书店从无到有、开开闭闭的兴衰历程。有二楼书店是因为有二楼社会，这个二楼社会早在抗战开始后就形成了。高岱发表在一九四八年九月二十日香港《星岛日报·星座》

的《香港的二楼社会》说："抗战以后，粤沪逃避来港的人每天像潮水一样涌到，于是一个严重的问题来了，那就是住屋。香港的房子原来是狭窄的，毗连着有如鸽子笼，人口稠密，每一层楼都塞进了不同身份不同遭遇的房客，于是二楼抑或任何一层楼便成为一个香港社会的缩影。"

在这样一个二楼社会里，出现二楼书店也便是顺理成章的事。经常到二楼书店云集的旺角消费的陈子谦在《旺角们》里说："香港的租金太高了，小书店无法在街上存活，只好躲进商厦或旧楼向上攀升，'二楼书店'也由此得名。"当然，二楼书店只是个通称，书店未必都开在二楼，陈子谦说："租金飙升，书店也只好愈升愈高，二楼书店渐渐变成三楼书店、七楼书店……高度愈来愈接近天堂，处境却直堕地狱。不管他们搬到多高，我们仍会通称为'二楼书店'。"潘诗韵则讲，香港的二楼书店早于五十年代已经出现，八十年代则迎来繁盛期，不同个性的书店纷纷开业，有如雨后春笋。曙光书店、青文书屋、田园书屋、乐文书店，就是那时的佼佼者。九十年代，二楼书店再掀热潮，标志性的书店是洪叶书店，首度引入台湾书店的经营模式和设计概念，一度引领二楼书店的风尚。

但是，二楼书店在不断受到各种挑战和冲击，比如大型出版集团垄断市场，内地书店的竞争，特别是二〇〇三年影响全球的沙士病毒爆发，更是造成不少二楼书店一窝蜂地关门结业。为什么沙士病毒爆发会造成二楼书店关门？无非是租金问题。在香港，开书店最头痛的可能就是租金。有人比较过宏图和天地的不同命运，两家书店，同年登场，一个开在春天，一个开在秋天，结局却大不相同——宏图空有“宏图”，“天地”却长留天地之间。原来，天地先是由热心人士以平价租金租给他们数千尺的地库，后来成为自置物业，所以一直经营至今，成为香港的书店重镇。宏图则没这么幸运，这家夫妻店的铺子是租来的，租期一满就要加租，职员薪金也每年要调整，困难的是营业利润不成比例。罗隼曾经感叹：“经营者即便对文化事业一片情痴，但亏蚀过巨，而无源水浥注，也就只好壮士断臂退出江湖，不是壮士也得认命了。”

一辈子在香港书市打拼的欧阳文利曾说：“有多少旧书店能在租金高昂的香港立足，且营运几十年都屹立不倒的呢？真是寥寥可数。”曾经名噪一时的香港上海书局，也是吃了租金的亏。上海书局是一九五五年开始筹设门市的，曾经整体接手德辅道中商务印书馆的铺位，本有自购置业的机会，但经理目光短浅，错过好事。罗隼说：“门市部三次搬迁，每次都有损失，即使不伤元气，也属挫了锐气，这是天意还是人为说也说不清，大概两样都有吧！自八十年代以后，名气也就开始沉寂下来，原因自有很多，一言难尽。”由上海书局的遭际，还得出一个经验，那就是：“做门市零售生意应开在行人多的地方，忌与银行为邻，因为他们一早收工关门，即使门口不致乌天黑火，也少行人驻足。”

不过，对香港旧书业影响最大的转折点，应该是千禧年后互联网兴起。小思在接受《香港旧书店地图》作者黄晓南专访时说：“一方面，互联网令人们看书的需求减少。同样重要的是‘拍卖网’，尤其内地不少有钱人赚到‘第一桶金’之后，突然重新追求文化，这当然是好事。但他们蜂拥上网竞购旧书，最大的来源当然是香港。所以香港一些旧书店索性把好的书都放上网，卖给内地人。这一来导致香港旧书业书源减少，令整个行业经营更困难；而且对书迷来说，也会看到很多好书在网上被‘炒贵’，在旧书店愈来愈难遇到惊喜，造成恶性循环。”十年前我到香港读书，满心希望能淘到叶灵凤的旧著，以及黄俊东《书话集》之类的东西，谁料只在新亚书店拍卖目录上才有。神州旧书的大货仓，书倒是汪洋恣肆，但基本上都是内地常见的品种，就连普通的港版书都不多见。

再回到罗志华。据说，青文结业搬家的头天晚上，罗志华约潘诗韵到湾仔公园聊天，第二天早上，潘诗韵目睹了罗志华把书店里的家具搬离的场景。他记下了这一切，并在文章结尾说：“给结束而写的故事，为的不是纪念，对象也不是从前，而是后来者。”后来，也就是在罗志华意外辞世的十四年之后，也是在一个旧历春节的前后，传来一个令人震惊的消息——北京模范书局创始人姜寻在货仓整理书籍时不慎从高处坠落，抢救无效逝世，年仅五十一岁。姜寻是我的书友，我自然关注，但第一反应竟是想到了同样葬身书堆的罗志华。两个都以书店为理想，视书籍为生命的人，竟有一个如此相似的结局。姜寻的遗孀邢娜说："我无时无刻不沉浸在真正的绝望当中，这或许是我一生中的至暗时刻。"绝望之处不仅来自于清晨醒来发现旁边没了自己的丈夫，更来自于她的亡夫所钟情的书店的残酷现状——模范书局四家店，一天的总收入有时只有几百块，甚至有一家店某天的营业额竟是零。姜寻为了书店不惜卖掉了自己的房子，即使这样还留下上千万的欠债需要邢娜去面对。"实体书店就像我老公一样，已经死了。"邢娜一声叹息。

格温·拉弗拉（*Gwen Raverat*，*1885–1957*）

后记

李广宇

我爱读书话，自己也写过几种勉强可以称作“书话”的小册子。若按出版时间为序，分别是：《纽约寻书》（一九九八年）、《香港寻书》（二〇一四年）、《行囊有书》（二〇一四年）、《我在德国淘旧书》（二〇一七年）、《猎书家的假日》（二〇一七年）。除了《纽约寻书》是由国际文化出版公司出版，其余几种都是由法律出版社印行。事实上，《纽约寻书》也于二〇一七年由法律出版社出了修订版。现在，法律出版社又慨允将这五种小书一并再版，感激之余，做了一些修订和重新编排。新版的“书话五种”，保留了《香港寻书》、《行囊有书》和《猎书家的假日》；将《纽约寻书》更名为《蠹鱼漫记》；《香港书店鳞爪》是新增加的，其中两

辑是由别的书挪来，另一辑为新写；《我在德国淘旧书》则不再有了，原书中有关德国淘书的部分划给了《行囊有书》，有关香港淘书的部分划给了《香港书店鳞爪》，有关叶灵凤的部分则与其他类似篇什一道编成一本《爱书也爱叶灵凤》。这一本因为离书话相对较远，将与《叶灵凤传略》和《叶灵凤香港出书记》一起，凑成另外一个叫作“叶灵凤叙传三种”的系列。

《香港寻书》的修订工作有以下几个方面：一是做减法，将原书中与寻书关系不大的几篇狠心删除，但一些关于听课、参访乃至日常生活琐事的记载还是予以适当保留，因为寻书毕竟只是生活的一部分，任何一个寻书人都不会是不食人间烟火之辈，书店也不是脱离一个城市、一个社会的整体环境而孤立存在的。二是适当补充一点背景材料，但这工作是绝对克制的，旧文不宜大改，因为人们的认知总是有时空局限，一时有一时的识见，一时也有一时的心境。原来的图版也一律不要了，而让一位心仪的版画家一以贯之，这或许也是晚来一种心境的体现：不要太复杂，尽可能简单。

本书的插画作者是英国画家罗伯特·吉宾斯（Robert Gibbings，1889–1958）。吉宾斯不仅是风格独具的木刻画家，也是散文高手，出版了许多自写自画的文集。他同时还是一位出版家，长期担任金鸡出版社掌门人。这是一家专门与版画家合作出版限量精装插图本的小型出版社，许多著名的版画家，包括吉尔（Eric Gill）、莱特（John Buckland Wright）、塞维林（Mark Severin）等，都曾为其绘制过精美插图。

《行囊有书》算是我的书话类小书中卖得最好的一个，库存早就清零了，出版社一直有再版的动议，拖延了几年才终于实施。趁着这次再版，做了一些较大的调整。删除了其中的四辑，分别是“北京书店地图”、“几个城”、“懂桥”和“囊中书”，既然鸡零狗碎，又何必敝帚自珍。这样就只剩下“从台北到台南”“东京书事”“首尔买画记”和“哥伦比亚风”，既然都属境外访书的文字，索性就把“我在德国淘旧书”和“纽约寻书记”这两组类似的篇什也拿来归拢到一起。这样做的结果，是把《我在德国淘旧书》那本书拆没了，因为另

外几组文字也依其内容性质，分别划给了《香港书店鳞爪》和《爱书也爱叶灵凤》。“台北访书记”这一组，则是首次结集。旧版《行囊有书》是有插图的，这次修订，按照统一体例均予删除，代之以我所喜欢的英国画家埃里克·吉尔（Eric Gill，1882–1940）的画作。

叶灵凤日记中提到过 Gill，他买过他的画集。萧乾编选的《英国版画选》也收入了 Gill 的作品，他所用的译名是爱立克 · 盖尔。萧乾说，Gill“在当代英国插画艺术中是最不在光暗上玩花样的。他管他的插图叫印匠的花朵。他大部分作品都是简单的白地黑线条而已。他的想象力并不强，但装饰书册则绰绰有余。” Gill 亦擅雕塑，还是字体设计师，他为 Jacob Weiss 设计的藏书票，一经董桥推介，瞬时在中国名声大噪。我也稀里糊涂收集了不少 Gill 的书，感觉特别别致，非同凡俗，就是宗教色彩过于浓烈了一些。他还为中国的话本小说《醒世恒言》做过插绘，黑白线条真是运用到了极致。一直以为，木刻与书是绝配，谈书的书更是如此。

在这回修订再版的五本小书中，《猎书家的假日》

是调整最小的，只是本着不凑数的原则，删去了个别意思不大的篇目。这样说，并不可以理解为剩下的就都是意思大的，其实很多是可以做些改写的。比如当时买到一本竹久梦二就欣喜若狂，殊不知在那以后我的梦二集藏足足塞满了一个架子。但要这样修改，一辈子都改不完。贫穷有贫穷时的欢乐，富足了未必就天天幸福。说句实话，这一本小书的风格，是我最为私淑的，因为它最文艺。书话毕竟不同于书目，在意的不是文献的多寡，而是一点点回忆，一点点情绪，一点点抒情的气息。

从前这本书没有后记，这次就利用这机会，说说书名的由来。《猎书家的假日》，本是美国古书商人罗逊巴哈博士一本书的名字，英文叫作 *A Bookhunter's Holiday*，我第一次知道这书，是由叶灵凤先生的《忘忧草》。上海沦陷后，叶灵凤随《救亡日报》转战广州，随身只带了几册书，都是谈论书物版本聚散变迁的"关于书的书"，《猎书家的假日》就是其中之一。"白麻布装订，红皮题签，有插图，我是托上海中美图书公司直接向原出版家订购的，是一册内容和外表都使我满意的好书。”不料这样的一本心爱之物也成了战争的牺牲品，埋在了广州的劫灰中。叶灵凤一面吟咏“忘记了吧，像忘记一朵开过了的花”，一面也许下一个心愿，将来也要出一本《猎书家的假日》。香港纸贵，出书不易，他的愿望终于落空，却被我拿来完成了浴火重生。

初版时没有插图，这次精心选择了美国画家洛克韦尔·肯特（Rockwell Kent，1882–1971）的一些版画作为装饰。就像喜欢比亚兹莱一样，叶灵凤也同样喜欢肯特，认为他是“当代美国最杰出的版画家”。他不仅喜欢他给定期刊物和世界名著所作的那些单幅插画和装饰画，更对他的自写自画情有独钟，认为这些由他自己写作自己插画的游记，“在美国许多庸俗的出版物中，许多年以来是独放异彩的”，认为“仅凭了这几本书，世人已经认识了肯特是一位第一流的插画家和装帧设计家，又是一位能独创一格的游记作家”。肯特终身都是一位猎奇冒险家，始终充满了生活的朝气。猎书亦是猎奇，有时也需要冒险，我替《猎书家的假日》选择了肯特，也是希望肯特的版画不仅能为这本小书增色，更能使我将

猎奇冒险的朝气一直保持下去。

《纽约寻书》是我的第一本书话性质的集子，稚嫩青涩可想而知。没有料到的是，竟会迎来第二次再版的机会。第一次修订，就做了一些减法，这次减得更厉害：一是把有关叶灵凤的部分，汇总到一个新的组合《爱书也爱叶灵凤》；二是把“纽约寻书记”拿到《行囊有书》，后者直接导致原来的书名不成立了。尽管这些文字基本都是在纽约旅次写成，但既然没了直接写纽约的内容，不好再挂羊头卖狗肉，就拿其中一辑的名字做了书名。“蠹鱼漫记”，尚够切题，也算是恢复了本来面目。前两版都没有插图，这次选取了英国著名画家和书籍装帧家琼·哈塞尔（Joan Hassall，1906–1988）的插画做装饰，她为许多名著绘制过插画。做成之后，有朋友提醒：哈塞尔的画虽则很美，但还没有公版权。只好忍痛割爱，重新选择了比亚兹莱。做版的时候我说：“比亚兹莱真的命大。”乔智炜兄则说：“一切都是最好的安排。”

《香港书店鳞爪》总共三辑，《书香香港》和《港九访书五日记》原来分别见于《行囊有书》和《我在德

国淘旧书》，本来根据内容的类属将它们合并到了《香港寻书》，但排完版一看，比其他几种厚了许多，就想独立成编；考虑到只这两辑尚嫌单薄，就新写了一辑“香港书店鳞爪”，并以此作了全书的名字。这两万多字，是在我一周的居家隔离中初步形成的，内容有些像是香港旧书店简史，但不敢贸然打出这个旗号，于是采用了更为低调的“鳞爪”。虽说基本是东拼西凑的“文抄公”，但自认在谋篇布局和材料取舍上还是颇费了一番心思，通过聚焦香港旧书店史上几个历史性节点，大致勾勒出其发展脉络和独有特色。材料的来源主要包括叶灵凤、戴望舒、陈君葆、侣伦、方宽烈、罗隼、小思、欧阳文利、许定铭等名家前辈的著述。这一本的插图出自英国画家格温·拉弗拉（Gwen Raverat，1885–1957），她出身于剑桥的望族，是进化论奠基人达尔文的孙女。她从 Slade 艺术学校毕业后，嫁给法国画家雅克·拉弗拉，夫妻俩都是布鲁姆斯伯里文化圈的活跃分子。她是英国木刻艺术家协会的创始人之一，为很多名著做过插图。她自写自画的回忆录《碧河彼时》影响很大，有中文译本。

封面是一本书的门面，好的封面必然会与文字水乳交融，甚至会超越文本，给人以极强的视觉冲击，有的还可能成为独立的艺术品。我虽然不懂美术，不会设计，但对书籍装帧向来关注，自己的每一本书写讫，心思也都会集中到未来封面的样子。这一回，本来打算尊重设计师的意见，走一走朴实无华的路子，但不少读者表示，还是喜欢旧版《香港寻书》那种风格，于是又搬出一大堆竹久梦二画集，再从他那里找寻灵感。竹久梦二无疑是一个用之不竭的宝藏，我的偏爱，他当会欣喜。

最后，再一次感谢法律出版社，感谢许睿、乔智炜、王菊萍几位长期合作的朋友。尤其要感谢和我一样喜欢书的读者诸君。

二〇二二年七月三十日

李广宇书话五种

香港寻书

李广宇 著

法律出版社
北京

图书在版编目(CIP)数据

香港寻书 / 李广宇著. -- 北京 : 法律出版社,
2022
(李广宇书话五种)
ISBN 978 - 7 - 5197 - 7018 - 1

Ⅰ. ①香… Ⅱ. ①李… Ⅲ. ①小品文—作品集—中国—当代 Ⅳ. ①I267.3

中国版本图书馆 CIP 数据核字(2022)第 151965 号

香港寻书
XIANGGANG XUNSHU

李广宇 著

策划编辑 许 睿
责任编辑 许 睿
装帧设计 乔智炜 李广宇

出版发行 法律出版社
编辑统筹 司法实务出版分社
责任校对 朱轶佳
责任印制 胡晓雅
经　　销 新华书店

开本 787 毫米×1092 毫米 1/32
印张 6.5 **字数** 90 千
版本 2022 年 10 月第 1 版
印次 2022 年 10 月第 1 次印刷
印刷 北京盛通印刷股份有限公司

地址:北京市丰台区莲花池西里 7 号(100073)
网址:www.lawpress.com.cn
投稿邮箱:info@lawpress.com.cn
举报盗版邮箱:jbwq@lawpress.com.cn
销售电话:010 - 83938349
客服电话:010 - 83938350
咨询电话:010 - 63939796

书号:ISBN 978 - 7 - 5197 - 7018 - 1　　**定价(全五册)**:468.00 元

目 录

大角咀

在深圳湾通关后换乘一辆终点站九龙塘的大巴进港，一路山海交错，满目葱翠，约一小时即进入九龙。有一站下的人多，跟着人流就下来了，打上的士一问，原来这站就是旺角。拐过几条街，就到了大角咀，在红茶馆酒店下车，旁边正是我预订的悦思公寓。斗室之小早有心理准备，睡床虽窄，也由办公室沙发提早适应。劏房生活就这样开始了。

略事收拾，即到周边熟悉地形。我赁屋的悦思公寓，是在晏架街与橡树街的交叉口。不只是橡树街，周边的街道，差不多全是以温带树木命名，像什么榉树街、铁树街、樱桃街、菩提街，听起来都很有诗意。原来在开发之前这里有很多木厂，以后填地扩街，就以各种树木用作街道名称，以为对往昔的追忆，也未可知。而更早之前，大角咀是一个称为“石峡角”的细小半岛，它与昔日的芒角咀遥遥相望，形成一个小海湾，想必那时颇有桨声灯影渔舟唱晚的景致。后来这里被辟为工业区，船厂制造厂林立，虽然以后工业区又往北移，但满街那些五金行还是残留着一些往昔的痕迹。

下午冒着大雨去香港城市大学报到，校址在九龙塘，据说，九龙塘在清朝的时候原本是个村庄，村前为广阔的海滨围田，有基围防海水涌入。再早的时候，围田是晒盐的海滩，当地人习惯称其为“塘”。上世纪初，九龙塘村逐渐解体，政府将这一区域规划为运动场和休憩地，没有市井的嘈杂，倒也适合大学落户。城大往北，就是笔架山，校园也就有些高低错落。我们下车的地方是一个小小的环形广场，四面围拢着几座学术楼。校园虽则小得有些可怜，学术楼内部却是个大世界。邵逸夫图书馆正处在第一学术楼的入口处，对面是一间书店。

同学们陆续赶来集合，法律学院行政主任海伦虽然与我们未曾谋面，却能一一叫出我们的名字。学院给我们派发了八达通卡，这就是今后的交通工具了。

还在北京的时候，贺欣教授就发来邮件，布置阅读书目，指定的是《研究是一门艺术》，晚上就看了几章。这本书是芝加哥大学三位写作课老师布斯、卡洛姆、威廉姆斯联手打造的，英文版销量超过四十万。汉译译者也是三位老师，分别是台湾成功大学的陈美霞、徐毕卿、许甘霖。书的要旨就是指导教师如何让学生的论文改了又改。作者在修订前言中讲了一个真实的故事：作者之一的布斯接到一位从前的学生的电话。就像布斯其他学生一样，布斯过去曾经要求这个学生一而再、再而三地修改他的论文。这个学生现在已是一个四十多岁的专业人员。他在电话中告诉布斯他前一天晚上做的一个梦："你在天堂入口的珍珠门，站在守卫的圣彼得之前，希望能获准进入。圣彼得看着你，犹豫不决，最后说道：'对不起，布斯，我们要你再修改一次！'"

城大书店

一早起来去城大，出门前，先拿地图明确了一下方位，三拐两拐，加上一位热心的香港大姐的引领，很容易就找到了旺角地铁站，给八达通充上值，就去找观塘线，经太子、石硖尾，三站地就到了九龙塘。由C出口进入又一城商场，上两层扶梯，穿过一个过街隧道，直接就进入了城大。法学院在第一学术楼的五楼，走廊墙上挂着不少法治题材的漫画，颇有一些意思。在一间会议室办理了入学注册。午后一时左右，到邵逸夫图书馆，法律图书馆的管理员刘女士给我们讲解如何利用图书馆。她说，城大图书馆共有纸质藏书一百万册，ebook 则有两百万。法律图书馆有纸质书十一万和二十四个数据库。普通法是其专长，更有英国珍本书特藏。走进图书馆，其空间之宏大、藏书之浩瀚、设施之先进、氛围之热烈，直令人感到渺小和沮丧。此时的心情，恰如法学院王贵国院长稍后所言：数数天上的星星，你会知道自己仅知道当中的一两颗而已。下午五点，中国法官法学博士课程开班典礼在城大郑翼之楼隆重举行，从此我们便正式成为城大的学生。

中午的时候有个把小时的自由时间，就去逛城大的书店。城大书店就在邵逸夫图书馆的对面，是商务印书馆的分店，店有两层，风格明快。英文中文各占半数。中文当中，港台为主，内地为辅。作为大学书店，自然以学术教辅为主干，但社科人文也不少，亦搭售少许生活励志方面的读物。当然，文具也占据了一个角落。法律图书，总有四五架，以外文居多，多为大部头，品相颇不坏，但四五百港币的定价，绝对令人知难而退。买了几种与书有关的书，有些意思，聊记数语。

《书店不死》，日人石桥毅史著，台湾时报文化二〇一三年初版一刷。日文版原名“本屋”，指的是那些隐于巷弄或者公寓楼上、有的挂牌有的甚至连附近居民都搞不清楚的特色小书店。书里描述了八间独立“本屋”和它们的男女主人的动人故事。也开了一间自己的小书店的银色快手在以《遍地开花的书店精神》为题的推荐序中说：“我甘心默默守着小书店的火把，不让它熄灭。”此所以为“书店不死”。

《东京日和：浅草·神田·神保町》，台湾自由之丘文创事业二〇一二年出版，由开店的老板滝村美保子和插画家松尾美幸联手创作，写的是浅草、神田、神保町的小巷风情。那里到处是旧书店和老餐厅。有趣的是，神田神保町旧书店街的由来，最早还可以溯源到法律书店。书中说，明治时代，这附近成立了数间法律学校之后，接着出现贩售法律书籍给学生的书店。以后其他书店也加入进来，聚沙成塔，也就形成了书店街。

《活在书堆下：我们怀念罗志华》，叶辉、马家辉编，香港花千树出版有限公司二〇〇九年初版二刷。

罗志华是香港爱书奇人，亦曾开过一家青文书屋，但并不景气，书店也就被迫关张，书都运到大角咀的一间仓库。二〇〇八年除夕夜前，他一人在仓库理书，竟被整整二十箱书活活砸死，两周后才被发现。《活在书堆下》这本书，就是港岛书友们对他的忆念。青文书屋标志着香港二楼书店的启蒙时代，因而书里也就不乏有关香港二楼书店的珍贵史料。潘诗韵的《香港二楼书店简史》说：在香港这个弹丸之地，二楼书店早在五十年代即已出现，现存历史最久的当是田园书屋。二楼书店多是苦力支撑，当年有家“前卫书店”曾在门口张贴这样一张告示：“请勿于乞丐钵里抢饭吃！要偷书请到辰衝去偷！”

还买到一册《沦陷时期香港文学作品选——叶灵凤戴望舒合集》，卢玮銮、郑树森主编，熊志琴编校，香港天地图书有限公司二〇一三年初版。叶、戴早在上海就是莫逆，香港沦陷时期更是结为生死之交，两人也都纠缠于沦陷时期是否“附敌”的历史公案。书中收入的叶夫人赵克臻致罗孚的信件和朱鲁大《日本宪兵部档案中的叶灵凤和杨秀琼》一文，对于还原历史真相，应当颇有裨益。首次发表的叶灵凤沦陷时期日记，亦能透露那个灾难岁月里他的些许心迹。

诚品书店

竟日连轴转，身体的疲惫可想而知，早晨一睁眼，已过八点，匆匆冲个澡，换上正装，便去旺角赶地铁。从出门到进入城大的郑翼之楼，也只花了半小时。正赶上会前的茶点，一杯咖啡，两枚烧麦，解决了口腹问题。九时半，第五届纽黑文法理学派国际会议开幕。主办会议的是王贵国教授和他的老师、耶鲁法学院的 Michael Reisman 教授。Reisman 很有几分鹤发童颜的味道。会议话题基本是国际法和国际贸易法领域，索性不戴同传耳机，练练听力。一直开到午后一时半，才去午餐，头盘主餐甜点咖啡，一道道地等，差点儿睡过去。

三点继续开会，听了大半，离席奔中央政府驻港联络办。港铁调景岭线坐到旺角，在那里转荃湾线，几站地就到了中环。香港岛原有“四环九约”之说，“环”字为“湾”字的转音，原为水上人用，意义与湾字相同，但也有说环比湾更为辽阔。所谓四环，从西边开始说依次为西环、上环、中环和下环。中环则是现代香港最先开发的地区，不单是港英政府的行政中心，也是商业的心脏地带。

从中环地铁站出站，正是干诺道，看看时间尚早，就近逛了一家香港图书文具有限公司（后来知道是辰衝书店的分店），几乎全是英文书，中文书寥寥半架而已。问店员中文书是不是只有这些，她说是的，我们是英文书店。书店出来开始找中联办，一位只会说粤语的老太告诉我还很远，要打的过去。的士果真走了好大一会儿，看路标都快到了薄扶林道附近，这可是戴望舒住过的地方，它日当专来一游。好不容易找到中联办大门，竟忘了带证件，门卫让我先到大堂坐，打电话找人接。一会儿端洪兄就下来了，先带我到路边抽烟，指着高处的山说，港大就在上头。随后主人陪我们领导登上三十八楼圆厅，三百六十度鸟瞰香港，中环金钟一带简直就是楼宇组成的森林。

晚餐结束后，看看还只八点多，决定顺路去铜锣湾找诚品书店。坐上电车，晃晃荡荡好多站，才到了铜锣湾，下车来正是怡和街与糖街交界的商务印书馆旗舰店铜锣湾图书中心。营业面积共五层，转了其中的两层。文学书种类不少，法律书只一两架，本岛出品很少，半数来自内地，还有少数来自台湾。艺术图书亦不可观。向收银员询问诚品书店的位置，她倒很爽快地告诉我，出门右转，就在崇光百货的对面。在一位大妈的热心指点下，终于找到了。原来是在轩尼诗道的希慎广场内，诚品占据了其中的八到十层。相比之下，尽管刚才的商务还算优雅宁静，但充其量也属中规中矩；诚品则充满时尚元素，不独店面，就是书的样子，好像也漂亮许多。不过，真心想买的，毕竟不多。回寓已近夜半，躺到床上的感觉，舒服死了。

叶壹堂

今天仍是一天的纽黑文法理学派国际会议。报告的内容主要集中在国际投资、贸易自由、世贸规则、仲裁调解等议题，仗着曾随团到日内瓦参加过 WTO 年度审议，也负责过零星与 WTO 有关的法律工作，总算不是完全陌生，但还是想努力在这些话题中寻找哪怕一丝一点的与公法的契合点。城大法学院教授 Anton Cooray 主讲的题目是对政府的司法尊重：司法能动的限制。我想发表评论，指出这恐怕并非放之四海而皆准的命题。当一地政府对违法行政习以为常、对干预司法乐此不疲时，司法的功能恰恰需要强化。而且，他引为例证的一个英国的信息自由方面的判例，用在此处也实在难称恰当。但身为列席人员，在一干顶尖法学家面前，总算保持住克制，没有张口。在大家昏昏欲睡之时，马来西亚一个候选博士的报告颇令全场振奋，他报告的题目是，伊斯兰世界应该推行一夫多妻。来自西方的几个学者，兴奋之余也在质疑：为什么不能是一妻多夫？

午饭在又一城里的小意大利餐厅（Amaronis），情调当然不错，但令我兴奋的是，它的旁边就是一家规模颇大的叶壹堂书店（Page One），于是，交待好同学替我点餐，便转身钻进了书店。店面不小，情调不俗，港台国外的书当然比北京的店多了去了。问收银我在北京的会员卡可否通用，她敲完电脑说查不到我的资料，不过，非会员这里也打九折，其实相当于北京的会员待遇了。收获的还是老主题。一是《东京图书馆纪行》，台湾城邦文化事业有限公司二〇一三年初版，作者是玄光社 mook，精装彩印，自是不俗，有趣的是，还在封底里侧粘上一个图书馆里常见的橙黄色小纸口袋，插在袋里的借书卡上甚至还填写着还书日期，当时吓我一跳，以为不小心买了一本图书馆流落出来的二手书。该书图文并茂地讲述了东京三十间著名图书馆令人流连忘返的风景。东京不仅不乏历史悠久的图书馆，各种专业图书馆也是五花八门，举凡文学、美术、写真、漫画、电影、戏剧、纸张、印刷、邮票、广告、饮食、天文、杂志，真是应有尽有。二是《二手书店的旅行》，台湾电脑文化/创意市集二〇一一年初版。介绍了台北、台中、台南、高雄、花莲二十六家富于特色的二手书店，其中只有台南的草祭二手书店我到过，还不巧赶上了闭店装修，聊以自慰的是与身穿工服的老板蔡汉忠站在店门外一通聊书。草祭注重收集台湾文学初版书，仅杂志创刊号就集了几千本。不知何时再有机会去逛。三是《巴黎文学散步地图》，台湾猫头鹰出版二〇一二年印行，淡雅的封皮上印着这样一句话："在巴黎，每个看似不经意的角落，不起眼的建筑，都可能曾有某位作家停驻的身影。"作者缪咏华就在他的散步中为我们遴选了七十多位文学家、五百多个地址、四百多张图片。当中果然找到了费兹杰罗。他的《大亨小传》正是在巴黎的两世界旅馆完成，但他的妻子萨尔妲此时却跟法国海军飞行员堕入情网，让他大伤脑筋。

叶壹堂本来是一家新加坡小店，成立于一九八三年。现在，已在北京、台北、香港、杭州、深圳开了多家规模宏大、风格时尚的零售店。三里屯的 Page One，是我最喜欢的北京书店之一，尤其喜欢的是那里的艺术设计类书，香港、台湾图书，还有连三联书店和万圣书园都不具备的情调。在香港，叶壹堂零售店遍布在赤鱲角的香港国际机场、九龙塘的又一城、尖沙咀的海港城、铜锣湾的时代广场。看来，开在大商城里，似乎是 Page One 的一贯风格。这一财大气粗的做派一直延伸到了台北，据说那里的分店开在了一〇一大楼！

下午的会议非常热烈。王贵国教授在答问时指出：作为一个学者，不应只是遵循纸上的规则，还要看看社会的目标。面对究竟什么是纽黑文学派要义的质询，他的恩师 Reisman 抓过话筒替自己的学生挡架，老先生说：按照纽黑文学派的方法论，不会上来就坚持一个观点，我们会追寻着目标，逐一分析各种因素的得失后果，最终达致价值最大化、冲突最小化。作为会议主办者，刚刚卸任香港城市大学法学院院长的王贵国在闭幕辞中感谢了所有应当感谢的人之后，突然说：“忘了感谢一个最应当感谢的人，这次会议本来都是他具体操办的，他把二十多年最好的时光全部献给了城大法学院。作为院长，无论要指派什么脏活累活，我第一个想到的肯定是他。如今，他要退休了，我也不当院长了，都轻松了。他就是出生于斯里兰卡、长期担任我的副手的 Anton Cooray。”突然，王贵国变戏法一样拿出一本书，说：“是美女老师杨帆出主意，瞒着 Anton 编印了这样一本纪念文集，以纪念他的退休和六十五岁生日。目前，这本书只赶印出一册，在世界上还是孤本。”二十几年的珠联璧合，一朝同进退，又给了吃苦耐劳的好兄弟这样一个充满尊荣的惊喜，真把会议推向了一个高潮。在城大出版社社长和杨帆上前与两位老院长合影之后，我赶快过去拍下了这本满浸着浓浓友情的孤本的书影。老实巴交的 Anton 搓着手一再跟我嘟囔：“我一点儿都不知道，我一点儿都不知道！”

The Purple Book

昨晚彻底睡了个完整觉，今晨醒来把几件衣服洗了。虽然今天是中秋节，可在节日当天学校并不放假。午前十一点赶到法学院，听关文伟老师给大家介绍课程安排和纪律要求。他说，对你们和普通学生同样要求，你们拿到的学位才不会打折。顿时感到莫大的压力。随后，正式发了城大的学生证。下午两点，开始第一堂课，贺欣教授的高级法学理论和研究方法，一堂课听下来，真切迎来颠覆性的崩溃，再联想起中午在图书馆的梭巡，在浩瀚的学问世界面前，真有些无所措手足的感觉。晚上全班初次餐聚，推杯换盏之间，心里一直放不下的仍是这份沉重的压力。

睡前翻阅那天在铜锣湾诚品书店买的画册*The Purple Book*（《紫面志》）。初看上去都像是Vania的画，细看好像又不全是，实际是一部包括Vania在内的多名艺术家的插图选集，书的副题是“当代艺术和插图中的象征主义和情色”。与Vania的画风相同，都是那种唯美、梦幻、性感却又病态的情调。据出版商介绍，书里的许多图版都是首次印刷。为什么叫紫色的书？原来是由流行于一八九〇年代的《黄面志》*The Yellow Book*脱胎而来。《黄面志》是十九世纪末期英国最重要的文学刊物，是世纪末唯美主义和颓废文学的代表。因为当时法国的小说都是黄色封面，于是《黄面志》也对此效仿，每一期封面都用黄色作底色，上面印着精致的黑色线条画。最开始的几期，封面都是比亚兹莱的作品，他曾是《黄面志》最初的美术总监，在杂志上刊出了不少自己的插画。早年鲁迅、郁达夫曾经向中国读者推介比亚兹莱堕落、腐朽、唯美的颓废主义画作，叶灵凤更是大加模仿，也因此被鲁迅讥讽为“生吞琵亚词侣”。我因叶氏的原因也开始对比氏痴迷，一九九三年还幸运地在纽约公共图书馆见到了《黄面志》的实物。这本《紫面志》，由 Angus Hyland 和 Angharad Lewis 合编，伦敦的 Laurence King Publishing 于二〇一三年出版。编者说，与黄色代表大胆的淫荡相比，紫色则象征着绚烂和性感。

旺角的书肆

今天起三天中秋小长假，起来整理一下内务后便背包出去。赁屋旺角，当然先要从身边开始熟悉。据说，旺角本名芒角，一八一九年嘉庆《新安县志》始载“芒角村”。根据地理形势，“芒角”之名，可能是取义为“芒草生长的山角”。芒草是一种高大草本植物，与甘蔗是近亲。可以遥想当年，笔架山下溪水潺潺，海边小岗上长满翠嫩的芒草。后来城市开发了，居民就将“草头从亡”的“芒”改作“旺”，希望这个角落兴旺起来。此后，这个原来的海角小岗也果然成为九龙的中心和人口最为稠密的地方。

从港铁旺角站上行一站，就是太子。所谓的太子，是指英国爱德华王子，因他曾于一九二二年访港，就以他的名字命名了一条“宜华径”，两年后改称英皇太子道，“二战”后更简化为太子道。出地铁太子站东行，依次走过西洋菜街、通菜街、花园街，最后来到花墟道。果然名如其实，满街都是花卉，比旺角闹市那边幽静清新多了。一边走，一边觉得这一带的地名好玩儿，回来查资料，原来其中大有文章。早年，芒角还有耕地，就利用较干旱的部分种植花卉和蔬菜。新界那边的华人花农每日清晨也担运鲜花越过界限街的边境关卡到这边摆卖，慢慢就形成一个花墟。当时种植的蔬菜主要是通菜与西洋菜，后来就都用作了街名。

叶灵凤的《香港方物志》就有一篇《西洋菜》，细说了西洋菜的来由：

> 顾名思义，西洋菜是来自西洋的。本地人惯称葡萄牙为西洋，西洋菜虽非传自葡萄牙，但香港的西洋菜首先移植自澳门，则大约是事实。因为澳门在明末就已经成为葡萄牙的殖民地了。九龙有一条西洋菜街，就因为那一带从前多是西洋菜田，现在则一天一天迁到市外远处去了。

有一个故事，说西洋菜是由一个患病的船员从一座无人的孤岛上移植来的，因为这个人患肺病，一人留在岛上，吃了这种野生的“水草”居然不死，后来便将它移植到澳门，所以名为西洋菜。这个故事恐怕只是“故事”而已。至少在英国乡下，已久已有人用水田种植西洋菜，他们称之为Watercress，视为可供生吃的蔬菜之一。

西洋菜有水旱两种，本港是用水种的居多，即种在五六寸深的水田内，任它蔓延，然后摘取较嫩的枝叶出售，割了之后它又可以继续生长。因此西洋菜在香港几乎是四时不断的，但最肥美的是从初冬到春末。

我来这里，并非赏花吃菜，是因为听说这几条街上书店很多，但走了好远，等开始看到书店时，才发现又从太子回到了旺角这边。首先在通菜街口找到了天地图书。天地图书既卖书又出书，旗舰店应该在湾仔的庄士敦道，旺角这家规模也算可以，除了卖天地自版书，也卖别家书，文学政经史地之外，亦有不少命理风水、宠物花卉之类。我比较侧重关注香港史地方面的著述，叶灵凤的几本架子上都有，但我早就收藏了。近人方面，有一位笔名陈云的比较活跃，好几本全是追怀香港往昔的文字，制作也属不俗，但因偏于主观感性，没有太大买下的必要。相比之下，饶玖才的《香港的地名与地方历史》，似乎更有文史价值。饶先生不是一味掉书袋，亦富田野经验。他早年在本港从事农、林和自然保护工作，足迹遍及港九和新界，又因喜欢寻源追踪，因此几成为本港的地名通。

通菜街南端，是著名的女人街，密密匝匝的小商品在街上摆得遮天蔽日，应该不会有什么书店了。转到相邻的西洋菜南街，一眼望去，满街全是书店的幌子，心想终于碰上书店街了。从博学轩开始看起，依次是尚书房、国风堂、开益书店、榆林书局、田园书屋、春藤书坊，有几家专门卖教材的，还略过未进。这些店都是所谓的二楼书店，要爬一层或两层上去，店面也就是一个住家的单元。有的布置得整齐一些，更多的就不太讲究了。一般还兼售内地图书和台湾图书。内地图书大抵是深圳集货，再运至香港，有的店还打出了隔日进货的招牌。图书品种上，有的学术气重一些，快接近我们的独立书店了；有的则侧重期刊杂志；还有的几乎全是语言学习考试用书和软件 DVD，那感觉，很像我们在内地常见的烂到家的图书批发市场。

洗衣街一一三号还有一家世界书局，但大门紧闭，估计是中秋假期歇业。以前在纽约的时候，就喜欢逛那里的世界书局，那是第一次看见满店全是繁体竖排的台湾图书。香港的世界书局也很有一些年头了，记得罗隼曾讲："香港世界书局过去除荷李活道正铺外，九龙弥敦道有分局。"不知这家跟他们有什么关系。西洋菜街上据说还有乐文书店、梅馨书舍、新亚书店等好几家，但实在转不动了，决定以三联书店结束今天的访书之旅。旺角三联，店设新世纪广场。拾级而上，沿着露天铁轨一路前行，就到了旺角东站。据说，旺角的发达几乎全赖当年九广铁路的开通，现今的旺角东站在当时称作油麻地火车站，新世纪广场就在它的旁边。乘扶梯上到二楼，很容易就找到了三联。店面适中，环境也还可以。从宣传品得知，香港、九龙、新界，三联共有十八家店，以前如雷贯耳的是中环域多利皇后街九号那家，但据说旗舰店却在新界的元朗青山公路，可能是冲着那里地价更便宜吧。

从北角到中环

网上有人说，北角有个掏书馆，能淘到民国的老书，挺勾人的，就决定今天进军北角。行前查饶玖才老先生的书，北角那地方原来叫七姊妹村，本是铜锣湾与鲗鱼涌之间的一处偏僻海滩，后来开路建厂，日见繁华。因了此处为港岛北岸位置最北的岬角，也就改名成北角North Point了。诗人也斯幼时曾住这里，他回忆说，“那时的北角，还遗留着（上世纪）五十年代小上海的痕迹，对从乡下出来的孩子，特别感到街道宽敞、清洁整齐。英皇道上还有高级的白俄餐厅温莎，橱窗里摆满巧克力、新鲜出炉的面包糕点、复活蛋和圣诞蛋糕，庆祝跟乡村不同的节日。上海店黄昏时生煎包出炉的香气，吸引了排队购买的人潮。”

坐港铁荃湾线在金钟换乘港岛线，转瞬就到了北角。出站就是也斯笔下的英皇道，与之交叉的南北向一条小街，叫作书局街，但书局街并无书局，只是因为早年商务印书馆曾在此开办印刷厂，才留下这样一个雅致的街名。小街短得一眼能看到头，索性走上一个来回，看看有没留下商务的什么遗迹。向北走不几步，就到了海边，原来是北角轮船码头，隔着维多利亚湾正好看到尖沙咀的那片高楼。码头上有一个海鲜市场，各类带壳海鲜铺地摆开，把空气搞得腥腥的。往南走，更短，很快就被山坡阻隔，有一个上山的石阶，入口处刻着香花径的字样，拾级而上，草木葱茏，走起来十分惬意，猜想上面无非是民居，因此走过一程，也便折返下来。

沿英皇道西行，没有几步，就碰上一家商务印书馆，进去扫射一圈，也不见有多少特色，书也还是那些书，只有一本《香港美术史》，还算新鲜。虽说是香港三联出版，作者朱琦却是内地人，该书系在他的博士论文的基础上加工而成，故此严谨有余，趣味不足，图版也太少了些。据书中记载，叶灵凤在战时的香港尚参加过一些与漫画木刻有关的活动。例如，叶浅予于一九三九年抵港后，着手组织了“全国漫画协会香港分会”，聚会之所设在他和张光宇等人租住的坚道十三号 A，叶灵凤和茅盾、胡风、戴望舒经常光顾这里，与漫画家一起谈画论艺、交流心得。一九四〇年，木刻家唐英伟组织了“中华全国木刻家抗敌协会香港分会”，会址也设在坚道十三号 A。分会成立不久，即在坚道的中华中学举办了“纪念鲁迅六十诞辰木刻展”，展品中就包括叶灵凤收藏的木刻作品。这段时间应该是叶灵凤非常惬意的时光，大批美术家北返之后，陪伴他的就只能是无人论艺的落寞了。

结账时跟店员聊起书局街，她竟知道她们公司的老掌故，但也确证已经没有什么遗迹可寻了。出商务后，按照网传掏书馆地址，很快找到了新时代广场，上楼一看，全是一家家分租的店铺，让保安带着找到了一五七号，不仅关着门，而且也分明不是书店了。看来，旧书店是很难维持下去的。继续西行，在大强街倏然发现了森记书局的招幌，来到英皇中心商场的地下，就看到了著名的森记书局。书堆得顶天立地，品种无所不包。最大的特色是，满店全是上蹿下跳的猫，书架上还贴有一张告示，告诉那些专门来玩猫的：我们首先是一家书店，只不过养着一些猫。好奇地向看店的伙计请教，他指着一张中年女士的照片说，这就是我们老板，她专门收养流浪幼猫，目前店里足有三十多只。听完不禁莞尔，觉得书店这样开，也怪有趣。选中一册牛津版董桥的《记忆的脚注》之后，就追着店员讲古。才知道森记书局五十年代就有了，创始人是在邵氏电影公司担任过宣传经理的崔巍。鼎盛的时节，几乎每间戏院旁边都有一家森记。崔巍有六个女儿，每人负责打理一间。北角的这间创办于一九七八年，也是目前硕果仅存的一家。现在的女老板叫陈琁，原来是受聘的全职店员。一九八五年，老板准备移民，提议陈琁接受书店，陈琁说我好想接受森记，可是我不够钱，老板就递给她一个存折，说你不用立刻付钱，等你赚到钱后分三年打进来就成。陈琁果然没有让老板看走眼，尽管非常艰难，但生生挺了下来。

说话间到了炮台山，走不动了，便跳上一辆双层有轨电车。这种老物什，几十年了，竟然还在高速运行。攀到上层，图个视野好，果然在湾仔的庄士敦道，就发现路边有一家陈湘记书局，到站赶忙跳下，进去只瞅一眼就失望了，一条龙的门面，文具杂货远比书多。好在不远处就是一家天地图书，二楼英文，一楼中文。只逛一楼。但见店面很大，却又用书架隔成了好些相对独立的单元，有些像芦苇纵横的湿地，颇具曲径通幽之趣。论到书的品种，也是很有气象，甚至还专门有一个图书研究的专架。

再上电车，一路经过了中央图书馆、维多利亚广场、中银大厦，最终在中环下车，下来正好是域多利皇后街，远远就望见了三联书店。以往我们常讲三联书店香港分店，其实，并非先有了内地的三联书店，再设香港分店，生活、读书、新知这三家书店，正是在香港实现联合，那是在一九四八年秋。曾长期担任香港三联经理的蓝真回忆说："十月二十六日，已合并的'生活·读书·新知三联书店'正式成立，'香港分店'也同时诞生了。

当晚在皇后大道中五十四号二楼原‘生活’的门市举行联欢晚会，会场中挂着一条醒眼的红底白字——‘团结就是力量’的大横幅。”香港老出版人罗琅四十年代末初到香港，就喜欢在三联书店打书钉，六十年后他还清晰地记得当时的情形：

> 上三联发行所，要从陆佑行侧边横街，一木梯登楼，每踏上一级便发出吱吱声响，梯级木板已被行人磨踏得凹下去了。店堂不大，有读者围着书台看书，除可听到马路上车声、叫卖声外，只有掀书页发出微弱的沙沙声，职员一脸严肃，笔直站立，有时整理书架，读者有询问，他们态度和气，热心回答，有时还代你找书，他们年纪应该同我差不多二十左右，所以我对他们感到亲切，希望自己能够在这里工作就好。

现在的这家店面，分地下、阁楼和一层，中文居多，英文也有一些。有一个台子，号称“每周国版图书展示”。

当中有一本上海人民版的《2010–2012 中国最美的书》，标价两百五十六港币，扯着塑封使劲想看看原价几何，总也不能如愿。无论多少吧，也犯不上在这儿买出口转内销的东西。

三联旁边，还有一家英文书店 Bloomsbury，研究了一番店招上的营业时间，判断今天是在休息，也便不再上楼。穿过皇后大道中，爬坡向半山上行，便到了摆花街，想找 Kubrick 和另一家书店，门房说里面已经没有卖书的了。悻悻地走向兰桂坊，但见夜幕初降，音乐已响，昏暗的酒吧里，迎门处已有闲闲地啜饮啤酒的男女。

台风天兔

一早醒来，天气阴沉沉的。媒体称，台风“天兔”杀到，或造成风暴潮，但窗外的树，目前还是一丝也不动。连续两天兔子一样到处跑着逛书店，不仅把自己的胃口弄倒了，还把“天兔”给引来了。这样也好，把自己关在房里，伴着窗外稀里哗啦的雨声，潜心读了一天书。贺欣老师指定阅读的陈瑞华《社会科学方法对法学的影响》，尽管只有几十页，边读边想，竟也用了几个钟头。傍晚时，突然想去学校图书馆找几本书延伸阅读，看馆的老师却催我赶快离校，说“天兔”可能七点就到。地铁站内，预告台风将要来临的各种文字和声音的提示都做得非常周到、细致。在旺角出地铁，正是西洋菜街，想攀上楼梯重新审视一下何帆兄强力推荐的田园书屋，不想楼门紧锁，一会儿楼梯上下来一位老先生，边走边嚷：“关门了！台风要来了！”这才感到台风可能真的要来了。放眼望去，街上行人渐稀，一片萧索，雨中急行，强风愣把雨伞吹成了喇叭花。

乐文书店

一夜雨疏风骤，卫生间的百叶门都给吹得啪啪作响。早晨醒来，凭窗望去，雨歇风停。贺欣老师发来邮件，通知下午的课照上。看看课表，知道林峰署理院长的“行政法”快要开课了，上午就在寓舍读他那本《香港地区行政诉讼：制度、立法与案例》。

午前去学校，进旺角地铁站时，在西洋菜街六十二号的二楼，逛了一家乐文书店。虽说仍是一间面积不大的二楼书店，但就其含金量来讲，绝对不让三联、商务、天地、诚品。既有品相的不俗，又有内容的厚重。即便一些比较世俗的题材，也不乏几分文化的意韵在内。比如一本《AV词典》，写的是不能再俗的日本AV文化，但设计干净典雅，写作的文风甚至可以直追陈原《在语词的密林里》和周有光《语文闲谈》这类经典社会语言学著述。

令人兴奋的是，发现一本《你不可不知道的伟大插画家比亚兹莱》，台湾高谈文化出版，图版印制质量绝对超过所有经眼的中文版本。皇冠出品的安伯托·艾可的《植物的记忆与藏书乐》亦很有趣。拥有超过三万册藏书的艾可认为，很久以前，人们在植物做成的纸页上写字，而后纸页成书，书就是植物的记忆。这很有趣，也没有考证，“书”、“树”同音，是否也有什么渊源。还有一册女画家熊爱仪的《铜版画技法与藏书票艺术》，实为不甚多见的题材，惜乎杂志人小的开本不甚让人喜欢。我问店家，是不是以经营台湾图书为主，他点头称是，并说台湾图书一律八折。问他乐文是不是连锁，他说在铜锣湾还有一家。本想多聊一聊，怎奈他的香港话实在难懂，也便打住。

下午课上，讨论激烈。贺欣老师拿 Marc Galanter

的一篇经典论文作示范，讲解研究者应当具备的独特视角，言语间备极推崇。我请求他能将英文原作提供我们，很快他就发来邮件，七十一页的长文，密密匝匝，这可如何消化得了？

课后到图书馆看书，找来费孝通的《乡土中国》重读，对照贺欣所讲的研究方法，细细抠了五章。费老在重刊序言中倒确实提到了这几个要素：问题、提炼、概念、核实（也就是所谓的证伪吧）。但我在课上发言说，费孝通的文章通篇无注释，甚至有的纯用对话的方式，不也成了不朽的名著？贺欣的回答是，圣经可兰经的时代早已过去了。面前的两本《乡土中国》，都是香港三联版，一九八六年版的那本，正文是简体排版，疑是借用北京三联一九八五年版的纸型，到了一九九一年再版，正文就改作繁体横排了。

教科书读得人头大。睡觉前读几篇艾可换换脑筋。此君对藏书迷种种行状和心理的描摹非常令人心领神会。其中一段他说：

一个藏书家，尤其是那些收藏当代书籍的收藏家，会遇到有白痴到他家，看到满屋子的书，开口说："好多书哦！你都看过了？"我如果想要折磨访客，让他陷入错愕的痛苦中，就会说："我看过的都在学校，这些是我下礼拜要看的。"我在米兰的书有大约三万本，那倒霉鬼只好找借口说临时有事，提前告辞。

Kubrick

下午仍是贺欣的课，结合他自己用社会学研究方法撰写的一篇论文以及他的美国老师用同样方法写的一篇研究犯罪率下降与罗伊案后堕胎合法化关系的论文，为我们讲解了统计学方法在法学研究中的运用范式。有启发，但大家对这类研究的价值仍有些许狐疑。

返寓时故意多坐一站，在油麻地下车，三拐两拐，找到了众坊街，在一个叫作骏豪花园的小区里，有一个土黄色的堡垒一样的建筑，底层依次开着麦当劳、百老汇电影中心和 Kubrick 书店。Kubrick 里面，一半是书店，一半是咖啡馆，书香和咖啡香混合在一起，真的是一种非常醉人的味道。书的风格与北京店约略近似，内容上侧重文艺、电影、休闲和艺术设计，外表上偏好时尚和前卫。有一本李志铭编著的《装帧时代》（台湾行人文化实验室二〇一〇年初版一刷），介绍的是八名台湾著名书封设计艺术家的设计作品，那种手工图绘，真的是质朴而又绚烂。李志铭在台湾有“书影侦探”的美誉，本来学的是建筑，却偏偏痴迷于书物。他的《半世纪旧书回味》和《装帧台湾》，也都是大美之作，我前两次去台湾时有幸都收入了囊中。在一个角落里，竟有整整一架关于书的书，英文、日文、中文，文字各有姿态，述说的却是相同的话题，都是与书有关的方方面面，单看《爱书狂贼》这样的书名，已经足以让人欣喜到抓狂！可惜，这样的好书，又如何能买得绝呢？

茶餐厅连吃了十天，开始还觉得新鲜好玩儿，慢慢就快有崩溃的感觉了。昨晚收工时，终于走进了超市，买下一只煮锅，一袋米，三袋方便面。回家把沉重的袋子一丢，就要开煮，突然傻眼了：锅不见了！认真一想，一路没作停留，只在那家包子铺买过四个菜肉包子，肯定是在那里上演了狗熊掰棒子的一幕。但实在没力气再返回去找了，心想，若是在那里，明天也会在。今天在油麻地，发现几条街都是卖炊具的，拣最便宜的，买下一碗一勺一筷，内心正是以锅还存在为前提。回到包子铺，老板娘往架下一指，果然在那里为我藏着。拎上锅，又买了一把青菜，李记粥面铺也就正式开张了。

立法会

梁美芬教授今天上午开讲香港基本法。梁美芬，不仅是城大法学院副教授，还是香港立法会议员、执业大律师。她祖父那辈儿从广东移居香港，她本人在香港接受大学教育后，去内地的人民大学攻读宪法专业硕士和博士，师从的是许崇德和曾宪义。因了普通法和中国法的双重背景，梁教授解读起香港基本法来，就很有一些“双吃”的味道。

课堂上，梁美芬还说，是当时的港督卫奕信，早早预见到回归后的需要，决定成立城市大学法学院，以培养精通内地和香港法律的专门人才，梁本人也缘此来到城大教书。这是富有远见之举，不管他根本的出发点是什么，对于香港的法学教育来说，总是功德无量的好事。卫奕信爵士是第二十七任、也是倒数第二任港督，他中文很好，还有个中文名字魏德巍。香港人似乎对他印象不坏，九龙群山里，辟有一条卫奕信径，就是以他的名字命名，他的继任者彭定康末代港督，就没有这个待遇了，只留下个“肥彭”的雅号。

下午，全班去金钟添马舰参访香港立法会。金钟地区过去是英驻军所在地，当年在维多利亚营房乐礼楼大门口，悬有一口金光闪耀的铜钟，中午、下午定时敲打，作为士兵午膳和放工的讯号，后来本地居民就将此地称作金钟。至于添马舰，原是英海军的一艘军舰，日本攻陷香港前夕，英军忍痛将其炸沉。战后，将新填出的海军基地命作“添马”，以为纪念。香港回归后，特区政府在这里兴建了立法会大楼，于二〇一一年投入使用。大楼功能齐全，尤为注重兴建供市民学生旁听、参观、教育的场所和设施，我们就看到一队幼儿园孩童在这里活动，一群中学生则在仿真议事厅里假扮议员进行模拟辩论。藏书颇有规模的立法会图书馆也对普通市民开放。

大堂墙壁上还有一幅雕塑作品，刻画的是香港市民生活的众生相，题目就叫“人民”，人民在这里的确是畅行无阻的。

在一间会议室，香港立法会主席曾钰成先生亲自与我们见面座谈。曾主席清瘦干练，亲切随便，就如邻家大叔一般。他饶有兴致地讲起了立法会议上个别议员“拉布”的情形。什么叫“拉布”？会踢足球的曾主席说，这是一个足球用语，是指领先一方在最后阶段故意拖延时间。有的议员，眼见他反对的法案无法阻止通过，就开始“拉布”，也就是利用规则在那里反复发言，以求拖延时间。主席对此经常无可奈何，也确实影响了立法机构功能的发挥。但在去年，他果断终止了一次“拉布”行为，结果被“拉布”议员起诉到法院，请求司法复核。两审法院都没有支持起诉，他们认为，主席的决定并不违反法律，至于立法会议事规则是否合理，那是立法机构内部的事情，司法不予干涉。尽管如此，曾主席说他还是会慎重作出任何一个决定，因为你不能保证每一次决定都能得到法院的支持。至于立法机构对司法有什么制衡作用，曾主席说，我们尊重司法机构，不会对正在审理的案件发表任何看法。对于独立的法官推选委员会提名任命的法官，我们在审议时也只看白纸黑字上的条件是否合格，通常都是相当尊重的。

梅馨书舍与序言书室

从立法会回去时，顺脚在地铁站旁的西洋菜南街六十六号逛了两家二楼书店。说是二楼，其实电梯里让按7字。一家是梅馨书舍，是地道的旧书店。陆蓓容曾在《都市周报》写道：前年TVB力推的《潜行狙击》，有一集讲古惑仔出入旺角，奔进西洋菜南街六十六号大厦，警员随即追去。人影一晃而过，门口招牌却在镜头里映得分明，端然是“梅馨书舍，按7字”。前些年，深圳的《晶报》也曾以《梅馨书舍：旺角闹市的一缕书香》为题作过特写。老板郑广文一九八七年从福州来港，在鞋厂做过工，本来生意做得很不错，却因为喜欢，在二〇〇五年开了这家书店。刚开业时，旺角附近书店的老板们闻讯赶来凑趣，纷纷打赌梅馨能撑多久。有的说三个月，有的说半年。但一晃八年过去了，那些老板里恐怕有不少人转了行，梅馨却依然还在，这份坚守委实让人佩服。但店里的书却并不对我的路子，滤过一遍，也无可买。学着陆大小姐的样子，“负手对闲书，看够了相视一笑便出门”去也。

再上一层楼，是序言书室，虽说外面楼道里环境恶劣，里面却有些情调，临街的玻璃窗旁摆了一个沙发和三套桌椅，音响里还低低地放着爵士乐。这种还算用心的布置，可能跟店主是位女性不无关系。序言书室在豆瓣上有自己的小站，其“本店资料”称：“序言书室主要售卖及代订人文学科及社会科学之中英文学术书籍，包括：文学、哲学、政治、社会学、历史、文化研究等。我们将举办各项文化活动，如读书会、座谈会、新书发布会等，藉此推动阅读风气。序言书室作为一间文化学术书店正是要提供一个空间，让人群聚合，互相激活对人生的感动和思考。希望书室能让人多一点思索，少一点麻木。”在几个架前逡巡一周，书以新书为主，中英各半。也有一架二手书，折扣倒挺狠，比如一本木令耆的《读书拾遗》，只售港币十元。新书方面，一本《香港文社史集初编》，对于研究香港文学，应属不可多得的史料，可惜我实在没那么大精力再去拓展研究领域了。

香港大学

在西环吃完午饭分手的时候，我见正是西边街，就要顺路看两家书店，端洪说这儿的书店实在没意思，我不信邪，穿过德辅道西，在西边街的十八号遇上了国光书局，进去一看，才信了端洪的话，只有一些稀稀拉拉的教材而已。上行几步，就是般咸道，右转过了古色古香的英皇书院，碰上一家叫作 Dymocks 的英文书店，店名下还写着 For Booklovers，以为有料，谁知店面并不大，只有小说、非小说和旅行这几个分类，并无可淘。好在街对面就是香港大学，索性开始港大游。

未进校门，先看到了冯平山楼。冯平山是香港巨富，以白手兴家和乐善好施而为人津津乐道。他在一九三一年为港大献金建楼，兴建中文图书馆，更捐款购置中文藏书，因此大学的中文图书馆便以“冯平山图书馆”命名，一直沿用至今。据冯美莲、尹耀全所著《庋藏远见——冯平山》一书（香港商务印书馆二〇一三年版）引述冯平山哲嗣冯秉华当年在冯平山图书馆开幕礼上的致辞，说明冯平山捐建中文图书馆之目的有二：一以使香港大学成为南中国搜藏与保存中国古籍之主要中心，让大学师生发扬和守护中国的辉煌历史与文化；一以图书馆向大众开放，鼓励华人研究祖国语言及历史风俗习惯。

进去这座乔治亚式的小楼，才知早已改作香港大学美术博物馆，遗憾的是里面正在施工，只有一个《超然冰岛：何安达藏二十世纪冰岛绘画》的展览开放，其他丰富的馆藏，以及位于美术博物馆新翼徐展堂楼地下的博寮茶座及书店，这次是无缘消受了。

冯平山楼旁边，就是港大的般咸道门，甫一进来，立刻感受到了只有百年老校才有的那种气场。高低错落，林木遮映，底韵外溢，雍容厚重。一时间似乎时光倒流，迎面碰到正在竹下捧读小说的张爱玲。迤逦前行，找到了港大书店，格调亦是古朴，可惜周末闭店，只能馋馋地透过玻璃窗朝里面狠盯几眼。又来到图书馆，因没有港大的身份卡，也只能在入闸外往里望望。好在城大可以联网馆际阅览这里的藏品。

本部大楼是香港大学的首座建筑物，自一九一二年建成启用后，一直屹立至今，并成为香港大学的标志。香港大学能够成立，应当归功于港督卢押和居港五十年的富商么地。卢押提出创办香港大学，并促使么地答应捐款十五万港元，资助兴建大学的教学楼。将校址确定在般咸道与薄扶林道交界，也是卢押提出的。在校园的高处，看见了圣士提反道上几处中西合璧的老建筑，不禁想起，一九四二年，年仅三十一岁的萧红正是在当时作为临时医院的圣士提反女子中学校园里病逝。走出港大，又在薄扶林道徘徊许久，不远处的学士台是叶灵凤初来香港时的居所，戴望舒则筑巢在左近的林泉。这些地名曾经频繁地出现在我早年写的一本书中，今日方来，物非人去，孑然踯躅，徒生唏嘘。

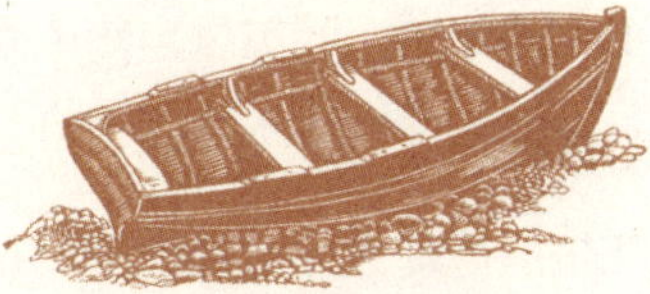

智源书局

《蔡澜的生活方式》里提到，他经常光顾的书店里有一家智源书局，专卖日本书籍，在尖沙咀的金巴利道。一查资料，可不是这么简单，智源书局可是有着不俗的历史。书局现在使用的商标上，标注有“since 1963”的字样，但根据罗隼在《香港文化脚印二集》中《昔年的“智源书局”》一文的回忆，郭沫若等大批文化人为避白色恐怖南下香港时，智源书局就已经营，书局的牌匾就出自郭沫若的手笔。虽然店址经过三迁，店堂从大变小，从低迁高而上楼，人事也变了，唯一不变的是那块招牌那几个字。前些年有人还听过一位姓利的老伯讲古：“几十年前我在智源书局当学徒，看着郭沫若出出入入，跟随过他。这人毛笔字一流，‘智源’店号，就是请他写。”不只郭沫若，叶灵凤、叶苗秀、夏果也是当年智源书局的常客。

早年，也就是战后那会儿，智源书局开设在中环德辅道中砵甸乍街口，店面很堂皇。后来搬到威灵顿街。一九六四年，书局所在的楼宇被政府评定为结构性危楼，只能限期迁离。当时流传一句话：“智源搬家，整条街都是书”，由此可以感受到智源书局当时的盛况。由于搬迁迫切之故，未能实时找寻合适店铺，于是先迁往油麻地平安大厦暂为安顿，其后再迁往油麻地长乐街继续经营，为期数年直至自置物业于尖沙咀金巴利道永利大厦。

罗隼说，在专售日本书刊前，智源书局什么书都卖，四十年代末，甚至还出版中文文艺书。据黄蒙田回忆，司马文森曾为智源书局编了两套书，一套叫《文艺小丛书》，包括雷维音著《春晓》、马霖（司马文森笔名）著《折翼鸟》和《少男少女》、黄蒙田著《落乡班子》和《职业与爱情》。另一套书叫《少年文库》，封面彩色，曾出版过韩北屏的《电影欣赏》和黄蒙田的《画家的故事》。而我从智源之友网站上得知，司马文森在香港那几年，还为智源书局编过一套《文艺生活选集》，有以下六种：王时颖等的《独幕剧选》、司马文森等的《秧歌剧与花灯戏》、金丁等的《作家印象记》、郭沫若等的《创作经验》、荃麟等的《文艺学习讲话》、海兵等的《报告文学选》。此外，还出版过夏衍等著《论肚子》、谷柳著《大笨象旅行记》、绀弩等著《追悼》、庄嘉农著《愤怒的台湾》、潘朗著《新社会的恋爱与婚姻》。这些书的出版年代基本是在一九四八和一九四九年间，作者群基本是南来避难的文化人。待到新中国成立，南来文化人北返后，智源书局的出版业务似乎也就停止了。至于专走日文书路线，应当是从搬离威灵顿街之后才开始的。

我今天寻访智源书局的路线，也跟它店址搬迁轨迹相类似。从西环坐地铁返回时中途在尖沙咀出地铁，步行片刻，就在金巴利道二十七号永利大厦二楼 A 室找见了它。这样一家准百年老店，却全然没有往昔的任何痕迹，郭沫若题写的店号也根本没有看到。可能因为现在的传人是位年青女性，整个书店的风格洋溢着温婉和轻浮，就连书店的猫咪也给打扮得跟个小姑娘似的。虽然号称“日本图书中心”，但货品实在难当此名，基本都是面向居家女性的“轻读物”，像什么手作、时装、美甲、折纸。好不容易看到一本《活版印刷 de 本》，也拿透明胶纸密密封着，懒得去找他们开封。逗了会儿猫，也就离开了。归途中不无怅惘，越发觉得旧时的那种情调慢慢的都要随风消散了。

天地图书

一天阴雨。上午读贺欣教授推荐的《法律、语言与权力》选章。该书为约翰·M. 康利与威廉·M. 欧巴尔合著，鼓吹社会语言学与社会学法学的联合，真成了跨学科的跨学科。作者透露，他们的研究，意在表明理论上的法（Law-in-Theory）的各种主张与实施中的法（Law-in-Action）的各种现实之间的差距。下午的课就讲解这本书里提出的“父权制”法庭话语，还分析了贺欣自己用英文写的一篇论文《中国司法调解的内部矛盾》。听得昏昏沉沉，有点儿感冒的征兆。

回家时路过洗衣街，想把那家世界书局挖出来，但那扇玻璃门还是紧闭着。试着按了几下门铃，竟然开了，从里面探出一个人头，说对不起这里不售书了。她身后的房间里明显堆着一些书，猜测是改成网店了，只好再次踏进西洋菜南街那家天地图书。天地图书是目前香港规模较大的连锁书店，旗舰店应该是我前几日去过的湾仔庄士敦道那家。据本港老文化人罗隼在《香港文化脚印二集》中讲，天地图书创办于一九七〇年代，最初就设于庄士敦道地库，“店堂有数千尺，早期是由热心人士以平价租金租给他们的，现在已成为自置物业”。没有租金的压力，就能一直存活下来。而且，它和当时的宏图图书公司一道，在左右书店之外，开创了一条第三条渠道，“售书除内地图书外，亦售香港、台湾出版物，以方便不想进左派书店、又不想进右派书店的读者，可以选购他们所要的书籍”，读者不少，便坚持下去。天地图书也是一家出版社，店铺里本版书的比重不小。

今天在西洋菜南街的店里，看见一本中华书局新近出版的《也斯的50年代：香港文学与文化论集》，里面几处涉及叶灵凤，其中对叶灵凤一九五九年发表在《文艺世纪》第二十九期的历史小说《钗头凤》作了评介，指出这篇改写陆放翁爱情故事的小说“整体的感觉还是平淡”。踟蹰半天，终于没买。也斯本名梁秉钧，岭南大学教授，既作研究，又搞创作，今年（二〇一三年）一月六日刚刚辞世，享年仅只六十五岁。架上有好几本他的诗文，小说署名也斯，诗歌、研究则署梁秉钧的本名。他曾说：“我觉得上世纪五十年代是一个很重要的转折的时期，一方面是继承了中国传统和现代的文化，另外一方面也在香港发展了一些都市文化、通俗文化等，香港没有经历过‘文革’，对传统文化、通俗文化都保存得比较好。”梁秉钧和卢玮銮合作较多，整理发掘了许多香港文学的史料，仅我箧中所存就有好几种。也斯亦曾被称作香港“文化遗老”，他也的确对这个城市的今昔有着独特的体认：“随着时间的推移，城市慢慢发生了变化，某一天醒来，习以为常的事物又少了一件，先是骑警，然后是电车，接着是老字号的店铺，以及整条街都慢慢消失了，代之而起的是地铁，是摩天楼，是连锁店和大商场。现在我能做的，是通过文字引起大家思考和反省。”

中文大学书店

国庆假期只有一天，今天又开始上课。梁美芬老师继续讲基本法，在讲到第九条中文英文的使用问题时，举了一个程介南案。程介南犯事，他希望用中文审讯，照说他的要求合法、合理、合宪，但地方法院法官没有准许。他转而请求司法复核，两个法官都是外国人，并不同情他，法官援引的是现在还生效的《官方语言条例》，其中第五条规定：用哪种语言审讯，裁量权在法官。这就导致，即使两造都是中国人，也会有有钱的一方要求使用英文，因为这会使庭审时间大幅拉长，在律师按小时收取高额代理费的制度下，没钱的人首先就会败下阵来，即使赢了一审，也耗不起冗长的二审乃至三审。所以，在香港，赢了官司还不如赢了律师费来得更重要。梁老师对内地诉讼的便宜不无夸赞，但我们过低的成本事实上也带来非常多的负面效应。由程介南案，梁老师又转到了世纪审判龚如心系列案，当中的猛料很多，但引起思考的还是，在香港，民意或者说公众的利益也明显地影响着司法的判决结果。

下课后决定去中文大学看看。在又一城坐开往罗湖的东铁，甫一开动，列车就从地面钻进了笔架山下的隧道，重见天日之后，便在群山之间的山谷中行进；尽管高楼仍然有，但已有很浓的山野气息。第四站就是大学站，出站就进入了中大校园。中文大学跟我的年纪一般大，最人的特点是整个建在一座山上，所以就要搭乘校巴上山。蜿蜒前行中，一路经过了一个又一个的书院。要说这书院，又是中大的一大特色。以前有“先有檀柘寺后有北京城”的说法，与此类似，我们也可以说“先有新亚书院，后有中文大学”。新亚书院一九四九年由钱穆等人创办，后来才并入中大，搬到了这沙田海边的马料水。

在比较热闹的一站下车，攀石阶上去，就看到了图书馆，馆外有个烽火台，是中大著名的景点，以此为起点，就是大名鼎鼎的百万大道。到路旁一卖学校纪念品的小店打听书店的位置，店里那位大姐拿出校园地图，很耐心地给我讲，目前学校只有一家书店，是商务开的，就在东铁大学站出口不远。只好又坐校巴原路下去。等车的时候，一位女生很耐心地向我建议是坐一站还是两站距离书店更近。

坐到大学站，沿路步行上返，约百十来米就看到了一座现代化建筑，正是书店所在的康本国际学术园，搭露天扶梯上到一楼，左手就是大学书店！进来先是一个咖啡馆，二道玻璃墙里便是书店的营业大厅了。稍一打量，就感觉到它的宽敞、明亮、简洁、时尚。中间部分是中文书刊，香港、台湾图书为主，内地图书亦有，学术和文艺居多，外围一圈则是英文，粗略浏览，货品还是相当新鲜。中大自己的出版物，也是中英兼备。中文书中，颇有几种中意的，比如君芳吉伯、丹尼纳诺夫妻档绘图的《罗生门》，台湾格林出品，不仅绘图笔法细致，制作亦很洋气；舒明著《平成年代的日本电影》，香港三联版，评介了一百多部日本著名电影以及十位重量级导演；费德希克·格霍著《傅柯考》，台湾麦田出版，可读性强，装订亦考究。但算算不菲的定价，抱着书换了几个地方，最终还是放弃了。

有一本香港教育图书有限公司出版的《书写香港@文学故事》，收有鲁嘉恩写的《南来文人的中国情意结》，是研究叶灵凤的专论，放在过去不由分说定会收下，但如今理性多了，先读了一遍，知道并无新鲜资料，只有一篇提到方宽烈发表在《作家》二〇〇一年第十二期的《叶灵凤是特务》为以往所未见，所以也就没必要花钱了。方宽烈为香港掌故家、藏书家，曾经编过一本《叶灵凤作品评论集》，里面并没有收入此文。倒是收了一篇他写的《叶灵凤的双重性格》，透露了不少鲜为人知的"双凤"奇缘。方宽烈字里行间虽对叶灵凤之于郭林凤的"薄情"颇多指责，但看得出他仍是一个超级"叶迷"。

另有一册《扶桑书物语》，台湾远景公司出版，林景渊编译。林景渊系台南县下营人，台中师范学校毕业，早稻田大学学士、筑波大学硕士、浙江大学博士。著有《读书物语》、《日据时期的台湾图书馆事业》、《日出江花红胜火：日本近现代作家》；译有《知识诞出的奥秘》、《大日本印刷》；编有《读书乐》。在《扶桑书物语》这本书中，深谙日本文学与图书文化的林景渊，编译了三十九篇文章，都是日本的爱书人娓娓道来的与书有关的故事。归结为一句话，就是："没有书店的地方，就没有文化。"据说，林景渊曾经来过嘉兴的秀州书局。打那之后，秀州书局老板范笑我就常常收到林先生从台湾寄来的有关书的书，这自是书迷之间的一段佳话。经过几轮淘汰，最终只买了这册《扶桑书物语》，又在打折区买了一本汤姆·宾汉的《法治——英国首席大法官如是说》，在有些自责又不十分自责的心情下打道回府。

学津书店

上午梁美芬教授继续讲授基本法，重点分析吴嘉玲案，兼及刘港榕案、庄丰源案。普通法案例可供分析的内容非常丰富，通常几十页篇幅的判案书，基本都是对法律的解释、对争议问题的回应，还包括对先例的援引乃至对相关领域学说的述评，一些判例甚至还会导出重要的法律原则。反观我们的判决书，九成以上篇幅都是没用信息的罗列，到了法官应该说话的时候反而惜墨如金了。这与法官的权力和能力都有关系。

吴嘉玲案是香港回归后首例宪法司法复核案，所以李国能大法官使出了浑身解数想把判案书写成一个经典，不意惹出一场大乱。除了全国人大常委会释法澄清的内容，其实还有一段关于特区法院具有司法管辖权去审核全国人大及其常委会的立法行为是否抵触基本法的论述，也是颇惹争议，不过随后他就在另一案件中改变了观点。关于释法权问题，基本法确实留下了一些漏洞和不尽严密之处。根本问题还是起草过程中对普通法之下的司法制度了解不透。

下午，贺欣讲授法律的经济分析，他所用的蓝本是A. 米切尔·波林斯基的《法和经济学导论》。这本书将科斯定理应用于侵害法、违约、交通事故、执法、污染控制、产品责任、委托人－代理人责任以及诉讼。贺欣说，在美国法学界，差不多四分之一的学者倾向运用这种研究方法。

放学回家出地铁后，顺脚看看几次来都因台风或假日关门的学津书店。店址在西洋菜南街六十四号的三楼，与乐文书店比邻。这是一家旧版书店，无论内地图书还是香港、台湾图书，均是以八九十年代以前的出品为主。在内地方面，八十年代出版的许多文史读物这里几乎都有，看起来非常熟悉和亲切，而且书品很好，价格基本在二三十港币之间。由于地盘有限，书都是叠床架屋，层层码放。我试着翻腾藏在后排的，店家并不干涉，就放开膀子，几乎搞了个底儿朝天。三十八港币买下一本簇新的彼得·威斯莱-史密斯《香港法律制度》的初版本，鉴于香港已经回归，这本写于九七之前的书应该成为绝版了。不经意一瞥间，竟然发现一本《版画艺术》，廖修平著，台湾雄狮图书公司一九八五年第九版，不仅有很多图版，还有对欧洲、美国、日本版画史以及版画制作方法的绍介，美中不足的是字体太小也太密。索价五十二港币。足以偷着乐的是，淘到一本一九五二年人民文学版的赵树理《李有才板话》，品相好极，却只要二十五港币，要知道，建国初期的出版物如今也成“新古董”了啊。能有这样的“艳遇”，内心总是狐疑，回家端详把玩良久，突然醒悟：该不是前些年港岛流行的翻印本吧？！晚上上豆瓣，看到一篇量子力学写的《书店故事之：学津书店》，差点儿乐翻天。故事写道：

是在二〇〇二年，带一个朋友去逛西洋菜南

街的二楼书店，逛至学津，看到好多我们小时候的读本，只觉得一阵亲切扑面而来，价钱贵得超乎想象也在所不惜，知道自己买的不是书，而是少年记忆。可是待到我们满怀收获的抱了一堆书去收银台时，坐在收银台后的那老先生却将它们挑挑捡捡一番后，选了一大半放在旁边，说："这些不卖！"

我们一愣，这是从来没有遇到过的。傻傻地问一声为什么，店主不以为然地说："卖了我就没有了。"友人当时非常气恼，悻悻的离开学津，连呼哪有这样做生意的！事后我却觉得，这是一件多么有趣的事！他开着书店，却把上门的生意推掉，仅仅因为他舍不得那些书。这一定是个有趣的人！

据说这有趣的老头是中大毕业的，自称还有两屋子书。原来是个懂行的老书虫！不由得倒吸一口冷气：当我以为讨了大便宜乐颠颠携走那本翻版书时，他一定瞅着我的背影不屑地说：还是嫩些！

法律与文学

昨晚心血来潮，拿出学津书店买的《李有才板话》，要重读一遍三十多年前读过的《小二黑结婚》。赵树理真的好生了得，走过了那么多洋场，阅尽了形形色色的大师，再来看他，仍然不觉得有任何褪色，十二段文字，鲜活得一如顶着露珠的青苗，干净得一如太行山涧清凌凌的溪水。

早年间，只是关注小二黑和小芹的爱情故事“怎么到底”，只是为二孔明的“不宜栽种”和三仙姑的“米烂了”在那里捧腹。今日再读，竟发现它整个就是一篇生动的有关婚姻制度和乡村裁判的社会学研究报告。恋爱自由、婚姻自主对父母之命、媒妁之言；童养媳作为习惯法依然存在于民间，“女不过十五不能订婚，那只是官家规定，其实乡间七八岁订婚的多着哩。”释法、调解成为处理家事纠纷的重要手段。区长先问小芹愿不愿意跟吴家结婚，又给三仙姑讲了一会儿婚姻自主的法令，说小芹跟小二黑订婚完全合法，还吩咐她把吴家送来的钱和东西原封退了。三仙姑羞愧之下，一一答应了下来。至于恶霸村官的刑事处理，区里先是到村调查，再根据这些罪状把他两人送到县里；县里把罪状一一证实，既判徒刑，又判了赔偿。《小二黑结婚》，当年就成为推行婚姻自主的活教材，几十年后，仍是我们研究当时司法制度的活标本，完全称得上法律与文学领域的一个典范。

《版画艺术》

晚上闲读廖修平《版画艺术》，此书为台湾雄狮美术一九七四年出版，能在将近四十年后淘得这个宝贝，书品又是那样好，不能不说是个奇迹。书分三编。第一编是版画概论，分述版画艺术的意义和原则，中国、欧洲、美国、日本版画的演变和发展，版画的性格与鉴赏以及版画在现代美术中的重要性。第二编是“版画原理与应用”，包括版种的比较和特征，初学版画者应有的认识与观念，凸版版画、凹版版画、平版版画、孔版版画、拼用版画、剪贴版画以及儿童版画的分论。第三编则是“版画保存与研究”，涉及版画印刷张数，装框及收藏保存，世界国际版画展，制作版画的心理与要领以及中国版画今后的发展。如此内容丰富的版画理论著作，真还是头一遭碰到。

廖修平一九三六年出生于台北艋舺，建筑世家的家庭背景，让他自小展露绘画的天赋，而儿时住家附近的龙山寺地方民俗特色，更成为他日后创作上重要的风格与符号。台湾师范大学美术系毕业后，廖修平先后前往日本东京教育大学、法国国立巴黎美术学院深造。之后，又转往世界艺术之都纽约，于“普拉特版画中心”担任助教。能有这样不凡的经历，也难怪他谈起列国版画来，是那样心中有数，游刃有余。今晚重点看了他对日本现代版画的论述，颇有一叶知秋、情何以堪的感慨。日本原有自己的浮世绘版画传统，但那种绘师、雕师、折师的分业制度不免造成创作性的匮乏。日人刻意引进西洋技艺，改良融汇，处处透彻，不仅引得欧美同行纷纷涌来学艺，就连取自西方的版画工具材料，也都整合尝新，一时成为供应大国。有这样融入世界的志向，栋方志功等一班版画家能够跻身世界版画大师之列，也就不足为奇了。

廖修平的志向也是不能小觑。他返台之后，先是设立了全台第一个版画工作室，后又促成“十青版画学会”，不但培育出无数的现代版画人才，更让台湾的版画艺术跳脱了传统的木版画创作的窠臼。他还将台湾文化的庶民生活元素，以符号造型的版画形式推向国际艺坛。推算起来，这位“台湾现代版画之父”快要年届八旬了，不知他是否还能穿着围裙，执刀刻画？

大众书局

从寓所沿橡树街南行，不几步就到了樱桃街公园。看一九九二年的香港地图，樱桃街外就是大角咀码头了。以后西九龙填海，海岸线愣是推前一千米。新的填海区高楼林立，高速纵横，昔日千帆竞举的景象乃不复得见。樱桃街公园旁边，一片高层住宅，奥海城三期就矗立在海泓道边。商城宽敞明快，品味时尚。在NG 八十八号商铺，找到了大众书局。大众书局，英文名 Popular Bookmall，是新加坡一家著名的零售书店及出版商，一九二四年即已成立，当时名为 Cheng Hing Company。早在上世纪八十年代，公司就已在铜锣湾波斯富街、湾仔摩理臣山道以及尖沙咀新世界中心设立门市，这也是日后大众书局的雏形。到了九十年代，第一间大众书局门市在尖沙咀南洋中心商场正式开业。之后不断扩充营业范围，至今已经多达十七家。其中，香港岛两家，分别是湾仔店和小西湾店；九龙七家，设于西九龙奥海城、红磡黄埔花园、九龙湾宏照道、黄大仙中心、乐富广场、旺角弥敦道和油塘大本型；新界的八家则分布在青衣、沙田、大埔、葵芳、屯门、荃湾和将军澳。

奥海城这家，地盘很大，布置也较讲究。书的品种紧扣店名，非常之“大众”，举凡旅游、烹饪、装饰、园艺、医疗、风水、励志、教辅，样样不缺。文艺方面，以武侠、惊悚、流行小说为主，畅销书榜上，排第一位的也是黄易的武侠《日月当空》。倒是有一套金庸武侠的袖珍本，灵巧可爱，无奈卷帙浩繁，买也买不过来。音乐影碟数量不少，电脑辅件纸笔文具亦占了一个角落。这样梭巡一遭，也就空手而回了。

中华书局

到香港，不能不逛中华书局，但来香港有一阵子了，一直还未碰到过中华的门店。在天地图书买的罗隼的《香港文化脚印》倒是提到了这家老字号，说：“战前中华书局那时资力甚丰，拟自置物业代替租赁，目的地就一定要在中环，结果选中了现在兴玮大厦附近的地方，一切讲得七七八八了，要等沪方负责人拍板，沪方的费经理到港看后，认为风水不甚佳，再找个地方，于是搁置了下来，不久抗战爆发，此事搁置，到了战后，人事已非，一切正在恢复，五年后，全国解放，上海的中书联营，自然也无法再谈购局址事。”罗隼还说：中华书局是六十年代搬去的九龙，“现在在油麻地的中华书局，规模比当年在港的中华总面积大，因为有几层楼，但港岛中心区，再没有踪影。”

昨天云同学恰好到了油麻地的中华书局，说就在地铁站C出口附近。一夜难耐，今天午前就赶过去了。老远就看见了那块醒目的招牌，红底白字金边，配上那个著名的社标，十足的百年老店气派。十一点整，卷闸门轻轻滑起，和早已在店外等候的几个人一起冲将进去。底层面积并不大，无外是新书展示和几架生活用书。一楼亦是同样面积，卖的是文具和儿童读物。上到二楼，视野大开，偌大的卖场，全是地道的人文社科著作。走过了许多地方，逛过了许多名店，像这样香港、内地和台湾学术精品济济一堂，且内容厚重、书卷气浓的，当属仅见。

香港专题区成为浏览的起点，见到不少其他店里无从得见的著作。萧国健著《香港古代史》，中华书局自刊，二〇〇六年修订初版。萧国健任教于香港珠海学院，专治香港本地史，近日又有《简明香港近代史》刊行。我之关注此类读物，除去想对香港有个立体的了解，主要还是因为叶灵凤先生对于香港史地研究的兴趣。萧国健此书中就提到叶灵凤，说“他们对掀起香港史研究的风气，厥功甚伟”。另有一本刘润和写的《新界简史》，香港三联出版，也是十来年前的旧物，书品很新，而书价从旧。

《香港野史》，虽也称“史”，记叙的却是南来文化名人在港岛的雪泥鸿爪、倩影萍踪。我所关心的仍然是灵凤，但书里并无他的专篇，只在戴望舒入狱一篇中提到他曾在狱外斡旋营救，猜想是灵凤来港后已经洗尽铅华，少了传奇，其行状也就“野史”难入。该书的编者是刘小清、刘晓滇，香港三联一九九九年版，当时定价只有港币三十三元。《痛苦中有欢乐的时代：五〇年代香港文化》，则是中华书局新近推出，梁秉钧等著。梁秉钧在“导言”中说：“叶灵凤本写作都市言情小说，来港后转往写作大量的香港掌故，但爱书如一，仍然收集旧书及写作大量书话。”在香港，梁秉钧是比较认可叶灵凤的价值的，更早时还有侣伦和罗孚，随着他们从人世的相继淡出，特别是香港文化“本土化”的日益浓厚，知叶的人肯定会越发稀少了。

中国古代、现代，香港、台湾的文学，亦极丰富，可惜我的注意焦点已经转向社会科学方面。历史方面品种不少，单是各类日本史，就不下数十种。看中一本中国大百科全书版的《法国历史》，不仅出自大家张芝联之手，书里还配了许多质量相当好的历史图片，有的本身就是极美的版画。又让店员找来了同套书中的《英国历史》和《德国历史》，破例买了内地版。因为每册定价也只港币二十四元，回去未必就能找得到。

社会文化区，翻了一本傅华伶、朱国斌编著的论文集《宪法权利与宪政》，香港大学出版社二〇一二年版。这书前两天朱国斌给我们讲课时提到过。却见书中收有一篇香港大学陈咏熙的《与监督权无关的知情权：论我国法院对政府信息公开条例的限缩性解释》，点名批判了三位高级法院的副院长，其中征引我的文章最多，多达七处，结论却是“因循守旧的司法政策”。这种攻其一点不及其余的做法，未见得是科学的治学态度。

不知不觉间，已在书廊浸淫了两个钟点，赶忙奔往学校上课。下午的课上，贺欣教授通过西人的一篇《纠纷的产生与转变：认知、归责、索偿》，讲解法律意识的研究方法，还让他的博士生给我们现身说法。这孩子曾经可怜地乔装打入最高法院信访接待站，套出了不少访民的说法，并用法律意识和法庭话语的标签做了一些归类。班上同学差不多都是天天搞接访的，七嘴八舌提出不少质疑。贺教授一方面替爱徒解围，另一方面也对大家的一些观点表示认同，他强调，可能你们掌握非常丰富的素材，但如果没有一个先进的研究方法作火车头，那些鲜活的蔬菜也只会烂在那里。

司法公开

读林峰教授述评的特区法院几篇司法复核方面的判例，就想进入香港司法机构的官网扩展一下阅读，这一进入就沉溺良久而不能出。香港特别行政区制定有《公开资料守则》，该守则不适用于法庭、审裁处所持有的资料，但适用于法庭、审裁处的登记处、行政办事处、秘书处所持有的其他资料，因为这些资料从性质上讲是“行政”的。司法机构官网公开的资料似乎远远超过前述要求。上载提供的司法机构简介、法庭资料、审讯案件查询等，不消说是详细而全面，判案书及法律参考资料之完备和开放更是让人叹服。其中的“判案书及法律参考资料”板块收入一九四六年至一九四八年和一九六六年至今终审法院（自一九九七年成立时起）、高等法院上诉法庭、高等法院原讼庭、区域法院、家事法院、土地审裁处所宣告的全部裁判文书。一般情况下，判案书会于送达后三个工作日内上传至网站。重要的案件或公众关注的案件，则可于宣告当日在“新裁判案书”栏目得到。查询方法有两种，一是根据法院类型，二是通过案件编号。有些遗憾的是，判案书多数是用英文写就，除非案件特别重要，一般不附中文译本。而少数用中文写就的，则都附有英文译本。这可能源于香港法院的一种认识：“普通法是以英文表达的法律”。至于判案书中涉及的当事人隐私问题，香港法院认为，当事人既然选择用国家公权力处理他们的纠纷，就应当公开庭审，除非法律另有规定，公开的判词也就不应隐去当事人的姓名。官网还编制了查阅非按惯例公布资料的程序以及查阅或改正个人资料的程序。

普通法既然是判例法，判案报道就被普通法审判制度认为非常重要。如果某一案例包含一项新的法律准则，那么，这个判决就应该、通常也确实会公布，以便在将来遇到与这类法律有关的方面，可以作为公民、法律顾问和法官们的指南。将这些判决内容印制成册，就叫判案汇报。据彼得·威斯莱一史密斯教授讲，在英国，判案汇报可上溯到几百年前。直到一九〇五年，香港才出现了《香港判例汇报》（*Hong Kong Law Reports*），以后坚持每年出一卷。到现在，由于案件较多，每年出版的判例汇报可以有三至四卷，不过并不是所有案件都会被汇编出版，那些没有经过报告（unreported）的案件，法院仍会保留有关案件的记录，市民也可以申请查阅。除官方出版的《香港判例汇报》外，一些私营机构也会把重要案件汇编出版，例如 Lexis Nexis Hong Kong 出版的《香港案件》（*Hong Kong Cases*）。私营机构也会提供收费的法律案件网站服务，例如 Westlaw International。在法学院，学会如何利用这些巨册的判案汇编，会是学生们的重要任务。

实用书局

全天都在上课，整晚都在赶制作业。梁老师的课仍旧是结合判例解读基本法。贺老师的课则接近尾声，开始由学生逐一上台介绍自己课程论文的写作思路，全班同学在老师带领下运用这些天所学的研究方法进行评论，好不热闹。午间休息时，到又一城里的 Page One，在艺术区逐木翻腾一遍，再没发现有什么好东西。

其实前天去油麻地时，顺脚还看了三家书店。弥敦道四九七号丽星大厦三楼 E 座，有一家二手书店，叫作实用书局。说是什么大厦，实际不过是黑暗肮脏的民居，从黑咕隆咚的楼梯一路爬上去，二楼还经过一个风月场所，行进中暗想，这岂不成了“书下自有颜如玉”。推开书局门，一股霉味儿扑鼻而来，伸长脖子看了一遍，无非是武术气功、太极周易、中医养生、风水命理，的确称得上“实用”。店主是位干瘦寡言的老叟，蹲在狭窄的书架之间埋头理书。回到街上，在对面弥顿道五一六号，看见一家汉荣书局，面积不大，一览无余，架上全是新版的在别处都能见到的大路货，还不如实用书局能有一些悬念。回到旺角地铁站，直接进入大卖场朗豪坊去找 Metrobooks，一个扶梯换一个扶梯，七拐八拐来到办公座，电梯间的一头，正是这家连锁书店。地盘不大，品种也少，基本都是中文英文的软性读物，另有一些文具礼品，几无可观。

晚上归来读了一篇逸华发表在二〇一二年五月号《书香两岸》杂志的一篇文章《实用书局：延续一甲子文化的守护者》，着实吓了一跳。原来，实用书局以及它的店主还有着非常传奇的经历。实用书局的创办人，也就是我那天见过的那位干瘦寡言的老叟，名叫龙良臣，本是湖南涟源人，年轻时经营中药材，暗中的身份却是一位共产党员，借创办小学宣传抗日主张。一九四二年冬，龙良臣集资开办求知书店，秘密贩卖宣传共产主义的书刊，两次遭国民党县党部查抄。抗战胜利后，求知书店搬迁到长沙，龙良臣却遭国民党通缉，终在四十年代末移居香港。到港之后，龙良臣在油麻地广东道租了一层楼经营起求实出版社，出版过秦似的《在岗位上》、聂绀弩的《二鸦杂文》、楼适夷的《四明山杂记》等不少新文学作品。求实出版社创办时，刻意隔了一个小小的客房，专供内地南来的文人暂时栖身，所以也才会有这么多的新文学作家愿意把著作交给他。这个事迹罗隼在《香港文化脚印二集》中叙述颇详。据说，龙良臣的夫人还时常被请去东方行（香港政治部）问话。直到新中国成立，来港的文化人士纷纷北返，求实出版社也才告一段落，只留下了让人感佩的精神与教人向往的故事。

逸华的文章还透露，求实出版社结束之后，龙良臣在旺角的西洋菜街另起炉灶，开办了实用书局，专注在书本贩卖上，经营方向也以中医为主打，一时间成为香港专售医学书籍的最大据点。“文革”期间，实用书局还翻印了不少民国年间的新文学著作，由于书较罕见，印刷又颇精美，甚获读者喜爱。七十年代末，实用书局在西洋菜街的门市由于业主拆建，改迁至弥敦道上的大厦中。由原来的一楼门面隐身至公寓三楼，实用书局并未太积极地宣传，靠的是老顾客的口耳相传，直到今天，在香港想买武功、术数、棋谱、汉医方面的书本，知情者多半还是前往实用书局淘宝。如今龙良臣即将进入期颐之年，尽管不再掌理实际店务，依然日日固守实用书局。读罢此文，一阵唏嘘，心想，即便一家不起眼的二手书店，也会藏着这么多的传奇故事，真的是不敢造次啊！

补记：香港神州旧书老板欧阳文利新著《贩书追忆》称实用书局老板为“龙伯仁”，估计“伯仁”是老先生的字。欧阳文利说：“龙老先生是我敬重的同业前辈，待人客气，奉烟奉茶，每次惠顾完毕，不论辈分，总是送客人到门口且鞠躬送别。”还透露：“他年已九十也继续经营，但实用在他逝世后不久便结业了。”

尖沙咀图书中心

林峰教授课上，对“公共职能理论”的讲解，非常具有参考价值。所举英国 Penal 案、英足总案、香港马会案、新西兰橄榄球协会案等案例，非常形象直观，可以得知，在普通法地区，对于这些行政机构之外的形形色色的组织，同样是可以提起司法复核的，其理论基础就在于，它们和行政机关一样，行使的是“公共职能”。

一天的课下来，既感到充实，又周身疲乏，就想犒劳一下自己，地铁多坐了三站，尖沙咀逛书店去也。要找的是尖沙咀图书中心，按地址来到弥敦道一三二号美丽华商场 B1 地库，看到招牌，才知也是商务印书馆所开，而且是旗舰店。店面好大，整整占了一层商场的半面，三成英文, 七成中文, 一架架看过去, 两个小时就过去了。有两本书：刘以鬯著《畅谈香港文学》（获益出版事业有限公司二〇〇二年版）和黄仲鸣编著《侣伦作品评论集》（香港文学评论出版社二〇一〇年版），都有涉及叶灵凤的内容，放在以前肯定买了，但先把相关内容仔细看了一遍，知道刘以鬯那篇《记叶灵凤》在他的《短绠集》中早有收录。侣伦与叶灵凤交谊甚早，回忆叶灵凤的篇什也更多，但买过他的《向水屋笔语》，也就都有了。所以这两本书最终还是狠狠心放下了。只买了一册尚属价廉的牛津旧版布鲁斯著《社会学》，一九九九年印。

写乐堂

上午林峰教授继续讲香港行政法，今天的内容是起诉资格与司法复核许可。在英国，普遍认为司法复核也是从救济开始的，所以只有权利受到影响的人才能得到救济。香港高等法院条例也沿用了“充分利害关系”或曰“足够权益”的条件。但是，也有公法学者对此提出异议，主要针对的是公益诉讼问题。在香港，面对政府不断实施的填海工程，一个旨在保护维多利亚湾的公益组织就提起了阻止政府填海的司法复核。

关于司法复核许可，英国高等法院法官 Wilberforce 在 *Fleet Street Casuals* 案中提出了“两阶段论”，其实类似于我们的不予受理和驳回起诉。但韦德等学者对此提出反对意见，认为有违设立许可的初衷。在香港，本来在何某诉入境事务处处长案中确立了“潜在地存在可争辩的案件”这样一个相对比较宽松的标准，但在李国能法院，通过陈博士诉张女士案把这个先例推翻了，取而代之的是较严格的“可争辩标准”。李国能说，许可就是要防止公共机构受到不当干扰，以期在保护诉权和维护公共机构的良好运行之间求得平衡。

先例之为先例，林峰教授说，关键是要找出它的ratio，这需要很深的功夫。在法学院，必须经过一个学期的训练才能掌握这本领。普通法的诉讼中，从中立立场出发，法官不会自己去寻找先例，而是由双方聘请的出庭律师提供。如果存在一个对委托人有利的先例，律师却没有找出来，那就是失职；如果存在对对方有利的先例你不拿出来，则是违反职业操守。曾有一个御用大律师，本来跟他搭档的另一个资历较浅的律师曾经告诉他有一个对本方不利的证据，但他在庭上忘记说了，法官就到大律师公会投诉他。如果不违反操守，不失职，官司即便输了，大律师也不会对当事人承担任何责任；但如果属于你的失职，就会出现索赔，有时倾家荡产都不够赔。所以大律师常常会买高额的保险，也承受着非常巨大的职业压力。林峰教授本人就是大律师，这是专事出庭辩护的律师，既不属于哪一个律所，也不直接跟当事人发生联系，而是由事务律师转聘。他不被允许在家开业，通常会和其他大律师合租一处办公室，但相互之间却无合伙的关系。这种跟内地差别很大的律师制度，引得我们不胜唏嘘。高水平的律师队伍委实是高水平司法制度必不可少的基础。

下午在高级法学理论和研究方法课上汇报完了自己的课程论文提纲，放学后浑身轻松，决定去铜锣湾耍一耍。一直听说恩平道有家叫作写乐堂的二手日本书店，果然在地铁 F 出口不远恩平中心的地库顺利地找见。说是二手书，但几乎就是簇新，于此可见日本人的用心细致和敬惜字纸。书不少，几乎清一色的文库本，体积也就影碟盒子大小，摆在书架的格子里，非常整齐好看，也非常节省空间。这时不由想起李长声对大大小小没个标准的中国书的抱怨。来写乐堂的本来目的是要找竹久梦二，可找来找去，美术画册只那么可怜的几本，哪有竹久梦二的踪影？写真集倒是摆了一大排，全用塑胶封得严严实实。门口有个看店的日本姑娘，问她会不会汉语，她摇头，只好在纸上写下“竹久梦二”四个字，她在电脑上敲了会儿，又是摇头，只好悻悻地离开。从恩平道右拐便上了启超路，正是诚品书店的所在，索性进去逛逛。由于是第二次来了，已是轻车熟路，上到九楼，直奔西洋画册区，不想竟意外淘出了好几种版画集。

在诚品淘画册

我买画册，标准很严，市场上流行的画人画风景的画匠，绝不寓目，只专注于收藏以下三类：好的版画、书籍插图、绝对有个性又非常唯美的画家的专集（尤以比亚兹莱、竹久梦二、Vania 为重点）。但在香港逛了那么多书店，感觉美术画册方面，基本都贫瘠得可以，唯独诚品，还算稍有气象。今天在诚品，采取的是梳头式搜索法，十几架大画册，逐册取下来检验，果然大有收获。先是找到一本 *Revolution on paper*，是一九一〇至一九六〇年间墨西哥版画的选集，大英博物馆出版社二〇〇九年出版。印象中这还是碰到的第一本南美国家的版画选集。接着发现一本 *Henry Rushbury Prints*，皇家艺术学院二〇一〇年出版。除了收有几十幅以描写老伦敦的建筑市景为主的版画作品，还包括 Felicity Owen 写的 Rushbury 生平作品评论以及画家的女儿 Julia Rushbury 回忆他父亲的文章。他们称 Rushbury 爵士是被遗忘的二十世纪英国艺术瑰宝。另有一册 *L.S.Lowry*，虽不是版画，但却符合“有个性而唯美”的标准。Lowry 也是英国人，生于工业革命的先驱城市曼彻斯特，这也使得他的画作以刻画英格兰北部工业景观见长，这些很难入画的题材，在他笔下却非常有味道。画面通常是以烟囱和烟雾弥漫的工业建筑物为背景，火柴棍般倾身行走的人物看似成群却又那么孤寂。此书由 Phaidon Press 于一九八七年出版，连年加印，我买到的已是二〇一一年的印次。

走到美术区的末端，居然发现有日本专架，而且有好几种版画！以前买的都是日本的版画选集之类，而且偏重于古典风格，这次则多是现代画家的个人专集。有一本《山本容子版画集》，拿透明塑胶封着，定价高达八百港币！我也没让店员打开，免得看着好买不起徒增烦恼。有一本廉价些的《中岛千波版画》，倒是让打开了，画家是个老头，画的却全是脂粉气很浓的风景花卉之类，赶紧扔到一边。《铜版画家长谷川洁作品选》，非常棒，古典、典雅、雕刻细腻、书卷气浓，还有不少属于书刊的装帧。东京玲风书房二〇〇六年初版，这已是二〇一一年的第三刷。从书里夹的一张图书目录得知，玲风书房还出版了一系列日本的现代版画，看着实在眼馋。

艺术设计区，有一本台湾积木文化出版的《书·设计》，不拆封就能知道绝对错不了。还有一本德国插画家瓦尔特·莫尔斯自写自画的《梦书之城》，据说很畅销，犹豫再三，终因不是太喜欢过于古灵精怪的幻想之作，放弃了。

荃 湾

今天上午没课，就把黄怡祥写的一本小册子《香港律师制度》读完了。其实书中的精髓，梁美芬和林峰教授在课上都顺带提到了，再读无非是通过纸质文本系统化一下而已。在香港，有律师和大律师之分，甚至还有港英当局留下来的“御用大律师”，其实质无非是事务律师和出庭律师之别。有一阵儿，原来的律政署建议将律师和大律师分别改称事务律师和讼务律师，但香港大律师公会坚决反对，理由之一是，“讼务律师”会被简称为“讼师”，而在历史上，“讼师”可不是什么好词！这当然是个有趣的花絮了。无论如何，香港的律师制度都称得上运作规范。而黄怡祥在书中就曾指出：“律师专业的正常运作是发达社会的主要征象之一。”下午的课上，又有六位同学汇报自己的论文思路，比听老师讲课轻松多了。但正讲的和准备讲的，无疑都不那么轻松，当在研究方法上处于前不着村后不着店的境况时，心底的方寸自会大乱。

放学后，搭观塘线在太子站转车去荃湾访书。荃湾地属新界，北倚香港第一高峰大帽山，西临蓝巴勒海峡，与青衣岛隔海相望。此地古称浅湾，取海湾水浅之意，后改此名。也有人说，荃湾的另一个前称是贼湾，蓝巴勒海峡周围的水域也曾被称为三百钱，传说船只要通过此海峡，需付三百钱买路费给海盗，才得通行。可以想象百多年前此处海盗多如牛毛、威风八面的情形。出地铁荃湾站 C 口，直接进入一座叫作绿杨坊的卖场。在一楼有一家突破书廊，所卖多为灵修励志方面的读物，还有一架各种版本的圣经。“突破”本身是一间出版社，翻了翻门口摆的它的定期出版物《突破书志》，发现里面也全是讲什么“失心疯”问题，看来，这里可以成为歇斯底里患者的好去处。上一层楼梯，又有一家天道书楼，卖的竟然全部都是神学研究和新约旧约研究方面的书籍，就连音像制品和小摆设，亦是宗教主题。原来荃湾一带庙宇林立，善男信女，络绎不断，当然成就了这个市场。我试着想找找有没有以圣经作题材的版画集，可惜没有。

想去青山公路找三联荃湾店，一抬头，原来就在跟前。富华中心的三楼醒目地挂着三联的招牌。攀楼梯而上，却见排队的人流一直绵延到了二楼，纳闷这家书店为什么火成这样，上到三楼才知，人们是为旁边一家叫作“争鲜”的回转寿司在排队，不禁莞尔。书店面积不小，格调也还不错，但书的种类上，俗世过日子的绝对占了上风。正在无聊赖间，突然看见熊秉元那本《法学的经济思维》，港九好多店里都没找到，这里竟有一本。仅凭这一本书，就已不虚荃湾此行了。或者，这本书就是冥冥中等着我来，也是可能。

听说大坝街还有一家中华书局，简单研究了一番地铁站墙上的地图，就沿着大河道一路去找。中间碰上荃新天地，到里面草草看了一家大众书局，依旧保持着“大众”本色。大门口又问了下门房，按他指的方向继续前行，还是不见踪影，又问一家工厂的门房，他只会粤语，说不知道这路在哪里。看看黑黑的天色，就有了放弃的意思，兜了一圈，又回到荃湾站，再看地图，其实只差一条街就走到了。

由台阶下去，在绿杨坊的后面，上一个土坡，朦胧看到了一排古榕掩映下的三栋屋博物馆。这差不多是荃湾仅存的老新界客家遗迹了，白墙黑瓦，老树的枝干被灯光打到墙上，竟有几分吴冠中画作的意韵。在高层住宅包围着的小小的花园走了半周，心里荡漾的，是旧时风物的相继消失引发的阵阵落寞。

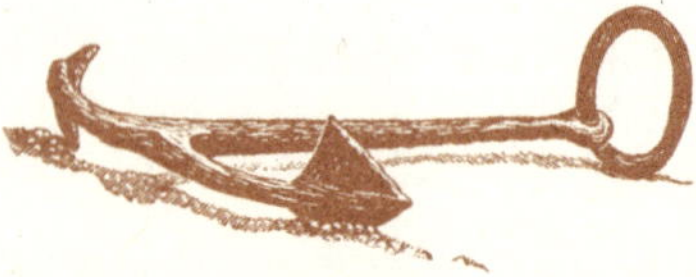

尖沙咀

下午在金马伦道办完事，便开始了尖沙咀和尖东一带的淘书之旅。因九龙半岛地形似三角，南端深入海港处呈尖角状，昔日陆居人就将其称作“九龙角”，水上人则呼之为“尖沙咀”。其实，尖沙咀在数百年前的名字叫“香埗头”，当年九龙半岛的放马铺、沥源、沙螺湾，都是盛产香木的地方，制成香料后都是经香埗头落船，再转运广州。林则徐禁烟的时候，尖沙咀布满了清军的大炮，英国水手借酒闹事，两军驳火，就此拉开鸦片战争的序幕。英国占据九龙之后，最早开筑的街道主要是军用，十九世纪末开始才陆续进行商业和住宅开发。现在则成了非常繁华的街市，其间大大小小的书店也隐藏其中。

我是经加拿分道拐到加连威老道，找见“寻书店”所在的兴明楼的，但门房说书店早就关门大吉了。于是沿弥敦道南行，穿过疏士巴利道底的隧道，便到了维多利亚湾边，临湾凭风，不禁想起当年林则徐在给皇帝的奏章中对此地的描述：“尖沙咀一带，东北负岗陵，西有急水门、鸡沓门，东边有鲤鱼门、佛堂门，而大屿巨岛又在其西南。四面环山，藏风聚气，波恬浪静，水势宽深。”但眼前的维多利亚湾总感觉像条河了。若不是保护维湾协会这类组织对于过度填海的阻却，终有一天港九将会融为一体，维多利亚湾将成为老照片里的美好回忆。

在星光大道附近，依次矗立着香港艺术馆、香港天文馆和香港文化中心。先去香港艺术馆，主要是想逛逛里面的艺术书店，但被告知正在装修，那里的一个小伙子很友好地告诉我，装修完成之后，原来在这里经营的“大业艺苑”不再回来，你若想逛，可去尖东的香港历史博物馆，他们在那边也有店。踅入旁边的文化中心，从海报上看，大剧院和音乐厅常有一些不错的演出，此刻大堂里正在进行着香港青年协会主办的免费节目。边上有一家叫作“向日葵”的纪念品书店，演艺美术之类的书很有一些，竹久梦二的竟然也有两种，不过我都有了。

离开文化中心，经过广东道尽头的历史建筑群，望了望湾边矗立的那座地标性的钟楼，就赶往北京道，在一家大厦的二楼，有一家一九〇八书社，是从天津来香港念书的田姓青年所开，店名源自《钦定宪法大纲》出台的年份，所卖的也都是社会政治方面的“禁书”，看看也没啥意思。只拿了几种免费的艺文方面的读物，像什么《读书好月刊》、《东欧艺术 100》，店主眼光很敏锐，明了我的兴趣所在，又给我追加了一种文化 + 艺术 + 报道的《三角志》和一枚西藏邮票的书签。

高潮出现在香港历史博物馆。这里正举办“伴你同行：香港巴士故事”的专题展，馆内馆外，布置了不少有趣的老巴士模型，惹得游人流连忘返。我则一头扎进了“大业艺苑”，在一堆大画册中细细翻检，居然发现了好几种很棒的版画，包括介绍当代澳大利亚版画

的 *Contemporary Australian Printmaking*，介绍比利时先锋派版画、素描和书籍插画的 *Les XX and the Belgian Avant-Gard :Prints,Drawings,and Books ca.1890* 以及当代美国西北部版画创作的 *Contemporary Printmaking in the Northwest*。店主一直跟在我左右，见我是个买家，许下了跳楼价，这价格，在内地不够买一本，况且也买不到。当然也有代价：决定罚自己连吃十天方便面。

湾仔书展

晚上端洪兄在金钟请饭，下午提早出去，想顺路逛逛湾仔书展。湾仔是港岛开发较早的地区，之所以叫“湾仔”，据称是因为濒临的海湾较细。这一带早期还称“下环”，可能觉着“下环”的“下”有“低下”的意思，而粤语的“仔”则可指少年人，喻“前途无限”，乃以湾仔代替下环。湾仔经历了几轮填海，新填地上开辟的道路或设施多以港督或政府高官的名字命名，湾仔书展所在的修顿球场也是如此，修顿是当时的辅政司。出湾仔地铁站，正是修顿球场，一边正在打球，一边则布成书展。大略一看，分成新书八折区、二十元区、十元区，先从二十元区开看，然后到十元区，少儿读物生活用书居多，但也有些不错的。二十元买了一本《香港文学的传承与转化》，梁秉钧、陈智德、郑政恒编，香港汇智出版有限公司二〇一一年出版，回家后翻了翻才发现，里面收有香港岭南大学鲁嘉恩先生的《回忆的花束：叶灵凤在香港》，文中多处引用我那本《叶灵凤传》，说明叶灵凤的追捧者大有人在，只可惜该书主编梁秉钧教授也就是本港著名作家诗人也斯先生刚刚去世，要不然在港期间前去拜访共话灵凤该是何等乐事！十元一本的买了五本，都是中华商务的，分别是《圣经故事》、《食经隽语》、《亚当·斯密》、《凯恩斯》和《日本长销商品的发想力》，最后一本是台湾稻田出版有限公司出版，本来想作备选，稀里糊涂就买单了。买完单，就有资格进入百元一袋区，发你一个袋子，百元之内随便选。我问一个姑娘，最多可选多少本？她说人们一般选三十本。但我只看中了一本《篆刻入门》，实在凑不够三十本，只好作罢。湾仔书展到今年（二〇一三年）已经是第九届了，类似这样的社区书展还有很多，更大规模的香港书展则在每年夏天盛大举行，可惜没能赶上。

出得球场，顺庄士敦道东行，不一会儿就看见了一家三联书店，立刻觉着很多年前第一次来香港时分明到过这家。书店共有四层，进去直奔英文区，想找那本 *Myself A Madarin: Memoirs of a Special Magistrate*，但不见踪影，求电脑旁的女士搜索，她倒是调出来了，但记录显示所有的三联店全部没货。在艺术区，看中一本台湾艺术家出版社二〇一三年八月刚刚出版的《班尚》。班尚（Ben Shahn）是美国一位风格特异的社会写实画家，同时也广泛涉足海报、杂志插画乃至字体设计。他曾宣称："我已赏尽精彩的绘画，饱读精彩的书籍。现今我已三十二岁，身为木匠之子的我，深深发现自己对庶民生活及故事深感兴趣，因此决心放弃法国之流的绘画。"班尚早期曾在曼哈顿 Beekman 街的一间版画商铺担任版画师傅的学徒，对下东城区巷弄里的生活氛围再熟悉不过。他在那里寻获无数令人折服的视觉证据，塑造了个人的招牌绘画风格。真的喜欢这些色彩有些阴郁却又艳丽丰富、题材有些世俗却又灵异超凡、形象有些怪异却又传神有味的画作。正赶上店里搞活动，八五折就拿下了。

继续东行，从菲林明道上行，过了轩尼诗道，就来到骆克道，在路口等红灯时，一眼看见马路对面东惠大厦楼上玻璃窗透出的书架和城邦书店的店招。城邦是台湾的出版重镇，当年在香港开店时颇有轰动，一直以台版书专卖为宗旨。到了楼上，只见到漂漂亮亮生活艺文绘本童书，找不到硬一些的学术著作，问店员是不是楼上还有店面，她说只此一层，也就不多流连了。赶到金钟，跟端洪喝酒。

九龙寨城

重阳节假期，细雨霏霏的天气，决定到九龙寨城周边踏访。搭港铁观塘线在黄大仙的下一站钻石山下车，视野之内，虽则仍有成片的高层住宅，但也望得见青山隐隐，老树青枝，杂花灌木，装点出几分乡野气息。进荷李活广场，成为楼上三联书店的第一拨顾客，但不消几分钟就出来了，充其量也只是个社区书店的加强版。广场里外到处都是三五成群放风的菲佣，不禁想起梁老师讲的菲佣居住权案。港人担心，这几十万菲佣若是有了居留权，紧接着就会是几倍于此的家眷的相继涌入，到那时，香港的命运就极有可能被菲律宾人攥在手里。

不过港人也确实离不开菲佣了，这几天人质事件又有发酵，有人主张干脆拿菲佣开刀，但又委实觉得这是没办法采取的措施。

踏着高低起伏的山路，跨过一条流水哗哗的沟渠，来到了新蒲岗。紧邻彩虹道，就是五芳街，网上有资料说，“掏书馆”就在这条街上一栋工业大厦内，但门房一劲儿冲我摇头，说根本没有什么书店。这已经是掏书馆第二次放我鸽子了，上一次是在港岛的北角。看来这家二手书店只能打一枪换一个地方。环顾四周，整个就是一工业区，书店开在这里，不关门也难。

南行再西转，跨过一个小桥，依次是衙前围村和东头村，都是九龙城很有历史的村落，至今仍保持着一些都市里少有的静谧和闲散。沿东头村道行不多远，就进入了九龙寨城公园的北门。九龙寨城为清廷兴建，《北京条约》割让九龙半岛南部后，因九龙寨城位于界限街以北，故仍属中国管区。港英政府曾多次企图接管，但总是在中国官民的抵制下计划落空，不过寨城也因此成为“三不管”地带，黄赌毒泛滥成灾。一直到一九八五年中英签订联合声明，港九回归指日可待，九龙寨城才在中国政府允许下得以改造。现在，寨城的原址只留下一个公园，公园里只留下一个衙门。在衙门里思了一会儿古，瞎想，要是寨城不拆，保留一个特区中的特区，继续实行大清律例，未始不是一件有趣的事情。

特意走了走衙前塱道、衙前围道，内心不停地复原往昔的情景。就这样走着，一直走到了“南宋”，一块镌刻着“宋王台”几个朱红大字的石碑，悄然安置在宋皇台路一侧的小小花园当中。据史书记载，宋末君臣为避元军，曾经逃至九龙，因而留下不少“宋王”“宋皇”之类的地名。晚上闲翻香港老画家江启明先生图文并茂的《香港旧事重提》一书，正见到一幅宋王台的速写。文中说：置放石碑的地方叫做土瓜湾，原本有个小岛，岛上还有一个海心庙。后因填海工程，庙宇拆卸，小岛改成了公园。日本人在的时候，为了开辟机场，把宋王台石礐爆破，怎料三次都伤及士兵，他们认为此石有神灵，没敢再动它。

我之耽于这里，还有一层缘由，那就是叶灵凤。上世纪二十年代中后期，叶灵凤初游香港，就住在宋皇台一间楼房里，夜晚推窗，看得见月色海涛、港岛灯火。《伴侣》杂志主编张稚庐还写过一首诗，记述此事："半岛争看一俊才，宋皇台下写沉哀；不知十里衙前道，几见翩翩灵凤来。"定居香港后，叶灵凤曾专程来宋皇台重游，那是一九五二年三月二十五日，叶灵凤和柳木下一起到宋王台遗址访古，还见了故友侣伦，很多年前，就是由侣伦引领叶灵凤造访这个地方：

> 今日往九龙城，在国际茶室，约唔柳木下及侣伦。木下要买一部诗人里尔克的传记，给他在别发书店赊了一本，价二十五元。与侣伦等喝茶闲谈至六时。侣伦也苍老了许多。
>
> 六时与木下同往看宋王台遗迹。那一块大石仍在，三个字也依然，只是已落在平地上。其余则面目全非。当年（一九二五前后）我曾在这里住过几

个月，侣伦就是在这时认识的。真不胜沧桑之感。又往看侯王庙，旧庙已毁，这是战后新搭的一间小屋，就算作庙了。

这些地方、这些故事，我在《叶灵凤传》里写过，十年之后方来凭吊，内心自是百感杂陈。

裁判司办案手记

贺欣教授推荐了一本书，Austin Coates 的 *Myself A Madarin: Memoirs of a Special Magistrate*，这是一个英籍官员早年在香港担任裁判司（裁判司是处在司法工作最前线的法官）时写下的办案手记，其中包括了十六起形形色色的案件。由于是英文版，为了方便阅读，他特意让他的学生翻译了其中一篇《难民爱人》。说不清这属于一种什么文体，札记、回忆录？又有几分像是法律社会学的研究文本，总之非常引人入胜，当事人的话语、动作乃至眼神背后心灵的每一个细微变化，都被他敏锐地捕捉到，栩栩如生地为我们呈现出来。一般来说，法官在当事人面前当然要表现得中立，但可能因为已是事后的记录了，字里行间难以掩饰他对于难民夫妻两方以及他们两个幼子的不同的爱憎好恶。透过男主人公沉静如水的外表，他突然明白：“对中国人最大误解之一在于，很多人误认为他们就像外表表现得那样内敛、自制，认为他们的情绪和激情不像人类社会其他成员那样强烈。而我一直相信另一个极端：在中国人含蓄而自制的外表下，隐藏着也许是人类社会中最富有激情的内心。”兴许正是他读懂了男主人公的内心，本来可以做出维持这桩婚姻的努力，但却果断地选择了让他尽快解脱。

有趣的是，叶灵凤也专门写到过这本书，那就是收入在《读书随笔》“香港书录”部分的《“洋大人”的回忆录》。叶灵凤将书名 *Myself A Madarin* 译作《我自己也是老爷》，并说作者 Austin Coates 还有个中文名叫“高志”。叶灵凤说：高志曾任香港新界裁判司法庭的特别法官，这本书就是他用英文写成的回忆录。“由于他是英国人，又是政府官员，职务是特别法官，管辖的地点又是新界，在他的日常公私生活上，自然有许多值得回忆的事情，因此本书的主要内容，全是以一些小故事连缀而成的。”叶灵凤还译述了高志书中一则极富于喜剧趣味的断案小故事。

这几天很想找来这本书,但去过的所有书店都没有。那天在湾仔的三联书店,托店员在电脑上帮我查询,那位上了年纪的女士倒是检索到了,但她说,所有的三联店都没有了,出版的年头太久了。今天上了一天课,傍晚回家时临时动议到香港大学书店看看,自打上次去吃了闭门羹,一直没能再去,心中总有挂想。地铁坐到上环,又转坐五站巴士,就开始沿着西边街爬坡。上次去,没觉得西边街有这么长,坡有这么陡,可能今天身上背包太重,竟走得格外吃力。进了港大,又是一路爬坡,心想,若在这样一个山顶大学工作或者学习,再不喜欢运动的人也只能被动接受。港大的书店,很有格调,但书的品种似乎远不及中大,甚至连城大也比不上。英文书为主,又以课本居多, 医学之类自然科学的占了不小比重。中文书很少,基本都是香港图书,无非常见的那些面孔。正在失望的情绪中打算打道回府,突然一眼瞥见底层柜子里那本红色书脊的 *Myself A Madarin*,马上乐了，心想，纵使万般不是，能让你淘到这本书，也足可一俊遮百丑了！难怪这书难找，因为它初版的时间远在一九六八年，手里这本牛津亚洲纸皮本的印行，也是一九八七年的事情了。

高等法院

在学校计算机教室做了一个有关学术道德的小测试之后，全班同学在圆环广场乘车，去港岛拜会区域法院和高等法院。车经红磡过海底隧道，少见地出现了拥堵，据说这是由于这个隧道收费最廉的缘故。区域法院在港湾道湾仔政府大楼内，是一个相当于我们的中级法院的机构，管辖有可能判处七年以下监禁的刑事案件和声索款额一百万以下的民事案件。署理首席法官郭启安与我们会面并座谈。他自称普通话说得很普通，但总体还算流利，除了个别词汇需求助于译员的提示。

午后来到位于金钟的高等法院，正式参访之前，我们几个先跑进高等法院图书馆浏览了一通。该馆允许当事人和律师使用，法律学生亦可提出申请。不独法令和判案书齐备，中英文的法律藏书亦是非常丰富，其中包括不少一个多世纪之前的旧版图书。我就看到了整整一架的各普通法地区司法审查方面的著作。高等法院首席法官张举能在他平时使用的一号法庭跟我们见面座谈。张法官一九六二年生人，二〇一一年获任此职，之前是原讼法庭法官，专责人权法及宪法行政诉讼。座谈中，我请教司法复核与外籍人士担任法官问题，让张首席彻底打开了话匣子。

张举能法官说，司法复核案件只能由高等法院管辖，虽然案件不多，但影响很大。比如立法机构与政府的关系、对政府管制的挑战、选举权等，对政治的影响非常大。还有的涉及基本权利和福利，比如双非单非、外佣、同性婚姻，都很敏感。司法复核案件不是任何法官都可以审，我们把这种案件列为专类，选派一位法官专门处理。由于这位法官的曝光率比较高，就有市民问：你们高等法院就这一位法官吗？跟原讼庭只有一位法官审不同，在上诉庭一般由首席法官和另两位法官一同审理。比如外佣案，一审由原讼庭法官林文瀚审理，二审由我和上诉庭两位副庭长审理，这是最高级的三名法官了，上诉到终审法院后，更是由首席法官马道立亲自领衔，五位法官一同审理。香港的制度很清楚，无论案件多么重要，交给谁审，谁就负责。我不可以告诉林法官怎么判，他会根据法律自己做出决定。

至于外籍人士在香港担任法官，张首席说，基本法规定，除了马道立首席法官和我这个职位必须由中国籍香港公民担任外，对其他的法官并无国籍要求，这个规定有历史背景，我们在聘请法官时必须根据基本法的规定，不能考虑国籍问题，考虑了就是歧视，就是违反基本法。一般来说，外国国籍的法官处理香港案件基本没什么问题，因为对法律的理解不会有太大偏差。这些外籍法官也明了在一些问题上他们的长处和短处。与台湾澳门的“抽签”分案不同，在香港，各级首席法官在指定承办法官方面是有很大发言权的，这也能保证扬长避短。有些法官，看着样子是外国人，但可能从他爷爷那会儿就来香港了，说起香港话，比香港还香港。

在两个法院，都旁听了一会儿庭审，都是使用英语，加上粤语翻译。法官律师戴上假发，确实增添了一种不同于常人的神秘感。

集古斋与易手宝

结束在高等法院的参访，顺脚去了中环的域多利皇后街，这条短得几步就能走完的小街，竟集中了好几家书店。三联书店就不用说了，多少年来总是在三联书店香港分店图书的版权页上看到“域多利皇后街九号”这样的地址，给足了想象的空间。三联书店旁边，至少还有三家书肆。先是集古斋。集古斋也是一个不小的老字号了，据说正式打出这个招牌是在一九五八年，那时的店面在都爹利街中和行四楼，以卖线装书为重点，兼卖民国出版物，后来又加进现代中国书画。神州旧书老板欧阳文利第一个打工的店就是集古斋，一干就是八年。可是，当他刚刚对旧书买卖有了一些心得，书店却要转型，决定放弃售书，主力发展销售近现代书画。恰在这时，欧阳文利到三益书店收购了一批很值钱的民国旧书，但经理死活不愿支款，还怀疑他利用公司购书之便，有与同业间做转手买卖的交易。欧阳文利一怒之下辞职，自掏腰包买下的那一堆民国旧书也成了他独立开店的第一批进货。叶灵凤的朋友黄茅也担任过集古斋的顾问，猜想是在集古斋转型之后，因为他本身是个画家，又写过很多书画评论赏析的书。有一年叶灵凤因为女儿突然要结婚手头缺钱，就是托黄茅在集古斋出手了一些字画。

我所见的集古斋，店里陈设倒是毫不寒碜，甚至有几分豪华。既是画廊，又是美术书店，大型画册不少，但基本都是中国书画，外国的几乎没有。既不合我胃口，又非我能消费，转了几转也就下楼走了。

集古斋之外，就是位于十一号二楼的大名鼎鼎的易手宝。易手宝由陈氏兄弟于一九九二年创办，英文名Collectables，店址先后设在半山、荷李活道、兰桂坊、域多利皇后街（现址）等地，每次搬店不是因为租贵，就是地方太小，或人流不够多，但搬迁范围总是不出中环上环。店主坦言，开易手宝只为兴趣，最希望能提供一个空间给同好聚脚，他说，“我开店的回报不是金钱，而是与中环的连系、与客人的分享、与旧书碟的收藏，三者加埋的深厚感情。”易手宝收售二手书之外，最大特色是二手 CD 和黑胶唱片，现时约有二手书过万本，黑胶碟逾二万张，CD 碟约几千只。黑胶碟是不少港人的集体回忆，所以易手宝在音乐发烧友圈中颇有一些名气。可惜我不在行，空看着半屋子的黑胶，不知从何下手。相比之下，这条街上的尚书房就不似易手宝这样有趣了，虽则打出了“搬迁清货，全店七折”的告示，但那些东西实在恶俗极了，白送也不会要。

新亚图书中心

傍晚时分，到塘尾路与旺角道交叉口那家新辉眼镜店修眼镜，前几天睡觉时把一个玻璃鼻托压坏了。一个青年拿在手里那么一瞄，说："换付新的。"话音未落，就拿起工具干上了，三下五除二弄好，拿布擦擦干净递还给我。"多少钱？"我把手伸进包里。"不用。"见我迟疑，他又重复一句："不用。"这样一种情况，真有些准备不足。

散步到了西洋菜街，在山东街拐角处，由好望角大厦的门楣，一眼看见了"新亚图书中心"的牌子，这可是名气很大的一家二手书店。坐电梯上到十六楼，迎面就是"新亚"。面积不大，书堆了一层又一层。间或进来一两个客人，非常安静地绕着书架翻书。一位看上去足有八十多岁却身体极为矫健的老妈妈在看店，除了整理账目，也不停地把书搬来挪去。我问她可是老板，她递过来一张“苏赓哲”的名片，说：“我儿子才是老板，移民加拿大了，我替他看店。”说到苏赓哲，却是听说过一些。此君毕业于珠海学院文史系，嗜书如命。一九六八年，二十一岁的苏赓哲开始做书店。那时节，内地正值“文革”，除了毛选，别无他物。结果，全世界的图书馆都跑到香港“地毯式”哄抢内地“文革”前出版的旧书。最热闹的时候，旺角洗衣街上经营旧书的书店，开到成行成市。苏赓哲原来的店址是自己物业，因政府拆迁，赔了钱，就用那笔钱买下了今日的地盘。没有房租的压力，才能在这大浪淘沙的旺角书界屹立不倒。

新亚还有一个品牌，就是每年举办旧书字画拍卖会。有一个笑话。一次拍卖会上有一幅卜宁的条幅，上海的藏书家陈子善又托深圳尚书吧的扫红拍，又电话交待苏赓哲拍，结果扫红和苏赓哲两人抢上了，最后才发现竟是同一人在拍。再过几天，新亚图书中心第十二届旧书字画拍卖会又将在旺角弥敦道琼华中心开拍，从店里拿了一册目录，比较吸引我的有：黄俊东签名本《猎书小记》，香港明窗出版社一九七九年初版，起拍价五百港元。叶灵凤主编《文艺画报》创刊号，上海杂志公司一九三四年出版，起拍价四百港元。其他有些意思的还有：东京国际版画展一九五七年第一届展览会特刊，起拍价一百港元。日本当代版画展精美特刊（英文版），起拍价一百港元。提香英文版画集（一九六一年版），起拍价一百港元。米罗英文版画集（一九六一年版），起拍价一百港元。藏书票一批（包括叶灵凤的凤票），起拍价一万港元。其中不少属于黄俊东的藏品。

黄俊东还提供了不少名家书信和手稿。另有一批名家致董桥的书信，应该是董桥本人提供。董桥的书里，不断读到他参加竞拍会的记载，拍卖那天去看看，没准儿还能碰上他呢。

在新亚一圈看下来，也淘到了两本便宜货，都是港币二十元，都是十成新的品相。值得一提的是萧国健的《香港前代社会》，中华书局（香港）一九九〇年的初版，与叶灵凤的《港岛沧桑录》、《香海浮沉录》、《香港的失落》正是同一个文库。一九九三年我在纽约的时候，第一次看到这套书的样子，就非常喜欢。香港中华书局至今仍然将香港专题作为出版亮点，只是开本都变得阔大了，像这种精致小巧的装帧，反而让人怀恋。

香港理工大学

林峰教授今天仍讲司法复核的依据，通过许多有趣的案例，说明英国法院在“不合理性标准”与“比例原则”之间的犹豫和彷徨，但无论哪种观点最终占上风，可以肯定的是，“不合理性标准”的内涵是在不断扩展，最终跟“比例原则”几乎没什么差别了。我提出，旧瓶装新酒似乎是英国人惯用的手法。无论如何，司法对行政的干预正在不断加强，却是一个不争的趋势。这也佐证了林峰教授先前所说的，两个宪法权力之间总要达至某种平衡。联想到，英国行政法为什么在“二战”之后结束了一个漫长的停滞期，而迎来蓬勃发展，就是因为行政权很长一段时期内超乎寻常地一权独大，控权的需要才变得格外迫切。控权是手段，平衡是目的。其实就这么简单。

下午要去参访驻港部队，利用一段空闲，决定去香港理工大学寻访书店。在九龙塘坐东铁线，两站就到了红磡。没来香港之前，红磡就是个响当当的名字，八成是因为红磡体育馆那些疯狂的演唱会。但对于红磡的得名，是到了香港之后才知晓了一些。传说二十世纪初叶区内开发，进行移山填海，地下突然喷出血红的泉水，吓得工人纷纷走避。有好事者说，是掘地时不慎掘伤了龙脉，所以才喷出龙血。后来经过调查，才知是泥土中含有铁、硫磺和水银，经过氧化使水变化而已。但红磡之得名，却不是因为这一事件，早在嘉庆年间的《新安县志》中，就有“赤坎村”“红磡村”的记载。红磡不仅是香港早期的工业基地、重要的交通枢纽，也是培育工业与科技人才的基地。我要去的香港理工大学，就是红磡一带重要的育才机构。

穿隧道、过天桥，直接就进入了理工大学的校园。首先碰到包玉刚图书馆，自然进不去，但门外的庭院却是不俗，一棵大叶印度榕，一棵细叶非洲叶楝，几乎遮住了半面天空。一角的钟塔，也兀自亭亭玉立。问两个树荫下闲坐的女生，校园里有无书店，她们挥手一指，说，那边 VA 楼里倒是有一间。VA 楼恰似北大的三角地，是个商业设施集中的地方。书店的名字叫 Stationery+Books，里面果然是书籍和文具混杂，总以为书没了该是文具了，却又迎来一个更丰富的书的世界。但毕竟是理工类大学，自然科学的教材教辅成为主导，中文的艺文社科，并无稀罕之物。好不容易看到一本有趣的，是 Andre Deusul 于一九六七年初版、一九七八年再版的 *Hong Kong and its Many Faces*，副题是“借来的地方，借来的时间”，封面则是“文革”期间香港街景，巨幅“文革”标语之下，是几个白衣的港英警员的背影。此情此景，不禁让人想起一九六七年的五月暴动。那年四五月间，由新蒲岗人造胶花厂劳资纠纷为导火索，引发了“反英反帝殖主义运动”，一时间，香港街头风起云涌。这样一本有趣的书，只要二十港元。买或不买的犹豫之间，决定先把书名抄下来（因为一直自觉尊重香港的知识产权制度，从不在书店之内拍照），突然，一个看店的女郎冲过来，叽里呱啦说了一大串，我正色告诉她听不懂，她转用普通话说，你不能在书上写字，我说，我是在自己本子上写，她转而无语。这一折腾，即使想买也没兴致了。这还是我逛书店几十年初次碰上的事情。回去的地铁上思忖这事，觉得，香港社会的法治水平整体素质绝对高出一筹，但作为任何一个个体，如果过分表现出对内地大叔的倨傲，只能属于浅薄无聊。转而一想，她先是粤语发飙，说明未必专冲“表叔”而来，总之，不值萦怀。

回校后，全班集体乘车，来到昂船洲的驻港部队海军基地参观。昂船洲原本是一个离岛，因一九九〇年代深水埗大规模填海而逐渐与九龙半岛连为一体。昂船洲又名仰船洲，有说是因该岛“形如仰船”，但专家认为这一说法有点望文生义，“仰船”其实只是昔日水上人维修船艇的一道工序。昂船洲一直是港英当局的军事基地，香港回归后，原址移交驻港部队，改建为海军基地。看到鲜红的八一军旗在导弹护卫舰上迎风飘扬，有同学感叹，来港之后当了一个月孙子，今天才终于找到腰杆挺直的感觉。接待我们的一位海军军官却几次跟我说，不管别的，香港社会之崇尚法治总是值得赞叹的方面。

返程时穿过青衣岛，在深井烧鹅正店用晚餐，应邀出席的香港土生土长的梁美芬教授感慨地说，我们打小就以能吃上一只深井烧鹅腿为最大享受，那时节，许多孩子都习惯于悄悄攒硬币，为的是凑够钱能在爸爸妈妈生日时买一只烧鹅腿给他们一个惊喜。而现在，都是爸爸妈妈惦着给孩子过生日了。

Bloomsbury Books

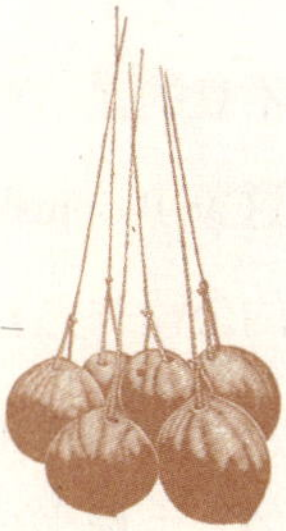

域多利皇后街还有一家 Bloomsbury Books，专卖法律书籍，上次去适逢假日，没有开门。Bloomsbury（布鲁姆斯伯里）是伦敦一个地区的名字，胡适早年曾将其译为“百花里”，直取 Bloom 的“花开”之意，而 bury 于词尾在英国通常指地区，所以翻作“里”也有道理。布鲁姆斯伯里又是一个团体的名字。一九〇五年，弗吉尼亚·伍尔芙一家搬到布鲁姆斯伯里的戈登广场花园四十六号，许多卓尔不凡的小说家、诗人、学者、出版家云集此处，他们高谈雅集，说诗论艺，逐步形成一个以伍尔芙、福斯特、凯恩斯等为核心人物的文化圈子，布鲁姆斯伯里以后也因之成为伦敦的文化地标。布鲁姆斯伯里还是一家独立的高品质的文学图书出版公司，常销不衰的《哈利·波特》就是由它出版。但域多利皇后街这家 Bloomsbury Books 虽然名字相同，却似乎与同名的公司并无直接的关系。

今天起了个早，赶在九点开门时分就来到域多利皇后街。电梯坐到十二楼，迎面就是店门。空间不算大，但布置得超雅致温馨，书架上、收银台柜身上还摆着贴着一些以法官律师为题材的漫画，包括一排九个龇牙咧嘴的大法官，真是可爱极了。书都是大部头的英文著作，法律的各个门类无所不包，单是司法复核方面的，就有半架，但价格实在能把人吓死。丹宁勋爵那几本书的原版，基本都在三百上下，这还算最便宜的。一本英格兰信息自由法，两千多；一本司法复核手册，三千多；一本刚刚出版的个人资料（隐私）法，四千多！倒吸一口凉气之余，不禁感叹，法律真是一个昂贵的行当！可是，似我等这样也算高级法律人的人物，每月的薪酬竟买不起两本业务书，你说让不让人气短？店里没别的客人，看完一圈之后，在店员姑娘的注视下，干咳一声故作镇静地空手而去，连免费的书目也忘记拿了。

上海印书馆

域多利皇后街向西一条街，是租庇利街，在街尽头顺联大厦的二楼，有一家上海印书馆。在香港为什么有一家上海印书馆？这倒要说说香港与上海源远流长的书缘。

据香港的老街坊讲，早年香港书铺所售卖的书籍，全是刻了木版印成的，像什么三字经、成语考、绣像小说、介子园画册，此外就是些讲医、卜、星、相和堪舆风水的书。行销最多而售价最低的书籍，则是所谓的“木鱼书”，薄薄几页就自成一册，只卖三两文钱。无非是将一些民间传奇故事，编撰成七言韵文唱词，不避俗字俗词，因而清浅易学，买来学唱的全是以扫盲为目的的家庭妇女。后来，有些书铺为了迎合潮流，兼卖起比较新型的课本，这些课本都是来自上海。跟着教科书之后，亦由上海运销了一些鸳鸯蝴蝶派的小说，如《断鸿零雁记》《余之妻》《沈亚浪墨》等。一直到一九三〇年前后，才有一两间书坊售卖来自上海的新文学书籍以及一些思想性的新杂志刊物。叶灵凤当年在上海主编的刊物《幻洲》，应该也远销到了香港，侣伦就是由向《幻洲》投稿开始走向文坛的。

上海印书馆之落户香港，则是连馆带书带人一起来的。据说，上海印书馆是一家颇有历史的百年老店，与商务印书馆差不多同时期在上海诞生。当年在上海拥有自己的印刷所、编译所和发行所。上海印书馆成立伊始就定位模糊，严肃文学书、教科书、历书、尺牍、旧启蒙读物、医卜星相、学生补充读物、字典辞典及标点通俗小说等，杂七杂八，什么都出，所以时至今日，虽然同样拥有百年出版历史，但与商务印书馆难以同日而语。抗日战争爆发后，上海印书馆总管理处内迁，先在长沙设馆印书，后又分一部分移至重庆和广州。新中国成立后，上海、广州等地陆续有出版界人士携大批书籍及纸型来港开设出版和经销机构，上海印书馆也在其中。上世纪五十年代至七十年代，主要以翻印内地常销书为主，以后，顺应流行文化在香港的大行其道，以主要出版医卜星相及历书为主，其他类别的图书出版业务基本处于停滞，仅剩下这一间二楼书店。

这家店虽说不大，布置也杂乱，而且是命理武侠主导，却也绝对有的可淘。看上了三种，都是老香港民俗方面的。一是吴昊的《塘西风月史》，次文化堂出版，说的是早昔圆姿替月的香江风情。钩沉索隐，娓娓道出，还配有不少难得见到的历史图片。第二本也是吴昊著，也是次文化堂出版，叫作《老香港·逝水无声》。吴昊的《老香港》系列还有好几种，分别是《岁月留情》、《炉峰述异》、《太平山下》、《天堂春梦》和《人海微澜》，为节省银两计，只选了《逝水无声》这一种，也算聊备一格。想找他的《孤城记》和《香江骑呢录》，却没找见。吴昊中文大学出身，本职是电视编剧和电影电视系讲师，却素喜搜集撰述香港掌故。他将叶灵凤、吴灞陵、梁涛三位尊称为“开启港史掌故之堂奥”的“表表者”，其实他自己也是深得其真传。第三本是《绝书》，仍属港史掌故一类，却是以绝版书话的形式示人。仍是次文化堂出版，不过作者换成了天涯不晓生。此一名香港仔，亦好史料的搜储，自称藏书近万。《绝书》所选书目，皆为早年间本港出版的通俗读物，一时一地风气跃然其间，有人说，看了这本书就如了解了一次香港百年转变。

以上三书，定价本来就低，又打八折，绝对划算。记着香港神州旧书店老板欧阳文利说过，上海印书馆的一大特色，就是“以八折为噱头吸引顾客”。欧阳老板还说，上海印书馆的老板叫钱辅卿，早年在上海棋盘街开书店及做出版，五十年代来港重操旧业，同时从上海搬来一批旧书，不过这些书都是小型出版社的书籍，像什么春明、新月、正中、文通、良友等，还有不少民国版的自印本。早年的这些书肯定早没存货了，但我觉着这冷门偏门的特色是一直坚持下来了，这也恰是在大型主流书店包围之中还能生存下去的看家本领。

在上海印书馆买次文化堂的书，绝对称得上适得其所。次文化堂是一间专“为俗文化而战”的小型出版机构。

社长彭志铭，有说是继梁涛（笔名鲁金）和吴昊之后研究香港俗文化的第三代传人。年轻时，彭志铭刚刚离开电影界，觉得正是香港吃喝玩乐好年代，就和几个朋友合资二十万，一起搞了一本所谓“搞搞震”的《次文化双周刊》，不料瞬间便化为乌有。后来推出两本王牌书，分别是《老懵董》和《扫把头》，不仅开创香港出版政治漫画书的先河，也令次文化堂转亏为盈。

至于吴灞陵，近日所购三联书店（香港）有限公司新刊杨国雄著《香港战前报业》一书对其生平事迹颇多披露。吴灞陵自小就有阅报癖，因无力购阅报章，就在善庆街和乍畏街报馆的阅报栏前徘徊浏览。以后干脆投入报馆工作，半世纪无间断为报界服务。他一生喜欢藏书藏报，珍存的各类香港史地和报业发展的史料无人堪比。他著有一系列香港史地著作，前几天新亚旧书拍卖会还有他的一本六十年代出版的旧书《新界风光》。他本拟撰写一部完善的香港报业史，并且很早就已拟好大纲，可惜天不假年，未及完成夙愿。他去世后，香港大学孔安道纪念图书馆购买了他的整批藏书，该馆馆长杨国雄借助这一丰富宝库，出版了《香港战前报业》一书，这倒无异于吴灞陵灵魂附体的一段佳话。吴灞陵的生卒年与叶灵凤极为相类，且职业相同、兴趣相同，不知是否有过交集。

南丫岛

在租庇利街逛完上海印书馆，穿过过街天桥，来到中环四号码头，刷八达通上船，不消半个小时，就到了南丫岛的榕树湾码头。之前只听说发哥长于斯岛，今天才听 Joe 说，还有个麦兜，也是这里家乡。榕树湾不仅榕树多，村子也叫榕树村，小街也叫榕树街。榕树街宽不过几尺，却也别具风情，特色小店，海鲜食肆，围拢两旁。快到小街尽头时，猛然看到一间“南岛书虫”，急忙进去，原来并非书店，而是食屋，但那一壁图书，又远非一般了了的食屋可比。随后，开始沿着蜿蜒于山间的家乐径暴走。一路奇树异花，鸟鸣山幽，山海壮丽，空谷人稀。三小时不停的跋涉之后，终于抵达南丫岛另一码头索罟，却已是博寮海峡另外的一边了。

以前知道南丫岛，还因为读叶灵凤《张保仔的传说和真相》。张保仔是清朝时候威震南中国海的海盗头子，全盛时期据说拥领三四万多海盗及六百艘战船。他以沿海岛屿为基地，横行广东沿岸，主要劫掠运盐官船或外国货船。其他商船要经过他控制的地区，也要先交纳“行水”。相传张保仔骁勇多谋讲义气，虽然横行南海，但因出身贫苦，所以特别爱护平民，在向乡民购粮时，往往加倍给钱，并保证不滋扰贫民和渔户，因而深得穷人支持，视他为劫富济贫的侠盗。后来，张保仔接受清朝政府招安，封三品武官，派驻澎湖清剿海盗。

相传，香港许多地方都有张保仔的遗迹，例如现今香港岛的西营盘，传说就是当年张保仔营寨的旧名；太平山山腰的古道，也被命名为张保仔古道。南丫岛亦有张保仔藏金洞的传说，在岛的北段沙埔村后尖鸡山上。但据叶灵凤指出，以张保仔的地位及声势，官兵对之犹有所惧，张保仔不可能亦不须藏身于陆上山洞，亦不可能将金银财宝埋藏于陆上。他认为香港故老相传，有关张保仔藏宝之说多为传说，而非真实。我听叶灵凤的，也就懒得去寻洞觅金了。

中环九号码头上岸后，见天色尚早，又杀向维多利亚广场，造访香港中央图书馆。馆内一楼，有一家商务印书馆开的书店，叫作“慢读时光”。正逢打折，折扣够狠。竹久梦二那本《画与诗》，打到六折；《叶灵凤香港史系列》一套五书，更是对折出售，实在物超所值，可惜我早已有藏了。想买下陈平原的港版《左图右史与西学东渐》，又有些迟疑，斗争良久，终是把那一丝贪念扼死腹中了。

大会堂

昨天从中环九号码头出来，本来是要到爱丁堡广场找那家美术书店大业艺苑，书店没找到，却进了大会堂。所谓大会堂，原来与我们的概念截然不同，也是个为市民提供艺术享受的场所。旧香港大会堂于一八六九年落成，一九四七年被拆卸，部分土地用为兴建中国银行大厦。一九五〇年，中英协会敦促政府兴建新大会堂，政府乃委托市政局参与策划建筑物的设计与发展，包括设立博物馆、公共图书馆和演艺场馆等，最后选址于中环爱丁堡广场的填海地。一九六二年落成启用的新大会堂，建筑风格呈现包浩斯特色，沉稳庄重。香港大会堂曾经是举行官方仪式和庆典的重要场地，殖民统治时期多位港督都在这里举行宣誓就职，现时每年一月举行的法律年度开启典礼，也是在大会堂及对面的爱丁堡广场进行。

进去浏览一圈，各种演艺展览活动丰富得超乎想象。政府非常注重导赏服务，定期更新、免费取阅的《艺术地图》、《艺讯》等小册子，整合了全港所有的公立私立机构与艺术有关的活动讯息，确能收到政府所希望的“Art is in Your Hands”的效果。随便翻了翻，就能发现不少感兴趣的，比如吴冠中精品展览、东欧电影风云、中国传统民间木版画展，而这只是百花丛中一朵两朵而已。作为大会堂组成部分的香港公共图书馆，规模亦很宏大。说起来，香港的公共图书馆确实很发达，就连南丫岛，也有一南一北两个小馆，可惜周末下午闭馆，没能进去领略一番。铜锣湾高士威道的香港中央图书馆，不仅藏书丰富、环境优雅，对公众的服务更是细致周到到了极致。昨天只重点去八楼看了看香港文学资料室，就已大开眼界。馆方致力保存本地文学，相关藏品超过四千多项，不独书籍，还包括手稿、函牍、剪报、图片、音像，另设有重点作家文库以及善本阅览室，确实为本港文学研究提供了大大的方便。

元朗·屯门

好多年前的事了，在蛇口海边，一位在香港工作的朋友指着对岸一片白色的高层住宅，跟我说：“那就是元朗。”打那以后，在我心中元朗就跟香港画上了等号。今天周末，何不去元朗远足呢？主意一定，背包便走。荃湾线坐到美孚，换乘西铁线，站大，不几站就到了。读地图得出结论，好玩的应该在元朗的下一站朗屏，所以就在朗屏下了。出站后朝着热闹地方走，穿过几条食肆鱼档挤成一团的街巷，就到了当地人所说的“大马路”（其实是青山公路元朗段）。大马路两边的建筑，远没有港九那边那么精致光鲜，却也平添了几分质朴和粗犷。马路中央，是两列锈迹斑斑的铁轨，轻铁叮叮当当地来回穿梭。

本意是要找三联书店的旗舰店，却先在谷亭街口看见一家绿野仙踪。只有一位女孩在看店，音响里放的轻音乐十分好听。除了一些日本动漫，基本都是内地图书，多数都是五折出售。为了图一点点便宜，大老远的再扛一堆出口转内销的回去，也没意思，因此就忍住了没出手。拐回大马路，就来到了三联旗舰店，名字叫作“元朗文化生活荟”。规模确实不小，楼高四层，占地两万多平方尺，虽然店家意在打造成一个融阅读、生活、文化为一体的巨舰，但从装饰、陈设乃至咖啡馆的情调来看，还是跟诚品差了一大截。不过有此一个不错的去处，已经是元朗人民的福分了。买书三本。一是叶中娴的《新天方夜谈：窥视中东》。本来已有简体字版，但香港三联的这一版，设计上讲究多了。叶中娴是灵凤先生最小的女儿，她和姐姐中敏一道传承了父亲的煮字功夫，灵凤先生有知，定会欣慰有加。二是台北人人出版的《东京文学散步》，当中涉及竹久梦二的地点有三处：一处是谷田川通，一处是杂思谷，一处是涩谷，都是他曾经住过的地方。再去东京，可以按图索骥，寻访梦二的旧踪了。买到的第三本是陈麦青的《书物风雅》，这已是李世文编辑的园田文库小精装的第二十二种了。经过计算，打折之后并不比内地贵，也就先睹为快了。

本来，元朗还有一家新华书城，估计是新华书店开的，店址原先在港岛，搬来搬去的快搬到深圳了，地理不熟，也就懒得去找了。踏上轻铁，去到天水围那边领略屏山文物径。这轻铁的确是轻，只有两节车厢，忽而闹市街心，忽而乡野山间，上下方便，任人驰骋。屏山文物径蜿蜒一两公里，串连起北宋年间即来元朗定居的邓氏宗族建立起的“三围六村”，寻径踏访，足堪领略过往新界的传统面貌和宗族生活。我由香港唯一的古塔楼聚星楼为起点，穿过古意盎然的坑头坑尾两村，沿途经过了社坛古井、邓氏宗祠、观廷书室以及上璋围，一路古木扶疏、新花似火。怅然之间，重上轻铁。

下一站是岭南大学，西铁兆康站下来，往虎地方向走，很快就站在了大学门前。岭南大学初设广州，以后因战乱等原因在粤港澳三地频繁搬迁，其在广州的老校址，就是现在的中山大学。眼前的这个校门，正与昔日广州时的校门相似。我专程跑来岭南，一是为了梁秉钧（也斯）先生曾长期在这里任教，二是为了一逛岭南书店，可是，书店周日没开，也斯也已驾鹤西去，委实让人黯然。

回程的西铁已开出一站，想想既已到了屯门跟前，如何也要去看看，就又换了另一侧的列车回返。屯门开埠甚早，本是香港的地域中心，英国占据香港后，改以中环一带为重心，遂使这个昔日重镇沦为西北一隅的偏土。天色已暗，不惶远走，只在市中心一带一通乱走，竟也找到了两家书店。一是屯门时代广场内的商务印书馆，可惜无甚可观；一是屯门市广场内的大众书局，竟淘到一本不错的东西，香港画家江启明随笔、写真双合一的《香港旧事重提》。今天一天逛的都是香港旧事，以这本书结束一天的行程，似也是天意。

辰衡书店

王贵国教授的课终于登场，偏偏今天换了教室；课表信息在手机里存着，偏偏今天手机又忘在了寓所。赶忙跑到学院办公室找文员问，她一指旁边的门："就在这儿。"推门进去，已经开讲了，椭圆的桌子已经坐满一圈儿，只好在后排角落里找把椅子坐下，谁知王老师一会儿扔过来一句话："当年开会，小平总是坐在角落，主席说你这是敬而远之啊。"王教授的气场确实足，三个小时，时而侃侃而谈，时而发动讨论，不带任何讲稿。他说，早年在北大念书时，有两个风格各异的老先生，一个提前派发讲义，又在课堂上自己照读一遍；一个不提前派发讲义，学生就在下面拼命记。后来到了耶鲁，听 Reisman 的课，并不念讲义，就是跟学生谈一些其他的书啊文章啊，感到很震撼。今天王老师也是采用漫谈，说的是做学问写论文的方法。他说："与其授之以鱼，不如授之以渔，接下来就靠你们的吃苦和实践。"下午一边读讲义，一边绞脑汁，越琢磨，越压力山大；越琢磨，越手足无措。就像有的同学说的，真是上贼船易，下贼船难。

傍晚去金马伦道办完事，顺路去附近的乐道寻访辰衝书店。乐道在大清真寺旁，路名的来历还有一段故事。当年尖沙咀一带是英军营房，招募了不少印度兵，军营生活枯燥，不免寻花问柳，性病诊所也就应运而生，就开在乐道这地方。英人管这号诊所叫 Lock Hospital，等以后将此处辟为街道时，因利就便也就取名 Lock Road，中译"乐道"，也被认为有些反贬义为褒义的效果。不知是否基于历史传承，在乐道竟罕见地看见一家夜店门口挂着 Table Dance 的暧昧海报，隔壁一间小小的总统书店，竟也专门发售露骨的写真画集，这情形在来港之后还从未碰上。我们总讲香港保持资本主义生活方式不变，但究竟什么才是资本主义生活方式呢？反正现实所见的生活方式远非想象中那样糜烂。

辰衡书店，英文名称 Swindon Book Co. Ltd.，创始于一九〇八年，是一间专卖英文书的百年老店，一路坚持到今天，当属难得。在西环那边去过它的分店香港图书文具有限公司（Hong Kong Book Centre Ltd.），情调就不错。乐道的总店规模又大得多，门脸开阔，且是两层，店面布置亦很有书香气氛。据说，辰衡是从别发西书店分立出来的，叶灵凤当年逛得最多的书店，一是别发，二就是辰衡。逛辰衡要从港岛那边跨海来到九龙，这也不影响他来的次数。而且，他在辰衡还能享到赊账的待遇。

老店自有老店的深厚，书物不都是全新，反而能意外淘到几本价廉物美的老东西。最珍贵的恐怕是唐英伟的《版画与雕塑》，竟是一九七〇年的初版本，发行者正是辰衡书店。关于唐英伟，藏书家谢其章曾经撰文盛赞他是“中国版画史上的被遗忘者”。当他自一家旧书店的乱刊堆中翻出一册唐英伟设计封面的《文艺季刊》时，“不禁大喜”。文章说：

唐英伟何许人也？他的封面画为何如此令我惊喜？唐英伟，一九一五年出生，广东潮安人，毕业于广州市立美术学校国画系。一九三四年与李桦等共同发起组织了广州现代版画会，并共同创办了被鲁迅誉为“内容以至装订，无比优美”的《现代版画》，自一九三四年十二月至一九三六年五月，共出十八集。岁月悠悠，物是人非，《现代版画》存世甚少，可列为“新善本”一份子。

谢其章还说，《现代版画》第九集附有“藏书票特辑”，内收木刻藏书票十一枚，由李桦寄赠鲁迅一册，《鲁迅日记》一九三五年五月三十一日有记。这个“藏书票特辑”是中国现代藏书票史上的重要文献。唐英伟不但是较早的木刻艺术的实践者，也是较早的藏书票艺术的实践者。在《鲁迅全集》中仅有三处提到“藏书票”，其中竟有两处与唐英伟有关。鲁迅总共只收藏二十四枚书票，其中有十枚是唐英伟制作。

这本《版画与雕塑》，中英双语印刷，收入木刻四十二幅，雕塑二十一幅。唐英伟在序中说：自一九二九年上海掀起介绍西洋木刻的浪潮之后，我便开始从事现代中国版画的创作了。在抗日战争期间，我创作了很多木刻版画，编辑三册木刻集，由香港商务印书馆出版，于一九四一年出版第一集，第二次世界大战爆发后，我的作品全被焚毁了。虽然在颠沛流离的生活中，我仍不断地努力创作，直至一九四七年之前，在广西，贵州，重庆，上海，杭州，南京及广州各地举行我个人的木刻创作展览会。战后余生的我，身边只珍存数十幅版画，我想：与其藏于箱箧，任其虫蛀湮没，实在可惜，不如汇集一部分近年的雕塑作品，合并出版，借以介绍我过去卅年创作版画的风格，更为有意义。

据藏书票收藏家吴兴文在《博览群书》撰文，唐英伟的《藏书票集》可说是中国第一本藏书票集。一九九五年三月，他还由梅创基带领去香港拜访唐英伟，他已过八十高龄，还在为香港九七回归创作一幅超过百米的香港本岛、九龙及各岛屿环岛风光的水墨画。据说，他在七十年代出版这本《版画与雕塑》后，再也没有参与任何公开的活动。他曾说："我的木版已化成灰烬，而我的内心却仍热烈期待着！"从《版画与雕塑》版权页透露的信息看，唐英伟还出版过一本《中国现代木刻史》，并预告再版，只怕更是难寻了。

其余的几本也几乎都与版画有关。一是《中法民间版画：王树村及亨利·佐治藏品展》，出版者是法国驻香港澳门总领事馆和香港大学美术博物馆，应属不易搜求的半正式出版物。王树村和亨利·佐治分别是中法两位民间版画的收藏大家，据说两人的藏品都在万幅以上。在法国，民间木版画曾经非常盛行，迄今保留下来的只有埃皮纳勒的画片。这些作品的题材与中国的木板年画非常近似，譬如传奇故事、历史事件和人物。将两国的民间艺术瑰宝珠联璧合地搞一个展览并结集成书，倒是一件很有意思的事情。只可惜我买到的这本封面稍微有些卷角。二是伦敦 Thamas Hudson 出版社二〇〇三年出版的 *The Beauty of Life: William Morris the Art of Design*，收有不少莫里斯的精美书籍设计图案。三是大英博物馆出版社二〇一一年出版的 *Ex Libris: the Art of Bookplates*，精选经典藏书票一百帧，时间跨度将近五百年，从一四八六年出生的 Wolf Traut，到一九八七年去世的 Mark Severin。其中竟然有比亚兹莱的两帧，一帧是一八九三年为医生、作家 John Lumsden Propert 创作，另一帧是一八九七年为 Olive Custance 创作。结账时，我问店员，辰衢搬到乐道多少年了？她说，好多年了！好多年是多少年呢？反正只有百年老店才敢有这口气。

太古城

这几天，香港电视申请免费电视牌照被拒事件持续发酵，媒体称香港电视决提司法复核，多位泛民立法会议员也要求公开行政会议有关免费电视牌照发牌讨论的文件，甚至建制派方面也提出了公开资料的要求。这当中的法律问题是，行会讨论文件是否属于秘密、政府有没有说明理由的义务。特首梁振英坚持行会讨论记录的保密性，但前政务司司长唐英年认为，行会保密制原意是让成员畅所欲言，但只是保密讨论过程。他同时认为："公众系有一定期望，而呢个期望今次系落空咗，所以我觉得政府系欠咗市民一个说明。"立法会主席曾钰成也指出，既然政府仍作此决定应有其理据，这些理由是否重要至当局无法改变决定，要政府自行评估，政府应交待更多详情，因市民及政党都不满意当局现实解释。对于日前十二万人上街，他更引用冯炜光戏言，笑说，我只能讲三个字：“不能漠视”。今天上午上课前，跟林峰教授讨论这一事件，他亦强调说明理由可能成为司法复核的依据。

中午集体乘车去港岛北角渣华道参观廉政公署。傍晚结束参观，顺路去太古城访书。提到太古城，总会想到经常食用的太古方糖，原来还真有关系。老牌的英资大财团太古洋行创办于上海，主要经营中国沿海及长江的航运，一八七〇年在香港设立总部，主要业务就是创办炼糖厂，产品独占东亚市场。所产糖用“太极圈”做商标，取其“源远流长”之意，这也成为“太古”这一中文名称之源。一九七〇年代，太古的糖厂和船坞先后结业，但原有的地皮却成为巨大的财富，洋行当局趁机发展地产，核心部分就是太古城，商业部分则为太古城中心。

在太古城中心二楼找到了香港图书文具有限公司（Hong Kong Book Centre Ltd），属辰衝旗下，故仍以英文书为主。在一架美术书里，翻出一本 *The Art of The Woodcut*，收录一九二〇年代的大师级木刻作品，Dover Publications 于二〇一〇年出版。另有一本是 Prestel 二〇〇六年出版的 *Rembrandt*，收录的伦勃朗作品集中于版画。在不多的几本中文书中，找到一本牛津版的《都市蜃楼：香港文学论集》，其中徐霞《论〈幻洲〉中的香港来书》和《香港沦陷时期文艺副刊研究》两篇文章涉及叶灵凤，不过资料和论点，于我都不算十分新鲜。又进到 Apita，想找日本图书快线，里面很大，商场超市似乎专卖日本货，但四处也不见书店的踪影，想想即便有也很有可能就是些流行读物而已，也就不再费力找了。

佐 敦

林峰教授的香港行政法今天上午讲完了最后一课，很有些意犹未尽、怅然若失的感觉。林老师永远穿戴齐整，谦谦君子的样子，讲起课来不疾不徐，不火不温。课件基本是英文，一边念一边即兴翻译，中文的表达反而比不上英文畅快了。他对英国、香港乃至澳洲等普通法地区的经典判例非常熟悉，条分缕析之下，司法复核的一些重要原则的流变和发展就被形象和直观地展现出来。今天讲解解决行政争议的其他机制时，涉及好几个有影响的案例，其中香港教育学院合并风波尤其有意思，就想下午去教育学院走一遭，顺便逛逛那里的书店，因为昨天买的那本《都市蜃楼：香港文学论集》就是教育学院中文学系与中大中文系教师的合集，想必那里的文学研究水平相当不俗，书店也该有些档次，但网上一搜，校址是在新界的大浦，比中大还远，而且下了东线火车再倒巴士到学校非常不方便，就不愿贸然费这周折了。

图书馆磨蹭半日，傍晚回寓时地铁多坐了两站，到佐敦一带搜搜书店。佐敦是油麻地地区东西向的几条街道中最为宽阔的一条，是区内的主要通道，原来叫作第六街，后来才改为佐敦，佐敦本是一位医生，因对本港医疗贡献颇多，就以他的名字命名了这条街道。从佐敦地铁站出来，先到柯士甸道霭云大厦的阁楼找 A & P 书局，怎么也找不到踪影；又到白加士街寻文苑书店，只看到桑拿夜店鳞次栉比；再到长乐街觅金宝书局，依然缈无痕迹。西贡街二号据称有一家森记书局，到门房一问，说九楼是有家书店，电梯上去才发现，不是什么森记，而叫“石斋”，碑帖画册、文房四宝、石章印泥，蔚成大观，应该是只有琉璃厂才有得一见的气象。不过，美术书籍画册虽然不少，但都是中国书画方面的，西洋东洋，全付阙如。倒是看到一本《沈柔坚版画选集》，内地出品，品相很一般，八十三元的定价也很不值。跟店家索了张名片，也便下楼了。香港昂贵的地价搞得一些小型书店只能东迁西挪，搞不好从此寿终正寝了也是有可能。所以，对于一些小字号，若不打听好虚实，真不敢贸然前往。

返回时，总算在佐敦道和弥敦道街角找到一家商务印书馆的佐敦图书广场，店里正搞秋季促销，一些书低至五折，一般的书也有八五的折扣。

到梅窝，访印刻

互联网上乱搜书店，搜到一家特色小店，名字叫作Imprint Bookshop，是一位英国老书虫开的英文古旧书店。Imprint，这词跟版画好像，倘译成中文含义也确实差不离儿，是“印刻”，正是版画的一道工序。印刻书店设在梅窝，梅窝则在香港第一大岛大屿山上，就是没有书店也值得去一趟。大屿山古称“大奚山”，又叫“大渔山”，宋朝时即已开发。梅窝是大屿山的吐纳港口，传说是因形如梅花五瓣的梅窝谷而得名。另据故老相传，梅窝的古称是“梅蔚”，若干年代之前，那一带曾经是大片大片的梅林，只不过时移世易，沧海桑田，早昔的梅林再无踪迹可循。

从中环第六码头上船，只消半小时航行，就已停靠在银矿湾边的梅窝码头。出码头是一条安静的市街，街的起点处有一丛秀美的槟榔，槟榔树下，汇丰银行的旁边，正是要找的印刻书店。推门进去，但见书丛中坐着那位鹤发朱颜的店主，一件粉白相间的T恤，更让他显得精气神儿十足。一声招呼甫一打过，倏然就看见离他最近的传记与回忆架上那本比亚兹莱！赶快拿下来捧在手中，原来是 Matthew Sturgis 写的比亚兹莱传记，书名叫作 *Aubrey Beardsley*：*A Biography*，伦敦的 Harper Collins 一九九八年初版。精装一厚本，除了外封的边缘略有磨损，一切完好如初。书中穿插了不少比亚兹莱的生平照片和黑白画作。作者在导语中说，比亚兹莱不幸凋谢于花季，但他委实是一朵盛开的花蕾。无论从哪方面说，他都堪称一个真正的艺术家。这当儿，店主开口了："你这么喜欢比亚兹莱？我也是的。还有黄面志！"他起身在画册架上为我找另一本比亚兹莱的书，怎么也找不到，我自己也细细筛过一遍，也没发现。老头儿就说："没关系，你可以留下电话，一旦找到我立马通知你。"

不过呢，也还是有收之桑榆的美事，这就是 Alan Horne 编著、Antique Collector's Club 出版社于一九九四

年出版的 *The Dictionary of 20th Century British Book Illustrators*，可以译为《二十世纪不列颠书籍插画家辞典》。除了有对上世纪不列颠木刻创作、封面设计、商业艺术和童书插画的总体回顾，还有海量的书籍插画家辞条，更收入上千幅经典插画。

美术方面，其他可观的就不多了。印刻书店的主打，是一二百年前的初版书和孤本书，细细翻弄，也确实看到不少不错的东西，像 T.S. 艾略特的初版诗集，就有好几种。不少书里都夹有一个黄纸条，说明版本情况，尤其注明这是一个海内孤本。但价钱也不菲，多数在五六百上下，个别几种，甚至达到一两万。有一套哈代文集，一函精装六卷，定价八百，虽只是十几年前的新刊，但著名画家派克夫人专为此书创作的木刻实在惹人喜欢，踌躇之下，出于经费和运输方面的考虑，最终没有出手。

结账时跟老头闲聊，知道他名叫 Terry Boyce，一九七〇年代从英国移居香港，曾在香港大学担任物理系教授，但本人酷爱文艺和读书。他说："我向来沉醉文学，物理只是我的职业，我从前用它来谋生。”他一直有一个梦想，就是开一间查令十字路那种风格的旧书店，恰好在他退休之后，愉景湾他家旁边一间细小的英文书店的老板要告老还乡了，他就接手下来，从此开始了书店生涯。“开书店，”他跟我说，“也就是一个乐趣而已。”我问他：“听说您可能要远走新西兰？”他答道:“也许,可能晚些时候。我喜欢那儿。”说这话时，他的眼光清幽如水，也许是对远方的期待，也许是对眼前山水的不舍。见我又是“访谈”，又是拍照，Terry不无狡黠地问：“作家？”我说：“我喜欢逛喜欢写世界各处的书店，没准儿下本书就会写到您和您的书店。”他立刻显出一副开心的样子：“那太棒了！”

作别印刻，登上开往东涌的巴士，一路绿树青山，也只在眼前海潮般冲来又退去。

铜锣湾

铜锣湾是因地形似铜锣而得名的，湾的东部有一座天后庙，与红香炉的传说密切相关。还未开埠的时候，一个红色的香炉被波浪推涌到铜锣湾海滩，渔民认为是天后显灵，就在湾边建了一座庙奉祀天后，还把红香炉供在庙中。因此之故，庙前的海湾就被叫作红香炉港，庙后的太平山被叫作香炉峰或者炉峰，久而久之，整个香港也被叫作红香炉了。沧海桑田，略去不表，总之如今的铜锣湾已成为繁盛的商业区，商场旺铺的喧闹中也隐藏着一些大大小小的书店，譬如诚品就开在希慎广场的楼上。听说，崇光百货后面有一条骆克道，也散布着几家书店，这天就想去探寻一番。

港岛线铜锣湾站 D1 出口一出来，就是骆克道，街道不长，几乎一眼就望见扎堆儿云集着的绿野仙踪、开益书店、乐文书店等二楼书店。绿野仙踪专营内地图书，几无可观，还不如它在元朗的分店有得看。开益书店虽则也有一两架那种政治秘闻，但绝对不属主打，心情上就少了许多躁动。居然发现一册《版画台湾》，大红的封面，分外喜庆。书由台湾晨星出版有限公司二〇〇四年初版，作者杨永智中文系毕业后，全身心投入台湾传统版画的乡野调查和环球搜访，他自己亦拜师学习传统水印版画技法，对“版画珍珠”藏书票在宝岛台湾的发展历程也是颇有心得。这本书既有他的研究成果，又附有大量珍贵图版，有幸淘到，亦是缘分。乐文书店更是主打台湾图书，图书品种也偏学术和艺术，给人的感觉一些儿也不悬浮。先在艺术画册区搜出一本艺术家出版社二〇一〇年出版的《凯尔希纳》，这个桥派灵魂人物的画作也是我喜欢的路子。在我看来，他的画，人物的变形有些像毕加索，明艳的色彩有些像马蒂斯，但又明显地打上他自己的烙印。他没有停止过探索，又一直有“局外人”的感叹。终于在一九三八年的六月十五日，在销毁了画作、焚烧了木制的版画之后，他拿一把枪对准心脏，扣下板机。又搜出一本熊秉元的《法律经济学开讲》，是时报文化二〇〇七年的出品，品相却还是完好如新。林辉煌在序言中说，霍姆斯大法官早在一八九七年就曾预言法学与经济学未来终将融合之趋势，真乃先知也。

听人说，崇光百货楼上有家日本书店，先前访港时倒也逛过崇光，里面还有书店却无论如何也想象不到。店在十一楼，占了整整一层，中文名字叫旭屋书店，英文则写作 Asahiya Bookstore。对于一般日本读者来说，书的品种够得上丰富，各类期刊杂志应有尽有，袖珍小巧的文库本蔚然可观，动漫游戏琳琅满目，但我只想找竹久梦二，却是不见踪影。好不容易见到几期《版画艺术》，看看两千日元一册的定价，也只好甩到一边了。

最后一站是轩尼诗道的“书不起”，这是一家专营设计类图书的书店，在香岛大厦的二楼。攀楼梯上行，墙上全是五颜六色的涂鸦，怀疑就是“书不起”搞的楼梯景观设计。推门进去，却见房顶管道毕露，非常符合书店的先锋特色。外文图书为主，不过多数都是建筑设计、室内设计、城市景观设计、商品包装设计，平面设计特别是书籍设计难得见到。就在转到最后一个台子时，意想不到的兴奋出现了，那里竟摆着一本*William Morris:Father of Modern Design and Pattern*，是我见到过的莫里斯最漂亮最讲究印制也最清晰的版本，毫不犹豫地付款买下。归途地铁上拿出来细看，才知是东京印书馆的出品，好在文字大大少于图版，主要内容也是日英双语印出。无意中还是买了本日文书，真有些无心插柳柳成荫的味道。

香港仔

中午时分，出发去香港仔。地铁坐到中环，在巴士总站搭乘七十路，七拐八拐，再穿过一条隧道，就来到香港岛西南端的香港仔。香港仔是香港开埠最早的地方，最初叫香港村，英国人登岛时，找村民带路，村民跟他们说这里是香港，他们就误以为香港是全岛的名字，等发现了这个错误，也不好再改岛名，只好把香港村称作 Little Hong Kong(香港仔)，后又以当时英国外交大臣鸭巴甸勋爵的名字把香港仔命名为 Aberdeen。日本占据香港时期，曾把香港仔改为“元香港”，也就是“香港的源起”的意思。

给他们带路的那个村民，据说叫阿群。所以香港就有了“群带路”（也说叫裙带路），以纪念阿群带路。后来官方还用这个故事绘成殖民地的标志图案，称作《阿群带路图》。在很多年里，本港官方机构的旗帜、帽徽，以及车辆、文件上所用的标志，都是这幅《阿群带路图》。图中绘了一只中国式帆船和一只西式的三桅大帆船，岸边站了两个中国人和一个外国人。中国人脑后垂着辫发，外国人着燕尾礼服，戴了高帽，两人正在握手，岸边一列摆开了六只长方形的木箱，代表货物。背景是香港的“扯旗山”，山顶有旗杆和挂着信号的横木，山脚下有许多房屋。图中的那个拖了长辫同外国人握手的中国人，据说就是阿群。

然而，这幅沿用一百多年的图其实是一个大乌龙。如果按照图中所绘，隔海的背景是“扯旗山”，那么，近景阿群和外国人握手的地方应当就是九龙了。可是，阿群带路的时候九龙仍是大清帝国的领土，英国鸦片商人不可能站在九龙岸边同中国人握手表示亲善，而且，当初阿群是在香港岛上给英国人带路，不该站在九龙岸边。此外，叶灵凤等人也考证过，在香港未受殖民 xyi

统治之前，《东莞县志》所载明末钱粮岁收名册上，就已有了裙带路。所以，阿群带路的传说，也不过是英人的附会而已。明知《阿群带路图》是个大乌龙而仍沿用多年，也不过是港英当局利用其宣扬“洋唐亲善”罢了。

甫一下车，就觉得香港仔的建筑非常老旧，空气中海鲜咸鱼的味道也很重。在一个两端各立一个牌坊的广场四周，是一处新开发的叫作香港仔中心的商圈，应该是这里的新地标了，但规模气度甚至远远不比元朗和屯门一带。在香港仔中心五期的一楼找到了商务印书馆香港仔分馆，店面规模一般，社科文学也就三五架，其余都是生活励志、儿童读物之类，但有一册《香港〈竞争条例〉解读及政策建议》的小书，倒是在其他地方未曾经眼。

香港仔街道不多，也都很短，但名头却一律很响，分别叫作洛阳、成都、湖北、湖南、奉天、南宁、西安。据说，上世纪初，有人在海旁开了一间纸厂，后来纸厂歇业，厂房改作屋宇，命名街道时，就套用了洛阳纸贵的成语，随后邻近的新街道也就都循此例。听说成都街有家 Chi Sang Book 书店，走了两个来回也没找见踪影。网络上说的里面有几家书店的利群商场，倒是在香港仔大道找到了，但各家店铺几乎全是卖廉价服装的，书香是一丝也无。据此推想，嘉禾街、黄竹坑那边的书店也就生死未卜了，趁早不费脚力了。

在湾边登上街渡，只花两个港币就到了对岸的鸭脷洲，湾中渔船满堆，水道狭窄。有的渔船更停泊岸边，渔翁渔婆现场杀鱼，过好秤用一个长杆的鱼兜传给岸上的买家。鸭脷洲的名字，源于岛似鸭头、礁如鸭舌。平地不多，两三条小街之外，就是山地了。略为漫步之后，复又登上舢板，由一位渔婆掌舵，在避风塘渔港游荡一遭，景色也不似想象中那样美妙。水中有一处宫殿一样的海鲜珍宝舫，该是饕餮海鲜盛宴的好去处，不知崇文门新侨饭店那家是不是它的分号。

香港仔这边，称作南区，颇有一些南来的文学大家，曾经在这里留下印迹。返回中环的巴士上，沿途就经过了不少跟他们有关的地方，像蔡元培长眠之地香港仔华人永久坟场、戴望舒筑巢林泉居的薄扶林道、许地山教书张爱玲上学的香港大学、萧红病殁的圣士提反女子中学。还从玛丽医院门前路过，一时想不起这里与哪位名人有瓜葛了。政府还专门开辟了南区文学径的旅游线路，蓝天碧海，翠绿山色，倒是比别处多了几分空灵。

中央图书馆

傍晚下课后直奔铜锣湾高士威道的中央图书馆。这是香港最大的公共图书馆，于二〇〇一年建成使用，楼高十二层，馆藏二百五十万个品种，设施先进，雍容气派。前些天曾经来过一次，重点考察了香港文学特藏，今次是要查找法律方面的资料。先在九楼找到法律部，中文法律书倒有一些，但几乎都是内地图书，还有少量台湾图书。下一层楼来到香港资料特藏，这才见到了本港法学著作，行政法也就寥寥几种，并没有振奋人心的发现。看来，公共图书馆对付一般的市民尽管绰绰有余，但对于专业研究来说，就难以满足需求了，所以，非要建立自己的专藏不可。闭馆时间也太早，刚刚读出点味道，音乐骤然响起，广播通知离闭馆仅剩半小时，看看表，也才八点半。在不间断播出的倒计时中草草再看几页，也只好兴味索然地离开了。

中央图书馆正对着维多利亚公园，在公园拐角处的糖街有一家商务印书馆，两层的楼面，店堂氛围宁静而富有书卷气，社科文学方面远较其他分店丰富，并且按照内地、台湾、香港分区，其中香港文学的作品和评论有不少之前未见到的。因天色较晚，未敢久留，带着留有一些念想的心态踏上归途。车上暗想：虽则商务印书馆创始于上海，总部迁往北京，但店铺最多的竟是在香港。事实上，商务印书馆自打来港发展后，近百年间也对香港社会发挥了巨大作用。记得在一个叫作子羽的香港人编著的《香港掌故》中就读到过这样一段话："正如许多和商务香港分馆差不多年纪的人一样，童年读过'商务'编印的课本之外，年纪长大一点后，每逢需要什么科技上的参考资料，而又不知怎样去找时，便都会到商务印书馆去翻看一下架上的图书，或者请教一下店内职员，他们就常常指点如何找书，或代把合用的书找出来供人选择。"书店对于一个人的成长，对于一个城市、一个社会的成长，都发挥着不可或缺的潜移默化的作用，因此，少什么也不应少了书店。

云咸街

前天叶中敏先生请饭时，曾经提议再找时间请小思老师一聚，昨晚来电话，说小思老师尽管七十多岁高龄轻易不愿见人了，但一听是我，还是很乐意出来，时间就定在今晚。她也喜欢上海菜，所以就还去云咸街的上海总会。那晚天黑下雨，只知道穿过皇后大道中上个坡就是，不知道那叫云咸街。今天午后去中央图书馆的路上，又进糖街的商务印书馆，很巧就看见一本王钢写的图文并茂的好书《图说云咸街沧桑》，原来这条长不过两百来米很不引人注目的小街，却凝结着香港文化的肇始和兴衰，从报刊到图书，从绘画到摄影，从戏剧到音乐，从唱片到电影，从图书馆到学术研究，都与这条小街密不可分。王钢先生认为，一个地区几乎所有的文化形态如此集中发源或兴盛在这么一条两百米的小街，在全世界恐怕都是一种非常特殊的现象。在一年多的时间里，他把差不多所有的业余时间都沉浸在了这里的每一个建筑，每一级石阶，挖掘出那么多鲜活的人物和感人的故事。书里还插入了海量的喜煞人的老版画、老照片、老明信片。作者说，搜集的过程超乎想象的艰难和昂贵，一幅老画的复制费就能过千，有些实在付不起的只好望而却步。书里还提到了叶灵凤，虽然并无太多细节，但可以想象当年他是如何穿梭于云咸街上一家挨一家的报馆画廊书肆而乐此不疲。

书里还说，当年街上有一座带立柱的建筑，那是高等法院。一八四七年，大法官霍尔姆先生捐赠了自己收藏的法律图书，由此构成了高等法院的图书馆，这也是香港有记载的第一个图书馆。一八八一年，港英政府又出资购买大法官斯梅尔收藏的图书，使馆藏进一步得到充实。对于这样一条有趣的街道，我早已心痒难耐，所以在中央图书馆看了三个小时书后就提早赶去。踩着写满历史的石阶一路上坡，心里不停想象着往昔曾有的繁华，但现实的情况却早已是物人两非。上海总会所在的大楼倒还叫南华大厦，但南华早报早已搬往它处，街道尽头地标性的大钟楼也被了无味道的现代建筑取而代之。好不容易看见一座红砖的老楼，推门进去，却是一间咖啡厅，白墙白桌白椅，简单里透着浪漫，里侧墙上挂着一溜云咸街的老照片。问伙计从前这是什么所在，他只有茫然地摇头，便也不再深究，要一杯摩卡，冲门独坐，嘿然思古。

香港文学特藏

这几天香港总算有了些新秋的清爽，但今天又突然大热。午后骄阳下，遵从小思老师的热情安排，去香港中文大学访书。因了之前趟过一次路，再去就熟练多了，又一城坐东铁，大学站出来就看到了山上的中大，和一帮少男少女们一道排队上了学校的摆渡大巴，两站就给拉到了百万大道。香港文学研究中心的苏助理和图书馆一位专门负责香港文学特藏的管理员已在图书馆门外等候。两位青年首先带我参观“佳色掇英：香港文学建藏十周年展”，亲见了许多作家手稿和珍本书刊，这当中包括刘以鬯、侣伦、罗孚、余光中、西西等人的手稿，侣伦《黑丽拉》、黄谷柳《虾球传》以及香港最早的新文学刊物《铁马》《岛上》《伴侣》等初版真品。最令我兴奋的，还是第一次见到叶灵凤一九四〇年由西南图书印刷公司印行的《忘忧草》，还有由他作序的罗拔高著《山城雨景》。我对两位青年说，《山城雨景》可是为叶灵凤带来过麻烦的。《山城雨景》初版于一九四四年，由香港华侨日报社印刷部出版。作者罗拔高，原名卢梦殊，曾任《华侨日报》采访主任，代表香港报界到日本东京参加过“大东亚新闻工作会议”，后来转任《星岛日报》总编辑。据戴望舒所记，卢氏为广东人，因喜吃“萝卜糕”，友人以此戏称，卢氏自此也就索性以“罗拔高”作了笔名。抗战胜利后，有一批广东作家曾检举叶灵凤和戴望舒“附逆”，证据之一就是为罗拔高的《山城雨景》作序和作跋。但叶灵凤在序中说的也无非是些不痛不痒的话，例如：“《山城雨景》里所描写的山城，毫无疑问的是本地风光。”戴望舒写的跋，也没有什么敏感文字，可能问题就出在该书是由日据时期“香港占领地总督部报道部”许可出版这一环节。

两位青年非常专业，一边看展览，一边给我介绍了不少背景资料和出版掌故。比如五十年代之后美国资助的书刊骤然增多，青年刊物左中右三派角力，云云。随后来到香港文学特藏库。这个特藏库的建立全赖小思也就是卢玮銮教授的力推，先是她自己捐出大量珍贵私藏，又引来众多作家纷纷奉献，经过十年的经营，已经颇具规模。小思还创立了“卢玮銮教授所藏香港文学档案”，一位作家一个抽屉。按照小思的吩咐，他们特意将叶灵凤的抽屉打开，供我细细品鉴。珍贵史料目不暇接，其中叶灵凤先生去世后叶夫人赵克臻率子女大伟、中健、中辉、中绚、中明、中慧、中敏、中美、中娴在《星岛日报》刊发的讣闻，引得我一阵唏嘘。

最后看的，是叶灵凤所藏签名本特展，赠书者包括高旅、林林、李辉英、高伯雨、柳存仁等，最可一记的，是见到了一枚叶夫人所捐书的藏书票，中间方框里是“叶灵凤先生藏书 叶夫人赠”的中英文，框下是香港中文大学图书馆的中英文，最上方则是中大的徽记。微黄的纸片，褐色印刷。看完这一切，两位青年又请我坐到桌前签名，共签了三个，一是香港中文大学图书馆香港文学特藏的纪念册，二是香港中文大学香港文学研究中心的纪念册，三是馆藏的我那册《叶灵凤传》。青年说，您签过名之后我们就要把它转到不外借的 B 室收藏了。他们说，小思老师还嘱托带我去法律图书库看看，因不敢打扰他们太久，谢过之后就下山了。

粉白的紫荆花

告别香江的日子眼看到了，一晚上都在整理图书，粗略一数，超过百册。抚摸着一本本漂亮的尤物，眼前闪过的是寻书店时的执着，得好书时的欣喜，买不起时的窘迫……一本书就是一个故事，好像到现在透过它们还能嗅到它们曾经暂时栖身过的各自店家的不同味道。有的书，在冷摊上孤寂地等候了几年、十几年，似乎专为了我到来的这一天。本来想从旧书肆里觅到几本叶灵凤，但这想法终究被证明无异痴人说梦，那些旧物早就成了拍卖会上的抢手货，所以当我讲起二十年前在纽约唐人街上竟然淘到不少叶灵凤的旧著，他的女儿顿时瞪大眼睛以为在听天方夜谭。也曾期待能淘到黄俊东的几本书话老书，甚至奢望能去他的宝库一窥究竟，但小思老师说，黄俊东已经卧床不起了，真应验了赵家璧那句名言：“书比人长寿。”人都要离开，只有书能延续他们的生命。

午后又跑了一趟中文大学图书馆，苏伟柟助理遵照小思老师的嘱托提前为我准备好了叶灵凤研究资料的电子版，叫我来拷到移动硬盘。在他们操作之时，瞥见工作台上有一摞叶灵凤先生的藏书，好几十年前的旧物了，仍然那么洁净整齐，推想先生也是非常的敬惜字纸。其中一本黄蒙田的随笔，是香港上海书局出版，专门负责香港文学特藏的小麦告诉说，香港上海书局是南洋的公司，他们把民国年间上海许多文艺书的纸型都收来重印，因为内地不需要这些繁体字版了。至于那两本翻译书，都是五十年代美国出资出版的，那些年，美国对于香港的文化渗透投入很大。拿到拷好的资料，相约来年与他们再见。走到图书馆门外的百万大道，却见大道上方整个覆上了黄布顶棚，应该是为学位颁发典礼预作准备。路旁山崖上，粉白的紫荆花依然开得那么俏丽。

罗伯特·吉宾斯（*Robert Gibbings，1889–1958*）

后记

李广宇

我爱读书话，自己也写过几种勉强可以称作“书话”的小册子。若按出版时间为序，分别是：《纽约寻书》（一九九八年）、《香港寻书》（二〇一四年）、《行囊有书》（二〇一四年）、《我在德国淘旧书》（二〇一七年）、《猎书家的假日》（二〇一七年）。除了《纽约寻书》是由国际文化出版公司出版，其余几种都是由法律出版社印行。事实上，《纽约寻书》也于二〇一七年由法律出版社出了修订版。现在，法律出版社又慨允将这五种小书一并再版，感激之余，做了一些修订和重新编排。新版的“书话五种”，保留了《香港寻书》、《行囊有书》和《猎书家的假日》；将《纽约寻书》更名为《蠹鱼漫记》；《香港书店鳞爪》是新增加的，其中两

辑是由别的书挪来，另一辑为新写；《我在德国淘旧书》则不再有了，原书中有关德国淘书的部分划给了《行囊有书》，有关香港淘书的部分划给了《香港书店鳞爪》，有关叶灵凤的部分则与其他类似篇什一道编成一本《爱书也爱叶灵凤》。这一本因为离书话相对较远，将与《叶灵凤传略》和《叶灵凤香港出书记》一起，凑成另外一个叫作“叶灵凤叙传三种”的系列。

《香港寻书》的修订工作有以下几个方面：一是做减法，将原书中与寻书关系不大的几篇狠心删除，但一些关于听课、参访乃至日常生活琐事的记载还是予以适当保留，因为寻书毕竟只是生活的一部分，任何一个寻书人都不会是不食人间烟火之辈，书店也不是脱离一个城市、一个社会的整体环境而孤立存在的。二是适当补充一点背景材料，但这工作是绝对克制的，旧文不宜大改，因为人们的认知总是有时空局限，一时有一时的识见，一时也有一时的心境。原来的图版也一律不要了，而让一位心仪的版画家一以贯之，这或许也是晚来一种心境的体现：不要太复杂，尽可能简单。

本书的插画作者是英国画家罗伯特·吉宾斯（Robert Gibbings，1889–1958）。吉宾斯不仅是风格独具的木刻画家，也是散文高手，出版了许多自写自画的文集。他同时还是一位出版家，长期担任金鸡出版社掌门人。这是一家专门与版画家合作出版限量精装插图本的小型出版社，许多著名的版画家，包括吉尔（Eric Gill）、莱特（John Buckland Wright）、塞维林（Mark Severin）等，都曾为其绘制过精美插图。

《行囊有书》算是我的书话类小书中卖得最好的一个，库存早就清零了，出版社一直有再版的动议，拖延了几年才终于实施。趁着这次再版，做了一些较大的调整。删除了其中的四辑，分别是“北京书店地图”、“几个城”、“懂桥”和“囊中书”，既然鸡零狗碎，又何必敝帚自珍。这样就只剩下“从台北到台南”“东京书事”“首尔买画记”和“哥伦比亚风”，既然都属境外访书的文字，索性就把“我在德国淘旧书”和“纽约寻书记”这两组类似的篇什也拿来归拢到一起。这样做的结果，是把《我在德国淘旧书》那本书拆没了，因为另

外几组文字也依其内容性质，分别划给了《香港书店鳞爪》和《爱书也爱叶灵凤》。“台北访书记”这一组，则是首次结集。旧版《行囊有书》是有插图的，这次修订，按照统一体例均予删除，代之以我所喜欢的英国画家埃里克·吉尔（Eric Gill，1882–1940）的画作。

叶灵凤日记中提到过 Gill，他买过他的画集。萧乾编选的《英国版画选》也收入了 Gill 的作品，他所用的译名是爱立克 · 盖尔。萧乾说，Gill“在当代英国插画艺术中是最不在光暗上玩花样的。他管他的插图叫印匠的花朵。他大部分作品都是简单的白地黑线条而已。他的想象力并不强，但装饰书册则绰绰有余。” Gill 亦擅雕塑，还是字体设计师，他为 Jacob Weiss 设计的藏书票，一经董桥推介，瞬时在中国名声大噪。我也稀里糊涂收集了不少 Gill 的书，感觉特别别致，非同凡俗，就是宗教色彩过于浓烈了一些。他还为中国的话本小说《醒世恒言》做过插绘，黑白线条真是运用到了极致。一直以为，木刻与书是绝配，谈书的书更是如此。

在这回修订再版的五本小书中，《猎书家的假日》

是调整最小的，只是本着不凑数的原则，删去了个别意思不大的篇目。这样说，并不可以理解为剩下的就都是意思大的，其实很多是可以做些改写的。比如当时买到一本竹久梦二就欣喜若狂，殊不知在那以后我的梦二集藏足足塞满了一个架子。但要这样修改，一辈子都改不完。贫穷有贫穷时的欢乐，富足了未必就天天幸福。说句实话，这一本小书的风格，是我最为私淑的，因为它最文艺。书话毕竟不同于书目，在意的不是文献的多寡，而是一点点回忆，一点点情绪，一点点抒情的气息。

从前这本书没有后记，这次就利用这机会，说说书名的由来。《猎书家的假日》，本是美国古书商人罗逊巴哈博士一本书的名字，英文叫作 *A Bookhunter's Holiday*，我第一次知道这书，是由叶灵凤先生的《忘忧草》。上海沦陷后，叶灵凤随《救亡日报》转战广州，随身只带了几册书，都是谈论书物版本聚散变迁的“关于书的书”，《猎书家的假日》就是其中之一。“白麻布装订，红皮题签，有插图，我是托上海中美图书公司直接向原出版家订购的，是一册内容和外表都使我满意

的好书。”不料这样的一本心爱之物也成了战争的牺牲品，埋在了广州的劫灰中。叶灵凤一面吟咏“忘记了吧，像忘记一朵开过了的花”，一面也许下一个心愿，将来也要出一本《猎书家的假日》。香港纸贵，出书不易，他的愿望终于落空，却被我拿来完成了浴火重生。

初版时没有插图，这次精心选择了美国画家洛克韦尔·肯特（Rockwell Kent，1882–1971）的一些版画作为装饰。就像喜欢比亚兹莱一样，叶灵凤也同样喜欢肯特，认为他是“当代美国最杰出的版画家”。他不仅喜欢他给定期刊物和世界名著所作的那些单幅插画和装饰画，更对他的自写自画情有独钟，认为这些由他自己写作自己插画的游记，“在美国许多庸俗的出版物中，许多年以来是独放异彩的”，认为“仅凭了这几本书，世人已经认识了肯特是一位第一流的插画家和装帧设计家，又是一位能独创一格的游记作家”。肯特终身都是一位猎奇冒险家，始终充满了生活的朝气。猎书亦是猎奇，有时也需要冒险，我替《猎书家的假日》选择了肯特，也是希望肯特的版画不仅能为这本小书增色，更能使我将

猎奇冒险的朝气一直保持下去。

《纽约寻书》是我的第一本书话性质的集子，稚嫩青涩可想而知。没有料到的是，竟会迎来第二次再版的机会。第一次修订，就做了一些减法，这次减得更厉害：一是把有关叶灵凤的部分，汇总到一个新的组合《爱书也爱叶灵凤》；二是把“纽约寻书记”拿到《行囊有书》，后者直接导致原来的书名不成立了。尽管这些文字基本都是在纽约旅次写成，但既然没了直接写纽约的内容，不好再挂羊头卖狗肉，就拿其中一辑的名字做了书名。“蠹鱼漫记”，尚够切题，也算是恢复了本来面目。前两版都没有插图，这次选取了英国著名画家和书籍装帧家琼·哈塞尔（Joan Hassall，1906–1988）的插画做装饰，她为许多名著绘制过插画。做成之后，有朋友提醒：哈塞尔的画虽则很美，但还没有公版权。只好忍痛割爱，重新选择了比亚兹莱。做版的时候我说：“比亚兹莱真的命大。”乔智炜兄则说：“一切都是最好的安排。”

《香港书店鳞爪》总共三辑，《书香香港》和《港九访书五日记》原来分别见于《行囊有书》和《我在德

国淘旧书》，本来根据内容的类属将它们合并到了《香港寻书》，但排完版一看，比其他几种厚了许多，就想独立成编；考虑到只这两辑尚嫌单薄，就新写了一辑“香港书店鳞爪”，并以此作了全书的名字。这两万多字，是在我一周的居家隔离中初步形成的，内容有些像是香港旧书店简史，但不敢贸然打出这个旗号，于是采用了更为低调的“鳞爪”。虽说基本是东拼西凑的“文抄公”，但自认在谋篇布局和材料取舍上还是颇费了一番心思，通过聚焦香港旧书店史上几个历史性节点，大致勾勒出其发展脉络和独有特色。材料的来源主要包括叶灵凤、戴望舒、陈君葆、侣伦、方宽烈、罗隼、小思、欧阳文利、许定铭等名家前辈的著述。这一本的插图出自英国画家格温·拉弗拉（Gwen Raverat，1885–1957），她出身于剑桥的望族，是进化论奠基人达尔文的孙女。她从Slade艺术学校毕业后，嫁给法国画家雅克·拉弗拉，夫妻俩都是布鲁姆斯伯里文化圈的活跃分子。她是英国木刻艺术家协会的创始人之一，为很多名著做过插图。她自写自画的回忆录《碧河彼时》影响很大，有中文译本。

封面是一本书的门面，好的封面必然会与文字水乳交融，甚至会超越文本，给人以极强的视觉冲击，有的还可能成为独立的艺术品。我虽然不懂美术，不会设计，但对书籍装帧向来关注，自己的每一本书写迄，心思也都会集中到未来封面的样子。这一回，本来打算尊重设计师的意见，走一走朴实无华的路子，但不少读者表示，还是喜欢旧版《香港寻书》那种风格，于是又搬出一大堆竹久梦二画集，再从他那里找寻灵感。竹久梦二无疑是一个用之不竭的宝藏，我的偏爱，他当会欣喜。

最后，再一次感谢法律出版社，感谢许睿、乔智炜、王菊萍几位长期合作的朋友。尤其要感谢和我一样喜欢书的读者诸君。

二〇二二年七月三十日

李广宇书话五种

蠹鱼漫记

李广宇 著

法律出版社
——北京——

图书在版编目(CIP)数据

蠹鱼漫记/李广宇著. -- 北京:法律出版社,
2022
(李广宇书话五种)
ISBN 978-7-5197-7018-1

Ⅰ. ①蠹… Ⅱ. ①李… Ⅲ. ①小品文—作品集—中国
—当代 Ⅳ. ①I267.3

中国版本图书馆 CIP 数据核字(2022)第 151312 号

蠹鱼漫记
DUYU MANJI

李广宇 著

策划编辑 许 睿
责任编辑 许 睿
装帧设计 乔智炜 李广宇

出版发行 法律出版社
编辑统筹 司法实务出版分社
责任校对 朱轶佳
责任印制 胡晓雅
经　　销 新华书店

开本 787 毫米×1092 毫米 1/32
印张 5.125 **字数** 71 千
版本 2022 年 10 月第 1 版
印次 2022 年 10 月第 1 次印刷
印刷 北京盛通印刷股份有限公司

地址:北京市丰台区莲花池西里 7 号(100073)
网址:www.lawpress.com.cn
投稿邮箱:info@lawpress.com.cn
举报盗版邮箱:jbwq@lawpress.com.cn
销售电话:010-83938349
客服电话:010-83938350
咨询电话:010-63939796

书号:ISBN 978-7-5197-7018-1 **定价(全五册)**:468.00 元
凡购买本社图书,如有印装错误,我社负责退换。电话:010-83938349

目 录

拣叶书园

读孙犁

也不知是我对孙犁的文笔太熟悉，还是孙犁的风格太鲜明，反正，最初在报刊上读到署名孙芸夫的《芸斋小说》时，我一眼就认出，它肯定出自《荷花淀》的作者之手。以后，孙犁先生将《芸斋小说》结集出版，便证实了我的猜测。

《芸斋小说》由人民日报出版社出版，共收入小说三十篇。其实，说是小说，不如当散文来读。它宛如秋日的天空，洗净了一切的铅华，达到了疏朗与宁静的极致。

现代作家里，除了鲁迅，我最挚爱的，就要数孙犁了。文坛曾传南有巴金、北有孙犁的说法。是否恰当，我不知道，但我时常认为，孙犁晚年的杂文、随笔与巴金的五卷《随想录》称得上异曲同工，都是真话的记录，都是血与泪的控诉，所不同的不过是行文方式。巴金依旧是“激流”式，大江东去、一泻无余；孙犁则更含蓄一些，时常采取鲁迅式的曲笔。但它们的思想价值都远远超过作者以往的作品，这一点是共同的。

相比之下，孙犁先生走着一条更为寂寞的道路。不见获什么奖，也不见哪国总统给受勋。羊年春节过后，我曾为天津市长给另一位作家、而不是给孙犁拜年，不快了好几日。过后一想，这种不快，实在有些多余，怕要遭孙先生的耻笑。他本人，对这种“人情世态”历来看得很淡，况且在“已经进入了无欲状态，不想再得到什么”的今天。

人的个性总是千差万别的，作家尤其如此。巴金先生反复声明“自己不是文学家”、“写作是为了战斗”。而孙犁先生则更像典型的文士，他身上，发散着更浓的文化味儿。

孙犁先生晚年的著作，我是每逢必买。只是，惜乎惜乎不多见，有几种，如《秀露集》《尺泽集》《老荒集》《陋巷集》等，都是久觅而不得。新近由人民文学出版社出版的《无为集》，于坊间并未发现，却在北大图书馆碰上了，便借来一睹为快。这本十二万字的小书，包括小说、散文、杂文、读书记、书简五部分，基本上是作者在一九八七年一年中所作。孙犁近年著作多由百花文艺出版社出版，都是小开本，装帧颇淡雅。《无为集》的封面，比较起来却有些大红大绿，而且“无为集”三字用黑体字，显得呆板，缺少灵气，然而内中的文字，却极精到。

孙犁先生晚年喜作杂文。这里非指最狭意义上的杂文。其实，他的小说，他的散文，他的读书记，他的书简，都可视作广义的杂文，孙犁先生本人，曾以鲁迅先生的杂文集所包容的文体之广泛为例，指出：“杂文是一种比较灵活的文体，它的动向，不只有纵的开发，还有横的渗透。把一些原有自己疆土的文体，变化归纳在自己的版图之内。”孙犁受鲁迅的影响颇深，但他却不把鲁迅树为偶像，“鲁迅的杂文笔法，也不只是一个笔法”。他指出：“学习鲁迅，应该学习他的四个方面：

他的思想、变化及发展。他的文化修养，读书进程。他的行为实践。他的时代。”此论颇独到，正应验了作者“不大看洛阳纸贵之书，不赴争相参观之地，不信喧嚣一时之论”的一贯个性。

这种不凑热闹的独立思考精神，还体现在对《知堂书话》的评价上。过去的几年，寂寞几十年的周作人一夜之间又热闹起来。我出于一种逆反心理，对知堂的文集，颇买过几种。对知堂的文笔，我很欣赏，但对《知堂书话》的一味抄冷僻不多见的古书，总感不知所云，却从不敢于文章中贬损，只是诚惶诚恐地检讨自己的孤陋寡闻。孙犁的词语却点到了知堂的痛处，可谓入木三分。他说：“知堂晚年，多读乡贤之书，偏僻之书，多读琐碎小书，与青年时志趣迥异。都说他读书多，应加分析。所写读书记，无感情，无冷暖，无是非，无批评。平铺直叙，有首无尾。说是没有烟火气则可，说对人有用处，则不尽然。淡到这种程度，对人生的滋养，就有限了。这也可能是他晚年所追求的境界，所标榜的主张。实际是一种颓废现象，不足为读书之法也。”但他并未全盘否定知堂，所谓“与青年时志趣迥异”，便是对“青年时”的肯定。

读文艺评论，向来不屑于读那些洋洋洒洒数万言的唬人之作。总以为孙犁的文论与鲁迅的《中国小说史略》有着相同的意趣，说自己的话，说实在话，乃大手笔。

洗盏更酌　匡谬纠偏

老作家柯灵年逾八十，雄风不减，腕底生风，煮字烹文，新作迭出。《文心雕虫》，一九九〇年六月由百花文艺出版社出版。顾名思义，旨在漫游文苑，掇拾艺林。四十三篇文字，以序跋、演讲居多。按说，这类应酬文章很难道出深意，但柯灵终究是柯灵，他识小知大，寄意遥深；道常人所未尝道，时发警策之语。不说篇篇如玑似玉，也颇足赏心。

衰老乃天道自然，不可逆转，作家亦难幸免。有的人神与身俱衰，不幸堕入偏执、僵化一途，抱残守缺，摇唇鼓舌，充当起卫道者的角色；有的人却生命之树常青，爱和憎仍在血管里沸腾。由于“经历了几十年的陵谷变迁，看够了无量数的鱼龙曼衍”，到老来，对世道人心愈加洞明。柯灵无疑属于后者。翻翻这册《文心雕虫》，柯灵先生是在有意识地做着洗盏更酌、匡谬纠偏的工作。他为郁达夫的“战士献身、功垂后世，未获正视，反而累及家族颠沛流离”的坎坷身世而辛酸满腹，认为，“要理解人的真价值，不能只看外表，正面观察，反面分析，侧面印证，都不可少，还得触类旁通，联系上下周遭，大节嶙嶙，小节出入。”由此引发了对长期以来盛行于文坛的滥加“局限性”一类评骘的流弊的再思考。指出，用当代人的感觉、观点、认识来要求“五四”时代的作品，不是科学的方法。

早在一九八四年，柯灵先生就以一篇《遥寄张爱玲》的长文，对几十年来颇遭非议的女作家张爱玲的文学地位进行了客观、公允的分析。的确，“任何事物都有复杂性，不像一般观念所理解的那么简单。”柯灵的令人信服之处，就在于他不是从概念出发，演绎推理出一个似是而非的结论，而是把张爱玲现象置于纷繁复杂的历史背景和文学氛围中去考察。唯此，才能悟出张爱玲文学生涯的辉煌鼎盛时期为何命中注定只有两年，而且是“过了这村，没有那店”。柯灵本人在抗战八年中所写的东西，几乎可以说百分之百与抗战有关，但他却对“言必抗战，文必杀敌”的主张投以讥讽，不同意“除此以外，就都看作是离谱，旁门左道”，认为“这是一种不无缺陷的好传统”，“无形中大大减削了文学领地”。所以，张爱玲，乃至更多的卓有成就的作家不见于目前的中国现代文学史，也就毫不足怪了。但柯灵相信历史是公平的，“张爱玲在文学上的功过得失，是客观存在；认识不认识，承认不承认，是时间问题。”行文至此，该是皆大欢喜，理当结束，但柯灵却笔锋一转，出人意料地对张爱玲旨在暴露“铁幕”后面的黑暗的小说《秧歌》和《赤地之恋》的虚假进行了批评，指出：“新社会不是天堂，却决非地狱。只要有点历史观点，新旧中华之间，荣枯得失，一加对照，明若观火。”表现出对历史负责的严肃认真的精神。

柯灵在为姜德明《相思一片》所作的序文中说过：

“拂拭尘垢，还以皎洁，为已逝者安魂，使健在者慰情。知人论世，温柔敦厚而不乖原则，不失公平”，何尝不是“夫子自道”？“作诗无今古，欲造平淡难”。柯灵的笔墨，更多地给了那些踏踏实实、默然用命的人。而西禾的遭际，却给人以更多的苦涩之感。他的由“锦心绣口，谈风很健”一变而为“游移退缩”、“忧虑重重”，实在是“悲剧与喜剧的混合体”，“是我们这个时代矛盾激烈的反射镜”。的确，“时代的晕眩和撞击不知扭曲了多少性格”，我们为西禾惋惜，可谁又来为我们惋惜呢？这是《文心雕虫》留给我们的沉重。

VENUS.

事如春梦了无痕

记得好几年前，读过一则资料，说一位大学教授，带领他的研究生，潜心研究钱锺书的天书《管锥编》，取得了不俗的成绩。事过境迁，那位教授的名字并没能记下。直到日前读得郑朝宗先生的散文集《梦痕录》，这才肯定，那位教授一定就是郑先生了。因为此集中的《记钱锺书》一篇，对这位当代大学者的道德文章做了非常精深的论述，倘非对钱氏著述卜过一番苦功，绝不会有此卓尔不凡的见解。譬如对于钱先生在学术上的贡献，论者多有“皮相之谈”，而郑朝宗却独能悟出：钱锺书的“鸿鹄之志”，在于“要把文艺批评上升到科学的地位”。他“独辟蹊径，不尚空谈，不作高论，而把主要精力用在研读具体作品，试图从其中概括出攻不破、推不倒的艺术规律”。似这般见解独到的文章，书中还有很多，如《忆余老》《记冯友兰先生》《记罗隆基》。作者知人论世，不掩瑕、不隐过，不作违心语，乃从细微中观其本质，且赋予人物一种深刻的历史感。

这几篇人物印象，大多作于二十世纪四十年代末，连作者自己重读一过，都不免感叹“渺如云烟，真同一梦”。所以我们应当感谢郑老身边那些好心人。要不是他们“时时以整理旧作行世相督促”，恐怕这些旧日文章早就散失无遗，真的如东坡所云“事如春梦了无痕”了。由此想到一个问题，那些满腹学问的教授专家，不该总满足于述而不作，以惜墨如金自持。须知雁过尚且遗声，豹死还要留皮，皓首穷经一生，总要将点滴心得整理出来，以飨后人。这方面的遗憾很多。郑先生的老友，原厦门大学中文系主任余謇老先生就不去说了，这里只以陈寅恪先生为例。在半个多世纪以前，吴宓先生就说过这样的名言：“当今文史方面的杰出人才，在老一辈中要推陈寅恪先生，在年轻一辈中要推钱锺书，他们都是人中之龙，其余如你我，不过耳耳！”但就是这位人中之龙陈寅恪，由于时代的原因，却拟撰写中国通史和元史二书竟未如愿，使他青少年时期在国外所作的二十几年的准备，悉数付诸东流。想起来，真是难以弥补的损失。因为再出一个陈寅恪，恐怕是不可能的事情了。特别是在人心浮动，文人争相下海的今天。

但无论如何，《梦痕录》一书的问世，总算是一件令人欣慰的事情。在这本不算太厚的书中，郑先生不仅勾勒人物独具功力，便是写山水、谈艺文，也都是征引挥洒、笔路飞动。沉浸其中，不啻一种美的旅行。

非人磨墨墨磨人

读柯灵的散文，总感到一股勾魂摄魄的魅力。有时思忖：这魅力究竟是因了诸如“文字生涯，冷暖甜酸，休咎得失，际遇万千。象牙塔，十字街，青云路，地狱门，相隔一层纸”这样的如醪似醇、快人朵颐的连珠妙语呢？还是缘于他腕底笔端所透露的那般非阅尽无量数的鱼龙曼衍、陵谷变迁而不能具的深切的沧桑之感？也许这两种因素兼而有之，本来就不可截然分开罢，便总也读不够。那本《文心雕虫》还未及从枕畔撤走，一册《墨磨人》又摆上了案头。

《墨磨人》，三联书店一九九一年七月初版，列为读书文丛的一种。翻翻序言，时间却在四年以前，而全部三十五篇文章中，又有十三篇作于序文完成之后，显然经过一番增补，出书过程中定有些许周折。将那标题浏览一过，发现涉及“当世名家巨匠”的颇有几篇，作者恰恰就此表示了某种忧虑，“怀疑读者的青眼之睐，也许是由于爱屋及乌，求珠惜椟”。窃以为柯老的担心不仅大可不必，相反，品藻人物、剖析世态，或许正是他的拿手好戏，亦未可知。那篇《遥寄张爱玲》之一时纸贵洛阳，恍如昨日之事，无须笔者饶舌；另一扛鼎之作《促膝闲话中书君》，同样可作明证。作者论人，喜欢将人物放在历史的大背景前面来考察，所以，尽管写的是钱锺书，是石西民，是马思聪，折射的，却是时代的风云际会。所谓“历史考验人，人也考验历史”，这就赋予人物一种深刻的历史感。

不过，“神话毕竟是神话，尘世的人不是天上的神”，似钱锺书先生这般“只问耕耘，不问收获，清湛似水，不动如山，什么疾风骤雨，嬉笑怒骂，桂冠荣名，一律处之泰然”的大学者，到底不多。置身于“意识领域剧烈冲突”的时代，一般的人很难修炼出“热中有冷，冷中有热，提得起，放得下，进得去，出得来”的过硬功夫，到头来，只能收获些“心理平衡严重失调”的苦果。且不说老舍、傅雷的自戕，也不说马思聪的浮海偷渡，便是石西民这样的人物，不也最终沦为挨整的对象吗？这真是无可奈何的事情。然而“在人的世界里，无论把人民怎样分切，毕竟还有个公认的道德观和价值观”，这一道理虽然那么普通，那么浅显，但敢于将其形诸白纸黑字，却又经历了多么漫长而痛苦的历程啊！

柯灵先生曾将自己的文章自谦为舟子的夜歌，“信口吹来，随风逝去”。我们感得的，却是字字句句铁一般的沉重。作者曾这样概括杂文的功能：“它的使命是听生活调遣，向历史负责”，说的是杂文，又何尝不是夫子自道？此所以不朽也。

鸳鸯戏水蝴蝶飞

鸳鸯蝴蝶派小说，曾受到新文学阵营特别是左翼文坛的猛烈抨击。几种权威的现代文学史，也无一不对其采取不屑一顾的态度。有趣的是，这一与新文学分庭抗礼的流派，不仅没有被置于死地，反而能够长期“井水不犯河水”，一直绵延到了一九四九年前夕。而在几十年后的今天，又大有“沉渣泛起”之势。港台报纸至今仍在连载其经典作品就不消说了，即便在内地，《啼笑姻缘》《霍桑探案集》《秋海棠》等等鸳蝴派名著，也被大量翻印，甚至搬上了荧屏。倘把眼光再放开去，流行于港台，风靡于内地的金庸武侠、琼瑶言情，也处处都能寻到与鸳鸯蝴蝶派的千丝万缕的联系。

面对这一态势，一味地挞伐或讳莫如深显然是不够了，因之，一批客观地研究这一流派的兴亡变迁，分析其消极影响与积极意义的著述便应运而生。魏绍昌先生的新著《我看鸳鸯蝴蝶派》，便是其中引人注目的一种。

魏绍昌长期从事新闻出版工作，对清末民初以来各种文坛态势颇为谙熟，而且早在二十世纪六十年代初便着手鸳蝴派小说的研究，曾有《鸳鸯蝴蝶派研究资料》面世。这册《我看鸳鸯蝴蝶派》，更是他几十年研究心得的总结，资料之翔实、论述之精辟，堪称同类著作中的翘首。在写作体例上，亦煞费经营、匠心独运，虽为学术专著，却以漫话形式道出。十二个单元，既有内在的逻辑联系，又可各自独立成篇。具体划分一下，则可大致分为三部分。首五篇为总论，对鸳鸯蝴蝶派的新生、发展、兴旺、衰落直至消亡的过程作了全景式的概述，并探讨了这一研究领域内一些理论是非。譬如，《美丽的帽子》漫说"鸳鸯蝴蝶派"名称的由来;《上限与下限》对这一流派的产生和消亡的时间做了界定;《"似是而非"辨》辨的是其内部的南派北派之分，以及它与"上海小报文人"若即若离的关系；《井水不犯河水》分析了它和新文学长期相峙并立的奥秘。中间的一部分，具体介绍了鸳蝴派重要作家"五虎将"和"十八罗汉"的生平事迹及创作情况，讲述了"四大说部"的故事梗概和成书过程，并将鸳鸯蝴蝶派小说归纳为社会、言情、武侠、侦探、滑稽、历史、宫闱、民间、反案和短篇共十大品种，逐一给予概括和品评。最后四篇，谈的是与鸳鸯蝴蝶派有关的社团、报刊与书店，鸳鸯蝴蝶派小说的装饰与插图，以及由鸳蝴派小说改编为影、剧、曲的情况。这样的篇章设置，既有纵的发展，又有横的比较，详略互见、内外并兼，可以说穷尽了鸳鸯蝴蝶派的山山水水。

魏先生的高明之处，在于他能够兼掌故与考证于一体，寓学术于趣味之中，因之尽得舒徐不疾、详尽平实之妙。作者的立论亦建筑在对大量第一手材料的分析甄别之上，臧否褒贬，备极公允。

读完全书，除对鸳鸯蝴蝶派有了一个较为全面的了解外，还悟出了文学史上一个颇为有趣的现象，那就是不管你在当时的色彩如何、标签怎样，也不管作者人品的功亏盈蚀，随着时间的推移，这些因素全趋淡化，后人注意的，多是那作品本身。像李后主的不朽、知堂的复出，莫不说明了这一规律。更何况鸳鸯蝴蝶派本身仅只主张消磨时间、追求趣味而已，大多谈不上反动。其实，生活本身丰富多彩，读者的要求也不尽一致。所谓严肃的文学，不该再端起一副唯我正宗的架势；所谓通俗读物，也不必一味地自惭形秽。只要于社会、身心无害，是花是草尽管开放，是猫是狗大胆叫唤，鸳鸯戏水蝴蝶飞，亦是百花园中不可或缺的点缀。

远游无处不销魂

不久前在报端读到永玉老人的一封信，说他年内要出三书。仅隔数月，便从纽约书肆买来了《沿着塞纳河到翡冷翠》。焚香沐浴，择一雨天的清晨开始拜读，一直读到细雨打湿了黄昏。

一九九一年的春天和夏天，六十七岁的画家曾有法国和意大利之行，这本书记叙的，就是这两次丰富的艺术旅程。我们借着这位大才诗人和画家的两支彩笔，仿佛真的来到了梵高故里屋外走蛙式，真的呼吸到了罗马黄昏那醉人的异国气息。

“远游无处不销魂”。更何况远游者是一个有着“明确的爱，直接的厌恶，真诚的喜欢”的情感丰富的艺人。当画家支起画架，安顿好三脚凳，在塞纳河畔、翡冷翠街头，描绘起那一如梦境的景致时，回荡于心底的，常常是故国一位远古诗人那令人肝肠寸断的词句：“华实蔽野，黍稷盈畴。虽信美而非吾土兮，曾何足以少留。遭纷浊而迁逝兮，漫逾纪以迄今……”

看遍了世间的陵谷曼衍，历尽了七八年就来一次的精神晃动，他的行囊里装满了太多太多的故事，所以，尽管在记游，思绪却挣脱了时空的羁束，一切的情感、际遇、知识……无不纷来笔底；臧否时事、粪土人物、舒展心肺，多的是“楚王台榭空山丘”的历史感，多的是令人应接不暇的妙语珠玑。

永玉是赤子。“家乡的河流失了我，我也失掉了家乡的河”，普通得不能再普通的话，却道出了几多挚爱、几多辛酸苦水。

永玉是智者。那诙谐的语言，幽默的故事，每每令人捧腹，但大笑之余，却让你若有所思，排遣不掉的，是那并不遥远的荒唐的过去。

永玉是凡夫。在纽约、华盛顿、哈佛校园内看到草地上的松鼠，在墨尔本看到地上散步的鹦鹉，在意大利、巴黎看到满地的鸽子，他也习惯于问“为什么不捉起来呢”这一非常东方化的问题，但他终于能够面对一只对人类充满信任的金丝雀而感到深深的惭愧。我们要说，应该惭愧的，岂止是黄永玉自己。

永玉是浪人。“把衣冠蝉蜕，濯足沧浪。无聊且酌霞觞，唤几个新知醉一场”，是他的真实写照。唯一的区别，是他只嗜烟斗，杯中物却从不沾唇。“从今后，伴药炉经卷，自礼空王”，倒像是从来如此。

女儿小时候曾对他说：“爸爸，你别老！你慢慢老吧！”

永玉说：“她都大了，爸爸怎能不老呢？”

我知道，永玉永远不会变老，我从他那大块大块的色彩织就的画中，分明读到了热烈，读到了年青。当我沉吟痴迷于永玉那扇永远的窗口，不老的永玉可能又拎起了他的三脚凳，唱起了“杜鹃随我到天涯”。那么，就让我们期待着他的下一个故事。

画眼情心

自古以来，中国就讲究诗书画不分，所以身为画家而能写得一手妙文，也就毫不足奇。像黄永玉，像韩羽，像叶浅予，不都在写作方面取得了令人瞩目的成绩吗？

说起这类两栖作家，有一位是不该忘记的，那便是郁风先生。这位资深女画家，虽然早在一九三六年就发表了第一篇散文，但大量写作，却还是二十世纪八十年代以后的事情。三联书店香港分店推出的《急转的陀螺》，精选了郁风四十年来所作的二十篇散文。不敢说篇篇如玑似玉，但既经斟酌汰选，想都是作者较为满意的篇什。编排上，则依文章题材，别为三辑：首辑赞美故园乡土，次辑怀念亲人知交，末辑讴歌国际友谊。书内并附作者照片及画作共四十余幅；封面画亦出自作者本人之手。

HOW. FOVR. QVEENS.
FOVND. LAVNCELOT.
SLEEPING.

装帧之精美，令人赞叹不已。

散文写作，最容易透露作者的性情。功力与学养不够的人，难免捉襟见肘。所以一般能成大家者，总有些不同寻常的家学渊源和特殊的人生经历。郁风亦不例外。她的父亲郁曼陀、三叔郁达夫，都是现代中国的著名人物。母亲亦是坚强正直、风雅脱俗。郁风不仅亲历过战火的沐浴，还一度身陷囹圄，险些坐穿牢底。作为画家，她经常出外写生，屐痕处处，尽采名山大川之灵气。这些，莫不成为她著书为文的滋养。

郁风的故乡在富春江畔的名城富阳，那是一个如诗如画的人间仙境。六朝人吴均曾这样形容富春江："风烟俱净，天山共色，从流飘荡，任意东西。自富阳至桐庐一百许里，奇山异水，天下独绝。"郁风即便在大墙深处，也想念着故乡的白屋黑瓦，青山绿水。她描写故乡风物的几篇散文，仿佛一幅幅丹青，或泼墨，或工笔，不仅有光有色，更于字里行间融进了浓烈的乡情。

不只是写景状物，便是怀念故友亲人，郁风也处处显露出画眼情心。《生命的强者——白薇》，就好像一帧肖像素描，细致入微的刻画，使这位“大半生受尽了折磨、侮辱、损害，但始终没有低过头，而是继续勇往直前，抱定了生活的信念”的奇女子形象力透纸背。《三叔达夫》，更是本书的压轴大戏。在这幅人物长卷中，郁风用大量生动感人的细节，描绘了达夫传奇般的一生中各个时期的侧影，以极富情感的笔触，讴歌了这位赤裸裸来赤裸裸去的真正的文人。这篇长文的价值，不只在于提供了有关达夫生平的大量珍贵的资料，更在于她以过人的胆识，率先呼吁重新评价达夫的文学地位，还其本来的面目。我看此文与巴金的《怀念萧珊》、柯灵的《遥寄张爱玲》一样，都是融情理于一炉的不可多得的散文佳构。

大手笔 小文章

有位署名辛竹的作者，常在《读书》上做“补白”，长不足千，短不过数十百字，有时只寥寥数语，位置也尽在犄角旮旯儿，但却透出一股大家风度。辛竹究竟姓甚名谁，笔者孤陋寡闻，一直不得而知。直到最近购得金克木新著《燕口拾泥》，才晓得辛竹乃金先生之化名，《燕口拾泥》正是那些补白文字的结集。

不知从哪天起，世风崇尚起“大”：彩电要大的；酒店越盖越大；退休老太太开个杂货铺，也要起个什么环球有限公司之类大的唬人的名号；文章呢，就更不用说了，连标题都忘不了带个“大”字：什么“阴阳大裂变”、“世界大串联”、“人工大流产”……难怪有人戏称“报告大文学”。而金克木先生却反其道而行，专写起豆腐块大小的补白。作为学贯中西的大学者，如此“屈尊”，在时下堪称“罕见”。金先生在《燕口拾泥》后记中说，他的此举，并非“无意插柳”，实在是刻意经营，是为了避免老年人说话的絮絮叨叨，才在七十岁以后专门“学写短文章”。

文章之长短，很包含些人生背景在内。“小时候作文只恨写不长，到后来写文又怕写不短”，此言颇有些“却道天凉好个秋”的韵味。诚如金先生所言：“同样的内容，写短比写长更难。”譬如一句“天凉好个秋”，可谓短矣，但能吟出这五个字，却是谈何容易！

《燕口拾泥》加上一篇后记，也只四十六篇，五万余字。但在这小小的篇幅里，却随处可以寻到真知灼见。如作者认为，“对新玩艺的最好的引进方式不是听讲、照抄而是应用。简单的‘拿来’办法不够了。一则是新东西还只是半成品，不现成。二则是变化太快，拿过来还未消化，人家又变了。照这样跟着跑，永远也难跟上。”针对“目前世界上正刮着一股反传统之风”，作者指出：“这只怕也是继承传统，因为这是‘古已有之’的‘新’潮流，不足为奇。”

品读这本小书，除感叹作者的学识渊博外，印象最深的，就是作者的老老实实的治学态度。其实文章的长与短，说到底，还是与是否“老实”有关，该长则长，该短则短，有话则长，无话则短，关键看你是否老老实实说真话。作文如此，做人又何尝不是？

细数丁香话宗璞

知道宗璞，是由《重放的鲜花》，读到她的曾被当作毒草刈去的小说《红豆》。之后，陆陆续续见到她的新作，感觉她不愧为学者型的作家，字里行间，弥漫着浓厚的文化氛围。再以后，听说她是著名哲学家冯友兰先生的爱女，这才恍然大悟：原来她有如此家学渊源。终于有一天，我也住进了燕园，每天不知要从冯家所居的燕南园经过几次，在心理上，便更与宗璞接近了几分。

宗璞以小说家名，散文大概是她的副业，所以并不多。结集成册的，也只见过一本薄薄的《丁香结》。

作者喜欢丁香，常常漫步到北大校园里的丁香三角地，欣赏“那月光下白的潇洒、紫的朦胧”。在她住了断续近三十年的斗室外，另有三棵白丁香，“每到春来，伏案时抬头便见檐前积雪。雪色映进窗来，香气直透毫端”。作者的散文，不正像她笔下的丁香吗？“那十字的小白花，那样小，却不显得单薄。许多小花形成一簇，许多簇花开满一树”，散发着“淡淡的幽雅的甜香”。

作者三十年前写《西湖漫笔》时，开篇第一句便是“平生最喜游山玩水”，而且至今仍不改“山水旧癖，烟霞痼疾”。所以《丁香结》里的文字，游记占去大半。从澳大利亚苍凉而豪迈的中部荒原，到美国原始赤膊的外米亚山谷；从苍凉与妖媚交织联结的敦煌鸣沙山，到大江东流，沿岸哺育了多少俊杰人物的长江三峡……如诗如画的文字，记载着作者的萍踪浪迹。我本来不大乐读游记一类文字，总以为多是浮光掠影的应景文章。但读宗璞的散文，却全没有这种感觉。宗璞在评价哈代时说过：“哈代笔下的荒原是有生命的，它有表情，会嚷会叫，还操纵人物的活动。它是背景，也是角色，而且是贯穿在每个角色中的角色。”宗璞的文章又何尝不是如此。作者喜欢与山水相亲的原因，在于增广阅历。“枯坐斗室，未免干瘪。二寸象牙上的雕刻不管怎样精细，总觉拘束”，这多少改变了以往我对游记文字的偏见。但我认为，最能代表宗璞的看家本领的，却是那些抒情写人的篇章。这恐怕得益于她那女性所特有的细腻、敏感和爱心。譬如有几分神秘主义色彩的澳大利亚老人怀特；如水仙一般超脱、悠闲，“差不多常在最冷的时候，悄然飘来了淡淡的清冷的香气”的征莱；“几经雪欺霜冻，好不容易奋斗着张开几片花瓣，尚未盛开，就骤然凋谢”的小弟……一个个活灵活现的人物跃然纸上。有的让人景仰，有的让人叹惋，有的让人泪下如雨。《霞落燕园》更堪称一幅当代学者的群像。作者用简约的文笔，概括了北大燕南园三十四年的风风雨雨，颇有沧桑之感。作者一再写到死，汤用彤、翦伯赞、冯定、朱光潜、王力……燕南园“十六栋房屋已有十二户主人离开了”，“他们都是一缕光辉的霞彩，又组成了绚烂的大片云锦，照耀过又消失，像万物消长一样”。这本小书取名《丁香结》，其实就在暗喻着生活中多的是难解的结，一件完了一件又来，“所以丁香结年年都有”。这是无可奈何的事情。好在作者并没有止于哀怨和叹息，她相信，“霞彩天天消去，但是次日还会生出”，这又给了我们一代又一代人不断进取的希望。

淡墨素笺写文坛

前两年，有人提出重写文学史。是否应当重写，暂且不说，有些文学教科书味同嚼蜡，却是事实。活了三十来岁，文学史也翻过几种，总觉得“千书一面”，无非是时代背景、思想意义、艺术特色、阶级局限——完美的“史八股”。所以当我见到倪墨炎先生的《现代文坛偶拾》，就感到从未有过的亲切。这册小书，讲的也是现代文学，却是用轻松随意的笔触道来；也有考据，也讲版本，全在谈笑风生中完成。以小品的形式写学术文章，近来颇有人尝试，倪墨炎先生即为其一。他把这种文章比作“零食”，以别于教科书，什么“概论”、什么“史”，正儿八经的大部头，那些所谓的“正食”。如果不考博士研究生，还是卧读这类小品来得痛快。况且，它还“可以补充文学史所无法顾及之处”。譬如专写大家闺秀的女作家凌叔华、在文学园地开花却在古生物学中结果的裴文中，还有写出《斧背》的尚钺、流星般一闪即逝的罗淑，都是正统文学史所不收的。与他们的“相识”，全赖此书的介绍。

不独传播知识，讲述珍闻轶事，倪墨炎先生还认真地做着匡正史实的工作。譬如林语堂。文坛一直盛传，杨杏佛遇刺后，作为民权保障同盟执委的林语堂，由于胆怯和软弱，而不敢前往吊唁。倪墨炎指出，吊唁活动共举行两次，林语堂是七月二日前往灵堂致哀的，“两次吊唁活动仅相隔十二天，都是在严重的白色恐怖之中……林语堂毕竟参加了一次，还是好的。”对林语堂的为人、为文如何评价，不是一句话能说得清的，但这种实实在在的治史态度，却给人留下深刻印象。

倪先生对许广平的坚贞不屈，对鲁迅的硬骨头精神，都表示了深深的敬意。日寇侵略我国期间，无数同胞惨遭杀害，其中包括一大批文化人，像郁达夫、陆蠡、丘东平，还有在国难中病贫交迫而死的王鲁彦。倪先生感叹道："这就是国难中的作家，这就是贫病困境中的作家，这就是奋斗到底的中国作家！"这种民族气节，这种献身精神，今天读来，仍觉弥足珍贵。

《现代文坛偶拾》，由学林出版社出版，为夜读丛书之一种。初版以后，数次印刷，可见这种学术小品还是颇受读者欢迎的。淡墨素笺写文坛，个中滋味，一品便知。

萧乾著作在港台

萧乾，这位足迹踏遍大半个地球的著名作家和报人，青年时代即名噪天下，但一九五七年一场风暴，使正值壮年的他误陷文网，从此销声匿迹，稿纸上留下长达二十二年的空白。重见阳光时，他已年届古稀，且患有多种疾病，手术不断，可他却宝刀未老，焕然操觚，重新活跃于文坛。萧乾著述近年出版颇多，其中有不少印行于港台，内地读者恐怕就不太多见了。

一九八〇年，萧乾先生访美归来路经香港，彦火告诉他，在与世隔绝的三十年间，香港有些出版社曾翻印了他的长篇小说《梦之谷》、散文集《珍珠米》、与沈从文合著的《废邮存底》，另外还出版过他的一本选集。萧乾先生对这种盗印并无谴责之意，而是很慷慨地说："有人出版我的著作，我是欢迎的，决然不会要求什么酬劳。"这些盗版书，我见过的，有香港文学出版社一九五七年四月初版的《萧乾选集》和中流出版社一九七九年十月出版的《梦之谷》。前者分四辑，选录了萧乾的二十五篇小说、文论和散文特写，并有编者序。一九八〇年春，又一部《萧乾选集》由香港文学研究社推出，但并非第一本的再版。它收录了萧乾复出后的近作《美国点滴》，同时抽去了文论部分，只余两辑，分别选录小说八篇和散文特写四篇。《前言》的作者梅子，曾与彦火合编《萧乾年表简编》。

萧乾重新拿起笔来之后的第一个散文结集，是《一本褪色的相册》，一九八一年四月由天津百花文艺出版社出版，同年五月由香港三联书店出版了繁体字版。书分三辑，即《往事回忆》五篇，《美国之行》七篇，《老报人余笔》三篇。港版另增加《访问记》一篇作为附录，访问者为杜渐、朱岩、徐友梅、丘虹、彦火、黄立强等人。萧乾主要谈了访美观感和近期的创作情况。作为《中国现代作家选集》丛书之一的《萧乾》，也是由内地和香港同时出版。香港方面的出版者为三联书店香港分店，出版日期是一九八三年一月。书由作者本人编定，作品部分共收短篇小说九篇、散文特写八篇，全部是一九四九以前的旧作；资料部分有赵令扬的《萧乾作品评析》、舒辑的《浅读萧乾的散文特写》和梅子、彦火编的《萧乾年谱简编》。至于为什么不收文学论文，萧乾在《自序》中这样解释："我觉得一个从事创作的人，倘若对创作有些什么一得之见，尽可以通过自己的艺术实践把它表现出来。"内地和香港同时出版的还有散文集《负笈剑桥》，三联书店香港分店一九八六年十二月一版，为《读者良友文库》之一种。

对自己人生经历的回顾，萧乾写过不少，但多采用书写"代序"的方式。一九八八年十一月香江出版公司出版的《未带地图的旅人》，则是"整个写了一下"的"萧乾回忆录"。这本厚达四百多面的自传，以《黎明曲》《冲出去》《我与〈大公报〉》《旅英七载》《大十字路口》《我回来落户了》和《重见阳光》七部分，记录了自己崎岖坎坷的不平凡的一生。它不单是个人生命的简单记录，更充满了对世态人情的严肃思考。透过朴实无华的文字，依稀可见整个大时代的影子和中国半个多世纪以来的历史风云。回首往事，萧乾说：“我的脚始终没离开过大地，没离开过民众，因为我就是他们所养育的，我来自社会阶梯的底层。”书中附录了大量珍贵的照片，装帧设计亦属一流，是一本难得的好书。

台湾出版的萧乾著述，我见过两种，一是《书评研究》，二是《我要采访人生》。前者于一九九〇年七月由台湾商务印书馆发行，估计是一九三五年十一月初版本的影印。后者则由经济与生活出版公司于一九八八年七月出版，列为《远见丛书》的第六种。收在这本选集里的作品，都是萧乾平反后的近作，经过有机的编排整理之后，恰好涵盖了萧乾自童年迄今所有的遭际与成长历程，因而这本近乎自传的书可与《未带地图的旅人》对照阅读，相互补充。

园边人

拣园边叶

平生爱读闲书不过三种，一曰书话，一曰小品，一曰作家剪影，以为于夜深人静之时，信手翻上几页，乃世间无量的享受，故每遇辄买。午后踏雪至唐人街访书，于书本杂陈的架上，无意间抽出一册《园边叶》，粗略一翻，竟集前述三爱于一炉，不禁狂喜，视为空前的收获。

书由香港三联书店出版，封面装帧朴素中透出几分雅致。作者吴其敏的大名并不特别生疏，因他至今仍在《大公报》副刊的《坐井集》专栏里放马驰骋。

这册小书，共收短文一百三十五篇，谈的全是现代文坛的旧闻和掌故。以吴老一生的文坛阅历，与诸多名家大师的翰墨因缘，称其为权威不能算过分，但他却谦逊地自许为园边人，只在园边东一片西一片，随意地拣拾落叶，先就让人油然生起一股敬意。常说一叶而能知秋，那么吴老什袭而藏的这一百三十五片叶子，又该折射出几许寒暑呢？个中斑斓多姿，不须说便能想象得出。作者娓娓介绍了近百位作家，从鲁迅、茅盾、郁达夫、叶圣陶、巴金等文坛巨擘，到石评梅、白薇、王鼎新、唐槐秋、潘多灵这些较少为人所知的旧时文人，无不取其片泥鸿爪。既谈其人，又品其文，由小见大，求实存真，虽非“谠言嘉论、鸿篇巨制”，但因是有一点讲一点，反而觉得平实可信，意趣盎然无尽。

“论世知人，以偏概全总不是办法。”这怕是人所皆知的道理，但真正做起来却又不似想象的那般容易。既是谈书论人，难免褒贬臧否，吴先生却大抵能做到不偏不倚。譬如对郁达夫、周作人、徐志摩等人的评价，便颇公允。便是对林纾、顾颉刚这些曾遭鲁迅先生抨击的人物，也并不因对鲁迅的无比景仰而将其论敌全盘否定。他敢于坦然承认顾氏功绩劳绩昭然在人心目，也勇于告诉世人：“我对林琴南颇有一些好感。”真可谓是非分明、光明磊落，不独史笔月旦，更显出作者乃真正的性情中人。

常见一些作家学人，每下笔必走马千里，淡而乏味，不知伊于胡底。吴老的文章，却一律短小，篇篇不过数百字而已，含蕴却是那般的浑厚，常给人以难以忘怀的印象。我想，这也许是写专栏文字的磨砺罢。

向水屋主

香港曾有“文化沙漠”之称，但在这片荒漠上，亦不乏默默耕耘的拓荒者，侣伦便是其中不可忽视的一位。

侣伦，原名李林风，一九一一年生于香港，一九八八年辞世，他二十世纪二十年代末即开始写作，在长达五十多年的文字生涯中，除了孜孜不倦地从事小说散文创作外，还编辑报刊、撰写电影剧本，对于香港文坛做出了不可磨灭的贡献。五十年代初期，香港文学处于低潮，侣伦却连续推出了多本著作，包括长篇《恋曲二重奏》和中篇《三颗心的男子》，特别是长篇小说《穷巷》的出版，更“犹如风吹死水，使香港文坛多少起了一些波纹（刘以鬯语）”。退休以后，侣伦仍以古稀高龄，致力于散文随笔的写作，结集成书的，就有这本《向水屋笔语》。

向水屋乃侣伦住居，横额出自徐悲鸿手笔。但侣伦的住居并非向水，聊以纪念许久以前的事情而已。可是读向水屋主的散文，依旧能感到一种清风徐来、水波不兴的爽气。在这本小书中，侣伦以他那精细潇洒的笔力，饱蘸真挚素朴的情感，追忆文坛沧桑，缅怀同行友朋，抒写爱书情趣，每每都能给人以美的享受和精神的启迪。其中最堪珍贵的，怕还是早期香港文学活动的掌故追忆。作者以其亲身经历，回忆了一群文学青年在混沌时期的香港，为传播新文化所做的可歌可泣的努力。对岛上社、文艺茶话会、《伴侣》《字纸簏》《红豆》《新地》《时代风景》等社团和刊物的介绍，均有史料价值。

由于香港特殊的地理环境，在二十世纪上半叶，每当中国有什么战乱，总有一些作家南来香港，构成了香江文坛特有的风景。侣伦的笔亦记下了这些匆匆过客的片泥鸿爪。这些作家中有戴望舒、黄谷柳、穆时英、钟敬文、司马文森。至于后半生在香港度过的曹聚仁和叶灵凤，更是频频出现在他的笔下。书中收入《艺坛俯拾录》三十八则，与郑逸梅的《艺林散叶》堪称异曲同工。每一则虽不过三言两语，却无一不是珍贵的文坛掌故。

鱼庵书话

焦菊隐《夜哭》

焦菊隐是著名的戏剧家，早年却以诗人而知名，他的散文诗集《夜哭》，一九二六年七月由北新书局出版，几年之内，不断再版。我见到的这册，是一九二九年十月的“增订四版”，扉页有毛笔手书“甲辰有之”的字样，似是沈从文的旧物，不知如何流落到纽约，又如何进了哥伦比亚大学的中文图书馆。

书的装帧很别致。封面画一燃着的白烛，烛泪也斑斑。很明显是套用李商隐“蜡炬成灰泪始干”的意境，恰好与“夜哭”的书名切题。书为大三十二开，依旧是天宽地阔。每页仅九行，行二十八字，更围以颇有古意的黑线栏框。五辑的名字是：《夜哭》十篇、《人间》四篇、《一缕青烟》六篇、《慵懒》六篇、《杂诗》三篇。书前有于赓虞《夜哭序》和作者的《再版自序》《四版自序》。焦氏坦承，这些诗“只是些微风细雨之夜，伴憧恍孤灯的寡妇之啜泣声，而非号陶的男士的泪痕”。首辑的几首，也的确有些过于凄婉，使人想起唐弢《落帆集》中的一些篇章。但自《人间》以下，却多了一些锐利与沉着。无论如何，这些在形式上如此纯净美丽的散文诗，在二十世纪二十年代的中期，毕竟是不多有的。

钱君匋《水晶座》

以书籍装帧著名的钱君匋，实在是多才多艺的一个。除了绘画、音乐双绝，亦曾出版过诗集，这便是上海亚东图书馆一九二九年三月出版的《水晶座》。

《水晶座》，道林纸印刷，内文竖排，上下各有一条黑色栏线，天宽地阔，格外舒朗。正文部分六十五页，收入抒情诗三十六首。正文前附有赵景深、汪静之、叶绍钧、章克标、汪馥泉分别为本书作的序，及作者本人的一篇《题记》，卷末更有姚方仁所作《跋》。数了数，这些序和跋竟足足占去四十页，差不多赶上正文的篇幅了。

这倒是十分有趣的现象。因此，钱诗究竟如何，我倒懒得去关心，反而兴致勃勃地欣赏起这些序文来。这几位先生大都是当时的名家，又都是君匋的朋友，所以看他们如何摆擂台，倒很有意思。赵景深的序排在最前面，也最多溢美之词，一会儿说“近似王维”，一会儿说“近似韩偓”，一会儿又说“更多近似韩永苏东坡这一般北宋词人”。诗人汪静之的序则指出，“君匋能画，能音乐，又能诗……所以他诗中有画而且有音乐，三种艺术已融成一片了。”比较起来，叶绍钧的序最凝练，也最客观。他说：“我读君匋的诗，大多是有境界的。或许有人读了君匋的诗会不满意，说他太委婉了，太隐逸了；甚至说他作的不是诗，因为各篇的句子长长短短，而大部分又不押韵。……但我以为，对于别人的东西，应该用了解的心情，取宽容的态度，来阅读、来吟味……”显然是既委婉地谈了自己的看法，又不失其一贯的温柔敦厚的秉性。章克标的序，则主要记叙他和君匋相处时的一些旧事，关于诗集，只说了“这全是他努力的结晶”这样的话。为文老实客观，而且对于君匋生活中诸般行状的描写，也颇有助于读者对于诗作的理解。汪馥泉的序却说：“对不住君匋！你底诗集底头上，着了我底狗屎！”不免令人忍俊不禁。从那篇颇无章法的文章看，汪先生倒颇有一些自知之明。

末了钱先生在《题记》中，对何以请这么多朋友写序，作了一番解释，说：“不过是一时高兴”，“不比有些著作人专靠名人的序文的牌子而骗钱的”。

章衣萍《情书一束》

章衣萍是安徽绩溪人，胡适之的小同乡。他的出名，一是因了那句“我的朋友胡适之”的名言，二就是靠那本轰动一时的《情书一束》了。

《情书一束》原名《桃色的衣裳》，是当年在北京的北新书局出版的。以后北新迁沪，再版时改作《情书一束》，这一改，竟使这部小说畅销起来。据说北方有许多中学竟用作国文教材；作者本人，也顶上个“摸屁股诗人”的艳名。

我见到的这册，是一九三〇年三月的第九版，大三十二开，道林纸印刷，竖排，封面蓝红双色印。那一幅红衣女子画，不仅很富装饰性，与小说的内容也较协调。八篇小说的篇目是：《桃色的衣裳》《红迹》《第一个恋人》《爱丽》《阿莲》《从你走后》《松梦山下》《你教我怎么办呢》。虽不觉得有多深刻的社会意义，但描写恋爱故事和青年的性心理，总算较为生动，文笔也还称得上干净利落。

据曹聚仁在《文坛三忆》中透露，小说的女主角便是章的夫人吴曙天女士。这之中曾与一位谢启瑞发生了三角恋爱，最后当然是章衣萍获胜，所以他曾不无得意地说："启瑞爱君君爱我。"那谢启瑞经此打击，就去搞革命了，后来以暴动总司令的罪名被枪决。曹聚仁有感于此，曾有意写一部《情书第二页》，要把"血腥的衣裳"这一面揭示给世人，但终于没有写成。

章衣萍本人亦不长寿。据温梓川在《文人的另一面》中说，他在抗战胜利后因患脑溢血逝世，"是和家人吃晚饭时，伏在饭桌上死去的"。尽管生前他就表示对死后上不上文学史不感兴趣，但他的身后，毕竟还是颇为寂寞的。

苏雪林《绿天》

苏雪林的书，我一向是不喜欢的。这不光因了她曾攻击过鲁迅，更为着那种攻击的方式——全没有女人气的偏狭和刻毒。当我发现这册《绿天》里竟印有我喜欢的叶灵凤插图时，才忍不住拿来翻翻。其实这插图也只两幅，一名《睡莲》，一名《夜游》，绿墨印刷，仍是风格很像蕗谷虹儿的装饰画。

《绿天》是苏雪林早年的散文集，一九二八年三月由北新书局出版。手边的这册，却已是一九三三年二月的第六版，那时节她还是署作绿漪女士的。收录到这本集子中的作品共有六篇：《绿天》《鸽儿的通信》《小小银翅蝴蝶的故事》《我们的秋天》《收获》《小猫》。

大多是记述她和一位工程师的新婚生活的，而书前恰好有“给建中——我们结婚的纪念”这样的题词。那时的苏雪林，总算表现得较有情趣，也很富于幻想。但他们夫妇之间，似乎并不很融洽。一九四九年前后，她来到台湾，“那个冷酷非常、专讲究实利主义的工程师”则留在了海峡的另一边。有意思的是，苏女士虽然认为他们的爱像道轻烟，“多年之前，便是消失得无影无踪了”，却好长时间依旧维持着这无爱的婚姻，即便隔着海峡，仍“不免常有所怀念与忧虑”。在他们结婚三十周年之际，她更将《绿天》交由台湾的今日妇女社重版，以为“锡庆”的纪念。不过，新版《绿天》的篇幅已经大大增加了，除了将原来的几篇作为第一辑保留外，又增加了第二辑的《岛居漫兴》《劳山二日游》和第三辑的两篇童话。这些一半属于事实，一半则属于“美丽的谎”的文字，据说还颇受欢迎。

施蛰存《待旦录》

现代作家施蛰存是以《将军底头》这类心理分析小说而扬名文坛的。一九三二年初，他受张静庐之聘，为现代书局编辑大型文艺刊物《现代》，更为现代派小说家提供了一个重要阵地。他较多地写散文，却是在编辑《文饭小品》之后，这时期的创作，后来结集为《灯下集》，由上海开明书店于一九三七年出版。抗战期间，他曾在厦门大学中文系任教，此间亦写过不少散文。结集成书的，便是这册《待旦录》。

《待旦录》，由上海怀正文化社于一九四七年出版，列为“怀正文艺丛书之四”。发行人刘同缜其实就是刘以鬯，乃二十世纪四十年代成名的重要作家，后来移居香港，写过《对倒》《酒徒》等小说，已然成为泰斗级人物。

从《灯下集》开始，施蛰存的散文就具备了书卷气较浓这一特色，其中有不少属于读书随笔。《待旦录》的内容，仍保持了这一偏好，除第二辑的一部分“絮语式散文”外，更多的，还是“关于文艺的一些小意见”。这些文章在发表时,“颇有几篇引起文艺界同人的针砭”,可见出语的不同凡俗, 但今天看来, 也决不属于什么“异端邪说”。

我倒很乐意读放在书尾的那篇《关于图书馆》，以为施先生对于爱书者心理的描摹，很有几分普遍性。文中说：“一个善于欣赏书籍的读者，当他得到一本值得欣赏的书之后，他不仅是热心地读它，而且还得玩弄，或说摩挲它，借来就看，看过就还，对于一本好书，这是最煞风景的待遇。”或许有人要说这纯粹是“书癖”了，但书癖又有什么不好?

辛笛《手掌集》

诗人辛笛的代表作《手掌集》，一九四八年一月由上海星群出版公司出版，三十二开，一一六面，有西报纸和道林纸两种印本。封面画一只纤手和数枚小花，系借用英伦木刻家裘屈罗 · 赫米斯的作品，手写体的书名亦很般配。我见到的这本，有辛笛的亲笔签名，乃赠予“继平兄”，时在一九四八年四月，赠者和被赠者彼时“同客于纽约”。顷翻香港作家黄俊东的《现代中国作家剪影》，却说《手掌集》由森林出版社出版，不知根据什么。从星群版的作者《后记》看，此当为初版无疑，即便由森林出版社出过，也该是此后的事情了。

《手掌集》共收诗四十八首，分作《珠贝篇》《异域篇》《手掌篇》三辑。虽然第一辑和后两辑的写作时间相隔不是太久，但还是能看出些许的变化。形式上固然同样的凝练、纯净，较后的作品，却因了生活阅历的增加，蕴含上便厚重了许多，更具有了一种内在的韵律和力度。

辛笛先生虽则清华出身，又在英伦受过西洋文学的良好训练，很多时间里却一直在金融界供职。能够于俗务中偷闲，做出如此不俗的成绩，实在是令人叹服的事情。这使我想起与他同时代的唐弢先生，他更是以邮递员的身份，而长期从事业余创作。

辛笛不仅能诗，散文亦写得漂亮。同样是一九四八年出版的《夜读书记》，名气自不在《手掌集》之下，可惜的是，它比《手掌集》更为难寻。倒是从《开卷》杂志上拜读了他的一篇《狂胪文献耗中年》，其行文之美，似也略见一斑。

何其芳《刻意集》

何其芳的《刻意集》，一九三八年十月初版，收入文化生活出版社《文学丛刊》的第五集。在此之前，他已出版了诗集《汉园集》(合著)和散文集《画梦录》。《刻意集》所收的便是除此之外，“尚可以宽容的挑选出来”的“下脚料”了，因而称为“杂集”。是既包括了诗，又包括了散文在内的。以后在出第三版时，作者又将内容做了一些调整。他在写于一九四〇年十二月十八日的《三版序》中称：“我愿意这本书显得单纯一些，调和一些。我要把那些诗和那两篇关于诗的文章从这本书抽了出来……我要把我的未完成的《浮世绘》的四个断片加进去。”《浮世绘》是他一部未完成的长篇小说。这样，第三版《刻意集》的内容就包括了叙事散文《王子猷》、“对话体”散文《夏夜》以及小说断片《蚁》《棕榈树》《迟暮的花》和《欧阳露》。我所见到的，又是一九四六年十一月的第四版了，内容估计与第三版也无甚变化。

《刻意集》的文章大多作于抗战前，虽然不再像《画梦录》那样偏重于心灵的独白，而有了一些叙事的成分，但题材却依旧偏重于青春的叹息、纤弱的情感和美丽的梦想。即使是那几篇被称为小说的《浮世绘》的断片，也几乎没有什么情节。现实的世界，在这里是极其模糊朦胧的。它们的成就，都远远比不上《画梦录》。事实上，《画梦录》是何其芳的第一本，也是最好的一本散文集，他一生的创作成绩，都没能逾越这一巅峰。

孙犁《嘱咐》

《嘱咐》，孙犁短篇小说集，一九四九年十一月由天下图书公司出版。天下图书公司在上海的愚园路，此书的版权页上却标明“在北京印造华北版第二版”。全书共七十二页，收入《光荣》《浇园》《纪念》《嘱咐》四个短篇。书是“大众文艺丛书”的一种，书名作蓝色，背景则是红色的颇有民间年画风格的乡居图，农民们正在笑逐颜开地张灯结彩，或者在庆祝胜利，或者在迎接新年，无论如何，与书的内容，倒是浑然一体。但书名页上“孙犁著，吴劳译”的字样，却令人费解。孙犁的这几篇小说，既非用外文写成，又非译作外文，何来的

“译”？翻遍了全书，也只发现了几帧插图，莫非是“吴劳插图”的误植？

从封底“大众文艺丛书”的书目中，亦发现了孙犁的另一本小说《村歌》。这些解放区题材的出版物，装帧风格虽然和二十世纪三十年代不尽相同，但也还称得上讲究，五六十年代的作家出版社、人民文学出版社的一些文艺书，基本保持了这样一种风格。藏书家大多致力于对民国时期绝版书的搜求，其实，建国初期的这些出品，也有着收藏的价值。曾经在北京琉璃厂的古籍书市上，以每本两角的价格买得了一捆，这之中郭小川、闻捷等人的诗、杨朔等人的散文，设计上，自有与今不同的意趣。再过一些年，这些版本怕也难求了。

书话识小

书话鼻祖

书话的流行，原因固然很多，但三联书店的推波助澜，应当说发挥了不小的作用。一九八〇年，唐弢的《晦庵书话》率先出版，随后，一大批同类著述相继推出。其中较著名的，有郑振铎《西谛书话》、黄裳《榆下说书》、孙犁《书林秋草》、杜渐《书海夜航》、叶灵凤《读书随笔》、冯亦代《书人书事》，以及姜德明《书味集》、董鼎山《天下真小》等。几年下来，已形成了相当可观的阵容。

不过，一位重要的书话大家却给遗漏了。这便是阿英。

阿英自打二十世纪二十年代步入文坛，就非常注重新文学史料的搜集和研究。所以在他早期的一些随笔杂著中，就已具备了一些书话的成分。一九三三年他在编选《现代名家随笔丛选》时，就注意到对“读书杂记”这一体裁的选收，并表示了他的偏爱。譬如他在序记里面说：“施蛰存的《无相庵随笔》，里面有很多好作品……在这里选用的，我最喜欢《买书》一篇，这大概是由于和我自由的生活接近的缘故吧。”又说：“顾颉刚写的‘读书杂记’很多，在《日记文学丛选》里已经收了一些，这里收的是更短小的。……在读书随笔写作的方法上，这是可以帮助的。”而在这同时，他已经开始了读书随笔的写作。他的以读书小品、考订随笔为主的《夜航集》，于一九三五年三月出版，与周作人的《夜读抄》差不多同时。而唐弢先生开始撰写书话，已是十年之后的事情了。

更重要的是，现在通用的“书话”这一概念，以阿英为最早的采纳者，这便是作于一九三六年的《〈红楼梦〉书话》。如果说这篇文章做的还是考订古籍的工作，那么，发表于一九三七年的三则《鲁迅书话》，则完全是新的意义上的书话了。黄裳先生就称阿英为新的书话的“最早的先行者”，指出：“他在一九三五年写《版本小言》，就将‘新书’的版本价值拿来与旧书相提并论，在当时可能是惊世骇俗，在今天，则正是高明的预见。”(《银鱼集 · 阿英与书》)唐弢先生亦称赞阿英的《夜航集》“收入的是读书小品、考订随笔，读来也颇有趣”。

在此后出版的《海市集》和《剑腥集》等书中，也同样收入了不少的书话作品。综观阿英二十世纪三十年代以前的书话，可以说，现在流行的几种书话写作的方式，他大都已做过尝试。譬如：偏重于品评内容和分析写作技巧的，有《小品文谈》《周作人书信》；主要考证出版始末、版本变迁的，有《鲁迅书话》《〈老残游记〉版本考》；记载书的命运、遭遇的，有《关于清代的查禁小说》《新文学初期的禁书》；叙述访书、买书经过，描绘书市风景，抒发对书的痴情的，有《城隍庙的书市》《西门买书记》《海上买书记》；阐述对于写书、编书的看法的，有《论文选》《〈新文坛秘录〉前记》；由读书而引发的杂感，则有《吃茶文学论》《明末的反山人文学》。

阿英的可贵之处在于，不仅仅把书作为单纯自娱的手段，有时还把它作为战斗的武器。例如在抗战期间所写的一组《国难小说丛话》，就是借着记述几种与抗击外寇有关的晚清小说，来表达“日人今番侵略中国，其凶残自不让于甲午时期”的义愤，以独特的方式进行抗战的宣传。

解放以后，阿英对于书话写作的兴趣依然不减，在一九五一年和六一、六二年，更出现了两次书话写作的高峰。五十年代主要写外国文学在中国翻译出版的情况，如《易卜生作品在中国》《关于歌德作品初期的中译》《关于〈巴黎茶花女遗事〉》《赫尔岑在中国》等。六十年代初则以连载于《人民日报》的《辛亥革命文谈》为最有影响。

阿英先生非常珍爱自己的书话文字，早在《夜航集》出版时，他就说过：“其内容虽‘不三不四’，每一篇的写作，却也曾用过相当的心力，于是，闲时翻检，便不免有‘敝帚自珍’之意。”到晚年，又透露过想把此类文字单独结集的愿望。但一九六四年以后，他就再也不能写自己喜欢的文章了。直到一九七七年，可以重新发表作品了，阿英先生却带着十年浩劫中所留下的满身创痛，悄然离开了人世。

一九七九年出版的《阿英文集》，对阿英一生所作随笔、日记、序跋文字多方搜集，也许正是因为有了这本文集，三联书店才没有编选一册《阿英书话》。但我觉得，以阿英先生在书话写作中的卓越成绩和产生的深远影响，编选这么一册纯粹意义上的书话，并不是一件奢侈的事情。

晦庵书话

唐弢最早发表书话，是在一九四五年六月号的《万象》杂志，署名却是晦庵。以后凡写书话，均用此名。据唐弢自述，使用“晦庵”只是因了在孤岛时期的上海，他曾化名王晦庵，并无别的什么含义。但正是这个“晦庵”，使一般读者产生了不少误会。很长一个时期，读者，包括一些唐弢的熟人，都误以为晦庵是阿英的化名。这不仅由于阿英同样爱写书话，还因为他用过笔名魏如晦，抗战时期又在上海办过风雨书屋，很容易让人将“风雨如晦”与“晦庵”联系在一起。

不过这一误会倒能说明两个问题：其一是晦庵的书话和阿英的书话有着某些相似之处。我们来看看唐弢的回忆：“记得《书话》在《文汇报》副刊《文化街》发表的时候，有一次在开明书店遇见叶圣陶先生，他说：‘古书讲究板本，你现在谈新书的版本，开拓了版本学的天地，很有意思。’”可见，谈新书的版本，乃晦庵书话的特长。这也恰恰是阿英所提倡的。早在一九三五年，他就在《版本小言》一文中率先提出：“版本对于新书，是一样有道理的。”还说：“注意版本，是不仅在旧书方面，新文学的研究者，同样的是不应该忽略的。”他更于一九三七年发表了一组《鲁迅书话》，实际上成为新的“书话”的“最早的先行者”（黄裳语）。这就引出了第二个问题：晦庵是接受了阿英的某些影响的。这一点尽管谈得不多，但唐弢先生确曾说过“阿英的《夜航集》……读来也颇有趣”这样的话。

读书界，颇有人把晦庵奉为“书话主人”的。但他并非新的“书话”这一文体的开创者，已如前述。如果说阿英是书话的圣人，那么晦庵该是亚圣或者朱熹。

不过，尽管阿英弄书话的历史较早，但对当代的影响，却比不过晦庵。这恐怕有两个原因：一是阿英的兴趣太广泛，著述所涉及的领域太杂，以至于其他方面的赫赫声名使得他的书话不那么引人注目；二是他的书话一直未能单独结集。虽然他对这一类文字非常珍爱，晚年也一再透露结集出书的愿望，但惜乎过早地撒手人寰，未能得偿夙愿。这样，他早期收入书话较多的几种文集，如《夜航集》《海市集》《剑腥集》，均已绝版，一般人很难见到，所以就有了些许隔膜。而唐弢先生一九六二年便由北京出版社印行了《书话》，这怕是明确打出“书话”旗号的第一本出版物，自然吸引人。一九八〇年，又在《书话》的基础上，补充了《读余书杂》《诗海一勺》《译书过眼录》和《书城八记》四个部分，编成一册厚厚的《晦庵书话》，交北京三联书店出版。也正是从那以后，书话和书话一类的文字才开始多了起来。

晦庵书话之所以影响巨大，还由于他写作风格上的一以贯之和对于书话理论有较完整的阐释。阿英虽倡导新文学版本较早，但他自己的兴趣却是多方面的，所以他的书话，不仅有新文学，更有晚清小说、杂剧、美术等等。晦庵书话却格外单纯，除一组介绍书林掌故的短文外，其余都是介绍新文学的著作或译作。尽管作者自称“那时的情形是：随手买到一本，随笔写上几句，兴之所至，根本谈不到什么预计和规划”，但由于他的兴趣较集中，所以最后将这些文字聚拢到一起，就不期然地呈现出一种体系上的完整。这就增加了读者的兴趣。

对于书话理论，唐弢先生也作出了空前的总结和阐述。关于师承，他指出：“我写《书话》，继承了中国传统藏书家题跋一类的文体。”“《书话》综合了中国古代以评论为主的诗话、词话、曲话和以文献为主，专谈藏家与版本的如《书林清话》这两方面的特点。”关于风格，他说：“我也曾努力尝试，希望将每一段书话写成一篇独立的散文”，“书话的散文因素需要包括一点事实，一点掌故，一点观点，一点抒情的气息；它给人以知识，也给人以艺术的享受”。他把着眼点放在“书”的本身上，“材料的记录多于内容的评论，掌故的追忆多于作品的介绍”。篇幅上则强调“文章长短，不拘一格，应视内容而定”。他自己则喜欢写三五百字的短文，但就是这三言两语，却能给人以多少知识，多少美的享受啊。

我们本来寄希望于唐弢先生，再多多地为我们写一些书话，但先生晚年却以多病之躯，完全投入到《鲁迅传》的写作之中，最后，未及完成，便带着那么多的遗憾，痛苦地告别了人间。

知堂书话

由于人所共知的原因，知堂即周作人，在很长一个时期内，是很忌讳提起的，他的著作，自然也随作者一起销声匿迹了许久。最近两年，知堂的书颇有印行，我买到的，就有上海文艺出版社的《周作人早期散文选》，上海书店的《知堂文集》《过去的工作》等。说实话，很是喜欢。而且几册书翻过，并未曾学他的样子，也去“附逆”一番。不过话说回来，他那“污点”，任凭书写得再好，也还是抵消不过的。书可以读，教训还是要记取。

最近又得手一部《知堂书话》，为钟叔河编，岳麓书社一九八六年四月出版。系从作者一生所著三十几部文集中，把以书为题的文章收集起来而编成。作者读书甚多，光这本《书话》介绍到的，就不下几百种，而且范围不仅限于文学，举凡野史笔记、日记尺牍、宗教伦理、书法美术、地方史志、神话典故，以至自然史、医学史、妖术史等等，均有所涉猎。有许多书，在我们可说是闻所未闻，自然大开眼界，不得不感佩作者的勤奋。

知堂不仅读书广泛，书话书评亦写得与众不同。他曾说过："我相信批评是主观的欣赏，不是客观的检察，是抒情的论文，不是盛气的指摘。"他为文的态度是："我平常喜欢寻求友人谈话，现在也就寻求想象的友人，请他们听我无聊赖的闲谈。"所以，我们读他的文章时感得的便是平实和亲切，不会生出面对手拿戒尺的严师那般的感受来，这样，不仅于轻松愉快的闲谈中，了解了原书的内容，同时还感觉到了融注在《书话》里边的作者的学养和性情，得到了艺术的享受。因之，钟叔河先生把知堂的文章，推为书评书话中的上乘，绝不是溢美之词。我相信，在我们读惯了动辄以"里程碑"、"划时代"等标签唬人的长篇大论之后，再来翻翻这本《知堂书话》，会感到格外清新的。

知堂生前并未打出过“书话”的旗号，但知堂百余万字的书话文字却令世人如临大海，不住地叹其博大精深。他购书、藏书、抄书、订书、谈书、译书、著书，与书的关系如形与影。三十几部文集，几乎每一集都有这类文字。

关于知堂书话的价值，朱自清曾有评价，他说：周作人先生的读书记最不可及，“有其渊博的学识，就没有他那通达的见地，而胸中通达的，又缺少学识；两者难得如周先生那样兼全的”。同样爱写书话的曹聚仁则毫不掩饰对知堂文章的“敬慕之情”，称其“说来头头是道，全不费力，掩卷细想，自有深味”。

知堂文章之所以有如此境界，自然缘于有大学问，而这大学问自然得益于读书多，但读书多亦有读成书呆子的危险。知堂却能做到：读了别人的书，经历了别人的思想历程，又能把别人的思想历程排遣掉，组成自己的系统，这就做到了“明白事理，通达人情”(曹聚仁语。说这话时知堂怕还没有“附逆”)。知堂的高明之处还在于：既有自己的学养、学识，又能以一种平平实实的方式道出，那情形，就如同与朋友闲谈。

但知堂不是圣人，有所长，亦有所短。孙犁先生就对知堂不甚有兴趣。他说：“知堂晚年，多读乡贤之书、偏僻之书，多读琐碎小书，与青年时志趣迥异。都说他读书多，应加分析。所写读书记，无感情，无冷暖，无是非，无批评。平铺直叙，有首无尾。说是没有烟火气则可，说对人有用处，则不尽然。”此说我亦有同感。

把知堂书话介绍给当代读者，钟叔河先生功不可没。他在主持岳麓书社时，敢于冲破禁区，大张旗鼓地推出知堂著述，不仅选编了两厚本《知堂书话》，接着又推出一册《知堂序跋》，作为书话的续编。北京出版社列入现代书话丛书的《周作人书话》，则为另一选本。

黄裳书话

当今健在的大藏书家，当首推南黄北姜。北姜指的是北京的姜德明；南黄，当然是上海的黄裳了。

作为藏书家，黄裳也是从收集新文学原刊初版本开始的。但后来，他的兴趣逐渐转向了线装书。跑小铺、逛冷摊，巡阅搜访二十年，汗牛充栋，蔚成大观。若问黄裳的藏书究竟有几多，恐怕连藏家本人也没个准数，只知道“文革”抄家时，一辆大卡车来去了若干次，才算抄得一干二净。

“挥泪对宫娥”，无异黄裳的一次灭顶之灾，但祸兮福所倚，反过来，不幸竟也玉成了一位书话巨擘。在空无一物的房子里，悲哀得已不感到任何悲哀的主人，摊开一卷幸免抄走的明代竹纸，就回忆所得，编写起亡书目录，命之为《前尘梦影新录》。这实际上是黄裳书话写作的开始。

噩梦已矣，失书复得，坐拥书城，摩挲旧物，黄裳一发而不可收，讲述起一则又一则书的故事。《榆下说书》《榆下杂说》《珠还记幸》《春夜随笔》《负暄录》《银鱼集》《翠墨集》《河里子集》《过去的足迹》《晚春的行旅》《山川·历史·人物》《清代版刻一隅》……一册又一册书香袭人的著述，令多少爱书人陶醉痴迷。

有学者评价黄裳："当世之人，若先生于书话体中得大自在者，盖鲜矣！"此言不虚。所以能得大自在，有着多方面的因素：其一，爱书既切，知书亦深，故无论讲版刻源流，说纸墨雕工，于古于今，均见功力；其二，因了集学者、作家、记者于一身，又久历沧桑浮沉，便能脱离骸骨之迷恋，得见时代之光影；其三，为文崇尚冲淡、朴素，既得古人小品之情致，又秉承"五四"散文之传统，力图简洁，而显得平易；苦心铸辞，却不失自然。如对友闲谈，如娓娓私语，字里行间蕴涵着一种令人无法割舍的魔力。

黄裳很欣赏明代散文家张宗子的两句话：“人无癖不可与交，以其无深情也；人无疵不可与交，以其无真气也。”黄裳之所以耐读，恐怕就因为他具备这样一种深情和真气。

周越然的《版本与书籍》

周越然的名字，于今是有些生疏了。但早年，他却是一位颇有声名的藏书家。周原名之彦，年轻时曾考取秀才，被吴兴人目为神童。后居沪上，代商务编印英文课本。因了版税收入极巨，乃有了搜藏珍善书籍的力量，一时间声名鹊起。不仅宋元明版颇有斩获，还因了外文功底甚好，对外国古本亦多庋藏。

《版本与书籍》，便是周氏藏书品书的心得之一，一九四五年八月由上海知行出版社初版，三十二开，竖排，共一百四十九面。二十六篇文章，既谈版本知识，又述书林掌故，更多的是自藏书籍的题跋之语。从著录诸书来看，铭心绝品甚伙，譬如《稀见小说五十种》《稀见译本小说》两篇，所记清末民初小说数十种，多为流行书目所不载者。对于小说戏曲研究者来说，极有参考的价值。周氏不仅插架琳琅，富夸海内，更对书有着近于迷信的痴情，嗜书之深，甚而至于坚信“书能治病”。这和杜林的“每遭困厄，辄握抱此经”真是如出一辙。但周氏不同于前辈藏家的是，对于西书同样有研究，有几篇实在已是中西书物的比较了。

此前，作者另有一册《书书书》面世，时间是一九四四年，日伪占据下的上海。内容和《版本与书籍》相类，不外购书之经验、藏书之札记。但由于刊行更早，印数又不多，所以愈发难寻。据说香港书商曾有翻印，但也未能注明依据的是哪一书局的版本。

姜德明的书

我大量地搜购图书，始于念大学中文系的时候。那时适值动乱结束，遭禁十年的中外古今名著得以大量重印。甫别书荒，突然置身于书籍的海洋，心情是如何兴奋，不难想象得出，所以把可怜的 点零用钱全都扔给了书店。那时还没有特别的偏嗜，凡是经典作品，不拘体裁，均在我的购求范围。

对于书话随笔的偏爱，已是参加工作以后的事情了。一九八四年曾在北京客居半载，礼拜天的固定节目便是逛琉璃厂。就在那里偶然买得一套《西谛书话》，从此改变了我的阅读和收藏趣味。一向致力于书话随笔写作，并卓有成就的姜德明先生，当然同样地引起我的注意。先是买到了他的《书味集》，后来又在一特价书市上，意外淘到早几年刊行的《书梦录》。那是一册开本别致、装帧漂亮的小书，一见之下便深深地喜欢上它。只可惜与它的缘分只保持了几分钟，就给丢失在路上了。以后虽然又购得了姜先生的《王府井小集》《书廊小品》《绿窗集》以及姜先生编选的《北京乎》，但这本《书梦录》却再未碰上。有年春上，由于我的一本书，要请姜德明先生作序，到姜斋去过几次，曾经试图向姜先生索要一本，但他找遍书橱，已无存书，只好送我一册《书边草》。我当然感激不尽，但心里却在嘀咕：今生今世怕与《书梦录》无缘了。

没有料到的是，“山穷水复疑无路，柳暗花明又一村”的境遇，竟能在我身上降临，而这书梦得圆，竟是在地球另一端的纽约。那天到唐人街一家中文书店访书，意外地翻到一本姜著《书叶集》，欣喜之情难以言表。因为这本初版于一九八一年的书，该是作者书话作品的第一本，在国内恐早已绝版，意义当然不可低估。更令人振奋的是，隔几日再去，竟神话般地一眼瞥见那本一直让我梦萦魂绕的《书梦录》！人们在遇到大喜或大悲之事时，最初的反应，恐怕是一反常态的平静。我故意不马上动它，而是随便地翻了几种别的书之后，才一把将它抱在怀里，从容地体味这世间难得的幸福。

至此，姜先生的书，我已大半拥有。唯有一册《相思一片》，不知还要让我相思多久。

香港书话三作家

一九六二年唐弢《书话》的出版，使现代“书话”这一文体臻于成熟。据唐弢先生自述，“书话”一体虽然可以海阔天空、无所不谈，但着眼点还在书的本身，即“材料的记录多于内容的评论，掌故的追忆多于作品的介绍”。他“竭力想把每段‘书话’写成一篇独立的散文，有时是随笔，有时是札记，有时又带着一点絮语式的抒情”。

《书话》颇倾倒了一些读者。其中不少人受书话主人的影响，也试着写起这类文章。内地不消说，即在香港，从唐弢《书话》获得教益，并取得相当成绩的，就有杜渐、林真、黄俊东三家。

与唐弢风格最接近，对书话一道也最孜孜矻矻的，怕要数黄俊东。他曾在明报周刊开书话专栏，十数年笔耕不辍。第一部 《书话集》于一九七三年由波文书局出版。书分两卷。第一卷多是早年的习作，发表在几个报纸的副刊上。第二卷八十五篇，原刊于一家周刊的一个专栏里，内容就要杂得多。值得注意的是，有关鲁迅的文章占了不少的比重。一九七九年十二月，黄俊东的第二本书话《猎书小记》由明窗出版社出版。书分四卷。第一卷三十八篇，摭拾现代文苑。第二卷二十一篇，讲的多是书林掌故。第三卷八十篇，为杂编，有《茶话》、有《花经》，亦有《京剧见闻录》《唐人故事诗》，中外古今，蔚成大观。第四卷二十篇，则专谈书画作品。黄俊东对书话与书评的不同，见解颇精当。他说："书评家学识丰富，态度严谨而客观，为读者分析内容和性质，具有引导和启发性的作用。……但书话只是一个爱书人的立场，说些与书有关的闲话……谈及的无非是书的知识、消息和作者的点滴资料，目的在提供读者知道有这么一本书。”

一九八〇年唐弢的《晦庵书话》出版后，有位香港朋友为买这本书，曾坐辆“的士”，跑遍广州所有书店。这位朋友就是林真。林真年轻时生活颇贫苦，从酒楼小厮，到戏院领班，三教九流，干过许多行当。他虽然只上过几年学，但能够在颠沛中刻苦自学、手不释卷，从而养成了爱书的习惯，具有了渊博的学识。一九八七年，中国友谊出版公司出版了《林真说书》的内地版。在这本十几万字的小书里，作者的涉猎之广，令人叹服。从《周易》，到《聊斋》；从《卡夫卡幽灵》，到《弗洛伊德的“毒癌”》，广征博引，慧眼独具，亦不乏鞭辟入里的精彩议论。稍感不足的是，“书话”的成分少了些，正如唐弢先生在该书序文中所指出：“……严肃，有深度，不是信手写来的东西。已经成为具有艺术分析力的正规的书评了。”

另一位书话作家杜渐先生，曾在报馆工作，奉“老总”之命，写了许多读书笔记，陆续在报刊发表，结集为《当代世界文坛》和《亚非拉文学新潮》等书。一九八〇年三月，三联书店出版了他的《书海夜航》，一九八四年七月又出版了《书海夜航二集》。杜渐曾说："我喜欢书，也喜欢看书，简直是嗜书若狂。我看书的兴趣是多方面的，什么书都有。"尽管作者有"杂家"之名，但两册《书海夜航》的内容却很单纯，几乎全是谈外国作家作品的篇什。"这不是一般的读书记，而是掌故史乘的漫谈，谈的是成书的经过，版本的优劣，插图的变易，观点的沿革，作者的遭遇……一句话，不限于书里的故事，多的是书外的见闻。"(唐弢：《书海夜航二集·序》)。我以为，一个书话作家，总要有自己的侧重和特长，譬如唐弢、姜德明之于新文学，西谛、黄裳、阿英之于古籍，叶灵凤、冯亦代之于外国作家作品，无不有所专长，而均成卓然大家。

香江书话又一家

我曾写过《香港书话三作家》，介绍了香港爱书家杜渐、黄俊东、林真的创作情况。其实，还有一位书痴让我给遗漏了，他就是《醉书闲话》的作者许定铭。许定铭二十世纪六十年代初即涉足文坛，在《星岛日报》《中国学生周报》《青年乐园》《文坛》等报纸杂志发表过不少的诗和小说。七十年代初期，他创办了创作书社，专以搜罗中国新文学绝版书及推广读书风气为己任。他二十年如一日，寻书觅书，拥有了许多新文学的初版书。他更把搜书读书的心得写成清新耐读的书话作品，先后发表在《星岛日报》《星岛晚报》《明报》《快报》《新晚报》《读者良友》《开卷》等港内报刊。一九九〇年，结集为一册《醉书闲话》，由三联书店（香港）有限公

司出版，列为《读者良友文库》之一种。

许定铭局处海隅，而搜罗罕见珍本宏富，除了徒令我叹羡外，更不得不佩服其用心的孜孜矻矻。他这样表白：“我一见到新文学的书，除非价钱贵到无法负担，否则我决不错过。”当他“侥幸地得到一本绝版的好书时，就仿佛古董收藏家买到一件心爱的古董，喜悦之情实非外人所能领略”。这种对于书的不顾一切的痴迷，在字里行间颇有流露，像《书缘》，像《两间旧书店》，像《再也买不到的书》，那种因意外得书而欣喜、为错失好书而苦恼的诸般心态，品读之下，真是感同身受。

旧书经眼既多，自然也成了版本方面的行家。许定铭先生在书话写作中，就惯于进行版本的比较。行文翔实不说，见解亦颇为精到。由于他深受刘西渭《咀华集》文风的影响，在选择研究对象方面，乐于“人弃我取”，主张“那种在大时代里，曾经实实在在地有过贡献，下过苦功，却又寂寂无名的先行者，正待我们努力的发掘。”因之我们总能碰到些鲜为人知的陌生名字，像《夜雾》的作者刘盛亚、二十一岁便沉江而死的石怀池，在我，就都是第一次听说。另有一些较为罕见的报纸刊物，如漫铎的《创作月刊》和姚苏凤编的《小晨报》，作者也多有介绍，一读之下，眼界大开。

许定铭先生做学问信奉“求真、求确”的原则，反对信口开河。他曾逐条批驳苏雪林在介绍曹禺的三部曲时所犯的常识性错误，得出了“苏雪林根本未读过曹禺的三部曲”这一结论，在对作家作品的评价上，他也反对像苏雪林的《二三十年代作家作品》那样“戴有色眼镜”，或“以文艺作为政治武器，一味宣传攻击”。这一点我在读苏雪林著述时有同样强烈的感受，真是高山流水遇知音也。

翻版书话

旅居香港的李辉英先生，是东北作家群中出道较早的一位，擅长小说创作。他写书话，说来很有些偶然的因素。大约在二十世纪六十年代末，李先生曾在中文大学联合书院讲授中国现代文学的课程。在许多学生的鼓励下，他为《星岛晚报》副刊《星晚文化》撰写一个专栏，漫谈新文学的书刊掌故和作家逸闻。这些陆陆续续发表出来的文字，后来就编成一册《三言两语》，由香港文学研究社于一九七五年出版。

由于作者本人便是新文学作家的一员，所以回忆起文坛掌故来，话题自然很多，写起来也非常顺手。可愣要写书话，手边没书，怕就不行了。那时的香港，现代版书籍的难求，正不亚于宋椠元刻，无怪乎他无奈地发出“现代善本书”的感叹。所幸的是，香港的一些出版商看到有利可图，乃竞相做起翻印新文学绝版书的生意来，所采的方式，也大抵从封面到内文，一律保持原来的面貌。这就跟原装货有了差不多的效果，李辉英便很乐得购买。那些翻版书的品种之多，也是很令我们羡慕的，不仅单本书大量翻印，就是一些成套的全集，也出现了不少。

因了所据的多为翻版书，李辉英的书话，差不多竟成了“翻版书话”，这在书话的写作里，倒是另具一格的。翻版书之非法，这是大家都很明了的事情，但李先生从当时香港的实际情况出发，非但不指其为行为欠妥，反而视之为德政。他指出：“若干年后如果有一本题名为《香港的出版界》的专著，大约也会给翻印书大书特书一笔的。”对于翻印书的原则，他也有自己的一些见解，比如他认为“翻印一本书或某一套书时，应力求保持庐山真面目，也就是说原本什么样，印出来的也是什么样，千万不要自作聪明，另加封面封底等等”。所幸香港所印的此类书，大抵都能做到保持原貌。反观内地的一些出版机构，有时就难以让人满意了。至于台湾的翻印书和重版书，随便改换原作者的名字，则近于无聊，实在成了文化的赘疣。

翻版书既成风气，同样的一本著作，很可能会翻印成几种不同的版本。由此李辉英竟然做起翻版书的版本比较来，这是很有趣的事情。譬如，香港市面上出现的《朱自清文集》，便有两部。一家是文学研究社本，仿原书四本精装，四本之外，加了个封套，方便保存；另一家是崇文书店本，把原来的四册，分上、下装订为两册，书前加了一个总目，便于检查。由此可以看出，香港的书商对于翻版书还不是随便敷衍、马虎从事的。但也有的让人感觉不舒服，譬如知堂的《泽泻集》，在翻印出来以后，原来的封面就给换掉了。抚今追昔，李辉英不免感到“恍如缺少了一点什么似的那种说不出口的味儿”。这想法，我们是很能理解的。好在这并不影响李先生重新欣赏岂明老人那“久看不厌”的文字。至于他说知堂散文须是“上了些许年纪的人，才有可能看出他的文字的劲道”，则实在是经验之谈了。

《现代中国作家剪影》

香港作家黄俊东擅写书话，他的《书话集》和《猎书小记》，分别于一九七三年和一九七九年问世。在此之前，他还有一本《现代中国作家剪影》，于一九七二年十二月初版，实际上也是一本书话。书由香港友联出版社印行，小小的四十八开本。作者喜欢涉猎中国现代文学的东西，但苦于新文学作家资料的难寻，乃随时留意，作一点一滴的积累。这本小书，也便是他搜求数载的心血结晶。三百多页的篇幅里，收入了八十二篇文字。正文之外，尚有前记、后记各一篇。从日期看，后记的写作，却与前记隔了将近五年。据作者解释，“原定在一年前就出版的，因为找一些图片而搁延了不少时间。”由此亦可看出作者一丝不苟的态度。这六十多幅插图，也确实给本书增色不少，不仅有作家画像、照片、手迹，更有不少珍本书的书影。其价值，正不在文字内容以下。

与一般专喜描写作家私事艳闻的书不同，黄俊东的《剪影》有着较高的品味。在不足千字的篇幅里，作者并不企图概括作家一生创作和经历的全貌，而是截取其最具特色的一点，以一叶而知秋。这种厚积薄发的冰山结构，其实更需要一些功力。此间涉及的作家，差不多有上百位，可以说囊括了新文学三十年的所有重要人物。因此，将它作为一部新文学的“外史”来读，亦是未尝不可。事实上，这种言之有物的著作，比那些正统刻板的文学史，更来得有趣些，更有可能从中获得助益。

黄俊东生于一九三四年，广东潮州人，有时用笔名克亮，曾任香港《明报月刊》的助理总编辑。

《书林掌故续编》

十年浩劫，图书烧的烧、封的封，书界一片荒芜。香港虽说只是隔岸观火，但毕竟缺少了图书来源，因而一夜之间，民初以来的各种出版物也便身价倍增。一些书商见有利可图，乃竞相做起盗版翻印的生意来，一时间坊间充斥的尽是这些假古董。所幸这些翻版书商还能做到保持原书的面貌。在这些翻版书中，有一本中山图书公司出版的《书林掌故续编》，很具特色。它不是一本书的简单翻印，而是从旧书和旧报刊中搜罗多篇与书有关的文章编次而成，却不予重排，各以原样影印，因而便成了一个版式、字号五花八门的“百衲本”。

书的编者是恽茹辛，他曾为中山图书公司编过一本《书林掌故》，因见销路尚佳，就又搞了这一本续编。

正编收文十二篇，其中的一些篇目，像李文藻的《琉璃厂书肆记》、叶德辉的《吴门书坊之盛衰》，也都不难见到。而续编所收的三十六篇，无论规模、范围还是难见度，都大大超过了前者。这之中乔珩琯《乾嘉时代的旧书价格及其买卖》、谢正光《同治年间的金陵书局》、杜联喆《纽约的书肆街》、楚客《古代中韩两国的书籍交流》、向达《斯坦因敦煌获书记》等，都从某一独特的角度，提供了较为珍贵的书林史实，自有其不可忽视的参考价值。值得一提的是，书中还收辑了鲁迅先生作于一九〇一年的一篇《祭书神》，当年是否从《鲁迅全集》中读到过，已经毫无印象了。

书乡细语从容听

书生，书生，书与生连在一起，或者是在暗喻读书人的视书为生命，甘愿以一卷在手而终其一生罢。而书海无涯，是故关于书的话题便格外多。台湾作家亮轩先生的第一本书，便题作《一个读书的故事》，以后又出《书乡细语》，“无一篇书评，但篇篇谈读书”，而且谈得兴致勃勃，谈得如醉如痴，连作者本人也“着实惊讶于自己爱书之狂”了。

《书乡细语》，台北皇冠杂志社出版。三十篇文章中，谈读书、谈买书、谈借书、谈藏书、谈书房、谈书价，几乎穷尽了书乡的山山水水。又将读书人的诸般心态展现出来，既有书奴忏悔录，又有爱书者的不悔；既有读书苦处知多少的低吟，又有万事莫如读书好的慨叹，可谓酸甜苦辣咸，五味俱全。而其中诸多妙论，颇让人解颐会意。譬如买书。作者有几条原则：名人题签太多的书不买，序文跋文太多的书不买，预约的书不买，小说的节本不买，该分册而不分册、厚度超过宽度的书不买，称得上行家之言。而买书之能买出道行，亮轩以为“秘诀无非一个逛字”，“但不必常逛，乃在于细逛，一月细逛一次，作竟日观，比每周粗逛两三次者不差”。再如借书。作者指出：“把书借给别人，恍如把钞票借给人家周转，多多少少要担几分风险。”于是理出借书三惧：一惧不还，二惧涂抹，三惧转借。这种惧怕心理，该是所有爱书者所共有的难言之苦衷罢。所以亮轩说：“聪明的藏书主人是不会炫耀他的好书的，这与聪明的财主不炫耀他的财富是一样的道理。”但亮轩又绝非“守财奴”之流，这从他的赠书千册与学校，可窥见一斑。

大凡爱书者，莫不有自己的或多或少的藏书，亮轩亦不例外。历年积攒，竟也有数千册之多。但对藏书，他却有自己的一番见解，以为“读书人立志读书则可，立志藏书则不可。除非一开始就有买书给别人读的动机”。亮轩之为亮轩，正在于不为藏书而藏书，读书也不一味贪多，他强调的是一个“悟”字，这便有了些许宗教的意味：“嗜读者不待你勤，不嗜读者勤也无用。”他读书，讲究的是“超度”，是“忘我”，“只要一举步，迈上书的阶梯，便可自我超度到山巅的艳阳天里”。而书房，则成为“神交古人、遨游天外的通道”，是“一本烟云霭霭的好书，只要迈入门槛，登时超生忘我，宠辱直如粪土”。这些空灵的趣味，大概也是真正爱书者的最高心灵境界罢。

台港的两家读书杂志

北京三联书店创办的《读书》月刊，已存在了好多个年头，尽管遇到过不少的风雨坎坷，但毕竟顽强地生存了下来。相比之下，台港的两家读书杂志，就没有这种幸运了。

香港的那家名叫《开卷》，创刊于一九七八年十一月。它可以分作两个阶段。第一阶段共出版七期，大三十二开，每期一百六十页。纸墨精良、图文并茂。《创刊词》讲明该刊宗旨是“提倡读书”。所设栏目，有“作家访问”“书评”“世界文讯”“文摘”等。由于这是香港的第一本读书杂志，影响还是不小的，许多知名作家都为它撰稿。但由于花费颇巨、销路不畅，主办人只好在出过七期之后，进行了两个月的休整。第二阶段开始后，刊物的面貌有了一些改变，由大三十二开改为大十六开，页码减至五十六页。但终因销数不够理想，于一九八〇年十二月宣告停刊，总共出了二十四期。《开卷》的主编是杜渐先生。他是一个非常爱书、懂书的人，有《书痴书话》等著译多种，内地曾出版过他的两本《书海夜航》，从中可以体味他对书的一片痴迷之情。正由于此，他在《开卷》停刊后，仍不死心，又担任了《读者良友》的主编。同时，他还编辑过《读者良友文库》数种，均为书话中的精品。不过听说他近年已卸去香港三联的职务，移居美国了。

台湾的一家名为《书评书目》，主编隐地先生亦是书前书后大半生的书迷。这从他以《快乐的读书人》和《我的书名就叫书》来给自己的著作命名，便能略窥一斑。该杂志创刊于一九七二年九月一日，大三十二开。初为双月刊，自第九期改为月刊。它号称台湾的第一本书评杂志。所设栏目有“论述”“评介”“读书随笔”“专访”“作家与书”“书店和出版社介绍”等，尤其注重书目的编纂。以后隐地先生又开办了一家尔雅出版社，所以他自第四十九期以后，就离开了《书评书目》，杂志在维持了一段时间后，也因经费问题，宣告停刊。

值得一提的是，两位主编差不多都是在唱“独角戏”，参加编辑的人员多是客串而已。以一己之力，推动全社会的读书风气，这种精神的确是难能可贵的。

藏书家史传一瞥

自雕板印书发明以来，私人藏书蔚成风气，其中风流儒雅，代有闻人。所以关于藏书家纪实的文献，也就特别多。见于记载的，最早当推宋代。如宋人洪迈、周密、郑樵的著作中，均有此类记述。后世藏家的书目、题跋之作，以及多如牛毛的史志稗乘中，有关藏书家活动的内容更是俯拾即是。但第一部系统的藏书家传，却直到清朝末叶方才出现，这就是一八九〇年问世的叶昌炽的《藏书纪事诗》。这部博大精深的皇皇巨著，“详述典籍之源流，阐扬藏书家之潜德”，被世人视为“不朽之作”。它所创设的“领以绝句，缀以事迹，必要时殿以按语”的传记体式，更对后世产生了深远影响，一时间，续著、补著和仿著层出不穷。较著名的，就有伦明《辛亥以来藏书纪事诗》、王謇《续补藏书纪事诗》、徐信符《广东藏书纪事诗稿》以及吴则虞《续藏书纪事诗》，时人称为“藏书纪事诗体”。其中尤以伦明所撰最为学术界称道。叶昌炽《藏书纪事诗》，有上海古籍出版社版本行世，纸面精装，封面饰以藏书楼小照，淡绿的色调格外雅致。王謇《续补藏书纪事诗》，也已由书目文献出版社出版，薄薄一册，装帧稍嫌简陋。今人秋禾曾将《续补藏书纪事诗四种》整理成集，由北京大学学海社油印刊行，至今未见正式出版。

此外，杨立诚、金步瀛《中国藏书家考略》、陈登原《古今典籍聚散考》，亦均以《藏书纪事诗》为其滥觞，唯后者分作政治卷、兵燹卷、人事卷数篇，并加进了个人分析，体例略有新意。

随着研究的深入，藏书家史传也呈向专题化发展的趋势。有的以某一地域为研究重点，如吴晗《两浙藏书家史略》和《江苏藏书家史略》便是。这两部书稿分别发表于一九三二年《清华周刊》和一九三三年《图书馆学季刊》，后合为一书，统名为《江浙藏书家史略》，一九八一年由中华书局出版。有的则属断代研究，如台湾学海出版社一九八〇年出版的潘美月《宋代藏书家考》即是。其体例仍不脱《藏书纪事诗》之窠臼，只是在正文前别附绪论一篇，分论古籍的典藏利用以及藏书家之地区分布。台湾传记文学出版社一九八三年出版的苏精《近代藏书三十家》，亦属断代研究，却不再满足于资料的简单汇集，已然是文学传记了。书目文献出版社一九八六年出版的郑伟章、李万健《中国著名藏书家传略》，体例虽与前书相仿，文笔却不可同日而语。不过作为普及性的藏书家史传读物，不妨聊备一读。

蠹鱼漫记

THE YELLOW BOOK
AN ILLVSTRATED QVARTERLY.
BOOKS
PRICE
FIVE SHILLINGS
ELKIN MATHEWS
AND JOHN LANE.
THE BODLEY HEAD
VIGO ST. LONDON.
APRIL 15th
MDCCCXCIV.

买书记痛

早就听说国外书价高得惊人，所以准备出国那阵儿，一再宣称：到那儿绝不买书。

一晃儿来纽约已月余，这誓言总算没有落空。书店倒常逛，但除了两本必须买的课本外，很少动过买书的念头。因为心里总在进行价格的换算：二十美元一本？要合人民币一百五十元了，不买不买。那天路过一个旧书摊儿，发现一本巴黎印行的袖珍本梵高画集，一时动了心，便跟摊主还价，三元的索价你若降为二元，在下就认了。但那老头儿倍儿倔，分厘不肯让步，只好拜拜了您呐！

谁承想这信念并非牢不可破，之所以坚持月余而未开杀戒，是因了骨子里不喜欢洋书。一旦堕入汉文书籍的海洋，这堤坝顷刻间便一溃千里。

那晚在床板上烙了一夜的饼，次日起来便揣上花旗卡，一脸悲壮地去世界书局访书。沿百老汇大道走了九十九条街，终于在坚尼路南边一点找着了它，冲进去只一扫描，一排装帧精美的港台书便尽来眼底，立马狂叫着冲出去提款。

待腰里揣有三百美元，乃一本一本地细淘慢翻起来，好书太多了，不一会儿，便挑出了一大抱。算算价钱，早已超过三百美元，只好不情愿地做些剔除。那时刻，才真切地体会出“挥泪对宫娥”的滋味。

晚上坐于灯下，倒上一杯可乐，点燃一支香烟，便开始了例行的把玩抚摸。忽然觉得烟缸离茶杯太近，怕不小心将烟灰弹错地方，但沉迷书中太深，懒得抽手，便没去管它。待到将几十本书逐一摸完，端起茶杯便一饮而尽。喝完觉得味道极怪，仔细一瞅，杯底全是烟灰，再看看烟缸，竟是干净如初！

有了第一次，便难保第二次。昨个儿闲着，又要去寻访另一家专卖国内书的东方书局，心想国内一些买不到的绝版书，兴许能碰上一些。谁知到那儿一看，就连做梦都在寻觅的香港三联书店版《回忆与随想文丛》和《读者良友文库》，也都眼巴巴地等在那里！又是一阵疯狂的抢购。巧的是，最后一结账，还是三百美元！

踏着世纪积雪，拎着两袋沉甸甸的书，一摇一晃地去赶地铁。心中当然有得书后的兴奋，但更多的，却是不安和自责——足够买一台彩电的钱，就这样莫名其妙地变成了一堆破书。叹惋之余，把本来该是《买书记乐》的题目，也改成了《买书记痛》。

卖　书

宋代陈亚有诗曰："满室图书杂典坟，华亭仙客岱云根；他年若不和花卖，便是我家好子孙。"明代毛晋则说："吾家业儒，辛勤置书，以遗子孙，其志何如。后人不读，将至于鬻，颓其家声，不如禽犊。"清代王昶也道："如不材，敢卖弃；是非人，犬豕类；屏出族，加鞭箠。"用语之狠毒，令人咋舌。可见，卖书乃藏家之大忌。而且这还是教训子孙勿卖，倘藏书家自己变卖图书，更是如何得了的事情。

我有志积攒图书，时间不长，所藏也非多，可卖书的念头还是颇动过几次，虽然最终未能成交，但此中的种种尴尬却也领略殆尽，说出来难免贻笑于大款之家。

第一次卖书，是在女儿出生之际。由于我乃薪水阶层，收入颇薄，平常从牙缝里挤出的一点点余钱全部用来购置了图书。猛然添一人口，立时感到捉襟见肘，有时甚至到了等米下锅的地步。为了贴补一些家用，就扬言要变卖一些藏书。同事某对我的书垂涎已久，闻言大喜，当下便选了几种，计有黄裳著《过去的足迹》、夏衍著《懒寻旧梦录》，以及《中国新文艺大系杂文卷》等。待我将书价一估，大叹不划算，因为这些书多为涨价前旧物，书品虽佳，定价却低得惊人，譬如一册《西厢记》，也才七角几分。即以原价出售，花花绿绿一大堆，也只换得三头二十而已。杯水车薪，非但于家用无济，反而失去了自己藏书中的珍品，岂有成交之理？只好作罢。

生活依旧拮据，买书的癖好却是有增无减，尤其是来京读研究生的这两年，学业之余，几乎跑遍了京华大大小小的书店。若是买书以实用为目的，倒也不甚破费；不可救药的是，我还穷讲究些版本。譬如周作人的著作，我已买过多种，其代表性文章已基本包容在内，但那天碰上广播电视版的四大册《周作人散文》，还是被它精美的装饰挑逗得走不开，犹豫再三，终于把近五十元的生活费扔给了书店。然而恰在此时，接到了妻子的电报，称不日将携小女来京秋游。我一时呆了：妻女远道而来，为夫为父，总不能享之以西北风吧。思来想去，只能靠变卖《周作人散文》应急。便去了北大书店。手里虽在翻一本书，眼睛却瞟着置放那书的架子，好不容易盼到一位将书拿起，赶忙窜过去，小声问道："想买吗？我可以便宜卖你一套。"其情其景，颇似地下工作者以暗号接头，对方看看书价，微笑摇头。如是者三。书没卖成，店员却对我警惕了，哪敢再作逗留？出得店门，仍不死心，乃提笔在三角地广告栏上手书一行小字："转让《周作人散文》一套四卷，比原价便宜五元。"便在寝室苦等，但终不见有人来买。晚上灯下摊书，摩挲封面，道一声："知堂知堂，我再不卖你了！"话音落处，耳边掠过一阵愁人的秋风秋雨……

书　债

古人有“借书一痴，还书一痴”的说法，意思是，把书借给别人是傻子，借别人的书而归还同样不聪明。我自幼爱书成癖，藏书轻易不肯示人，担心借了不还尚在其次，主要是怕人不知爱惜，把书弄得面目全非。所以这第一痴算是与我无缘。

那么，第二痴的情形又如何呢？

一般说，他人藏书我是尽量不借的。倒不是恪守“己所不欲，勿施于人”的古训，而是因了这样一个事实：那就是凡我喜欢的书，不惜重金也要想办法购置。既然觉得别人的书好，买一本就是，又何必去借？

可凡事总有例外。并不是所有别人的好书，你都能马上买到，这时你就得非借不可了。最富讽刺意味的是，我这个一向反对借书不还的人，竟也欠下一笔书债，虽不是存心想据为己有，但几年不还，心理上总觉得背着个沉重的包袱。

那还是一九八八年夏天的事情。当时担任某报编辑的吴君来找我，要我给他的《品书录》专栏写些稿子。因他知我爱读书话随笔一类文字，便说：他新从哈尔滨购得一套叶灵凤的《读书随笔》，可以借我一读。数日之后，正好一帮文友在吴家小饮，拿出书来一看，爱不释手，便背将回府。

但天有不测风云，不久，吴君的生活发生一些变故，辞职南下了。次年初，我也跑到北京求学，在那里一待就是三年。这期间，我不断打听吴君的消息，却是音讯渺茫。后来在报纸上读到他的《石狮印象》，内心里颇为他的振作而庆幸。有道是“塞翁失马，焉知非福”，有了此番阅历，吴君当能写出辉煌的巨著，也未可知。

由于欠着吴君这笔书债，所以每次放假回家，总要打听他的行止。前些日子听说吴君已回到本市，主编一家小报的副刊，便急切地拨电话找他，不巧他没有上班。阴差阳错，不久我又远飞美国。临行前整理图书，妻发现《读书随笔》竟有两套，迷惑不解。我说："一套属吴君，另一套乃我后来购置。"并嘱她妥善保管，日后好完璧归吴。

行文至此，该总结"还书一痴"的问题了。可我却得出了另外一种结论：说它是一笔书债，倒不如理解为我和吴君的一种缘分。要不是这笔书债，我何以能如此牵挂吴君？怕早已天各一方，相忘于江湖了。

书癖谈屑

抑或因为早昔书不易得，抑或因为“唯有读书高”自古为人信奉，抑或两者兼而有之，反正，旧时的某些读书人，对于书籍的迷恋，几乎达到了神经兮兮的程度。随便翻几页旧笔记，你会发现，有多少人被奉以“书迷”“书痴”“书魔”“书淫”等等的美号，又有多少人创下了“卖一田庄，买一《汉书》”一类的豪举。更遑论尤袤的“四当”、许棐的“书之赐”、全祖望的“不能一日无此君”、徐𤊹的“人生之乐莫过闭户读书”，这些数也数不清的名言警句。

近代学者陈登原，曾将这种“兼以神怪非常之态度待其所藏”的人，指为“书癖”。“书癖”也者，疯乎？傻乎？古来就是见仁见智，褒贬各有。

明代莫云卿，每得一古书，就像添一良友。“古梅花放时，以磐石置彝著器，焚香点茶开肉典素书读之，正似共百岁老人，捉尘谈霞外事。”这等“书癖”，倒颇有几分古意在内。

宋代杨应之尝题所居壁曰：“有竹百竿，有香一炉。有书千卷，有酒一壶。如是足矣。”这等“书癖”，儒雅风流，代表了一种淡泊宁静的生活态度。

近人傅增湘每年岁暮除夕之前，照例要在藏园中举行祭书之典，并邀请三五同好以书会友，出示一年所得珍本共相赏析题咏，这等“书癖”，不失为书友之间的盛会，艳羡犹觉不足，岂敢说三道四？

清人吴骞嗜书甚笃，每得一奇书，把玩之不足，竟至以书名作为自己儿子的字号。如他的次子吴寿旸，字周官，号苏阁，均以所得书而命名。这种“生儿即以周官字”的做法，倒也给家庭生活平添几分乐趣。

明代边贡癖于求书，搜访金石古文甚宏。不料一夕尽毁于火，急得他仰天号哭：“嗟尔！甚于丧我也！”竟至一病不起，五十七岁即呜呼哀哉。这等“书癖”，能不令人掬一把同情泪？！他如钱谦益的“挥泪对宫娥”、赵琦美的“武康山中，白昼鬼哭”，情形与此约略相似。清代纪晓岚曾讥之为“何所见之不达耶”，讵料自己亦难逃“山河泡影谈何易？一见《公羊》泪不禁”的命运。

至于杜林的“每遭困厄，辄握抱此经”，则未免有些滑稽；朱大韶的以美婢换书，实在近于煞风景。这种“书癖”，与黄丕烈的刻意佞宋一样，皆不足为后世所取法也。说他们疯，说他们傻，或者可以。

买书众生相

喜欢买书的朋友，对郁达夫“绝交流俗因耽懒，出卖文章为买书”的名联大概并不陌生。其实，对于真正的嗜书者来说，只是“出卖文章”，怎么会满足？又如何能过瘾？且不去论胡元瑞的“脱妇簪珥以酬之”，也不必说王佩诤的变卖良田以偿书款，单表明代朱吉士以一美婢换一本《后汉纪》，你便会叹为观止；只提近人傅增湘以一万余元买一部《周易本义》，你就得瞠乎其后！邓邦述先借债以买书，后卖书以偿债，晚境多么凄凉；谢刚主自谓：“倘自己知道明天要死，今天的书还是要买”，又是何等的义无反顾！身无寸金、囊中羞涩如我辈，遥想毛晋当年“计叶酬钱”之豪举，只能心向往之；而张若筠“风雪载书”之孜孜矻矻，又实在令吾侪为平日的疏懒汗颜不已。

买书单凭财大气粗、巧取豪夺似乎远远不够。赵绍祖搜《宾退录》于卖饧者担中，靠的是处处留意、慧眼识珠的本领；郁佩轩得厉鹗《辽史拾遗》手稿于拾字僧肩上，全赖踏破铁鞋、沙里淘金的功夫。买书还能买出人格的高下、精神的尊卑。黄宗羲、吕留良争买澹生堂散书而至于绝交，令人啼笑皆非；陈仲鱼让书与黄丕烈，使其大病得愈，又平添了几分人情味；王士祯与好书交臂相失，至于病卧旬日，乃为一己之私利，无非茶余饭后的谈资；郑振铎于日寇铁蹄下劫中得书，却阻止了祖国珍籍的东流。千金散尽，换得丹心一片；作为“文献卫士”，必将永垂青史。

话借书

千百年来，借书一直是令爱书者备感困窘的一大话题。信手拿一本新书旧刊来翻翻，牢骚话可说触目即是。近的如某学者的“书与老婆不借人”，远的像唐代杜暹的“鬻及借人为不孝”，都称得上振聋发聩。痴欤？怪欤？个中苦乐，恐怕远非几句话所能说清。

读书人视书如命，可谓一大通病，但若说读书人个个都是“守财奴”，就有些以偏概全。其实在对待借书问题上，从来就不乏洒脱之士。譬如明代藏书家李如一就认为：“天下好书，当天下人共之，”所以倘有人向他借书，“未尝不倒庋相付也。”同时的另一藏书家徐𤊹也主张“传布为藏”，并进而总结出借书给人的三大好处。北宋藏书家宋敏求的藏书也对外人开放。据朱弁《曲洧旧闻》记载，宋敏求“居春明坊，士大夫喜读书者多居其侧，以便于借置故也”，以至于当时春明宅子比他处租值常高一倍。晋人范蔚有七千卷藏书，“远近来读者恒有百余人”。范蔚待客热情，甚至还为他们置办衣食。

那为什么总有些藏书者“誓不以假人”，表现得格外吝啬呢？这里原因就很多，需作具体分析。

初时，书不易得，很多都是黄卷青灯、萤窗雪案，一笔一笔亲手抄来。以后雕版印刷发明，可以成批出版，但流传仍不甚广，书的拥有者当然要格外珍惜，唯恐借出后有什么闪失。这种担心并不是毫无根据，譬如南宋藏书家周辉所藏之万卷书就多自己手抄，后因借人阅读而散失颇多，内心不无耿耿，乃发出“借书一痴，还书一痴”的感叹。

北宋颜之推曾言：“借人典籍，皆须爱护。先有缺坏，就为补治。此亦士大夫百行之一也。”江禄就是具有此种操行的一个。他“读书未竟，虽有急速，必待卷帙整齐，然后得起。故无损败，人不厌其求假焉”。可惜的是江禄只有一个，人世间读书如“吃书”者毕竟居多。有的人一书在手，或卷脑，或折角，或以唾揭幅，或以爪侵字；坐则当凳，行则作枕，晴天遮阳，雨天挡雨，待到归还之日，书已不成其为书矣！不能不让你演出“挥泪对宫娥”一幕，哪里再敢借书给他？

还有一种人，对书也知爱惜，但借到手后就是不肯归还，同样让你大伤脑筋。譬如古代的颖川就有一个读书人，九经各有数十部，皆有题记，都是借人书而不还者。此公不但不脸红，还常常得意地向人炫耀他的版本多。碰上这类人，就不好对付。

教训多了，就会提高警惕。钱竹汀便总结出有三等人不可借：“不还，一也；污损，二也；妄改，三也。”有些藏书家，干脆谁都不借，钱谦益就是这样。祁氏澹生堂也规定“正本不得出密园外”。范氏天一阁更于阁下悬一禁牌：“擅将书借出者，罚不与祭三年。”陈恭甫小嫏嬛也是扃钥甚严，不能借读。这种做法虽然可以理解，但终究决绝了一些，不利于文化的传播。聪明一些的，当推光绪年间的梁鼎芬。首先他允许并鼓励借阅，其次又规定些切实可行的约法，譬如“徒手者不借”，“借书之期，限以十日”，“一本读毕，再借第二本”，等等，既开明，又科学。

书房名称种种

古今文人墨客，大多拥有自己的书房。书房因各人的性情不同而风格各异，名称呢，更是五花八门，千姿百态，或寄情，或抒志，有庄有谐，趣味横生。

书房名以称某斋、某室为最普通，如蒲松龄的聊斋、柳亚子的磨剑室便是。也有的称楼或堂，如吴骞的拜经楼、刘世珩的玉海堂。此外还有：屋，如鲁迅的绿林书屋；居，如杨树达的积微居；园，如傅增湘的藏园；庐，如张金吾的爱日精庐；阁，如孙星衍的岱南阁；馆，如赵用贤的脉望馆；房，如弘一法师的晚晴山房；库，如马廉的不登大雅文库；庵，如谢国桢的瓜蒂庵；巢，如陆游的书巢。

书房名常嵌以数字。如范钦的天一阁、胡应麟的二酉山房、陆陇其的三鱼堂、丁丙的八千卷楼、戈宝权的万卷藏书室。

以花木题名的亦很多，如许棐的梅屋、毛泽东的菊香书屋、冯友兰的三松堂、惠周惕的红豆书屋、周瘦鹃的紫罗兰斋。

与地理环境有关的书房名称，有孙星衍的岱南阁，因曾居于岱宗（泰山）之南，故名。

言志的，如陆游的老学庵，取师旷“老而学如秉烛夜行”之语。陈垣的励耘书屋，意在要求自己做学问要像耕田锄草一样，深耕细作。杨树达的积微居，意思是说知识学问是由一点一滴苦学积累起来的。黄宗羲的惜字斋，因他作文惜字如金，力求简洁，故名。

隐含讽喻和相互调侃的书房名亦不鲜见。比如柳亚子抗战时曾以羿庐为书斋名，取神话故事后羿射日之意，表示对日寇的无比痛恨和抗战到底的坚强信念。清代李渔寓居北京时，公然大书“贼者居”三字，贴于府第，对门的一个读书人则为自己的书斋命名“良人所”，以为调侃。

也许是英雄所见略同，古往今来，斋名相同或相近者俯拾即是。譬如以梅花命名的书斋，就有许棐的梅屋，吴湖帆的梅景书屋，梅兰芳的梅花书屋，朱瞻的梅花草堂等。陈叔通与齐白石的斋名更是一字不差，都称百梅书屋。

以“玉海”名斋的也很多。较著名的，就有刘世珩的玉海堂，孙衣言、孙诒让的玉海楼。前者因藏有元刻初印本《玉海》而有是名；后者则是出于对《玉海》作者王应麟读书之博和著述之富的仰慕，并隐含有藏书“如玉之珍贵，若海之浩瀚”的意愿。

清代乾隆年间，浙江东西两位藏书家的书斋皆云“抱经”。一为宁波卢青崖的抱经楼，一为杭州卢文弨的抱经堂。时人称为浙江东西二“抱经”，一时传为佳话。

此外，松江韩氏有读有用书斋，大埔温廷敬有读无用书斋。虽一字之差，其趣却大异。

历史上更有一则因与当朝皇帝斋名相同而大沾其光的故事，这个幸运的斋主便是清人鲍廷博。他的斋名知不足斋，乃取《大戴记》“学然后知不足”之义。碰巧清仁宗颙琰的书斋也叫知不足斋。当他读到鲍廷博所刻《知不足斋丛书》后，颇加赞赏，特传谕抚臣曰：“朕近日读鲍氏丛书，亦名知不足斋，为语鲍氏勿改，朕帝王家之‘知不足’，鲍氏乃读书人‘知不足’也。”后来一时高兴，竟钦赐年逾八十的鲍廷博为举人。

藏书家的斋名

书斋的得名，固然因各人的喜好不同而风格各异，但古代藏书家的斋名，却多与藏书有关。如清代藏书家黄丕烈曾得虞山毛氏藏北宋本《陶诗》，又得南宋本《汤氏注陶诗》，不胜喜悦，因名其居曰陶陶室。近人马廉因收得明万历刻二十回本《平妖传》，为世所罕见，故名其室为平妖堂。傅增湘书斋名双鉴楼，因为他藏有两部珍贵的《资治通鉴》。朱希祖则因为藏有一部明抄本郦道元《水经注》，而由章太炎代为取名郦亭。近代藏书家周叔弢斋名尤多。如寒在堂指宋本《寒山子诗》，半雨楼来自宋蜀本《王摩诘集》中“山中一半雨”之句，双南华馆指收藏有两种宋本《庄子》，东稼草堂指藏有元本《稼轩长短句》和《东坡乐府》，孝经一卷人家指藏有元相台岳氏本《孝经》，自庄严堪则出自《楞严经》。还有的藏书家干脆在斋名中表露出对所藏秘籍的珍爱之情。如陈继儒的宝颜堂、吴骞的拜经楼、陆心源的仪顾堂、潘从周的宝礼堂、缪荃孙的联珠楼，一宝一拜一仪一珠，将藏书家爱书如命的行状暴露得淋漓尽致。

藏书家不但因藏有珍品秘籍而沾沾自喜，还常常以藏书数量之巨而自矜自夸，这种心理也充分地反映到斋名上来。如近人吴梅的百嘉室，陶湘的百嘉斋，邓邦述的百靖斋，都表示藏有一百部明代嘉靖朝刊本。清代吴云的二百兰亭斋，乃夸耀藏有禊贴二百余种。更为有趣的是，藏书家之间还爱在斋名上争强斗胜，甚至摆开擂台。譬如清代黄丕烈因得宋刻百余种，乃构专室藏之，颜曰“百宋一廛”。陆心源不服输，来了个“皕宋楼”，表示我比你多一倍。吴骞亦不甘示弱，自题其居曰“千元十驾”，谓虽然没有宋刊，但一千种元板书，也足可抵得上百部宋刻。黄丕烈还专门为此事赋诗一首：“千元百宋竟相夸，引得吴人道是娃。真个苏杭闻见广，艺林佳话遍天涯。”

藏书家不仅藏书，也读书，所以不乏满腹经纶之士。他们为书斋取名，便喜用典。如明代王世贞的弇州园，典出《山海经》。清代潘祖荫的滂喜斋，典出扬雄《训纂篇》。傅增湘的藏园，取苏东坡诗句“万人如海一身藏”之意。张金吾爱日精庐，源于曾子的“爱日以学”之语。瞿绍基的恬裕斋，系由古书上“引养引恬”、“重裕后昆”变化而来。张惠言的茗柯堂，则取“如茗之柯小实，非外博而中虚”之义。书卷气都很浓，既寓意遥深，又耐人寻味。

有些斋名的用典，则与藏书活动有关，较著名的是：明代胡应麟的二酉山房。民间传说，秦末有位读书人为避战乱，将其书辽移至湖南沅陵境内的大酉、二酉山中，历经数代而终被后人发现。明末赵用贤、赵琦美父子的脉望馆。传说蠹鱼三食神仙字，则化为“脉望”，馆名取此。清代劳格的丹铅精舍。前人事校雠多用丹砂、铅粉，遂专称校雠考订为“丹铅”。劳氏不独藏书宏富，更以校勘名家，故以丹铅名其室。

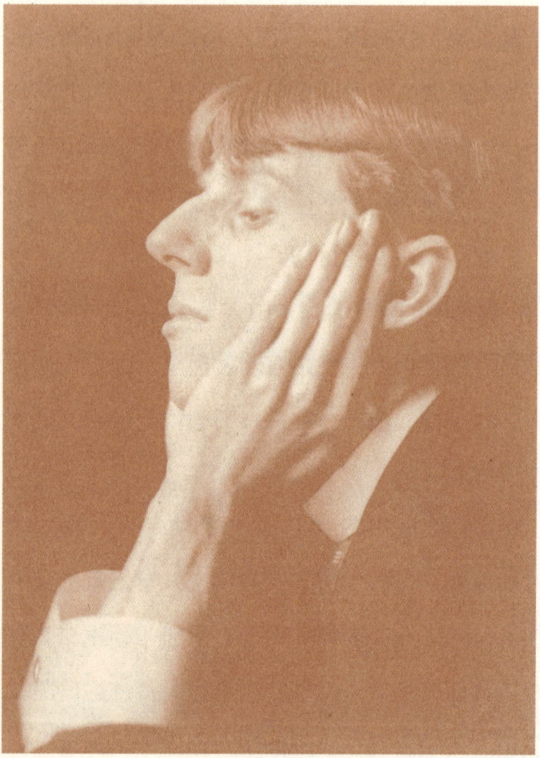

奥伯利·比亚兹莱（*Aubrey Beardsley, 1872–1898*）

后记

李广宇

我爱读书话，自己也写过几种勉强可以称作“书话”的小册子。若按出版时间为序，分别是：《纽约寻书》（一九九八年）、《香港寻书》（二〇一四年）、《行囊有书》（二〇一四年）、《我在德国淘旧书》（二〇一七年）、《猎书家的假日》（二〇一七年）。除了《纽约寻书》是由国际文化出版公司出版，其余几种都是由法律出版社印行。事实上，《纽约寻书》也于二〇一七年由法律出版社出了修订版。现在，法律出版社又慨允将这五种小书一并再版，感激之余，做了一些修订和重新编排。新版的“书话五种”，保留了《香港寻书》、《行囊有书》和《猎书家的假日》；将《纽约寻书》更名为《蠹鱼漫记》；《香港书店鳞爪》是新增加的，其中两

辑是由别的书挪来，另一辑为新写；《我在德国淘旧书》则不再有了，原书中有关德国淘书的部分划给了《行囊有书》，有关香港淘书的部分划给了《香港书店鳞爪》，有关叶灵凤的部分则与其他类似篇什一道编成一本《爱书也爱叶灵凤》。这一本因为离书话相对较远，将与《叶灵凤传略》和《叶灵凤香港出书记》一起，凑成另外一个叫作“叶灵凤叙传三种”的系列。

《香港寻书》的修订工作有以下几个方面：一是做减法，将原书中与寻书关系不大的几篇狠心删除，但一些关于听课、参访乃至日常生活琐事的记载还是予以适当保留，因为寻书毕竟只是生活的一部分，任何一个寻书人都不会是不食人间烟火之辈，书店也不是脱离一个城市、一个社会的整体环境而孤立存在的。二是适当补充一点背景材料，但这工作是绝对克制的，旧文不宜大改，因为人们的认知总是有时空局限，一时有一时的识见，一时也有一时的心境。原来的图版也一律不要了，而让一位心仪的版画家一以贯之，这或许也是晚来一种心境的体现：不要太复杂，尽可能简单。

本书的插画作者是英国画家罗伯特·吉宾斯（Robert Gibbings，1889–1958）。吉宾斯不仅是风格独具的木刻画家，也是散文高手，出版了许多自写自画的文集。他同时还是一位出版家，长期担任金鸡出版社掌门人。这是一家专门与版画家合作出版限量精装插图本的小型出版社，许多著名的版画家，包括吉尔（Eric Gill）、莱特（John Buckland Wright）、塞维林（Mark Severin）等，都曾为其绘制过精美插图。

《行囊有书》算是我的书话类小书中卖得最好的一个，库存早就清零了，出版社一直有再版的动议，拖延了几年才终于实施。趁着这次再版，做了一些较大的调整。删除了其中的四辑，分别是“北京书店地图”、“几个城”、“懂桥”和“囊中书”，既然鸡零狗碎，又何必敝帚自珍。这样就只剩下“从台北到台南”“东京书事”“首尔买画记”和“哥伦比亚风”，既然都属境外访书的文字，索性就把“我在德国淘旧书”和“纽约寻书记”这两组类似的篇什也拿来归拢到一起。这样做的结果，是把《我在德国淘旧书》那本书拆没了，因为另

外几组文字也依其内容性质，分别划给了《香港书店鳞爪》和《爱书也爱叶灵凤》。“台北访书记”这一组，则是首次结集。旧版《行囊有书》是有插图的，这次修订，按照统一体例均予删除，代之以我所喜欢的英国画家埃里克·吉尔（Eric Gill，1882–1940）的画作。

叶灵凤日记中提到过Gill，他买过他的画集。萧乾编选的《英国版画选》也收入了Gill的作品，他所用的译名是爱立克·盖尔。萧乾说，Gill“在当代英国插画艺术中是最不在光暗上玩花样的。他管他的插图叫印匠的花朵。他大部分作品都是简单的白地黑线条而已。他的想象力并不强，但装饰书册则绰绰有余。”Gill亦擅雕塑，还是字体设计师，他为Jacob Weiss设计的藏书票，一经董桥推介，瞬时在中国名声大噪。我也稀里糊涂收集了不少Gill的书，感觉特别别致，非同凡俗，就是宗教色彩过于浓烈了一些。他还为中国的话本小说《醒世恒言》做过插绘，黑白线条真是运用到了极致。一直以为，木刻与书是绝配，谈书的书更是如此。

在这回修订再版的五本小书中，《猎书家的假日》

是调整最小的，只是本着不凑数的原则，删去了个别意思不大的篇目。这样说，并不可以理解为剩下的就都是意思大的，其实很多是可以做些改写的。比如当时买到一本竹久梦二就欣喜若狂，殊不知在那以后我的梦二集藏足足塞满了一个架子。但要这样修改，一辈子都改不完。贫穷有贫穷时的欢乐，富足了未必就天天幸福。说句实话，这一本小书的风格，是我最为私淑的，因为它最文艺。书话毕竟不同于书目，在意的不是文献的多寡，而是一点点回忆，一点点情绪，一点点抒情的气息。

从前这本书没有后记，这次就利用这机会，说说书名的由来。《猎书家的假日》，本是美国古书商人罗逊巴哈博士一本书的名字，英文叫作 *A Bookhunter's Holiday*，我第一次知道这书，是由叶灵凤先生的《忘忧草》。上海沦陷后，叶灵凤随《救亡日报》转战广州，随身只带了几册书，都是谈论书物版本聚散变迁的“关于书的书”，《猎书家的假日》就是其中之一。“白麻布装订，红皮题签，有插图，我是托上海中美图书公司直接向原出版家订购的，是一册内容和外表都使我满意

的好书。”不料这样的一本心爱之物也成了战争的牺牲品，埋在了广州的劫灰中。叶灵凤一面吟咏“忘记了吧，像忘记一朵开过了的花”，一面也许下一个心愿，将来也要出一本《猎书家的假日》。香港纸贵，出书不易，他的愿望终于落空，却被我拿来完成了浴火重生。

初版时没有插图，这次精心选择了美国画家洛克韦尔·肯特（Rockwell Kent，1882–1971）的一些版画作为装饰。就像喜欢比亚兹莱一样，叶灵凤也同样喜欢肯特，认为他是“当代美国最杰出的版画家”。他不仅喜欢他给定期刊物和世界名著所作的那些单幅插画和装饰画，更对他的自写自画情有独钟，认为这些由他自己写作自己插画的游记，“在美国许多庸俗的出版物中，许多年以来是独放异彩的”，认为“仅凭了这几本书，世人已经认识了肯特是一位第一流的插画家和装帧设计家，又是一位能独创一格的游记作家”。肯特终身都是一位猎奇冒险家，始终充满了生活的朝气。猎书亦是猎奇，有时也需要冒险，我替《猎书家的假日》选择了肯特，也是希望肯特的版画不仅能为这本小书增色，更能使我将

猎奇冒险的朝气一直保持下去。

《纽约寻书》是我的第一本书话性质的集子，稚嫩青涩可想而知。没有料到的是，竟会迎来第二次再版的机会。第一次修订，就做了一些减法，这次减得更厉害：一是把有关叶灵凤的部分，汇总到一个新的组合《爱书也爱叶灵凤》；二是把“纽约寻书记”拿到《行囊有书》，后者直接导致原来的书名不成立了。尽管这些文字基本都是在纽约旅次写成，但既然没了直接写纽约的内容，不好再挂羊头卖狗肉，就拿其中一辑的名字做了书名。“蠹鱼漫记”，尚够切题，也算是恢复了本来面目。前两版都没有插图，这次选取了英国著名画家和书籍装帧家琼·哈塞尔（Joan Hassall，1906–1988）的插画做装饰，她为许多名著绘制过插画。做成之后，有朋友提醒：哈塞尔的画虽则很美，但还没有公版权。只好忍痛割爱，重新选择了比亚兹莱。做版的时候我说：“比亚兹莱真的命大。”乔智炜兄则说：“一切都是最好的安排。”

《香港书店鳞爪》总共三辑，《书香香港》和《港九访书五日记》原来分别见于《行囊有书》和《我在德

国淘旧书》，本来根据内容的类属将它们合并到了《香港寻书》，但排完版一看，比其他几种厚了许多，就想独立成编；考虑到只这两辑尚嫌单薄，就新写了一辑“香港书店鳞爪”，并以此作了全书的名字。这两万多字，是在我一周的居家隔离中初步形成的，内容有些像是香港旧书店简史，但不敢贸然打出这个旗号，于是采用了更为低调的“鳞爪”。虽说基本是东拼西凑的“文抄公”，但自认在谋篇布局和材料取舍上还是颇费了一番心思，通过聚焦香港旧书店史上几个历史性节点，大致勾勒出其发展脉络和独有特色。材料的来源主要包括叶灵凤、戴望舒、陈君葆、侣伦、方宽烈、罗隼、小思、欧阳文利、许定铭等名家前辈的著述。这一本的插图出自英国画家格温·拉弗拉（Gwen Raverat，1885–1957），她出身于剑桥的望族，是进化论奠基人达尔文的孙女。她从Slade艺术学校毕业后，嫁给法国画家雅克·拉弗拉，夫妻俩都是布鲁姆斯伯里文化圈的活跃分子。她是英国木刻艺术家协会的创始人之一，为很多名著做过插图。她自写自画的回忆录《碧河彼时》影响很大，有中文译本。

封面是一本书的门面，好的封面必然会与文字水乳交融，甚至会超越文本，给人以极强的视觉冲击，有的还可能成为独立的艺术品。我虽然不懂美术，不会设计，但对书籍装帧向来关注，自己的每一本书写迄，心思也都会集中到未来封面的样子。这一回，本来打算尊重设计师的意见，走一走朴实无华的路子，但不少读者表示，还是喜欢旧版《香港寻书》那种风格，于是又搬出一大堆竹久梦二画集，再从他那里找寻灵感。竹久梦二无疑是一个用之不竭的宝藏，我的偏爱，他当会欣喜。

最后，再一次感谢法律出版社，感谢许睿、乔智炜、王菊萍几位长期合作的朋友。尤其要感谢和我一样喜欢书的读者诸君。

二〇二二年七月三十日

李广宇书话五种

猎书家的假日

李广宇 著

法律出版社
——北京——

图书在版编目(CIP)数据

猎书家的假日 / 李广宇著. -- 北京 : 法律出版社,
2022
(李广宇书话五种)
ISBN 978-7-5197-7018-1

Ⅰ. ①猎… Ⅱ. ①李… Ⅲ. ①小品文—作品集—中国
—当代 Ⅳ. ①I267.3

中国版本图书馆 CIP 数据核字(2022)第151964号

猎书家的假日
LIESHUJIA DE JIARI

李广宇 著

策划编辑 许 睿
责任编辑 许 睿
装帧设计 乔智炜 李广宇

出版发行 法律出版社
编辑统筹 司法实务出版分社
责任校对 朱铁佳
责任印制 胡晓雅
经　　销 新华书店

开本 787毫米×1092毫米 1/32
印张 5.375　**字数** 74千
版本 2022年10月第1版
印次 2022年10月第1次印刷
印刷 北京盛通印刷股份有限公司

地址:北京市丰台区莲花池西里7号(100073)
网址:www.lawpress.com.cn
投稿邮箱:info@lawpress.com.cn
举报盗版邮箱:jbwq@lawpress.com.cn
销售电话:010-83938349
客服电话:010-83938350
咨询电话:010-63939796

书号:ISBN 978-7-5197-7018-1　**定价(全五册)**:468.00元
凡购买本社图书,如有印装错误,我社负责退换。电话:010-83938349

目 录

限定版

一九七七年，英国发生过两宗偷书案子，一宗在白金汉郡，宵小半夜破窗潜进米尔顿故居书房，撬开上了两道锁的储藏柜偷走十九部珍藏版古书。另一宗是在伯克郡，一家私人藏书楼珍藏的劳伦斯《七智柱》失窃。《七智柱》太有名了，丘吉尔都推崇，英国读书界更说它是最后一部描写战争传奇的巨构。而被窃的这部，不仅是一九二二年的试版限定本，而且还有作者的亲笔签名，当时的市值就达两千英镑。据说，一九二二年的试印版只有八部，一九三五年正式出版时也是特定限印，只做七百五十部，每部编号。董桥珍藏的那一部手写钢笔字第六八九号。限定版可遇不可求。你是土豪未必能遇见，你有缘分也有眼光遇见时却又会悻悻地想起自己是个穷光蛋。即使董桥这样的贵族，面对限定版时写羡慕嫉妒恨也比写拥书自傲要多。早年在伦敦 Paul Minet 的店里，Paul 跟他说：“该买四本小熊温尼的初版本，皮面精装的初版最值得藏！”董桥明白，找齐四本不容易，买齐四本也太贵太贵了，所以最后也只得手一本，是一九二八年的豪华初版，红皮烫金，品相极好。香港西环荷李活道那家 Long Acre 旧书店摆了几架子插图本精装老书，当中自然少不了英国插画大师赖格姆（Arthur Rackham），“赖格姆画插图画的美女迷死人”。Long Acre 的老板绝对是个版本专家，他劝董桥慢慢收齐赖格姆，并可以免息分期付款，董桥没敢欠这份贵重的人情。即便是到了可以“昂首付钱阔步挟她回家”的当儿，董桥也还是习惯性低调，那天在荷李活道 Lok Man Rare Books，他竟然看到当年买不起的那部有赖格姆彩色插图的 *Peter Pan in Kensington Gardens*，虽然有钱可以买了，他还是免不了嗫嗫嚅嚅地问店家：“算便宜些行吗？”真是英雄气短。

文章写到这里，一味只说董桥也就无趣了，说到我自己，虽然也有几分旧书迷恋，但限于机会财力，平时买的也不过大路货而已，有一次我在梅窝那个德国老头开的店里遇上一册赖格姆插画集，版本普通得不能再普通了，但付钱收书的那一刻也是欢天喜地。穷人有穷人的乐事，穷人过年也要吃顿饺子。要说的是寒斋也还有三两部限定版，更让人自得的是这限定版还是我情有独钟的竹久梦二。话说有一天去模范书局，看见架子顶上有几本书样子不俗，便让店员搬来梯子给我取下来，拿到手一看大喜，果然是竹久梦二画集《行人の画帖》。书的外面是一个特织麻布函套，小心翼翼地打开，函套便呈十字形平面摊开，函套里侧单色印了三幅梦二画作，中间那幅还有书名："竹久梦二 行人の画帖 龙星阁"。去掉函套，那书就如入浴的美女脱去了浴衣，美得逼人美得让人魂不守舍。封面材料是红染羊皮丸革，金箔镂印的图案是梦二画的古树老屋。开本是所谓的菊判，重磅铜版纸印，拿在手里沉甸甸的极有感觉。店员迫不及待地给我翻到书尾，在蝉翼棉纸细护下，是一张小巧雅致的收藏卡，上面显示：这书由位于东京都千代田区南段的龙星阁于昭和四十五年十二月二十日发行，特装限定六百三十部，这一本的编号则是第六番。这当儿，老板姜寻回来了，我便学着董桥嗫嚅地问一声：“算便宜些行吗？”姜寻看我是熟人，内心老大不情愿地给了九折。店员打包的时候姜寻请我到里间喝茶，说我给你看件珍品，搬来的是一巨册浮世绘秘画珍藏，姜寻说这只是四册中的第一册。细细赏玩，不免大呼小叫，叹为天物。姜寻说，有位老先生为了凑足三万元的巨额书款，曾央他放宽一个月的期限，言辞中不无我也可享此种特权的意思，我忙说：“即使给我放宽一年，我也还是凑不足啊。”

龙星阁版竹久梦二

说到竹久梦二限定版，就要说说龙星阁了。这家出版社的历史资料没有查到，只知道它位于东京都千代田区九段南。但有一点没有疑问，这就是龙星阁的出版人显然也对竹久梦二情有独钟，因为自昭和四十一年开始，龙星阁每年都要推出一本特装版竹久梦二画集，有两年还多出了一本。这当中我历年购藏的也有六七种，除了那本特装限定版，普通版的《行人の画帖》我也买到了。其实普通版一点儿也不普通，甚至比特装版还要讲究些。最外面是一个瓦楞纸书盒，正面靠右侧边缘取中贴一张橙色彩纸，一直延伸到书脊，两面印着粗黑醒目的书名。里面又一个书盒，只是比外盒的材质更细更薄，内盒正面是书名，并以梦二画的街景街灯作为装饰。书是硬精装，外封的材质是绢，彩印了梦二美女。在三百六十一幅画作之后，书尾附了长田干雄撰写的长文《流人·行人、永远的旅人》、龙星阁刊行者兼本书编集者泽田伊四郎撰写的《刊行者附记》，以及一篇竹久梦二略年谱，这也验证了我前边关于龙星阁主人偏嗜梦二的判断。

另外收集到的是《凝视》和《出帆》。与《行人の画帖》型制相似，但开本略大，应该属于菊大型判。日语中所谓“判”，指的是印刷用纸的尺寸，类似于我们所说的开本，菊判就是其中一种规格，其他还有四六判、新书判、文库判等。日文书的“判”倾向于小型和划一，较大型的通常只限于画册之类。李长声曾说：日本地震时他书架上的书哗啦啦掉下一片，一看全是中文书，日文书得以岿然不动，恐怕不是它们更习惯地震，而是得益于开本整齐，不似我们那样大小各异，五花八门。中国虽是纸的发明地，但日本人对于纸的讲究似也远超我们，《凝视》和《出帆》用的就是一种较厚的手工纸，低调粗糙，却又极富书卷气，比光光亮亮的铜版纸有感觉多了。《出帆》是梦二的自传体小说，最初于昭和二年五月至九月间在东京《都新闻》上连载，一文一画，共一百三十四回。我所藏的这本刊行于昭和四十七年，浅色粗麻的外封格外雅致，环衬所用的大红色调却又渲染出一种梦二式的热烈。书尾的“刊行者记”对这部作品评价甚高，文章指出：“与其说《出帆》是自传体小说，不如说是梦二细腻描绘自身感情的自传画集。世上有很多自叙传和自画像，但没有像《出帆》这样丰富多彩的自传画集。”《出帆》早几年已有新星出版社的中文译本，系依原画大小刊印，开本近似于菊判。

除了美人画，竹久梦二画得最多的大概就是儿童了，可能在梦二心目中，觉着儿童和女人一样，都无邪似水，所以才一画再画。龙星阁版梦二画集里，有一本《子供の世界》，收入的全是以儿童生活为题材的画作，据说“子供”在日语里就是孩子、儿童的意思。我所藏的这本，出版于昭和四十五年，彩绢封面，铜版纸印，除去硬皮封面出现些微的变形，其他各方面都相当完好。《春の夜の梦》则全是美人画了，共收三百二十幅，有彩画也有黑白画。我买到的又是一本珍贵的特装限定版，昭和四十三年发行，共印八百部。巧的是，我这本的编号又是第六番，恰与那本《行人の画帖》相同。表纸黑染羊皮丸革，天金·本金箔押装，特织麻布制“帙”入。额外的收获是，这书的“帙”里还装有几期文库本大小薄薄的小册子，那是龙星阁自编的“书讯”。几期书讯对龙星阁版梦二画集绍介甚多，当中一篇《梦二真赝》，对梦二画作之真品和赝品的甄别作了颇为专业的分析。书讯还设有一个栏目“龙舌栏”，系龙星阁编辑所写的出版随笔。这一栏名既巧又美，既以“龙舌栏”代表此“栏”乃“龙星阁”之“口舌”，又与“龙舌兰”谐音。我甚至怀疑，日本古文不仅跟汉语的表意相同，发音怕也没有太多差别。

晚上翻书，从《行人の画帖》里飘然落下一叶不足寸宽的纸条，上面有机打的“夏目书房”字样，书房的地址则是东京池袋立教通。我猜这书应该是从夏目书房趸来，即便中间有过转手，它也该是最初的源头。池袋是一个很老的地名，据说古时武藏国丰岛郡就有“池袋村”的建制，名字的来由是因为这一带曾有过一个袋状的池塘。至于“夏目”跟国民作家夏目漱石有没有什么牵扯，就不得而知了。后来读到刘柠的新著《东京文艺散策》，才知晓梦二的书出自夏目书房也是有缘由，这家铺子从祖辈开始就不懈蒐集竹久梦二的肉笔画和各种真迹。刘柠写的逛夏目买梦二的经历也非常有趣：“回来的路上，路过一家旧书店，店幌上写着‘夏目书房’。进去一看，艺术书籍所藏颇丰，笔者所研究的竹久梦二竟有一个专柜。翻了四十分钟，购书八种，一半是梦二。其中一本梦二画集，是明治四十四年洛阳堂初版的复刻毛边本，品相堪称‘完璧’。结账时，才发现店主是一位慈眉善目的老太太，戴着老花镜，坐在柜台里看书。见我买了不少竹久梦二，便问我怎么会喜欢梦二。我说我曾写过梦二的评传，分别在中国大陆和台湾出版，她更吃惊了：‘中国人也喜欢梦二，这真是太好了！梦二的作品，让人越看心里越静，真真是好东西……”

买蕗谷虹儿

鲁迅和叶灵凤都喜欢蕗谷虹儿的画，这是熟悉新文学史的人都知道的事情。鲁迅到日本留过学，但他最早购买蕗谷虹儿画集，见于记载的却是一九二七年十月八日。这时他刚刚移居上海，上午才从临时借住的共和旅社正式搬到景云里，下午就往内山书店淘书去了。内山书店就设在不远处的魏盛里，这可给了鲁迅这个超级书虫莫大的方便。那天买的书里就有《虹儿画谱》一二辑两册，共费四元。次年三月三十日又在内山书店买到一本《私の画集》，也是虹儿的作品。再过一年，一九二九年的二月十三日，收到韩侍桁从日本为他代购的《银砂の汀》一本，此系《虹儿画谱》的第三辑，前两辑的名字则分别是《睡莲の梦》和《悲凉の微笑》。叶灵凤买虹儿的画，也是在内山书店，带他去内山书店的则是郑伯奇。叶灵凤在《晚晴杂记》中写道：“好像是一个夏天，他从东京回到了上海，高高的身材，戴着金丝眼镜，似乎对我当时所画的比亚兹莱风的装饰画很感到了兴趣。我清晰地记得，他带我去逛内山书店，知道我是学画的，而且喜欢画装饰画，便用身边剩余的日本钱在内山书店买了两册日本画家蕗谷虹儿的画集送给我。这全是童话插画似的装饰画，使我当时见了如获至宝，朝夕把玩，模仿他的风格也画了几幅装饰画。”据我推算，这一时间比鲁迅大概要早上半载数月，但所买的品种，应当相同，都是《虹儿画谱》的一二两辑。

虽然鲁迅和叶灵凤在喜好蕗谷虹儿这一点上高度相同，但也正因了蕗谷虹儿，两位又掐得不亦乐乎。叶灵凤这样回忆他和鲁迅因蕗谷虹儿而生的那场官司：“后来被鲁迅先生大为讥笑，说我‘生吞比亚兹莱，活剥蕗谷虹儿’，他自己特地选印了一册蕗谷虹儿的画选，作为艺苑朝花之一，大约是想向读者说明并不曾冤枉我的。”鲁迅、叶灵凤、蕗谷虹儿我都喜欢，以我不带立场的后来人看来，除去门派之争，当中恐怕也不无一丝争风吃醋的味道在内。这场官司说来话长，我今天只说买蕗谷虹儿。话说我知道蕗谷虹儿远远早于竹久梦二，但买到竹久梦二的画集又远远先于买到蕗谷虹儿。有一年去日本，在新宿的纪伊国屋书店买了一大堆梦二，却没有一本虹儿。是那里没有虹儿的书还是我的兴奋点只聚焦于梦二了，如今已经没有概念，料想应当属于后一种情形。但老天爷不把虹儿推给你不会善罢甘休，隔天去梦二美术馆真就碰上一本。虹儿的画集摆在梦二美术馆，一点儿都不稀奇，梦二本就是虹儿的两位老师之一，在画风和成就上虹儿也是公认的梦二的接班人，但那天我又与虹儿画集失之交臂，一来那本书装帧有些艳俗，二来现金方面也出了点儿问题。

隔年小女到东京玩，受我之请，甫一安排停当，就跑去了梦二美术馆，果然就为我斩获了一册《蕗谷虹儿》，比我上次见到的那本雅致多了。这本书由河出书房新社发行，初版在二〇〇七年四月，我得到的这本是二〇一三年十二月的新装版初版。大三十二开软精装，封面是虹儿那幅经典之作《花嫁》，内封黄褐两色印刷，书名之外只有一盏小巧的油灯作点缀，其素朴典雅恰与外封的妖冶靓丽形成强烈的反差。书中收入了虹儿各个时期各种形制各种风格的画作，一个完整的蕗谷虹儿得以呈现在读者面前。此外还有大量的照片、日记、书信、手迹、海报等穿插其间，再加上介绍其生涯作品的文章以及长男龙生撰写的略年谱，使得本书的史料价值陡然提升。值得注意的是，书中还颇为隆重地介绍了鲁迅对于蕗谷虹儿的引介，并且附有鲁迅编印的《蕗谷虹儿画选》的书影以及他所翻译的虹儿的《萌芽》《月光波》等小诗的中文版本，于此可知，对于虹儿在中国所产生的影响，他们还是格外地引以为豪。

本来以为，此番小女东渡收获也就如此了，谁成想她还颇有乃父之风，转天又跑到新宿的纪伊国屋继续寻觅，硬是在四楼的艺术区翻出了一本《花嫁人形》。打小这孩子就没少跟我跑书店，见惯了我的挑剔劲儿，所以也学我的样子让人家多拿几本出来从中挑选，可怜人家又是翻柜子又是敲电脑，最后抱歉地一耸肩：“确实只有这一本了。”其实这一本的品相也是十分完美。书是硬精装，文库本大小，黑色布纹纸烫金，手写的书名下面，镂刻了一艘扬着红色风帆的木船。另有一只纸做的函套，正反面都是上蓝下黑，图案则是星空皓月、鱼翔浅底，海天交会处仍有一船，船体却染成了别致的桃红。在日语中，花嫁是新娘的意思，人形则是人偶。《花嫁人形》是一本诗画集，一诗一画，如影随形，画得精细，写得空灵。创作这些诗画的动机，据说是为了纪念他早逝而美丽的母亲。该书的问世是在昭和十年（一九三五年），由虹儿自己亲手装帧设计。我得到的这本是国书刊行会平成十八年（二〇〇六年）的第十刷，一刷则是在昭和五十九年（一九八四年）。书尾特别注明，这个版本系采用宝文馆一九三五年初次出版时的设计。我有意跟旧版书影作了一下比较，几乎找不出哪里有什么不同。

在孔夫子旧书网上，曾经看到讲谈社一九六七年出版的《花嫁人形》的另一个版本，据称也是由虹儿自己设计，封面则换成了一个俏美的人偶，这样一来倒与书名更为呼应。网售的这一册扉页上还有虹儿的亲笔签名，售价却只有区区六百五，可惜待我登录时早已售出，不晓得被哪个幸运儿捡了便宜。讲谈社还印行过一本《蕗谷虹儿画集》，总算被我捞到了手。是昭和五十年（一九七六年）的一刷，虽然已是四十年过去，品相却仍完好如初。这本书的优点是开本大，画幅也就相应的大，由此也更能呈现画作的原貌和神韵。像那幅著名的《黑船》，跨页满印，长度超过了四十六厘米，展卷品读，分外壮观。

突然间就拥有了三本《蕗谷虹儿》，一时间真有点贫儿暴富的感觉。比较全面地欣赏了虹儿之后，免不了要和梦二作一番比较。作为竹久梦二的传人，俩人确有不少相似之处，比如都擅长美人画，都爱画儿童画，都倾力表纸画，都能亦诗亦画，但毕竟分属两个时代，大正年间的梦二表现的生活更老派，昭和年间的虹儿笔下女性则多了几分摩登。毫无疑问我还是更喜梦二，梦二的女人虽然病态但有内容；虹儿的女人虽然标致但太正统。找老婆当然要找正统女人，画中的女人也让她正统就没有了故事。止庵曾说：读虹儿的黑白版画，“可以领略他的‘线’及‘形’，却无法欣赏他的‘色’”，而在我看来，虹儿的拿手好戏恰恰正是黑白画，而不是彩画。黑白自有黑白的神韵，黑白的女子多了些猜不透的神秘。

栋方志功

第一次知道栋方志功，是通过台湾版画家廖修平的《版画艺术》。这本书由台湾雄狮图书出版公司出版，是在香港旺角逛学津书店时的意外收获。虽说是一九八五年出版的旧物，但除了衬纸有些许微黄的霉斑，一切都像全新似的。廖修平对版画一道颇有修为，在这本类似版画圣经的作品中，他几乎穷尽了版画的方方面面，但在众多版画作品和版画作家中，我唯独记住了栋方志功。书中提到栋方志功的那段文字是在《日本现代版画的成长》一节：“原来这些受奖的作家如栋方志功、驹井哲郎、斋藤清、滨口阳三、池田满寿夫诸人，起初他们的制作，在日本艺坛上不曾被人重视，倒是先在国际艺坛被外国人发掘而赞赏推出，促成日本国内人士的重新估价而欣赏重视。如此版画艺术才真正立足日本的现代美术界，而逐渐在日本社会扮演重要角色。”由这寥寥数语，栋方志功在日本乃至国际版画界的作用和地位便可略见一斑。不过栋方志功之所以紧紧地吸引住我，主要倒不是因了上面那段文字，而是他的版画本身。篇幅所限，这本书不可能收入栋方太多作品，可仅仅凭了《国如之栏栅》这幅“富有怪谲密度之作”，已经勾摄去了我的魂魄。打那以后，我一直在找寻栋方志功，但好像内地对他鲜有绍介。心愿又是在香港实现。再一次跨过深圳河，第一站就去了油麻地的中华书局，一本《栋方志功——艺术与人生》正在那里静静等我。书是香港三联新刊，原色黄的外封黑墨印着栋方志功的木刻人物。书名取自志功木刻中的题签，刀笔韵味十足。开本阔朗，缝线装钉，十分适于展卷观图。作者海上雅臣，东瀛颇负盛名的美术评论家，与志功相遇相知，通过近距离的交往和观察，娓娓道出了这位立志“自建旗鼓”的绝世画痴的艺术与人生。

国画大师齐白石是木匠出身，一般人应该都有听说，而栋方志功年幼时也曾作过铁匠。他的家里开着一间名号为藤屋的铁匠铺子，他的父亲幸吉的手艺有口皆碑，经他锻造的“沾湿的镰刀，将沾湿的日本纸放上，只要轻轻一提，已经纸断痕连”。幸吉希望自己的儿子能够承继家业，所以只读到小学毕业就让他到藤屋学徒，但当他笨拙地轮起二锤时常常心猿意马，总把通红的铁打翻在地。他心中孕育的心志其实是绘画，他立志要成为梵高那样的画家。在他的家乡青森，风筝画非常出名，风筝上画的那些妖娆冶艳的歌舞伎艺人的浮世绘，打小就撩拨着志功的心。与风筝画同样教他绘画的，是睡魔节的灯彩，“把大竹子劈成细条，扎成人形糊上日本纸，用墨汁描线，然后挂蜡，绘花纹，用强烈鲜艳的染料，黄红青紫等各种极端的原色总动员。”志功曾在法院作过五年律师休息室的杂役，他的眼睛自小就严重近视，上班第一天就把揉成一团的烂抹布错认为老鼠，但律师们待他很不错，他就把每月的工资和律师给的小费全部买了颜料和油画笔。最后，律师们为他发起了募捐，送他进京学画，因为蓄志当画家自立，意味着必须进京入选帝展。在东京，志功投靠无门，生活困顿，拜师处处跌碰，帝展连连落选，不免感叹：“沿此路走的人，前行者挡道，后来者滔滔。”可即使遇到再难堪的经历，他都能唤起“等着瞧”的不服输精神，他有着罕有的取之不尽的力量源泉，发誓不入选帝展不回家，就连父丧之时也是如此。一九二八年，他终于如愿以偿入选帝展，渐渐地，他的版画才能开花结果，并以充满日本东北乡土情怀的画风，在世界各地的美术展中连连赢得国际荣誉，一跃而成日本现代美术的代表人物。他的所谓“板画”，自建旗鼓，前所未有，他说：“身为日本人，我认为只有日本原汁原味的作品才见真功夫。我狂想着拥有自己开创的属于自己的世界。”

栋方志功虽然只读了小学，但悟性极高。出外闯荡之初，他曾到京都五条坂的河井宽次郎家中作了四十天的研修，每日听河井宣讲禅宗典籍《碧严录》的故事，使他对佛心这个他力的世界打开了眼界，此后他就大量地以佛经人物和故事入画。《华严谱》《释迦十大弟子》《观音经板画卷》《追开心经颂》，差不多都是组画巨幅，黑白之间，间或彩涂，人物形象充满跃动的生命力，背景余白的蔓草装饰美不胜收。志功有诗云，花中无裳，裳在裳中。画与诗同样有禅机，却又非扑朔迷离，蔓是天国蔓，佛是人间佛。栋方志功的家乡青森市旧称善知鸟村，在中世纪谣曲中有一则《善知鸟》的故事，说的是母鸟把雏鸟藏在连自己也很难找到的砂巢中，她觅食归来时叫“善知”，雏鸟则答“安方”，以告知自己的位置。有一个猎人模仿母鸟的声音捕捉去了雏鸟，母鸟察觉后流着带血的眼泪不停地寻找，她的泪哪怕掉在猎人身上一滴，猎人也会被活活变成幽鬼。美丽动人的善知鸟母子情让志功感激无尽，经过构思，他将这个故事制成了连环画似的二十九图。这种戏画结构的作品栋方还画了许多。秀美之外，又浮着一层与土风相衬的神秘。栋方志功堪称多产画家，但他的每一幅版画却都印数不多，例如《大和秀美板画卷》仅发售约二十套，后世能将全图配齐的应该不出五套，更为遗憾的是，大部分的板木不幸毁于战火。所以，我从来没有产生过一次得到一幅志功版画的念想。念兹在兹的是，能够买到一本志功的画集，就足以令我欢喜了。没想到，这梦想很快就成为了现实。那是我第一次去大栅栏杨梅竹斜街的模范书局，一进店就惊喜地看到了栋方志功的名字。那是一部报纸大小的大书，由于年久已经有些腐朽的瓦楞纸外盒上印着《国际版栋方志功板画大栅》的书名。除去外盒，里面又是一个浅色麻布的盒子，不过品相好了许多。再打开这个盒子，崭新如初的画册就呈现在眼前。护封以志功的黑白版画作底，上端红色大字印着 *Munakata*，下面一行黄色小字 *Japanese Prints Munakata*，精装封面的材料是紫色麻布，烫金书名是志功的老师梅原龙三郎手书的汉字“栋方志功板画大栅”。扉页之后是一帧彩色的木刻自画像，正文将志功的代表作悉数收入，卷尾则有志功大张照像多页，还有河北伦明写的《栋方志功の板画》、保田与重郎写的《栋方志功画伯》以及菊地康雄编的《栋方志功年谱》。翻到最后的版权页，我有些不敢相信自己的眼睛，原来这是栋方志功生前亲自编定，由讲谈社于一九七〇年出版的限定版，收藏卡上显示，此版共印三千册，本册编号九八四。更为珍贵的是，收藏卡上还有一枚朱红印鉴，是志功在版画作品上常用的“法眼栋志功”，法眼，是日本古代授予医生、绘师等的称号；栋志功，多半是学江户时代的南宗画家，假充中国式的三字名吧。还有一个额外之喜是，随书附赠一本同样大小的“英文解说”别册，另外一个纸袋里是附赠的几层折叠的巨幅长卷《大世界の柵》。试探着问问价钱，一听就乐了，这些银两，单买这幅赠画都值。

我集藏的比亚兹莱

喜欢鲁迅或者叶灵凤的，都应当知道比亚兹莱。在他们那个年代，有人也把 Beardsley 译作琵亚词侣。虽说老早就听说过鲁迅攻击叶灵凤“生吞琵亚词侣”，但亲眼得见比亚兹莱的画作，却是到了三联书店推出叶灵凤的三卷《读书随笔》之后。第一次看到这套书，是在八十年代快结束的时候，还没来得及看叶先生的文章，先就被封面上比亚兹莱的黑白装饰画来了个强烈的视觉震撼。三本书用了三种不同的颜色，分别是酒红、米黄和海蓝，书名之下，各印一幅黑白装饰画，分别是：《维纳斯与唐豪森》《赫洛德的眼睛》《阿赛王的故事》。内文中各辑的题图也用了比亚兹莱的作品，总共八幅，也算得比亚兹莱画作的一次集中展示了。比亚兹莱配叶灵凤，不亚于当年比亚兹莱配王尔德，不能不佩服范用先生大师级的创意。

三两年之后，我去了纽约，行囊中只带了一部书，就是《读书随笔》。我希望客居纽约期间能逢着比亚兹莱，结果真有一些有意思的交集，我早年出版的《纽约寻书》中，有一些零星的记载。一九九三年四月十一日记："路经师范学院书店，进去买下了久在向往的比亚兹莱书籍插图选集。为伦敦出版，十六开本，其中不少画作已很熟悉。我之买比亚兹莱，除了自己也真心喜欢外，还有一层叶灵凤的作用在内，实在可称作爱屋及乌。叶氏的画风得益于比氏颇多，因此曾招来鲁迅先生'生吞琵亚词侣、活剥路谷虹儿'的讥讽，不过我以为这种模仿没什么不好。何况在当时，由于叶氏的引进，使比亚兹莱深受文艺青年的喜爱。鲁迅先生本人亦很欣赏比氏。"这是我买比亚兹莱的第一次，但当时对于版本情况的著录略有出入，书其实是由 Dover Publications, Inc. 于一九九〇年在纽约出版，书名 *Best Works of Aubrey*

Beardsley，共收入插图一百七十幅，卷首并有简短的说明文字。回国之后，学过画的妹妹见了也爱不释手，就借去看了，等还回来时已经面目全非。我又是心疼又不忍发作，直到很多年后从亚马逊重新买来一册，才算平复了这桩旧憾。这其实也是在纽约期间买到的唯一一本比氏画集，有一次在街头旧书摊碰上了更老一些的版本，却因为古怪的洁癖作祟竟致交臂相失，这事见于一九九三年七月二十二日的日记："虽然仍是盛夏，但近几日纽约的天气，却总给人以秋天的感觉。去哥大的这段百老汇的人行道上，这几日旧书摊儿日见其多。一黑人摊儿上有一册《比亚兹莱早期画选》，十六开，厚厚的一册，尽管外面的纸封套有些破损，但布面的精装封面却很完好，索价六元多。但翻到其中一页，却赫然看见一只早已干枯的金黄色昆虫，疑是蟑螂，顿觉恶心，赶忙放下走了。"

旧书虽然没有得手，却在此后不久见到了一批与比亚兹莱有关的珍稀古本，那天是一九九三年八月七日，那真是到现在都难以忘怀的梦幻一刻："纽约公共图书馆不仅是世界五大学术研究图书馆之一，更具有博物馆的性质。它辟有不少展室，定期展览各种馆藏珍品。正在展示中的，就有‘一八九〇 — 一九〇〇英格兰作家’，使我兴奋不已的是，竟在这里见到了由比亚兹莱插图的王尔德《莎乐美》英文版的最初版本。早就熟悉了比氏的那些奇特的黑白装饰画，现在得睹真容，真是恍如梦中。也见到了由比氏担任美术编辑的《黄面志》的最初四期，还有另一种由他作插图的著名杂志 *The Savoy*。《黄面志》的封面果真是黄色，*The Savoy* 的开本却比前者整整大出一倍。叶芝的诗集《心愿之地》亦由比氏设计。另外一位短命的英国作家道生，亦是我久已仰慕的，这里则陈列着他的手稿，和几种著作的最初版本。他和比亚兹莱都属于《黄面志》的一群，所以他的诗集和剧本，亦由比亚兹莱绘制插图。这些文学珍品均由美国学者伯格捐赠，隔壁的伯格专室中就悬挂着他的肖像。”

回国以后，比亚兹莱已渐为国人认识，有关他的书坊间也陆续出现了几本。其中较早的一本是安徽美术出版社出版的韦君琳编《比亚兹莱黑白装饰画选》。这本书有些粗制滥造，具体体现在这样几个方面：第一，没有版次和出版年月，只是从编者题记落款的“丁卯年除夕”，考证出编成是在一九八七年，是不是当年就出版了，也是个疑问。第二，书名混乱。扉页上钱君匋先生的题签和正文中作者的题记都是《比亚兹莱装饰画选集》，封面和版权页则成了《比亚兹莱黑白装饰画选》。第三，错字连篇。画集本就没有太多文字，但就是这寥寥几页文字也是错讹百出，最不能忍受的是把比亚兹莱的英文姓氏拼写成莫名其妙的Beardsier。第四，版式毫无美感。要么一张画顶天立地，要么五六张画挤满一页，再加上制版模糊，不由得让人生出盗版书的感觉。不过编者韦君琳倒是真喜欢比亚兹莱，她说她从七十年代起就广集资料，着手研究这位英国画家。但她提到的资料，也不过两种：一是一九二九年鲁迅编辑朝华社印行的《比亚兹莱画选》，二是一九五六年张望编辽宁画报社出版的《比亚兹莱画集》。前一种当然不可能再得到了，后一种只印三千册，六十年后的今天怕也是可遇而不可求，幸运的是我竟然遇到也求到了。幸运之地是鲁博书店，那天一边跟董老板聊着天，一边随意地拿起一本塑纸包裹的软软的旧书，一看竟是《比亚兹莱画集》，顿时一激灵。董老板说："这是我们鲁博一位老先生在海王邨发现的，他总是把别处淘到的好书搬回我们店里。"尽管标价五百，我也觉着值，就乐呵呵买下了。这可能是"文革"前中国大陆出版的唯一一本比亚兹莱，那个年代也能出版这么颓废的画儿，想必是沾了鲁迅的光——凡是旗手喜欢的，我们都要喜欢。

国内出版的比亚兹莱著作中，以新星出版社的《比亚兹莱：最后的通信》为最具价值，这可能是唯一一本文字多于图画的书，更何况这文字还是出于比亚兹莱本人之手。鲁迅说过："视为一个纯然的装饰艺术家，比亚兹莱是无匹的。""没有一个艺术家，作黑白画的艺术家，获得比他更为普遍的名誉；也没有一个艺术家影响现代艺术如他这样的广阔。"不可思议的是，他的全部天才的创作，只完成于短暂的五六年时间。他二十岁成为职业画家，二十六岁就因肺病而英年早逝。本书收入的一百八十余封通信，就是他在生命的最后数年于病魔的折磨之下所留下的遗世孤稿。其实比亚兹莱七岁的时候就有了肺病的征兆，也许是预感到自己寿命不长，他没有选择油画的形式，而是以简练的黑白装饰画来发挥自己绘画方面的才能。十九岁那年，凭借着为《亚瑟王之死》创作的一组插图，他初露锋芒。此后，应邀为王尔德小说《莎乐美》英文版创作插画，那种富有装饰意味的黑白线条所表现出的神秘感像魔法一样吸引了世人的眼球，就连王尔德本人也不无醋意地说："我的文字已经沦为比亚兹莱插画的插画。"比亚兹莱达到事业的巅峰，是在一八九四年，出版商莱恩创办了《黄面志》，并请比亚兹莱担任这个杂志的美编，甫一出版，立刻引起轰动。然而杂志只出了四期，比亚兹莱的噩运就急速到来，事件的起因又是与王尔德相关。一八九五年，王尔德因"妨害风化"罪名被捕，次日报纸上就出现了一个大标题："王尔德被捕，腋下夹着一册《黄面志》"，满嘴"仁义道德"的人们立时把矛头指向了专在《黄面志》上画"淫画"的比亚兹莱，他们向莱恩的办公室投掷石块，迫使他解雇比亚兹莱，并撤换了比亚兹莱的所有插图。事后才知道，媒体摆了个大乌龙，王尔德腋下其实是一本法国小说，只不过封面也是黄色罢了。虽然另一位出版商史密瑟斯伸出援手，支持比亚兹莱创办了另一份杂志 *The Savoy*，以此为阵地他也继续创作出一批重要作品，但《黄面志》事件对他的打击是沉重的，使得他的肺病旧疾复发。英国的潮湿气候非常不利于他的恢复，人情的冷暖也让他心灰意冷，于是他在一八九七年移居法国南部，最后死于芒通的一家小旅馆。这些通信就是他生命的最后几年向朋友们的心灵倾诉，篇幅都很简短，因为他常常连执笔的力气都没有，他为喜剧《沃尔波尼》绘制的插图，就是在卧床的情况下完成。“很沮丧，很害怕”，是他对自己病情的真实反映，他甚至很清醒自己恐怕已经来日无多。病痛孤寂之中，他的唯一乐趣是读书，当他打开朋友寄来的一小包书，会像儿时收到圣诞礼物一样欣喜，迫不及待地想要阅读，正如他在信里说的：“书店和版画店是我永不枯竭的快乐源泉。”这本书的末尾，写的是比亚兹莱一八九八年三月十六日那天死去时的情形，而我读到这里，惊奇地发现

我读书的此刻恰是比亚兹莱的忌日。这种巧合不是第一次，那一年我写完《叶灵凤传》的最后一个字，郑重地署上了十一月二十三日，事后才发觉，叶灵凤正是在这一天病逝于香港的养和医院。

大陆版的比亚兹莱，最优美的还要属那本《比亚兹莱的异色世界》，但它严格讲不算一本书，而是读库笔记本系列中的一种。这个系列已经推出了几十本，每一本以一个画家或一本书的插图为主题，几页白纸之间穿插一幅图画，卷首一般请权威专家撰写一篇关于这位画家这些画作的介绍文字。懂书懂插图的汪家明就负责过好几本，他的这些文字和他所介绍的画作就构成了《难忘的书与插图》一书的主干。读库笔记本系列中外兼收，中国的我是挑着买，外国的则是见一本收一本，因为每一本都让人真心喜欢。我买过的这些外国题材的包括：《瓦尔登湖》《巴黎圣母院》《大卫·考坡菲》《傲慢与偏见》《带阁楼的房子》《卡拉马佐夫兄弟》等，不仅这些原著是我青春年代起就追捧的文学经典，那些老插图更让人止不住地怀旧。尤其喜欢的，是肯特的《历险者》、竹久梦二的《晚春感伤》、马约尔的《牧歌·农事诗》、麦绥莱勒的《没有字的故事》，当然还有《比亚兹莱的异色世界》。这些笔记本都是同样的十六开大小，布面精装，但每一本使用一种不同的颜色。单独拿起一本看就美得不得了，若是叠放到一起，更是蔚成大观。张立宪说，笔记本系列做得比书还精心。这话绝对不是妄言，我也确实是把它们当作最美的书来珍爱的。

《比亚兹莱的异色世界》编号〇一，由此也可看出它在出品人心目中的地位。这一本的编者是吴兴文，他不仅贡献了自己的珍贵私藏，还为每一幅插画撰写了简洁的说明，卷首那篇《莎乐美、比亚兹莱与上世纪二三十年代作家》，更见出他文雅的爱好和不俗的视域。鲁迅、叶灵凤、梁实秋、田汉、郭沫若、郁达夫、邵洵美……这么多响当当的名字都或深或浅地卷入到由比亚兹莱而引发的恩恩怨怨当中，这当中的撕撕扯扯若是那位敏感文弱的短命天才知道都是因他而起，不咯一顿血怕是无法收场。当然这都是笑谈，要说说的是那位吴兴文，他也是个超级的书物迷恋者。本来生活在中国台湾，为了淘书方便，索性移居大陆，每日里和潘家园那几个职业书虫混在一起。吴兴文的专长是藏书票收藏与研究，我最初买到的几本藏书票读物，都是他的著述。他历年积攒的书票据说过万，当中引以为傲的就包括比亚兹莱的作品。他曾从爱尔兰都柏林的 Cathach 书店买到比亚兹莱为玻利特和卡斯坦斯设计的两款藏书票，这两款差不多是仅见的比氏书票，我在香港辰衝书店买的一本藏书票选集中也有收入，不过人家吴兴文的毕竟是真品。

像我这样执着地搜藏比亚兹莱的人好像也不少，上海的赵武平就是一个。他曾在《人如其读》一书中描写他在法兰克福冷摊上买到绝版比亚兹莱的经历：“刚刚看过两个摊位，就在第三个摊主面前的书堆里，拣出了在以色列印制的绝版《比亚兹莱画集》。赶上贩书老人亲切随和，加上五欧元的索价也算公道，于是我的比亚兹莱家族就又添丁了。”读到此处，惹得我也是心痒难耐。于推介竹久梦二有功的刘柠，似乎同时也爱着比亚兹莱。他常常行走东京，那里有神保町、早稻田、本乡三大旧书店街，遇到比亚兹莱应当是再普通不过的事。在他的新著《东京文艺散策》中，就写到他与比亚兹莱相遇的一段囧事：“没想到更大的挫折还在后面：比亚兹莱初版印刷的一套木刻，标价仅十六万日元，按说确实不能算贵。我在台前把玩了约二十五分钟，边把玩边向老板提问，直到把所有细节都问到底掉之后，一咬牙，放下画，‘绝尘而去’——我感到了脖梗后面老板惊愕的目光。”我去过一次东京，但只逛过本乡三丁目的几家旧书店，刘柠相遇比亚兹莱的神保町没有走到，我想即使走到了恰巧碰上了，一问价钱，最后的结局也不免会是“绝尘而去”。

这几年香港去得多，每次逛书店，眼睛总会瞪得大大的，生怕把比亚兹莱错过。说起来，收获还是蛮多，总共淘到三本。其中两本是台湾出版的，一为《比亚兹莱的插画世界》，一为《你不可不知道的伟大插画家比亚兹莱》，由于是不同时期买的，后来两本书放到一起，才发现不仅作者是同一人，内容乃至版式也完全相同，只是换了书名和封面，出版商也由高谈文化转到了信实文化。对于这番乌龙，我倒也没有丝毫的愠怒。这本书的特点是，结合比亚兹莱的画作，讲述画中所表现的故事，《亚瑟王之死》啊，《莎乐美》啊，《尼贝龙根的指环》啊，《莉希翠塔》啊，读过之后，极大地加深了对于插画的理解。在香港收获的第三本，则是一部英文版的比亚兹莱传记。那天从中环渡海去大屿山，目标直指梅窝的英文旧书店 Imprint Bookshops，店里有很多英文初版书，其中还有一本艾略特诗集《荒原》的初版，但我一眼瞅见的却是那本比亚兹莱传记。书名 *Aubrey Beardley*：*A Biography*，作者是 Matthew Sturgis，由伦敦的 Harper Collins Publishers 于一九九八年出版，这一年正好是比亚兹莱逝世一百周年。书的厚度超过了四百页，装帧方面很有比氏风格，护封黑白两色印刷，四周围绕着比氏花边，中间则是比氏的肖像照。前后环衬用的是《黄面志》那种黄色，三笔曲线勾勒出一幅简约而典雅的图案，一看便知借用的是比亚兹莱为道生《诗篇》所做的封面设计。

有趣的是，有一天我也和赵武平一样来到了德国，并且也淘到了德文版的比亚兹莱画集。那是德国的最后一站了，在小城明斯特一个教堂对面的旧书店，我和翻译赵阳一进门就跟人要有版画有插图的书，临时帮店主看店的那位中年男人业务并不很熟，在他一阵忙活之时，我一眼瞥见靠近窗台的地方有一本比亚兹莱，我怕他加价，故意掩饰住异常亢奋的心情，最后时刻才冷冷地问他这本书的价钱，他要十五欧，赵阳又跟他砍下来两欧半，结完账出了门我才敢高声大笑。这书是一九四九年在汉堡印行的版本，加长十六开精装，共收画作九十六幅，卷首有一篇德文写成的比亚兹莱生平作品介绍。整个书保存还好，只是书背的包布上下两头有些破损。

一九四九年，按说够古够老了，可你不知道，我的镇宅之宝比这还早了四十来年。这是两大册十六开毛边精装画集，一为 *The Early Work of Aubrey Beardsley*，一为 *The Later Work of Aubrey Beardsley*，初版时间是比亚兹莱去世的次年，也就是一八九九年，我得到的是一九一一年的重印本。书是从伦敦查令十字路的旧书店 Henry

Pordes Books 买来，不过不是我亲去，而是妹妹的同学芬帮我淘的。那是一个子夜，我正在理书，手机突然响了，芬说马上要去机场了，这套书要不要须马上决定。我看了她发来的书影，说："焉有不要之理。"

西弗琳

受了董桥的蛊惑而迷上情色藏书票作家西弗琳的，正不知有几多人。以藏书票为生，又收又藏又卖又写的子安，在他的《藏书票之爱》一书中就坦承：“我真正开始收藏塞维林的藏书票是读完董桥先生的一篇小品文之后。”塞维林和西弗琳是同一人，都是 Mark Severin 的译名，北京嘉德拍卖会的藏书票专场还另有一个“泽韦林”的译法，他们印的拍卖图录里说：“泽韦林是董桥推崇的藏书票作者。”不无拉大旗作虎皮的嫌疑，也可看作是对董桥影响力的一次权威肯定。但我总是觉着，三个译名中顶属“西弗琳”最有味道。子安虽说不用董版译名，但他对西弗琳的一番解读倒是很解风情：“这个音译阴柔妩媚，女性味更足，与画家春宫图中的各样女体、少妇，以及‘魂魄出离、春梦荡漾’的阴柔情味恰好对口。”

董桥写西弗琳的那篇小品是《绝色》，这篇文章同时也作了书名，可见他对这篇文章，也包括对西弗琳是如何重视。《绝色》这书在董桥文集中是我最喜欢的，所以藏有广西师大和牛津香港两个版本。后者的装帧最好，袖珍开本，真皮封面，烫金花饰，每一篇文章的开头插一幅彩印书影，大多是英伦访书得来的珍品，董桥说：“我书房里那些漂亮的皮装老书倒是我永远依恋的绝色。”他同样永远依恋同样视如绝色的还有藏书票，那可是皮装老书的绝配。第一次将这小玩意过足眼瘾，还是在七十年代的巴黎，旧书店外面的巷弄里栗子树开满小花。从巴黎回到伦敦他就更喜欢玩藏书票了，玩着玩着就迷上了西弗琳。那是七十年代中叶，伦敦一位相熟的画商给他看了两款西弗琳的画作，他是又惊喜又迷惘。惊喜之处不遑细表，迷惘的是，他想买，他不卖。

到了《绝色》，乾坤大挪移，换成了别人要买，董桥卖不卖的问题。有一位在威尼斯结识的意大利老先生，打听到他的私藏，就向他展开了温柔攻势：“看在威尼斯 Piazza San Marco 的鸽子份上，你愿意卖一两张草图给我吗？”董桥倒是有西弗琳的书票七八十款，那几张草图，还是老书商威尔逊一张张烫平贴稳，分两三次从伦敦空邮给他，他可不想卖。“看在 Piazza San Marco 那几个午后秋阳下的闲谈，我会奉送一张草图给你存念！”他说。电话那一头老先生的笑声像威尼斯河上的桨声，清爽，放肆，绵长：“我不会白拿，翻箱倒笼也要找出一款意大利名家画的春画藏书票送给你高兴！”

不消说，《绝色》也吊足了我对西弗琳的胃口。但我先对西弗琳产生印象，却不是通过董桥，而是吴兴文。这位宝岛藏书票大家，世纪之交前后在大陆颇出了几种有关藏书票的书，那也是我的藏书票知识的启蒙读物。在《我的藏书票之旅》中，有一篇《艾略特的〈荒原〉》，介绍的那款裸女书票，就是出自西弗琳之手。裸露着匀称酮体的仕女，抬起双臂抚滑自己的秀发，身后是对比强烈的黑色，和几枝薰衣草模样的花饰，整个画面饱含了情色的张力，使我立刻记住了作者的名字。后来在方家胡同认识了开藏书票小店的子安，开口就问有没有西弗琳，有没有那张 *Nude With Raised Arms*，他说还真曾有过，不巧的是刚刚出手。不过后来子安还是快递给我两张西弗琳的其他作品，我既过了聊备一格的瘾，也没再想继续扩大战果。

不想继续扩大战果，首要的一点当然是心长钱短，不能不在意那每款几十英镑的花费。此外的一个因素是买书票总没有买书那么有感觉，零零碎碎的几张，藏到什么地方有时都搞忘记了。所以我买藏书票的书总体多过买藏书票。也许是子安看透了我的心思，有一天来信说，西弗琳的儿子 Geoffrey 新近替他爸编印了一本作品全集，问我想不想订购。没过几天书就到了，精装一大册，收入了西弗琳全部四百九十八件作品。书的出版商是 Yestoday，也不清楚是在比利时还是在哪个国度，反正书里的文字是左法右英。Geoffrey 在卷首的献词中说，一直就有替他老爸写一本传记的念想，趁着这次出书就以一篇 Introduction 替代了。文中插入了不少老照片，西弗琳的妻子 Nina 跟书票中的仕女像极了，不禁想起威尔逊给董桥的信里写的那句话：“美丽的妻子 Nina

尽管老了还很明艳，意态淡淡流露西弗琳画里仕女的遗韵。”

有关西弗琳的生平和创作，Geoffrey 所述颇为周详，我再去努力译述怕也赶不上董桥那段文字精练传神，索性照直抄录：“西弗琳一九〇六年生，一九八七年殁。比利时人，旅居英国多年，中岁寄寓布鲁塞尔乡郊，在安特卫普 Institut Superieur Beaux Arts 当过教授。这位艺术家艺术灵感真是无穷，一九四〇年代开始创作藏书票，一生完成四五百款精品，网线铜版雕刻画和蚀刻画居多，春情题材是拿手，仕女玲珑，姿色妩媚，刻画毛发功力尤其非凡，背景树林、海洋、庭院、闺房、书斋也非常讲究，丝丝扣入人物的意态之中；性爱作品更是依靠阴媚的浓情渲染阳刚的勃发，西欧艺评家说那是西弗琳独步的本事。”

春画这种东西早先在中国也有，历来就颇受书痴们的青睐，料想最初还是有一些实用目的，比如清末民初湖南的麻脸藏书家叶德辉，就喜欢在珍藏的图书中夹入一两张春宫画片，其友陈子展傻傻地问他何故，就显得有些不符学问家的身份，因为一般人都该知道，藏书人家最忌惮的是火，而春宫画恰恰就有避火的功用。传说火神原本是个小姐，光服侍她的丫鬟就有三十六位之众。后来被玉皇大帝贬为灶下婢，脾性就变得急躁易怒。平时穿黄色衣衫，一发威穿起红衣来便会引起火灾。但她毕竟出身闺阁，盛怒之时若看到这等画片，也不禁害羞地急急避开。实际上，春画能够避火，终究只是个传说，要不然消防队也不用云梯水枪了，专去各处散发春画便是，所以慢慢地，集藏春画也就演变为天下书痴的一样雅好而已。董桥的《藏书家的心事》有一大段探讨过这个问题，他说："西方仕女图藏书票上画的女人，漂亮不必说，大半还带有几分媚荡或者幽怨的神情，仕女身边偶有几本书，流露出藏书家心里要的是什么。这当然又是后花园幽会的心态在作祟！"

藏书票确也离不开藏书家。顾名思义，藏书票乃是藏书家私人藏书的一个票记，这功能就如同我们的藏书印是一个道理。藏书票作者一般是应人之请为其设计，票面上一般会在拉丁文 Ex Libris（我的藏书）之后刻上票主的名字，所以收藏一件藏书票，不光要知道作者是谁，通常还会注意票主信息，票主是名人的自然更具价值。至于制作这款书票使用的是何种技法、票面的主题是什么，乃至最初的印数、作者的画押，一般藏书票图集中都会涉及。我买的这本 *Mark Severin Ex Libris*，就在卷末列表说明了前述各种信息。我查了一下，我从子安那里买到的两款都有著录，一款编号 172a，画题是 *Woman Undressing–Spied Upon By 2 Old Men*，画的是一位仕女正在池塘边宽衣，树丛后面两个偷窥的老头鬼鬼祟祟地露出半啦脑壳，创作于一九六二年，票主是 Santagiuliana。另一款编号 332，画题是 *Undressed Woman*，创作于一九七七年，票主是 David Chambers。一件正在脱衣，一件已经脱衣，但那尺度大抵还维持在《荒原》那样一个水平，及至全部浏览一过，才发现大半都是超乎尺度的赤裸裸之作。如此直白的场景，看完一遍竟有些起腻的感觉，心说果真需要效法先人，将它们压到箱底了。也不是否认自己没有一丝猎奇的心理，但也只会偶一为之，那些描摹大自然和书斋趣味的题材毕竟更耐看。当中有一款 *Book Gallary in the 19th Century*，就很喜欢，虽然也画仕女，但那仕女少了些许媚荡，多了几许书香，亭亭玉立在插架琳琅的书店，像极了董桥笔下那位红颜书友李依。

我的 Eric Gill

把两本书稿最终整理停当，拷进移动硬盘，乘着夜色奔去凌点排版工作室，菊萍打开电脑，像往常那样拉一把折叠椅让我并排坐下，我却发现，盘没带上！立刻陷入无以排解的沮丧。沮丧也无济于事了，就想跟菊萍说说 Gill Sans，见菊萍一脸茫然，少不了先要解释一番：艾立克·吉尔（Eric Gill）是我近期非常着迷的一位英伦版画家，要不是念旧，甚至都有取代比业兹莱的趋势。他是个艺术上的多面手，但我首先喜欢的，还是他的木刻。木刻是所谓黑白的艺术，但也常见一些作品混沌一团，而吉尔的木刻黑是黑白是白，爽快极了，加之他善用宗教题材入画，那份神秘魅惑无以言表。吉尔不光版画做得妖媚，还倾其一生狂热地热衷字体设计，Gill

Sans 就是他在一九二八年设计出的一种英文字体，可以说一炮走红。我买过一本书，书名就叫 *I Love Gill Sans*，书里收纳了许许多多 Gill Sans 的应用案例，这当中就包括第一本企鹅丛书的封面。菊萍在字库中一搜，还真有，打出几行字，我俩都夸好看，合计着这次的新书，正文中的英文就用 Gill Sans 了。

活是干不成了，回到家就闲翻书，翻的是吴兴文的《我的藏书票之旅》，目的就是找找有没有 Eric Gill，竟然真有。不仅有，从《我的"吉尔"》这个标题来看，吉尔也是吴兴文的最爱。他曾经在诚品书店竞拍吉尔绘饰的《坎特伯雷故事集》而不得，为此一直萦绕于怀。说到吉尔木刻的迷人处，吴兴文说："我欣赏他将雕塑的功夫运用在木刻上，使得他的作品富有一种高雅的古拙趣味，线条流利干净，什么地方应该保留，什么地方应该如何处置，都经过有条不紊的安排，即使要铲去的空白部分，他也一刀一刀刻得十分有规律。"吉尔的藏书票不太好寻，甚至托到了英伦的大藏家威尔逊，也是没辙，但执着的吴兴文最终还是觅得了两款。另一位藏书票收藏大家子安，也介绍过吉尔，有一天我试探着问他可有吉尔的藏书票出手，他竟然发来几款，其中一款曾经见于英人马丁·霍普金森编著的《藏书票的故事》，画的是《罗摩衍那》故事中罗摩的妻子悉达拥抱金鹿的场景，我很喜欢，但报价之后还是有些犹豫不定。

吴兴文的另一本书《我的藏书票世界》，也收入了吉尔的一款藏书票，这一款是Gill一九三五年根据圣经故事创作的夏娃与蛇，黑白对比强烈的构图，婀娜多姿的裸女形体，就连黑色背景中的花草，都像极了西弗琳为艾略特创作的那款《荒原》，只不过一个正面一个侧面，Gill的夏娃眉目也更漂亮些而已。西弗琳创作时间在后，应该不排除受了吉尔的影响。吴兴文说Gill："他的裸女作品，表面上看来含蓄，而且不流于猥亵，但是却隐藏着情色的张力。"这也倒像Gill自己的生活状态，虽说他的木刻无可挑剔，但他的私生活却令人不齿，他的日记一曝光，几乎震惊了整个英伦。不晓得艺术上的怪才生活上是否都是这样惊世骇俗。

吴兴文真有好票，不只是Gill，他连埃舍尔和比亚兹莱都有，马蒂斯毕加索恨不能也有。吴兴文为这些好票所配的文字也同样好，他“原来为了书满为患，拟以轻薄短小的藏书票，来代替砖头式的图书，没想到为了解开藏书票的人文与艺术内涵，反而买了更多的书”，虽然依旧摆脱不了书物之累，但唯其如此，也才有了这种近似于书话的随笔。就这样文图对照着闲看，不一会儿竟发现了一个破绽：“书人一票”和“我的最爱”这两辑的图文恰好弄颠倒了。前者的配图是比亚兹莱为《珍本图书目录》设计的封面，说明文字却是：“叶灵凤为麦绥莱勒《光明的追求》写序，编号十五号的这幅图和他《书痴》描写的那幅画，有异曲同工之妙。”后者的配图是麦绥莱勒的十五号插图，说明文字却是：“比亚兹莱为《珍本图书目录》设计的封面。”这么明显的乌龙，实在不该出现。

终于有了《鲁拜集》

波斯诗人欧玛·海亚姆（Omar Khayyam）的《鲁拜集》（*The Rubaiyat*），从来都是猎书狂们趋之若鹜的对象，好像不拥有一本像样的《鲁拜集》，就会觉得自己是个伪书迷似的。所以董桥说："《鲁拜集》这样的老经典搜集几十种版本的癖好一点也不奇怪。"他自己就藏着好几种上好的老版本，不仅有一九〇九年杜赖克（Edmund Dulac）插图的布面精装本，更有一九一〇年桑格斯基（Francis Sangorski）亲手重装的绿面大开本。他的那本牛津香港版《克雷莫纳的月光》，前封里就印有一款孔雀开屏的七彩书影，不晓得是不是就是桑格斯基的手工。

做出这种猜测，是因为桑格斯基在装潢《鲁拜集》时格外迷恋孔雀。后来接手了桑格斯基装帧工坊的罗勃·谢泼德说：孔雀经常出现在伊斯兰风格的设计中，喻示着骄傲自大和尘世的浮华，有时也表示对天堂的惊鸿一瞥。桑格斯基善用孔雀图案，恰与《鲁拜集》的东方元素相契合。桑格斯基曾花去整整两年的功夫，精心打造了一部号称史上最豪华最富丽的《鲁拜集》，不仅以孔雀图案装点，而且一弄就是三只。说来这部《鲁拜集》真是名副其实的豪华富丽，光是各种颜色的羊皮就拼接嵌入了四千九百六十七块，各种宝石更是多达一千零五十颗。不过，兴许是桑格斯基的装潢太过妖艳奢华，或者真的如人所说《鲁拜集》是一部“厄运追随”的“亡命之诗”，当它被人拍走准备运往美国时，竟和同样豪华无比的铁达尼号游轮一起葬身大西洋底。更可怕的是，沉船不到十个星期，决意要重装一部《鲁拜集》的桑格斯基竟同样以溺毙的方式结束了自己年轻的生命。“书和人一样，各有吉凶运数。”伦敦书店街 Cecil Court 一位老书商的喁喁低语让人齿冷，真是一句话说到了痛处。

我虽然很早就读过《鲁拜集》，但以前并不知道围绕着《鲁拜集》还有如此惊心动魄的故事。最先读到的是郭沫若的汉译，一百零一首，四百零四行，虽然说不上首首精彩行行惊艳，但总有一些篇什值得细细玩味，像编号二十九的那首，到现在我还能倒背如流："飘飘入世，如水之不得不流，／不知何故来，亦不知来自何处；／飘飘出世，如风之不得不吹，／风过漠地亦不知吹向何许。"郭译的底本是英伦天才菲茨杰罗的经典英译，《鲁拜集》之被口口相传，多亏了这位绅士的演绎。董桥说过："都说译文是借句发挥不是依句翻译，海亚姆笔端飘下一片落叶，菲茨杰罗的稿纸上瞬间是满山的秋色。"郭沫若亦是天马行空之辈，他的稿纸之上自然也是层林尽染。一九二三年泰东书局的郭译初版我没见过，坊间能见的几种新刊无一不是粗制滥造之作，令人一见之下就要感叹：如此随意地对待这样一部无数顶级大师倾力雕琢的天书，真是无知无畏到了顶点。

春天在上海的时候，认识了年轻的书商阿罡。他虽则在孔夫子旧书网开着一家版画书斋，却没有实体店，那些西洋珍本古本都在家藏着。我有些冒昧，尚未谋面就打电话问可不可以到他府上看看。他客气地说家里太乱，还是找个咖啡店什么的为好，他可以把书带出来。不想见了第一面之后的两天他就打电话过来，说跟你聊书有意思，什么时间有空可以到家里来，我开车去接你。去的时候赶上雨天，阿罡的家不仅不乱，而且琴声悠扬，一窗青翠。甫一坐定，阿罡就忙不迭地从柜底一一捧出他自藏不卖的宝贝，光是珍本《鲁拜集》就有好几种。有一种封面镂刻着开屏孔雀的，底本正是董桥梦寐以求的 Hodder & Stoughton 一九〇九年出版的杜赖克插图本。阿罡说："得到这部书，我在伦敦的酒店里一连三夜兴奋得无法入睡。尽管差不多掏空了我的积蓄，但出手那一刻一点儿都没犹豫。"我小心翼翼地前后翻阅，连说董桥怎么就如此痴迷杜赖克的彩绘，要我还是觉着黑白的版画更富韵味。而且，尽管他也说，"书籍装帧要有书卷气，要清贵不要华贵"，但他总还是拣华贵的买。

许是阿罡看透了我更喜欢清贵一些的，准确说是看透了我买不起华贵的，就找出一册普通一些的版本给我，打开线描彩绘装饰的书盒，红色摩洛哥羊皮的封面以及烫金的线描女体便如出水芙蓉一般展现在眼前。大略一翻，知道是一八三四年创始于纽约的 Thoms Y. Crowell Company 一九六四年的出品，出版说明里说，这个版本是该社推出的最新版本，而自一八九六年以来，他们出版的各种版本的《鲁拜集》已经超过八十种。这个版本不只版式疏阔，用纸、字体亦均讲究。十六幅钢笔线描插绘则出自美国画家 Eugene Karlin 之手，虽然不及杜赖克和鲍弗尔（Ronald Balfour）令人目醉神迷，但这种极简之风反而暗合我的趣味。这时想起董桥到手桑格斯基重装的“有点傲慢有点严实有点贵气”的《鲁拜集》之后说的那句话：“这部《鲁拜集》带给我的其实不是宁静而是激荡”，就想说：“到手这样一部《鲁拜集》，我没有激荡，只有宁静。”

Vania

藏书多了也有烦恼，总要为无处安放它们而发愁。鲁迅当年在上海的时候，人在施高塔路大陆新邨住着，书却放在溧阳路一幢红瓦灰砖的小楼里，那是他专门赁屋设置的藏书室。那天在模范书局后院阁楼上跟姜寻喝着咖啡闲聊书事，他说他的书没地儿放有一部分都放到了天津。我没有那么多房子，也没有闲钱租一个藏书室，就家里一处办公室一处分别放着，这样的坏处是找书不易，用起来也很不方便。这些天就一直被一件事折磨着——那本我非常喜欢的画集 *Vania* 怎么找也找不到了。几乎到了绝望的时候，突发奇想拉开办公室壁橱底部一个久不打开的堆放杂物的柜子，却赫然发现一柜子都是书，不光那本 *Vania* 在，还有许多都是我差不多已经忘记了的精品。虽然它们原本就没有丢失过，我却油然生起一股失而复得的感觉。

Vania 是我在新张不久的 Pageone 三里屯店偶然买到的，看到他的画的一刹那，我的反应就跟曾经与他对话的 Uleshka 的描述一模一样：Looking at Vania's work now，we cannot help but be shocked，intrigued，touched，and tempted at the same time。Vania 的画风跟比亚兹莱有许多相似之处，颓废、神秘、情色、怪异，但他显然属于比亚兹莱的加强版，画技强了许多，画面也更丰润，更重要的是，尽管他也习惯表现怪力乱神，但画中的人物尤其是女性，却美得让人心颤，而那种美又兼具东方的外形和西方的神韵。也难怪 Vania 会超越前人，他既是一个神童，又接受过专业训练，不似比亚兹莱，纯粹靠自己在那里琢磨。Vania Zouravliov 出生在俄罗斯，母亲是一位画家兼艺术教师，四岁之前他就开始在母亲的指导下练习绘画，十三岁就参加国际画展，并到巴黎、坎特伯雷、科尔玛、柏林等人文胜地游历。

在爱丁堡艺术学院完成学业后，他定居英伦，为书籍杂志影碟唱片绘制了大量插图和封面，当中还有各种各样的情色小说。我后来有机会到国外的时候，一直试图能再找到 Vania 新的作品，却一直没有如愿。

说到 Vania 与比亚兹莱之间继承与发展的关系，我后来在香港诚品买到的一本画册表达得最清楚。我们都知道比亚兹莱是《黄面志》（*The Yellow Book*）的第一任美术编辑，他的艺术符号也就被人们定位在了黄色。我买到的这本画册则取名《紫面志》（*The Purple Book*），显然是由前者脱胎而来。书中不仅展示了以 Vania 为代表的一群趣味相近的画家所创作的书籍插绘，更提到了他们的祖师爷比亚兹莱，乃至比亚兹莱老师辈的拉斐尔前派的罗塞蒂等人。Angharad Lewis 在导言中说：在颜色部落中，紫色代表着感官诱惑、颓废、性欲、神秘、宗教和死亡，其实这些标签与我们解读比亚兹莱的黄色并没有什么二致。无论黄色还是紫色，这一类画家有一个共同点，就是与文学结合得非常紧密，他们不仅喜欢为文学作品插图，自己也往往具有写作的天赋，所以又可称为文学性的画家，这也正是我素来痴迷于此的重要因素之一。相比之下，那些徒有高超画技却没有多少文化素养的画家，充其量只能算作画匠。有意思的是，由他们画插图的那些作家，无论是爱伦坡、波德莱尔，还是王尔德、乔伊斯，其文学作品大多也属于黄色或紫色那样一种颜色，这也就使得绘画与文字之间具有了一种相映生辉的关系。两相比较，插图给人的感染力无疑更直接，就像董桥在《今朝风日好》中说的："作家巴里的创意再丰盛终究抵不过画家赖格姆那管神奇的笔。"

土瓜湾

不到香港，真难理解什么是沧海桑田。上次来香港住在大角咀，睡梦里常常依稀听到拍岸的涛声，依稀看见片片的帆影，因为曾听人说，几十年前，这里还是一片海水。城市变化原是永恒，人寰转变原是平常。便爱搜集这个城市的老照片，愿意追寻人寰转变前这个城市的旧时模样。直到遇见江启明的那本《香港·旧事重提》，更迷恋上这位土生土长的老香港，他用他几十年不秃的画笔，将他一日千里的城市已经消失即将消失终将消失的街景故事演绎成永不消失的历史。

此番再来，承蒙侯明先生安排入住香港三联设在土瓜湾的招待公寓，则又体会了一次桑田沧海的况味。闲翻杂书，才知道土瓜湾地名的来历也伴着老香港的一段掌故。“二战”之前，这里还只有荒芜的山丘，港英政府就把患有梅毒的人们赶到这里任其自生自灭，这些人为了生存，就将满山坡到处种满土瓜，由此土瓜湾也就成了这个荒僻海角的地名。侯明先生说，土瓜湾如今餐馆林立，就是没什么书店，只在楼下有一家南方书店。连日早出晚归去学校，也没留意。

离开香港的头一天，午后早早回寓，楼下就看见了那间两个门脸儿大的南方书店。隔门一瞅，看见的先是文具杂货，因此对门楣上大字书写的“创始于一九四八年”险些哑然失笑。进去把一墙书架一扫，果然平淡无奇。谁又能想到，走到最里面的末尾，突然发现一本江启明的画集《香港写生》，看看版权页，竟是香港新文书店一九七一年出版的旧物，而且仅售二十港币！又见一册同时期出版的江启明的《生活速写》，也是二十港币，真是兴奋得无以名状，暗叹与江老先生的缘分真的不浅。赶快找店员问这类旧物是否还有，他连说再无其他。可我不死心，硬是挖出一册南方书店自己出版的《老人与海》，只卖一个港币！版权页虽然没有显示出版年月，但从那风格分析，也该是一九七〇年代初的出品，那时，南方书店的店址还在谭公道三十号，应该还是兼具出版卖书的经营模式，而从店名分析，也许是由广州迁港，也未可知。书缘就是这么不经意，又分明早已命中注定。

澳门：边度有书

澳门这样一个功利主义的小城，本土文化料难发达。记着读过一篇澳门报业前贤李鹏翥先生的文章，说上世纪五十年代《澳门日报》创刊那会儿，文艺版全指着香港著名报人严庆澍（也就是写了《金陵春梦》的唐人）惠赐小说以撑门面。有一次唐人渡海来澳，李鹏翥少不了奉上地主之谊，曾陪他走过西湾，看云水茫茫的风光；走过莲峰庙，看林则徐、沈米的遗迹；走过观音堂，看中美条约签订的故址；走过大三巴，看日本和中国工匠的建筑艺术；也去过赌场和狗场，看烟雾弥漫的气氛和赌徒发红的眼睛。这一走，澳门的风光差不多也就尽收眼底了，唯独不见他们去逛书店。

有一天一位年轻的书友要去澳门，行前向我打听澳门的书情，我哪里有什么概念，上网一搜，见旅友们议论最多的是边度有书，地址在议事亭前地三十一号永兴大厦一楼A座。朋友略通粤语，一听哈哈大笑："边度有书，粤语里的意思正是'哪里有书'，澳门真的有书吗？"隔天午后书友的微信就来了，说已经在议事亭前地踩着碎石路绕了三匝，不仅找不到什么边度有书，就是那永兴大厦，也一直不见踪影。倒是路遇一家圣保禄书局，卖的全是看不懂的宗教书籍，就连收银的店员也是一位叽里呱啦说葡语的洋修女。还有一家葡文书局，规模倒行，可那葡文，便是老兄你来了怕也如读天书。我这厢正寻思那永兴大厦是不是给拆了，那边却传来一段急促的语音："找到了找到了！什么永兴大厦，只不过是一栋老屋的一个单元而已。我从这儿走来过去好几次，一直熟视无睹，因为压根儿就没认为这是大厦！"

无论如何，边度有书总是扑到了。朋友说，书店很小，但格调还算雅致，一个女孩看店，一只肥猫则在茶几和窗台之间上蹿下跳。墨绿的百叶窗推开，慵懒的阳光便被一阵微风吹了进来。我说你别忙着抒情快看看有没有什么澳门特有的书，他看完一遭说：“基本都是港版书，就跟旺角的二楼书店一样一样。不过有一套书尽管也是港版，说的却是澳门，这就是香港三联推出的澳门知识丛书，有二十来种呢，当中那本《澳门古籍藏书》料你喜欢。”少顷，微信又来了，语气明显兴奋：“发现一套澳门文学丛书！”我赶忙央他翻翻有没合我口味的，他说有一本李成俊的《待旦集》，竟然写到了叶灵凤！后来他真把这书给我买回来了，里里外外翻了一遍，发现书虽由内地的作家出版社出版，定价却是澳门币，看来是专为澳门读者量身定制。作者李成俊，广东新会人，年轻时参加过抗日游击队，一九五八年创办了《澳门日报》，几十年间倒也笔耕不辍。他在那篇《叶灵凤和曹聚仁》里说，他和曹聚仁曾经有缘面晤，与叶灵凤却只有过一次间接通信。那是一九七〇年底，他读了叶灵凤的新书《晚晴杂记》之后，认为叶灵凤书中赞赏的历史小说《六十年的变迁》，其中有些观点值得商榷，就给香港出版界的友人写信谈起，不料隔了几天，朋友有信来，说叶灵凤看过了他的信，表示自己过去对李六如这本小说的看法确有错误，准备再版时订正。李成俊感慨：“叶灵凤这种虚心听取不同意见的精神，使我感动，我觉得他的体力虽然衰老，但思想感情仍然年轻。”查叶灵凤先生的日记，一九六七年三月，黄茅曾约他去澳门一行，后又决定不去了。叶灵凤说：“我还是在一九三〇年前后第一次南来时，曾去过澳门一次，住了一夜，一直至今不曾再去过。”

《待旦集》中，有价值的文章不只这一篇，另一篇《星光书店·人民画报·潘静安》，完全可以视为澳门本地书店的发展简史。文章说：“清末民初，本澳只有一家五经堂，售卖木版石印线装书和历书‘通胜’之类，还有一家宝文楼，代销葡文《宪报》、西式文具等；后来营地街有几家如中山、右文等专供教科书和文具的挂名‘书店’。”抗战前夕，爱国人士陈少陵从日本回澳，在板樟堂街开办小小书店，成为本澳第一间供应新文艺书刊的书店。太平洋战争爆发后，小小书店结业，转移到桂林的陈少陵也在日军轰炸之下不幸身亡。战后的一九四六年，板樟堂街又有了一家惠记书店，据说是由一群文艺青年合股而成，主要代理香港《正报》《华商报》以及内地《新华日报》等，也贩卖一些旧书，因其色彩偏红，屡遭当局刁难，开业只半年即告流产。李成俊说，本澳持续时间最长的书店，当属一九五六年元旦在板樟堂街国华戏院附近开业的星光书店，“五十五年，四次搬迁，筚路蓝缕，铸造辉煌，在澳门书业史上树立丰碑”。我问书友：“可曾去访星光？”书友颔首：“我正是在边度有书看了《待旦集》的介绍，才去四下寻找，一直找到了白马行。那地方离大三巴不远，是一个坡地上的窄巷，在一片林木青翠之中，星光书店的黄色招牌格外亮眼。”书友还说，星光的店铺在街角，不过它又把隔着一家的门面盘了下来，以扩充营业面积。我说，果然是“十字门中拥异货，莲花座里堆奇珍”，小小的澳门，竟也是书香不绝。

梦京都

唯一的一次京都之旅，只有大半天时间。是在一个盛夏，由大阪出发前往那里。大阪离京都很近，这两个城市再加上神户，是被统称为京阪神的。但没料到这短短的路途却颇费了一番周折，问题的起因是，我们乘坐的大巴上路没多远就不幸抛锚了。我们被临时安顿在一个服务区等待修车，正在逛一家小超市时通知来了，说要改坐新干线，于是一干人等被塞进三辆计程车奔车站而去。好在新干线非常方便，就跟我们坐地铁似的，随到随上，赶上哪趟是哪趟。对面坐的是日本法务省给我们安排的女教官，模样很清秀但我把名字忘了，她那天把一双儿女也带上了，娘三个一色地穿着和服。我说何以今天如此隆重，她答：现在京都正是祇园祭，这样一个大节日当然要盛装。接着就把祇园祭的来历给我略述一二。传说一千多年前的平安时代，日本瘟疫流行，夺去了很多生命。人们认为这是一个叫牛头天王的鬼神在作祟，就用六十六根棍子建造了神轿，游街祈祷，终使事态得以好转。这次神事活动叫作祇园御灵会，以后就逐步演变为祇园祭。祇园祭在每年的七月举行，前后差不多要持续一个月，今天恰好是一个高潮，满大街都会是花车华伞的巡游。出了京都车站，日方陪同人员直接领我们来到祇园祭的核心地带，大街小巷果然彩车林立，人满为患，东走西看整整耗去半天时间，热闹当中，我的心里却是落寞异常，鸭川两岸那么多迷人的书店，我却眼睁睁地不能去逛。

想起这段往事，是因了在读《只能在京都遇见的二十三间书店》。读书的心情很复杂，既勾起了那次京都之行的无尽遗憾，同时也觉得，如此隔空卧游、画饼充饥，倒也能抚慰一番受伤的心灵。书由日本的玄光社编著，台湾蔚蓝文化翻译出版，卷首有多篇台湾独立书店人的推荐文章。二十三间书店，大体分成六类：邂逅某些新事物的书店，舒适快意的书店，老板性格鲜明的书店，了解、感受更深的书店，琢磨美感的书店，徜徉心灵的书店。其实这种划分也未见得科学，这六种特性，几乎每一家书店大略都会兼备。图文并茂地看下来，给我印象最深的，还是日本人对于书店陈设布置的精细用心，一如他们对待任何事物，永远都在秉持一种近乎执着的“耽美”态度。Not Pillar Books，京都最小的独立书店，在只有三坪左右的空间里，摆满了葡萄酒箱制作而成的书架。Mishima 社的书店则铺设了榻榻米，陈列书籍的方式是矮脚餐桌和壁龛。地处南禅寺附近的山崎书店，店内备有可以像个人书房一样使用的桌子，让客人专注投入到与书籍交流的世界。Books & Things 特意将入口设计成小台阶形式，越过格子门射进来的温和阳光洒落在书籍罗列的书架之上，入夜，也能看到细长巷弄的深处点着写有店名的灯光。

日本人对于书店的打理，实在像侍弄一件插花。这当中，好像尤其偏好以杂货文具玩偶在书与书之间进行点缀。爬上阶梯坡度险峻的山崎书店的二楼，眼前俨然是个宝箱，那里的镇店之宝就是已成古董的出口用的木版印刷茶叶箱标签。町家古书赤杨的三个年轻老板似乎深得附近老爷爷老奶奶的疼爱，他们除了购买自己想要的书籍，也有人会把成为书店重点的小人偶带来店里。菊地美奈开的Nowaki干脆就是一间“器物和书籍的店”，摆放在店内的家具器物都是菊地小姐来到京都之后所收集到的东西，菊地小姐说：“京都是一个即便不是古董店，也可以让我们收集到各种质感很好的器物的城市。”是啊，京都的书店美依托的正是京都这个底韵深厚的古都的自身之美。正像“夹鼻眼镜”本铺的中村秋子小姐说的：“店铺面对着幽静而狭小的巷子。感觉真的好好呢。”专卖童书绘本的旋转木马更是得天独厚，从店面的窗户就可以看到悠闲的鸭川。京都号称千寺之城，有些书店就依寺而设，使得缭绕的香火里平添了一缕书香。像大名鼎鼎的惠文社就设在一乘寺，在岚山大龙寺入口附近有一栋白色墙壁群青色屋顶的小屋，那正是大西良贵开的London Books。大恒书店则位于鸭川上游的高野川旁边，秋天时，路上的银杏染成黄色，极其美丽。

大凡书店，都似朝露，开也忽忽，闭也忽忽，也只有在京都这样的千年古都才会遇见几代人传承接力绵延不倒的百年老店。寺町通一带，老字号鳞次栉比，开幕于一九五〇年的三月书房也完全融入了这个地区的氛围当中。尽管拥有很多市面上鲜少流通的书籍，但店主宍户立夫一点儿都不倚老卖老，他说："我们书房资历才六十年左右，还不算是老字号。"位于热闹不已的河原町通旁边的赤尾照文堂创业于一九二七年，目前的经营者赤尾熏先生已经是第三代传人。在他的店里，明治、大正、昭和时期的彩色版画占据了半壁江山。他不光要把书店传承下去，还要把葛饰北斋、神坂雪佳、今尾景年、幸野楣岭这些足以代表日本的画家那些让人惊艳的画作传承下去。古书善行堂店主山本善行在桥上眺望着鸭川川面，曾经说过这样一句话："一切俗事都随着河水流逝。"我觉得，到京都和书店谈一场知性的恋爱，终究不算俗事。即使不能去，梦一梦也好啊。

神保町

心目中一直认为东京是个现代化的大都市，肯定会跟曼哈顿那样，也是个摩天楼林立的水泥森林，那天从成田机场进城，高架路两侧看到的也大致是这样的景观。谁知从路上下来，抵达接待我们的机构，看到的却是一丛参天的古木，树荫之下，松软的泥土和翠嫩的青草散发出一股现代都市里罕有的气息。隔天偷闲去访竹久梦二美术馆，下车后在东大赤门外那条叫作本乡三丁目的路上闲走，更切实地感受到几分“本乡”的情调。与赤门相对的那一侧差不多都是两层甚至一层的旧筑，大多属于贩卖旧书的古本屋，由窄窄的巷弄向里望去，竟找回了八十年代初我们所居住过的一些县镇的感觉。这样的东京让我始料不及，但也让我欢喜。

要讲东京的老旧不变，不能不说神田的神保町。那次东京之行的最大遗憾，是没有时间亲到神保町走走，那可是闻名遐迩的旧书店街，在古旧书痴迷者的心目中，甚至远胜过伦敦的查令十字路、巴黎塞纳河左岸的奥黛翁。但我好像又对神保町一点儿也不陌生，它的诸般神韵竟一直氤氲在心中，这却是拜日常闲读杂书所赐。扶桑乃书之国，不仅书痴甚众，书物迷恋一类的出版物也是汗牛充栋，笔下风物自然也不会少了神保町。曾经买过一本池谷伊佐夫写的《神保町书虫》，在这本随笔漫画相映成趣的书里，作者为我们勾画出一幅神保町的全景地图，娓娓道出书店街许多鲜为人知的故事。池谷先生是在三十多年前读高三年级时趁着暑假第一次来游东京，目的就是神保町。池谷说："因着神保町，我就此确定了对东京的印象。对我而言，岂止是'古书的麦加'，要称呼这个书街为'古书的圣地'，我认为一点也不为过。"其实麦加和圣地哪个程度更高，池谷自己也不十分清楚，如此说只是格外强调神保町的重要而已。

有一阵子，耽读八木泽里志《在森崎书店的日子》，与池谷的全景式描述不同，八木泽里志选择了神保町众多书店中的一家来展开故事。刚拿到书的时候我还一直狐疑，以一家书店为对象写一部小说，难道还能写出花来不成？等到展卷开读，却意外地沉浸其中而不能自已。故事写的是失恋的贵子一气之下辞去了工作，独自躺在家中伤心，这时电话铃声响起，原来是在神保町开了家旧书店的叔叔，说他书店的二楼空着，贵子不妨住到他那里，只需在店里稍微帮点忙就成。在叔父的力劝之下，贵子决定搬进森崎书店。她第一次来到世界少有的旧书店一条街，才发现这里左看右看都是书店。一开始贵子还走不出失恋的阴影，对书店的营生也冷默怀疑，但渐渐地，贵子不仅习惯了书店，也渐渐地爱上了书。八木泽里志本人显然也是个超级书虫，他对神保町那里的一切都是那样熟悉，写起书业的情事，既得心应手，又妙趣横生。至今我还清晰地记着小说中写到的神保町旧书大会的热闹场景，活动结束那晚叔父和贵子的闲聊也仍言犹在耳。叔父说的是：“之所以会有旧书大会，是因为神保町这个地方就像书一样，在打开之前很安静，读完合上后，又变得安静。”真是充满书卷气的话语。

《在森崎书店的日子》不仅获了大奖，还被拍成了电影。以后八木泽里志又写了续篇，那篇《桃子婶婶的归来》同样好看。不过，以写书店小说见长的可不只八木泽里志一人，另一部《东京下町古书店》还被拍成了电视连续剧。比较起来，我更喜欢小路幸也这本。故事的地点是在堀田家族自明治十八年（一八八五年）起就开始经营的古书店“东京 Band Wagon”。四代同堂的大家族，日复一日地打理书店事务，这样的生活看似平淡无奇，却又发生了那么多跌宕起伏的故事。故事之外，我更喜欢的是故事发生的环境，一座百年不倒的老楼，老楼周边寻常的巷弄，巷弄那头邻居家新磨了豆腐，隔窗喊一声“有空来拿豆渣”！那种老式的风情真是温润醇厚。

神保町就是这样，几十年时光水一般流过，它却一直保持着那么一副模样。台湾远景出版过一本《扶桑书物语》，当中川本三郎一篇《旧书店街今昔》写的就是不变的神保町："市街的样子，经过半个世纪以上，目前还跟往昔没太大差别。""一诚堂、岩松堂、田村书店……都是老样子。田村书店门口堆积的各种全集，那情形真是十年如一日、三十年如一日，永远不变，目前依然存在于东京核心地带的现象，真是叫人感动。"说到神保町的书店店名，川本三郎还引述了藤井正《我的旧书回忆》中写的一则战争年代的往事：一九四四年末，三十五岁的藤井正应征入伍，他的上司是一位仅有二十五岁的年轻中尉，当他知道藤井正曾在神保町旧书店工作以后，突然对他十分亲切。某一天晚上中尉对他说："我来试试从三省堂开始到九段下依顺序先后的旧书店店名。"接着他果真念出了大屋书店、东书店、东阳堂、玉英堂……这一长串的名字，前后顺序丝毫不差。在那之后不久，年轻中尉就阵亡了，他死前说的最后一句话是："我跑到神保町一家一家搜集来的书，真想再好好看一下。"这个故事可以说是我见过的最惨烈的书林逸话了。

台湾书店地图

拿到这本《台湾书店地图》，第一反应是相见恨晚。台湾我也去过两三次，虽然每次都是时间短，日程紧，但也总能挤出一点儿时间心急火燎地赶去逛逛书店，可就是因为没有这样一本地图，所以每次傻乎乎地就知道一头钻进诚品。其实台湾有意思的书店海了去了，就连日本的纪伊国屋也在台北、台中和高雄一口气开了四家连锁。台北的天母店位于士林区的大叶高岛屋百货公司，我虽说去过士林夜市，可哪里晓得还有一家日本书店藏身此处。

除了纪伊国屋，在台湾的国际连锁还有 Page One 和法雅客。Page One 也叫叶壹堂，算得上老熟人了。它于一九八三年创立于新加坡，版图很快扩张到了许多国家和地区。北京有国贸和三里屯两家店，有一时期是我的最爱。叶壹堂在香港也是遍地开花，跟城市大学相通的又一村就有一家，课间或者午休时我常去打书钉，后来也懒得多去了。法雅客（Fnac）的大本营在巴黎，法文全称的意思是国家采购联盟，是一群爱好摄影的朋友为了取得合理的采购价格而组成的团体。法雅客从摄影器材起家，后来才涉足图书，并且打造出一种独特的复合消费模式。如今，已经有超过一百家据点分布在世界各地。我到法国的时候，并没有听说法雅客，不仅如此，甚至没有踏进过任何一家书店。这几年我也一直在反问自己为什么，答案无非是身不由己。作为一个资深书虫，是绝不能把海外淘书寄托给出公差的，痛痛快快地来一场寻书之旅，恐怕只能等到退休以后了。

以上说的是国际连锁，本土书店则有诚品、金石堂、何嘉仁书店和新学友书局。诚品在大陆的名头最响，前不久已经把分店开到了苏州。那次逛过士林夜市的次日，风风火火地打车到诚品敦南店，第一次进入这样一个图书大卖场，不消说非常震撼，满目都是好看的繁体字版，一时间什么都想收入囊中。再去台湾，去的仍是这家店，通过店内的招贴得知，已经把店开到了香港的铜锣湾。再后来有机会负笈香江，去铜锣湾逛诚品就成了家常便饭。知道金石堂，则是那天参加完“最高行政法院”的午宴之后，拐到著名的书店街重庆南路，大老远就瞅见了街角颇富老民国味道的金石堂店面，不过并没有进内一逛，我们只有半个小时的自由时间，急着钻进旁边的三民书局，打仗一般扫荡了一抱行政法方面的大部头。得与金石堂亲炙，已经到了台南，晚饭后从酒店出来散步，转了一个弯就惊喜地看到一家，随后便在那里静静地打发了一个夜晚。

如果说这些大型连锁是豪华大餐，那些个性书店则算得上乡野土菜了。相较而言，土菜馆的味道远远胜过宴会厅。吃饭如此，访书也是如此。说起来，整个台湾岛也就那么一丁点儿大，个性书店却一如澎湖列岛的天人菊，漫山遍野盛开得灿若星辰。台北的茉莉，花莲的时光，台南的金万字，潮州的残简肆，嘉义的达摩书坊，台中的头状花序，高雄的复兴书店，新竹的水木书苑，哪怕是深藏巷底，也如陈年的老酒，那股醇厚的酒香大老远就把游人吸引。就连海角屏东的恒春小镇，也有一家春成书店，当你漫步在小镇里最热闹的中正路上，一定会在巴士总站旁看见它的两个大大的绿色招牌。可别小瞧这家小店，它不光是台湾岛最南端的个性书店，而且拥有了超过百年的历史。至于恒春，旧名唤作琅峤，据说是当地原住民排湾族语言里台湾尾端的意思，那一座完整如初的古城至今已成全台湾的硕果仅存。春成书店里摆着恒春古镇的导览图，上面写着这样一首好听的闽南语歌谣：“若是到恒春，着爱落雨的时阵，罩雾的山仑，亲像姑娘仔的温纯。若是到恒春，要拣黄昏的时阵，海墘的晚云，半天通红像抹粉。若是到恒春，着爱好天的时阵，出帆的海船，有时靠岸有时远。若是到恒春，不必拣时阵，歌声若响起，解消阮的心闷。”吟罢这歌谣，恨不得买张票明天就飞过去。

模范书局

模范书局在大栅栏的杨梅竹斜街，是同事金中午遛弯时发现的。开始我并没在意，这个周末得闲，就去了。门面颇有几分民国范儿，进来却又一阵东洋风，两面书架堆放的多是气度非凡卷帙浩繁的日文旧版画册，什么讲谈社、小学馆、平凡社，都是耳熟能详的百年出版老店，但几乎都是美术全集之类的套书，辉煌倒是辉煌极了，不过估摸起价格来也是不敢轻易触碰。趁着一拨西洋游客被引入后院儿，我试着跟那位下巴上蓄着美髯的店员攀谈：“你们也不必尽进些大套书，竹久梦二啊桥口五叶啊一些单本书也可搜购些。”他回说：“我们进货的具体渠道显然也不能对外详说。”这句答非所问的话很明显带有几分傲慢。我有些不快，突然抛过去一句：“你们也是赔本生意吧？”他倒不见愠怒：“如今实体书店肯定难开。”说到这里意兴阑珊本想走了，却瞥见一本谢其章的《封面秀》，这书找了十来年了一直都没找到。谁想一耽搁，就又和他聊起来了。他竟给我搬出一部《国际版栋方志功版画大栅》，外盒有点儿破损，打开来却是簇新如初，别提有多漂亮！收银台那边的女孩儿也过来了，指点着书物说：“这还是昭和年间的出品呢。”我仔细看看版权页，不仅是一九七〇年的初印，而且还是限定版，是三千册中的第九八四号，旁边还钤有一枚栋方志功的猩红印章。乐颠颠儿地结完账抱走了。

隔些天忍不住又去了，那女孩儿显然已经认得我，说今天我们老板在，他打完电话你们不妨聊聊。不一会儿就过来一位身穿玄色中式对襟的先生，一介绍才知，这位老板原来是姜寻，是位知名度很高的书籍装帧家，他设计的一些图书我有印象，像谢其章的《封面秀》、范用的《相约在书店》，就都是。再深聊才知，他还是位诗人，曾在《诗刊》作过美编，后来下海自己干了。

我本以为书店是他的主业，但他领我进到内室，给我看一块雕版，说还在天桥开着一家雕版博物馆，听得我真有些瞠目结舌，暗叹这京城真是藏龙卧虎。说到高兴处，姜寻带我上楼看他的秘藏，除了更多的日文画册，还拉开抽屉展示了不少他自己收藏的签名本。我看上架子上一套日文版的《世界版画全集》，总共十巨册，姜寻一咬牙给我打了一个较大的折扣，但对我来说仍是天价。打那以后，好久没敢再去。

买童谣

姜寻太知道我喜欢竹久梦二了，所以只要他的模范书局一添新货，必定会在第一时间通知我，每一次通知都会勾魂一样立刻把我勾到杨梅竹斜街。这一次添的是一本梦二编的日本童谣集，姜寻拿给我时，只消一瞥就感到漂亮得犹如乱花迷人眼。乱花迷眼的首先是外面那个函套，两面各印一幅梦二的彩绘。正面那幅是一个哺乳的母亲，日月星辰河川谷物家居家禽在她身边点缀铺陈，极富装饰趣味。背面画一个长大了的孩童，在江边的乱石上健步行走，远处帆影两点，燕子正展翅飞向远天。取出书来，更让人欢喜不置，紫绢的书脊，黄色的人形，三面书口都刷成杏黄，要多雅致有多雅致。那一行汉字“日本童谣集”只是副题，大字的书名都是假名，乱乱的不明所以，翻到卷首那幅两个女孩翻花绳的画，才猜出这是梦二在大正十一年出版的《翻绳采风》，这一本的书名页上写的是“东京日本桥 1922 春阳堂新版”，比初版刚刚晚了两年。姜寻特意翻到版权页，指着“大正十一年十二月二十七日印刷”的字样，含含糊糊地说：“也不知道是不是复刻本。”其实我已经看到了页尾那一行不易察觉的小字：“名著复刻 日本儿童文学馆 昭和 49 年 2 月”，只是不想把他这一种小小的“把戏”说破。其实单论复刻的年代，也有些年头了；况且，即使是名著复刻书，做工也只会比原著讲究。前些天去南剪子巷蜜蜂书店新开的古本屋，也看到一排近代文学名著复刻，当中就有桥口五叶为夏目漱石设计的《我是猫》，喜欢得我久久舍不得放下。可惜他们不拆开卖，要是整套买可不是个小数字，犹豫了半天终于一咬牙决定拿下，待要结账却鬼使神差地让店员给他们老板打个电话求个折扣，谁知老板回话说价格录入错了，一张口就涨了四千大洋。我当即发毒誓说，这个黑店我再也不来。姜寻就不同，虽然也做生意，有时也有一些孩子气的“狡黠”，但终归人家是在做生意不是开慈善粥铺，况且这老兄给我打起折来有时还不惜吐血跳楼。这天书选好了就非拉我到阁楼上喝咖啡，聊高兴了连送我三本有关他老师张守义书籍装帧手稿的册子，有的是毛边本，有的是限定版，珍稀不说，那份书友之间的温情，也比喝一杯手磨的咖啡还有味道。

红　楼

沙滩的北大红楼离我单位也只一箭之遥，这么多年过来过去的从没想过进去瞅瞅。那天鲁博书店董老板建了个书友群把我也拉了进去，群里一位刘老板打出了他们书店的广告，说是新文化运动纪念馆的书吧。我问是沙滩的红楼那儿吗，他答正是。隔天午后就跑了过去。按着刘老板的指示，进了红楼迳往西头走，走廊里看到了一间间依原样布置的老北大图书馆的书库，不禁想象起百年以前青年毛泽东穿着粗长布衫坐在那里一一登记读者姓名的情形。这一闪念也不过几秒钟的事，因为很快就走到走廊的尽头，看见了那间设在朝阳房间里的书吧。书吧也只一个开间大小，东侧靠墙是一排书架，西侧架上陈列的则是各种纪念品。一男一女两位上了年纪的店员，看那情形，一个负责图书，一个负责纪念品，而那位瘦瘦弱弱的男子，想必就是那刘老板了。我故意不说破是群里的，这样看书更自在，但这位刘老板显然很热情，顺着我的视线不停地作些推荐和介绍，不过他不晓得我是个老书虫，讲的都是些入门的知识，譬如他指着一排毛边书说："这是毛边书，就是故意不将书边裁去，毛蓬蓬的却是民国文人的最爱。"说着拿起几本毛边给我翻阅，从作者到内容到装帧，我都不很喜欢，倒是一包五本的《周作人自编文集》，毛边做得中规中矩，索价仅百元，毫不犹豫地放进筐中。又有一册陈漱渝的《往事并不纷纭》，虽说不是毛边，但有作者的签名，也决定要了。这书之前在书店见过，尽管书里有一篇我感兴趣的《叶灵凤的三顶帽子》，也没有出手，主要是不喜欢那个书名，既东施效颦，又文不对题，这种盲目跟风之举未必是陈漱渝老爷子自己的意思，大半是编辑出的馊主意。刘老板说，我们和鲁博是一个领导班子，陈漱渝正是我们的老馆长，现在的馆长是郭俊英，业务副馆长则是黄乔生，说话间还拿来了他们两人的著作。旁边一位青岛来的女顾客问：郭俊英跟郭沫若什么关系，我打趣道：那是郭沫若的孙女。纪念品那端不全是纪念品，也有一些内部出版物，我看上了三种，都有些类似于《读库》的笔记本，分别是《鲁迅的故乡》《鲁迅藏南中国乡土玩具集》和《鲁迅藏北中国乡土玩具集》。前者是小开本精装，收入的都是与鲁迅故乡绍兴有关的画作，画家包括钱瘦铁、吴冠中、古元、张文新、邵克平、夏子颐、李行简，当中版画几乎占到一半。后两种其实是鲁迅所藏日本版画团体白与黑社社刊《版艺术》推出的两本专刊，收入中国八位木刻家的四十三幅作品，题材都与南北中国的玩具相关，那些个布老虎啊不倒翁啊羊皮鼓啊，不只让人回想起旧日时光，画面也都古拙可爱，让人难以释手。见我对书的品相有所挑剔，那位大姐马上蹲下去把一包未开封的打开替我挑选，不料这个动作引来她的腿部一阵疼痛，我有些过意不去，赶忙说，别麻烦了，其实也都差不多。最后一清点，这一摞书全都属于那种老书，至少是重印的老书，瞬时想起董桥在《记忆的脚注》

中说的那句话:“好看的书都是老书跟老年人写的书。”今天还想补充一句:好看的书还应是古意盎然的老店员卖的书。

海王邨

许久不曾读画，今天顺手摸出一本，是《纸上艺术：香港版画》。著作者廖少珍倒非外行，没翻几页，就跳出熟悉的叶灵凤的名字。见是：“一九三八年，文学家叶灵凤从上海来港，在《星岛日报》介绍国内的木刻运动。”那时期，香港的文艺界真跟过节一样，从内地来了那么多赫赫有名的版画家，黄永玉、唐英伟、黄新波、张光宇、黄蒙田、梁永泰，个个风格独具，都是叶灵凤的好朋友。比较起来，我还是觉着这一代人的版画有味道，后来的人，一味玩技巧、搞新潮，结果全成了几何的色块，毫无具象之美。这本《纸上艺术》是从海王邨淘来，说是旧书，品相其实蛮好。那天旧书架子上摆着不少版画集，其中有十来期一九八〇年代初天津出刊的《劲草木刻》，一翻之下，恍若回到从前。那会儿的出版物，陋则陋矣，可真的有味道。原价五毛一册，如今抬到三十，要说也不算贵，但全部买下也是一笔不小的开支，就选了其中一期，聊备一格而已。选的这期里面夹有一纸刊物编辑给作者谭权书的采稿信。这位谭权书可是位老画家，还作过中国版画家协会的秘书长。站那儿瞎猜，这批版画书当是由他的家人散出，因为有的书里还有他的签名，有的则把扉页剪去一半，显然剪去的也是题款。想着谭氏私藏的遭际，归去路上颇有几分惆怅，耳边回响起宋代书痴陈亚那首绝句：“满室图书杂典坟，华亭仙客岱云根，他年若不和花卖，便是吾家好子孙。”又一想，和花卖，总还是雅到底了。

淘旧书

说到淘旧书，不禁想起鲁迅对于旧书的态度。他是反对小孩子接触旧书的，“说是旧书太脏，有些是病人出售的，放在店里又是什么人都来翻阅，小孩子抵抗力较弱，容易传染上疾病”。有一次他见海婴在旧书店挑了几本书，立刻现出一副从未见过的极不高兴的脸色，领了他很快离开这个书店，连他已经挑选好的书籍也放弃了。我对旧书也是有洁癖的，倒不是为了健康计，而是对书物有一种唯美的要求，看着旧书那种蓬头垢面的样子心里就不舒服，所以除非那旧书内容又好品相又好，即使很有升值的潜力，我也是不随意收的。但内容又好品相又好的早给人藏之深山了，哪里再能淘到？早些时候看到一本《买书记历》，就是三十九位先行者关于淘旧书的集体回忆，个个称得上搜猎旧版书的人精。其中谢其章、柯卫东、赵国忠，更是有三剑客的雅号。一人一个双肩背，为的就是能够两手并用，你抓我抢。谢的淘书经买得多了解得也多，柯的书似乎只见过一种。一读他的《冷摊夺魂记》，确实增广见识。他说十八年前在后海，也有旧摊，有人在那儿见过叶灵凤的书，都是首版，和新书一样漂亮。他说："叶灵凤的书虽然没有那么贵，但搜集起来更难。他以藏书家、书票收藏家、书籍装帧家的身份写下的那些关于书的书，每个爱书的朋友都是希望弄到一册的吧。"听起来让我这个叶迷颇有些落魄丢魂，但那种好时光终归我是错过了。

有天下班早，心想回家路上何不在琉璃厂停一下看看海王邨有没添什么旧货。说起来，还是更喜欢改造前的琉璃厂、改造前的海王邨。一九八四年我在木樨地小河南岸的一个学校学习了半年，三天两头到那儿闲逛。记着有一次图书节，人山人海，书山书海，民国时期商务出版的古籍丛书都能成捆儿买。海王邨还是个四合院儿，书乱乱堆着，总能淘到些好玩儿的东西。后来琉璃厂改造了也就没了神韵，海王邨的院子也变成临街的一溜门脸儿。近来倒是专门辟出一块区域堆栈旧书，但说是旧书其实主要是八十年代以来的一些大路货，再旧一些的就属凤毛麟角了，碰上碰不上全看你的运气。算起来我拣到便宜的时候只有那么一次，淘了一本庞薰琹的《中国历代装饰画研究》，是上海人美一九八二年的一版一刷。虽说印数两万不算少，但市面上也是难寻，特别是随着近年庞薰琹以及他的决澜社的大热，别说旧版，就是数年前三联出的庞氏的一本回忆录，也是一书难求。今天就没这好运气了，在店家一声声打烊的催促声中，用着一目扫一排的速度匆忙过了一遍，也就打道回府了。

海王邨之外，京城近来倒是添了一个淘旧书的新去处，这便是大栅栏杨梅竹斜街的模范书局。但姜老板走的是精品路线，主要经营动辄上万元的日文美术大书，小本的旧书虽说只是零星的点缀，但质量上却一本是一本，有天我就在那儿收获了香港书话家许定铭的两本旧著，一是《醉书室谈书论人》，一是《爬格子年代杂碎》。许氏的著述我虽说搜购不少，这两册出版于二〇〇二年的旧物却是第一次见到。出版社是名不见经传的创作企业有限公司，地址在香港北角的屈臣道。许定铭也算一奇人，虽然生活在香港，却孜孜不倦地效法内地的书话大家唐弢、姜德明，专一写那些民国稀见珍本。我比较好奇的是，这位仁兄究竟通过什么管道弄来那么多的旧椠孤本，不成想就在这本《爬格子年代杂碎》里觅得了些许答案，原来许定铭曾经长期经营一间书店，也难怪可以有近水楼台先得月之便。在《书痴的故事》一文中，许定铭写到过他开书店时招的一位爱买书的小伙计。这个年轻人的母亲是个寡妇，家境不好每个月只能出三五百零用钱给他，他全用来买了书，直把身体饿成了一条藤的样子。他读杂书用功，功课却不甚高明，落榜之后垂头丧气地来央求老许收他做伙计。老许每月给他开一千五，人工也不算少了，谁知他做了一年半，不仅一个子儿没拿到，临走时还倒贴给老许一千多。原来，每次进了新书，点完货他都要先挑出自己喜欢的放到一个橙盒里，每月下来那点儿工钱哪够。我料想，老许本人大概也是这样，进了好书也是舍不得卖，先要留给自己。至于那个小伙计为何不为了抢书跟自己的老板打架，全赖他们喜好的领域不同罢了。

开书店还有一个好处，是认识的藏家较多，等哪天藏家散书时便有机会捷足先登，但这样的机会也不是常有，正如许定铭所说，“一般藏书家多是‘不到黄河心不死’的，怎肯在自己无病无痛之时，把心爱的好书出让？”《醉书室谈书论人》中有一篇《喜得旧书一批》，算是老许收书生涯中难得的一宗大买卖。有次一位相熟的藏书家在饭局上悄悄对老许说：“我已经七十岁，有些书跟了我几十年，怕将来会流落旧书摊，被人当废纸处理，几经思考，你是最好的接手人。”老许果真在他那里挑选了百来本绝版好书。他总觉得这批书眼熟得很，由那整洁的相貌终于悟出，这原是他相熟的一位书痴的旧藏。这位书痴名叫无言，他们常常一起淘书，遇到大家都喜欢的，无言总是让他先要。这么好的一位书痴却也难逃人死书散的运命。所以那一天面对旧物，许定铭既有收获之喜，更多的却是无言的悲凉。书旧了仍然在那里，痴爱旧书的人却不知去了哪里。

上海文庙旧书市

以往上海都是来去匆匆，这次有个小住的机会，便有了文庙淘书之旅。文庙的旧书市场只在周日举办，早上八点开市，那些早起的“虫儿”去得更早。我头天晚上定了闹钟，但临到铃声大作，还是在床上赖了好久，等赶到文庙的时候，已经九点半左右了。文庙还是第一次来，从老西门下地铁，跟路口一警察问路，他说你前边右拐，过了梦花街就看见牌坊了。进得牌坊，就走在文庙路上了，有些破败，但我却喜欢这破败。没赶上看到老城厢，残留的这一丁点儿余韵，总能给人些许安慰。上海文庙始建于元代，小刀会起义时毁于清军的炮火，咸丰五年重建于此。文庙的门票是十元，去旧书市场则只要一元。进了棂星门，一眼就看见大成殿前几列旧书摊摆满了庭院。我顿时激情勃发，兴奋地汇入淘书的人潮里。

我在上海逛文庙，贪的是民国时期的老书，虽然也是凤毛麟角，但总比北京琉璃厂那里更易见到。在西庑殿前一个摊位上看到两本“晨光文学丛书”，都是老舍，一是《过新年》，一是《老舍戏剧集》。晨光出版公司是赵家璧脱离良友出版公司另起的炉灶，所以这套丛书的装帧风格与“良友文学丛书”如出一辙，老舍在晨光出书多，又因为他是这个有限公司的二股东。我因为喜欢晨光的装帧，又见两本书品相尚好，就跟摊主砍了一番价之后收下了。摊主说，早几年市场火的时候，这个价你可拿不下来。谁成想我的幸福感只持续了几个钟头，回到寓所打开塑封细加欣赏时，却发现版权页上写的是一九五三年的再版，倒没有太多的懊恼，只是感叹两声“民国老书诚不易得也”而已。

不过在东庑殿那边得手的一本鲁迅的《而已集》，

倒确确实实是民国三十六年的版本，这是鲁迅先生纪念委员会印行的“鲁迅三十年集”的一种，版权页上还贴有一枚拓于寸方宣纸之上的鲁迅私印。其他的民国版的老书也就乏善可陈了。其实不只民国版本，便是“文革”期间的出版物，也已经炒得有些离谱。在一个老先生摊上看见五辑一九七三年上海人民美术出版社出的《版画》丛刊，活页，每辑十来张套色版画，要价每辑一百。老先生又给我拿出一函天津美术出的《铁道兵版画》，说：“这个更珍贵，铁道兵都解散了。”要价一百二十，我说五十的话我就拿走，他说：“你拿书来我五十买下。”我见生意难成掉头就走，他一副“皇帝女儿不愁嫁”的派头，转身跟旁人说笑去了。

眼见“文革”也是难求，只好再次放低身段，转向未曾寓目的新书。有一部装在函套里面装帧别致的书吸引了我的眼球，拿起一看是沪上画家贺友直的白描长卷《弄堂里的老上海人》。贺友直是当代连环画泰斗，今年三月刚刚仙逝，他于前几年出版的《贺友直画三百六十行》和《贺友直自说自画》我都有购，但这套书的要价却比定价高出不少，见我狐疑，摊主翻开书说：“这是贺老的签名本”，我一看有字有章，也只好认了。想想他的《白光》都炒到了原价的两千倍，心里多少寻得了一些平衡，以后想找贺先生签名也无处可找了。

走出文庙，在牌坊旁边看见一家上海旧书店，顺脚进去一逛，面积不大，可看的书不多，但却发现了一本上海译文出版社一九八一年版的《十日谈》。方平和王科一的这个译本，我上大学时分明读过，但斋中旧藏却不见有它。我一直回忆为什么当年没有买它，最可能的原因是，今天看来像是白送的定价，放到当年也会让人难以承受。后来专注于书籍插图了，不免回想起《十日谈》里面那些充满异国情调的插绘，可一直没有再遇上过。这一本是平装选本，品相超过九成，只要二十四元。正待交款，猛见一个顾客登上收银台的桌子去高处翻书，店员说：“上面有些民国版。”等那人下来，我也登了上去，民国版没什么像样的东西，倒是一眼瞅见了一本《十日谈》的精装足本，心中大喜，连说今天是彻底让我圆了旧梦了。

道生诗集

阿罡来给我送书的时候，雨突然大了，他在门口发微信说：“请你出来接我一下吧！”我抓起两把雨伞就冲入雨中，穿过了池塘栈道，两条裤腿早已湿透。阿罡正在棚下躲雨，忙不迭地说：“劳驾你出来，就是不舍得让这些书淋湿。”阿罡是上海的一个旧书商，没有实体店，只在孔网上开着一间版画书斋。我这次在浦东小住，就找到电话跟他取得了联系。提到旧书商，总要想起董桥笔下的威尔逊，那种本身就是一件古董的老绅士，阿罡不同，还是那么年轻。“我还真跟威尔逊打过不少交道”，阿罡说，“那还是我在伦敦留学那会儿，后来一直跟他保持通信，可惜他已经在几年前作古了。我在伦敦大学本来是学计算机，周末到 Russell Square 的古董书展，刚开始还直为十英镑的门票嘀咕，等进去了才

知道这英镑花得值，几乎全伦敦的旧书商都云集这里，初版书、插画书、老版画、藏书票……天底下原来还有如此漂亮的东西。我慢慢地迷上了此道，刚回国还干过几天 IT，后来索性辞职一心做我的旧书生意。”我说：“你的藏品肯定不只是留学时积攒的。”他说：“那是，在英国有许多朋友也都帮忙。我还常在香港国际古书展遇见董桥先生。早几年董先生还与我时有电邮往还。董桥时常说起的那位伦敦女书商 Sophie，他管她叫书妃，跟我也熟，有时她带书来我比董桥先到，就能捡到一些好的。”

今天阿罡带来的两袋子书，也都让人欢喜不置。肯特插画的《维纳斯和阿多尼斯》、比亚兹莱插画的《莎乐美》、吉宾斯插画的《接龙》，样样让人爱不释手，有好几本还是大名鼎鼎的金鸡出版社的初版本呢。我看中的是 Bodley Head 一九一一年出版的道生诗集，精装毛边，书口刷金，封面由比亚兹莱设计，翠绿的底色加上烫金的线条，真是优雅得如同天物一般。送走阿罡我就听着雨声闲翻，首先翻到的是二十七页的 Non sum qualis eram bonae sub regno Cynarae。这首《西纳拉》，应该是道生最著名的诗篇，电影《乱世佳人》原著书名 Gone with the wind 就来自这首诗的诗句：“I have been faithful to thee, Cynara! in my fashion. I have forgot much, Cynara! gone with the wind.（我一直在按自己的方式对你忠诚，西纳拉！/我已忘却了许多，西纳拉，都已随风飘逝。）”道生 (Ernest Dowson) 也是个短命的鬼才，他十九岁那年入牛津大学，两年后因家庭破产而辍学。他和另一个短命鬼才比亚兹莱，都是《黄面志》的一群。比亚兹莱与道生非常要好，不仅为他的诗集设计封面，还专门绘制了好几幅精美的插图。道生也是个情种，因为失恋而致悲观失望，从此酗酒放浪，三十三岁即在贫病交加中死去。

我知道道生，是在大学年代痴迷郁达夫的时候。郁达夫曾说：“Ernest Dowson 的诗文，是我近年来在无聊的时候，在孤冷忧郁的时候的最好伴侣。我记得曾经在一篇小说里，把他的性格约略描写过的。大约是因为我的描写还没有力量，所以到了今日，仍不见有人称道他的清词丽句。但我对他的同情和景仰，反而因世人对他的冷淡，倒是日见增高了。”道生的《西纳拉》，描写的其实是狎妓的过程，所谓“我花钱买的她的红唇之吻的确是甜蜜无穷/可是我凄凉无伴，为旧日的恋情而心烦”。郁达夫的小说，有不少就好像是《西纳拉》场景的再现。他虽然比道生多活了十几年，但最终也是死于非命，四十九岁那年，被日军杀害于苏门答腊丛林。

叶灵凤也是从郁达夫那里知道《黄面志》一群的，他说：“郁达夫先生也在创造周报上写了一篇《黄面志》及其作家，介绍了比亚兹莱的画和道生等人的诗文。”叶灵凤也还拥有过一册道生诗集，这在他的小说《女娲氏之遗孽》里有记载。那是一年冬天，“因着战事影响，各处的经济来源都绝，我一人困守在上海，呼救无门，只得依了当卖度日。几件稍整齐的衣服既都被我质去，我只得又卖到我心爱的书籍”。“这一日一个阴霾奇寒的下午，我因了要等着钱寄信，便挟了一册 Modern Library 本的 Dawson 诗集将门口一个熟脸的旧货担子喊下同他交易。”但叶灵凤似乎没有写过专文谈论道生，这也许是因为在郁达夫打开的两道门之间，他选择了比亚兹莱那道，并且义无反顾，一直走了一生。正因如此，“中国的比亚兹莱”也才应运而生。我有时想，叶灵凤没有情迷道生，更由于他只是个表面上的颓唐派。他年轻的时候，虽然“有时穿着廉价的三友实业社出品的自由布衣服，蓝雪花纹的大褂，外加上红雪花的马甲，真想冒充王尔德，见了叫人吓一跳”，但他骨子里却是个意趣冲淡的读书人。香港作家三苏曾说：“虽然他喜欢色彩浓烈的绘画，但是他的生活却是非常平淡，一卷在手，一杯清茶，就过一天。”其实比亚兹莱的生活也不似他的画作那样绮靡，我读过他生命里最后两年的通信，在辗转各地找寻养病之所的日子里，他每天的生活就是阅读，有时接到一包朋友寄来的书，他能开心好几天。

犀牛书店

原本打算晚上去逛绍兴路的开闭开书店，跟店主黄圣也预约好了，但这时看到他转发的一篇犀牛书店店主庄见果写的值日僧日记，觉着怪有意思，恰好黄圣又说明天出门今晚要早些打烊，就改变主意先逛犀牛。七号线转八号线陆家浜路下，向南走了几十米就到了丽园路上的书店门口。店面有二十多平方米，四周靠墙围着一圈白色书架，正待看书时进来两个女孩，七嘴八舌地跟店家调侃，店家那边听声音也超过两人，其中一位嗓门较大的，一边跟他们聊一边在找着一本什么书。女孩说："以前我还看点儿书，后来去了图书馆的书库，发现自己再怎么读也不过那么一丁点儿，就失去了信心。"她们又问书店是不是赚钱，能不能维持下去，店家也好脾气，说我们不仅不赚钱还要倒贴，图的也只是个兴趣。我一直是边翻书边听他们闲聊的，不一会儿听着声音突然没了，抬头一看女孩们已经空着手走了，店家方面也只剩下了一个，我乐得一个人安安静静地瞧书。

这家书店的定位是文史哲旧书，书的品种倒是不俗。首先就在一进门靠东墙的架子上发现一排上海书店一九八〇年代影印的民国文学老书。这套名为《中国现代文学史参考资料》的丛书，书目多达一百好几十种，既为研究者提供了便利，同时也很有收藏价值，历年来我选择感兴趣的买下了许多。今天我只买了一册，黄人影编的《创造社论》。里面收有一篇徐祖正的《创造社访问记》，记他到宝山路访问创造社出版部，当中写道："我忽然想起似的向周君道：'有一位常在创造上作画的是哪一位？'周君就指着眼面前站着的一位青年道'就是这位叶灵凤君'，我看身穿粗黄夏布短衫裤，戴玳瑁金脚眼镜及一只黑纱压发帽的就是这个精雅的画家叶灵凤君。不知怎的我平素喜欢的诗人画家不是已成名的有了杰作与年纪的，乃是未成名的年青的。因为后者的想像色彩等都有不能限量的富丽。我单能与那些诗人画家们接触，连我自己的生活也从枯寂而变为富丽，眼前的叶君也罢周君也罢以及其余的各位也罢都是年青而有年青人特有的略带羞涩的神情。成了家的文人画家已惯于世俗，习知了成功者的秘诀，极难有初创时代的艺术真率性。我看叶君又自有别致的一个画家样的少年——说青年还不及说少年可以传神那个画家的羞涩。”

说来有趣，转到南墙那里，就发现了一本上海书店出版社为建社二十周年庆而内部发行的纪念文集《书比人长寿》，红色的封面上，烫着一排大大小小的圆点，我数了数，恰好二十，象征着上海书店二十年间所留下的足迹。书中有一篇陈子善的文章，正是回忆“初生牛犊”的他参与《中国现代文学史参考资料》编辑出版时的点滴往事。陈子善的另一篇文章，谈的是上海书店的内部刊物《古旧书讯》以及精选《古旧书讯》所刊史料文章编辑而成的《百年书业》、《书的记忆》和《那时文坛》三书。我眼光一扫，这三部厚书正好站在旁边，每部仅售二十元。《古旧书讯》尽管只是内部刊物，却以积累和抢救书刊史料为己任，记录了民国上海很多文坛往事和书业掌故，文章内容也体现了“三亲”，即亲身经历、亲眼见到、亲耳听到，具有极高的文史价值。就我进行的叶灵凤研究来说，书里就包括了光华书局老板沈松泉、创造社同人周全平等人的多篇涉及叶灵凤当年行状的回忆文章。叶灵凤不仅有多部著作和刊物在光华出版，他还为光华书店的图书装帧做出了开创性贡献，沈松泉就说：“《梦里的微笑》中附有多幅叶灵凤画的别有风格的插图，这是光华出版的第一部带有插图的小说。”沈松泉还写到一九四九年到香港，叶灵凤请他到坚道家中吃饭的情形：“大家阔别多年，又在异乡会面，真是‘他乡遇故知’，彼此都有一种说不出的欣喜。我注意到灵凤和望舒两鬓都已有些花白，回想二十年代在上海时大家都还是二十来岁的年轻小伙子，而今都年近半百，却在异域相见，真有如唐代诗人杜牧说的‘人生何处不相逢’。”

紧挨着这套书的是一本《我与开明》，是中国青年出版社一九八五年的版本，我以前见过却不曾买下，见书品很好且只索价十元，也就收下了。书也是红色封面，右侧竖排叶圣陶的题签，左上角印着开明的出版标记，纪念文章的作者全是与老开明有过因缘的文坛名宿，当中非常有价值的一篇是叶圣陶先生的公子叶至善写的《〈抗战八年木刻选集〉的诞生》。原来这本中国现代木刻史上的“圣经”，是在叶圣陶先生的主持下，仅用了五十一天就编印完成。在开明书店当时没有一个专搞美术的编辑的情况下，能够打造出这样一部现在看来都值得珍玩敬重的精品，确实体现了那一代出版人的敬业精神和专业水准。这种水准体现在每一个小小的细节，譬如这本木刻集不似一般的画册那样，在每一幅画下面都印着画题和作者的姓名，我在看这部书时就此也曾有过嘀咕，原来真实的原因是找不到一种字体跟一百幅木刻画的刀法都相配称，最后决定索性不印。为了不让读者来回翻看目录，还特意加印了一张印有目录的书签。我前几日刚刚斥资淘来了这书的原版，可惜的是里面已经没有了这张用心精巧的书签。

转到西墙那边，几个架子都是七八十年代出版的外国文学名著，这些熟悉而亲切的书正是我在大学时代苦苦追寻的，多数曾经买过，也有一些属于遗珠之憾，精挑细选之后，收下了狄更斯的两部小说，一是人民文学出版社的《大卫·科波菲尔》，一是上海译文出版社的《艰难时世》，都是一九七八年的版本，品相都超过九成，前者上下两卷共要三十元，后者仅要五元。我之选择这两部，除了怀恋年轻时耽读狄更斯的感觉，更主要的是因为它是插图版。《大卫·科波菲尔》的插图作者是 H.K.Brown（笔名 Phiz），《艰难时世》则找遍全书不见插图作者的说明，由这书是根据 Chapman and Hall 版本译出的情况考证得知，插图画家应该是哈利·弗伦奇（Harry French）。“文革”刚刚结束那会儿，掀起一股外国文学名著热，半夜排队购书的盛况时有发生，因为时间匆促，一些出版社就拿“文革”前旧版的纸型直接付印，所以那个时候插图本非常多，后来新的版本出来了，不仅没了插图，装帧制作的水平反而降低了好几个档次。我跟店家感叹：“其实‘文革’前特别是五十年代的图书基本延续了民国时期的风格，是有较高水准的。”他对此也有同感，并且说：“五十年代初的旧书价格也给炒上去了。”

说这话时我恰恰看见收银台后面的架子顶上摆着一本薄薄的果戈里的《外套》，是人民文学出版社一九五二年四月的初版，品相好极了，封面设计漂亮极了，书中还有从原书复制的瓦涅齐安和库斯陀基耶夫绘制的插图多幅。我赶忙询问价格，店家冷冷地说：“我劝你不要买。”我问：为啥？他说：“这是我花五十元从别的书店淘的，打算自己留下。况且，即使按五十元的进价让给你，你可能也嫌贵。”我这厢只好忙不迭地恳求他能够割爱。再往角上翻，竟翻出一九五八年版的《裴多菲诗选》和一九六二年版的《海涅诗选》，即使包着塑封也挡不住那股富贵之气光芒四射，轻轻地除去塑封，看到书里不仅附有诗人的肖像和手迹，而且还有多幅漂亮的木刻画和钢笔画，《裴多菲诗选》里还有裴多菲本人画的一幅《贝谟像》。我急急地向店家询问价格，这才发现值守书店的不知何时已经换了另外一位。他扫了一眼书，说这书是非卖品，是庄见果的私藏。接着他向外面喊了一声：“小庄”，小庄就回到了店堂，果然跟我说不卖。我苦口婆心地晓之以理，说什么“开书店的最忌舍不得出手”，他经不住我的死缠烂打，终于妥协了。由于之前并没说到价格，我预想他会给出一个很高的数目，不料他说：“就一本三十吧。”说完自己又咕哝了一声：“我早应该把它们拿回家去的。”

结账打包时我就跟小庄闲聊，问他书店为什么取名犀牛。小庄说：“最早在莘庄有个犀牛书店，我曾在那里工作，后来书店关门了，我就和黄圣在人民广场附近开了一家开闭开书店，不久也结业了。但我们开书店的心始终不死，前不久他在绍兴路重张了开闭开，我和另外两位书友则在这里恢复了犀牛的名号。”绍兴路的开闭开书店以诗集为主打，吸引了一批爱好诗歌的青年，我本以为他们起此名号是因为喜欢以色列诗人耶胡达·阿米亥的同名诗集，现在听了小庄的一番讲述，才体会到其中另有深意。开了闭，闭了开，开书店也如人生，是一种执着向上的运动。

插图本

盘点这个春天在上海淘书的成果，发现插图本占了大半。已经在其他地方说过的就不重复了，这里特别值得把那本《阿伯拉与哀绿绮思的情书》说上一说。按照梁实秋的说法，“这是八百年前的一段风流案，一个尼姑与一个和尚所写的一束情书。”阿伯拉与哀绿绮思真有其人，他们都是中世纪的法国人。据大英百科全书记载，阿伯拉在当时被认为是自古以来最伟大的思想家与教师之一，由于他既有独立思想，又诲人不倦，因此吸引来大批生徒，这当中就有才貌双全的哀绿绮思。虽然他们相差了整整十八岁，但却产生了恋情，在生下一个儿子之后，秘密举行了婚礼。哀绿绮思的叔父大发雷霆，贿买凶手将阿伯拉实行阉割以为报复，阿伯拉经此奇耻大辱，入寺为僧，哀绿绮思随后也舍身为尼。这一对恋人生不能结合，各自过着清苦的僧尼生活，死后经过一番周折才并葬于巴黎拉舍斯礼拜堂墓园中。阿伯拉与哀绿绮思留在世间的这一束情书，虽然不过六封而已，却赢得了全世界千百万读者的同情，被称为人间最美丽的情书，叶灵凤甚至认为，莎士比亚笔下的罗密欧与朱丽叶，比起阿伯拉与哀绿绮思，“不仅显得浅薄，而且简直近似儿戏。”

阿伯拉与哀绿绮思的情书有许多版本行世，中国的第一个译本，是一九二八年底由新月书店出版的，译者是梁实秋。据说梁译本问世后，胡适告诉梁实秋，他所依据的不过是个述意本，同时还向他提供了蒙克列夫的英文全译本。但坊间流行的，几十年间也只有梁译这一种。叶灵凤因了喜欢这个凄艳的故事，就根据荷兰一九四七年翻印的一八二四年的英译本进行了重译，由香港上海书局于一九五六年六月出版。叶译的初版本曾在孔夫子旧书网上出现，只在瞬间就给人抢走了，那个别致的封面，那幅富于中世纪风情的插画，看了真让人丢了魂魄也似的。那天去犀牛书店，在一堆杂乱无章的书丛中不经意地发现了一册嫩绿色的旧书，一看竟是台湾九歌出版社一九八七年印行的梁译，书品极好，却只售三十五元，立刻觉着欢天喜地。买回来细看，还是插图本，除去题图之外，另有跨页白描插图六帧。再细看插图上的题款，竟是出自抒情诗人席慕蓉之手。这真是一个三重的欣喜。

叶灵凤好像对民间故事一类的读物格外偏爱，《十日谈》啊，《天方夜谭》啊，《坎特伯雷故事集》啊，一直写了又写，也藏过一些很棒的版本。关于《坎特伯雷故事集》，叶灵凤说："这虽然是一部产生在中世纪时期的作品，而且乔叟所用的是英文古文，但是并不妨碍它至今仍是许多人爱读的文艺作品。"爱读乔叟的确实很多，董桥在《苹果花》里就写：黛西的母亲安妮，也就是英伦藏书家老帕克的第二任妻子，"比老帕克年轻二十岁，端庄秀丽的威尔士女子，乔叟专家，《坎特伯雷故事集》几乎可以倒背"。我那天在文庙旁边那家上海旧书店，踩着人家收银台去翻屋顶的旧书，倏然发现上下两册《乔叟文集》，策马古堡的图画，莫里斯式花边，黄黄绿绿的雅致极了，跳下来一翻，是上海译文出版社一九八〇年的版本，那时我已是大二了，不知何故竟没见过这书。这书的下集包括了《坎特伯雷故事集》和二十首短诗，上集则是另外的六篇创作，基本包括了乔叟的全部作品。说这部文集是插图本不太准确，因为它只在卷首印了乔叟的一帧画像。其实为《坎特伯雷故事集》画插图的著名画家正不知有多少，其中洛克威尔·肯特作插绘的 International Collector's Library 一九三四年的初版我竟以极低的价格淘到一册。除了精装外壳的边角有些轻微破损外，书的品相保存得颇不坏，而且还是毛边本。书里收入整页插图二十四面，蓝黑两色，实际是二十四个人物绣像。与肯特作品通常所表现出的古希腊雕塑一般的唯美不同，这类人物形象颇有些丑怪的感觉，这倒是另一面的肯特。除此之外，肯特还为本书绘制了大量题饰和尾花。莫里斯的凯尔姆斯科特印刷社出版的《乔叟作品集新印》，则不仅是乔叟作品插画，也是凯尔姆斯科特全部图书中的登峰造极之作。书的字体、版型及装帧都由莫里斯本人精心设计。书内八十七幅木刻版画，由莫里斯的好友、拉斐尔前派代表人物爱德华·伯恩-琼斯绘制。书籍印制时间长达二十三个月，总共制作了四百三十八本，当然成了稀世珍宝。我想都没想过能拥有一本，哪怕亲见一眼怕都是不可能的事，但我竟得到了一本伦敦的 CRW Publishing Limitid 二〇〇七年的复制品，大十六开豪华本，布面精装，书口刷金，纸质精良，图版清晰，所费仅二百元人民币。

逛文庙旧书市场的时候，本来发现一册《希腊的神话和传说》，斯威布著，楚图南译，人民文学出版社一九七八年的一印。希腊神话和传说不仅是一种丰富多彩的民间口头文学，而且是西方文学和绘画取之不竭的故事之源，不了解希腊的神话和传说，西方的大量名著名画就会不明所以。斯威布这一版本的特点是取材范围广泛，从多种不同的希腊文献中将凌乱复杂、矛盾歧出的希腊神话和传说加以整理编排，重述一遍，使之前后贯穿，形成一个完整统一的体系。更让人欣喜的是，书里采用了英国画家斐拉克曼（Flaxman）创作的九十六幅插图。斐拉克曼是诗人画家布莱克的弟子，擅长所谓的“轮廓线画”，看上去跟马约尔为古罗马诗人维吉尔《牧歌》与《农事诗》所做的版画非常相似。马约尔比斐拉克曼生得晚，不知是否受过这位前辈的影响。我听说这书才要十元，就想买单，但却发现只是上册，摊主说没有下册，你可慢慢再凑，我寻思哪这么好凑，就扔下走了。不想刚从文庙出去，就在路口的旧书店发现红绳捆着的一套，连连感叹手气真的不错。

在福州路附近的山西南路三十六号，有一家上海外文图书公司旧书门市部，我一直对那里心存幻想，以为既是外文旧书，插图本肯定有的淘，有一天就去了。书店开在一座红砖旧楼的底层，二楼晾晒的棉被几乎遮住了店招。店主就坐在一进门的角落，我问艺术画册在什么位置，他说：“不多，就是你身旁那一堆。”我一通乱翻，却没有好看的东西，只有一套一九七〇年代印行的美国女画家卡萨特（Mary Stevenson Cassatt）的画集，打开看了看，只有寥寥数幅，而我喜欢的她那些颇有日本风的作品几乎没有收入，就犹豫着放下了。在店主座位的后边，发现一本一八九九年纽约双日书局印行的吉普林文集，索价不菲，想要也买不起。这时一位顾客看完书要走，很熟的样子跟店家打招呼，店家说已经六十了，不想再干了，没准儿哪天就结业了，那位顾客就开始不停地惋惜，一边惋惜着一边就转回身，说要买两本书不然可能不再有机会了。等他走后我也跟老先生闲聊，说你年纪大可以雇人或者让孩子看店啊，他说儿子在巴黎哪能替我看店。我说那你去没去过巴黎探望儿子，他说让这店拴着哪有时间去。说得我眼睛潮乎乎的也想买本书作个纪念，选来选去选了一本河出书房新社的文库本，清水彻译的玛格丽特·杜拉斯的《爱人》，虽然日文看不懂，但那款莫里斯风格的封面着实可爱。当我把六元硬币放到收银台上，对面已经换成了老先生的老伴，她瞅着那六枚硬币，眼底不易察觉地掠过了一丝苦涩。

比童话更美的是插画

《杨柳风》（*The Wind in The Willows*）也是一部无心插柳之作。据说，四十岁才结婚生子的格雷厄姆非常疼爱迟来的儿子，从他四岁起，每晚睡前都要为他讲一小段动物故事。最初是蟾蜍，后来加进了鼹鼠，再后来又有了河鼠和獾。日复一日，孩子听得入了迷，父亲讲得上了瘾，索性就把它写成了一本童话。甫一上市，《杨柳风》就红遍英伦，紧接着越洋到了美国，再后来就风靡了整个世界。四个小动物确实可爱，泰晤士河的四季光影格雷厄姆铺陈得也够迷人，甚至画插画的舍巴特都说，“有些书根本不用配什么插画，《杨柳风》就是这样一本”，但插画的魔力仍然不敢小觑，董桥说：

“插了舍巴特的画，这部书真的不一样了，灵活了，鲜丽了，温情了。” 董桥的老友伦敦旧书商威尔逊也说：“我常在想，没有这些插图，米尔恩的书会那么红吗？”比童话更美的是插画，这样说可能有些过火，但没有插画的童话，读起来还有什么意思？艾丽丝偷看姐姐读的书，发现书上没有插图没有对话，也忍不住吐槽：“……and what is the use of a book without pictures or conversations？”

我跟艾丽丝属于一路人，打小就耽买耽读有插画的书，到老来这倾向似乎有增无减。《杨柳风》我买过安徽人民和三联书店两个版本，都是杨静远翻译，都是赖格姆插图，但都不十分理想。一个倒是彩印，开本却是我最不喜欢的杂志大小；一个开本可爱，插图却没有上色。没有上色的赖格姆就不是赖格姆，董桥说“作家巴里的创意再丰盛终究抵不过画家赖格姆那管神奇的彩笔”，夸的也只是他的“彩笔”。但赖格姆的“彩”总有些故意做旧似的雾嘟嘟的感觉，比不上舍巴特那么鲜丽那么青翠那么透明。其实赖格姆的插画远不如舍巴特年代久远，虽然赖格姆很早就收到过为《杨柳风》插画的邀请，却因正忙于《仲夏夜之梦》而与之失之交臂，但他是如此喜欢这部书，喜欢书中那些可爱的小人，所以几十年后当他重又接受这份工作，竟一时激动得不能自已。他把生命中的最后一丝气力给了《杨柳风》，而且没有活着看到这个经典版本的出世。舍巴特虽说也不是为《杨柳风》插画的第一人，却比赖格姆整整早了十年。一九三〇年初秋，他到潘伯尼的 Church Cottage 与作者格雷厄姆见面，已经垂垂老矣的格雷厄姆只对他说了这样一句话："我爱这些小人儿，对他们好一点儿。"舍巴特果然不负重托，画起这些小人儿来比画小熊温尼还要卖力。可惜的是，不等他全部画完，格雷厄姆就已撒手人寰。

也不知是格雷厄姆带火了舍巴特赖格姆，还是舍巴特赖格姆带火了格雷厄姆，反正有舍巴特赖格姆插画的初版本是越卖越少越卖越贵，要是想把舍巴特赖格姆分别找齐，更是一件不敢奢望的事情。有一天我碰上一大册 Norton 出版的"注释本"《杨柳风》，打开一翻就乐了：岂止是什么“注释本”，简直是插画的“百衲本”，不仅同时包括了舍巴特赖格姆，就连比他们更早的插画家，包括第一个为《杨柳风》做装帧的 W.Graham Robertson，靠在华盛顿国家动物园写生自学成才却不肯给动物们穿件衣服的 Paul Bransom，画《杨柳风》的女性第一人 Nancy Barnhart，跟赖格姆一样喜欢把树画成人的 Wyndham Payne，也都一网打尽。把这些老画放在一起，比较同样的场景他们画得有什么不同，真是一件别有趣味的事情。这会让人想起我们儿时常做的那些把戏——总把插画与文字相对照，若发现有一处细节不同，都恨不能失望上三天三夜。说到底，我们偏爱童话偏爱插画，不过是一种对往昔岁月的怀旧与不舍，昨天夜里喝茶的时候，我跟女儿闲聊《杨柳风》，她就立刻联想起她儿时每晚入睡前我给她讲过的那些故事。

心　愿

海莲·汉芙（Helene Hanff）的《查令十字路 84 号》（*84, Charing Cross Road*）被誉为“爱书人的圣经”，“世界爱书人的接头暗号”，为它痴迷的读书人不知有几多。但我却从来没有写过它。没写过是因为别人已经把好话说尽了，再没有什么新鲜辞令了。“写书虫书事写得扎实精彩不容易，”董桥说，“Helene Hanff 那本《查灵歌斯路 84 号》倒是异数，几封买书卖书的信札凑出了一本书缘绝品。”这话说得一点没错，确实就是“几封买书卖书的信札”，又确实称得上“一本书缘绝品”。董桥的文字不光好看，有时也真是到家得要命。也在英伦住过些年的恺蒂，有篇题为《书缘·情缘》的长文，写的也是海莲·汉芙，“书中自有颜如玉，红袖添香夜读书，这都是男人们近乎梦想的宣言”，恺蒂感叹。《查

令十字路84号》终究也逃脱不掉“被好心的好事者演绎成一曲情感故事”的俗套。说的是安妮·班克劳夫特与安东尼·霍普金斯领衔主演的那部电影，电影介绍中称，“这部片子旨在反映两种爱情，一是汉芙对书的激情之爱，二是她对德尔的精神之爱”。我读《查令十字路84号》，也读出了情感，但却不是“情缘”，而是“温情”。董桥道：“说的是书，其实书只是背景，凸显的是物质匮乏时代人与人的温情，是美国老小姐和英国拘谨绅士一放言无忌一欲露还藏的性情。”这话我一半同意一半不同意，同意的是“温情”，不同意的是“背景”。纯粹的书之爱未必不能演绎出一场轰轰烈烈的故事。

我有一册英文版的*84, Charing Cross Road*，企鹅出版社一九九〇年的版本，是不是一九九三年在纽约游学时所买，已经全无印象了。总之我并不十分喜欢企鹅的风格，觉着商业气远远多过书卷气，除去一款还算说得过去的封面，那种又黑又轻的再生纸钉成的册子，就跟满世界相貌相同的麦当劳一样，一点儿个性都没有。那一年，海莲·汉芙还在世，我在中央公园遛弯儿时是否曾与她擦肩而过，也是天晓得的事。不过很多年后我确实到过伦敦的查令十字路，也想起过海莲·汉芙在书里说的最后一句话：“但是，书店还在那儿，你们若恰好路经查令十字路 84 号，请代我献上一吻，我亏欠她良多……”但那个时候我的兴奋点是奥利弗·温德尔·霍姆斯，一门心思要买一本他的传记，竟没有想起来在查令十字路淘一本英伦原版的《查令十字路 84 号》，事后追忆，不住地骂自己不解风情。有一天，在网上书店浏览，突然发现一本纽约 Grossman Publishers 一九七〇年的初版本，红色的棉布封面，参差错落的几枚邮戳，真是古朴雅致得要命，兴冲冲正要下单，却被网页底部“已售”那两个冷冰冰的黑字兜头泼了一盆冷水，那一刻，感觉就像千里迢迢赶来伦敦的海莲，面对空空如也的查令十字路 84 号，“眼泪差点儿要夺眶而出”。虽然后来我陆续拥有了时报文化的繁体字版、译林出版社的藏书票版以及新近推出的附一款盈掌别册的珍藏版，但是，寻到一册上好的英文旧版，仍旧是我的心愿。

知有人家夜读书

董桥从《苹果日报》荣休，那一刻的感受，不是一个黄金时代的结束，而是一个黄金时代的开始。听说过他在荣休之后出的第一本书是《读书人家》，却一直到了香港才得一睹真容。全书的第一句话是："是木刻画，刻伦敦一所红砖老房子，门庭清幽，花木扶疏。"文字之前，先有了罗莎琳·柏丽斯那幅木刻画，当然让人喜爱。画底下还有威廉·莫里斯的一段文字，我看不清，好在有董桥的翻译，核心意思是说，最重要的艺术品是一所漂亮的宅院，然后是一部漂亮的书。住漂亮的房子读漂亮的书是人生雅致的慰藉。这话当然赞成极了，但穷酸如我辈也不敢把掌声弄得太响，因为对我而言，不仅漂亮的宅院有心无力，便是一本漂亮的书，也不是想买就能买。然而穷则穷矣，也不妨碍我们与董桥、莫里斯他们产生精神上的会意。董桥翻出夹有那幅木版画的笔记本，碰巧看到年青时抄录的晁冲之的一首诗："老去功名意转疏，独骑瘦马取长途。孤村到晓犹灯火，知有人家夜读书。"有些东西我们追求不得，有些东西我们说舍却是能舍。

莫里斯把漂亮房子排在首位并不奇怪，因为他本身就是一个崇尚"为生活而艺术"的唯美主义建筑家。他不光认为"建筑才是最大的装饰艺术"，而且身体力行，开起了装饰艺术工作坊，壁纸、挂毯、家具、桌巾、彩绘玻璃，样样都做得精美。在他刚到伦敦打拼时，与好友伯恩－琼斯一起租下罗塞蒂住过的一个房间，亲手把它改造为中世纪趣味的装潢。伯恩－琼斯是拉斐尔前派的代表画家，在我看来他的绘画比罗塞蒂画的还要美。在他二十岁那年参加牛津大学入学考试时，碰巧与莫里斯邻座，由此两人就成了毕生莫逆。莫里斯后来成立 Kelmscott 出版社，全力打造漂亮的书，就得益于伯恩-琼斯的鼎力相助。他们两人，一个擅长花纹图案，一个长于木刻版画，Kelmscott 的许多经典作品，每一页都是他们两人珠联璧合的共同创作，当中最享盛名的无疑就是那部传世的《杰弗雷·乔叟作品集》。虽然我只拥有一册复刻本，但却足以使我欢喜不置。至于 Kelmscott 的原书，我在上海书人阿罡的家里见过几种，把玩摩挲之间，似乎回到了维多利亚朝那个充满装饰趣味的美好年代。

偷书的雅好

《卡萨诺瓦是个书痴》，是一个系列当中的一本。这个系列的封面都差不多，所以一直自信地以为这一本也有了。等到有一天发现其实没有，各个书店里也都没了。只在万圣书园发现唯一一本，但破破烂烂的样子恐怕再也卖不出去了。从此以后，就以为与它无缘了，谁又能料到，这种无缘其实是孕育着更大的缘分——它的繁体字版在某个书店某个角落里正静静地等着我来。这本书写的是书痴，也最适合书痴看。当中一辑窃书贼简史，直看得人目瞪口呆——原来有那么多达官贵人都有偷书的雅好。比如一位红衣主教多明尼哥·帕什内，他拜访一家修道院时，要求进入他们的图书馆，表面上是进行研究，实际上，他反锁房门，把珍贵的图书从窗户扔出去。我就想，书痴的种种行状，我差不多都具备，但好像只有窃书这一手不曾染上。孩童时代欠过书店几毛钱，几十年间偶有两次借了别人的书未还，但真正的窃书，确是没有。不过不行动是一方面，动没动过私念却是另一方面。早年在哥伦比亚大学，中国法中心来了位女秘书，我一直以为她是黑人，后来才知道，虽然肤色黑，她却是斯里兰卡人。有几天她替一位外出度假的教授看家，就把我们一干学生邀集到那里搞餐会，客厅里有一个橱门紧锁的原木书橱，整整一橱都是我最喜欢的关于书的书！馋得我恨不能把那玻璃门砸了。又有一年去法国最高行政法院访问，索维院长兴致勃勃地请我们喝香槟，带着我在他办公室到处看，其中也是一个上锁的书橱吸引了我，里面全是法国文学名著的初版本。见我眼睛直勾勾盯着书橱，索维院长打趣说："这些书都是国家资产，别看在我办公室放着，钥匙却由专人掌握。”我也是猛瞅几眼了事，在那种地方，就是偷偷地闪一下偷的念头，都是不可能的事情。

人们通常把偷书的人称作“雅贼”，“贼”而又“雅”，就融进了几分同情几分赞佩。春天在上海，认识了一位开书店的朋友，他们几年前在南京西路经营“开闭开”书店时，就发生一桩有趣的故事。一位经常光顾书店的顾客讲：“那戴粗边眼镜的女孩问我：‘你是不是有很多书？我看你总是买书。你有多少书？’我环顾了四周的书架，心里默数一番，告诉她和这个书店的书差不多。她羡慕起我来，告诉我她也想要那么多的书。她在这里看店，每天看一本书，每一本都喜欢。她悄悄告诉我，每一个礼拜三，她会从这里偷走一本书。上周偷的是史蒂文斯的《最高虚构笔记》，这周想要偷特拉克尔的诗集，可是怕偷不成，因为这书只有一本了，况且放在很显眼的位置。她本来想偷保罗·策兰和马拉美的诗集的，可惜被他们卖掉了。我问起她最喜欢的诗人和作家，她犹豫了半天终于没有回答，只是说她都挺喜欢的，大概，也许，还没有找到真爱。”听完这个故事，我沉默了良久，我想说的是，我们习惯了作秀，我们一辈子都在假面舞会晃荡，但我们都不如南京西路上这个偷书的女孩来得更真诚。

放浪梦想

台北的爱书人李志铭，是这几年新添的关注，他那几本有关“藏书记忆与装帧物语”的书，一本一本竟都收齐了，而且每一本的得来全都自自然然不费半点儿周折。不禁想起李志铭非常喜欢的老一辈淘书客经常挂在嘴边的一句话：“表面你以为是‘人在找书’，暗地里往往却是‘书在找人’。”李志铭的那些书可能真的都是在静静地等我，也未可知。新买的《读书放浪》，写得更感性，所谓南面百城，放浪不羁，一任自己在书海里寄寓执念，读起来，也更多了些会意会心。但选择读起的第一篇，却是《台南旧书店行脚》，因为府城的书卷香、烟火气、古早味，曾经给我留下那么美好难忘的印象。府城的旧书店，李志铭也是从与孔庙隔街相望的草祭二手书店写起，又让我想起与书店老板蔡汉忠站在店外的一通闲谈。记得我曾谈到日本装帧对于台湾图书影响明显，他对此极为称是，并说从民间搜购了不少日文旧书。可惜那阵书店正搞装修，我无福进店消受，而蔡先生正是一身工装，两肩灰尘地与我神聊。那场景，也算得上一段书林佳话。《读书放浪》就像专为我俩的谈话作脚注似的，三分之一篇幅，都是在考订近代东洋的装钉浪漫，当中写竹久梦二的一篇自然更觉亲切，他把梦二“多情的忧郁，青涩的怅惘”拿捏得也足已到位，但更为引起我兴趣的，却是另一位短命天才桥口五叶。他只活了四十岁，却凭着为夏目漱石《我是猫》的书籍设计而永远长存于册页里。《我是猫》之后，夏目漱石的一系列著作，一直就由五叶操刀。

写《读书放浪》的李志铭，还是位黑胶发烧友。有次在铜锣湾的诚品，正好看见他一本新著《单声道：城市的声音与记忆》，写的全是他的台湾黑胶珍藏。我当时拿起又放下，放下又拿起，最终还是没买。人的爱好正与他的精力成正比，要有舍才有得。我对视觉艺术痴迷之后，听觉方面的享受自然就要让位。其实，那阵儿我刚刚发过一次烧，跑到半山的摩啰上街，在一家欧美旧货铺买走了一架老式黑胶唱机。这一举动不仅害得自己与航空公司交涉超重事宜，还牵连阿倩带着同学从学校大老远跑到土瓜湾帮我从十楼往下抬行李。到现在那旧机器也不会安装，倒引得当家的开始对我紧缩银根。所以，胡乱爱好也难，放浪只是梦想。

旧时光

有一天妹妹说，也不知小时候你那些小人书还在不在。我说肯定不在了。十六岁就离家远游，三十五年间父母也搬了几次家，旧物早就淘汰得差不多了。但当年攒得确实多，差不多有几千册。很多小人书的画面我至今还记得，尤其是高尔基《童年》中的那幅：哈皮希望回到他出生的城市去，在拼命积钱。可是他已经记不起故乡的名字，只记得它在卡玛附近离伏尔加河不远，于是编了一支歌大家唱着开心。这首歌是："卡玛一座城，在哪里？我们手也摸不着，脚也走不到……"他们几个玩伴是骑在一个木栅上唱这支歌，那画面，连同那支歌，像刀刻一样深深烙在我的记忆里。

我跟柜台一样高时就泡在县城里唯一的那家书店，

是在城中心十字街的西南角，我们都管那地方叫鼓楼底下。早年真有鼓楼，等我记事时已经拆了。鼓楼往西，一条街全是牌坊，也给拆了。但城墙那会儿还在，我跟小伙伴们常常逃课，在城墙上一走就是一圈儿。长辈们经常叨念一句顺口溜：“南关到北关，五里零三砖。”家住得靠南，南关就去得多些。南关有个古丁桥，石拱古桥，桥旁立着一木牌坊，是很有故事的。我上大学走时还在，后来也没了。谢其章写买旧书有句话：“向旧时光投去最后一瞥以示诀别”，而我跟我的旧时光，我的古丁桥，我的小人书，竟连诀别的机会都没赶上。

但疯狂追寻旧时光的人总在。这天买到一本《浮生旧梦说连环》，作者蔡小容，写的是着魔一般重购她曾经拥有过的连环画，因为她在武汉老家里的儿时旧藏也都纷纷散轶了。她常常梦见回到儿时熟悉的书店，惊喜于满架的连环，直让人会意频频，我也梦里常回去的。一直想，怎么突然就不珍惜了呢？可能是觉得长大了，该看大人看的东西了。谁知许多年后才明白，人原来是永远长不大的。

人生太短，好书太多

昨晚睡到中途突然醒了，顺手抓起枕边的《读书随笔》，一下子看到叶灵凤说了这样一句话：“人生太短，好书太多。”觉着说得太有味道了。说这话的灵凤不过三十上下，却好像很有了些人生的况味。叶先生活了七十一，算得上古来稀了，但他生命中的最后几年，一直困扰于眼疾，有那么多好看的书，却看不清。不过比较起来，海涅才叫不幸，他活了不到六十，而且，刚过五十，“因了筋骨痛就渐渐不能行动，终于成了半身不遂症”，缠绵病榻，长达八年，双目失明，肖像憔悴。叶灵凤曾经专门写文，为海涅晚年的残疾而心痛。同样让他心痛的，还有海涅颠沛流离的生涯。他不容于祖国，他的著作随时遭禁，他不得不流亡到巴黎，但同时，他的祖国却无人不吟咏着他的情诗。写这些话时，叶灵凤同样还没有料到，几年之后他自己也会去国南下，北望神州无归处。木心对海涅评价也高，说他“称得上是浪漫主义的儿子”。这个骨子里一点儿也不谦虚的中国才子，却由衷地承认，“他的散文，我没有一篇不佩服”。他也佩服失明卧床之后的海涅写给妻子的那首诗：“亲爱的，我知道我死后你会常来看我。来时步行，回去千万坐马车。”他说：“我当时看到这首诗，心头一酸，一热。这才叫诗（二十多岁写不出的，非得老了来写）。”木心老了之后写的那首“从前的日色变得慢 / 车，马，邮件都慢 / 一生只够爱一个人”，其实也是这味道。看来，不只为了多看一些好书，就是为了老来能写出这么恳切朴实的诗，人生也不能太短。

丑　为

看到钱君匋早年为《河北文学》设计的封面，让我想起了许多尘封已久的往事。在我能够阅读杂志的年月，那份杂志已经改名为《河北文艺》，这在“文革”当中是个普遍现象。但我却找来了它的前身，而且，尽管只是个小学生，我竟能分辨出还是旧的东西好。我到现在还记得当时看到的“文革”前老杂志当中的一些篇目，比如艾芜的《南行记》，比如李满天的《杨老恒根深叶茂》，小说中的意境深深植入了脑海当中。要说的是我从哪里得到的这些“禁书”。在我们县城北关，有一幢门窗全被封死的老房子，是个庙宇还是什么我的记忆有些模糊，但听高年级学生讲，里面封存的全是“禁书”，他们有人曾经钻进去偷出一些。我年纪小胆子还没到，不曾铤而走险。但猫有猫道狗有狗道，我的供货渠道就是丑为。

丑为是个瘫子加罗锅，黑瘦枯小的，靠着在鼓楼底下摆摊卖烟叶过活。他好像跟我父亲有什么关系，所以我就认识他，我总是称他伯伯。他卖烟叶的包装纸都是旧书旧刊，老的《河北文学》就是在他烟摊上发现的。我为了从他那儿淘宝，几乎每天都要到他摊子上泡一会儿，也不计较他一身呛鼻的烟草味道，和他身材相貌的丑怪。他家离我家很近，我更是时常去他家的旧书堆中翻腾。有了好东西，他也总是给我留着。他的妈妈待我们兄妹很亲，听大人只言片语讲，她改嫁过好几次，黑黑瘦瘦的脸上满布皱纹，现在想来，那种沧桑感，像极了珂勒惠支木刻中贫病交迫的妇人。丑为有两个妹妹，一个叫丑闺女，一个叫小丑，不过都不丑，而且很阳光，不仅帮着照看过我的小妹，后来还照看过我妹妹的女儿，到现在还跟我母亲妹妹她们时常往来。

对于丑为的加深了解，是稍后几年的事。原来他跟我父亲相熟，是因为曾经他们都是县里的业余作者。他们都写过长篇小说，可惜都未能出版。我父亲写的叫《衡水湖》，丑为写的叫《时代的风格》。记不得是不是“四人帮”倒台之后了，听说有家出版社还让他对小说进行修改呢。我见过那一捆写在方格稿纸上的手稿，非常工整清秀，很难想象它会出自他的手。后来我就离家远游了，丑为什么时间没的我也记不十分清楚了。后来我真的在《河北文学》发表了诗作，尽管只有这一次，却让它跟丑为具有了一层关系。我在想，尽管我在写作一途上不会搞出什么名堂，但我会记起在我文学启蒙时期，曾有丑为这样一个人物出现在我的生命里。

闲花

沈胜衣痴迷于花木经、方物志，显然也有叶灵凤的影响。他去香港正是三月天，三月里耽读叶的文章《三月的树》。叶先生说，初春的香港除了看花，还有一种美丽的东西可看，那便是树木的新叶和嫩芽。所以叶先生这姓取得也巧。胜衣兄在香港买到饶玖才《香港方物古今》，也不忘把它称作叶先生《香港方物志》在城市化新时期的后续新篇。真是跟我一样的毛病。沈兄追尾前辈先贤，爬梳古籍今著，花木篇什越写越妖。这一本《闲花》，又令人不忍释手。五月木棉飞，野草闲花作近邻。犹记得凤凰花瘦，朱黄各幽情。埋头律条的我辈，胡须倒如草木萋萋，面对沈兄的闲在，只有艳羡的份。

有一次湖畔借宿，只带了沈胜衣这本《闲花》。无聊间玩起儿时游戏，想看看一手翻开的那页，会是哪般文字——竟是欧阳修的“人昔共游今孰在，树犹如此我何堪”。意境恰如歌中的贝加尔湖畔，都属若干年后事如春梦了无痕的慨叹。也许失去过才觉着美好，也许短暂的失去会使人更知珍惜，也许与其事后追忆，不如珍惜你的每一个当下，也许当下只是一段长堤，几声蛙鸣，半轮并不圆满的月亮。

火　车

一天不看书，骂自己面目可憎，三天不看书，也就心安理得了。我们都想坚持自己的一份品格，可我们又都是不能凡事都能拒绝的社会人，就好像置身一列疾驰的火车，没有停靠站，跳也跳不下，只能听着火车与铁轨单调乏味又无休无止重复的撞击声。当这声音终于停歇，我们无奈地发现，本次列车的终点是……人生的尽头。

“踏上火车那刻，满心装满了对这个庞然大物的厌恶与憎恨，因为它生生扯断了我与家乡的血肉联系。而到站了却又觉得对火车生出温情，至少车轮上沾有家乡的泥土。”这是听过的对火车最为震撼的诉说，从此让我对火车生出一份独特的感情。有时觉着自己也像火车，叫人厌烦，甚至憎恨。但当别我而去，又难移足，毕竟我也沾着些许值得忆念的泥土。作为火车，某种意义上是无法选择什么的。你上，你下，车票在你手里。

人生在有些方面也像坐火车旅行，但轨道远比这轨道复杂难测。有时在某一站，旁边上来一个，说话挺投机，甚至可能互称挚友，但人家有人家的目的地，下一站车停，摆摆手下去了。有些怅然。在背影消失的那一刻，突然想起，竟没来得及问问名字。

洛克韦尔·肯特（*Rockwell Kent*，*1882–1971*）

后记

李广宇

我爱读书话，自己也写过几种勉强可以称作“书话”的小册子。若按出版时间为序，分别是：《纽约寻书》（一九九八年）、《香港寻书》（二〇一四年）、《行囊有书》（二〇一四年）、《我在德国淘旧书》（二〇一七年）、《猎书家的假日》（二〇一七年）。除了《纽约寻书》是由国际文化出版公司出版，其余几种都是由法律出版社印行。事实上，《纽约寻书》也于二〇一七年由法律出版社出了修订版。现在，法律出版社又慨允将这五种小书一并再版，感激之余，做了一些修订和重新编排。新版的“书话五种”，保留了《香港寻书》、《行囊有书》和《猎书家的假日》；将《纽约寻书》更名为《蠹鱼漫记》；《香港书店鳞爪》是新增加的，其中两

辑是由别的书挪来，另一辑为新写；《我在德国淘旧书》则不再有了，原书中有关德国淘书的部分划给了《行囊有书》，有关香港淘书的部分划给了《香港书店鳞爪》，有关叶灵凤的部分则与其他类似篇什一道编成一本《爱书也爱叶灵凤》。这一本因为离书话相对较远，将与《叶灵凤传略》和《叶灵凤香港出书记》一起，凑成另外一个叫作“叶灵凤叙传三种”的系列。

《香港寻书》的修订工作有以下几个方面：一是做减法，将原书中与寻书关系不大的几篇狠心删除，但一些关于听课、参访乃至日常生活琐事的记载还是予以适当保留，因为寻书毕竟只是生活的一部分，任何一个寻书人都不会是不食人间烟火之辈，书店也不是脱离一个城市、一个社会的整体环境而孤立存在的。二是适当补充一点背景材料，但这工作是绝对克制的，旧文不宜大改，因为人们的认知总是有时空局限，一时有一时的识见，一时也有一时的心境。原来的图版也一律不要了，而让一位心仪的版画家一以贯之，这或许也是晚来一种心境的体现：不要太复杂，尽可能简单。

本书的插画作者是英国画家罗伯特·吉宾斯（Robert Gibbings，1889–1958）。吉宾斯不仅是风格独具的木刻画家，也是散文高手，出版了许多自写自画的文集。他同时还是一位出版家，长期担任金鸡出版社掌门人。这是一家专门与版画家合作出版限量精装插图本的小型出版社，许多著名的版画家，包括吉尔（Eric Gill）、莱特（John Buckland Wright）、塞维林（Mark Severin）等，都曾为其绘制过精美插图。

《行囊有书》算是我的书话类小书中卖得最好的一个，库存早就清零了，出版社一直有再版的动议，拖延了几年才终于实施。趁着这次再版，做了一些较大的调整。删除了其中的四辑，分别是“北京书店地图”、“几个城”、“懂桥”和“囊中书”，既然鸡零狗碎，又何必敝帚自珍。这样就只剩下“从台北到台南”“东京书事”“首尔买画记”和“哥伦比亚风”，既然都属境外访书的文字，索性就把“我在德国淘旧书”和“纽约寻书记”这两组类似的篇什也拿来归拢到一起。这样做的结果，是把《我在德国淘旧书》那本书拆没了，因为另

外几组文字也依其内容性质，分别划给了《香港书店鳞爪》和《爱书也爱叶灵凤》。“台北访书记”这一组，则是首次结集。旧版《行囊有书》是有插图的，这次修订，按照统一体例均予删除，代之以我所喜欢的英国画家埃里克·吉尔（Eric Gill，1882–1940）的画作。

叶灵凤日记中提到过 Gill，他买过他的画集。萧乾编选的《英国版画选》也收入了 Gill 的作品，他所用的译名是爱立克·盖尔。萧乾说，Gill“在当代英国插画艺术中是最不在光暗上玩花样的。他管他的插图叫印匠的花朵。他大部分作品都是简单的白地黑线条而已。他的想象力并不强，但装饰书册则绰绰有余。” Gill 亦擅雕塑，还是字体设计师，他为 Jacob Weiss 设计的藏书票，一经董桥推介，瞬时在中国名声大噪。我也稀里糊涂收集了不少 Gill 的书，感觉特别别致，非同凡俗，就是宗教色彩过于浓烈了一些。他还为中国的话本小说《醒世恒言》做过插绘，黑白线条真是运用到了极致。一直以为，木刻与书是绝配，谈书的书更是如此。

在这回修订再版的五本小书中，《猎书家的假日》

是调整最小的，只是本着不凑数的原则，删去了个别意思不大的篇目。这样说，并不可以理解为剩下的就都是意思大的，其实很多是可以做些改写的。比如当时买到一本竹久梦二就欣喜若狂，殊不知在那以后我的梦二集藏足足塞满了一个架子。但要这样修改，一辈子都改不完。贫穷有贫穷时的欢乐，富足了未必就天天幸福。说句实话，这一本小书的风格，是我最为私淑的，因为它最文艺。书话毕竟不同于书目，在意的不是文献的多寡，而是一点点回忆，一点点情绪，一点点抒情的气息。

从前这本书没有后记，这次就利用这机会，说说书名的由来。《猎书家的假日》，本是美国古书商人罗逊巴哈博士一本书的名字，英文叫作 *A Bookhunter's Holiday*，我第一次知道这书，是由叶灵凤先生的《忘忧草》。上海沦陷后，叶灵凤随《救亡日报》转战广州，随身只带了几册书，都是谈论书物版本聚散变迁的“关于书的书”，《猎书家的假日》就是其中之一。“白麻布装订，红皮题签，有插图，我是托上海中美图书公司直接向原出版家订购的，是一册内容和外表都使我满意

的好书。”不料这样的一本心爱之物也成了战争的牺牲品，埋在了广州的劫灰中。叶灵凤一面吟咏“忘记了吧，像忘记一朵开过了的花”，一面也许下一个心愿，将来也要出一本《猎书家的假日》。香港纸贵，出书不易，他的愿望终于落空，却被我拿来完成了浴火重生。

初版时没有插图，这次精心选择了美国画家洛克韦尔·肯特（Rockwell Kent，1882–1971）的一些版画作为装饰。就像喜欢比亚兹莱一样，叶灵凤也同样喜欢肯特，认为他是“当代美国最杰出的版画家”。他不仅喜欢他给定期刊物和世界名著所作的那些单幅插画和装饰画，更对他的自写自画情有独钟，认为这些由他自己写作自己插画的游记，“在美国许多庸俗的出版物中，许多年以来是独放异彩的”，认为“仅凭了这几本书，世人已经认识了肯特是一位第一流的插画家和装帧设计家，又是一位能独创一格的游记作家”。肯特终身都是一位猎奇冒险家，始终充满了生活的朝气。猎书亦是猎奇，有时也需要冒险，我替《猎书家的假日》选择了肯特，也是希望肯特的版画不仅能为这本小书增色，更能使我将

猎奇冒险的朝气一直保持下去。

《纽约寻书》是我的第一本书话性质的集子，稚嫩青涩可想而知。没有料到的是，竟会迎来第二次再版的机会。第一次修订，就做了一些减法，这次减得更厉害：一是把有关叶灵凤的部分，汇总到一个新的组合《爱书也爱叶灵凤》；二是把“纽约寻书记”拿到《行囊有书》，后者直接导致原来的书名不成立了。尽管这些文字基本都是在纽约旅次写成，但既然没了直接写纽约的内容，不好再挂羊头卖狗肉，就拿其中一辑的名字做了书名。“蠹鱼漫记”，尚够切题，也算是恢复了本来面目。前两版都没有插图，这次选取了英国著名画家和书籍装帧家琼·哈塞尔（Joan Hassall，1906–1988）的插画做装饰，她为许多名著绘制过插画。做成之后，有朋友提醒：哈塞尔的画虽则很美，但还没有公版权。只好忍痛割爱，重新选择了比亚兹莱。做版的时候我说：“比亚兹莱真的命大。”乔智炜兄则说：“一切都是最好的安排。”

《香港书店鳞爪》总共三辑，《书香香港》和《港九访书五日记》原来分别见于《行囊有书》和《我在德

国淘旧书》，本来根据内容的类属将它们合并到了《香港寻书》，但排完版一看，比其他几种厚了许多，就想独立成编；考虑到只这两辑尚嫌单薄，就新写了一辑“香港书店鳞爪”，并以此作了全书的名字。这两万多字，是在我一周的居家隔离中初步形成的，内容有些像是香港旧书店简史，但不敢贸然打出这个旗号，于是采用了更为低调的“鳞爪”。虽说基本是东拼西凑的“文抄公”，但自认在谋篇布局和材料取舍上还是颇费了一番心思，通过聚焦香港旧书店史上几个历史性节点，大致勾勒出其发展脉络和独有特色。材料的来源主要包括叶灵凤、戴望舒、陈君葆、侣伦、方宽烈、罗隼、小思、欧阳文利、许定铭等名家前辈的著述。这一本的插图出自英国画家格温·拉弗拉（Gwen Raverat，1885–1957），她出身于剑桥的望族，是进化论奠基人达尔文的孙女。她从Slade 艺术学校毕业后，嫁给法国画家雅克·拉弗拉，夫妻俩都是布鲁姆斯伯里文化圈的活跃分子。她是英国木刻艺术家协会的创始人之一，为很多名著做过插图。她自写自画的回忆录《碧河彼时》影响很大，有中文译本。

封面是一本书的门面，好的封面必然会与文字水乳交融，甚至会超越文本，给人以极强的视觉冲击，有的还可能成为独立的艺术品。我虽然不懂美术，不会设计，但对书籍装帧向来关注，自己的每一本书写讫，心思也都会集中到未来封面的样子。这一回，本来打算尊重设计师的意见，走一走朴实无华的路子，但不少读者表示，还是喜欢旧版《香港寻书》那种风格，于是又搬出一大堆竹久梦二画集，再从他那里找寻灵感。竹久梦二无疑是一个用之不竭的宝藏，我的偏爱，他当会欣喜。

最后，再一次感谢法律出版社，感谢许睿、乔智炜、王菊萍几位长期合作的朋友。尤其要感谢和我一样喜欢书的读者诸君。

二〇二二年七月三十日